U0118989

上

# 红楼续书红流三部曲

## 榴花纪

杨　勤　著

天津社会科学院出版社

**图书在版编目（CIP）数据**

红楼续书·红流三部曲：全 3 册 / 杨勤著. -- 天津：
天津社会科学院出版社，2024.5

ISBN 978-7-5563-0968-9

Ⅰ．①红… Ⅱ．①杨… Ⅲ．①长篇小说－中国－当代
Ⅳ．①I247.5

中国国家版本馆 CIP 数据核字 (2024) 第 068215 号

红楼续书·红流三部曲：全 3 册
HONGLOU XUSHU·HONGLIU SANBUQÜ:QUAN 3 CE
选题策划：韩　鹏
责任编辑：刘美麟
责任校对：王　丽
装帧设计：刘乐仪
出版发行：天津社会科学院出版社
地　　址：天津市南开区迎水道 7 号
邮　　编：300191
电　　话：（022）23360165
印　　刷：高教社（天津）印务有限公司
开　　本：787×1092　　1/16
印　　张：71
字　　数：1189 千字
版　　次：2024 年 5 月第 1 版　　2024 年 5 月第 1 次印刷
定　　价：168.00 元（全 3 册）

借胎红楼，自铸传奇。

辛火功

# 杨勤《红楼续书·红流三部曲》序

赵建忠

《红楼梦》诞生以来，历代读者不乏知音，清代摄政王多尔衮的后裔淳颖，对这部巨著"大旨谈情"又超越了言情内涵深度的解读颇为透辟：

> 满纸喁喁语不休，英雄血泪几难收。
>
> 痴情尽处灰同冷，幻境传来石也愁。
>
> 怕见春归人易老，岂知花落水仍流。
>
> 红颜黄土梦凄切，麦饭啼鹃认故丘。

是的，雪芹之梦，美人香草，燕去楼空，在当时和以后的岁月里，引起了多少失去"乐园"人们的共鸣！《红楼梦》是中国古代文学史上难得一见的悲剧作品，但其悲剧情节虽赢取了不少读者的同情，却终究未能满足弥补现实缺陷、获得精神圆满的一般心理需求。尽管悲剧和喜剧都具有人类精神的审美价值，不过，圆满收场的故事容易令读者寻获精神寄托和心理上的平衡，热烈悲壮的结局却往往留下心有不甘的悬念。《红楼梦》正是令人在无以释怀的悬念中，勾起重续前缘、破涕为欢的续作动机。《红楼梦》续书，无论其数量之多、类型之广、时间跨度之长，在所有名著续书中都具有代表性。据本人统计，自清至今，《红楼梦》续书已多达 200 种，这当然是曹雪芹原著的巨大影响所导致。就现存的《红楼梦》续书看，各种续书的思想倾向不尽相同，反映了作者各自的伦理观念，各种续书对《红楼梦》人物的命运有不同的安排，艺术水平亦参差不齐。长期以来学术界对这类作品基本持否定态度，对《红楼梦》续书的诟病遍及人物设置、情节安排和性格描写、语言风格等多个方面，凡称得上小说要素的几乎都被指责一遍。评价《红楼梦》续书，一般都是以曹雪芹原著作为比较对象，这几乎是所有《红楼梦》续书研究者共同持有的文本立场。出现这种评价的原因还是"经典情结"。文学经典虽然意义重大，但在文学史上毕竟只占少数。相反，在阅读数量上，非经典作品却占有大量比重。经典具有典范和引领作用，标志着一个时代的文学高度，非经典具有彰显格局与烘托氛围的作用，标志着一个时代的文学起点。没有经典就不能从质量上显示文学的成就，没有非经典也不能从数量上呈现文学的繁荣。从某种意义说，经典可以代表而不能代替非经典，而非经典不仅烘托而且更能印证经典的突出地位。

《红楼梦》本身作为一个"开放型文本"，应允许各式各样的续作存在。文学创作与学术研究是两回事。曹雪芹的残缺文本呈现出来的开放性可以调动任何人的参与性阅读，作为形象思维的创作特点更可以充分恣意想象。艺术理论中讲的这种"召唤结构"是不大讲究逻辑甚至是非理性的。用学术的标准和眼光去要求文学，显然违背了创作规律。

杨勤女士深研《红楼梦》原著，颇有心得。她撰成《榴花纪》《桃叶渡》《凌波行》，为数目惊人的《红楼梦》续书景观再添一道"靓丽"的风景，可喜可贺。《红楼梦》犹如浩浩长江，杨勤根据曹雪芹原著中判词与伏笔写成的《榴花纪》《桃叶渡》《凌波行》，犹如《红楼梦》这本奇书的支流，因此，她自称为"红流三部曲"。

《榴花纪》主要以元妃故事为主干，并加入秦可卿事迹。根据元妃判词中"榴花开处照宫闱"铺叙展衍，故名。秦可卿判词与天香楼文字有异，历代为红学研究者所重视。本书作了入情入理的展开。秦可卿线与元春线交汇之日，也是二人命运终结之时；作品对于王熙凤因放贷事发系于狱神庙，林黛玉"玉带林中挂"、薛宝钗"金簪雪里埋"也作了补叙。整本书悬念迭出，文字晓畅，有明清小说白话古韵。《桃叶渡》以柳湘莲、妙玉、薛宝琴故事为线索展开，亦据原著伏线。柳湘莲乃红楼奇男子，脂评在《好了歌》中"强梁"二字旁批出"湘莲一干人"。作品写其寻找自我，最终从道士、强梁走向带领众人经商、拓展海上丝绸之路的故事，情节紧凑，言之有据，写出了柳湘莲、薛宝琴的成长，也将妙玉的故事补写完整。故事布局曼妙，以大运河、金陵、舟山群岛、广州湾作为故事的发生地和背景，读之如同随主角身临其境。《凌波行》主角为贾探春，作品根据《红楼梦》第五回探春判词"清明涕送江边望，千里东风一梦遥"，写其远嫁南洋，正值西洋人发动香料战争，探春展大才，团结国民与之抗争的故事。作品既写了工业国对农业国家的碾压与侵略，也写了被压迫的南洋人奋起之路，尤其是几场海战，写得间不容发荡气回肠。

　　补续《红楼梦》，也有"续写策略"方面的问题，比较理想的要求是"接得上，展得开，收得圆"。"接得上"，就是对曹雪芹原著要衔接自然、前后一贯；"收得圆"，是续书结尾要收束恰当、意足神完；"展得开"，需要体现在具体创作中。就是要情节合乎逻辑发展。杨勤女士笔名山谷，系深圳市作家协会会员，原职业为法官，能在审理裁判案件之余遵循自己的内心热爱，著成《红楼续书·红流三部曲》。三部作品既独立成篇，内在也有关联，与已面世的各类续书相比，有自己的创作特色，可谓另辟蹊径、别开生面。《红楼梦》原著八十回后是个开放空间，是个"召唤结构"，当代作家都可以续。从不同角度给出的故事结局，都是对曹雪芹的热爱，扩大了其原著的影响，因此对当代《红楼梦》续书，我认为不宜求全责备，可以百家争鸣展开讨论，以繁荣《红楼梦》文化并促进红学的发展。

癸卯秋于聚红厅

# 榴花纪

古老而神圣的王侯府邸，光鲜与繁华的背后暗流涌动。觥筹交错，歌舞升平，晚宴上的人们次第消失，女孩的笑声在沉寂中湮灭，有的人依然活着，有的人接连死去。

迷雾中的幻境，是谁扰动了镜中的水帘，密谋了一场盛极而衰的翻覆逆转，名字里的密码等待着破解，册子上词句列就何种图样，宣示了谁命运的必然？

# 目　录

目录

幕启：天香楼

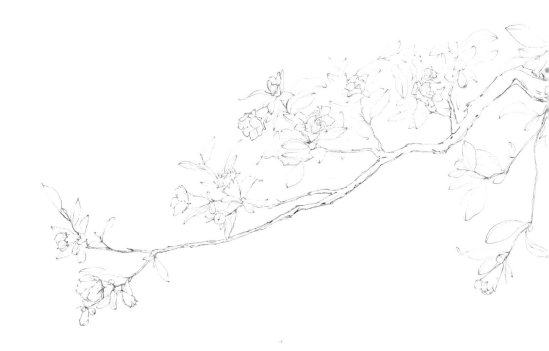

# 第一回

## 前尘往事沉渣泛起
## 国公府邸芳魂迷踪

宁荣街？这是个什么地方，这边路标上可不见得有啊，是藏在什么犄角旮旯里吗？

哎哟，瞧您说的，宁荣街都是上了年代的称呼了，现在哪有什么宁国府荣国府的，都是多久前的事啦。再说这贵人们的府邸，自然是大排场，打这儿往北一路去，连成片儿的，全是他们一家的。唉，却不知是什么缘故，现在倒是影儿也无。我也是道听途说，这地儿断了运脉，反而触通阴曹，把地下的东西放出来了，因而怪事频发，灾厄不断……这不，后来这里要重建了，还专门请了道士布下偌大的镇石，你看这，上面还写满字呢，我一把年纪了也不认得，你若有兴趣便去瞧瞧罢。

老北京，早些年时，就有些老辈子传下来的说法。有好事者去追寻查找宁荣街时，听到这样说：石头？这里也有石头？不是在大荒山上么？又被说道：哎，年轻人不知事儿呐，这叫镇宅石，当年宁荣二府在这里时，好大排场，后来坏了事，这宅邸也一时半时没人接手，就成了狐狸、黄皮子出没的荒草地了。多少个年头过去了，后来接手的人不敢住，才请了道仙刻了石头镇住，刻的字画的符都认不得。多少冤魂呐，道行不高的符咒，还真镇不住。

……

我是现代人。我收集了后世查找宁荣府原址各式各样的信息，太多太多了，曹雪芹虽然说了，《红楼梦》满纸荒唐言，整个就是虚构的故事，可是字里行间，府邸安排得明明白白，哪儿是仪门，哪儿是抄手游廊，哪儿是正屋，哪儿是花园，边上是什么街，大门前望得见什么景致，历朝历代的红迷们照着书画出来，说不定有人找得出原型。

如此热衷，当然是祖传。我的祖上的祖上，曾留过只言片语，又当作家族的秘密，一代一代传了下来。

到了我这一辈，我收集了那些言语，还原了老祖宗传下来的秘密。为叙述方便，从现代人的视角和语言，以我祖先为第一人称写下。我祖先说的是：

此生我最恐惧，然而又最得意的是，我实施了一次完美谋杀。

杀的还是我宁府的女主人之一秦可卿。嘿嘿，阶层跨越，谋杀主母，全身而退，我也没想过自己是这样的一个人才。

后世的某一犯罪专家说过，完美的谋杀不是查不出凶手，而是查出来的凶手另有其人。我觉得自己更胜一筹，因为我栽赃的，就是死者本人。

一切，需要从宁国府开始讲起。

宁国府的男主人是珍大爷，袭了宁国公爵位的。继室尤氏，因为不是原配，阶级低了很多，陪嫁也少，因而在府里，不大说得上话。珍大爷有个儿子蓉大爷，娶的人更是根底不清，人倒是长得好美，面孔那个明艳，身材那个婉转，我们小厮偶尔见到，都低了头不敢抬头的。是艳光四射，逼得我们抬不起头来，倒不仅仅因为家规。

这女子名叫秦可卿，这个名，我也是好久好久才听说的，我们都称小蓉奶奶。她的来历，一种说法是育婴堂抱来的，一个说法是京官五品秦业的女儿，总之，母家成谜，论阶层低于国公府不知多少。亲家也不常来走动，宴请宾客这些，一例无秦家亲家公的影子。

按说珍大爷这样的世家，爵位是要传的。嫡子嫡孙，娶的必是门当户对家族的女儿。就是尤氏，即使是填房，那来历也是清楚的。因此秦氏这个谜，在我们下人心中许久了。

那天荣府的二奶奶凤姐儿来宁府做客，宴席唱戏杂耍闹到夜深，上头派了焦大去送。焦大喝醉了，在大门口骂了珍大爷蓉大爷，说一家子爬灰的爬灰，养小叔子的养小叔子，他要去哭太爷去……最后被塞了一嘴马粪才安逸。

后来是我套的马，送的荣国府二奶奶，俗称凤辣子的。她是荣国府大老爷贾赦的儿媳妇，贾琏的老婆。这个我知道，这琏二奶奶可不比我们宁府的奶奶，那是当丈夫的家之人。荣国府除了老太君和刑王二夫人，都是听她的。因为荣国府的老爷们都不管事，不比我们宁府，珍大爷一个人说了算，把天翻过来都没有人敢吭声。

焦大是我干爹。干爹对我很好。从我进宁府，都是他老人家照应我。我的名字来应，也是干爹起的，报上去，就是这名儿了。说起名字，准确来说，是个号。小厮们不配有名有姓，有个号让主子们叫着就是了。

事情就出在我送完琏二奶奶回来的时候。

我们宁府东边，有个阁，阁楼漆成朱红色，白天亮亮的，衬着楼下的各色花草，丹朱夺翠，很漂亮；阁楼下的牌匾，挂着"天香楼"四字。因为在府里的边上，夜晚点灯时分，阁楼这里少人行。今天回来得晚，府里已经歇下了，我把车什子还到马厩出来，四周安安静静，只有庭院东边高大的桂花树，随风送来迷人的幽香。

我想起了自个儿的家乡。

我们村的村头，也有那么一棵高大年久的桂花树，记得是金桂。七八月时，村里的大人小孩喜欢在桂花树下纳凉，讲家长里短，天色还早时婆娘们也做些针线活。老汉们便抽旱烟，不时呵斥几声跑来跑去的娃儿。

我记忆中最美好的，就是离家前的那一年，桂花开得那个香。可惜家贫，我被家里卖了，到了宁国府里当一个总角的小厮。一直当差到现在。我甚至已经记不起我娘的面容。此刻闻到桂花香，热泪盈眶，不由自主地走了过去。

珍大爷正在天香楼的门口，正准备抬脚进楼。

我赶紧缩到院落里的大水缸后边，藏起来。这个时候下人乱逛，是会被马鞭子抽的。

远处有花影动，又来了一个人，那身形，不是小蓉奶奶吗？阖府上下，没有哪个女子的身量有她的好看。

珍大爷的身影消失在楼里，紧接着小蓉奶奶也到了天香楼门口，也进去了。

这玩的什么鬼？

珍大爷不是小蓉奶奶的公公吗？一家子人，多少事白天说不得？夜半三更说话？

不跟儿子说，跟儿媳说？

我心头发闹。一直守着。不知时辰过了多久，反正是好久好久，我看到珍大爷先下楼来，四处看看，走了。良久，又看到小蓉奶奶下楼来，低着头，也走了。

两人都没有带小厮丫鬟。

我的爷！难道我干爹说的爬灰，真的就是这样吗？

老家逢年三十，给灶王爷烧纸钱，有些没有烧完的锡纸做的银锭，大人们有时会从灰里扒出来，俗称"扒灰"，也叫"扒锡"。后来这个词，便用在一些不正经的家庭，公公和儿媳怎样怎样。扒成了爬；锡，媳，二合一了。原来这样啊。

我懂了干爹焦大，为什么要骂珍大爷爬灰了。

我摸回到干爹和我同住的小屋，黑暗中推醒了干爹，告诉了他刚才发现的事儿。

干爹一身马粪臭，我也顾不得。他接下来说的话，让我好好记着。

"这宁国府，早晚要毁在这个女人手里。"焦大，我干爹告诉我。焦大是为宁国公立下大功的人，宁公在时，从来尊敬焦大，说了要后世子孙善待他，管他养老送终。可如今继承家业的珍大爷如此不肖，还大半夜的让他当差，把他气得不行。犬马恋旧主啊！

"这个女人来历不明，又跟自己的公公不清不楚搅在一起，正是戏文里说的红颜祸水啊！"干爹恨恨地告诉我，珍大爷管不住自己，恣意胡为，早晚出事，这就是宁府的祸。为了去世的宁公，他恳求我，既然两人避人幽会，干脆找个机会除掉秦氏，反正她娘家也没什么势力，贾家死个人没啥。

吓了我一大跳！

谋杀主母，这是什么样的罪名？我怎么能！又为的什么！

我心上涌起悲哀。干爹老了，忘了我们只是下人的身份，胡言乱语，头脑不清楚了。我不会听的。便哄他几句，他很快呴呴地睡着了。

但这事，我已经上心。我不止一遍又一遍地想象，珍大爷和小蓉奶奶，在天香楼干的什么事。

第二回

## 意乱情迷终有醒觉
## 曲终人散梦破天香

我是小厮来应。在宁国府里待了好几年了。对这个生活着几百人的大宅子，已经很熟悉。

府里的事，看的不少。蓉大爷与小蓉奶奶很奇怪，他们一对夫妻，总是客客气气的。尤氏对小蓉奶奶也是，按说婆媳之间总有点那个，一个摆婆婆的谱，一个恭恭敬敬之中又有一点不甘。可是这对婆媳，一点看不出来。

也许是我想多了。蓉大爷本来就不是大奶奶珍尤氏亲生的，当然就没有那么多的争夺儿子的把戏。

自从上次我见到珍大爷和小蓉奶奶去天香楼，心下便留了意。府里大，按说规矩也大，但好在珍大爷好玩好乐子，对家里管得没那么严谨。祖上的基业传给他，府里珍玩无数，几辈子也吃不完，故府里无需精打细算，上上下下的秩序没那么讲究。只有一条，珍大爷爱面子，不能让他在亲友面前没脸。除此之外，我们下人喝酒打牌赌钱的多了去了，有时候当值，也不一定认真。

这给了我机会。

我当的差，无非外出给爷们牵马坠镫，在家便各种洒扫，宴席上川流不息地伺候上菜，给主子抬盆子洗手递手帕子这些。今天又是饮宴作乐的一天，宁府开了几桌席面，珍大爷白天引了一堆族里族外攀龙附凤的亲友小哥射箭，晚饭便留住了各位。

我端着盘子，站在不起眼的角落，随时等待爷们的召唤。宴席开在外院，故女眷没有参加。妓院里招来的歌女，在旁边弹琵琶的弹琵琶，唱曲的唱曲，好不热闹。宴饮过半，我看见珍大爷抬抬手，叫他的贴身小厮来。那小厮长得清净，我看到珍大爷附耳说了些什么。

再平常不过的事儿。但我直觉今晚有异。

借着换洗手水的机会，我跟了出来。那贴身小厮一路向内院门而去。我知道,那内院有当值的丫鬟,珍大爷这是有事传信去了。

酒宴结束,亲朋散尽,我们这些伺候宴饮的小厮,也可以歇歇了。看见送客人回来的珍大爷,在院子里伸了伸懒腰,往东边去了。

天香楼?我想着,跟了出去。他的小厮如我所料没在身边。

我远远地跟在后边,夜幕中天香楼的影子模模糊糊。两层的阁楼,底下一层没什么光线,上边一层幽幽地透出微光,显然有人在。

这里本是春日赏牡丹之所,故名天香楼。白天人来人往,晚上倒是无人,所以楼上一旦有光,显然是阖府主子都能知道的事儿。但显然,府里没有人管这事儿。

好奇与恐惧塞满了我的胸腔。满府都不管他们二人吗?小蓉奶奶那么好看,说话那么温软,她在阁楼里吗?在等他吗?

珍大爷上去了。

我看着寂静的四周,仿佛整个府里都在沉睡。少年的我,虽然力气长了,但心性无人引导,春暖花开时,也偶尔也会想想某一个丫鬟白里透红的面庞,僭越一点,梦里也曾影影绰绰有过小蓉奶奶的影子,看不真切。醒来也不敢对人说。包括干爹焦大。

他要知道,一定打死我这个不长进的东西。

抑制不住的焦躁,澎湃在我的胸腔。也不知过了多久,正在胡思乱想着,楼上忽然传来低声的争吵。是那种刻意压低了的声音。可是夜色之中,还是可辨。

接着是什么器物摔在楼板上的声音。

我屏住呼吸。但很快就意识到,偌大的宁国府,没有人敢干涉这里的事儿,不会有人过来看发生了啥事的。

除了我。

咚咚咚咚一阵响,楼梯上有人下来。珍大爷的身影出现在楼口。他似乎不怕别人听见,把楼梯踩得闷响。也不像上次那样看看四周,而是直接噔噔噔走掉了。

我等着小蓉奶奶出现。刚才那砸在楼板上的声音有些不妙,不自觉地有些好奇,也有些担心。好奇害死猫啊,我这是何苦。

汗浸透得我的后背湿湿的。时间过了好久,远处巷子里的更夫打着更走远了,扔下了一地的梆子声。小蓉奶奶还是没有下来。

我猫起身来。我得去看看。

蹑手蹑脚地，我摸黑爬了上去，那点楼上的光，不足以照亮这曲折的梯子。终于，在我爬了差不多三十来级带转弯的台阶后，一盏油灯照亮了我的双眼。

无法形容这一刻眼前所见。二楼偌大的空间，地上散乱着衣裙。有一个很长很宽的贵妃椅，横在屋子中间。椅上斜躺着一个人，穿着红菱裹胸，白色绫裙，眼睛向上看着屋梁。不远处的桌子边地毯上，一个茶壶掉在地下，显然刚才的那一声响，就来自于这打破的茶壶。

从未见过穿得如此少的女子，还是主母。那一刻，我傻了一样，不会逃，也不会动。那红色裹胸如此鲜艳，灼痛了我的双眼。

想必是我的呼吸声在静夜里太过刺耳，我被发现了！

我看见那丽人慢慢坐起身来，望向我：

"你过来。"声音很轻柔，还有疲惫。

"我死了我死了……"脑中只有这几个字，不自觉地，我已经跪在了小蓉奶奶的面前。

"是大爷派你来监视我的吗？"那个好听的声音继续问道。

"不是不是，小人……"我没法说下去，根本不存在可以解释的理由。

那丽人捡起地上的外衫披上，坐在椅子的正中，她美丽的眼睛在灯火中闪着光。"如今我已经被轻贱到这个程度了吗？"她的眼泪直流下来，"一个小厮都可以来践踏我了吗？"

"不不不……"我语无伦次，反正今天我肯定是死定了。

眼前的女子，如此不真实，与平素的她相比，像是不是同一个人。

小蓉奶奶平时都是和和气气的。她从不责骂下人。也不是目中无人，就是高贵与和蔼。我从未见过今晚这样的一面。事实上也不会有人见过，主母坐在衣衫凌乱的屋子中间，对一个小厮说这样的话。

"哄了我多少年……"，她喃喃地说，似乎不是对我说话。"说是帮助我的父王，说是怎样联络朝臣，怎样保全……"话音戛然而止。我偷偷抬起头，看到小蓉奶奶的笑容绽开在流泪的面颊上，诡异得无法直视，像是在嘲笑自己。

"父王？父亲？"我听错了？脑子里有点乱。

"终归是我错信了。"小蓉奶奶对着虚空说完，眼睛转过来，静静地看着我。"你起来。"她说。

我怎能违拗她的命令。我站了起来。心跳得嘣嘣响，担心她听见。

"今晚你所见的，一个字不要说出去，否则你会死。你的家人也会死。"

我垂着头大气不敢出，这还用得着说吗？

不过听这意思，她不会告发我，那岂不是还有一线生机？

"小蓉奶奶，我不会说的。你那么好一个人，你要我做什么尽管吩咐。"我弓着身子急忙表白，固然是这样的情势，同时也是诚心诚意的。今晚的事只要她不说，我这颗脑袋，就算是保住了。

小蓉奶奶看着我，她的眼睛那样晶莹，像含着黑宝石。片刻，她的双唇吐出几个字：

"我要你帮我死。"

烛光跳了几跳。

我扑通一声，跪了下来。

## 第三回

### 李代桃僵瑞珠赴死
### 金蝉脱壳林下谁知

自我离开宁府的那天之后，我在睡梦中，经常见到那张脸，上边有着交叉划开的血迹，血淋淋的，一直滴到我梦里来。

我爹我娘找了好多法师超度，才好一些。但对爹娘，我始终没有说出，那个梦中的女子是谁。

我记得那一夜的万籁俱寂，我记得自己匍匐在主母面前，被吓得动也不能动。

她美艳的脸，眉目有些扭曲，尽管声音还是那么平，那么静。

"我让你帮我死，你听清楚了，不是杀死我。你怕什么？"

我抬起头来看着她，迷惑让我忘记了尊卑，就这样看着她。

"你要活，还是死？"她又开口了。

"小人要活。"我知道，今晚的坎，大概是过不去了，不听从她的话，天一亮，我来过阁楼的消息传出去，珍大爷饶不了我，饶不了我一家。卖身契还在宁府，有我父母的指印。想起因为好奇，走进了这个出不去的坑，我满心悲凉。既然有活路，不管是啥，都得趟一趟。我下了决心，声音也平稳下来。

小蓉奶奶似乎很满意，她让我起来，站着说话。我立起身来，听她的吩咐。

"你下楼去，内院门口那里，把我的丫鬟瑞珠找来。她在那里等我。"

我听完一点头，提脚就走。背后传来一声："小心些"。

离开阁楼，夜风一吹，我的衣服前襟后背变得凉飕飕的。既然逃不掉，那就按她的吩咐，我决定将自己的脑袋拧下来揣在胳肢窝下边——不带头脑的执行，不正是府里对下人立下的规矩吗？

内院门口，有一株一人多高的夜来香，夜风里，香得醉人。我到了，轻声喊"瑞珠姐姐"。花枝丛中走出一个丫鬟，这就是瑞珠了。我能理解，她的主子去天香楼，她留在这里照应，有什么突发事件，比如珍大奶奶来了之类，可以缓冲一下。

"瑞珠姐姐吗？小蓉奶奶让你跟我去一趟天香楼。"我压低了声音讲话。这里离珍大奶奶尤氏的院子不近，她自然听不到。但上夜的丫鬟婆子们，就在院里的侧屋里，不能不防。好在这些人值夜，斗酒赌钱都有，不一定留心。

那个身影走近了些，到我身边，没有多问一个字，只说了一声："走吧。"

天香楼，晚上从来都是禁地。主人深夜来唤，还让一个面生的小厮，肯定是出事了。瑞珠心里想着，脚下加快。

我差不多得提步才能跟上。还是那样黑沉沉的夜，阁楼的灯光几乎是满园的唯一光明。宁府，外头赫赫扬扬，内里，两个下人走来走去，巡夜的都没碰上一个。要来个贼人，这个府邸，差不多都没人知道啊。

胡思乱想间，天香楼到了。楼上的小蓉奶奶已经穿好衣服，坐在桌子边等我们。

瑞珠看到她的主人无恙，眼睛亮了一下。她家本是包衣奴才，父母老实巴交，受人欺凌，做最脏最累的活，到手的工钱还常常短少，也不敢吭一声。府里那些管家、婆子们，个个都是欺忿怕恶之辈，见她家好欺负，平常踩踏的零碎事少不了。直到她跟了小蓉奶奶，她父母才抬起头来做人。小蓉奶奶温和怜下，上一年母亲得了急症，也是小蓉奶奶派人请大夫治好的。做下人的，遇到这样的主人，还有什么奢求呢？所以小蓉奶奶的事，她不问，只知道忠心二字。

"瑞珠，我平日对你如何？你打心里说。"小蓉奶奶开口了。

"奶奶对我恩重如山。"瑞珠跪下了。

"这几年，我在这府里受的屈辱，想必你也知道了。我也未曾瞒你。"小蓉奶奶欲言又止，还是说了下去："一个女子，落到我这地步，一个淫字是跑不了了……尽管我有我的理由。"

淫？我心中一紧，小蓉奶奶这样说自己？"奴才知道奶奶心里的苦。"我听到瑞珠答。

"这种日子，我是一天也过不下去了。"小蓉奶奶慢慢地说，像是一盆心灰意冷的灰烬。"摆在我眼前的只有两条路，一条是死，一条是离开。你愿意帮我吗？"

"奶奶是要我跟着你逃吗？"

"不是。"

"要我跟你一起死吗？"瑞珠的声音在抖。

"不是。"

瑞珠明白了。"奴才愿意代奶奶去死。"

小蓉奶奶的眼泪下来了："好瑞珠！我也是不得已，但我……还有家族的使命，我死了，那些个丧尽天良的人就没人知道他们做下的恶。"她停了停，说出了令在旁的我惊心动魄的一句话："我要留着身子，我要复仇。"

奴才的命……不就是主子的吗？瑞珠眼泪流了下来。话说到这地步，她还有退路吗？她闭了闭眼睛，再次重复："我明白了，我愿意去死。只是奴才怎么才能冒得了奶奶呢？"

"他们不会追究的。你穿上我的衣服，他们就会认做我。珍大爷他们，不敢声张的。他们会把你当做我。"小蓉奶奶的脸，病态地发红，"这就是宁国府的龌龊。他们巴不得我消失。"

我想起刚才小蓉奶奶说过的"父王"，这其中定是藏着天大的秘密。我多听一句，黄泉路近一分。但此刻，我动都不敢动一动。

小蓉奶奶走向瑞珠，盈盈拜倒："瑞珠，我对不住你。"她继续说，"将来，无论我能不能活下去，我死之前，必当让人照顾你的父母，赎回他们的奴籍，让你的弟弟妹妹从此不再为奴。"

瑞珠回拜了下去。她的脑海中，有她憨厚的父母、可爱弟妹的样子。如果她死，能够让她的家人不再当奴才，那也是女儿一世的心意。她信眼前的这个女子，是这个女子给了她和她家人尊严，她说过的话，一定会做到的。

瑞珠扶起小蓉奶奶，眼角含泪："奶奶，来世再见。"她转回向着我："我和奶奶对换一下衣服，你在楼下等着，唤你再上来。"

我从命。

待我上楼，瑞珠已经是小蓉奶奶，小蓉奶奶已经是瑞珠了。

瑞珠走向烛台，那里有一把剪烛花的剪刀。小蓉奶奶和我还没反应过来，她就举起了剪刀，往自己的脸划了下去！

这烈女子！她用这样的方式来保护自己的主人。

她划了一刀又一刀！

小蓉奶奶热泪盈眶。阖府上下，只有这个丫鬟，肯为她献出性命，死前还为她着想，忍受这样的痛苦。

瑞珠血肉模糊的脸，一滴滴滴下血来。"奶奶你快走，东角门的锁，钥匙在这里，守夜的小厮打牌去了，我见到他的。你快走！"她掀起衣襟，从腰间解下一把铜钥匙递过去，钥匙上边沾上了她的血。

这么刚烈的一幕！我已眼含热泪。

小蓉奶奶向瑞珠拜了下去，不，是瑞珠向小蓉奶奶拜了下去。起身后的她眼睛灼灼发亮，那是热泪浸泡过的光。她转向我："后边的事，你来办。"顿了顿，又说："不要让她痛苦。"

她下楼的脚步声一声一声敲在我的心上。

我握着手心里雪白的布条，目送她下楼。那是小蓉奶奶下楼时，卷起来递给我的。她让我安全了再看，不看更好。她让我藏好，待宁府出殡时，交给一个叫冯紫英的人。

……

一生之中，我从没有这样麻利过。我搬过桌子，搭上椅子，将小蓉奶奶留下的披肩穿过房梁；我扶着身穿小蓉奶奶衣服的瑞珠，爬上桌子，爬上椅子，她的手在发抖，但一句话也没有再说。剪刀划过的脸血肉模糊，我不忍心看。

我把她的头放在白色披肩做成的吊环上。我看着她咽下最后一口气，飘飘荡荡挂在房梁上。

这样的一个女子！她死前，有不甘吗？她有选择吗？

死亡的气息笼罩了我。我心中没有恐惧，只有悲哀。我们做奴才的悲哀。

我只是一个小厮，但今晚所听见看见的，包括我不得不做的，完全超越了我的理解能力。但我知道，当这样一个弱女子决意赴死的时候，我没有逃避的理由。

夜真漫长啊，长得似乎没有尽头。宁府的夜，深得让人寒颤。灯烛燃尽之时，我已躺倒在焦大的身边。侧着身，眼泪一直在流，为瑞珠，也为自己。

我开始后怕。天亮之后，他们会抓到我吗？

是我吊死了瑞珠，不对，是小蓉奶奶，不是吗？瑞珠脸上的血，挂着的身体飘飘荡荡。那是瑞珠，也是小蓉奶奶。我是凶手。京兆尹府的大人，一查就能查出来，那么多的痕迹，不是瞎子就能看明白。那么，他们会来拿我吗？

忽然想起小蓉奶奶最后给我的布条。我翻起身来，从袖筒里取出，上边是血写的字，细薄的丝绸上还有些晕。想必我去找瑞珠时，小蓉奶奶咬破指尖写的。上边写的是："托非人事毕林下见"，八个字。

我不想懂林下是什么意思，把布条藏起来才是我要做的。

布条被我塞进被子角落的最深处。在目睹了这么多之后，我有责任按照她的交代去做。如果我还能活下去。

鸡唱三遍的时候，我镇静起身。一夜之间，我感觉自己长大了。

果然如她所料，宁国府没有人追究她的死，也没有报官。他们对外发布的信息是，小蓉奶奶突发疾病，半夜死了。还有一个她的使女，感激主子的情义，也撞柱而亡，追随她的主子去了。

嗯，宁国府少了两个人。

对于天香楼的后续，整个府里讳莫如深，管家亲自带人去料理的后事。我不在内。

秦氏之死，连同荣国府，阖府都有些纳罕。但没有人出来说什么。

宁国府盛大办了秦氏的葬礼。用了逾制的好棺材板，向朝廷请了好封号，用的银子堆成山。珍大爷很悲痛的样子，拄着拐杖低着头走来走去；尤氏声称病了，不能理事；蓉大爷倒跟平常一样，不悲伤，也不多话。后来，珍大爷请了荣国府的琏二奶奶来办理丧事，果然是风光大葬。出殡那天，贾府的亲朋好友同僚们来得浩浩荡荡，整条街乌压压全是人。

出殡之时，秦氏恭人的棺椁后，随着一个小小的棺木，那是瑞珠的，准备陪葬。我知道，那里边不可能有瑞珠。瑞珠已经安静地躺在了前边主人的棺椁里。

小蓉奶奶的另一个贴身丫鬟，叫宝珠的，以未嫁女的身份，抚着秦氏的棺木哀哀痛哭，走在送殡的队伍里。她应该是除我之外知道内情最多的人。珍大爷很大方，此前已经对外宣称，鉴于宝珠的孝心忠心，他已经替秦氏收养了宝珠，宝珠不再是奴才，而是仆人口中的"小姑娘"了。

知道秦氏没死这一秘密的人，我不知道府里还有几人。珍大爷肯定是知道的，宝珠肯定也能看出死的人是瑞珠。至于其他人，我就不确定了。脸上划了那么长那么深的伤口，血淋淋的，又是上吊，料理后事的下人们肯定不敢多看，即使有了疑心，估计也要烂在肚子里了。

我记得对秦氏的承诺。现在我不再叫她小蓉奶奶，她不属于贾府，也不属于蓉大爷。

在送殡的队伍中，我看到了冯紫英。他是宁府常客，我认得他。

当我走近，把布条悄悄塞在他的袖子里时，他惊异地看了我一眼，但没说什么。

几个月之后，宁府已是歌舞升平，蓉大爷也已经张罗着续弦，看中了一位姓胡的女子。

有一日，冯紫英来府里玩耍，我替他牵的马。他夸我细致，伺候马是好手，向珍大爷要了我这个奴才，说改天让珍大爷去他府上也去挑个人。珍大爷当然大方地答应了，说人就不用换了，领去就行。冯大爷带我走的时候，珍大爷让管家拣出我的卖身契来，一并交给了冯紫英。

我就这样离开了宁国府。只有干爹焦大在门口送我。干爹的眼睛不行了，他的目光散漫，看着我的脸，又像是看着远方。我给他磕了头，他弯下腰，用手捏了捏我的肩膀，喃喃地说："来应，出府后换个名吧。"我答应着，是的，我不再是宁府的来应了。心下想，可能府里只有干爹一人，疑心过秦氏之死与我有关。但其中的缘由，他是永远猜不着了。

秘密使人成熟。走出府门那一刻，我知道，这是重见天日。这个立着白色石狮子的国公府邸，在经历了那么一夜后，实在不是我能再待下去的地方。我庆幸可以离开。

冯紫英带我到城外，把卖身契交给我，又给了我一包银子，什么也没说。他最后看了我一眼，说了声："走吧。"然后转身打马回城去了。

风吹得很烈。

我背上我的布包，踏上了回家的路。她是对的。她死了与否并不重要，重要的是小蓉奶奶这个身份死了。那些隐瞒者，各有各的理由。而我，也如同她的预测，安全，而且获得了自由。

这一刻，我觉着秦氏，在那血淋淋的一天里，有着缜密的思维。她不再是我从前记忆中柔柔弱弱风流袅娜的那个女主人。更像是放弃了理想之后，活在现实中的斗士。

她也狠心。瑞珠因她而死。

她究竟是什么人？冯紫英与她，与她的家族又是什么关联，我不知道，也不想知道。他给了我自由。他代秦氏补偿了我。

回家，这是我这样一个手里沾着人命，心里藏着秘密的人，唯一可以选择的安全之路。

后来的日子，我曾担心子孙会受报应。好在他们都活得好好的。我带着年迈的父母，携着子孙，搬到了一个离家乡很远的地方。秘密始终吞噬着我。

我，一个不想杀人的杀手，名义上杀了宁府长孙媳秦氏的杀手，最终享了天年。我要把这个秘密传给我的子孙，让他们知道，有时候那些高高在上的门第，不那么值得敬仰；而我，因了一个特别的机缘，用手上的血，为后代谋到了自由民的身份。

我想他们懂。

在我走向命定之路的时刻，贾府已经倒掉，宁国府子孙都已获罪，褫夺爵位。我侍候过的宴席上的那些人，一个个的都散了。那个明眸皓齿身量婉转的女子，她在其中，为这座府邸的倾倒，做过什么吗？我记得她复仇的誓言。

那个代她死去的瑞珠，早已消逝在黄土垄中。在贾府家亡人散各奔腾的时候，秦氏有没有履行她的诺言，照料她的家人，这个，就不是我能知道的了。

我所确定的是，秦氏从宁府离去后，肯定还活着。我希望这个女子有好一些的未来。那个布条上的字，写的内容藏着什么，我都不关心了。

朱红的大门开了又关，关了又开。我不知道都是一些怎样的开头，但我知道了这个故事的结局。

宁荣街，后世宁荣街放的那块镇宅石，那些道士在石头上画符箓之时，知道自己要镇的，是什么吗？可怜的瑞珠，希望不是你。

……

我的祖上的祖上，就这样传下了一个扑朔迷离的故事。在多次的喃喃讲述中，他又说，他其实不是杀手。生而为奴，小人物的一生总是无由可记，当年受到的刺激又太深，所以渐渐地，也以为自己是那一个了结天香楼故事的杀手了。那扇朱红的大门，从故事一代一代传到我耳边的时候，就总在我梦中晃来晃去。

榴花纪

# 第一回

## 吉日添女贾府喜庆
## 神仙观云祸福相依

这一年的新春大年初一，荣国府贾政家添了一个女儿。

在这个孩子出生的前几天，京城里的王公贵族高门显宦中，流传着一个神秘的消息，那就是唐代著名《推背图》的作者之一李淳风的后人，来到了京城。

帝都毕集了最多的贵族，他们对于星象占卜算命的迷信，就像他们行事的排场，非其他地方可比。李淳风后人来京之说，迅速搅动一池春水，大佬们纷纷让家人带上重金拿上拜帖，去李神仙那里排队，请他来家里相看相看。已经富贵的，希望更富贵，长保富贵；官阶尚不满足的，想请李神仙金口断断，转转运；至于子女婚嫁之事，如果有李神仙点头，不用说，那定是稳妥美满的姻缘。

贾府老太君最是喜闻乐见此类的八卦。她深信命理穷通之数，因果轮回之报。故一过正月十五，便催着去请。

政老爹当时还不老。女儿出生，长得玉润，做了祖母的贾母欢喜，贾政心中也高兴。听得贾母催促，也不遣帮闲的相公先去送拜帖，自己直接就去了。

李神仙来京数日，京城有名有姓的人口认了一半。此日正回暂居的地儿休息，小童来报荣国公府的二老爷来拜。首次拜访便是亲自登门，李神仙便知其人笃诚。见了贾政，再次印证，这位荣国府的二老爷待人诚恳，确在其他人之上。国公爷的后人如此，也是难得，便欣然跟随政老，拜访荣国府。

李家是有道行的人。先祖李淳风曾预言则天大帝周兴唐亡，天下谁人不知。李家也把这声名看得极重，家传的看相法传子不传女，秘密传承，故自唐朝以降，江湖声望不坠，即使赶不上当年的隆盛，也大抵立住了姓氏不让其湮没。

宁荣街上，人流走动得不密，大抵是因为这是宁国府、荣国府的正门之前，小摊小贩等闲不敢来。门口立着的家丁，挺胸凹肚，衣着鲜亮。李神仙下轿，看见天际西边一朵祥云，灿烂金黄，不觉欢喜；转眼看东边，却远远的天宇积着一层淡淡的乌云，正是风动之时，隐隐然那黑云朝着宁荣街而来。

李神仙心内叹了口气。天人感应，他是信的。早不来晚不来，他一来，就看见相反的两种景象，看来这宁荣街上的两座府邸，衰荣也在未定之间。

荣国府为表郑重，开了正门迎接李神仙。贾政前头引路，穿过曲曲折折的游廊，看到层层叠叠的屋子，直到贾母屋里。

贾母住在一个大院子里，阳光通透、繁花似锦不必说了。屋顶青瓦洁净，兽头端坐在下午温暖的余晖中，风铃叮叮当当地响；门口的帘子绣着金线，早已被齐整的丫鬟打得高高的。

屋子金光耀眼，一室珠翠。一位六十来岁精神矍铄的老太太慈眉善目，端坐在正中，旁边丫鬟们屏息垂手在旁。半人高的古鼎，不知是哪个朝代的，上升着袅袅青烟。李神仙历年来出入富贵之家不可谓不多，乍一闻，就知是上品的檀香。

虽江湖赠与"神仙"之号，但李神仙恪守家风，不招摇不虚骄，故人间事无不通达恰接。见到有诰封的老太君，自然下拜执晚辈之礼。身刚动，老太太笑呵呵的声音就响起来："赶快请李神仙坐，免礼免礼。"身旁的贾政扶住李神仙，不让他拜。李神仙便也依着，拱了拱手，道声："老太君好"，便在一旁的客座上坐了。随即有丫鬟献上茶来。

贾母自然不会直言请李神仙来的目的。她的一生就是富贵荣华的一生，从不曾缺过什么。请李神仙来，自是出于好奇热闹。但人家来了，总得问个啥，让显显功夫，也是礼仪。

寒暄已毕，贾母笑着开言："大年初一，我这刚添了一个孙儿，既然请得李神仙到，也是孩子福气。看看我这孙儿生得如何？"话说得客气熨帖，李神仙听在耳里，知道这一位乐呵呵没架子的老封君，必是有德之人。

贾政见母亲发话，不敢违拗，赶紧让丫鬟出屋，让奶妈抱过孩子来给李神仙相看。

不多时，奶妈抱着褓褓中的婴儿来到。为了避风，头上还遮上了白狐皮帽兜。

李神仙笑着站起身来看这婴儿。初时，他还认为只是走走过场，说两句好话，让贾府上上下下开心就行，毕竟公侯之家，后代们自有富贵可继承，实在没多少可相看的。

可是看了又看，李神仙竟看住了。这孩子生得方额广颐，怎么觉得，像祖辈口中传说中的则天大帝的面相。又细观耳垂，右耳完整圆润，左耳就有点美中不足：耳垂处有一处不经意看不出的小缺。眼光又移到孩子的下颚，看了又看。

见李神仙看孩子这样入神，贾母也好奇了，便问："李神仙，我这孙儿命相如何？还请神仙指点。"

李神仙听着，心内暗思，这孩儿不知是男是女，贾府并不告知，看来也有掂量自己的意思在内。得抖擞一下精神，好好说说，李家后人可不是江湖骗子。而且，这婴孩的面相确实与常人有异。

李神仙退回客座，打开盖碗，端坐吃茶。贾母是个明白人，便吩咐丫头、媳妇、婆子们出去，又让奶妈把孩子抱过来，襁褓放在自己怀里，让奶妈也出去等着。

"现下，李神仙可以说了吧？"贾母笑吟吟地问。

李神仙放下茶杯，整容开声："老太君，此婴儿，若是男子，定是国家栋梁，克绍祖业，虽有小波折，但一生定平安顺遂。"

贾母看一眼怀中玉雪可爱的孙儿，笑问："若是孙女又如何呢？李神仙还请讲讲。"

"若是女子嘛……"李神仙斟酌着用词，他知道了，眼前的孩儿确是女婴。

贾政在旁接话："家母最是通达，李神仙但言无妨。"

李神仙决定直言："若是女子……这是宫里人的命格。"

满人女子，家里有品级的，三年一选秀。贾府的女儿将来选进宫中，亦非罕事。贾母听了倒也神色如常，静听李神仙下文。

"这孩儿生于大年初一，元春时节，实在是一等一的好日子。她的命相注定才艺过人，入宫定是品级不低。若是生有子嗣，其子嗣……前途不可限量。"李神仙声音越来越低，看着自己的脚尖。

"若是？"贾母敏锐地发现了李神仙的用词和他低头的踌躇神态。

李神仙不语。

贾母看李神仙欲言又止，方起了郑重之心，看来这位李淳风的后人，真有独门绝密，观相判人于细微之中。

"李神仙，请您直言，是这个孩子命中有什么关隘吗？"

"婴儿的面相几乎无可挑剔。将来必将给贵府带来鲜花着锦之盛。若生有子嗣，那一定贵不可言。只是此孩儿左耳有微瑕，命中有个关隘……不知能不能过，这要看她的造化了。"

贾母琢磨着其中的意思，"那也就是说，如这个孩子将来生有子嗣，这个坎就算过去了，是不是？"

"是的。"

贾母松了一口气。刚才听李神仙讲到入宫，讲到会因此让贾府鲜花着锦，着实震动。贾府已经是国公府，老太君本身就是诰命夫人。能让贾府鲜花着锦，那得是多大的荣耀与地位。

至于命中的坎么……如果这个坎是生孩子，那就不必太过忧虑了。一个女子嫁人，生儿育女自是水到渠成之事。听这李神仙的意思，只要生下孩子，她的命不就顺了么？这个不打紧。

李神仙看到了贾母神色的放松，老人家果然厉害，一出口就是重点。他刚才说了两次"若是"，不知道老人家听出什么了没有。想起了刚下轿时贾府东边隐隐的乌云，感觉有些不祥。但那肯定是很多年以后的事了，风云突变，也许这块远在天边的乌云自然散了，也未可知。

李神仙进一步想到，那块祥云，莫不是就是眼前的婴儿带来的？那块乌云，会不会最终驱散了眼前的祥瑞呢？天象只显现给看得懂的人看，他看到了。至于懂几分，能够说出来几分，那就是另外一回事了。

点到为止即可，言多必失。李神仙想毕，立起身来告辞："晚辈今日得见老夫人，幸甚。打扰多时，请容晚辈告退。"

老太君心下明白，刚才李神仙讲的，恐怕就是天机。既是天机，卜者不可尽言，否则反噬泄天机者。李神仙刚才讲的，如果将来验证了，那么这个孙女，就是贾家的明珠。

贾家是包衣出身，属于汉军旗。立了军功才封的爵。论起爵位，一门两公爵，自是不低了；但论起身份，并不在八旗上三旗之列。后宫素以出身定品级，如果按照李神仙的说法，这孩子是伺候君上的命，将来位份不低，又生有子嗣，那么贾府的后嗣，将来真的可以贵不可言吗？妃嫔的后代，无论封个贝子贝勒还是郡王亲王都不算稀罕，应该不会用到"贵不可言"这样的词……

这些念头奔腾在贾母的脑海，激荡的心情也就是片刻。贾母很快平复下来，笑吟吟说："今日有劳李神仙。"唤众人进来一齐谢过这位高人。又吩咐着令贾政好生送出去。

李神仙由贾政陪着，再穿过长长的游廊，出了贾母的院子。天空传来鸽哨声。国公府果然气韵氤氲啊。

在荣国府门前，与贾政拱手作别。

贾府下人早就套好了马车，送李神仙回。小童说，贾家封了银子，还送了许多礼物，都搁在车后边。李神仙嗯了一声，并不应答。他心下想的是今日所看的孩童。确是万中无一者，他再次确定。没想到这次来京，还看到了这样的面相，也算不虚此行。

李神仙浮现出那婴儿安睡的样貌。没满月的孩子，便显示出惊人的气场。

令人不安的是，与她非凡的样貌相随而来的，他看到了隐隐的噩运。

## 第二回

# 豆蔻年华明珠长成
# 宿命难违元春进宫

堪堪十六年过去了。

元春，自从那个神秘的预言被祖母和父亲所知之后，她似乎失去了所有孩童们可以玩乐的时光。

四岁开蒙，诵读书经，磨墨练字；六岁、七岁，聘请名师教习，开始学琴；八岁、九岁，学做针线女红，刺绣裁衣。甚至于端茶倒水，进退行止，表情、仪态、步姿，祖母都要教引嬷嬷们一丝不苟地教。她看了满意，点头才行。有时元春不明白，荣府这样的人家，女孩子的针线女红学学也就罢了，端茶倒水这些伺候人的活，需要她这样反反复复练习吗？可是祖母要求严格，事事要做到完美。

例行的功课挤满了所有成长的日子，压得元春抬不起头来，但她有一种天生的韧性支撑她度过这一切，也许是因为她长女的身份。她心头，始终记得祖母的话：你是非凡的女子，所有的一切你都可以做到。

唯一的放松时刻，就是教小弟弟说话，教他念诗。弟弟宝玉天分极高，不愧为衔玉而生，两三岁竟能跟着元春诵读"棠棣之华"、"青青子衿"、"风雨如晦"，他尤其喜欢重叠的词语，念起来总是乐不可支。他是阖府的宝贝，是祖母的心肝，是母亲的心头肉，更是元春的小伙伴，是她发自内心温柔微笑快乐的源泉。

除夕翻过了篇，新年已经来临。大年初一，元春的生日。新春佳节和大小姐生辰叠加，荣国府热闹自不必说，家中小戏台不曾断过场。但这一年元春十六岁的生日，热闹的背后，却有着过去的年头所没有的，全家人没有说出口，但不绝如缕飘在空气中的淡淡忧伤，因为十五天后的正月十六，元春就要进宫候选。

进宫之前，元春最不舍的，就是祖母与弟弟。父母自小将她交给祖母教养，又守着大家族的规矩，情分上，日久而生的温存亲热反倒不多。但最后一个在家的生日宴，父母亲给她挑的礼物，宴席上那样慈爱地看着她，给元春一个最温热的回忆。她知道，家人们担心她进宫之后的命运。一想起茫茫未来，元春不得不强忍热泪，不滴落人前。

忽如远行客，难舍是至亲。该走的终归留不住。马车候在门前，静等元春上车。正月间，天气尚未转暖，偏是一早下起了漫天大雪，灰色的天地间像有无数柳絮在飘，"可惜少了柳枝的绿色"冒雪出门时元春想道。丫鬟抱琴、伴鹤一边一个，扶着她登上马车。

启程之前，元春掀开帘子，回望荣国府的大门，这是生长了十六年的家。如果入选，此后便再没有祖母父母做依傍，也再没有弟弟牵着她的手在阳光下欢闹。

她即将走进她自己的人生。

"走吧！"元春收回心神，叹息着放下了车帘。车声辘辘，带着一个女孩的希望与不安，驶向紫禁城。

丫鬟们不能入宫，只能在宫门口候着。元春从角门进宫，走过无数条夹道，到地方时已接近正午。像她一样参加选秀的女孩们，穿得花团锦簇，有的穿着长毛披风，有的为了窈窕，并无避雪之衣，在风中强忍寒气。个别女孩不顾礼仪，呵手取暖；还有的避开太监嬷嬷们的眼，轻轻地跺着冻僵的脚。

漫长的等待后，一排排的秀女，由宫中的嬷嬷领着，去给坐在大殿中央的太后和皇后相看挑选。元春知道，选秀开始了。遗憾的是，皇帝并没有出现。按祖制，皇帝的嫔妃还有宫中的女官，是由皇后来决定的。今太后尚在，故两宫共同决断。

秀女们的出生家庭大不一样。品级高低自不必说，满汉之分，文武之别，家庭出身烙下的印子，就在这一方舞台、短短时间，通过秀女们的仪容表情显示出差别来。武官家庭，对于女儿的教养一般来说比不上文官家庭，识几个字也就罢了，仪容仪态也就是进宫前的恶补，自然没有先天教育的那般自然。元春看着眼前一排排秀女进殿，又一排排出来，颇觉自己站的，就像正月十五的街市，只不过，她们是商品。

元春庆幸自小受到的严格教育，不至于在这样盛大的场合露怯。

贾家虽然是战场上博来的功名，但封爵之后，随着门庭日隆，有远见的先祖叠引名师教育子弟。经历两代之后，宁府的贾敬进士及第，元春的父亲贾政也是酷爱读书之人。元春静静等待传唤的时间里，感激祖母自小的培养，自己虽然不足以出挑，肯定也不能让人看低了去。她心下明白，此刻，站在这里的秀女们，一切背景都排成一条直线，并没有高低贵贱之分。今日重要的只有一件事，那就是殿堂中间端坐的两位娘娘，满意还是不满意，又或者说，选谁不选谁。

元春多年后回想这一天，颇觉平平无奇。她和身旁的女子鱼贯进殿，行礼，抬头，又和身旁的她们一道谢恩，出殿。是的，她并没有被选做皇帝的嫔妃。选中的人，当场就被留了牌子。

是幸还是不幸，是失望还是别的，元春不知道。她的心空荡荡的，她甚至都没有留意到自己已经顺着人群出了宫。门口等待着的丫鬟赶来接了上车，她们焦急的眼神并没有引起元春的注意。

身在云端没有落脚处的心情，没有持续多久。傍晚，宫里来了太监传旨，贾元春被点为内廷昭训，正七品，供职凤藻宫。命择日进宫。

祖母和父母在接到旨意后的欢喜，让元春弥补了没有入选做今上妃嫔的遗憾。事实上，元春等到的结果，是她内心最为满意的。她以为准备好了，而事实上，十六岁的她还没有作好准备做皇帝的女人。做内廷女官这道旨意，让她舒了一口气。家人无需向她行礼，她也还在他们之中；在有限的进宫之前的日子里，她还可以尽享天伦。

至于供职的地方，父亲告诉她，凤藻宫是管理宫中典籍的地方。皇家珍藏孤本无数，她尽可以读书抚琴，待上几年之后，最多二十五岁，她就可以出宫了。

元春理解父亲小心翼翼背后的强颜欢笑。对于一个入宫的女子，又不是皇上的嫔妃，在宫里等到二十五岁才能出来，一个女孩最宝贵的青春，也就消失了大半。关键是入宫期间，家里还不能替她定亲。一个女子到了这个年龄，哪还有相配的男子未娶亲的，那么婚嫁之事，可能也就草草了结了。

父亲爱女之心，反倒激扬了元春。既然她不能够给家族带来荣耀，起码，她可以保证自己不行差踏错，给家族带来祸端。她的心，因为踏实而坚定。

与儿子的心情相反，贾母老太太一丝悲观也无。她饱经世事的双眼，正看着命运转起神秘的球。孙女进宫，就是李神仙当年预言的一部分。儿子不信，她信。她也恪守着天机不可泄露的规则，没有向孙女透露一个字。

第三回

## 廊空寂寂凤藻春冷
## 昭仪理书琴动君心

元春像一滴水，融进了偌大的紫禁城。

这座已经建立了300来年的宫殿，上应紫微星垣，下禁臣民接近，是历代帝王认为的大地中心。数千太监宫女，从半夜的玉泉山采水，再到主子们的饮食宴饮日常起居，都由他们维持运转。女官与他们不同，因为来自于有品级的满人家庭，承担的事务便高贵得多，有负责太后、皇后读写文牍的，也有负责后妃们出行仪仗事宜的，还有一部分，则负责宫中的典章规制的管理。女官看起来比太监宫女地位要尊崇，实际上，她们也就是逃脱了日常的庶务而已。在紫禁城的帝后妃嫔们眼中，她们同样是奴婢。

凤藻宫名字好听，实际上如同贾政所言，就是一座储存宫中典籍的处所，位置也偏，在太后居住的慈宁宫后边靠西北处。皇帝皇后居住在紫禁城中轴线的乾清宫、坤宁宫，妃嫔们则住在两侧的东西十二宫。至于太后，则远离中轴线，在紫禁城的西部慈宁宫颐养天年。凤藻宫的所在，在慈宁宫后墙还要西北，自然更是远隔庙堂，幽僻少人。

元春入宫，在首领太监的引领下，遥向乾清宫、坤宁宫磕头。携着丫鬟抱琴、伴鹤，穿过重重叠叠的屋宇，到凤藻宫供职。立在她眼前的是一座空洞寂寞的大屋子。

清承明制，但明代宦官之祸，也是人尽皆知，清军入关后，一直惕惕。故自康熙帝开始，决定设立一套管理后宫的法则，以杜绝后宫干政之祸，因此在他当政时，关于后宫的典章制度基本成型。这些成文的典章制度，就存放在凤藻宫。明亡时散落各处的内宫典籍，后人收集清理后，也陆续归置在这里。

后宫是争奇斗艳的场所，像这种存放书籍发黄发霉的屋子，是不会有人来理会的。这也是贾府宫里无人，派给贾家女儿的职司，如此冷门，未尝没有缘故。分派到皇太后、皇后宫中供奉的女官，那热闹尊贵，肯定不是一个图书管理员所能比的。

元春进宫之前，早有宫里派来嬷嬷，介绍诸多宫里的规矩，但对于凤藻宫，嬷嬷似乎不甚了了，贾府也不敢细问。想必紫禁城各有所司，即使一个在宫里久住的嬷嬷，也未必说得清紫禁城有多少间屋子，更不必说这些屋子都住着谁，每一间屋子用来干什么的。尽管如此，当元春第一眼看到凤藻宫，还是忍不住深吸一口气。她们主仆三人，看来要在此地寂寞生活许多年了。

管理后宫的大太监，在这次秀女入宫之前，只是派负责匠作的小太监们把门面、柱廊粉刷油漆过一遍，维持皇家体面而已。至于殿里，便是草草打理。元春推门进殿之时，尘土在阳光中飞舞，显然前任离去之后，这里并没有得到尽职的清理。但胜在空间阔大。这里一直是存贮书籍的地方，殿里立着几十个分立的开放式书架子，元春上前轻轻推动，书架便跟着缓缓转动起来。这就是明代巧匠们的本事了，过了几百年，这些器物还依然能用。

元春由此开始了她的深宫生涯。凤藻宫配了两名太监、两名宫女日常清洁打扫、饭食供奉、内廷司领用物资等诸多杂事，生活也还便利，毕竟是皇家，以天下养。好在她入宫之前，已经坚定了心志，于她，在宫里平安度日直到出宫，心静即可。既来之则安之，她便带着丫鬟、太监、宫女，把这里当做自个儿的书房来经营。

其后的时间里，元春逐个清理书架。散放的书籍特别杂乱，有些书页散得满架子都是。其中不乏有珍贵的善本，明代刻本，也有更早的、外边只道已失传的大内秘藏。太监们收罗书籍时，想必也不懂这些书的价值，拢起来统归一处就结了。令元春高兴的是，里边还发现几套古琴谱，细细看去，与家中常弹的有细微不同。

为了查找书籍方便，元春开始把书籍归类，再一页页誊写目录，将对应的书架、存储的位置一一备注。这些目录装订起来，成了一册索引，翻起来一目了然。元春做这些事的时候，也就聊作打发时间的目的，但凤藻宫变得井井有条，也让她自个儿满意。因为，不做这些无聊之事，何以遣有涯之生，她心里非常清醒。

花红了几回，月圆了几度，院子里的寂寞，只有树影看得见。凤藻宫除了太监送过来的书册需要归置之外，日间少有来人。晚间，风清月白时，老柏树在庭院中摇动；柏树对面的石榴树，五月花开时，红的都是寂寞，翠眉如黛，红巾若蠹，正是写照。住得久了，元春发现这里也有妙处，因为西邻太液池，海子里的风夜里吹来，夏天格外凉爽。她有时命丫鬟搬出琴来，在院中焚上香抚琴。整理书籍发现的古琴谱，元春已经弹得精熟，琴理更有所悟。开始还怕琴声飘过夜空，打扰了前头太后的休息，后来发现，凤藻宫基本是被遗忘的角落，无人过问，也就放开了。女孩们生性活泼，弹个琴算得了什么。空荡荡的紫禁城，只有她们三个女孩相扶相依。如果还整天个死板拘着，那宫里的日子该是如何看不见底的难熬。

内廷参照外边的官制。进宫第三年，元春积年资，晋升为正六品司记。宫里多了一名太监、一名宫女。

进宫第五年，元春晋升为正五品女史。

进宫第七年，元春晋升为正四品内廷女官。

正四品已经属于中级女官，这样的升迁不会平白得来。大太监夏守忠在外边得着荣府的好处，心里便存下了方便的意思。女官们的年终考核前，他到过凤藻宫一次。看到这里雅洁非常，书籍整理得整整齐齐，心下满意，回去后便报了个优等，故才有了贾元春的再次晋升。

也因了夏太监的关照，元春一年可以有一两次与家里的书信往来。弟弟宝玉进学了，宁府珍大爷的儿子贾蓉娶了亲，这些都是家书里父亲告诉她的。她是风筝，她的线，她的根，还在荣府，家中递来消息，便是平安符，字句之间有着家的香味。同住一城，却如天涯。家书抵万金，元春完全体会到了杜工部诗里的心情。

日子像流水一样淌了过去，元春可以期望的，就是待够年限，求一个恩典回家。她真心感谢康熙爷立下的女官、宫女出宫制度。没有这个希望，不知有多少远离父母的子女，要倒在这高墙深院寂寞的时光里。

进宫多年，她还没有见过皇上。

凤藻宫清净，元春寡言，但毕竟还在紫禁城里，偶有宫人来走动闲话。元春因此知道了些宫里的事。今上四十来岁，勤政至极，从来没有不上朝的先例。他的后宫规格，按说应有皇后一人、皇贵妃一人、贵妃二人、妃四人、嫔六人，贵人、常在、答应则没有定数，但这位皇帝，宫里除了皇后之外，贵妃存一，妃存二，嫔也未满员，也未听闻谁宠冠后宫。看来这位紫禁城的主子，对后宫的兴趣比不上奏章文案处理国事。偶尔元春也想象过皇上的样子，但帝王出巡必前呼后拥，有次皇上来给太后请安，元春正好经过慈宁宫，远远望见仪仗，便在道边跪下了，头也没敢抬一抬，更别说看看今上的样子了。

今年中秋刚过，下了一场雨，天气骤然凉了下来。雨停之后，院子左厢的槭树，叶子成片被风雨打落，地上一片猩红。傍晚，院外尚有余光，殿内已经昏暗。元春命人点燃蜡烛，焚香抚琴。此情此景，信手便是一曲《洞庭秋思》。元春生在京城，从未去过南方，但曲里的风萧萧落木下，那秋意让她感同身受。弹完一曲，继续《平沙落雁》，雁字回时，月满西楼。凤藻宫在萧萧秋风里，和着主人的心事，在紫禁城的一角，隐隐然有一种遗世独立的美。

来给太后请安的皇帝，出宫时听见了远方若有若无的琴声。宫中自有供奉的伶人，但今晚的琴声格外悠扬清婉，这里远离梨园，显然不是伶官们的练习。趋近听了两曲，猜这位弹琴者下一首，会是什么呢？才想着，一曲《潇湘水云》悠悠传来。皇帝便听住了。嗯，秋思，归雁，碧云天，黄花地，秋色连波，波上寒烟翠。琴好，意好，弹琴者是个有才情的。

弹者与听者的心思暗合，是极大的欣喜，也是难得的机缘。皇帝让车驾侍卫原处等候，带贴身太监戴权前去寻访。

凤藻宫的宫女太监听到拍门声，吓了一跳。天色已晚，居然还有来客？开门一看，见是都太监戴公公立在门外，不敢则一声，赶紧跪了下来。

琴声还在流淌，这一曲是《渔樵问答》，曲调活泼多了，琴音里一问一答，像是乐天知命的渔夫樵子谈天说地。皇帝听得微笑，摆摆手让太监宫女噤声，自己越过众人，踩着红叶走向殿门。

元春抬头看见的，就是她伺候了七年的主子。她看见来者穿着明黄色刺绣龙袍，一下明白了来人的身份。她毫不迟疑下跪，口称："奴才贾元春叩见皇上。"这是她训练了几百次几千次的一句话，她练了无数次，今天终于用上了。

烛光下的贾元春，在皇帝眼里，面如满月，凤眼入鬓，肤色凝脂一般，头上的装饰清淡典雅，不由眼前一亮。出于刚才听曲的好感，他的声音比平时温和许多："起来吧。"

抱琴伴鹤早端过茶来，伺候皇上坐下。又退后屏息垂手立在元春之下。

皇帝看见大殿内，书架书册整理得清清爽爽，靠墙的大案上，摆着满满的笔筒，笔筒里插着粗细大小不一的笔，右侧一海墨汁，案上还铺着宣纸，像是有写好的大字，不由提起兴趣，走了过去。案上的宣纸中间，立着"海上生明月"五个字，字字遒劲，如不是亲见，断不信出于闺阁之手。遂笑问："卿何不写完下句天涯共此时啊？"

元春奏道："禀皇上。奴才最喜海上生明月，觉得明月朗照四方，最有皇家气象，最有苍生之念，故常写之。今天下太平，政通人和，哪里还有天涯，也无需写下半句了。"

一番妥帖奏对，皇帝满意。他看看书案旁，还立着一个木箱，木箱上放着一厚厚的册子，还有编号，便拿过来看。翻看之下，只见工工整整的小楷，一页一页写着书名、存放的架名、第几层，左第几册。这是一个很有心的女子呀。

"这是你做的？"

"是。"

"这个是图书目录吧？做了几册？"

"七册。"

皇帝转回座椅坐下，元春对面侍立。

"卿进宫几年了？"声音是温和的。

"已有七年。"

嗯，一年一册。皇帝心下想。心下不由起了爱怜之意。凤藻宫差使这样的冷清，眼前的女子，是通过这样的细致，来打发时间的吧？转念一想，难得不偷懒耍滑，做这些无人知晓的事情，还尽心尽力，足以想见此人的品质。

收回思绪，皇帝继续问："刚才的曲子，是你弹的吗？"

"是。"

皇帝嗯了一声，思考了一会，说道："你跪安吧。"

元春跪下行礼，待抬头时，皇帝已经出殿。看见外边有公公打着灯笼，一路去了。

元春自思刚才的奏对没有失仪之处，心下稍安。这一场不期而遇，让她平静的心怦怦地跳将起来。

三日后，夏太监捧诏而来，元春清清楚楚地听到，皇上封她为正三品代诏女官。夏守忠将诏书交到跪着的元春手上。元春奇怪的是，按照宫制，代诏女官一般任职的是太后、皇后宫里，这道旨意并未说元春的去向。她站起身来，恭恭敬敬地请问夏公公。夏守忠笑眯眯地回她："咱家看，皇上的意思是你还在凤藻宫。好好侍奉就是了。"

夏公公带来了5名太监、5名宫女，现在，凤藻宫侍奉的人员已经颇为充裕。花柳拂风，不似先前寂寞了。元春捧着这道圣旨，知道这是皇上亲封的，分量与前几次的升迁不同。难道，她和她的家族所期待的，就要实现了吗？但她随时提醒自己，自己的身份依然是女官，并不是真正意义上皇帝后宫的一分子。安分随时,才是她应恪守的。

元春面上一直安静低调,但宫中这个大名利场,这样别出蹊径的事儿怎么可能不产生水花?皇上来过即有升迁,彰显之意明明白白。

凤藻宫一时热闹起来,各宫的女官、宫女不时来往走动。元春知道,这多是奉了主子的命令来探看的。她一一和气接待,告诉自己,千万别骄狂,现下非比从前,多少双眼睛盯着,千万不能行差踏错。

## 第四回

### 知己难逢花房洞府
### 水到渠成元春晋封

如元春所盼，皇上此后常来。探望太后之后，便顺足走到凤藻宫，有时携带一册古书，有时携着一幅古画。烛光下，一起品茶，一起论诗说画。琴声起时，相视的目光里，融进了许多语言不能表达的默契。

元春潜心凤藻宫数年，其见解眼界，亦非入宫前可比。偏元春最是细致之人，冬天里，每日拢好几个火盆，去了炭气，放在大殿四围，平常写字的几案旁，再放上数盆福建进贡的水仙。炉火的热度熏得花儿香气欲滴，一殿春意，皇上无论哪一个时辰到，都如同一脚踏进了春天。元春悉心揣摩，如皇上这般男子，喜欢的应是旷达诗文，悠远山水，便特意备好在几案上，皇上来了自不缺谈资。紫禁城一个冷清的角落，一个堆满发霉书籍的荒凉之地，一时间竟成了红泥小火炉能饮一杯无的花房洞府。

二人日渐亲密，但元春始终守着君臣之分，无半分逾越。皇帝话少，但评点书本画意音色，要言不烦，言出必切中肯綮，元春心下敬佩。二人相对时，他也从无过逾之行。兴尽而来，兴尽而返，颇有些魏晋古风。

凤藻宫一时风头无两，隐隐然有压过东西六宫之势。宫内上下人等都已留意到这不寻常的事件。这里已然成为皇帝处理完朝政琐务之后最常来的地方。对于皇帝而言，这是最好的休憩地，也是从未体验过的牵念之所。灯下美人，院外疏风，谁人能心不动意不摇？眼前的元春，有着珠玉一般的容颜，解语花的谈吐，敬他懂他，实强过那些浓妆艳抹的木头美人百倍。

皇帝是一个心思缜密，对自己对别人都要求甚高的人。此前，他示朝臣，甚至示母后，他的形象，一直都是冷峻，敏锐，果决。柔和是他的死敌，他也不曾柔和。自他当亲王起，到荣登大宝，都把自己隐藏在铁板面容之后，而且隐藏得很好。这份冷静，助他从众多皇子中胜出，最终夺得帝位。他是冷静的，也是聪明的，聪明到知晓柔和是执政的大敌，会给潜在的敌人以可乘之机。

而凤藻宫，是他一生中难得的意外。

他与皇后，因循祖宗的家法，本身就是政治的联姻，帝后的结合，可能是距离爱情最远的那一类。其他的妾侍，于他更是不值一提，她们的任务，除了延绵子嗣之外，并没有别的。他此前不曾盛宠过任何人，他也不会。皇帝遵循先皇遗训，把宫规宫禁看得极重，治理内宫，一向是铁血手腕。太监宫女拨弄是非，若查实，少则板子，重则打死。故后宫在他的整肃下，表面上安宁祥和。东西六宫也鲜有滋事者，他的妻妾知道他的脾气，若有人作妖，他断不会容许。

这样的一位冷血皇帝，日渐温和，轮廓清晰的四方脸，甚至有了一点柔的影子。元春唤醒了他的温热，他内心潜藏的绵绵情思。谁人可以一生刚峻，拒绝美好呢？哪怕是帝王，哪怕把自己保护得再好，也终究不能回避心动时的欢喜。

这种体验是前所未有的。皇帝没有细思，是否元春并非他的妾侍而是女官的身份，让他滋生了隔岸花香的吸引。他也无需检索内心，坚硬了几十年的内心，为何为一炉火、一把琴、数盆水仙而渐次苏醒。他确定的是，眼前的人儿如珠如宝，是他高高在上的清冷帝王生涯难得的温润。

皇帝在元春面前，从未提起自己的内心。但他知道，那个始终在凤藻宫安静地等着他，对他微笑的女子，是懂的。帝王的身份让他不愿意苟且，他也不完全确定，自己迟迟不宣旨，是否是担心打破两人相处的完美。

尽管如此，随着皇帝频繁造访凤藻宫，太后也听闻了此事，特意招元春入慈宁宫相看。

选秀之时，太后隐隐有点印象。贾家的女儿在一排的秀女中，端庄典雅的气质让人印象深刻，故向皇后提了一句，后来才有了凤藻宫女官之封。至于准备充作贵人、常在、答应的一干秀女，皇后自己定，她作为婆婆，并不准备干预。现下看着奉命而来跪在殿中的元春，应答清朗，温和周全，心下满意。

皇后在太后召见之后，也差人来凤藻宫，招贾元春述职。皇后是执掌后宫之人，按说女官也在她的管辖之列，只是平常的事务，都由太监代劳了。皇上有特旨升迁女官之事，她心下已然有些忐忑，想及职分所在，也要看看。

元春遵懿旨来到。皇后是太后的娘家人，太后看中的人，她轻易不会持异议。再一看元春不是那妖娆惑主之人，自也放心。只是皇上常去凤藻宫，又不封她伺候的职分，倒是有些难解。便随口吩咐几句，让元春去了。

两宫先后召见元春，皇帝自是知晓。他的贴身太监戴权，是自小服侍他的。宫中台面下的信息，戴权在主子闲散时，会挑一些合适的内容报告。既已知晓此事阖宫尽知，又考虑到元春已供职七年有余，按照宫规，已快到出宫的年龄，那么这个决断，是需要下了。

首次听琴后，他便向戴权询问了元春的来历。出身不错，荣国公后人贾政的长女。贾政现任着五品员外郎的差事，功臣之后，这样的人家，是可以放心的。

元春不知皇上的安排，依旧勤谨侍奉。随着皇上来的次数增多，太后、皇后的相看，她知道，自己期待的那一天已经不远了。

入宫的第八年仲春，正是榴花开得热闹的日子，元春迎来了她蓄积已久的春天，她一生中最大的荣耀。

都太监戴权明白主子的心思，亲自安排一应细务。圣旨一下，他便派出小太监出宫传旨。端阳节正午，贾母正带着儿子媳妇、孙子孙女们厅中取乐，忽报宫中来人。赶紧撤宴，全家人中厅接旨。传旨的小太监笑容满面，面南而立，待贾政问皇帝安之后，便宣皇上口谕：宣贾政进宫。

想及传旨的小太监面和，贾母王夫人心下稍安。这里贾政才入宫，那边皇后懿旨又下，招贾府命妇入宫。贾母、邢夫人、王夫人赶紧穿戴诰命夫人服饰赶进宫去。她们跪听的圣旨，险些让她们欣喜若狂：贾家的女儿贾元春，被今上封为正二品凤藻宫尚书，加封贤德妃。

这是贾府恩荣已极的一天。贾母已近七十，但她眼不花耳不聋，在忙着谢恩的间隙里，她看到了未来的贾府烈火烹油之盛。

老太君清楚，凤藻宫尚书，依然是女官的位分，重点是贤德妃三字。既是女官，又是妃嫔，这种封法并无前例。但既封了，便是皇家规制。元春一封就是妃位，已经很难得，更难得的是封妃的同时赐了封号。封号"贤德"，圣谕煌煌，这是对贾府女儿的评价与褒奖。还有什么比这更崇隆的恩典呢？

于贾元春来说，这几乎是梦幻的一天。虽然早有准备，但喜讯传来，还是让她在阳光里眩晕了一会儿。皇上依然让她管理凤藻宫，是对这一段二人相处的时光，希望保留的拳拳情意，也是对她八年来忠勤王事的肯定。至于妃位，她没想到跻身得这么快。后一想，皇上亲封她正三品传诏女官时，是否已经为她后宫的晋封埋下了伏笔？元春情思细密，她看到了皇上心意的久远。妃为二品，她从三品女官晋升二品尚书，同时封二品妃，是这样的自然，任何人也提不出反对的理由。

封号贤德，是她从不曾有过的奢望。贤德，这是君上眼中最为看重的两个字，而他，一股脑儿给了她。

元春在巨大的幸福里，在礼仪太监的引导下，依次去给太后、皇后磕头。她心头涌动着的对于皇家的感激之情，被她深藏在了训练已久没有瑕疵的礼仪中。众人眼中，她还是那个持重端庄的女子，她行走的步姿还是那样的从容，并没有被这天大的喜讯所打乱。在接受贾府命妇的朝贺时，她看到年迈的祖母，还有久别的母亲跪在自己的脚下，不得不强压着情感，待礼毕才请亲人们起身。当她以贾府孙女、女儿的身份盈盈拜倒在祖母、母亲膝下行家礼时，她的眼泪忍不住润湿了眼眶。从今天起，她与她的亲人们，是先国后家的君臣关系了。

贾府众人自是心怀激荡。皇家的规矩大，即使是这样的日子，也不能多待，几双眼睛述说着别后的思念，心底的欢喜，但口中除了颂圣之语，其他却是一个字说不出来。

待各宫见礼毕，已是掌灯时分。元春走进皇帝特旨赏给她住的昭明宫，明晃晃的红烛，在重重帷帐中摇曳着幸福的光影。愿得一心人，白首不相离。这是她的洞房，是她的花烛夜。

随着小太监的颂唱，殿外传来熟悉的脚步声。是她的皇上来了，是她的新郎来了。尽管他是一国之君，但今天，她终于可以把他当作自己的丈夫，她是他的女人。

在接下来的时光里，两相绸缪自不必说。元春从来没有这样的心满意足。那些凄冷的风清月白，那些满地榴花的无奈凄楚，都成了过去。她是皇上最看重的妃子，他是她最亲近的人。阳光雨露，足以抵偿此前八年的虚掷光阴。

元春心中只有一点不安的影子，那就是皇上赐给她的凤藻宫尚书封号。她理会得，这自然是因为此前女官的职分，但"尚书"二字，让她想起白居易的一首古诗《上阳白发人》。其中有一句"大家遥赐尚书号"，是写君王情淡之后，偶尔想起从前喜欢过的女人，遥赐一个尚书名号的故事。但这一点不安和疑惑，很快就被君王的恩宠给冲淡得干干净净。红烛高烧，尽照春宵之暖；西窗共剪，正是情投之人。

## 第五回

## 太液池畔唱答情定
## 深宫雾锁归宁可期

宫廷里的风，永远吹不完。贾元春独占春色，后妃们若心无波澜，那才是不正常。贤德妃三字太耀眼，每次说起来，心上就像扎了一根刺。后来，宫里提到元春，便称贾妃，倒也不会混淆，因为宫里汉军旗的就两位妃子，除了元春，另一位姓周。一提贾妃姓氏，阖宫便知是那位由女官飞上枝头变凤凰的幸运儿了。

自出生以来，元春就活在《女训》《女则》的教条之中。身为女子，她除了德行的修炼之外，不曾接触过高墙之外更复杂的生活。她更不知道，完美有时候是一种不幸。

当一个人有着一两项明确的缺点时，不满于她的人可以朝这样的目标开火，小杖受，大杖可也走了，顶多就是口舌刀剑，伤不着什么。但如果是一个浑身上下挑不出毛病，同时又犯了众怒的人，她整个人就是目标，而针对她的目的，也不再是伤害，而是摧毁。

嫉妒之恶散布在紫禁城中轴线的两侧，而元春浑然不知。她什么也没做错，但她是这样一个受皇帝明显厚待宠爱的妃子，就是最大的错。皇后敦厚，自不理会别人说什么，但先封的妃嫔，自贾妃受封以来，少见皇上，怨气积攒，渐渐以隐形的方式，弥漫在元春的四周。

皇帝也曾考虑过后宫的平衡，偶尔去其他嫔妃处，如听到对元春转弯抹角的抹黑，便立马行诸于色，拂袖走人。一来二去，其中几个怨尤之念最重的，意识到，要去除眼前的眼中钉，需要等待机会。

这些后宫无所事事的女人们，当她们没有共同的敌人时，她们互相倾轧；当她们有共同的目标时，她们也会摒弃前嫌携手对敌，这就是后宫的可畏。因为紫禁城只有唯一的资源，那就是皇帝，这个代表着无限权力的男人，是她们的天，也是她们家族的天。皇帝治理后宫的手段，她们清楚，去除共同的敌人，需要更加隐蔽的方式。

生有皇子的，担心贾妃生育，凭着现在皇帝对元春的重视和宠爱，她生下的孩子，保不齐将来的某一天就会被立为储君；未生皇子的，则深恨贾妃夺走了她们的机会。同是昭阳宫里人，凭什么由着她后来居上？"玉颜不及寒鸦色，犹带昭阳日影来"，班婕妤的结局，恐怕就是她们的未来。

转眼又是一年仲春。按照元春的受宠程度，早应传出有孕的消息。但不知怎的，元春始终没有怀孕的迹象。后宫的那些双眼睛，又是幸灾乐祸，又是忐忑不安。元春封妃是近年的事情，宫中尚无羽翼，更兼她的为人尽往光明处，对于这些暗里的敌意，竟是丝毫不觉。皇帝是她最大的依傍，她本也无需考虑。只是闲暇之时，也叹息自己至今还无子嗣消息。哪怕生个公主，也是好的。皇帝只有三个儿子，与他的父亲二十几个儿子相比，算不上子嗣兴旺。元春知道，如果她能为她的皇上添一位皇子，那是多好的一件事。她更想远一些，她若诞下麟儿，将来成为储君，也不是不可能的事。有时想远了，自我谴责已邀盛宠如斯，不可贪更多上天恩典；转回又思量自己身在皇家，想到这些，也是应有之义，遂心下释然。

元春心里的期望，不会放到明面上来。家书来得勤，当了皇上的妃子，果然比一个小小的女官方便多了。书信多半由父亲贾政所写，里边有时夹着母亲王夫人的话，有几次，弟弟宝玉习练的字也附带在里头。元春心下欣慰，阖府安康，就是她的安稳。重读罢今日刚送进宫的家书，元春由丫鬟扶着，走出殿门，今晚的月亮那么圆润光华，照得整个紫禁城犹如在天上一般。她想及太液池边，定是上佳赏月之处，一念甫生，便携上琴，由众人簇拥着坐宫车往西而去。

行过凤藻宫，元春命停车。灯笼照耀着凤藻宫的牌匾，她一眼看出了"凤藻宫"三字为皇上所写，自是她迁出之后皇上题了挂上去的。在皇上的心中，这里如此重要，元春心下喜慰。一个胸中装着天下，而又如此博闻强识，更兼诗书造诣不凡的天子，将这座与她相遇的宫殿看得如此重要，还有什么需要奢求的呢？

元春车驾铃铃作响，在海子岸边的万善殿停了下来。这座位于太液池东岸，明代名椒园的建筑，临水照花，最是赏月佳绝处。只见清雾漫漫，水光接天，春天的月色果然温润可人。元春看此地甚好，不由摆下琴案，抚而歌之。歌曰："桂棹兮兰桨，击空明兮溯流光。"才唱得两句，背后忽然有人接诵："渺渺兮予怀，望美人兮天一方。"正是皇上到了。四眸相对，均是不胜之喜。

皇帝今日在勤政殿批完奏章，想起早上内监来报太后身体有恙，便入慈宁宫探视。太后年高之人，小疾无妨，便催皇帝回銮。元春车驾停在凤藻宫前时，他便噤住众人不许出声，下辇远远步随。直到元春抚琴而歌，忍不住现身，接了下句。心中感慨，此情此景，得之何幸。

是夜琴瑟和谐。元春此前美中不足，便是时时守着规矩。今宵情动，竟是放开了束缚，体会了无我之喜，皇帝亦然。他的房中何时曾少过女子，但这等因情而生的愉悦，却是颠覆了既往印象，让他不胜宛转欣喜。

早间看视太后时，还获嘱咐，不要冷落了皇后和其他妃子。太后何曾懂得，人生得一同心人，自有无穷乐趣。此时的皇帝因爱生怜，决定赐给贾妃一个天大的恩典。

窗外月色朦胧，殿内红烛高烧。他低下头，看着身旁元春皎月般的脸："卿离家日久，可想家否？"

元春的眼神从朦胧变得清澈："皇上问臣妾，此话何意？"

"朕许你回家省亲，如何？"

"真的？"

"朕一言既出，怎能不真？朕知道你想家，那就许你。"他停了停，"后宫诸人侍奉朕日久，因了你，朕也许她们回家。"皇帝眼前飘过诸多与他有过有肌肤之亲妃嫔们的脸庞，奇怪，这一久，像是几乎把她们都忘了。

元春感动得说不出话来，在枕上磕头："臣妾谢皇上隆恩。"她的眼睛那样亮，在红烛灯影里，闪烁着星辰般的光芒。

次日便有旨意下达。妃位之上的后宫主位娘娘，家庭条件允许的，可以奏本，迎本家娘娘回家省亲。这道谕旨一下，这些家庭无不千恩万谢。女儿嫁入深宫，进宫见面也拘着皇家礼节，不得畅叙，现在好了，自家女儿回来，足以慰籍父母高堂。更有势利的，显然想及这是向天下昭示自己家族荣耀的无上机会。

然而，娘娘省亲，皇家礼节隆重，自不能寒门接驾。家业充裕的，纷纷踏地相看，兴建省亲别墅。那姓周的妃子家最是迅捷，消息传来，已经开建。贾府历代钟鸣鼎食，又兼元春恩宠崇隆，更是慎重，请了著名的山石园林专家山子野踏勘绘图，依着样子将宁荣二府的花园打通，泼天的银子使出去，建成亭台楼阁花柳拂风玉泉清流的园子。省亲别墅既已建好，贾政上本请旨，准备迎接元春回家。

## 第六回

### 秦氏出殡贵戚云集
### 街头巷尾引发盗心

元春省亲之前，贾府发生了一件大事。宁国府贾珍之子贾蓉的妻子小蓉奶奶，在一个夜间突然病死。关于这个突然的消息，宁府讳莫如深，哪怕是丫鬟小厮嘴都很紧。宁府未报官，京兆尹府自是不管。贾府炽手可热，京兆尹府不要说过问，不上赶着伺候就算有风骨了。

贾蓉之妻小名可儿，大名秦可卿，自小养在宁府，宁荣两府诸人都是见的。长大后嫁给贾蓉，但成亲之时，阖府得知亲家公却是一低级京官，跟贾家门不当户不对之至，又不甚有来往。秦氏既有父亲，秦家女儿缘何自小养在宁府？亲戚们也不好问的。好在可卿生得美丽高贵，虽然出身低微，但荣府老一辈贾太君喜欢，宁府里珍大爷又尤其看重，因此贾府上下那些势利眼，倒也没人敢轻易作践。现在人年纪轻轻，突然没了，荣府的主子们有些愕然，私下里少不了嘀咕几句。

秦可卿嫁与贾蓉之事，元春是知道的。秦氏死时，正是贾元春封妃之前，在凤藻宫对着今上拈花微笑、对月抚琴之时。听闻秦氏年轻便过世，也是叹息。此时朝野内外消息灵通，嗅觉敏锐的，早已视贾府为后宫宠荣潜邸。宁国府贾珍为秦可卿之死各种焦头烂额，为出殡面上好看，托人请出宫中的戴公公，为其子贾蓉捐了一官；再上一本，为秦氏请封恭人。这些个捐封之事，元春并不知晓，但宁府确因了元春的力得偿所愿。戴权答应的事，不多时便办了下来。

秦氏出殡之日，皇亲国戚、朝中大臣多有亲来致祭的，其他凡有点品级的京官也几乎到齐。贾史王薛四大家族既是旧交，又是姻亲，固然势大，但宁府贾珍虽然袭着爵，现下只是挂着威烈将军的名号，并无实权，其儿媳即使是贾家家妇，能劳动北静王等前来送殡，还是有些不合常理。全京城一时间都在谈论这场奢豪葬礼。看那前头，明明当街招魂幡高举，但送殡的队伍，却是显宦高门会聚。沿路致祭的朱紫排成行，贾家看着倒像是拿了丧事当喜事办。

宁荣街前头浩荡出殡，后头街巷局促住着的，除了舔舌咂嘴，感叹世道人心之外，并无别法。其中贾家族人，有几户不成器的，也住这头里。看见族长贾珍，不过死了个儿媳，便此等排场，而族里苦于饥寒的多有，不见贾家分个荤腥，心下自是不满，但也没处理会得。

宁荣街后住着的，除了贾家一族的几户寒门外，也有不少外地游荡进京的人在此赁房居住。宁国府事情一出，要的人手那是海了去，不少帮闲的汉子混在其中跑个腿儿捞点油水，半点不费事。一时这陋巷人来人往，马嘶人沸，洋洋喜气尽盈于腮。

要说这街巷的霸王，要数醉金刚倪二，专营着一个大车店，雇了几个小子，场里养着二三十匹马，几驾马车；又开着个客店，供外来客商歇脚，租马车出门拉货会客。客商一时短了银钱周转，他便放放高利贷，最是脑子活络。这场惊动京城的葬礼就在隔邻，倪二自是得了地利，入手不少银子。

倪二心下得意，呼朋唤友，白天睡觉，晚上赌钱，堪堪大半年过去，钱花得差不多了。又闻得贾家的女儿封妃，心下便活络起来。看来宁荣二府所在定是风水宝地，只要守在这里，就有不绝好处。只是封妃这等大事，荣府只是自家喜庆，并不干外人事，找不到由头从中捞一笔，却是烦恼。倪二自思住在银子窝里，赚的却是小钱，真真让人不爽。真乃人比人得死，货比货得扔。

这日，街上熟人贾芸来坐，告诉他一个消息：荣国府马上就要起大工程，迎接他家的娘娘回贾府省亲。倪二知道，贾芸与寡母相依为命，算得上是贾氏族人中最不得意的那个。今日来告诉他这个消息，定是有所谋划。贾芸倒也爽快，告诉倪二，就是想就着这个事，招揽个差使，赚些银两，报效老母。无奈之处就是手边缺钱，就连买个礼物走动，都囊中空空。倪二观察贾芸多时，知其孝敬老母，人品不差，便心下打起算盘。倪二心里头思量，面上却是豪气干云，掏出褡裢，拿出几块银子，并不要借据，只让贾芸尽管拿去活动。

贾芸自是感激涕零。他也运道好，拿了银子捧了药铺买的冰片入荣府，果然从凤姐处谋得了大观园种树的活儿。才领了料钱，回头还了倪二银子，自己剩的不少，交给老母收着；至于回报倪二之事，他已想好，后边买树、种树的活计，让倪二推荐花木场主来做活，好让倪二也从中赚上一笔。

倪二看贾芸前后两日焕然一新，自是感叹。前边是宁府，现在是荣府，把银子花得像海水一般。一个栽树的活计，贾芸即可翻身，其他大宗的采买桩桩件件，用度支取可见大到如何。他闲时也听贾芸提过，荣府政老爹向来不问庶务，王夫人也是撒手之人，整个家都是敕老爹儿子儿媳当着，随便这两夫妻弄去。看来这荣府盛大，可乘之机甚多。

贾家全族人等，因着贵妃归宁，得了许多差使，南下采买，北上行船，赶着忙着，终于将园子修整齐备。贾政检点妥帖，奏本一上，今上批了来年正月十五贵妃省亲。

贾妃省亲，在皇上心中是件大事。人生得意衣锦还乡，既然开了恩典，不妨给足。自己帝王之尊，对心爱的女子，能够给予，何尝不是一件快意之事。于是趁看视太后时，说起贾妃如何贤德，如何合儿子心意，现下贵妃还有一位空着，不如挑了上去，也是齐全的意思。太后早年生下皇帝，因位分不够，不能亲自抚育，皇帝由其他位分高的妃子带大，因此对眼前的儿子始终觉着亏欠。现既知皇帝心思，有意成全，遂命人请过皇后来商议。皇后自己无子女，早已深感皇帝不弃，登基后依然立她为后，遂处处仰承丈夫意思。现太后开口，如何不准。故择吉日，太后懿旨下，升贤德妃贾氏为贵妃。自此元春一切仪制按贵妃等级。

元春深感升迁过速，心下不安。谢过太后、皇后恩之后回到昭明殿，坐着思量。想及历朝历代，未有哪个皇帝不给心爱的人崇隆地位的，心下稍安。她知道皇帝不下圣旨，而由太后下懿旨，是为她考虑，心里更是觉着妥帖。皇上封的妃子，晋升太快，六宫议论起来还是可虑，现由太后出面，便是顺理成章。她老人家爱怎样升法，孝道在兹，后宫诸人也说不出什么。

正月十五晚间，元妃遵钦天监择下的时辰，离宫上辇，荣归贾府。一路上，太监打着响鞭净道，惊慌躲开的京城小民们，在偶然的一瞥中也足以领略皇家排场。贾府诸人早已在道上跪接贵妃，只见一对对龙旌凤翣，雉羽夔头，又有销金提炉焚着御香，然后一把曲柄七凤金黄伞过来，便是冠袍带履。又有值事太监捧着香珠、绣帕、漱盂、拂尘等类。一队队过完，后面方是八个太监抬着一顶金顶金黄绣凤版舆，缓缓行来。天家威仪，果然不可仰视。

元春参观完为她兴建的园林，挥毫题名大观园，心下未尝不感叹父母此番为了迎她，靡费不少。回到内堂，行完家礼，看见贾母白发慈祥，父亲老得多了，母亲也有白发，不由泪下；又看姐妹们济济一堂，弟弟宝玉站在眼前，飘逸夺目，又转欣喜。多年不见家人，多年未曾坦开胸怀笑哭一番，此番际遇，算是得偿心愿。再看林姑妈的女儿黛玉，和薛姨妈的女儿宝钗，原来也住在府里，倒像娇花软玉一般，心下也喜。

多久没有这样的热闹了。站在自家亲人们中间，泪也是甜的。哭了笑，笑了哭，元春内心多年用心压着的情绪，此时也才宣泄了一二，但回宫的时辰已到，不由挥泪握过祖母的手，再次抚摸过宝玉的头发，下拜别过父母家人，上辇回宫。

皇上自然懂得元春心下澎湃，次日便各种问询安慰。

这一场盛事，看得倪二眼馋心痒。贵妃回家，赏赐贾家的东西，岂不是将皇上的银库搬了来？他想起头一日与他有旧的马贩子王短腿现在店里，便喊了来商议。

王短腿本是口外贩马为生，中间也干些鸡鸣狗盗的事。不过这鸡鸣狗盗有些讲究，王短腿轻易不提起。不过倪二知他根底，他也不藏着掖着。两人盘腿坐坑上拉话，一壶酒见底，倪二便说起贾家之盛，口齿间不免垂涎之色。

王短腿是他知己，便斜着眼问："你老兄说个痛快的，是不是要去偷那贵妃娘家的家什，换些银子来使使？"

倪二似醉非醉，他看着王短腿说："老弟，你这话就说差了。贵妃娘娘家政老爹，那是万岁爷的老丈人。出点事，我们兜不住。"他伸出一个指头，向王短腿勾了一勾，低下声音道："不过我看贾家如此之盛，倒是有一个计较在此。"

"赶紧的，别掖着了，发财的机会，老哥得带上我。"王短腿被倪二勾起了好奇心。

倪二关子卖够，合盘说出他想的点子："老弟，我们盘算不了活人，但可以盘算死人。我想过了，荣府动不得，贵妃刚刚省亲，那满府的人，我们去了能成吗？我是说，那隔壁宁府，去年葬了个孙妇，你看那排场，嗯，是吧？"

王短腿心领神会，想起自己的独门秘技，"你是说，去把那个小蓉奶奶的墓盗了？"

倪二一拍大腿："聪明人就是聪明人。老弟就是不一样。这不就用上了老弟的拿手活了么？"

王短腿知道，盗墓历朝历代都是重罪。他祖先几代都干这个事，但都是拣些深山古墓去盗，还曾折了几个人。像这种京城中作案，他还是不敢的。

倪二给他打气："我想过了。那贾二爷芸哥儿来，我跟他套近乎，把两府的事能打听的都打听了个遍。那珍大爷虽是袭着爵，什么将军，却是个银样镴枪头，中看不中用。他贾家贵气，难道他贾家的坟墓也日日夜夜有人守着？我跟你说，看出殡那架势，那陪葬定少不了，又是新坟，土软和，好挖。咱们悄悄摸摸干它一笔，远走高飞，如何？"

一席话，说得王短腿热烘烘起来。遂低下头商量，约哪几个人，又在哪里会合。联络暗号也约定了。王短腿销赃有路子，也说了出来，细细与倪二商量了一番。

这二人都是泼皮胆大之人。当下说干便干。倪二按照计划，在西城边上靠近清凉山的地方，租了个旗民不要的屋子。再准备了气死风灯、可分节又可合榫的洛阳铲、麻绳等。他开大车店的，出入方便，和儿子倪兴儿分几次搬运，屋里收拾妥帖，专等月圆之夜，王短腿带上他歇在城外的徒弟来一起行事。

## 第七回

### 月黑风高贼人盗墓
### 揭棺图财命案难掩

宁荣两府的家族墓地，在西边清凉山余脉的山坳里，这清凉山属西山近城的余脉，山不高而翠，前有一个河湾环绕。倪二租的房子是早先旗民耕地休憩草草盖就的，自然简陋，但好处在于邻近河湾。

宁荣二祖去世后均葬在这里。贾珍之父贾敬与荣国府贾赦贾政，以及黛玉之母贾敏是同辈人，这一代人中只有黛玉之母已经过世，葬在苏州，其余贾家子孙均健在。小蓉奶奶青年去世，又是突然，宁府来不及细细修筑坟墓，只是依了家族规矩起坟安葬，秦氏墓前立的石牌，所刻镇墓兽图文均是新刻，尚未圆润，石槽时见斫痕。

倪二早一日已来到这里探风。除了有些林木，远处土路偶尔有牛车经过，其余时间这里飞鸟都少有。次日一早，他带着儿子把周围踩踏了一番，找到了他们要找的坟墓。贾家墓地围着半人高的墙，环形延伸，单向看去，望不到边。门在正中，进门后左右侧原各有一间屋子，早先宁荣二公设定的，由家仆在此守墓。后因为此地偏远，无人愿来，即使勉强受主人命令来此，也是没几天就飞奔回府，各种神怪之说，宁愿受笞挞而不愿守坟，贾家也无别法，一来二去，这两间屋子就废了。

进门位置看去，宁荣二公贾演、贾源的墓规模宏大，毕竟御封的公爵，神道上立着石马、石望柱、石碑群等，坟丘圆形巨大，好认；之后，是贾代化、贾代善的坟墓，体例稍小，贾代化的坟墓是合葬墓，贾代善的夫人是荣府老太君，还好好活在荣府，因此贾代善墓葬的是一个人。宁荣二府文字辈的位置已预先留出，因此秦氏墓孤零零地立在后头，离开前边墓群较远，位置在中间偏左。可以葬在中央位置，自是因为她是长房长孙媳之故。虽是急就章，墓门制作得却是精致，门扇上线刻有精细的图像，上部为墓主人驾鹤西游图，中间刻着"诰授贾门秦氏恭人之墓"，容易识别。

这里已经接近山里。倪二踩线回来不久，王短腿和徒弟马三也来了，墓地不远孤零零的草屋子，不难找到。众人收拾器物，准备一展身手。正是十五月圆之日。所喜天上少云，月光清亮，半月形的贾府墓地，在月色照耀之下，沉默而安静。戌时，万籁俱寂，正是倪二等人候了好久的时辰。

王短腿拿上铲子、锤子、铁钎，当先一走，他徒弟马三紧随其后，倪二和儿子手里提着气死风灯殿后。秦氏新葬不久，再兼数日前降过一场雨，土地自是不硬。王短腿和徒弟忙乎起来，倪二父子打下手。对于此等未有地宫平地起坟的墓葬，王短腿自无丝毫难处。很快就在巨大的圆丘一侧锤子铁钎一起上，撬开石块，又埋头撬土，挖了一个洞出来。倪二让儿子在外把风，跟着王短腿师徒缩身钻了进去。

墓室显然筑在地下大坑里。三人跳落墓室，中间虽不算宽敞，但三人行进转身无碍，新鲜空气从洞口吹来，倒不憋闷。中间摆着一大一小两个棺椁，倪二且不忙瞧，先往四周拿灯那么一照。马三见状，从斜背的背囊里摸出蜡烛，拿出纸媒一吹，蜡烛点燃，放在棺椁前头的供案上。只见墓室四周最里处，黑漆漆的，想必放了吸水的木炭，近里一层，就地摆放着樟木箱子，两侧都有，箱子上还有一溜钿盒，烛光下闪着光亮，显然盒面上镶嵌了贝壳之类。宁府外边风光大葬，内里则器物置于地上，确是草草。倪二心内失望，信手翻开一盒，不料惊喜，叫王短腿来看。

王氏师徒手快，当即一人一个连番开箱，最下边的是四季衣服，值不得钱，上边的钿盒里，却是金饰满满，头戴的珠翠连带手钏都有，显然贾家把秦氏的头面都陪葬了。这些拿去变卖，即使见不得光被压了价，却也少不得几千银子到手。还有两盒子装着满满的银锭，另两盒子装着康熙通宝，一钱四分、一钱、七分，大中小三种制钱都有。想来是给死者阴间用的，大钱小钱都备下了。

王短腿拈起一枚，看印着满汉文字，这种康熙元年铸的老钱，比市面上流通的值钱，卖给古董行，价格不低；又拿起一锭银子，观看成色，光线暗淡看不分明，但已经很满意，遂对倪二招手。两人蹲下，打开带来的包裹，一把把抓起只管塞进去。徒弟马三不得师傅吩咐，不敢擅自动手，站在一旁拿灯照着。

墓室不大，待两位掘墓人立起身来，烛焰忽被风卷起，暗了又复明。倪二毕竟不是盗墓贼出身，心下害怕，便喊王短腿出墓。

王短腿笑了："我说老兄是不是胆小？"

倪二嘴硬，说："谁怕了来。这里就是这些东西，早走早安生不是。"

王短腿走向墓室中间放置的两个棺椁，边走边说，"好东西都在棺里，怎么能甩手就走呢？"边说边拿铁钎，撬开外棺，把盖板丢在地下，继续折腾那内棺。马三也走上来帮忙。不多时，内棺松动，盖板也扯了下来。

倪二睁大了眼睛，准备开眼界，如看到宝物，得留意不被王氏师徒藏没了去。

忽听"啊"的一声，王短腿手中钎子掉下，他往后一退，绊到了刚才翻的箱子。倪二大吃一惊，抢上一步往里看去，只见棺内女子，面目发黑，舌头微吐，脖颈上一道黑色，已经深入肌理；脸上斜着打叉的伤疤，早已腐烂，可怖至极。他跟跟跄跄倒退，一屁股坐在地上。倒是马三镇静，他走上前看，未像师傅那般反应，大起胆子，探手进去搜了一搜。

墓外守着的倪兴儿，隐隐听见喊声，心下着忙，便按着原先的约定用铲子敲击石块，催老爹出来。

王短腿回过神来，深恨自己在倪二面前丢了面子，便抢先说："小蓉奶奶哪是病死的，分明是暴死！"

倪二惧怕之心稍减，立起身来。他本就住宁荣后街多年，没想到这么大排场的葬礼，葬的人却是暴死，这个太稀罕了。一不做二不休，看看旁边小一点的棺椁又是如何。主意一定，他抢过王短腿手中的铁钎，准备自己动手看个究竟。

这个小棺倒是好开，几铁钎就撬开了，倪二看着里边，着不得声。

王短腿和马三看倪二愣在那里，赶了上来，往里一看，里边堆着些砖头石块，上边覆盖的绣花缎被，想是抬灵期间歪了开去，现在缩堆在一旁。哪里有什么亡人了。

现下倪二王短腿恐惧之心尽去。他们明白，他们撞到的是命案。一个暴死，一个空棺，那么死的人到哪里去了？

马三心念极快，他刚才看大棺时，趁师傅惊吓跌倒，早见那女子的脚上，穿着一对面上镶着珍珠的绣花鞋，不是满人的那种花盆底。他手快，将两只鞋迅速脱下来揣在怀中，所幸师傅并未知觉。他估摸着这两颗珍珠形状不小，即使师傅齐啬，出墓后分的东西不多，他也可以凭此发一笔财了。

倪二此时只想快走，他得消化一下刚才所见。遂从墓室里敲打出去，外边倪兴儿扔下绳子来。按照盗墓的规矩，落在最后的最有可能被同伙干掉，继而财物被拿走，因此父子兄弟才是最可信任的组合。倪二知道王短腿的担心，便让他先上，他跟着，马三最后出来。

王短腿倒没想到这些，他怕的不是死人，而是这种屈死的冤魂。一看而知，这女子身前身受折磨，脸上划叉，脖子上有吊痕。这贾家宁府，难不成他们杀了自家媳妇？又为什么两个棺椁，有一个是空的呢？如果有人没死，那为什么对外要说死了？

四人心下疑惑，行动倒是迅捷，忙忙如丧家之犬，也顾不得掩上盗洞，趁月色明亮，赶紧回租来的小屋计较。

"今晚的事，一个字也不能说出去。"倪二用袖子擦擦额头冷汗，叮嘱王短腿师徒。

王短腿倒是另持一番意见："你说贾家那么势大，做下这等事来，我们是不是可以拿来做个文章？"他虚做了一个抛银子的姿势。

倪二省得，王短腿想的是借此敲个竹杠。他得马上拦住这想头："我们是图财，不是送命。兄弟，听老哥一句，这事如传出去，你我性命不保。拿了今天这两兜子，也算不空手。其他的，就不要想了。"

王短腿细想也是，贾家如此势大，想去敲诈一番的话，恐怕这里才有动静，那里官府就来捉人了。

他想罢点头，叮嘱倪二："倪大哥，我们等风声不紧了再出货。记得我跟你说的那家姓周的。就是在前门边上开着铺子的那个。他做古董生意，胆子也大。以前和我也做过生意的。"王短腿倒不是一味实诚，而是担心倪二胡乱出货，惹来官司，把他牵了出来。

倪二点头答应。他更想到，租屋子给他的那户人，如果事发，到时不要泄露了租房给他之事才好。但一时间也顾不得了。

此时正是亥时，天最黑的时候。两拨人急急离开屋子，往不同的方向去了。王短腿心下记着，找个时间要烧烧纸，安一安亡灵才是。如若不然，今晚所见，只怕晦气上身，折腾到自己不能安生。

# 第八回

## 宁府聚赌祸水早伏
## 马三贪心琉璃出货

　　贾家墓地被盗，宁府没一个人知道。祖上治家勤谨，不像现在散漫。那贾珍当着族长袭着爵，每天一味高乐，只差把宁府翻了过来。至于家族墓地需时拢土除除草，踏勘照看这些细务，早已不在他意中。

　　富贵之人终日无所事事，便找各种乐子。开始还扯个幌子，请王孙子弟来宁府演练射箭，名为克绍祖德，不忘武业，实则做个样子，招人聚赌。后来贾家贵妃高升，荣府还没怎么样，宁府倒是比从前更加张扬无忌起来。趋炎附势之辈整日奉承，宁府干脆连幌子都不要了，白天也公开聚赌。全京城都知道，宁国府贾珍那里有个暗堂子，找乐子尽管去就行，赌钱听小曲都不在话下，海棠巷的姑娘们也经常出入的。这盛况引得满城纨绔们心动不已，各种入局。隔壁荣府长房的贾琏自是羡慕，他与贾珍虽然分属两府，但玩乐方面倒是知己，又兼年龄相差不大，更是如鱼得水。贾琏偶尔也来参局，只是惧怕荣府老祖宗知道，行事还稍微注意分寸，不敢太出格。

　　贾赦是贾琏之父，比贾珍高一辈，自持身份，不好意思来扎堆，便也变着各种花样耍。邢夫人颟顸之人，哪管得了，又怎敢管。后因贾赦看上贾太君身旁大丫鬟鸳鸯，邢夫人前去说合，被老太君骂了回来。贾赦心下无趣，在外边另买了个十七岁的姑娘嫣红入府作妾。近日又看上了几把古扇，上头题字有祝枝山文征明的，偏扇子主人石呆子不肯出让。常来贾府逢迎的贾雨村，早先做过黛玉师傅，后来借荣府力量出任知府，现正任着京兆尹府长史，听闻此事，便寻了个借口，诬陷石呆子拖欠官银，把扇子抄没，赶着送了来。至于石呆子因此气死，自不在贾雨村心上。

　　贾元春居于深宫，对家族各种不检点之事全然不知。其他外戚因贵妃之宠如此，自有人看不过眼，奈何尽是小节，也没处发落。上次省亲，各宫奉旨回家的娘娘们，与亲人闲话时，不免言语间提及皇上对贾家贵妃特意恩宠之事，家人自是心领神会，即使不说自家骨肉被人欺了，就说自家荣辱，那与宫中岂可分割？这一两年来，上门赶着孝敬的，无端少了很多，就是因了贾妃后宫一人之宠，遂一一放在心上。又见省亲之后贾府变本加厉，无所顾忌，心下自是欢喜，思之早晚贵妃受家族之累，也未可知。倒是贾妃父亲贾政一向无此等情事，如若发作，可能皇帝顾着贾妃，动得了宁府，动不了荣府，还惹来后患，却是不值。心下各种思量不提。

历来京兆尹府因为天子脚下京畿重地之故，王公亲贵云集，故由亲王担任京兆尹一职，起威慑四方之用。但平常衙门事务，多由长史做主处理。眼前京兆尹便由宗族忠顺王爷担着。这王爷一向不大主事，都由长史贾雨村主理事务。那贾雨村自打得了林如海书信，送黛玉进京，从此巴结上贾府。在外叙说自家祖上与贾府是一支，平日里又各种亲近，官位起复不说，不久后再谋得看似官职不高实则统管京城诸事的京兆尹府长史要职，自是春风得意。贾妃省亲人前显贵，贾雨村自认为身价也水涨船高，夜深人静时更盘算着，这同一个贾字，是再不能断的。此外再多多奉承上司，以期更攀高枝。虽然自己到任之后，那堂官忠顺王爷还不曾到堂主事过，但殷勤是断不得的，得找个路子先去通通气。贾雨村知道，吏部堂官向来趋奉贾府，只要自己殷勤着点，占着天时地利，头上顶着的珠子，过上一久，大概也能换个红色的了。

大人物有大人物的打算，小人物有小人物的计较。这边倪二父子和王短腿师徒分道扬镳之后，各自在窝里潜伏了数月。王短腿背了包玉镯金钏凤钗还有银两回来，分了些给徒弟。银子因携带便利，自己留下，拣了几件金首饰镶着翡翠的，分给马三，也有遮口的意思。还有那些可以当古董卖的康熙通宝，也捧了一大捧给了徒弟，自问待马三不薄。但那马三自认为盗墓之事，目睹那样的命案，自己也是担着干系的，师傅就用几件首饰几个铜钱打发，心下不忿。王短腿露了个口风，打算出了货之后远走关外，避避可能卷来的风头。马三听闻，想着那白山黑水有啥可呆的，盘算着不如将手中明珠和那几件钗钏拿去卖了，换上银子往江南一走，那才是正经享福之所。故师傅还没有思量停当，徒弟马三倒等不及了，忽一日找了个理由，到前门找师傅说的古董铺子去了。

前门不远有个古董街名琉璃厂的，专卖字画古玩，平时是官宦士族常来之所。这里是经营多年的老字号，自是行业口碑不差。铺子林林总总，看宝掌眼，各有所能。有的工于字画，有的工于珠宝，乃至古木家具，掌中鼻烟壶，各种玩意儿，都能一一道来。又惯于买低走高，遇上难得的，一年不开张，开张吃三年的，也尽有。

王短腿把古董铺说给倪二的时候，说得唯恐不细，马三一一记在心中。到了琉璃厂一家家找来，倒是花了不少时间。待看到中间有一个大大黑色烫金牌匾，上写着"荣宝斋"的，知道是了。只是门口打着门帘，窥不到内里情状。马三手上捏着包袱角，正在踌躇，门帘打起，一个中年掌柜模样的走了出来。

马三挪动了几下脚步，定了定心，过去打个躬，规规矩矩询问："请问周老板在吗？"

那老板停下脚步，声音温和："兄弟是有买卖找敝店么？上下怎么称呼？"

马三不自觉地看了看四周，没说话，轻轻点头。那老板明白来人不愿透露身份的意思，遂朝里一挥手，说声"请。"

掌柜当家的气势压得马三低了一头。想起自己是有好物的，马三遂抬了抬头挺了挺腰板，跟着进了门。

那掌柜的让小二沏上茶来，又招呼马三："敝店本钱是姓周的，我是他家掌柜，所以人都叫我周掌柜。有什么好东西，可以拿出来瞧瞧，这铺里一定不会亏了兄弟。"

这位掌柜就是贾雨村落魄时，向他指点明路，演说过荣国府的冷子兴了。为人最是圆融，世道人心都懂了去的。现见眼前的后生一直紧紧抱着包袱，便知今日说不定有大买卖。

马三也有一股狠劲，心知自己如果怯了，手里的东西便出不上价。便定了定神，背过身，把包袱打开，拿出了一个点翠金项圈，金子怕不得有半指粗。冷子兴接过细细打量，金是赤金，成色足，翠是上好之玉，温润不见瑕疵，便留上了心。项圈工艺精湛，样子、做工都是一流。

马三见冷子兴细看，心知有戏，他递东西给冷子兴时，也存了考一考的意思。现看他拿着项圈对着光细看，便知这是老手，识货。现在就是价格了。

冷子兴看毕，心头有了计较："这位兄弟想来不止有这个项圈子，信得过我的话，一起拿出来，如果合适，我就出个价，你看如何？"

马三来这一趟，就是为了出货，哪里不肯。便把其他几支凤钗手钏拿出，一一摆在冷子兴面前。

冷子兴越看越惊讶。眼前的年轻人肯定不是这些东西的主人。这些个物件，市场上不是没有，但工艺这么精湛、用料如此考究的，还真是少，大抵是王公府邸用物。尤其是其中一只凤钗，那是宫里的样式，等闲人见都没见过。

冷子兴对这些东西眼熟，是因为他的媳妇，是荣国府王夫人陪房周瑞家的女儿。那王家当年之盛，"东海缺了白玉床，龙王来请金陵王。"歌谣漫天唱，谁人不知金陵王家有钱。周瑞家的出嫁前是王夫人陪房丫鬟，随王夫人嫁进贾府后，才被主子赏给周瑞。公侯门中眼界宽，故见识不少，像这种首饰成色、样子、工艺等，等闲的太太小姐都未必有她的眼界。周瑞家的有时趁王夫人让她归置首饰时，偷拿上一两样，回家给女婿冷子兴开眼界，然后又送回去，神不知鬼不觉。她是陪嫁丫鬟出身，王夫人处出入俱是方便的。周瑞家的想法，自家的铺子，女婿的日子好过，女儿的日子就好过。开古董行的，眼力第一，也是一个帮衬襄助之意。冷子兴自是得了岳母之力。

冷子兴看了桌上之物，心中有数，这些东西定来历不明，见不得光。脸上却笑着与马三拉话："兄弟，这些个算得是好东西。我看兄弟站半日了，又特来寻我，我也不能亏了你。你开个价，我全留下，你看爽快不？"

马三实则不知道这些值得多少钱，看上去那么金光闪亮，既是宁国府之物，谅也不会差，便伸出三个指头，开了一个价：3000两。

冷子兴看这小子狮子大开口，笑了："我说兄弟，这些东西好是好，但也常见。卖不到这个价钱。"停了停，他开了一个价，笑说："800两。如果卖不出去，可能我还亏了呢。"

马三跟着师傅走南闯北，倒也知道"漫天要价着地还钱"的道理，他说："2500两，不能再少了。"

两人拉锯讲数说了半天，冷子兴抬到1000两之后，再也不肯上价钱。

马三心中的价位是2000两，他不是根据这些盗来的东西价值，而是根据自己大概估计需要多少钱，才能过上自己想要的日子来讲价。买个院子，娶妻生子，有了这笔钱，差不多从容了。

想起自己不想耗时间，干脆一票出完算了。马三又从包袱皮里拿出一只绣花鞋，递给冷子兴："那加上这个呢？"

冷子兴接过这只红色掺了金线绣成的牡丹图样的鞋，见上头明晃晃缀了一颗珍珠，怕是有八分大，说不定还超过，珍珠凝重结实、浑圆剔透、晶莹光润、色泽均匀；又掂了掂，鞋身不轻，显然金线密实，用料不少。

冷子兴心知异物，他提醒自己不动声色，以防对方抬价，但一味压价，便也不妥，生生把客人挤到别家去了。考虑了一下便说："这珠子却好。金线绣的也好。看起来不错。"马三的眼睛随之一亮，继续听冷子兴继续说："不过鞋子只有一只，这不完整的物件，便卖不起价。"

马三这次学乖了，先吊着："周老板，若是这鞋子一对，我都有呢？"

冷子兴豪爽："那这些首饰连同这一对鞋子，我全要了，我出1800两，另外再加200两给兄弟喝茶。"

冷子兴话说得漂亮，其实就是2000两成交的意思。这与马三的预想虽然还相差不少，但已经接近了，马三便开口多要了100两，冷子兴笑笑同意了。马三没有想到这样顺利，怕着冷子兴反悔，弯腰拿出另一只鞋来交给冷子兴。冷子兴一看，这另一只是右脚，鞋面上的花纹一样，珍珠与左脚的那只，颜色、尺寸差距极微。这一对珍珠不可多得。俗话说一分圆一分钱，这对珍珠浑圆晶莹，怕不是上好的南珠。冷子兴不再盘马弯弓，喊出账房来让备银两。又让小二去街上雇个车来。冷子兴笑说："兄弟远来不易，又是冲着我来的，回程的这个马车钱，鄙店出了。"

做大事的就是爽快，马三心中想，师傅推荐的不错，这掌柜并没有东问西问的。遂把东西重新放回包袱打上结，堂上候着。一时账房拿了张银票出来，递给马三。马三一看是银票，死活不依。他从未进过钱庄，只认得银子，银票这东西没有用过，不踏实；心下自思莫不要被掌柜的给个假票把自己骗了。

琉璃厂最是贵人们常来的地方，因此常年有马车在此歇脚揽客，与掌柜们都熟了。小二片刻已叫来一辆停在门口。冷子兴见马车已到，马三不接银票，只好自个儿乘马车去附近银庄兑了银子，满满的好几箱，再转回来，请马三上车清点。马三看着满满几大箱，也觉携带不便，略有迟疑，但终归未出声，只把肩膀上的包袱交给了冷子兴。冷子兴验过无误，自下车，目送马三走了。

第九回

## 古董街紫英遇珍珠
## 忠顺王疑云遣探子

那荣宝斋，明面上是周家的本钱，实则不然。周瑞两口子也就是荣府的奴才，古董铺银两周转需要多少钱？周家哪拿得出。要说就是周家的女婿能干。冷子兴家本是京城一个殷实的商户，后一笔生意被人拐了，周转不过来，铺子也顶出去了，江河日下，父母忧戚不已，先后离世。好在冷子兴作为商人的后代，有些见识，娶了周瑞家的女儿后，也算是与贾府沾上边的人。冷子兴说起开个铺子买卖货物，周瑞两口子为独生女儿计，掏出傍身的银两交给冷子兴去办。冷子兴却是个经商人才，几年下来，铺子有信用，江湖上得了个"信"字，圈里有些名气，生意日渐兴旺。

乱世黄金，盛世古董，这京城本就占着地利，康熙爷在位六十一年，边塞硝烟基本平定，京师太平无事，古董行水涨船高。冷子兴遂在琉璃厂盘个铺子，挂起名号，做起古董生意来，规模日盛一日。京城有些人家与贾府有旧的，手里有些闲钱，思量着多掏蹬出些银子出来，又忧着做生意于名声有碍，遂让管家之类人物与冷子兴接洽，暗地入股，名义上倒一直保留着是周家的本钱。几户大族入股，自然财力雄厚，荣宝斋看着外表低调朴实，门面也不宽，实则几近成为琉璃厂大户。妙在股东们登记在册，又只有冷子兴自己知道，和账簿文件放在一起锁在箱子里，只有他一人能够开启。入股的人家说好了不干预经营，年底分红，股东们互不相识也不碰面，但无有不满意冷子兴的。至于冷子兴，他个人的才干当做干股，和周瑞家两口儿的原始出资合在一起，占了三成，从中获利也足以丰足。

也是巧极，马三坐马车走了之后不久，神武将军冯唐之子冯紫英便掀帘进来了。这冯家正是荣宝斋的股东，平常不干预冷子兴做生意的。今天冯紫英来，却是有事。冷子兴让账房小二都出去，自个儿招待。上过茶之后，便问冯紫英来意。

原是冯府亲家老太太七十大寿，他奉父亲之命，采买一两件像样的礼物，到时送过去。人生七十古来稀，老太太的礼物，不妨重一点。今天来铺子逛逛，是看看冷子兴有没有淘到什么好东西。如果看上了，倒不拘什么，不丢冯府的面子就是了。

冷子兴笑道："东家这是来查货哪。"

冯紫英与冷子兴玩笑开惯了的，不以为意，顺着话就接："那掌柜的还不赶紧把好东西拿出来啊。"

冷子兴笑着起身，去到里屋，拿出了一堆大小物事，一一放在冯紫英面前。

冯紫英贵家公子出身，眼界自高，看看没有什么适合送给老太太的，便摇摇头。

冷子兴这批收起来，又拿出一批。冯紫英还是摇头，喝一口茶，又抬起眼，似笑非笑地盯着冷子兴看，好像在笑他这个掌柜的没有啥压箱底的宝贝。

冷子兴也笑："我说冯爷，要说入你眼的呢，铺里还真有。只是有个关隘，怕不合适。"

冯紫英站起身来，顺手拿起桌上的扇子扇了几扇："有什么物事小爷不能看的？啥关隘哪？"

冷子兴想到的就是那一对珠子。这么大的珍珠，送给年高有德的老太太，再合适不过。只是珍珠在鞋子上，而且来路不一定清白，故有踌躇。听冯紫英那么一说，想想冯家是股东，冯紫英与荣府贾宝玉二爷也是常相与的，即使有啥关隘，他应该也不会在外边说啥。

下了决心，他折进里屋，拿着一个包袱出来，在冯紫英面前打开，里边那对缀在绣花鞋上的珍珠，就落在了冯紫英的眼里。

冯紫英停止扇扇的手，看那一对珍珠。果然是好物，但那光泽、大小，似乎眼熟。他搜索着自己的记忆，没有说话。

冷子兴以为冯紫英满意，便坐了下来，等冯紫英开口。

冯紫英看完了，问："你说这关隘是什么？"

"你看那鞋底。"冷子兴低头说，不看冯紫英的眼睛。

冯紫英拿起鞋子细看，发现鞋底沾着几点白点，还有小颗粒团在纹路间。遂用手指蘸了一点凑到鼻尖上闻，隐隐有生石灰的味道。

他脸上暗了下来："你是说这鞋子，来路有问题？"

冷子兴叹道："何尝不是。就你前边，一个后生拿来的。瞅他的样子，这珠子鞋子，保不齐是从地底下来的。我看着珠子好，一买一卖，肯定是对本的赚头，便也没问他来路，收下来再说。"

冯紫英明白，这地底下就是说盗墓来的。他脑子里想起了一件事，这对珠子，他见过的。但这对珠子怎么就在死人的脚上，还被盗墓的拿来了呢？

想了一下，他对冷子兴说："掌柜的，我有个计较。这对珠子倒是合适，不过这来处果然有些名堂。要不，我带回去给老太爷看一眼，他说没问题，我就过来付钱，就按你说的价。他老人家如果说不合适，那我就退回来。铺里的事，还是清清白白的好。"

冷子兴虽然觉着有异，也找不到理由，便同意了。把包袱皮好好包起来。冯紫英走到门口，掀开门帘扬了扬手，他的小厮原在外头牵着马的，看见爷招呼，便把缰绳在路边下马石上一绕，跑了过来。

"把这包袱带上。"冯紫英说。又转头对冷子兴拱拱手，笑说："掌柜的，那我先走。"

冯府这些高门，自是说话算数的人家，冷子兴并不担心。他也拱拱手，眼看着冯紫英上马走了。他的小厮背着包袱，骑着另一匹马紧紧跟着。

冯紫英带回鞋子，倒不是给他的父亲看。这等小事，他尽可做主就是。冷子兴刚才觉得有异的就是这一点。

不多时，来到一处府邸。冯紫英让门仆进去通报。他从小厮肩膀上摘下包袱，命他门口候着。不多时，里头管家接出来，冯紫英跟着进去了。这里小厮来得熟，认得大门上挂着的牌匾是"忠顺王府"四个字。公子来这里，总要待不少时间。他便找到附近一阴凉处，舒舒服服坐下，等冯紫英出来。

这忠顺王府，便是兼着京兆府尹的忠顺亲王府邸了。王爷在家，管家便领了冯紫英去。

后花园有个池塘，王爷正在池子里垂钓，假山杨柳，好不惬意。见冯紫英进来，便摆摆手，让管家先出去。冯紫英行过礼，也不客套，直接就说："王爷，今儿我遇到一蹊跷事儿。"

王爷搁下钓竿，放在旁边的山石上。

冯紫英打开包袱，拿出那对鞋子。

王爷看看，不明所以。他抬眼看着冯紫英，等他说下去。

"这一对珠子，我记得在府上见过的。当时我年纪不大，陪着我母亲来拜访。王妃拿过这对珠子给我母亲看，说是难得。又说是要送人的。"

忠顺王爷似乎有点印象，看冯紫英说得郑重，便起身走几步，喊了远处垂手侍立的小厮，让管家去请王妃来。

王妃不时就到，踩着的花盆底硌着石子路，似乎也没什么不稳当的。王爷摆摆手，王妃知道有事，便让丫鬟园子外边等着。

"王妃，你看看这对珠子。"

王妃拿过鞋子细看，眼睛睁大了："这不是那年太子妃生辰，我送过去的贺礼么？后来她还告诉我，把珠子缀在鞋面上，很是好看呢。"

王爷点点头。冯紫英为何如此在意这对鞋，这就是了。

"你先回去吧。"王爷对王妃说。王妃知道叫自己来就是这事，便向王爷行了个礼，看了一眼冯紫英，转身离开。冯紫英在旁打躬："有劳王妃。"

待王妃走远，王爷脸上郑重起来，让冯紫英坐下说。

待冯紫英落座，王爷问他："你从哪里得来的？"

"一家古董行。说是今天上半晌收的。"

"你怎么想？"

"这对鞋子底下有石灰。掌柜的，还有我，有些疑惑，怕是地底下来的东西。"他边说，边拿起鞋子来，让王爷看。

"太子一家从旨意下来那天，就迁出城去了。但也没听宗人府说太子妃死了。那这对鞋子，又是怎么来的呢？"

冯紫英知道，宗人府专门登记皇族的生与死，为保血脉纯正之故。皇家子嗣没有登记的，即使是皇帝认了，宗族都不能认；同样，宗人府没登记死的，那肯定就以此为准。宗人府既然未报出废太子妃已死，那么这一定是稳妥的消息。

忠顺王和冯紫英口中的太子，便是康熙嫡子，赫舍里皇后生的那一个。两立两废，围绕着太子的废立，多少王孙贵族卷了进去。康熙帝第二次废太子，旨意一下，就给了一个时辰收东西，多一刻也不能，全家上下几百口人坐上门口排成长列的马车，逶迤出城，到康熙指定的地方居住，派禁军监管，不得随意出入，号称圈禁。太子妃自然与太子同去。那既然太子妃没死，这对鞋子如果她携带了去，就不可能流出来到市面上。

冯紫英知道，凡涉及太子，忠顺王重视如此，是自然的事。如果太子妃已死，这个消息没报出来，那么太子是否还在，也就存疑了。会不会他们早就赴黄泉了，今上还瞒着满朝文武大臣？本来也还有一个可能，虽然这对珠子难得，但太子妃并未带这双鞋，让抄家的官员得了去，但这么大的珠子，抄家的吞了这么胆大，也说不过去。即便是这样，前一个疑问，就是太子是否还活着，也是非弄清楚不可的。

想到此，忠顺王焦躁起来。这个疑问不弄清楚，他是静不下心来的。他起身走了一圈，问冯紫英：

"你说，那古董铺子说，今天收的？"

"是。"

"哪家铺子？"

"就是琉璃厂那家，荣宝斋。"冯紫英没提自家是股东的事，这也跟过府来与王爷密谈之事没关系。想了想，他补充："听说是荣国府一个奴才家里开的。"

"荣国府！"王爷听完不语。他停停走走，冯紫英跟在后边，听他说："太子那边，很久没有消息了。也难说会有什么我们不知道的变故。无论如何，得查一查。"

他停了停，对冯紫英说："你先回去，有消息我会派人告诉你。"

冯紫英知道，王爷这么说，一定是他心里作了决断。

冯紫英这边才离府，那边王爷就叫了詹事来。秘密说了些什么，詹事去了。

这詹事，是王府内设的职位，辅助王爷公务的，非亲信莫办。他们的称呼，在詹事前边冠以姓氏，也就是了。忠顺王今天派出去的，是他看重的一位姓程的詹事，一脸精明能干之相。

受命出外的这位，带了两个王府侍卫，打马就去琉璃厂。正是黄昏时分，店铺的掌柜们开始和账房先生对账，检点这一天的损益。这古董的辨识，最重要的就是要准，太阳一下山，东西瞧不清楚，那是有可能走眼的。故而这个时段没啥生意。因着客人少了，街面都比正午空阔了许多。

冷子兴正在看账房写的存铺物件目录，他看到今天收的凤钗项圈都在上边，唯独没见绣花鞋和珍珠，便问："这鞋子为什么不写上？"

账房的意思，既然鞋子人拿走了，先不写在库存里，待还回来时再记。冷子兴指点："你先写上，在后边标注冯紫英大爷带走，须得注明未还。"

师爷领命，正蘸着墨汁一笔一画写，门帘掀起，有人进来，带进了金色的光。

冷子兴看来人面生，又带着两个人，心下觉得不善。但他是荣府人，倒也不惧，遂招呼账房退下，他来接待。

来者正是程詹事。行前，王爷说了下这家铺子的底细，是让他注意分寸的意思。他理会得。

拱了拱手，他开门见山："掌柜的，鄙人系忠顺王府詹事，今天来此，有一事请问。"

商人最怕官家，自是世理。冷子兴一看是兼着京兆府尹的王府来人，那是公人了，自然不能得罪。他忙让座，边说："好说好说，小人定知无不言。"

"那来出货的人，现在在哪里？"

冷子兴一听，冷汗都下来了。他知道，一定就是冯紫英拿走的鞋子出了事。这詹事厉害，用词一来就是"出货"，那是把荣宝斋当作贼人销赃的窝点了。这个是万不能认的。他收摄了下心神，回言："公人的出货是什么意思？鄙店小本买卖，也是有来有去的，有什么做错了的，公人指教就是。罪名那是不敢乱认的。"

程詹事微微笑了，他的目的达到，故又换了一副口气："也是，我没说明白。但掌柜的肯定知道我说的什么事。贵店的来历我们也清楚，也不能胡乱得罪。你就告诉我，那个人在哪里就行了，其他事，我们不多打扰。"

冷子兴听得明白，这意思是说，他不想过多追究，只需要告诉他出货的人哪里去了就行。

话说到这个程度，说也得说，不说也得说。好在他买货的时候，一句没有询问东西的来历，那么即使找出出货的人，他也完全可以撇清，因为他本来就不知道是赃物。想清楚了也就片刻的事，冷子兴便告诉詹事，有一个人午间来卖了几件东西，然后出门叫了马车走了。至于去哪里，委实不知。

"那赶车的人，你认识，对吗？"那詹事眼睛盯着冷子兴。

冷子兴知道，自己今天态度如何，可关联着太多事。看这可高可低的样子，这事儿就是眼前的詹事拿捏着。遂老实作答："那马车是常在这里拉客的。我看了一眼，像是孙胡子拉的。"

程詹事满意地站起身来，笑说："那就请掌柜的出来看看，那个孙胡子还在不在。"

冷子兴没法，跟着三人出门，斜阳照在街面上，安静祥和。远处稀稀拉拉有几驾马车，在等着接掌柜的回家。

活该这孙胡子倒霉。他本来在远处，准备拉完这单就收工。看见老主顾周掌柜出门，便高兴地赶车过来："掌柜的，回家不？我伺候您老回。"

看着冷子兴尴尬的样子，程詹事知道，多半这就是孙胡子了。他微微笑着问："是我们用车。你是孙胡子吗？"

车夫高兴："哎，孙胡子就是我。几位老爷要去哪里？"

"京兆尹府。"说完向冷子兴拱了拱手，一径上了车，一个侍卫跟着上去了。另一个自去牵马。

冷子兴心乱如麻，看着一驾马车前头跑过，后面一人骑着马，手里牵着两匹马的缰绳，在后面跟着，听那马蹄声一径去了。今天发生的事，非比寻常。他想不通，冯府既是入着股，怎么把自家店铺反倒牵扯进官司去？他反复思量，定是那对珠子大有来历，方引出祸端。还真不晓得该跟何人去商量这件事。

# 第十回

## 京畿地城门截赃银
## 贾雨村见势悔同宗

孙胡子的车装饰得还算考究，拱形的车顶是青油纸糊的，清清爽爽，车厢有窗，车门口还吊着流苏。待两位客人上车，孙胡子"驾"一声，在空中击了一个响鞭，马车便动起来。正跑得高兴，孙胡子无意回头，发现右侧还跑着马，骑马的人手中还牵着另外两匹马的缰绳。不骑马而乘他的车？他联想起刚才周掌柜家门口客人的打扮，脑袋轰地一声，敢情这是衙门里的公人？来拿他的？

孙胡子缩起脑袋，一门心思驾车，脑袋里想自己都干过什么事，要官府来查。越急越想不明白。街道两旁的房子、大树纷纷退后，京城的太阳正在将余光涂抹在马车的车顶上，孙胡子扬起的马鞭上。

京兆尹府在皇城不远处，孙胡子哪敢直赶车到衙门口，遂在距离约一射之地停了下来。不料里边的客人从车厢里传来声音："继续走，到府门口。"声音竟然不容抗拒。

孙胡子横起一条心，手上没有人命，怕官府怎的？干脆豁开。于是轻轻敲击马背，马车缓缓直行，到了门口台阶处方停下来。

坐车的自是程詹事和侍卫了。他们前后下车，让孙胡子把马车赶到一旁，然后跟他们进去。

孙胡子哪见过这种阵仗，扑通一声跪了下来："两位公爷，小人还要养家糊口，有什么差遣请公爷吩咐就是。"

程詹事要的就是这个威势。他原本想着这赶车的会不会与卖鞋的客人是一伙，一路上沉默不语，就是考较孙胡子，看他言行有没有异动。一个人心中有鬼，程詹事自信逃不过他的眼睛。现在看来，同伙应该不是，吐出他知道的信息就行了。

"孙胡子，衙门有个事，要问问你。你老实作答呢，就放了你回去。如果抗拒官府，那么你明天，可能就出不了车了。"程詹事放慢语速。

孙胡子赶紧磕头："小的有什么一定说，请公爷问就是。"

"今儿晌午，你从周掌柜那儿，送了几拨客人？"

"就一个后生。"

"送到哪里去了？"

"回公爷：那后生有些奇怪，路上我拉话他也不接腔。只是让我去南门，后来中途在天桥马市下的车。"

"给你车钱了？多少？"程詹事想核对一下车钱，是否能与路程远近合得上。

"小人拉周掌柜家的客人，一向三天一结，由周掌柜给车钱。周掌柜知道小人不是乱开价的人，所以都是小人说多少，他就给多少。"

程詹事"哦"的一声。停留了一下，再问："有没有什么欺瞒官府的？"

"没有了。小人不敢欺瞒。"

看来这确实就是一个赶车的。程詹事挥挥手，一旁的侍卫对孙胡子说："你过来。把你住哪儿，家里几口人一一说清楚。你仔细着，如果说谎，有你后悔的。"

孙胡子但求脱身，满口子答应，遂将自己家底兜出。那侍卫听了记下，说声"走吧"，让孙胡子离开。如果拿住了卖货的，说不定用得上这赶车的来指认。

孙胡子知自己今儿算是过关了。他赶紧再磕一个头，不敢多话，赶上车自去。他自思，恐怕自己得换另一个地方去拉客人，周掌柜家的生意看来是做不得了。

另一个侍卫早已在门前下马，把缰绳拴牢，站定等着。现看孙胡子赶车走了，遂过来与程詹事两人会合。三人上台阶，走进京兆尹府衙门。

衙门的门开着。这个时辰还开着门，意味着有人知道他们要来。程詹事遂问门口当值的衙卫："王爷在里边吗？"

那衙卫赶紧回答："王爷来了一会儿了。吩咐公爷们到了就进去。贾长史也在衙门里，正在审案。"

那么快就开始了？程詹事心里疑惑，脚步加快，走向内堂。

贾雨村确实正在审案。今儿申时，衙门正要关门，南门守门阍吏来报，说他们查到一出城的人，携带大宗银两，又说不出自己干什么的，行踪可疑，让府里去人处置。贾雨村听了本是不喜，今晚还约了人喝花酒。后想想，京师事，无论大小都得留神着。遂下令府中衙役王班头带人去，把人先押来问问再说。

人押回来，贾雨村便坐堂开审。无奈那押来的人虽是捆成一个粽子，但像是个硬气的，无论怎么呼喝，一直不说话。正想用刑，贾雨村的师爷进来，附耳几句，告诉他府尹忠顺王爷来了。

贾雨村闻言倒是一惊。自他上任长史以来，王爷一直没现过身。贾雨村去王府送拜帖，帖子留下，但人就是不放进去。贾雨村早听闻这位王爷彪悍，早些年月也上过战场，平常人怕是不在他眼中，遂按下巴结的念头。现在已是天晚，王爷忽然大驾光临，莫非有要事发生？

贾雨村让衙役看好疑犯，赶着去拜见王爷。

王爷在内堂，灯光照耀。贾雨村一看正中坐着的人身穿亲王补服，衣服前襟绣有五爪正龙，两肩五爪行龙各一团，便知是这衙门的正主忠顺亲王，当即跪下参见。

王爷声调平平，让贾雨村起身。贾雨村谢过起来，见王爷身后詹事立着，便也拱手一礼。那詹事也回了礼。

"贾长史一向辛苦了！"王爷开口。

"下官不敢。"贾雨村躬身作答。

王爷抬起案几上的茶杯，将碗盖拿起，轻轻拨动茶叶，喝了一口。垂着眼皮问："贾长史今天审案了？"

"正要向王爷汇报。"贾雨村便将南门阍吏送来人的情形说了一遍。

"你们为什么扣他？"

"这个人也就是贩夫走卒模样，出城门时，他驾的马车上，居然发现好几盒子银锭，查过了，尽是官银。问他银子哪里来的，他还没开口，现在还在审着。这等胚子，不用刑量他不招，下官这就过去继续审。"

王爷身后的詹事开口了，他问："这人犯带的大约有多少银两？清点过么？"

"下官派人清点过，盒子里五十两一锭的四十锭，合 2000 两；另外他背囊里还搜出一锭 100 两的大元宝。俱是出库的官银。包裹里另还有些铜钱。"

王爷点头："既然是官银，那尽可查的出。"贾雨村知道，那是指银锭上银局的标记。私铸的银锭上便没有。

那王爷岂是省事的。南门抓人之事，早有人到府上报他，故亲来府衙。程詹事此时见说到银两之事，便弯下腰，在王爷耳边轻轻说了几句。王爷发话："贾长史，既然这人犯不开口，程詹事陪你一同去审如何？"

贾雨村看这架势，王爷怕是不相信他审得出。后一想，一个小案，惊动王爷，定不简单。遂赶紧答应着，引程詹事同去审案堂。

程詹事早在荣宝斋时，便向冷子兴打听清楚，那卖货的后生要的是银锭，2100 两。听得贾雨村说，人犯自南门拿来，身边带的银锭又恰是这个数，天下哪有这样巧的事，莫不成踏破铁鞋无觅处，得来全不费工夫，后边找人的功夫倒可以免了。

审案堂就在前边，片时便到。贾雨村让设了一个座，在公案侧，请程詹事坐。程詹事见那后生虽然绑了半天神情委顿，但还有股倔强之气。便对贾雨村点点头，示意他来问。

王府的人，贾雨村自无异议。

程詹事盯着眼前的人犯看了半天，那人犯抬头看了他一眼，又低下了头。大堂里一片静寂，十来个衙役立在两旁，拄着杀威棒。程詹事看势已做足，冷不丁抛出一句话："你就是晌午在琉璃厂出货的后生吧？"

堂下跪着的人正是马三。他得了这么多银子，自是欢喜，但想到盗墓之事迟早要发，师傅不走他得走，何况这么多银子一时也没处藏，如师傅见了，见他不听招呼出货，定要大怒。干脆早出是非窝，回南方去。坐在孙胡子车上时，他便盘算停当。下车后直接在马市掏钱买了一驾马车，又偷偷去马槽拉了师傅贩的两匹马套上，再找些马槽附近的箱笼包袱搁在银盒子上遮掩，没跟师傅照面，直接出南门。想着早离早好，师傅即使后边发现了，也没法子追的。没想到在城门口被拦下了。又说不出钱是哪里来的，被扣在这里，眼见走不脱，真是霉气到家。

马三自知招了，盗墓之事便是大罪，还牵连一干人，未免太不义气。他虽然对师傅不满，到底还是师傅，欺师灭祖历来江湖大忌，如果他不招，估计官府也没处查去，只是皮肉可能要吃些苦。

没想到一句话飘来，人家早就门儿清了！

马三的眼神掠过一丝恐惧，被程詹事看在眼中。他慢慢说："你不说也由得你。盗墓重罪。朝廷制度，杖一百，面上刺字，流三千里，这些你是知道的吧？"他缓了一缓，"按大清律例，如果在第一次审讯时就承认罪状，可以算作自首，可以减一等处罪。今日贾长史审你，你看，是要减一等，还是要流放三千里，终生不得回籍，你看着办。"

贾雨村配合程詹事，惊堂木一拍："下跪人犯速速招来！"

衙役们听闻主子发话，一起敲起杀威棒，地上青砖，发出隆隆的声响。

马三到底年轻，哪见过这个阵势。不要说流放三千里，如果眼前不从，只怕杖一百，先就把自己打死了，即使不死，也得是个残废。他想着审案的官爷既然已经知道他盗墓，那罪名是脱不了，只有赶紧认下了，图个轻判好的。

想毕，他抬头对着堂上："官爷，小人若是招了，请一定认我今儿是自首。这辈子我都不敢了。"

贾雨村看了程詹事一眼，这人真个厉害。几句话就让人犯认罪。便吩咐书办："仔细把人犯的话记下了。"

马三此时意志尽摧，他详详细细地把盗荣府小蓉奶奶墓，发现女尸暴死，拿了头面银钱的事一一说来。倪二父子、师傅王短腿自也供出。待书办记完时，他忽想起一事："报告官爷，小人刚才还说漏了一件事。那个小蓉奶奶的墓里两口棺材，有一口是空的。"

马三交代时，贾雨村的脸在灯影里忽明忽暗。贾府！这不是牵到他了吗？宁国府秦氏出殡，京城里谁人不知。那秦氏是受过诰封的人，现在说是暴死，那是捅出了天大的窟窿。再听马三后边说，两口棺材，尸体只有一具，他吓得手指头一哆嗦。秦氏暴死不报官就私葬，还请朝廷加封，事涉欺君，就这一条，宁国府就要倒霉。再加另一条人命尸藏何处不知，这事儿定是瞒不住，也按不下了，宁国府只怕要见官。

贾雨村此时念头已经转到如何自保上去。他自悔此前到处宣扬自己与贾府同族，那贾家倒霉，自也连得上他。起码仕途上打好的底子，眼看着要废了。

贾雨村神情的变化，程詹事自是看在眼里。眼前的这位贾府族人，如何因贪腐丢官，又如何因贾家力量起复，并拔擢到现在这位置上，他早已打听得清楚。忠顺王爷不到府视事，但有手下到任，又是贵妃族人，如何不查？早已派他搜罗得明明白白。贾雨村数次以属下身份递拜帖，王爷始终不见，自是没有想定与贾氏族人打交道的态度。

待书办记录齐整，马三画了押，已是戌时。马三听得远处街面上传来的梆子声，抬头看着高烧的蜡烛，阴影随着风动四处摇曳，忽明忽暗，忽然想起盗墓时也是这个时辰，一口气就此泄得干净，心下喃喃："报应，这是报应。师傅当日说得要给那暴死的女子烧纸，只怕是忘记了。这女鬼被开了棺，定是来了人间游荡。看来谁害的她，终究逃不掉。"

马三恐惧之心大起，满身嗖嗖，这堂上刮的似乎全是阴风，不由瘫坐在地上。程詹事见状冷冷一笑，命王班头把马三提到牢里枷起来，好生看管。

## 第十一回

# 沧海月明珍珠有泪
# 牵丝扳藤虎帐飞兵

自那对牵着千丝万缕的珍珠出现，忠顺王爷像猎豹一样，嗅到了异常的信息。他是康熙帝第十六子，也是康熙在位最后十年间一系列变故的见证者。宫廷不动声色的刀光剑影，他不能不敏感，也不能不防。

康熙五十一年（1712）十月，皇太子胤礽继起复之后第二次被废，朝野震动。废太子被圈禁至远离宫城的郑家庄。忠顺王在此前的夺嫡之争中并未参与，在争储君之位的皇子之间也并无偏颇。他与太子和后来继位的四王爷尤其走得近。康熙十四子，挂帅平叛西北的"抚远大将军"出征时，忠顺王在其麾下奋勇杀敌。首次凯旋回朝，忠顺王由郡王升亲王，十四子胤禵御赐大将军王称号。人人都道十四子即将被册立储君。然而康熙六十一年，宫中忽然报出消息，康熙薨逝，传位四王爷。不少人疑心，因为当时的京城九门提督、禁军首领皆是四王爷的人，康熙所在的西郊畅春园被把得水泄不通，消息隔绝。而康熙去世时，大臣们居然无一人在场，皇子中又只有四王爷在园内，接着就是遗诏下，由四王爷胤禛继位。这就不由人想入非非。但这样的疑心自无法求证。

四王爷即位，年号雍正。未几，便开始清理宿敌。往年参与夺嫡的兄弟八王、九王削去爵位，宗人府圈禁，生不如死；大将军王十四爷即便是雍正的嫡亲兄弟，也未逃脱先幽禁后圈禁的命运。朝野对此并不意外，因为大家都知道，十四王爷原是八爷党的人。一系列毫不留情处罚兄弟的举措，也一举为雍正赢得了心狠手辣寒石心肠之名。

这一切，忠顺王都看在眼里。虽然风波明面上并未卷及他，雍正对他这个上过战场的十六弟照旧依仗信任，将京畿重地的管理之责放在他肩上。但忠顺王不时冒出一个念头：现在的皇帝四哥，固然要用他震慑潜在不臣，待腾出手，朝里安定下来之后，真的可以容得下曾跟随大将军王出征的自己吗？

贾雨村和程詹事审理马三的时候，忠顺王没有马上回府，他在后堂等着审讯的结果。废太子是他二哥,太子、太子妃如果死亡而宗人府不知,那么这就是一个可畏的信号。皇帝是否已经着手清理,务要铲草除根?这波潮流最终可能牵连到自己。生为皇子,幸与不幸,也在当朝皇帝的一念间。王爷想得通透,他们如同砧板上的肉,切与不切,得看刀的意思。这珍珠一事牵出来的,便是一块试金石。皇帝如果行事如此决绝,违背祖宗家法,废太子死而不告宗人府不告天下,那么这位独夫的下一步,自己要好好想想了。

王爷端着茶碗出神,见程詹事进来,方才醒觉。贾雨村内心惴惴不安,但面上还平静,也一同来到。

程詹事在王爷面前,自不必拘着官府礼节,行过礼,择要说了个大概。堪堪听完,王爷转脸便问贾雨村:"贾长史,你看下一步该如何办?"

贾雨村早已打定主意,眼看贾府要糟,首要之务便是把自己摘出来。现听王爷发话,便不犹疑:"属下认为此事关系重大,牵连贵戚,必得查个明白。"

王爷"嗯"了一声,继续等贾雨村说下去。

"眼下最要紧的,是拿下倪二父子和王短腿。马三一天未回,王短腿如起疑心,再晚一些,恐怕这些贼人就跑了。"

"然后呢?"

贾雨村认为这是上司在考较他的功夫了,便一口气说下去:"属下建议兵分两路,今晚就去拿人。明天告知宁国府威烈将军贾珍,到贾家墓地一同开棺验尸。"

王爷自然知道眼前的长史官从何来,官风又如何。看到贾雨村置身事外,说话间半点不回护贾府,满脸忠于王事的样子,心下不屑。他淡淡地说:"贾长史说得不错。那就这么办吧。程詹事就留在这里,帮衬一下贾长史。"程詹事躬身抱拳,表示听命。

王爷放下茶碗站起来,从桌上拿起对玉球,握着玉球边走边转,似有踌躇:"只是贾府系功臣之后,又是宫里贵妃一族。谁去告知此事较妥呢?"

这下贾雨村听出味儿来了,王爷有话偏偏不说尽,这是等着他主动入瓮呢。可事已至此,并无别法,马三后续之事自是他的职分所在,便向王爷拱手:"此事属下来办。王爷以为如何?"

"那么就有劳贾长史了。"王爷说完,不再看贾雨村一眼,往堂外走去。王府侍卫连忙跟上。

贾雨村至此领略了王爷的手腕。明面上事事征求他意见,实际上自己事事得按着王爷的脉搏行。王爷天潢贵胄之尊,又是战场上厮杀过来的,此等雕虫小技，于他自是小试。让自己去告知贾府开棺验尸这个凶讯，那是要他与贾府一族恩断义绝的意思了。下一步，如贾府不倒，他也得罪完了贾家；贾府若有事，待事情办完，这大有前途的京兆尹府长史位子，也有可能不再是他的了，至于后边的升腾荣耀，也得就此打住。贾雨村知晓，同一个贾字，一荣俱荣，一损俱损。君以此兴，那后边的必以此亡四字，让他激灵灵打个寒战。

贾雨村固然心灰，但他宦海数载，知道升不了官不是最糟的，被贾府牵连同落才是。此番如能保全自身，换个地方再论，也不失为出路。

程詹事静等在旁，等贾雨村安排。贾雨村何尝不知，这位詹事在这里，就等于王爷在这里，如何能自行其是？便向程詹事拱拱手："具体事务如何安排，倒要向詹事讨教。"他已想明，今晚王爷大张旗鼓而来，眼前的詹事又是一语点破马三盗墓，自是功夫早已做在先了。内中情由，王爷不挑明，詹事也不说，那他贾雨村只有装糊涂，让这位詹事主理调派就是。

程詹事本来就是被派来办这差使的，也就走个过场，等贾雨村一句话而已。贾雨村既已出言，便也不再谦让："长史，在下倒有一议。"他既非京兆尹府职司，自非长史下属，不好称呼属下，便用了江湖话自称。他停了停，继续说："开棺勘察之事，在下想，这一尸两命，按马三说法，还牵涉到宁府秦氏的身份，死的究竟是不是秦氏，空的棺材原本葬的是谁，必得查实。如果宁府遮掩，还不好办的。听说宁府平日里最是热闹，长史明儿前去贾府之前，在下先去探探路，得个消息，也好办事。"

贾雨村听言，岂敢不同意。遂议定，程詹事先行，雨村后至，然后再去贾家墓地。贾家出殡事大，多有人知晓所在，自不难查。招了一班当值衙役来，果有人知道就在西边清凉山脚下河湾里。贾雨村当即布置下去，命衙役们一早出发，先去看护现场。

又忙忙布置拿人之事。一队立马出发去宁荣府后街拿倪二父子；一队去天桥马市拿王短腿。都交待了务必起赃，人赃并获。

京兆尹府灯烛通明，附近人家却已吹灯熄火尽皆歇下，此时已界子时。这么晚办差，衙役们心中连连叫苦，自不敢言。只得在班头的带领下，纷纷上马，一路往宁荣街，一路往天桥去了。

贾雨村既已考虑保住禄位，不得罪詹事便是应有之义。他考虑詹事明日在外办事身份，虽有侍卫在旁，但都属于王府职司，当即派了两个衙役跟着程詹事，公门行走，自方便许多。

安排完一应诸事，贾雨村与程詹事拱手作别。程詹事并不担心贾雨村通风报信，此等拍马攀亲办事张扬之人，不信其有啥情义可言。料明日辰时，各路人马便会报来消息。程詹事精细，此前已与贾雨村约好了各自去宁府的时辰。

榴
花
纪

# 第十二回

## 冷子兴盘账金蝉脱
## 狡倪二卖店离京都

琉璃厂约莫是一条东西走向的长街，曲曲弯弯横亘在前门南边。太阳渐渐升起，街上明晃晃的。冷子兴正看着小二擦抹桌子、门窗，账房先生给东家沏来一壶茶，自个儿又去忙碌，将要摆出的物件一一放置在古董架上。

自冯紫英昨儿个带走鞋子，随后孙胡子又被公人带去京兆尹府，冷子兴便心内突突。自荣宝斋开铺以来，还从来没有这样的事情让他心内没个着落。街面上的同行们，此前隐隐听说这是贾府中人开的，心下各种揣摩。冷子兴也得了这个力，同行倾轧互相探底挖人之类商家惯用伎俩，从未将荣宝斋卷入其中。冷子兴心内尽知这是流言，他的丈人、丈母娘顶多算是荣国府有点脸面的奴才，哪里就是贾府中人了。但他乐于听到这样似是而非的议论。每当别家掌柜来闲坐叙话，旁敲侧击转弯抹角问及此事真假时，冷子兴总是似是而非，顾左右而言他。这种暧昧的态度似增加了佐证，街坊上的留言传得更盛了。衙门公人自是听说，便也处处行方便，等闲不打扰。

冷子兴斟了一杯茶。端起茶杯，却停在半空。他隐隐感觉不对头。昨儿来的公人们虽然客气，但毕竟是把孙胡子带走了的。追查孙胡子，自然是为了查马三。查马三，自必牵出他来荣宝斋出货之事。如果马三拿到，那么荣宝斋不就成了窝贼赃的？冷子兴收来路不明的物件自非一日，从无官府过问。但此次有些不同，忠顺王府詹事亲自带人前来，远不是平素所见的小吏衙役可比。

正思量着，门口来了客人。账房迎出去，那人不理，却是直奔冷子兴而来。

"尊驾便是周掌柜吧？"见冷子兴点头，来人拱了一下手，"冯爷派我来给掌柜的送个东西。"他边说边从袖中掏出一个函封，递给冷子兴。

冯紫英派来的？冷子兴赶紧放下茶杯，接过来打开，只见里边有三张银票，二千两、四千两、六千两各一张。他不解其意，抬头看了看眼前的人，问："请问尊驾，冯爷何意？"

那管家模样的人看了看账房，账房见状知趣，退到架子那边归置物件去了。

管家待账房退下后，便凑近冷子兴："掌柜的，冯爷说，那对鞋子就留下了。他估摸着价格，让我送来银票，让掌柜的拣一张留下，当作鞋资。"

冷子兴见冯府来人，自不放过这个机会，便抬手请管家坐下，倒了杯茶给客人。"尊驾可曾知道，冯爷带走的那对鞋子，如何处置？是冯府留下了呢，还是已经送人？"冷子兴琢磨一晚上了，冯紫英去后不多时，便有公人来访。如果冯紫英如他所说带了回府，不太可能衙门来人追查此事。现正好问个明白。

来人正是冯府管家。一大早冯紫英就叫了他去，吩咐了一席话。此刻他听掌柜的问，便说："掌柜的，冯爷就交待了在下送银票来。别的没说。"

冷子兴看此人口风甚紧，知道问不出什么。他思忖了一下，拣了那张四千两的银票放在手边，再把另外两张装回函封，递回管家手中。他另思虑一事，便说声："请尊驾稍等。"

他走前几步，推开古董架侧后的门，进了里屋，不多时提了一包东西出来，交给管家："请尊驾将这包东西带回给冯爷。说我既然遵嘱接了银票，这些东西自当由冯爷处置。"他拿出的，正是马三出货的那批钗钏首饰。

这管家却是老到，他退后两步，拱了拱手："掌柜的，我家冯爷只让我送东西来，可没让我带东西回去。府里还有事，在下先走，掌柜的莫怪。"说完竟不等冷子兴回言，便掀帘子出去了。

冷子兴取三张银票中那张四千两的，自有考虑。他确曾对冯紫英说过，那一对明珠转手后价格即可翻倍，但并未说到多少银子收的货。冯紫英既是留下了珠子，估摸的价格也差不多，冯府现是股东，自不能赚钱赚到股东身上去，自己留下那张两千两的也就是了。冷子兴拿那张四千两银票，盘算的是，既是这批货惹上了官非，此事还因冯紫英而起，那么他把剩下的马三物件交给冯紫英去处理，银钱上也是个交代；再有就是，从此贼赃也好盗墓也罢，也摘出了自己。

可恨这冯府管家精明，竟是油盐不进。

冷子兴在屋里转着圈，越琢磨越不对味。冯紫英与他多年相识，说话做事向来不拘形迹，他家又入着股，昨儿还亲来，怎么今天就不露面了，只派个管家来呢？

桩桩件件联系起来看，冯府不惜惹上麻烦，将珠子不知给谁看了，引出一堆麻烦事，只能说明一件事：这珠子后头的水深，不是他一介小民可以探个究竟的。

门又开了，赶马车的孙胡子一头进来。才一进门，便朝冷子兴打躬："掌柜的，按说三日之期未到，还不到结算的日子，但小人有急用，请掌柜的给小人把昨天的账结了。"

冷子兴一看，又来了一个。他明白根子还在那珠子上。便也不问，叫了管家给孙胡子结账。

孙胡子看周掌柜如此，自己倒不好意思了，嗫嗫地说："掌柜的一向关照我，该不会怪罪小人吧？"

冷子兴一笑，过去拍了拍孙胡子肩膀："看你说到哪里去了。你出工，铺子里自应出钱。早一天晚一天的什么要紧。"他明白，孙胡子只是被提去问话，问的那定是坐车的马三。说起来这场惊吓，还是因自己而起。

孙胡子接了管家递过来的几枚铜钱，千恩万谢，掀帘出去了，街上随即听到一声"驾！"声音敞亮，那离开是非地的轻松，明明白白听在冷子兴耳里。

冷子兴回过神来，心一定，便向账房交待："我这边有事要出远门，你看着铺子。记住我的话：从今儿起，咱们铺子里只卖货，不进货。如果有人来卖呢，你找个理由打发他，价钱压低也好，怎样也罢，总之，就是铺子开着，只出不进。"

管家昨天今日都在，掌柜的心事重重，他也看得明白。便问："那掌柜的何时回？"他理解，掌柜的是要出去避避风头。

冷子兴想了一想，回答他："大约一个月吧。放心，你是跟着我多年的老人了，我会回来的。只是回来之前，你把铺子看好，尽量把钱款收回来。给一些折扣也成。"

账房明白了，这是要关铺子的意思。荣宝斋那么多年，挣下一个名头不易，可惜。

冷子兴懂得账房想什么，他笑了笑："以后等风头过了，咱们人在，随时再开就是。以一个月为期，如果到时我还未回，你就把卖货的钱款，交到我丈人那里去。就在荣国府后街上，你去过的。"停了停，他又说："如果到时我还没回，你把铺子也盘出去吧，价格你做主。只是这荣宝斋的牌子，你可得留下来。跟盘出铺子的钱一起，也送到我丈人家。如果找不到，找个荣府门口的小厮通报一声，让找周瑞家的，她自然出来见你。"

那账房知道东家为人，便一一答应下来。冷子兴去了他放要紧东西的柜子边，开了锁，将股东账册用布包好，柜里的银票请点了，也塞进袖口。另拿出两锭银子，交给管家，做这一个月店铺的开销，还有账房、小二的工钱。他特意告诉账房，多的账房就先留下，等他回来再结算。

冷子兴手脚忙着，脑子却是清醒。他虽是街巷出生，托了他商人的身份，早年间走南闯北，世情着实听闻不少，识见亦非平常人可比。昨儿之事透着诡谲，赶紧走人才是要紧事。他交代完毕，最后提了马三的那包东西出来，自个儿离了荣宝斋，也不叫车，一径走回家去了。他打算与娘子商量妥当，再禀明岳父母，明早就离开北京城。

冷子兴娘子听丈夫的，便双双禀明父母，说是浙江一带有个古墓被发现，一大批宝贝现世，冷子兴要去收。路途遥远，回程时间又难定，故两口儿一块同去。周瑞老实，就听娘子的。那周瑞家的看小两口儿恩爱，不觉欣慰，出门相帮着，也是正理。待冷子兴说明已将铺子交给账房照看，卖货的款子自会送来，便觉再无不妥。那账房与女婿相从甚久，自不会欺心贪下铺子的钱。遂嘱咐了女儿女婿几句。次日一早，冷子兴携娘子一起，雇个车子，那包东西还有账册自是随身带着，一径往南边去了。

在冷子兴忙着安排荣宝斋周边事务的时候，京兆尹府的衙役们早已回来。那王短腿昨日晚间不见徒弟回，便起了疑心，马槽边一点，少了两匹马；去他房间一看，那墓里来的物件俱已不见，便知坏了。那小子定着瞒着自己去出货，然后跑了。王短腿本想再等几天，贩来的马卖得也差不多了，出清了再走，但徒弟这么一闹，他决定马也不要了，当夜就走。收拾行囊之时，捶头懊悔自己太过谨慎，没有早些出货。转而又思，那宁府连自家媳妇都能杀得，哪是尊祖之人，那墓这么久也没传出消息来，自是无人发现，那也不差这一早晚。又兼着天晚，估计城门关了，也出不去，干脆明天起个大早，待马市开了，买驾马车，套上自家马匹走路。剩下的几匹，贱价卖给其他商人，也不难办。

王短腿盘算完毕，上炕睡觉。不料半夜时分，就被惊醒。马厩里的马大声嘶鸣，刨着蹄子，屋外密密都是火把。王短腿一看，瘫坐在炕上，心下自知，那是公人拿自己来了。

这边厢王短腿人赃俱获，那边拿倪二的，就没那么运气。倪二外表粗豪，看似常在醉乡，内心却是精细。那墓地旁边去租房的人是他，终究是个隐患，心下如何坦然？本想再去看看，盗墓一事有没有被发现，终究怕自投罗网，故蛰伏了数月。他也没闲着，时与入店租车的客人攀谈，说及自己多年在京城，接家信老母盼归，要离开，叵耐这大车店丢了可惜。自有人将倪二言语传将出去，有愿意接手的山西商人，找人引路，过店与倪二商谈，倪二怕引人怀疑，也像平常样讨价还价，最终谈成。倪二见大车店还卖了一个好价钱，自是欢喜。他知出手如此顺当，自因宁荣府后街之便，众人皆说这里邻着贵妃府邸，沾沾龙气也是好的。

倪二摆了一桌酒，找了中人写了卖契给晋商，故意地满街告别，说明离去之由，贾府芸哥儿处还多盘桓了一会儿。看看日头西下，街上人影渐疏，倪二便驾上自家马车，带着儿子，还有墓里的东西，出了城门，径向直隶而去。倪二听闻直隶繁华不减京城，去那里出货，不比在天子脚下简便？他心里还笑王短腿少见识，他们二人如果都在一个铺子里出货，那掌柜的一看，分明就是同伙。这世上又何必多出知晓此事的人呢？

倪二离开京城不提。那商人接手后，认认真真经营起来，前头看马的小子挑了几个留下来帮手，其余的打发去了。大车店生意不差，他准备把这里经营成晋商的歇脚点，不愁财源滚滚；不时欢喜这笔买卖真是做得值。这日晚间已歇息，忽听院外打门，门口草堆里睡觉的小子睡眼惺忪去开门，被站在外边的公人推了一跤，怪着开门晚。那商人看到火把亮晃晃举成一排，吓得腿都软了。待打起精神来听了一听，总算听清了那带队班头说的话，原是来拿倪二的。商人便叫起撞天屈来，忙着把倪二的契约拿出来给看。班头火光下看了半天，又叫马棚里的小子们来问，一一问过口供，这才确信，倪二确实跑了。

班头不甘心空手回去，便让手下的衙役们搜大车店。那衙役们一晚没睡跑得老远来，人没抓着，赃也不见，正没好气，便把店掀得鸡飞狗跳，马嘶人喊，住店的人纷纷抱头窜出，听公人们发落。衙役们搜了半天，啥也没捞着，怏怏去了。客人们见公人走远，纷纷痛骂店主，那商人只有忍了，将住店的钱一一退回。

次日此事便传遍了宁荣府后街，都道倪二犯了事，官府正在捉拿。别人尤可，那贾芸因与倪二交往甚密，街坊们都知的，心下惴惴，怕官府来问。又不知倪二所犯何事。转头思贾府唯有宝二爷是好相与的，还说过收他当干儿子的话，当即找了个理由进贾府，想见宝二爷一面，侧面打听此事。好容易在内院门口，托人请了宝玉贴身小厮茗烟出来行个方便，无奈那小厮听了，便劝他回去，说他们宝二爷是万般不上心的，此等事问他自是白问。

贾芸去了半日，垂头而回。一时心稍安定下来，想想自己与倪二并无其他交往，又不曾参与恶事，无需庸人自扰。只是这一去，把这事告诉了茗烟，却是失策之举。那琏二奶奶若听闻此事，不知该怎样看他呢。

那贾芸各种心下不安，此处按下不提。京兆尹府这边两队拿人的衙役归队，王短腿当即被提了去审问。府里上下都知晓，程詹事这两日主事，既然长史不在，便也由了他去审。王短腿开始各种抵赖，后程詹事拿出他徒弟马三的供状，王短腿一看，便知无望，何况墓里来的东西一包，他被拿时正在被窝里，抵赖不得，不得已招了。程詹事吩咐枷了，拿到牢里去，给马三做个伴儿，就监在两隔壁。

看看已到巳时，程詹事安排昨晚拿人的衙役留在府中歇息，轮值的人马准备妥当随时待发。又点齐了仵作等，吩咐在府里等候。程詹事安排停当，便带上侍卫和衙门派给他的两位公人，打马直奔宁国府而去。是日天色晴朗，马蹄嘚嘚，正是京城好风景。

# 第十三回

## 夜深宗祠长叹悲音
## 隔墙消息詹事查案

在京兆尹府紧锣密鼓派人捉拿倪二、王短腿的当晚，宁国府依旧一片升平。堪堪已近晚秋，诸事停当，那贾珍看着当晚月亮，清澈宛转，挂在天上，兴致一起，命在宁府中厅花园内摆家宴，又叫了丝竹班的来，屏风外坐了，吹拉弹唱。虽然天气已凉，但贾珍不以为意，尤氏、贾蓉，还有几房姬妾团团坐了，一桌子锦绣灿烂，风流富贵。山珍海味流水价送上来，花园一带，丫鬟小厮环侍，垂手而立。贾珍心下得意，贾家贵妃省亲，花团锦簇之下，天香楼阴影自心中渐渐淡去。今日兴头正好，遂与妻妾谈笑，贾蓉也赔笑侍亲，频频敬酒。尤氏虽非生母，但素无隔阂，既是贾蓉敬酒，也饮了几杯。隔座送钩，吹蜡射覆，宁国府一片喧闹。

正重温新酒，交杯换盏之际，忽听西边传来门扇开阖的声音，一声长长的叹息随风而来。贾珍身上一寒，停下酒杯，问贾蓉："你听到刚才什么声音了吗？"贾蓉还未答，又一声长长的叹息传来，仿佛更近了一些。丫鬟们也听见了，惊慌失色，有胆小的抱成一团。丝竹班的也停下管弦，仓惶四顾。贾珍毕竟是一家之主，奋然起身，往声音来处大声呼喝："谁在那里？"尤氏在旁，紧拉了贴身侍婢的手抖索，着不得声。

那声音如此苍凉，听得月华失色，灯火黯然。飘飘荡荡，似出宁府去了。贾珍喝叫一声："拿剑来！"小厮忙奔进内堂，瞬时捧出剑来。贾珍一把夺过，抽出青锋剑，剑鞘扔在地上，对贾蓉说："带上人，跟我去瞧瞧。"

众人忙忙随主子一径往西边去。贾蓉心下惊恐，那西边不是贾府宗祠吗？他不敢说，紧紧依着父亲前行。走在边上的小厮，手提着灯笼，一路走得趔趄。贾珍仗剑抢在头里，此时那门开启之声又起，已是近在咫尺。

贾珍停下脚步，眼前正是贾府宗祠，黑油栅栏在灯笼的照耀之下，仅有微光。四周的树影在惨淡的月光下，像蹲伏的野兽。此时贾珍毛孔尽开，因为面前五间大门，看得清楚，却是关得齐整；宗祠上由夫子后人衍圣公孔继宗书写的黑底镶金匾，"贾氏宗祠"四个字，在微光的灯影里，闪着黯淡的金色。

不知哪个不长进的小厮，惊恐之下站立不稳，跌了一跤，众人大哗，纷纷夺路而逃，贾珍喝止不住。心下疑惧，各种幻影纷至沓来，手中长剑掉在地下而不觉。贾蓉见父亲怔住，忙扶了他往回走。

中厅已是一派狼藉，丝竹班不知哪里去了，尤氏和姬妾们早已在丫鬟们的搀扶下回屋。是夜，便有小厮丫鬟梦吃发烧之事，也不细说。

家宴草草了局，贾珍心下惊恐，那一声又一声的苍凉叹息，声声打在他的心上。贾蓉极怕父亲，不敢出言，看父亲倚着桌椅，像是老了许多岁。见身旁小厮跑了个干净，心下恨恨，这帮子靠不住的东西，遂服待父亲睡下不提。

次日一早，方吃过早饭，便有荣府老太君派人来问。贾珍站起回话，说是家宴醉酒，并无别事。待传话之人去了，心下想着，好事不出门，坏事传千里，这帮子嚼舌头的丫鬟仆妇，找个时间得要整顿整顿。思及昨晚之事，惊惧之意渐去，但那声长长的叹息，如同阴影一般盘旋心中。又不好同别人说，只得憋在心里。

话说程詹事一行五人打马来到宁府后街，找地方拴上马，看见刚出的包子热腾腾地蒸在炉炭上，摆在路边招揽客人，想起自己一早忙碌，尚未进食，遂招呼诸人在包子铺坐定，让店家拣好馅的上来。那包子铺倒是阔大，放着几副桌椅，想是后街人平日吃早午餐的点档。这边厢程詹事们才吃着，听得隔壁桌子上有人叽叽咕咕，说的正是昨夜宁府闹鬼之事。这事因了买菜的婆子，守门的小厮，进出听使唤的下人们传出，再在街坊间飞传，便有鼻子有眼，像是人人亲历一般。

程詹事本就是探听消息而来。遂听了一听，招店家来，让送一笼包子过去，说是请客。那叽咕的两人回过身道谢，又问客官为何如此客气。程詹事便拢了椅子过去，说道自己一行人原是宁府远亲，自外地来，但不知如何通报才能见着珍大爷。

那两人是宁府换班的小厮，一名来福，一名来喜。他俩的职分到不了近身服侍主子的份上。与昨晚侍候晚宴的小子同屋，那小胆儿从宗祠跄跄回来，也不去中厅帮着收拾桌椅杯盘，一头进门，就着烛光，猛喝了一碗水。见来福来喜问，便一五一十说了个大概，听得人毛发直竖。这两人今早出来后街吃早饭，遂议论上了。

程詹事出门之前交代，他们第一拨先行的，尽着便衣，因此来福来喜看不出眼前公人身份。这宁府平日人来人往，贾珍又兼着族长，族人出入自有不少，攀龙附凤沾亲带故的来投，一年之中也总有几起。那贾府祖上本是金陵原籍，有远亲自不必奇。来福见有人问及，便摇摇手："爷今日去见我家老爷，可不是好时候。"程詹事故意装作不知，请那小厮指教。那小厮却是不肯细说。来喜平日话多，看在热腾腾包子的份上，便对程詹事说上几句："论理不该议论上头。不过，昨日府里有些怪事，我家老爷不喜，定是不肯见客人的。"程詹事从袖筒摸出一块银子，递了给来喜："多谢小兄弟关照。只是我们有事，又不知道什么时候得见。小兄弟还请指点一二。"

那来喜尚不曾开言，来福接了话："府里事我却是尽知，既然爷是本家亲戚，自也无需瞒。只是……"话头就停在那里。程詹事自是明白，从袖筒里又摸出一块银子，递到来福手里。来福掂了掂轻重，看看与来喜的那块差不多，心下满意，便将昨夜事说了出来。见程詹事几人听得入港，发了谈兴，愈发将头年小蓉奶奶去世，府里死了人闹鬼，他们奴才私底下的议论透了几句。中间便提到了秦氏使女。"那小蓉奶奶最是怜下，下人们多感她的恩德。这不，她一死，贴身丫鬟瑞珠一头撞柱子上，殉主去了，倒是个难得的。"

程詹事终于等到他想要的话题，便问："那小蓉奶奶的其他丫鬟呢？瑞珠那么忠心，其他丫鬟自也念主吧？"

来福仰头望天，悠然长叹一声："哎，这命啊，还真是说不准。"他转回头看着程詹事，放慢了声音说："小蓉奶奶另有一个贴身丫鬟，名唤宝珠，她现在可是小姐了。"

程詹事越发有兴趣，央着来福再讲，又让店家再送几样吃的来。来福继续说："那宝珠我是认得的。当日她主子死，她哭了什么似的，我家老爷心善，便替小蓉奶奶收了她做女儿。这不，两个丫鬟，一个死了，啥都没了；一个活着，还成了小姐。你说这是什么命。"话中尽是艳羡。

"那宝珠也住在府里吗？"

"那倒不是。收她做女儿，也是为了小蓉奶奶出殡好看，免得无儿无女的凄凉。葬礼一毕，府里便送宝珠，哦，我们私下叫小姑娘的，住到贾家私塾那边去了，托了那边照看。说是待守满母丧，便聘到外头去。不做奴才，嫁人做平头夫妻去了。"来福随手一指，"喏，那边就是贾家私塾，从这边走过去倒是不远的。"

程詹事看看时辰差不多，送上来的食物，也被来福来喜吃得差不多了，便站起来拱了拱手："多谢小兄弟。既是我们大老远来了，虽则贾府老爷这几天不一定见客，那也只得去试试。不见的话，还得换个时间来。"笑了笑，门边与包子铺店家结了账，便同侍卫公人走了出来。

离了包子铺，找了个拐角处，他便吩咐公人："有劳两位辛苦一趟，去那私塾提了小姑娘宝珠来，然后带到贾府墓地去。"他停了停，"雇个车子让那小姑娘坐吧，毕竟她是宁府小姐身份。二位言语间也客气些，莫惊吓了她。"

二位公人施了一礼，说声詹事放心，便去牵马，一径去了。

程詹事转脸对一名姓章的侍卫说："有劳，与贾长史约好的时辰也快到了，就请快马回京兆尹府，调齐所有人等，先行出发，去贾府墓地等。"他解下衣襟上拴着的王府令牌，交给章侍卫。侍卫一揖，去了。

太阳渐渐正中高悬，正是午时。程詹事和另一位侍卫牵马走出后街，转到宁府正门，正见贾雨村下轿。程詹事甚是满意，走了过去与贾雨村行礼，轻轻说了几句。那贾雨村点点头，当即派衙役上门递帖子，报京兆尹府长史贾雨村到府公干，请见宁国公兼威烈将军贾珍。

门差见是京兆尹府到府公干，不敢怠慢，当下一迭声地报了进去。

## 第十四回

### 山雨欲来贾珍束手
### 盗洞犹在宝珠认尸

贾珍正在阴郁之中，忽听门房报来消息，贾雨村来府公干。他顿时十分怒气，他贾雨村来宁府能有什么公干，即使有事不会先来通传一声？别人倒也罢了，偏是这个腆着脸整日在荣府出入奉承贾赦贾政之人。宁府虽然不怎么待见他，看在同一个贾字上，也还装装样子，偶尔接待一下。后听说他从地方知府任上奉调上京，大小也是个京官了。今日敢来贾府生事，天子脚下，这尾巴还翘起来了怎的？

想想贾雨村其人既是兼着京兆尹府差使，也不能不理，便唤贾蓉出去迎接，自己在正堂坐等。

贾蓉受命，带着管家贴身小厮一路来到正门，见贾雨村和几个面生便装之人站在门口，遂传家父命，请京兆尹府大人进府说话。贾雨村和程詹事遂随贾蓉入内，穿厅过园，来到贾珍正堂。

贾雨村心下并无多少尴尬。当年甄士隐如何助他进京赶考，如何有恩德于他，高中授地方官后，遇到甄士隐之女被人拐卖，不也昧着良心，未将英莲送回，反将这可怜女子归于薛家？此番忠顺王爷办案牵扯贾府，自他决定自保之时，心上便觉与贾府之间划了一条鸿沟。此刻上堂，他脸上一色公事公办的样子，与贾珍见过礼。贾珍请贾雨村入座献茶。贾雨村遂向贾珍介绍同来的程詹事。见忠顺王府詹事都一同前来，贾珍立马觉着不对，看来今日之事非比寻常。

程詹事见贾雨村介绍，便出列向贾珍行礼。贾珍忙道："既是王府中人，不必拘礼，列位请坐。"程詹事遂坐在雨村下首，同来的王府侍卫便站在他身后。

贾雨村说了今日来意。贾珍先是听着马三盗墓，后又牵扯出后街倪二等，心下自是心惊。待听清来意，原来京兆尹府是要踏勘贾家墓地，开棺验尸，不由面上惨白。他强按住心神，向贾雨村和程詹事说道："按说京兆尹府查案，贾家食天子之禄，自当从命。奈何那是贾家先祖墓地，先祖为朝廷也是出过力的，现去惊扰，是否有失朝廷法度？"

这边贾雨村未答，程詹事开声了："公爷容禀：此案正是因为牵涉朝廷重臣家族墓地，忠顺王爷已有吩咐，小的们自当保护宁荣二公园寝所在。公爷不必忧虑。盗墓之贼，违背人伦，侵扰逝者，必当严惩。奈何其中有些事务不明，非开棺无以查明，还请公爷海涵。"说完站起，朝贾珍行了一礼。

那詹事说话，自是代表王爷。贾家虽累世公爵，但忠顺王爷乃天潢贵胄，爵位远在贾府之上，又兼着京兆尹府尹，他的意思，如没有充足理由，怎能抗拒？贾珍想及棺中并无秦氏，开棺即知，不由天旋地转。一念想起昨晚贾府宗祠怪异，那叹息莫非是宁荣先祖已预知今日之难？

贾珍顿时委顿下来，勉强说道："既是王爷意思，自当遵命。奈何今日身体欠佳，就由犬子陪同各位前往贾氏一族墓园。"贾蓉边上听了，知贾府今日受辱，心下明白父亲的焦虑愤慨，奈何无有帮衬之法，见父亲派他前去，心下惶惶，也得遵命。

当下贾蓉带贾府诸人，随同贾雨村程詹事一行，骑马前往西城清凉山，那路途自非一时半刻可到，一路上贾蓉万般思量，他自然不知道，自家娘子秦氏不在墓中。京兆尹府此次开棺意欲何为，着实难以知晓。但看这阵势，显是另有别情，贾府自来尊崇，如今受如此待遇，莫非大难临头？此事能指望的只有荣府。父亲在自己一行离去之后，想必自会去找老太君。念及贵妃尚在宫中得皇帝宠爱珍视，心下稍安。

那冯紫英自日前拿了鞋子去见忠顺王爷，哪里想到鞋上的一对珠子竟牵出秦可卿之事。他回府后，派管家到琉璃厂送银票，自是因为他深知这对盗墓而来的珠子，必不能回铺子之故。他也想及冷子兴所收之物，定非只一对鞋子，以冷子兴之精明，见银票一定有所盘算，如赃物抛给自己，倒是烫手山芋。故管家前往琉璃厂时，交代管家不能拿回任何器物，包括信件也不能收下。管家回来复命，说冷子兴果将一包裹让他带回，因有小爷吩咐，并不曾拿得。冯紫英点点头，那管家退下不提。

冯紫英前日离开忠顺王府时，说好有消息王爷会派人来知会。但堪堪又一半天过去，不曾见人。便换了外出衣服，骑马去忠顺王府问个准讯。

进入后堂，便问王爷此事如今怎样了？王爷自是有程詹事头晚回报，知涉及贾府秦氏，此时便告知冯紫英。冯紫英不曾想到，此事兜兜转转，原为珠子事牵涉废太子妃，却不知怎么转到贾府秦氏来？心下突突。但此事贾雨村拿人

榴花纪

审讯，自是京兆尹府立了案子。此时已由不得自己了，心下颇悔。他不想再牵进冯府，便向王爷打了个躬："王爷，紫英自有下情，还请王爷护佑。"

忠顺王奇怪，但他知冯紫英如此说定有难处，便说："你且说来，何事？"

冯紫英道："实不相瞒王爷，那取珠子来的店铺，鄙府是随了份子的。如果起赃，牵涉冯府，家父面上怕不好看。"

王爷本意只想追查珠子来路，也没想到牵连甚广。查贾府他自是不惧，京兆尹府由他坐镇，为的正是震慑满城亲贵。自马三落网，他已知与太子妃生死无干，但珠子出在贾家，却是一疑，故放任程詹事查办。贾氏墓地开棺验尸之事，也是他同意的。查办的结果，涉及贾府，如何呈奏皇上，自得根据开棺的结果来决断。至于收赃物的铺子之类，自是小事。便对冯紫英说："绍轩不必惊慌。"那绍轩是冯紫英表字，还是王爷在冯紫英年幼时赠的，冯紫英一听叫他的字，便先放下心来，继续听王爷说话。"既是衙门立了案，捉贼起赃，便明面上也要做做样子。这样，我明后日吩咐下去，让带队的人去贵府本钱铺子时，留意一下即可。"

冯紫英听闻又是一揖，这分明是不会认真办案的意思。至于明后天去查荣宝斋，那是给他透的信，让掌柜的避一避的意思。

得了这个准信，冯紫英离开王府，打马到琉璃厂街尾，让小厮牵马等着，自己步行找冷子兴来。此行状自是为了不引人注目之故。冷子兴不在，那账房说掌柜的出远门收货去了，不知何时回来。冯紫英心下暗赞冷子兴究竟稳妥，早于他之前就已料定有这一出。既是避了出去，一时半会自也不会回来。心下大安。

程詹事们拜访宁府贾珍时，那忠顺王爷按昨日所定，另派了一詹事到京兆尹府调两个公人，前往琉璃厂查取物件。因得着王爷吩咐，那詹事与公人皆着便装，装作客商模样到荣宝斋，见掌柜不在，找账房问了几句话，账房自诸事不知；又看了古董架上东西，皆系平常古董玩意，并无可疑之处。便回京兆尹府，卷里写下起赃经过："人犯马三口供出赃之所，经查并无贼赃。应是马三攀诬胡言所致。"又派人提马三来，要他重说出赃之所。马三自与前说一致，那詹事便让用刑，打了十几板子后，把马三重新枷了回牢，这边厢便让书办记录，那人犯马三奸猾，拒不吐实，赃物须别处再查云云。

那马三瘫坐牢里，想不明白自己事事招认，却被公人责所吐不实。身上板子所打倒还不重，但毕竟皮肉受苦，当下呻吟。隔壁师傅王短腿自是冷嘲热讽，想起自己安然几个月无事，这马三一出货，自己便被捉了牢里来，自是他言行不谨被人察觉之故。古人说教会徒弟害死师傅，还真是至理。马三见隔壁师傅责骂，自是自家不是，垂头不语，任师傅骂去，不敢回嘴。此处按下不提。

那贾雨村弃轿乘马，与贾蓉、程詹事一行同去，未时末，到了贾家墓地。公人们得着嘱咐，并未进园，只在外列队等候。程詹事命公人带来的小姑娘宝珠，已在远处坐着，用袖子遮面。公人见长史、程詹事到，自来报告。

贾蓉见自家墓地无人看管，草长了老高，心下也酸，父亲赫赫扬扬，却连自家祖坟都不看护，至有今日之祸，心下也是惨然。雨村问过贾蓉，得贾蓉点头之后，便命衙役仵作整队进园，又嘱咐不许侵扰宁荣公爷墓葬。贾蓉带下人领先前行。雨村待衙役仵作们直入墓园后，自己在两代宁荣公爷墓门前行礼，心中祷祝，此系公事，千万别怪罪之语。程詹事也随了几礼。

秦氏墓前，早已铺开人手勘察，盗洞明明白白，不曾遮掩。遂有衙役仵作拿出随身工具，将盗洞扩大，石块又起了两块，土粒乱飞，不多时已有半人高的洞口打出。仵作几人顺洞而下。

程詹事向雨村拱手，说："长史，此案存疑之处，在下亲去看看。"雨村自无不允。

程詹事命侍卫带小姑娘来，一同进墓。自己先下盗洞。里边火把已明明照耀，看得清楚，马三等人确将此处席卷一空，只地上散落着几枚铜钱。命衙役收了，作为查案证物。再到两口棺椁之前，果如马三所说，小的那一口尽是石块砖头，并无尸体；又看那大棺，里边的女尸穿着五品恭人诰服，面部腐烂，周边铺满石灰，脚是光着。仵作得程詹事点头，便各种忙活。墓内气息难闻，忽然一口白气冲了上来，周围衙役吓了一跳，齐往后退。仵作却是镇静如常，皆因其中一人尸检，按了女尸肚子，里头腐烂所生的气体，便随这一按，从女尸口中还有不知何处的创口喷将出来。程詹事拿出袖中手帕掩鼻，那女尸脖颈深黑，面上刀伤狰狞可怖。仵作自管掀袖查看，又拿过火把细细看女尸手指，至于裤脚等处。

程詹事知最要紧的是女尸身份，正想问那宝珠来了没有，一回头，一个女孩儿大睁着眼睛，已怔在那里。程詹事心下也觉不忍，但别无他法，只得让宝珠前来认尸。

那宝珠晌午在贾府私塾，正在帮着厨子洗碗，师傅贾代儒忽带两位公人来，让宝珠跟公人走，宝珠几乎吓死。自秦氏葬礼一毕，老爷便送了她来私塾，并说待三年孝期满，便会为她找个好人家嫁了，嫁妆自有府里出；并说私塾这边已关照贾师傅照顾，每月用度府里也会送来。宝珠心中明白，身为奴才，只能由主家做主。能为奶奶守孝三年，也是好的。只愿老爷三年后不忘今日许的愿，不再做奴才，便是祖上积德。当下安心在私塾一间僻静的屋子住下。那私塾因了薛蟠金荣等人各种闹腾，贾代儒管束不了，其间也有薛蟠各种骚扰之处，那宝珠忍了，只在无人时才出来帮着做活，与人说说话。现见公人来，府里无人在旁，师傅又吩咐，哪敢吭声，跟着公人一路到此。一进墓地，便泪流不住，小小年纪，如何见过如此阵势。见墓地旁贾蓉站着，便拜下去。

贾蓉见了小姑娘，倒是一怔。他差不多已想不起此人是谁。旁边贾府管家连忙附耳在旁说了几句，贾蓉方才明白，名义上这是自己和秦氏的干女儿。那京兆尹府这是做甚？没经贾府同意，怎能带贾府中人前来？但此时并非发作之时，且贾蓉一向在父亲威压之下，家中事一向不拿主意不则声的。旁边公人说，程詹事要让小姑娘下去认尸，贾蓉心乱如麻，挥挥手，让宝珠跟着公人下洞。

宝珠才下洞口，便闻一股恶臭袭来，惊吓之下，不敢喊出来，用袖子掩住鼻口，当下泪珠滚滚。见有人招手让她上前，她便擦了擦鼻子，往前挪了几步，一看棺中人，不由得"啊"了一声惊叫起来。

程詹事问："宝珠姑娘，你细看看，这是你家小蓉奶奶吗？"问时眼睛眨也不眨，盯着宝珠。

宝珠又怕，又不能不答，强压住心头的惊慌，细看那棺中女尸。小蓉奶奶死的那天，她不在主子身边，后来听老爷告诉，奶奶得急病死了，瑞珠为报主子恩，撞柱子也死了。装殓之时，都是管家亲带着一干亲信小厮在天香楼忙活，她也不敢问。想想奶奶待瑞珠和她自己不薄，便哭个不住。后来老爷便说让她给奶奶当个干女儿，出殡时哭喊摔灵的，便一口答应下来。自是从未见过奶奶和瑞珠的尸身。现下一看，这分明不是病死的样子。再细看看，腰身视乎粗了些，不像奶奶苗条纤细。便说出来。

程詹事并不惊讶，只是问她是否还记得小蓉奶奶或者瑞珠，有没有胎记黑痣什么的。宝珠大着胆子上前，看那女尸光着脚，遂叫起来："官老爷，这是瑞珠啊！我记得的，她左脚背上有颗痣。我见过几次，再不会错的。"

程詹事冷静再问："小姑娘，你再细看看，不要认错了。"

宝珠用手帕子轻轻拈起女尸左边袖子，看了一看，说道："小蓉奶奶手臂处，有浅浅胎记，是个勾形的，很小，我伺候时见过。小蓉奶奶还说，这是娘胎里带来的。因此记得。"

程詹事上前一步，把袖子拉了上去些，那手臂白里泛青，胎记却是没有。另一条手臂看了，也无。再问宝珠是否知道出殡时两口棺材内究有几人，宝珠摇头称不知，哭个不住。他点点头，让公人带小姑娘回去，先行到京兆尹府，让书办做个记录，然后再好生送小姑娘回去。公人遵命带出小姑娘。

此时已是卯时。暮秋天气，太阳渐西，空气微凉，那墓外贾蓉却如身在蒸笼一般。

秦氏虽是他夫人娘子，也自小长在宁府，见过几面，但二人此前并不亲近。那秦氏住在一个单独的小小院落里，偶尔遇见，贾蓉也曾问过父亲此人是谁，父亲大发脾气，便不敢再问。忽有一天父亲让他娶秦氏，他却不喜。这样来历不明的女子，怎能当宁府冢妇。但父亲主宰宁府惯了，祖父又在城外炼丹，连过年也不回来，却该去请谁人作主？贾蓉抵抗不得，只有遵命成亲。秦氏本人温温柔柔，贾蓉倒渐渐喜欢上来。

后来父亲忽命另辟一卧室，说是让秦氏单独住出去，好让自己保重身体，不要太近女色。贾蓉也从了命。后来府中各种传言，小厮们着实被贾珍打了几个，自不再有人谈及。但贾蓉心下省得，恐怕焦大口中的爬灰二字，说的未必捕风捉影。贾蓉既知父亲行止，干脆丢开手，在外追欢卖笑，父亲再不管他。每逢宁府拜宗祠各种节庆，那秦氏也站在他身边，尽冢妇之礼，并无差错。一对夫妻，也就相敬如宾互不干涉，外人都道他们是恩爱夫妻，从未有红过脸吵过架的。头年父亲有一日忽然告知他，秦氏死了，他也未管，自有父亲安排。死了也好，另娶一个自己中意的，不也妥帖。自是秦氏去后一应事务，俱是父亲贾珍打理。

现下看公人带宝珠下墓多时，宝珠被拉上来时脸色惨白。想问上几句，当着公人面，也不好问的。只觉今日之事，定非小事，料无善终之可能。不禁浑身是汗，后背湿湿的。

宝珠也无话可说，向贾蓉拜了一拜，由公人领着去了。

## 第十五回

### 倪二远遁碧桃院
### 雨村难逃石扇风

贾府墓园面南背北，背靠山岗，面朝河流，本是一个风水佳绝处所。雨村站在墓园大门前，望着远处潺潺流水，想及今日贾府儿孙受辱如斯，再念及自己前程晦暗未明，兴亡之感不由得掩上心来。

那雨村在感叹物是人非命运叵测之时，程詹事正在墓下看着仵作整理遗体，盖上棺盖种种收尾之事。逝者灵魂一缕，飘飘荡荡不知何处，不再置身人间是非，而那勘察墓室之人却还在试图还原当日形状。程詹事看棺木已复位，命衙役们将墓坑整理齐整，那些因倪二王短腿收财物翻倒的箱柜也摆放整齐。自己先出洞口，拣约略大概说与雨村。雨村此时心灰意冷，自是唯唯，道全以詹事为主。衙役仵作陆续上来，禀告已悉数归置。程詹事命人将盗洞仔细填埋。此时太阳早已西沉，暮色四起，已是酉时。河湾里的风吹来，凉飕飕的。

墓内仵作忙碌之时，在外一队衙役自也未曾闲着，周边勘探。在河湾处一间草房里，起了铜钱若干，班头派了人来墓地核对，自是一批铜钱，遂散出公人，四周至有人处查问。周边旗营里有房主出来，供陈数月前确曾有人来租房，自家草房闲着，便答应了。待衙役问及盗墓之事，那房主自是惊恐，连称不知。班头见这房主面上老实，又是旗民，那倪二等人盗墓，谅也不会租房时露出首尾，遂也未难为他，只是叫其次日到京兆尹府，将倪二面貌说与府中画师，其他事倒是罢了。那房主人本来栗栗，见如此说，忙一叠声答应下来。

衙役们忙完，回到墓地归拢，禀告诸事。贾雨村程詹事遂命收队回京兆尹府不提。

次日一早那租房的房主便赶车进城，到京兆尹府找着头一日的衙役班头，由他领了去，一一将倪二面相体貌说与府中画师。倪二粗豪，一部络腮胡子，好记认，画师画了出来，那旗民看了说像。班头便让那旗民走了，再拿着人像带画师到牢里找马三、王短腿看视，根据二人表述，画师做了添加修正。再看，均道正是倪二。遂报与贾雨村，雨村批了，发下海捕文书，四处辑拿倪二。

那倪二自离了京城，日夜兼程，先到直隶，出了几件钗钏首饰；再前往山西，太原府热闹，人流汇聚之处把剩下的也出了。出货时自称家道中落，拿几个祖上传下来的首饰换些银钱度日，倒也无人细问。倪二尚不知京城盗墓案已发，但他为人精细，知离开京城越远越好，现既然出货完了，与当日墓中得着的银锭拢在一起，也有好几千之数，倒比在墓中时预料的多一些。自忖老家不能回，开大车店时听说金陵最是温柔乡，便携了儿子倪兴儿，一路看着山水，迤逦往东南而去。

到了金陵秦淮河畔，自是喜欢。大车店是不敢开了，恐客商往来，有人认出不好，四周一走，发现桃叶渡一带妓院甚多，夜夜笙歌不歇，便认定是一桩生财生意。遂留心查看，在乌衣巷一带，盘下一座破落人家留下的三进三出楼院，那王孙变卖祖宅，早已羞惭，不怎么讲价便匆匆出手，倒便宜了倪二，花了不多半银子，便得如此家业。见地方倒还宽敞，树木密密，来年定是莺飞柳长，自觉满意。便让倪兴儿巷头巷尾找些流莺来。又整理房屋，诸事停当。想及曾有酸秀才吟诵"寻得桃源好避秦"，当日还曾请那秀才细细讲解，现觉得与自己还像，遂刻了个匾额挂在院门口，名"碧桃院"。碧者，避也；桃者，逃也，最妙金陵秦淮河畔有桃叶渡芳名在，此院名碧桃，自是无人起疑。倪二得意，秦氏墓中得来的钱财，该着两父子在秦淮河畔安居快活，能不是天赐？自此两父子做了娼寮龟公。倪二又娶了乌衣巷一风流声名素著的陶家寡妇，由她出面做老鸨，此人调教那些流莺自是拿手。时间久了，碧桃院的大名便也渐渐为人所知，每日风流热闹，人来不绝。附近正经人家固是生厌，鄙而弃之，自思也奈何不了那对父子，遂纷纷搬走，倪二遂一一把房屋收了，便做了碧桃院别院，开些饭庄绣铺，生意愈发兴隆。

那海捕文书发下，官府也曾在城门口张贴。倪二下金陵时已和儿子改换姓名，自称姓令，倪兴儿便唤做令兴家，小名还叫兴儿。父子俩也注意打扮，将平日里粗俗短打，换了长衫；倪二又剃去满脸胡子，戴了高帽，自与画像不同，因此竟无人识得。倪二春风得意，况江南水软，面色愈发滋润。一日倪二出城门往紫金山，见贴在墙上告示，方知盗墓事发，自是一惊；转头又思自己在那张风吹日晒的缉拿画像前驻足良久，并无人打量于他，遂放下了心，从此醉心于勾栏。倒也无其他杂事相扰。

那些钗钏的失主宁府，何等身份，故不曾催过捉拿在逃盗墓贼及收回赃物之事。京兆尹府便也散淡，海捕文书发出，例行公事一完，也无人跟进。没想到堂堂宁府财帛命妇头面，竟作了勾栏之资，倒也是万般想不到的。却是后语。

那日贾蓉自墓地垂头回府，见过父亲贾珍，述说京兆尹府如此这般。贾珍听了脸色灰败，半晌无语。心下自担心京兆尹府来询问秦氏之事。宁府管家今日见宝珠下墓哭泣之状，颇觉不忍，便趁便提及，小姑娘受此惊吓，不要疯魔才好，不如派府中一人到私塾与她就伴排解，若有他事也可以知晓。贾珍知其所指，遂点头，由管家自行派人至私塾与宝珠作伴。那管家进言之时，自也虑及宝珠既是认了宁府秦氏做其干女儿的，大小也是个主子，今日各色人等亲见，其没人服侍凄惨之状传了出去也不成体统，前已疏漏，后当补救，故有此安排。后管家闻报，宝珠初时还不时惊悸，后渐渐如常，方始放心。这一念之德，保全宝珠，却是难得。此处按下不提。

待管家退下，贾珍摒却左右，告知贾蓉自己见荣府老太君事。老太君听闻衙门要开秦氏棺椁，自己阻拦不得等语，始终不发一言，贾珍自己无趣，只得回府。贾蓉听闻，自是惊慌，奈何自小长在富贵乡，哪临过此等事务？只恨自家生不出主意。只得安慰父亲，宫中还有贾家贵妃在，谅皇上也得照护一二云云。贾珍听了，全家安危只靠荣府，脸上自是无光，想及不知儿子是否知晓秦氏未死之事，见其不提，自也不好提的，遂打发贾蓉去了。

话说程詹事几日辛劳，喜所办差使尚如人意，便回王府复命，王爷听了免不得褒奖几句。隔日京兆尹府将仵作勘探记录报来，又有书办所记小姑娘宝珠辨尸口供，还有马三、王短腿口供一起送至。看卷宗内仵作班头对棺内尸体身份、死因已初步出具结论。王爷遂招程詹事商量。

按各方勘察所见口供所述，棺中女尸并非秦氏，实为瑞珠。王爷、程詹事自已尽知。当下两人细细商议，究竟秦氏何在，是否为宁府私藏？詹事提及到宁府拜访贾珍时所见，觉宁府藏着秦氏，似无动机，也无必要，其中曲折，一时难了。秦氏不知所踪，倒是难办，她受过诰封，又非人犯，自不能通缉搜寻。

又议那死者瑞珠，其周身无挣扎痕迹，手指甲内也并无抓掐遗留物事，指甲也都完好；似有一黑色血块在手指之间，与脸上刀伤所遗血块凝聚硬度以及颜色基本一致。身体皮肤、内脏及头发仵作也都看了，并无中毒迹象。程詹事心下感叹入殓之时，宁府竟也不曾为尸身擦抹，实乃失德。联想到秦氏失踪，遂与王爷推测，莫非这瑞珠划破自己脸面，又上吊自杀，只为了掩饰秦氏本人未死之故？王爷赞同程詹事推论，但种种疑团，秦氏不出则无法真相大白。虑及秦氏出殡已一年有余，那秦氏死了还是活着，倒是不好下结论。但宁国府明知秦氏未死，尚邀朝廷诰封，蔑视朝廷，罪名自也难逃。瑞珠他杀证据不足，这条人命倒不好算在宁国府头上，顶多就是宁府下人身死而主家未报官之过。

商议再三，忠顺王考虑到贾府墓地开棺验尸，此事不日将传遍京城。事出于贾家贵妃一族，倒也少不得要向上陈奏。如何措辞，倒要与程詹事好好琢磨。

程詹事刚才见马三口供，想起有一对缀着珍珠的鞋子，还有钗钏若干，出货在琉璃厂荣宝斋，也是案件证物，便将此事询问王爷。王爷告知已派公人头一日按马三所说去起赃，那掌柜并不在场，细查店铺内并无马三所说赃物，想是此人乱攀，已让另外的詹事跟进，继续查问。程詹事见王爷另派了人查此事，便也无需插手过问。见王爷沉吟上奏之事，便建议只按贾府虚邀诰封及冢妇秦氏下落不明据实上奏，是否传宁府贾珍讯问，请下旨意较妥。本是一桩小小盗墓案，上奏自因贾妃之故，不必先上本，面陈之后听了圣意再作定论。

王爷觉此论妥帖。待其告退时，命程詹事夜晚去请宗人府宗正来府一叙。并交待，此事不必告知其他人等。詹事自晓此欲不为人知之故，遂听令退下不提。

京城亲贵，犹记得那贵妃省亲贾府鲜花着锦之盛，忽传京兆尹府到贾府墓园开棺验尸，此乃一等一的上好谈资，不多时京城便皆哄传。与贾府亲善的，不免暗暗担心。宫中那些不得志的妃子娘家自是称愿，其中更有平素细密的，将收集的贾家一族劣迹写成手本，向忠顺王府投递。王府不收，又向都察院御史台投。还有无头帖子好些，散在街头巷尾。京兆尹府一一清查帖子，收缴回府。府里自也收到状纸。其中有贾赦勾连贾雨村为扇子逼死石呆子事；宁国府贾珍聚众赌博，不敬祖先，有负朝廷恩德事；更有甚者，不知哪里打听到隐秘消息，说贾珍贾蓉聚麀之消种种不堪。一时京城大哗，忠顺王自一一知晓。此时已近年关，本想年过了再回奏的，但京城舆情如此，皇上听闻此间事只在早晚，自思再不上奏，怕是上头要开口问他如何办差的了。

主意已定，忠顺王决定先办贾雨村。不几日，王爷到京兆尹府，问长史贾雨村是否收到京中告宁荣两府的状纸。雨村早有准备，让师爷捧出一堆，供王爷阅览。那王爷一张一张看来，京城所传贾府消息俱有，独独没有石呆子一份。便单问石呆子之事。

雨村听了，心中大惊。这夺扇之事，乃是他公器私用，拿古扇去讨好赦老爷的。当时见状纸来，便私放置柜里，因此并未在呈送王爷的状纸之中。石呆子的死，自以为无声无息，现王爷问起，定是府里有人知晓他收到状纸之事，再私报给王爷。此时被王爷拿住此事，推赖不得，只得声称漏报，赶紧让师爷去柜里找着状纸，呈了上去。

王爷明镜也似，看着眼前躬身站着的贾雨村各种不安丑态，心下冷笑。待状纸来，问及贾赦虽有将军之爵，但未有职司，如何能用官府之力强夺扇子。贾雨村便推了个干净，一概不知。王爷遂袖中抖出一张纸来，掷在雨村脚下。雨村拾起，见上书某年某月某日，长史贾雨村带同府中衙役，前往石呆子家，诬石呆子欠官银，强行收走古扇事。上有数人签名。雨村一看，腿脚软了，跪在王爷面前，一时着不得声。

那忠顺王最看不起软骨头。眼前这等欺下媚上之人，留在京兆尹府，自是衙门耻辱。那衙门公人签名的状纸，自是他密遣人调查得来。当下命贾长史停职待参。又命贾雨村回家思过待处期间，一一列上自家不法行迹，以及所知贾府不法之事，图个将功折罪。王爷说得明白，贾雨村有渎职守，定不能待在京兆尹府，对贾雨村的处置轻重，就看贾雨村之态度了。雨村心下一一听得，没想到自己宦海一生，却倒在一堆扇子上，竟是不值。心下合计待搜罗些贾府罪证来，或许忠顺王爷看他有用，能放他一马，饶了自己。换个衙门，降级也罢，留得青山在，不愁没柴烧。故贾雨村磕头如捣蒜，称自己定面壁思过，遵循王爷吩咐，不负王爷成全之德。

王爷命贾雨村退下。另调京兆尹府其他人来暂代长史，处理衙内公务，又派当日去琉璃厂起赃的詹事自是日起来衙门从旁相助。一时衙门上下均知贾雨村停职之事，正直一些的衙役自是称快。王爷不理衙门事务多时，这里被贾雨村用作私人衙门，多有不法情事。现今王爷雷霆一怒，正是大好机会，便有上书的，说及雨村欺男霸女欺上媚下私吞府库钱银各种情事。王爷一一看了，心中自有计较，派人立了贾雨村贪污渎职案，令一一查证明白。

待诸项回复妥当，忠顺王入宫，请见皇上。

## 第十六回

## 宗人府宗正说旧事
## 辞庙日路途产女婴

这是元春入宫的第十一年。在她的眼中，皇上既是一个有情致的天子，又是一个勤勉的帝王。封妃以来，相守三年，皇上与她两情相悦，确是人间至善。深宫岁月因此过得像流水一般。元春闲时思及，抱琴伴鹤两名丫鬟陪伴她多年，已误嫁期，遂在省亲回宫不久，回了皇上，放出她俩。抱琴伴鹤自是不舍得，毕竟自小相伴的情分，但元春苦劝，遂也允了。两人本来就是元春带进宫的，不是有役使的宫人，故皇上点头，报过皇后，便择日放出去了。贾府自是好生待二人。抱琴伴鹤原系家生子儿，老太君恩典，她俩连同老子娘一起，都放出了贾府。老太君还赏了不少财物，说是抱琴伴鹤的嫁妆。二人给贾老太君和王夫人叩头后离府，连同老子娘一起做自由人去了。

贾太君放了抱琴伴鹤出府，虑及元春宫中没有自家人，便暗暗看中两个年轻又素来稳重的丫头，与王夫人商量了，准备待元春来年省亲时问问贵妃意思，同意的话，便随后送两个丫鬟进宫，让元春在宫中也有个臂膀。

这日皇帝在养心殿早朝完毕，接到内廷太医院御医报来贾妃有喜的消息，不觉大喜。元春入宫侍奉多时，一直想着能有一个自己的孩子，这个消息想来不知能让元春多高兴。便问御医是否确定？前来禀报的太医说，诊脉之时反复确认，是喜脉无疑。因无皇上旨意，尚未告知贵妃。

皇帝自是喜悦，让太医院如实禀报贵妃，并吩咐尽心看护。太医磕头领命，自去昭明宫。这边厢皇帝想着处理完案头几件折子，就回去看视元春。正拿朱笔在折子上批着，殿前太监来报，忠顺亲王前来求见。

京城哄传贾府墓地被盗一事，皇帝岂能不知？宫中自有负责探听京城要事，肩负皇帝特别任务的职司粘杆处。皇帝自报上来的消息中听得各种沸沸扬扬，只为贾府，心下自是留意，但不想让元春烦恼，遂回后宫时一字不提。那京兆尹府管着此事，一直未来回报。皇帝城府甚深，自然装作不知。心下算算日子，想及忠顺王也该到了。真是说曹操，曹操到，便命太监宣进来。

对于这位十六弟，皇帝可算是优容以待。皇帝行四，自小就把他当小弟弟看，感情一直融洽。这位兄弟因无野心，与各位皇兄均交情甚好，皇帝自然了解。他即位之初，整治前八爷党还有自己嫡亲兄弟十四，十六弟都站在了他的这一边。对于帝王名声来说，也需要树立一个兄友弟恭的形象，好为天下臣民表率，故皇帝对其予以重用。虽则十六弟跟随大将军王曾远征西北，但那时自是年少，且多少亲贵子弟也都去了。战争残酷，几轮战役下来，几乎黄带子们家家戴孝，户户悲声。为国尽忠，宗室子弟是出了大力的。如果要论这往日联系，那岂不是满朝皇家子弟都信不得？皇帝也知，父亲康熙帝虽然平复了准噶尔部的叛乱，但并未斩草除根，现在有消息报来，那草原部落有重新聚集起事的可能。那更得倚畀手足卫护祖宗基业。自家兄弟，若他日上战场，自是比别人多一份放心。

忠顺王进殿，磕头见礼毕，皇帝便问来意。王爷将京兆尹府勘探一盗墓案，牵涉贾府之事一一禀报。皇帝听完，自是知道此乃一件普通案件，忠顺王来，正因了贾妃之故。皇帝在还是亲王期间，对于前朝封过爵位的功臣之后跋扈京城之事早有耳闻。当权之始，除了打击当年政敌，对于京城显宦也有意约束，为的是遏止功勋贵戚势力膨胀。皇帝也知，如是一般牵扯，这十六弟也不会亲来禀告，他自己就可以处理完了。想到其中种种，开口便问：

"此事牵涉荣国公府未？"

王爷躬身回禀："盗墓及人口失踪一案，只牵涉宁国公府贾珍。不干荣国府事。"

皇帝见不涉及荣府，便点点头。遂问京兆尹府如何处置。

"宁国公府冢妇秦氏不知下落，其中缘故，现却未知，臣正在秘密寻访。但因京中物议沸腾，不及结案，禀明皇上后方好处理。是否传宁国府贾珍讯问，请旨意。另，京兆尹府还接到数份无头举报帖子，也有牵涉荣府的，一并呈皇上。"说完将手中一叠文书高高举起。

见皇帝点头，早有御前太监躬身过去，接了文书，躬身放在御案上，再悄无声息退下。

皇帝看了勘察文书册，又翻了翻那些举报帖子，心下了然，明白这自是京兆尹府不结案，原始文书呈递御前的原因。京兆尹府因着贵妃家族及城中舆情两者不可调和，不好办理，这才来请旨意。这十六弟还是忠心的。

皇帝为皇子时，为皇储事与其他皇子多年争斗，朝中大臣纷纷站队，党同伐异。那党争之祸，腥风血雨犹在眼前。即位之后，又历朝中种种内外事。故对风浪背后的缘由更为重视。这些个帖子，无非逼皇帝表态。遂心中冷笑一声。看来京中有人已经联络起来，想借这个机会，一举扳倒贾府。

皇帝知道，宁荣二府贾赦贾珍袭爵，并无实际有权职司，贾家一族有官位的，最高不过贾妃之父贾政，任五品工部员外郎一职而已。既牵扯不到权力争斗，那自是后宫起浪，听得京兆尹府动了贾家，有人便趁机寻衅生事之故。根子上还在自己恩宠贾妃。

心念甫转，皇帝随手拢好册页，递与太监，让交还忠顺王。脸上不动声色："十六弟做事妥当。此事来日据实上本就是。"

忠顺王今日进宫目的业已达到，遂告退。皇上并未对传贾珍讯问一事表态，即命自己上奏本，对贾府关切回护之意，看得明白，也在意中。待走出紫禁城午门，府里大轿早已候在门前。

那紫禁城外就是内务府。内务府对面各家茶楼酒肆林立，自是因了这地利。此街巷是王爷回府必经之路。这几日临街的包房日日订满，自是关切贾府一案的人家派了人盯住，看忠顺王何时进宫。今日见到忠顺王进宫出宫，料想此案快有结论，遂飞快回府报告。当日晚间好多府上不得好生睡的。

王爷坐轿自内务府门前过时，想起那日让程詹事请宗人府宗正秘密进府，那宗正所告诉的消息。

内务府掌宫廷事务，宗人府管理皇室宗族事务，两个内府衙门总管大臣向来由满族王公或满族大臣兼充。宗人府最高长官称宗人府令，外边称为宗正。现日常处理皇室宗族事务的是宗正傅祥。内务府总管大臣们历年来有迁有留，但宗人府傅祥一直居宗正之职，宗族事务没有比他更清楚的。

忠顺王爷还在郡王时，傅祥就没少得他关照。那日程詹事奉命前去相请，宗正自无推托之理。待宗正到得正堂，王爷屏退左右，却只说闲话。宗正也一一笑应，空时只管喝茶。

王爷不急，他知程詹事既请得宗正来，那宗正定有所揣测。这话题打开，只是缺了一个因由而已。

旁边的小火炉上煨着水，王爷不时添水加茶，陪着宗正，说些玉泉山的水甜，清凉山的枫叶好看，海扯各地的风土人情。堪堪半个时辰过去，宗正笑了："十六爷，您老让我到这儿，就为的品茶？"

这十六爷一叫，忠顺王知道时候到了。他略收笑容，说道："请大人明鉴：原为京兆尹府一案，涉及一难解之事，非大人不能解惑。"王爷爵位自高于眼前宗正不知多少，但宗人府自来重要，遂待之礼节甚隆，说话之时加倍客气。他放下手中茶杯，侧身探过身去，将京兆尹府查盗墓案，勘探中发现应属于太子妃的珠鞋出现在贾府一事轻轻说了。王爷自不说那珠子多年前本就出于自家王府，只说那珠鞋原属于太子妃之消息，出于贾府下人。

宗正半眯着眼："这么说来，这对珠子是贼赃？"

"正是。内宫物事，如何流落在外，倒是不好猜的。请宗正来，想请问一二，废太子一行前往郑家庄之时，可有什么奇异处？还请大人指教。"王爷拱拱手。

宗正自然懂得，王爷想问的是，鞋子如何流落在外。废太子进了郑家庄，圈禁之地，那鞋子如何出得来。那就只有从路上去想之故。虽不明白鞋子什么要紧，但既是查案所涉，说几句也无妨，遂回道：

"废太子当日离京城前往郑家庄，确有一事录于宗人府。废太子侧妃董氏，路上生产，据说闹了个手忙脚乱。本来这临盆之人，不应上路的。"他低了低头，喝口茶再继续："护卫禁军没法子，路边搭了一个棚子，用布围住，让那董氏生产，只是十里八村还一时找不到稳婆，那董氏可是真的受苦了，听说叫得那样凄厉。又只有周围仆妇丫鬟帮着接生。那孩子最终生了下来。董氏生产之时，那废太子、太子妃当时都在边上的。"宗正动了恻隐之心，叹了一口气。

"后来呢？"

"那小小婴儿一出生，董氏就昏厥过去。那婴儿也没活多久。废太子到了郑家庄后，禁军送来例行报告，言废太子全家安置妥当。内中有一句：途中新生婴儿到达时已殁。"

"那婴儿是男是女？"

"是一个女婴。"

"那婴儿既死，埋在何处？"

"鄌府内管领处转来的报告，存档时我翻阅过。毕竟皇家血脉，宗人府自也得记上一笔。埋在何处嘛，护送禁军报告中倒未写明。"

"那婴儿死了，尸身有没有进入郑家庄，禁军没说吗？"

"想那婴儿既已死了，又是女婴，禁军报告中倒没写上这些没要紧的话。"

王爷思忖了片时，喊了外头管家近前，附耳吩咐了几句。待管家出去后，他又问："那郑家庄自有固定时日传来消息的，请问大人知否，太子、太子妃可还吉祥？"

这是问废太子、废太子妃是否还活着之意了。那宗正听了，斜看了王爷一眼："王爷这是说甚？废太子即使废了，他也还封着亲王之爵，归宗人府管着各项细务。"

王爷明白，宗正是说他那边并无太子和太子妃去世的消息，那自然在世。

宗正与忠顺王自小熟识，也一直叫他十六爷。他看王爷不再问话，明白今晚十六爷找他，大概就是问这些了。遂起身告辞。

王爷看看外边，管家早已等在殿外，便招手让他进来。那管家手中托着一个小小木盒。王爷拿过，又让管家出殿外等。待殿内只有他和宗正时，他将手中盒子递给宗正："宫内物事流落在外，本王既已查得，理应交还府中收管，方为正理。"

那宗正接了过来，灯光下打开，正是一对明珠。他关上木盒盖子，放在茶几上，笑向王爷："王爷尽忠国事，堪为宗室表率。这宫内用物流落在外，确是不妥。既是王爷交代，我代王爷收回宗人府，改日将府内凭条交回王爷收执便是。"

王爷明白宗正说话，赶紧接腔："宫中用物归于内府，何必什么收执。大人说笑了。大人辛苦前来一叙，鄙府有几盒燕窝，也请大人一并带去，公务劳累时补补身子。"

那宗正遂起身，茶几上拿起盒子，由王爷送出殿外。那管家门口躬身侯着，早捧了几盒燕窝等在门口。宗正便将手中木盒放在管家手中，回身向王爷道过乏，跪地行礼道别。管家送宗正走的是侧门，早有小厮们挑着灯笼，于路侧小步行着，将宗正前头的路照得亮堂。

那程詹事自晚间一直等在王府侧门前，此刻见宗正出来，赶忙迎了。宗正家的马车等在那巷子好些时辰，车夫几乎睡着。程詹事轻轻拍醒车夫，那管家将手中捧着物事放进车里，整理停当，再扶了宗正上马车。程詹事解下门边马缰，翻身上马，一路护送去了。

那宗正离府时，带走珠子，是王爷思之再三的安排。他吩咐管家，将明珠自鞋面上取下送给宗正，管家乃心腹，自懂主人意思。盗墓一案，数人知晓马三口中明珠绣鞋，终究是赃物。不如铰下来，珠子送给宗正，一是酬他今晚前来之德；二则鞋珠一分，那就桥归桥路归路，自也不会再因这珠子起风浪。至于那绣满金丝的鞋子，那管家自去处理，剪碎了分散一扔，再无踪迹。

王爷回内堂，陷入沉思。自珠子出现，明白牵扯废太子妃时，他即秘密派出王府侍卫，到离京城 100 多里地的郑家庄打探消息。他忧心的自然不是前废太子现圈禁亲王的府中内眷，而是废太子，也就是他二哥的生死消息。算算时间，那侍卫也该回来了。

那废太子仓惶辞庙，前往其终身监禁之地的凄凉，忠顺王爷至今想来还是心酸。谁和谁不是兄弟？只因了一个皇位，今朝太子，明日囚徒；今朝亲王，明日猪狗，皇家血脉就如此不堪？纵然至尊宝座只留得了一个人，但也不必羞辱同胞至此，伤的也是皇室体面。他虽然在诸皇子中排行靠后，素来不掺和哥哥们的事，但内心未尝没有小小看法。

忠顺王爷当年出征西北之时，部下有一批得他保举忠心于他的将领。最后一役凯旋回朝后，有几人论功得康熙帝信任，调入禁军当统领，王爷自为其高兴。退役的忠勇士兵，王爷素日知道的，便让人一一找来，招入王府领侍卫之职，这些侍卫对王爷自是忠心。

太子离京仓促，王爷自来不及安排。但太子到达郑家庄后，王爷曾派侍卫悄悄联系过昔日部下，现负责在郑家庄监看废太子的统领，希望能善待废太子一家。那统领姓孟，王爷派出联系的侍卫，正是那孟统领旧部。后侍卫去了一趟，回来禀告，孟统领答：知道了。王爷听了欣慰。这一次侍卫派出去已有数日，归来时想必能够带回准信。

## 第十七回

昭明宫贾妃喜结珠胎
京兆尹长史穷途思过

那元春自得太医报喜，自是欣喜莫名。入宫数年未有子嗣，不说别宫议论，就连自个儿也疑虑重重。现闻听喜讯，自是扬眉吐气，各宫娘娘也纷纷登门道贺，便是面上矜持，心下也是十分得意。堪堪已到晚间，皇上未来，未免心有所缺。但元春向来识大体，知君王勤政之劳，也不以为意。待到各宫掌灯之时，殿外报皇上驾到，遂赶快起身，迎出殿外。

皇帝现有三子，自听闻喜讯之后，便思若再得一子，可谓四角齐全。但在皇帝心中，事分内外。贾妃乃心头第一人，其母家之事却属于外朝。忠顺王进宫禀告之事，粘杆处所报消息与之差相仿佛，遂知贾府一族，已然不堪。贾府两门均袭爵五代，宁国府自第一代国公之后，贾珍已是第四代封爵，如此欺上瞒哄，削爵也不冤他；倒是贵妃出于荣国府，那贾赦是荣府第三代封爵，虽然不堪，如削去，元春家族自难以容身。倒是保全一二才好，也是以观后效的意思。既然决定削去贾珍爵位，那又何必让京兆尹府传其讯问，以添羞辱。

他忧心的非贾家一族。倒是因贾府一案，众官结党，似有逼君王就范之意，堪为可忧。思之再三，自继位之后，虽说用雷霆手段震慑满朝文武，但父亲康熙帝在位时，各位皇子的势力培植数十年，也非自己短短几年可消灭殆尽。人心难测，潜力尚在也未可知。京兆尹府查得实在，不处理也非帝王之道。观那贾妃父亲贾政，政声甚好，不至于惹出乱子，保其泰裕，贾妃自也无忧。待处理毕贾府事务，再一一探看明白，处理那些聚党之人，才是要务。

一时各种思虑，便来晚了。

方进昭明宫，抬头见贾妃满脸喜悦，下台阶拜迎在殿前，面容皎洁，依然如春晓之花，心下一暖，俯身扶了起来。二人携手回殿。

贾妃尚不知今日殿中之事。皇上知元春有孕，自也不忍告诉她家族如此不堪，便只说了些安心养身，好好儿生下一位皇子之类。元春素来敏感细腻，见皇上不似自己想象欢喜，眉宇间似有所思，遂问是不是朝廷有事，让君王添忧。

皇帝自知贾妃无辜，便说自有几件朝廷事务，耽误了两人消受这有孕之喜。命摆酒来，聊以庆祝。一时小太监们送上各色夜宵，酒壶酒杯一应现成。皇帝灯下微笑举杯，元春不能饮酒，便以茶代酒，陪皇帝一饮。是夜月色甚好，微有清雾，照得宫中朦朦胧胧。皇帝放下心头事，进完宵夜后在贾妃宫中歇下不提。

次日皇帝上朝，果收到满满奏折。御史台都察院数本上奏，宁国公府世袭三品威烈将军贾珍白日聚赌、有伤风化事，请旨严饬；荣国公府一等将军贾赦交通外官，依势凌弱，逼死石呆子事，言宁荣二府辜负圣恩，请旨褫夺爵位；并参贾氏族人，现任京兆尹府长史贾雨村参与逼死石呆子，实不堪履京畿之职，请旨撤职查办。

那宁府秦氏墓地开棺验尸一案，自有京兆尹府呈结，他人似有默契，各奏本皆只字不提。御史台都察院上奏本之人，多是宫中后妃家族所使，但也有不忿于贾府跋扈破坏朝廷制度的御史清流自行奏本，为朝廷清理奸邪之意。

忠顺王也有本上奏，请旨严饬宁国府贾珍虚邀朝廷诰封事；再有一本参贾雨村贪污府库钱银、动用朝廷公器逼死石呆子事，不堪职司，请撤职查办。那奏本之中，贾赦之过，一句未提；秦氏生死，一字不落。皇帝看了心下明白，忠顺王请旨严饬贾珍，又不提贾赦，已是暗中存了保全贾府之意，识得大体。其余参奏所涉内容，忠顺王早已日前密奏，故皇帝览毕，并无意外。后宫看着宁静，实则暗流涌动，如今可知。须得从容整顿才好。前朝如此群情汹汹，皇帝心中也就清风一过。为免多事之秋内外勾连，皇帝想起太后微恙，便决定今日先不处理贾府一事。传旨下去，因太后有恙，命各宫侍太后疾，罢年后省亲之事。各妃嫔府邸命妇进宫看视之例，也都停了。

紫禁城风吹得好快，城中风云变幻，苍穹无言。元春这边忽然热闹起来，久不登门的各级妃嫔贵人答应，约着到昭明宫串门。新晋的后宫诸人早知皇后无子，又看明白贾妃之宠，便借着贾妃有孕的机会，前来巴结。那些早入后宫但膝下空虚的女子，感叹青春逝去，君王情薄，来恭贺的时候，面上春风，心中嫉恨。皇后本素来忠厚，这几年来架不住各宫闲话，心中也嫌了贾妃独占君恩，以至于皇帝来坤宁宫也草草了事。因此皇后对于后宫波涛涌动，竟也不多加制止。

朝中多人参奏贾府，几日内渐渐吹到后宫。那几个有身份的妃子，视看太后礼毕，心下纳闷并非重病，皇帝何苦下诏罢各人省亲事，更是不喜。各府家中为盖省亲别墅，多有掏空家底的，只去了一次，下次还不知在何年，遂心下也怨。这日同为贵妃的章佳氏，由宫女陪着，来昭明宫看元春。贺过即将到来的添丁之喜，便闲闲说道：

"贵妃贤德，我等追之不及。倒要经常来妹妹这里走动走动，学一些女德，好伺候皇上。"她早于元春进宫，封贵妃也早了好几年，故称元春妹妹。

元春知道这章佳氏家族尊贵，出身上三旗，其姑母在康熙帝时最受尊重，薨后陪葬康熙帝陵寝景陵。家族荣耀，故封贵妃甚早。平日章佳氏很少踏进昭明宫，今日又如此说，赶紧谦逊：

"姐姐如此说，妹妹担当不起。还请姐姐诸事教诲。"这些话，元春早已说得顺溜。

"妹妹兢兢业业侍候皇上，贤德二字，后宫倒也无人不服。"章佳贵妃话音一转，"我们后宫之人，忠心侍候皇上，家族也要一样忠心才好，贤德妃您说是不是呀？"

元春看此话起得唐突，便唯唯听着。那章佳氏又说几句保重身子的吉祥话，出殿去了。

这章佳氏去后，也是甚奇，后宫诸人来，话头竟是差不多，先是恭维，后又提到家族忠心。元春自是摸不着头脑。抱琴伴鹤已去，宫中并无得力之人，昭明宫中女官、宫女各司职事，冷眼看去，一时竟看不出谁是可以信托之人，故心中虽是百般纳罕，也无处可问的。欲待问皇上，无奈皇上这段日子来得甚疏，自己不知细情，贸然相问，定是不妥。

皇帝故意冷着，不发落贾府案，宫外各府相关的，不免焦虑，私下走门串户，打探消息。行迹一一落入粘杆处派出的探子眼中，报与皇帝。其间也有上本为贾府说话的。北静王上本，言贾府二公当年有大功于国，其子孙固有差池，也请皇上厚待功臣之后，薄惩大戒。还有史侯上本，为贾赦开脱，言贾赦有祖风，酷爱金石书画，故不防为人所趁，气死石呆子，究其缘由，还是京兆尹府长史卑鄙无耻公器私用所致。另有几家，所说并不及弹劾参奏之事，只是奏请皇上对功臣之后从宽发落云云。

一枚石子坠入深潭，荡起涟漪，皇帝岂可不知？贾府所犯之事甚小，各官牵连事大，为君上者不能不察。因与贾妃素来两情相悦，言语坦诚，想整治朝廷不难，面对爱人不易，如此隐瞒，也是为贾妃着想，但终归失了一个诚字。心下有虑，便数日间少见贾妃，只吩咐太医院日常请脉，仔细安胎。

看看收拢的时间已到，皇上遂下决心，颁下旨意：宁国公府世袭三品威烈将军贾珍,不思祖德,聚众赌博,败坏朝纲风气;又欺瞒朝廷,虚邀荣宠,种种不法情事,实难相容,着褫夺宁国府世职,革贾珍威烈将军名号;京兆尹府因查案,知宁府冢妇不知下落,贾珍、贾蓉竟不寻回,有碍礼数,着即日起仔细找寻,回报京兆尹府备案。若再有违背礼制情事,一并发落。

也处置了贾赦:荣国公府世袭一等将军贾赦,勾连外官,欺压良民,致石呆子死,实非世家子弟所为;顾念贾赦年老,又非直接致死人命之人,罚俸银一年,并观后效。

对贾雨村的处置则毫不留情:京畿重地,京兆尹府职司至为紧要,长史贾雨村隐瞒上司,公器私用,逼死人命;又贪污库银,实不能容。着一应官职革去,永不叙用;所贪库银追回,由京兆尹府秉旨办理。

又彰忠顺王:忠顺王忠勤素著,及时敏察,下属有亏职司而不行私包庇,实属难得。赏内府锦缎二百匹,银一千两,以彰其德。长史之缺,由忠顺王查明合适人选,报朝廷任命。

这最后一道旨意,自然是酬劳忠顺王的忠心妥帖。那贾雨村攀附贾府,得任京职,并非王爷举荐,其任职时日不长,故其有亏职司之事,算不到京兆尹府尹头上。其后长史之任,不由吏部而由王爷举荐,自是让其管理京中诸事收臂使之效。

旨意一道道下来,那些等待皇上峻厉处罚的人家先是欢喜,后是惕惕。欺瞒朝廷之罪可大可小,现在革去宁府世职,不可谓不重;但宁府冢妇失踪,父子失德,只让找回,其余皆揭过不提,个中自有不令贾府受辱之意;那贾赦只是罚俸,竟是云淡风轻。皇上既是此意,那上本之人,想起奏章中言语之烈,此时思之,难免有恐秋后算账之惧。君王之心深不可测,臣下等自是领教了一回。

那贾雨村自停职待参之日,栗栗惶惶。终日待在府中后堂,避不见人,将自家起起伏伏前后一想,颇觉黄粱一梦。他本是十年寒窗考中的进士,圣人之言自诵读百遍千遍,可耐不住利欲熏心,故被上司参劾,失官归野;遇冷子兴指点,投靠林府,继得贾府之力,东山再起。本以为朝中靠山巍巍高乎,自己因风际会,飞腾在即,不料又遭忠顺王一朝拿下。这起起落落,莫非皆是自己德行不修,德不配位所致?一念甫起,便把那搜集贾府证据,求得忠顺王开恩的想法尽去。热衷功名利禄之时,事事不明;待抽身出来,方觉一切皆在他人掌握之中。

雨村羞惭之心既起,倒还回归读书人本色一二。贾府怎样,也不必在意。

接到旨意，朝上磕了头谢恩，遂在屋中拣出除俸银之外的银票若干，叫家仆驾车，到京兆尹府交割了。也不回府，让那老仆处置出售屋宇及府中诸物，嘱其自归江南桑梓，款项交老夫人收执等语。

那老仆是雨村江南带来，看老爷如此这般吩咐，神情不对，也不敢问，遂自去处置不提。贾雨村自己坐上马车，赶马上路，也不拘形迹，想停就停，遇有饭铺就吃，遇有客栈便睡。没钱时，摆个地摊卖字，不拘多少，倒有了些轩敞的气味。

一日在焦山脚下，遇有一褴褛乞丐坐在路旁，面前的钵盂空空，雨村忽有所感，掏摸身上，找出一块碎银，放在钵中，那乞丐却不致谢，抬头看雨村，双目却是炯炯。雨村一看，魂飞天外，这不是当日恩公甄士隐么？当即双膝跪下，一时不知该着何言语。

甄士隐自那年家中失火，自己飘飘荡荡，跟随脚步四处游走，将所历人事抛却天外。掌上明珠英莲之事，于他已如过眼云烟。此刻见雨村跪于面前，便问：

"你是谁？"

雨村听得，万念穿心。自己多年蝇营狗苟，攀亲灭义，恩将仇报，究竟得着什么？宦海行来一路风波，落得如此下场，自己又究竟是谁？

雨村当日各种自负，在昔日恩人兼朋友一句话前，败下阵来。

我是谁？雨村自问，接二连三，一时眼前尽是迷茫。恩公认得自己，还是认不得自己，早已不再紧要。朝廷是非，怎是他这样出身草根的人可以参同协理，枉自己还曾奢望有一日要高登庙堂调燮阴阳。白日梦罢啦。他一口气到此却是出尽。天下之大，心窄便是迷途。抛却是非身，赢得自在人，既已踏错，自当走出，此生当个徐霞客，天地一行人，也不辜负了山川秀丽文采风流。当下心定，在地上给甄士隐"咚咚咚"叩了几个头，也不待甄士隐发话，便自行上山，决定先从《瘗鹤铭》看起。

## 第十八回

# 焦大忠义抱牌离府
# 父子反目贾蓉分家

    灾难来得如此迅捷，把宁国公府牌匾上的金色一把抹尽。贾府墓园任盗贼纵横来去，京兆尹府现场开棺验尸，消息随着京城那些无头帖子一道，早已进入贩夫走卒口中闲话。宁国府声名扫地，宁荣街渐渐不复往日肃穆庄严。这条街平时连接着两处热闹街市，因了宁荣二府之威，平日行人都宁愿绕远半里一里，尽量不去招惹两府门子。见贾府事败，那些受过门子推攘呵斥的周边街民，如今贱足踏贵地，也无贾府家人驱赶，口中称愿，道是三十年河东三十年河西。卖馄饨的，卖煎饼果子的，游街串巷卖冰糖葫芦的，渐渐把这里当作通衢大道，行人通行自如自不必提。顾念贵妃尚在宫中，荣府门前尚能留一块清净之地，但已是熙来攘往，不复当年清净威肃。

    贾老太君不期在有生之日，见贾家一族衰败至此，年高之人，头晕目眩，一头自椅上栽倒，贾政忙着请太医过府给贾母诊治。那贾赦倒浑如无事人，罚俸一年于他自是区区小事。闲了时把贾雨村骂了又骂。想及雨村起复乃贾政使的力气，便言语之间也牵带贾政一二。两房并未分家，一府住着，怎能听不见？王夫人听了烦恼，奈何眼前诸事，实在说不得道理，遂也隐忍。贾母虽在病中，自丫鬟仆妇口中听得一言半语，心下更添烦恼。贾赦虽是长子，那贾母素爱小儿，故贾政成年后，一直和贾母住在一起侍候照应。贾赦怨着贾母偏心，便借机发作出来。邢夫人本是心性狭窄之人，一味奉承贾赦惯了的，现自家吃了亏，那二房却未见动半点，心下不忿。忽有念头，想着将荣国府管理之权拿来。陪房王善保家的跃跃欲试，一力撺掇，整日在邢夫人房中筹谋划策，议定待贾母病好，便拿出长房身份，让管事的贾琏王熙凤两口儿自二房回来。

    荣府贾赦邢夫人还在斤两计较，东边的宁府却似天也塌了。旨意一下，宁府所有前程尽丢。贾蓉百般忍让顺从父亲，纵使父亲占其妻子，也不曾出过怨言，现听旨意说得明明白白，秦氏不曾死，只是失踪，着落在他父子身上找回。

想到父亲竟然欺瞒自己至此，顿时心中火焰熊熊燃起，待传旨太监一走，便直奔正堂。

管家与几个小厮刚才跪在主子后头，听完旨意，也是震惊。皇帝一撸到底，竟不曾相助贾府，那他们这些做稳了奴才的，该何去何从？正乱麻间，见贾珍才垂头站起，贾蓉直冲正堂内里，便觉不好。

正彷徨无定时，见那贾蓉拿着明晃晃青锋剑，正是那晚贾珍拿着仗胆，去贾府宗祠探看时手中握的，直奔贾珍而去。管家见事不好，自家扑上去贾蓉背后，牢牢抱住，几个小厮反应过来，有扶着贾珍飞跑进内院的，也有过来相助管家夺下贾蓉手中剑的。一时闹了个人仰马翻。

那焦大本不受主子待见，自骂过贾珍之后，贾珍打发也不是，责骂也不是，遂让他日日睡在马房里照看马匹，即使病了也不许人照料，内心盼着这老东西早日寿尽归天。奈何焦大虽然年迈，却极是勇悍，虽寒冬无御寒棉被，草窝里和马依偎，也逃得一命。贾蓉受父亲命被迫去墓地，由着京兆尹府开棺之日，他听了下人言语，自知宁国府报应快到。今日阖府跪下听旨，焦大早已出离悲伤。贾珍被贾蓉追杀，他一路在旁冷眼瞧着。待管家夺下贾珍手中之剑，焦大一改往日浑浑噩噩酒徒之色，走到贾蓉面前，恭恭敬敬叩了一个响头：

"蓉大爷，现今儿您主事了。焦大有几句话说给主子听。"

贾蓉一时愣在那里，他一生中从未主事过，现五代老仆跪在眼前，不由得怔住，竟忘了刚才还在追杀父亲贾珍。

焦大也不待贾蓉开言，自己说下去："蓉大爷，焦大是看着老爷、看着您长大的。说句不知上下的话，今日宁府之败，太爷在天之灵定是痛哭。老爷这么些年，把那祖上积攒下的恩德，都换了一腔禽兽。"老焦大浑浊的眼睛滴下几滴泪水，他伸出肮脏的袖子抹了抹，继续说："焦大侍候了宁府五代人，一个奴才，也有一日告老的时候。如今竟是请了蓉大爷作主，放焦大去吧。"说完又叩了两个头。

宁府富贵，全靠焦大血海里挣扎，战场上救得主子贾演生还，后来才有宁国公之封。宁府气焰滔天之时，贾蓉自不把这老家仆放在眼里，现在眼看大树倒下，自己荫封没了，身份只剩下秦氏去日捐下的龙禁尉虚职，什么也不是。苍凉之下，听懂了跪在眼前的老仆字字血泪。

他垂下头，风吹过他的脖颈，凉凉的。继而抬起头，对管家说："焦大说得是。自今日起，焦大脱却奴才身份。你去写个字迹来。"

那管家看贾蓉忽然作主，心下踌躇难答，低头不语。

贾蓉冷笑："我们这一家子，一直听老爷的，不也被老爷折腾到如此模样了吗？"贾蓉胸口一起一伏："去！我也是宁府主子，这事儿我定了。另从账房处支 200 两银子，给焦大带上。他辛辛苦苦一辈子，出去了，连个住处都没有，连这样的人都要走了，宁国府还有什么前程？老爷要说话，有我。"

那账房听贾蓉震怒，想想也是，家散人亡各奔腾就在眼前，能救得一个算一个。遂账上支了 200 两银子，再自作主张拿来两套衣服一冬一夏，文书一份，递给焦大。焦大无语收了。讨个布头将衣服文书一裹，斜背在肩膀上，不出门，却一路向西。贾蓉管家看着他一路踉踉跄跄，在贾府宗祠前跪倒。

焦大口中念念有词，磕头起身，翻身过了祠前栅栏，推门进了贾府祠堂。待贾蓉反应过来，那焦大已将宁国公贾演之灵位抱在怀中，在栅栏那头重新给贾蓉磕头：

"蓉大爷，老太爷那晚显灵，我哭了一夜。今日宁府遭逢大难，也怪不着别人。既然老太爷已经不愿待在府里头，焦大就抱了老太爷的灵位去，日日焚香，定不叫老太爷泉下寂寞。"他抱着的灵牌上，已有一层薄灰，太阳照着周遭松柏森翠，那牌上的尘土因着焦大动摇，飞了起来，极是诡异。

贾蓉大哭，跪在焦大和宁国府先祖牌位前："先祖蒙尘，子孙不肖。"连连磕头。管家小厮们也都跪了下来。

焦大长长的白胡子尽是纠结，但他紫棠色的脸上深深皱纹里，仿佛藏着战火硝烟的淡定。他一手扶着牌位在怀里，一手伸出打开栅栏门，扶起贾蓉，看了几眼，一径去了。竟是无人敢阻。

贾蓉四周看看，仿佛不认识这个他自幼长大之地。他在这里牙牙学语，在这里随在父亲后头祭拜祖先；他在这府里拜堂成亲，而那个新娘，却成了父亲的玩物。他作为宁国府长子，竟然不敢出一声。现新妇还没娶回，家道就败成这样。他抬起手，突然往自己脸上打了一巴掌，跺跺脚，说声："活该如此！"

贾蓉走回正堂前，他刚才挥舞的剑孤零零躺在地下。贾珍终究是他父亲，但一个屋檐下，是再也住不得了。心念一定，便喊随身小厮："跟我走。"小厮们惊惶，看着贾蓉，又看看管家。管家使眼色，一小厮领会，偷跑进内院请贾珍去了。

贾蓉见状，自己走进正堂，双手着力，扯出一张檀木大椅，院里当中坐了，说与管家："今日之祸，阖府都是见证。儿孙不肖，致有此祸。父亲之过，儿子说不得。但我早已成年，自当另过。我现去庄头乌进孝那里，愿意随我的跟来。家产待老爷分配停当，有劳管家前来告知便是。"

贾蓉说完，向管家拱拱手，让小厮牵马过来。

方才主子接旨意时，满府当值的奴才都陪着跪听，知道这是宁国府重大关头。又见焦大抱牌而去，个个面面相觑。现听蓉大爷要分家，今日便要离府，遂有几人爬了起来，站在贾蓉身后，愿跟随大爷前往宁府田庄。

贾珍得小厮禀告，趔趄前来，那道路仿佛长得不着边际。堪堪赶到正堂前，听到了贾蓉最后一席话。贾珍仿佛不认识这是自己的儿子。

贾蓉余光看到父亲来到堂前，但站住了。他心下想及自己身为宁府长孙，跟随父亲的点点滴滴，又看见平时威毅的父亲，今日看着他，眼神竟有一丝无助，心下软了一软。又看到堂下站着跪着的奴才，心里明白，今日若不作个决断，只怕他日万劫不复，心肠又硬起来。

他大步走向父亲，在贾珍足前跪下，磕了三个响头："父亲大人在上，儿子今日去了。后续之事，烦请父亲让管家告知儿子便是。"不想再与父亲有牵扯之意，明明白白说了出来。

贾珍木然站在风中，落叶纷飞，有的沾上了他的头发，又盘旋落了下去。原来阖府数百人，只有眼前这个儿子与他血肉相连，可是如今儿子要去了，要抛下他去了。

贾蓉见父亲不答，再磕了三个头："儿子谢过父亲养育之恩。父亲保重。"站了起来，旁边小厮牵过马，贾蓉出府，直奔西边田庄方向而去。随身小厮自有马匹，也一跃上马，另有二三十个小厮家仆，步行跟随，乱哄哄出了宁府大门。

贾珍一下子像老了十岁。平常人来人往的宁国府，如今静得可怕。他确实对不起儿子。可是，已经晚了。

看见阖府奴才窃窃私语，看着他的眼光再无畏惧之色，贾珍颓然一叹，坐在刚才儿子坐着的椅子上，身上似乎没有了一丝气力。管家几十年跟随他，依然在他身旁躬身听候。覆巢之下，他还能说什么呢？

那小厮请出老爷时，已告知焦大离去之事，抱去宁国公牌位也说了。贾珍想及与秦可卿种种情事，又想及儿子多年来在外的放浪不羁，终于明白，儿子的行径，只怕是自己害的。今日父子反目，宁府一败涂地，起因早在秦氏当日与他绸缪时就种下了。那秦氏失踪一晚，脸上那种决绝，至今犹记。可惜一切都晚了。

他望着宁国府大门的方向，轻声吩咐管家："就按大爷说的做吧。拢拢府上田庄地产，府中钱银，分一半给大爷送去。府中奴仆，愿意跟随大爷的，也让跟去。"停了一停，他又说："大爷出府没带别的，打发人收拾了衣服被褥，再将账房内现银，除了留下三个月家用外，全部给大爷送去。那田庄在乡下偏僻，大爷住不惯的。"

管家心下也是黯淡，眼看这父子缘分，如今一断。他不发一语，听了命，躬身行礼毕，自去办理。

宁国府自是日起，家人仆妇纷纷到管家处登记，愿跟大爷的，择日送至乌进孝庄头，听贾蓉指派；愿意留下的，重新划分职司。竟有一多半跟蓉大爷走的。因宁府一时走了好些人，原来两三个人做的事，如今只一人担着，这做事的人心下不免抱怨上头，人心逐日散尽。内有宵小之徒，便有勾结外头盗贼，自己当了内应，趁晚间偷宁府珍器宝鼎的，不一而足。管家止之不住，报与贾珍，问是否报官。贾珍长叹，宁府如此，还有何脸面进京兆尹府？遂摇摇头。

自此宁府日败，不由细说。那贾蓉得父亲送去财物田契，折变了部分田庄土地，在京城东边买了一座宅院，跟随他的人每月度支甚巨，府中也养不了那么多人，遂让自赎；老弱的，不要赎金，一发遣了。不多时旧仆走了若干。贾蓉忘却自己当日金马玉堂身份，只求做东城一富家翁而已。又登门求娶原订妻房胡氏。那胡家虽见宁府事败，但自家身份不高，贾蓉分家，胡氏过去即是正房娘子，好过若干府第，遂问过胡氏意思，应了贾蓉。

贾蓉择日娶了胡氏，一家子关门过日子，再不问世间事。龙禁尉一职也辞了。贾蓉又辟出楼房一间，将母亲牌位供了，日日上香。自思混迹多年，亏负生养他的母亲，自身又做了宁府的不肖子，业报不爽；悟已往之不谏，知来者之可追，把往日纨绔习气竟是一收，闲时捧了书诵读，也不想再去科考，只想做个明白事理之人，再不入公侯朱紫门。一两年后添了新丁，也不往宁府贾珍处报喜。前尘往事，尽皆歇下。

那焦大抱了宁国公牌位出府之事，荣府隔日就已知晓。两府在一条街上，奴才互为亲家亲戚的，自不相瞒。贾太君听贾政跪说此事，叫了贾赦来，让两兄弟同去宁府，接回荣国公贾源及贾代善牌位，另辟祠堂。贾赦贾政领命，去贾府宗祠奉了牌位，回荣国府安置不提。贾赦为长子，自认有功，回来后便向贾母提分家之事。

贾太君七旬之人，早知长子颟顸蠢劣，见家族衰败，仍不知同舟共济，自是心寒。那宁府天威处置，尚有回护，这贾赦却是不知；自家逼死人命，丝毫不觉罪孽，圣上只是罚俸，未做其他惩处，那也因看在贵妃份上，竟然察觉不了，也是甚奇。想想也罢，分开了或能保全，拢一堆只怕再生出事来，此生就靠小儿子养老送终。趁自己还在，两房分家不至于闹起来难看，遂也准了。

贾琏凤姐儿算起来乃长房之人，自也得遵命过府。贾太君想及赦老爹闹着分家，只怕也存了染指府里公银的念头。遂叫丫鬟扶着坐起，叫了邢王二夫人来商议；妥当后再叫贾琏凤姐来，命凤姐数日内整理账目，供分家之用。至于贾琏，贾母并无吩咐予他。因荣府上下无有不知，他挂的乃是虚名儿；管家一应细务，皆是媳妇凤姐主张，

别人还罢了，那凤姐儿听了犹如晴天霹雳。她私下将贾府银两放到外头生利，数目不少，此时好多笔还未到期，这提前催款，出借的主家是要吃亏的，还不一定要得回来。心下惶急，也无甚好想。待得回屋，急招了平儿商议，又催了手里自家仆妇出去收账。

凤姐派出人马，坐定细想，不由心灰。两口子轰轰烈烈管理荣府两房诸事，贾琏在外只管斗鸡走马勾搭女人，不干不净之事数不胜数，自己百般忍了，皆因膝下无子之故；阖府下人惧怕遵从，自是因为老太君爱重，姑妈王夫人撑腰。没想到那么快，要回长房去。老太太定是跟着姑妈一家的；那邢夫人素日藏奸，过府后必无好果子吃。一时柔肠百转，叫丫鬟来揉心口捏肩敲腿不提。

## 第十九回

### 暗流涌动娥眉善妒
### 紫禁城高祸起萧墙

对于宫中来说，没有比新年更受重视的活动。自冬至开始，衙门封印，再到正月十五元宵节结束，这长长的一个多月时间，官员休沐，后宫布置节庆典礼，祭祖、拜佛，乃至于制各宫新衣，都在这段时日里。

元春因为有喜，便过着半隐退的日子。太后原来微恙，后来又添了新疾，这几日也挣扎起身，和皇后以及其他贵妃、妃子一起，拟定后宫宴饮的宾客名单。王公贵族，大臣府邸，在京城的诰命夫人们有品级的，尽皆在邀之列。

各宫得了太后、皇后嘱咐，为保龙裔，贾府之事不叫贾妃知道，因此面上皆是不说。只是各宫串门之时，不时掐头去尾，漏个风，倒让元春猜想不已，又不好问的。

皇帝一早便在西暖阁摊开纸笔写字，年关将近，给忠臣勋贵赐"福"、"寿"字，是宫廷规矩，就像大年初一百官朝拜皇帝一样，早已成为规制的一部分。皇帝写了好些，有几张不满意的，便斟酌再三，重新写了补齐。太监戴权侍候在侧。待皇帝放下笔墨，揉揉肩膀的空儿，告知皇帝他亲自吩咐做的，那条赏给贾妃的裙子，内廷司已经送来了。

皇帝微笑，让打开看看。这是一件常服，翠绿色的宫廷织锦上，绣着一枝自下而上的石榴，那枝头榴花颜色鲜艳正红，果然红巾若蘸，绿色衬着，格外风致。这件衣服的图案，是皇帝亲手绘成，让绣娘好生绣成的。元春正是盛放的时日，待他日生下孩儿，那就是石榴籽成的圆满。且石榴多籽，正是好兆头。

皇帝看了满意，挥挥手，让戴权重新装进盒中，先送去，他写完之后再来昭明宫和贾妃一起午膳。戴权领命，小太监托着盒子去了。

冬至歇朝之前，皇帝就着吏部报来各级官员考评，以及数个因致仕或被朝廷查办，朝廷职位变动的奏章，乾纲独断，将已经思考过的粘杆处报来消息一同处理。贵妃章佳氏父亲本任着户部尚书，转任工部尚书；周妃父亲本是大理寺少卿,升任礼部侍郎;其余妃嫔母家或升或降,夹杂在一年终了的一长串调整之中,倒也显不出刻意。后宫又升了一波,章佳氏积年资升皇贵妃,长子、次子之母原来皆是嫔,现也皆封了妃位。这两位妃子看着贵妃位分空出一个来,心下知道,谁的儿子有望继承大统,谁就会母以子贵往上升。至于前头皇后与皇贵妃,因其无子,倒也无需忧虑。唯虑者,贾妃一人而已。以皇帝对她的情分,生下个男孩,后来居上也未可知。

因皇帝有令,不让后宫家眷入宫看视,所以升了级的妃嫔们尽皆欢喜,可惜不能与家人一起庆祝。皇帝不是一个重视后宫之人,他入主大内十一年,翻过年去也满了十二年,就升过两次,这种恩德难得,所以更加珍惜。章佳氏、周妃等,尚不知自己母家任了闲差,还为贾家宁国府的倒台暗喜不已。她们的父亲也未必如她们一般糊涂,宫中自家女儿升了的,自然欢喜,而自己的差事办得好好的,忽然转成没要紧的差使,一对比下名单,心下明白了八九分。敢情皇帝把他们串联的底摸了个透,现在算账来了。这正常调整,自己还说不出哪里不妥,有的品级还升了,更不好吭声的。

这几户人家原来有统一目标,故上本的上本,发帖的发帖,本是合作无间。现贾家一倒,拍手称快之余,这因事而生的联盟便纷纷倒伏,谁也不提。心下对于任职的调整虽然不满,倒一时相安无事。

皇帝要的就是这个效果。于他而言,贾府世代皆食朝廷俸禄,只要不是谋反,其余皆是小事,况宁国府贾珍确实不像话,丢尽世家脸面,惩戒一番,也是对于京城勋贵的敲打。他没有告诉元春,自是担心元春受刺激,影响腹中胎儿之故。

皇帝在握笔书写福字的时刻,元春刚从冬青叶的香气中醒来。这也是宫廷年节的仪式之一。半夜即有小太监到殿,在拢好的火盆上覆盖上冬青叶,待燃烧起来,便加上松香,取其松柏常青的好口彩。这松香的香味,比起平时的熏香,自有一种清新香调。元春看看微微隆起的腹部,心下无比充实欣慰。待这腹中孩儿生下,她在宫中就有了血脉相连之人。长大了,皇帝教他骑马打猎,自己则教他弹琴。对于孩子是男是女,元春并无犹疑,她知道,腹中胎儿一定是男孩儿。祖母很久前就已经告诉她,她是有福之人。自己在凤藻宫的岁月历历可数,在那样的冷僻宫殿中,居然可以与皇上相逢,这岂不是天意?

元春看看殿外的天色,已经下起鹅毛大雪。瑞雪兆丰年,好意头。她唤寝室外的宫女进来,侍候梳洗。才刚刚装扮毕,外边报戴公公到了。元春忙命快请。

皇帝多日不来后宫，偶来听说也在皇后与皇贵妃处。元春知道，皇帝平衡后宫自有必要，且年节之下，自有诸多细务在忙，并不生怨。见戴公公到，自然是皇帝的使者。不由满面含笑，站了起来，戴权已经进殿，施礼毕。元春忙命赐坐。

戴权倒是公事公办的样子，他说明来意，是皇上赐衣服一领给元春。待元春行礼谢恩毕，小太监献上衣服盒子来。

元春让宫女一边一个拉着衣服展开，自己细看。那石榴花的寓意，元春如何不晓？见那针脚细密，绣得栩栩如生，石榴花的上头，还有两只翩翩起舞的蝴蝶，活灵活现一般，心下欢喜。这是皇帝心意，并不曾淡忘了她。

她使了个眼色给宫女琴儿，那琴儿从袖子中拿出一个荷包，双手高举，递与戴权。元春这边笑说："有劳戴公公冒雪而来。一点心意，请戴公公笑纳。"戴权本经常去贾府借银子的，拿这个顺路的费用自无甚不安，谢过元春后便接了过来。正准备走，元春叫住了他：

"有劳戴公公，还有一事想问。不知能否告知，家中祖母、父母是否安好？"

戴权一路来时早有盘算，便躬身回答："贵妃祖母父母皆安，贵妃放心。"为着怕元春再问，施多一礼，不等元春回话，便带着小太监出殿去了。

元春看着戴权这么一走，还真的担上心来。以往戴权来代皇帝赏赐东西，少不了嘘寒问暖一番。如今日这般短短几句，却是前所未有。她思考了一会，皇帝要来午膳，时间还早，便吩咐宫女先预备着，收好衣服；又吩咐侍候出门的太监，她要出去踏雪走走。

元春有喜消息传出去之日，这昭明宫便多了不少喜气，平素少来往的妃嫔们踏破了门槛。有羡慕的，也有嫉妒的，也有礼节来访的，元春自然清楚。今天心情这样好，去回访一二也是礼数。

按着次序，她先到皇后景仁宫，再到皇贵妃章佳氏宫中。皇后倒如往常一样吩咐几句，就忙着看宴饮名单去了，元春告辞，再到景仁宫下首承乾宫。那章佳氏刚封皇贵妃，自是气焰熏人之时。问安祝贺毕，章佳氏便称近日忙碌，自己有些不舒服，还请贤德妃早日回宫歇着等语。

对于章佳氏的冷遇，元春自然早已预料。看着自己怀孕来祝贺，那自然心下全是酸的。礼节尽到，该走就走，倒也没什么。刚出未出宫门的那几步，听到后头有人说："一家子靠着她作威作福，还贤德呢？瘆得慌。"元春回头一看，殿门两宫女，记得是章佳氏娘家带来的侍女，正望着她说话，眼中并无避忌之意，显然这是说与她听的。

元春心中疑云大起，"作威作福"显然不是随口乱说的，联想到章佳氏从一开始在她面前，说话便是各种话中有话；今日戴权来，又是急忙而走，显然家中出了变故，自己却是不知。她一步跨出宫门，在拐角处撑着宫墙歇了一歇，琴儿、鸣鹤两个侍女赶紧扶住。她俩是贵妃在抱琴伴鹤出宫后赐了名，挑上来服侍的，时间未久，自也不知该说什么安慰的话。

元春此时只想知道家中发生了什么事。遂定了定神，往西六宫来。她想及长春宫新晋的妃子陈妃，和她一样是汉人，平时面善，也许可以告诉她一些端倪。

贾家是包衣出身，祖上却是汉人无疑。那陈氏来自浙江海宁，江南美女，养有皇帝次子弘历，因此得迁。后宫中以满族、蒙族妃嫔居多，汉人得封贵妃和妃位的，除了周妃之外，就元春和陈氏。说起陈氏进宫，还因了多年前的一段因果。当时皇帝还是郡王，母亲德妃在宫中，担心其子息不旺，便在王公府邸诰命来拜时说起此事。贾母听了记在心中，回去后访得海宁知府之女美丽秀雅，便推荐了去。后此女随皇帝进宫，封了贵人。不一日诞下麟儿，为皇帝次子，皇帝遂封嫔。堪堪弘历长大，陈氏得了这次大封六宫的便利，晋封为妃。说起来，贾府还是她恩人。此前元春宠冠六宫，陈氏并非趋炎附势之人，遂默默无语，也未告知自己来历。今日见元春进自己宫中，赶紧迎接出来。

陈妃年龄大过元春许多，又是贾府所荐，看元春今日前来，自是百般体贴。让移动火盆驱寒，手炉换了；又让宫女拧热帕子，给元春敷脸。一通折腾，元春缓了过来。

陈妃见元春眉头愀然不乐，便挥手让宫女们外头等候，自己与元春拉话。元春眼看着陈妃殷勤，似非仅出于宫中礼节。便咬咬牙，权衡了下，把听到承乾宫宫女说话一事，说与陈妃。

陈妃心中自然明镜也似。她父亲官职低，她又是汉人，在宫中低眉顺眼习惯了，生子之前皇帝也不多宠，她所生儿子又是次子，因此各宫倒也不防她，自然听得多。今日见贾妃说及此事，好不踌躇。

元春见状，赶紧拉陈妃的手："姐姐莫要惊慌。今日之事，我定当不外传，不影响姐姐。"因陈妃年资早于元春，故元春以姐姐相称。

陈妃倒不担心这个，她担心的是她说出贾府之事，刺激到贾妃不好。怀孕之人，又不足三月，心情要紧。但看贾妃真诚，又觉由着她自家猜测，也是不利。便开口，将贾府已由皇帝处置之事，一一缓缓说了。其中盗墓而起的缘由，也不瞒着。

陈妃说的虽缓，元春听得却是惊涛骇浪。自己家祖墓园，居然被盗，又牵扯出秦氏失踪之事，就这两条，贾府便要被京城口舌咒死。儿孙不肖，护不住祖先陵寝，这是无可辩驳之事；接着又听大伯贾赦仗势逼死石呆子一事，心下更加不安。她素知皇帝肃清官场之意，遇上作践生民的，便是百般动怒，现只是罚俸，可见是皇帝看她面上了。

不听还是疑惑，听完竟然全是羞惭。自己家族一笔写不出两个贾字，珍大哥和大伯父之事，也就是贾府之事。那秦可卿好好的贾家长房儿媳不做，失踪却是何意？皇帝褫夺爵位，并非无情，也是没有法子的事情。想起宫中的那些飞流短长，元春心下闷痛，自家勤谨侍候十一年，还是挡不住家族的牵累；换句话来说，即使自己贵为贵妃，依然也保不了母家一族安稳。

元春昏昏沉沉，沉吟不语，倒把陈妃担心的。她轻轻站起，出殿门唤进琴儿鸣鹤，让好生扶了去；又看着宫门外小太监撑着伞，让贾妃上轿，抬了往昭明宫方向去了，自己才回来歇息不提。

元春晕晕沉沉，也没向陈妃道过谢，便被侍儿们簇拥了回宫。殿内依旧是松香冬青飘香，但心情却已大异。不知家中祖母、父母急得怎么样了，宫内宫外又不通音讯，自己怀孕的消息如果他们知道，也许可以安慰他们。

外殿已经布好午膳桌椅杯盘，暖暖的火炉四围安置停当。元春想及，只要自己的孩子出生，贾府此后便安全了，只要祖母、父母、兄弟姐妹在，一家人都还在，那家族振兴就有希望。遂打起精神来。

刚刚整理雪珠子，换好衣服，听闻殿外通传："皇上到！"元春迎出殿来，殿下积雪已扫，皇上穿着日常黄色袍子，围着披风，大雪下走进昭明宫来。

好久不见皇帝，又遭遇了刚才心情之变，元春急急往外走，琴儿鸣鹤赶紧扶着，出门迎候。看着皇帝的笑容已渐渐近了，元春站住，忙福下去行礼，不料脚下一滑，顿时仰天一倒，后脑重重磕在台阶的石沿上，顿时晕了过去。

那台阶下的冰溜子没有扫尽，不是疏漏，是打扫的太监早起就留了的，不注意还看不见那薄薄一层；那琴儿鸣鹤救援不及，亦非完全无辜，鸣鹤本来是承乾宫人，后来派到昭明宫中做宫女。元春封了妃，住了昭明宫，那章佳氏便暗中派兵遣将，让母家给鸣鹤家中送去银两若干，再在元春不在宫中时传了话，让鸣鹤小心在意。鸣鹤一个小小宫人，怎敢不从。没有被挑上来服侍时也就罢了，现被元春用作贴身宫女，便无可退避。刚见贾妃一滑溜，她便手一松虚去一扶，外头全瞧不出来。元春重量全在琴儿肩上，失去平衡，顿时倒地不起，琴儿也被压在一边。

皇帝见状大惊，飞跑几步过来扶起，见元春后脑有血，重身之人受此一磕，已是昏迷过去。

第二十回

## 贾府不堪累及妃子
## 首领得令访查祸根

元春刚才在殿前一倒，亏得被琴儿托了一托，否则受伤更重。当时皇帝几步上前，已经救不得元春，但也差不了多少工夫。他抱起元春，大踏步走进殿中，一迭声喊太医。

这殿前一片混乱的当口，戴权自然在主子身边。他看着主子双手抱着元春进去，自己倒站住了。刚才几个人的脚步，将台阶前的薄冰踩得几乎全碎了，但还有几片小的，在地上晶莹地闪着光。贵妃台阶前，扫雪的没有去冰，这显然不是简单的疏忽。他抬眼看跟着进殿的鸣鹤声影，陷入沉思。两个宫女一左一右扶着，即使行礼时松开，但元春后仰时，琴儿是出了力的，否则也不会元春压着她一边身体侧倒，再磕在台阶上。那么，另外一边的鸣鹤呢？刚才看得清楚，她的手也托着贾妃的。那为何她没有受力，站在边上好好的，而只有琴儿一人受力了呢？换句话说，如果鸣鹤和琴儿一样在一旁托住，贾妃这一跤，未必会跌得下去。

殿内，元春被抱着放躺在贵妃榻上。不知过了几时，她朦胧中听得呼喊，有皇帝的，有琴儿的，也有鸣鹤的。她睁眼慢慢醒来，屋顶的梁木由模糊变得清晰，又由清晰变得模糊。她的嗓子发干，只说得一声："水！"头一歪，又晕了过去。

太医早已到来。他熟稔地在旁取针，托着丝帕，扎向元春左手合谷穴。这穴位位于拇指和食指之间，属于手阳明大肠经的穴道，镇静止痛，通经活络效用甚佳。元春受外伤晕过去，其他穴位不好施针，这里最为方便。此刻元春的头饰已经卸去，脑后伤口已经清洗敷药，用太医院专用的三指宽布条扎了起来。

旁边有宫女递水来，皇帝亲手抬了，托起元春的后脑，轻轻将水杯抬到元春嘴边。元春连喝了几口，渐渐清醒过来，只觉脑后生疼。

戴权静静地看着这一切。在宫中多年，他尽忠的只有一个人，那就是皇帝。

皇帝是他的天,除此之外,再无第二个可以得到他的忠诚。看到皇帝如此心疼着急,戴权想着刚才发生的一切。后宫手段,并非像表面一样祥和,这个他素知,但一旦到了危害皇嗣的地步,这条线,就过了。这股暗流若是刹不住,说不定哪一日就祸害了皇帝。

戴权跟进殿中之时,元春尚未苏醒。待太医赶到施针时,戴权已打定主意。他吩咐了跟着的小太监一句,让传他的话,昭明宫所有太监宫女,不得进出;又让通知内廷司,赶紧拣选另一批宫女太监,预作准备。

元春醒来,看见皇帝的脸,恍如隔世。就那么倒下去,手指尖触不到心爱的人,看着距离无限扩大……恍惚之间倒像是与数尺之外的皇上永别了似的。皇帝脸上潮湿,将元春没有扎针的那只手,放在自己脸上不停摩挲。

"孩子呢?"元春看清楚了眼前的皇上,想起了腹中孩儿。

"对了,孩子呢?怎么样了?"皇帝也反应过来,扭头问太医。

太医刚才已把过脉搏,现见问,遂跪下说道:"禀告皇上:贵妃刚才是后仰摔倒,虽然震动胎儿,但脉象尚稳。只是贵妃有喜两月有余,还不能大意了去。此后数日一定要善自珍摄为上,万不可再受刺激了。"

听完太医回话,元春与皇帝对视一眼,无限喜慰。皇帝先看重的是元春性命,而不是元春腹中孩儿,元春看得真切。觉过味来,疼痛还在,但周身已被巨大的幸福感所笼罩。

这边还在各种忙乱,太后早已听闻此事,派了嬷嬷来看。见皇帝与贾妃你看着我,我看着你,没人留意她的到来。嬷嬷待了半天,走前两步给皇帝磕头,将太后问询之事说了。

皇帝想想,此事通过别人传话,终是不妥。太后惦念,少不得自己亲去回话。便嘱咐太医宫女在旁侍候。又握了握元春的手,元春微笑着轻轻点头。皇帝遂抽身出来。

戴权跟着皇帝走出殿门,在台阶下停了一停,皇帝知他有话说,便让嬷嬷先行一步。皇帝跟着戴权的眼睛把台阶上下看了一遍,此时碎冰已化,天上的大雪又飘飘摇摇洒了下来。无人及时扫雪,自是因了戴权吩咐看住了昭明宫上下人等之故。那阶上尚未有血迹,皇帝心中一痛,不忍再看,挪开眼光。又回头看看,让跟来的太监在宫门外候着,自己站在雪地里,听戴权说心中疑窦。

戴权所见,亦是皇帝眼中所见。只是刚才事急攻心,没来得及细细思索。现在除了碎冰处凌乱雪泥,其他事一一印照,心中明白了大半。在皇帝眼皮子底下，敢起异心，用这种宵小手段宫中图谋害人，这股风不是一般的歪风，这是挑战君权。

主意一定，皇帝唤过戴权，秘密吩咐几句，戴权去了。皇帝走出宫门，坐上轿子，西行往慈宁宫来。

嬷嬷已先回宫回报诸事。太后正在思考今日事起突然，便见皇帝进来了。听闻胎儿尚好，太后先放了一半心。让宫女端上热茶点心，让皇帝缓一缓。皇帝倒不先说心中怀疑，只是说贾妃行礼不慎摔倒。那太后是前朝宫斗过来的，她一听嬷嬷说完，心中已疑了几分。现在看皇帝不提，自也不提。只是有几句话需要跟儿子说。

"今儿这件事，明面上呢，是贾妃身子沉重，不慎摔倒。暗里头呢，还是皇帝你恩宠贾妃太甚。"太后缓缓说来，边说便拿着茶盖子划开杯中茶叶。"自来人心不可尽管。你护住了她一时，护不住她时时刻刻。"

皇帝心下明白，原来太后心中早已明白其中蹊跷。便静静听太后继续说下去："贾妃原不错，宫中多少年，一个错处没有，你又喜欢，确是个难得的。只是前向她的母家，闹腾出多少事来，桩桩件件都有实据，倒也不算冤枉了贾家。贵妃家中如此受处置，她的尊号又是贤德，宫中就不知冒出多少口舌来。贾府如此昏聩，贾妃居此贤德之号，似不妥当。"太后停了停，"皇后是不敢跟你说这些的。哀家就说几句，皇帝看着办。我的意思，要想贾妃平安，先让她在别人的眼中没那么受宠。如果有些歪了良心的，见如此，说不定也就收手了。孩子平安生下来，皇帝再封贾妃其他的名号，别人也说不了什么话。你说是不是这个理儿？"

皇帝听如此说，细细想来，确实贾妃再居"贤德"之名不合适。太后此说，也是为他好。只是年关在即，削去封号，那对贾妃是怎样一个打击？遂沉吟不语。

太后知他心事，便说："如你同意，这个话，我让人去说与贾妃。她是个明白人。就借着这个没有保护好龙裔之事，削其封号，听起来也自然。年关各种仪典，贾妃趁此在宫中歇息，不出来，风险也远离了不是？"

皇帝见太后说得条分厘析，知道太后心中主意已定。只好点头。行了礼出来，直接到养心殿，粘杆处童首领已等候多时。待皇帝吩咐毕，童首领出殿门，和戴权一起到昭明宫。皇帝本要去昭明宫，想想太后说话，便留在了养心殿，心下思虑不息。

内务府早已将拣选好的太监宫女送至昭明宫外等候。大雪小了一些，几十个宫人在宫墙下冻得发抖，头上衣服上全是雪珠。戴权到来，命太监宫女入内，替换原有使役。原宫中太监宫女，由童首领带走。

那昭明宫中何尝见过此等局面，登时哭哭啼啼的一个连一个。元春正在喝药，听闻要换宫人，不知何故；戴权并未细说，只是躬身禀告，因阁宫使役侍候不周，致贵妃受伤，按宫中制度，必须责罚。元春听得，心乱如麻，遂要求留下琴儿鸣鹤。那戴权想了想说，既然贵妃宫中事务需要旧人指点，琴儿刚才也跌倒受伤，那就留琴儿在宫里陪侍贵妃，鸣鹤是贴身侍女，照护不周，原是免不了责罚的。

元春初听默然，细细咀嚼，觉戴权此举太不寻常，如不是奉了皇帝的旨意，定不会如此。既然皇帝如此行事，当有道理，遂领首。戴权带了鸣鹤去了。

琴儿见鸣鹤被戴公公带走，心下惊惶，元春安慰几句，受伤之人，说不得话，便躺倒在榻上。新来的太监宫女诸事不知，琴儿少不得一一分派指挥，至晚间才安排妥当。

粘杆处在宫内东角门一带，有一隐蔽办事之所。独立的院子，平时门关得紧紧的。今日童首领让门首的侍卫开门，将一干太监宫女带进来，又命将门重新关上。

不过一个晚上，内里两个太监一个宫女招供，那宫女便是鸣鹤。至于他们如何愿意招供，粘杆处自有手段。拿到口供后，除那两个太监和鸣鹤之外，童首领让属下将其他人直接带走，送到辛者库，命派至景陵守墓，终身不能回宫。

一干事处理完，天已蒙蒙亮。童首领看看时辰差不多，便踩着露水来到养心殿，在外候着皇帝。粘杆处身上有特殊职能，即使夜晚清晨，首领亦可近殿等候。故童首领可以直达御所。看看天色明朗，守殿太监报将进去，皇帝召见听了，吩咐了几句。

童首领领命回去，传旨，将两太监一宫女立刻杖杀，拉出宫门埋了。并告手下人等，此事一字不能外传。六宫遂都不知晓粘杆处昨晚审案一事。只知道太监宫女怠惰致贵妃滑倒，被都太监戴权传皇帝旨意，全部赶去守陵去了。

皇帝吩咐完童首领，遂往昭明宫来。粘杆处这一向报来的信息，各有心惊之处，皇帝还一时难以想全如何处理。但昨日贾妃之事确是明了，不必姑息。考虑到刚刚后宫大封，数日后就是年关，这明面上不好再作文章。但在皇威之下胆敢作恶之人，必不能教其讨了好去。童首领办事一向干净利落，懂得君王掣肘，应该处理得妥当。

想及昨晚太后所说的"人心不可尽管"六字，皇帝心有所悟。皇帝权柄再大，这天穹之下人心，却如天上星星一样瞧不到尽头。既然瞧不尽，既然暗藏着祸心，那就干脆从幕布上抹了去。

元春堪堪一夜熬过，太医一早就来候诊。诊了脉象，眉头皱了起来，在边上几案上立着写了药方。又让跟着的医官去抓药，拿来宫里熬煮，好趁热喝。刚开完处方，皇帝已经进殿。

## 第二十一回

## 斯人已逝瞑目与否
## 潜龙废邸飞鸟惊心

忠顺王爷自冬至休沐开始，便各种忧心忡忡，心绪难宁。

前向经办的贾府墓园案，皇帝赏赐有加，满朝看来，这是一如既往的信任与依畀。他也踏踏实实担起京城治安的重责来。推荐的长史，朝廷很快任命，剔除了贾雨村的京兆尹府，激浊扬清，罢免了一批衙役，又提升了几个正直老成的捕头、班头，衙门日常事务很快走上正轨。忠顺王从一个昔日深处王府的王爷，日益受到京城世家京官们的瞩目。倒了贵妃家族，忠顺王声势大振，那些投递无名帖子的，在京城跋扈的，收敛了好些，京城一时风平浪静。

程詹事已经成为他可资信任的助手，被王爷拔擢为王府首席詹事，无论京兆尹府还是王府中事，王爷已信任他去统领经办。尽管如此，王爷藏在心中的忧惧，还是不能与他商量。

真要算起来，那些心头刻上的忧惧，从派出的侍卫自郑家庄<sup>注</sup>返回之日就开始了。

那侍卫姓孙，早前些日子奉了王爷令，便装潜入废太子圈禁之地郑家庄。行程开始顺利，也就一日工夫，但到了郑家庄，发现废太子府邸围得铁桶也似，各门把得严实不说，夜间巡更的川流不息。一个早已废弃的太子，竟然值得如此看管，侍卫心中疑窦。想要去找旧日上司孟统领，又不好白日递门贴拜见。王爷吩咐之事，岂能张扬着办？只好找个偏僻点的庄院，找个由头，给了块碎银，住下来等机会。

郑家庄地处平坦，是个村落，周围是山。在废太子迁来之前，也就百十户人家。后来了内务府老爷，带了一大堆人四处踏勘，又将村头一大块地圈起来。里正各户告知，莫打听，专务农活，不要惹麻烦。庄民们遂依旧种田狩猎，过从前的日子。继各种围墙、房屋、亭台楼阁建起，这圈的地竟是越来越大，农田征了好几十亩，又建了兵营。再后来有一日，一大堆车子络绎不绝来到建好的府里，远远看见上百的人进了大门，再也没有出来过。

兵营里从此住满了八旗兵，总有二三百人之数，日夜围着府门巡逻，府邸四门皆有士兵轮值把守。按说正门应该有个牌匾，标明所住人家，但这座府邸却是一字也无。郑家庄的村民们各种纳罕，不知道此地来了个什么大人物。后来有上京城的，隐隐听得是废太子的居所，遂私下舔嘴咂舌，这废太子是康熙爷嫡亲儿子，如果不废，那就是继位的真龙天子啊。小民无知，不少人家偷偷在家里设了香案，摆了关公像，明面上是日日给义薄云天的关老爷上香，暗地里却是祝祷这龙脉延来这里，让郑家庄后代也出几个腾达人物扬名显亲。

也因了这几百人的入驻，郑家庄渐渐喧闹起来，早晨采买肉蔬白面的军爷，往来穿梭的高头大马，把个小镇激荡得热热闹闹。不少附近商人嗅到商机，甚至还有京城的，在这里设置铺面，卖东卖西。打马蹄铁的，卖马鞍子还有马鞭一应物件的，卖弓箭、刀剑的兵器店，药铺，裁缝铺子，甚至于糕点店，暗娼寮都有，总为服务军营。也就三五年工夫，郑家庄成为了一座热闹的市镇，人口翻了一倍还多。农民们有的挽起裤腿上埂，将房屋赁给外路人，专收租钱；有的种地，闲来无事，便上附近小山，打些野味，卖给军爷们，也是一项收入。

一切都在变化，只有那府内静悄悄，从不曾见有人出来过。一应物资，皆是军营采买，每日开门送了进去，然后又在外头锁上铁锁。村民们不能近前，开始还感叹几声，后来也就丢开了手，忙自家赚钱要紧。

孙侍卫在郑家庄住了几日，街道几条走得烂熟，无计可进军营找孟统领。

房东大爷是个旗民，整日乐呵呵的，天亮就进山打猎，晌午回村，卖了猎物，留下一只半只锦鸡狸子之类，便叫老妻厨下整治，好了端上来下酒。见孙侍卫出入有礼，有时也叫了他来一起喝酒唠嗑。这一日，孙侍卫与房东大爷聊得欢，听得买野味的多是军营人，遂生一计。

次日天蒙蒙亮，孙侍卫结束停当，来到院子里等大爷，要跟大爷上山打野味。那大爷乐得有伴，也就允了。侍卫出京，不带显眼武器，遂借了大爷的弓箭，射了几只兔子。八旗尚武，无论王孙子弟还是民间百姓，骑马射猎的多有，谓是不失马上得天下之武德，因此大爷并不疑惑孙侍卫身手。拿出皮囊中的绳子，将兔子串了一串，看了喜之不胜，和着自己打下的几只山鸡，扛了一起回村。

回家之前，两人先到市场卖野味。大爷显然与军爷们熟，他肩上兔子手中野鸡拎着那么一走，早有军爷看到，迎了过来讲价。太阳升得老高，虽是隆冬时节，也晒得周身暖暖的。

孙侍卫看着大爷交了野味，得了一块碎银几串铜钱，那心情好得像头顶上的太阳，遂向大爷说道，他要四处逛逛，也买一副弓箭，明日上山多打些野味。大爷笑了，自回不提。

孙侍卫转头跟着那买野味的军爷走，看看兵营在望，遂抢前一步施礼。

那军爷停下，孙侍卫连忙从袖中摸出一块银子，怕不有二两重，恭恭敬敬送给军爷，说是孟统领故乡人，捎来家中信息，无奈军营太大，自己又怕见官军，能否请军爷通报一声，请出来一见。

军爷得了银两，自无不为上司通传之礼，遂让孙侍卫靠边树荫下坐了且等。自己拿了野味进去了。

不多时，一拨人簇拥着一人出了营门，那带头的四处看。孙侍卫从树荫下远远瞧见为首武官打扮，早赶了上来，恭恭敬敬作揖，道是有家信送与统领。

孟统领当然认识孙侍卫，见他如此说，便让跟随的兵丁先回营房。自己随同孙侍卫路边田畦走走。孟统领是此地最大的官，孙侍卫也做足样子，哈着腰和他说话。待见视野里无人，方将此行的目的告知："统领，王爷派我来此，就问一句话，废太子是死了还是活着？"

骤然一听此言，那统领大惊，眼神飞快地将周围掠了一遍，见无人，再三斟酌，眼看着别处，回答孙侍卫："告诉王爷，人已经没了。皇上登基后的次年就没了。"

孙侍卫赶紧追问："葬在哪里？"

"就在府里。"孟统领说完，也不待孙侍卫再说话，拱拱手，竟一径去了。

孙侍卫本想再问废太子怎么没的，见孟统领说完就走，不让再问，倒留了个尾巴在肚里。他知道孟统领这一说，冒的风险有多大。他赶紧看看四周，远处的镇子还是喧闹，但空气中的冷却像是裹上身来。遂赶紧沿路回那大爷家，说是有急事要离村。付了膳食钱，牵马就走。那大爷实诚，见孙侍卫要走，硬是赶着将钱塞了回来，说是卖兔子的钱。

孙侍卫骑马离开，未从市镇上过，走的是远处官道。看看离镇已有一段距离，掏出蒙面巾，一路打马返回京城。因出发已近下午，半夜才到达，城门已经关了。遂在城外一间小小客栈门前停了，准备进些饭食住下，明日再进城。

孙侍卫槽下拴了马，进店找来伙计，让加些料把马喂了，又要些汤饼。正埋头吃饭，外头又来一人，同样的牵着马，把缰绳丢给店家，吩咐去喂马。那人身形彪悍，结束利索，进得客栈来，见孙侍卫在堂上，也不搭话，只是闷头吃饭。店里就他二人，吃着吃着，空气渐渐透出些诡异。

孙侍卫多了个心眼，便去店家那拿了楼上一间房，他想看看店里的客人怎么行事，好判断自己是否疑神疑鬼。故此一夜也不曾好生安睡。

鸡叫头遍，孙侍卫一早开门，那对门也开了，出来的正是昨日之人。那人看看孙侍卫，面无表情，自下楼而去。

这巧而又巧的事，让侍卫头皮发麻。才见了孟统领，这边好似就有人贴身跟了。他走下楼梯，那人抬着一碗水坐堂上喝，似乎不看他。但孙侍卫知道，自己的举动已全在那人眼里。

孙侍卫决定照常进城，但他没有直奔忠顺王府，而是一天一个客栈，满城换着住。待了几天，没看到再有身影贴上来，才在夜晚走了侧门进府，回禀王爷。

此段时间，正是贾府一案的收尾阶段，王爷忙碌，顾不上静下心来思量。但孙侍卫带来的消息何等重大，一直萦绕在脑海，挥之不去。

废太子，也就是皇帝与他共同的二哥已死十年有余，而消息宗人府至今不知。孙侍卫在郑家庄见孟统领一事，已引起注意，他一路被跟踪，还不知最后甩脱了尾巴没有。琢磨着这跟踪的人，行事作派，倒像是宫里粘杆处首尾。如果属实，自己派人到废太子所在郑家庄一事，虽是出于探问二哥生死消息，但如果落在皇帝眼中，恐怕就不是探问那么简单。尤为重要的是，废太子死讯被瞒了十年，现在被他知道了。

王爷一时自悔孟浪。朝堂是最做不了梦的地方，讲甚兄弟情义，何处不是戕伐战场。一时又回过神来，庆幸自己得了昔日旧部的助力，早一日知道此事。如果再如满朝文武一样蒙在鼓里，恐怕被皇帝收拾了，还不知道自己是怎么死的。

他眼前浮现出觐见时，皇帝四哥脸上的笑容。不由得打了一个冷噤。这样一个人，在太子在东宫为储君的时候，深得太子信任，倚成左臂右膀，二人亲厚胜过旁人；太子废了，皇帝登基，第二年太子就死，还不顾家法，秘不发丧至今。这阴阳两面，竟是转换自如。如果是正常死亡，一个废太子死了就死了，也无甚关碍，倒推回来，如果一直包着这个秘密，那定有包着的缘由。那么，这个缘由是什么？是废太子的死因吗？废太子在皇帝登基第二年就没了，怎么没的呢？

想至此处，忠顺王一阵头疼。堂外风隔帘吹过，周身悚然。想及自己，八哥、九哥的下场就在眼前，十四哥幽禁，竟还是好的。如果皇帝已经知道，或者猜到郑家庄是他派的人，那么皇帝此刻，应该已经在布局防着他了。

王爷抬起头望着窗外漫天飞雪,想了又想。他唤了一声殿外侍卫,让传孙侍卫来。

孙侍卫自从回府,便一直待在府里,不再外出抛头露面。他知晓自己带来的消息分量。见王爷招,赶紧来见。

王爷一个人在堂上,手上托了一个盘子,上头搁着一个褡裢。见孙侍卫进来,他脸上露出难得的笑容,递过盘子交给侍卫:"兄弟,对不住了。王府不再是一个安全之地。这点盘缠,兄弟拿了,离开京城,也不要回家了,就远远地找个地方住下,好好娶妻生子去吧。"

孙侍卫听得王爷叫他兄弟,顿时热泪盈眶。他知道,他在一日,王府不安全一日,王爷的担忧他完全明白。遂整理衣襟,郑重跪下,从王爷手中接过托盘高高举起,仰头说道:"王爷,您放心。我今晚趁黑走,今后隐姓埋名,不会再回京城。"

忠顺王知道,孙侍卫是让他放心,他不会让自己被拿住,自也不会暴露出到过郑家庄的秘密。心下感动,把手放在孙侍卫肩上,拍了一拍,说了声:"去吧。"

看着孙侍卫走出门口,王爷知道,一名忠心的下属,就此离开了他。眼前他的力量,就是王府忠于他的这些硝烟战火杀出来的旧部。自己今日,除了他们,还有其他力量可以聚吗?

他拍拍手,候在殿外的管家走了进来。王爷低声吩咐了几句,管家懂得,遂抽身出去办理。

管家回报消息的这一天,正是冬至。那管家多处用了银子,秘密打听,终于从禁军处得了消息:就在数日前,禁军有过一次调防。王爷边听边心边在心下算盘,果然自家猜得没错,驻守了十来年的孟统领也在调防名单上。他调得很远,到关外龙兴之地去担任盛京福陵<sup>注</sup>守卫统领之职。

调防之事,时间线上联得如此紧密,忠顺王心下不敢再存侥幸,皇帝终归知道了。

这一日晚间,神武将军冯唐府邸也来了一位客人。冯紫英领了那人从边门进,来到正堂拜见冯唐。来人带来一封信,呈上去后,垂手边上侍立,一声不吭,只等着冯老爷说话。

冯紫英引人入府,当然知道是谁派来的。他走到父亲背后一起看信件,见里边是一封信和一张银票。正是那收了绣花鞋,见机走得快,早已在江南安家落户的冷子兴写的。信中写了,他已用当日店铺股金,在山清水秀的杭州另开了一家铺子，银票正是本年股东红利。

冯唐早从儿子口中知道绣花鞋始末，还曾一念想过，那入铺子的股金，合计着怕是拿不回来了。现下见冷子兴依然守信用，即使远避江南，也不背信义二字，年终大老远的派人送红利来，不禁感慨万端。见冷子兴信中不说开甚铺子，店铺名号，遂也不多问，请那俯首站立的人过来："请回你家老爷话，信件我自会烧毁；银票本府留了。"他停了一停，继续说道："请告诉你家老爷，如此古道热肠，不负信义，老夫佩服。"说完起身，稽了半礼。

来人正是荣宝斋账房。与冷子兴约定一个月的日期一到，便知东家不会再回，便遣了小二，卖了铺子，依冷子兴离去之时所言，将店铺牌匾和卖铺子、货物的银钱及卖货账目一一交割给周瑞家的。事情办毕，也不另外找东家，在家坐等。冷子兴在江南立定脚跟之后不几时，果然捎信到他家中，让他秘密南下，继续他二人的店铺生涯。如今这账房受了冷子兴差遣，复来京城，向股东名册上各府邸一一投送本年红利。此刻见冯老爷行礼，哪里肯受，赶紧趴下磕头，替冷子兴还礼。起身也不多话，由冯紫英领着出府去了。

冯紫英回来，感念这冷子兴为人，嗟呀不已。自当日琉璃厂一行，引出多少故事，宁国府也因此而倒，荣国府据传也分家内乱，摇摇欲坠。想起贾宝玉也是以前常相往来的朋友，因了绣花鞋上一对明珠，自己被父亲拘着，整日难得出府，倒是多日不见了。宝玉要知道家族风波，是他这个朋友带来，不知该如何想。冯紫英自忖无心害朋友，但世间事，真的只看得见开头，看不到结尾。而有些事情一旦开了头，就连开头之人也止不住。对比下冷子兴的仗义，心下也微觉惭愧。

（注）

郑家庄：位于今河北石家庄市鹿泉区境内。

爱新觉罗·胤礽（1674年6月6日—1725年1月27日），清朝宗室，清朝以及中国历史上最后一位经过公开册立的皇太子。乳名保成，清圣祖玄烨第七子（嫡次子），清世宗胤禛（即雍正）异母兄，母为仁孝皇后（孝诚仁皇后）赫舍里氏。除康熙早殇诸皇子外，序齿为皇次子。

因其胞兄、嫡长子承祜幼殇，在胤礽刚满周岁时即被确立为皇太子。胤礽自幼即聪慧好学，文武兼备，不仅精通诸子百家经典、历代诗词，而且熟练满洲弓马骑射；长成后代皇帝祭祀，并数次监国，治绩不俗，在朝野内外颇具令名。康熙三十五年（1696）二月，清圣祖康熙帝北征噶尔丹，特命胤礽监国，后清圣祖北征都让胤礽监国理政。康熙四十一年（1702）九月，胤礽侍驾南巡，以病留德州而止。四十二年正月，仍侍驾南巡。康熙四十七年（1708）九月，胤礽以罪废拘系于咸安宫，同年十二月被释放。康熙四十八年（1709）三月，胤礽被复立为皇太子。康熙五十一年（1712）十月，再以罪被废黜，仍禁锢于咸安宫。此后多次有推荐其复立的建议，但康熙帝始终未再立胤礽。

雍正帝继位之后将其改名为"允礽"，雍正二年（1724）十二月十四日（公历1725年1月27日）幽死，享年五十一岁。后被追封为和硕理亲王，葬于黄花山（今天津蓟州区）理亲王园寝，谥曰密。

清福陵（沈阳东陵）：大清王朝的开国皇帝——清太祖努尔哈赤及其皇后叶赫那拉氏的陵墓，位于沈阳旧城东五公里处。

## 第二十二回

# 天家骨肉死无声息
# 宫闱莫测寒蝉凄切

来日就是除夕，宫中热闹非凡。皇帝心牵元春，但也无法多一些时间陪同。天下之主，自不能分身随意。粘杆处禀报的消息，自得到后，便开始一一措手。废太子两立两废，自不足道，但读史明今，无论哪个朝代，曾经被立为太子之人，无论他心下如何想，自有不满于朝的狼子野心之人举起这面旗帜。前朝崇祯景山自尽，后来南边各处起事，最盛者就是传说朱三太子现身，又有福王、桂王各路人马，各路汉人聚集在这些皇裔旗帜之下，抵抗大清官兵，历历在目。幸而这些人马各不统属，又互争正统，这才被一一镇压。前事历历，后世之师。皇帝自登基之日起，便不曾轻视此事。

废太子是康熙帝嫡子，又是亲自教养长大，故文才武功皇子中皆为上等。只是做太子日久，康熙帝执政又长，就有些不奈。随同康熙帝草原会诸蒙古王爷时，竟然有划帐窥灯事件，此乃泼天大忌。康熙帝深察其心，立废；后又舐犊情深，复立。奈何太子不思反省，不修德行，反暗中聚集势力。康熙帝何等明君，再废不复立。圣心忖夺，太子立为储君多年，如圈禁京城，毕竟天子脚下，其原有追随之人为图自家前程，难免做出鸡鸣狗盗之事，遂命内务府在远离京城的郑家庄起府院，建好后即迁废太子全家入住，从此不曾让其出外。今上新立，他素日与废太子交好，如今君臣易位，对如何处理这位一向亲近的二哥也感棘手。是继续圈禁留下隐患，还是斩草除根，颇为难处。后下狠辣之心，秘密命粘杆处首领亲往郑家庄，传口谕于驻军统领。那驻军统领却言，既是大内密旨，便当由大内钦使自处。那传密旨的钦使就是现在领粘杆处的童首领。

童首领干这种大事，出发前已由皇帝授予处置全权。据其后来向皇帝回复，领命后次日到达郑家庄，因孟统领未见明旨，不肯奉诏，待童首领出示御前令牌后，服从调派。童首领遂以皇帝登基，问候尊长之名，进皇帝酒浆于废太子。当晚废太子殁，阖府皆不晓。后由孟统领派人协助，私埋废太子于宴饮之处花园一角，并夯平土壤，并无立碑之事。童首领在军营逗留数日，以观后事。闻听府中不见太子，废太子妃及侧妃数人号哭终日，拍门要见孟统领。孟统领得童首领指派，只推太子病殁，余事不知。不日侧妃董氏前因生产卧病不起，受此刺激也随废太子而去。未得宫中言语，孟统领不同意出殡，遂派士兵入府，在废太子府后院靠墙一带，葬了董氏。府中之人尽皆惊慌，然也无可奈何。童首领听了孟统领回报，嘱其不得泄露等语。后回京复命。

皇帝考虑到刚登基不久，废太子正当中年，忽然殁了，朝中定有议论。康熙帝去世，除了自己和数个亲信在旁，其余重臣贵戚一概不知，皇帝自有心病。故登基后不久，设立粘杆处，对外只是隶属于内廷司，专门击打夏日鸣蝉的内监部门，实则秘密招揽御林军中好手，以复前朝东厂锦衣卫职能。粘杆处由皇权立，仅用于皇上一人，自然是处理此事最佳机构，郑家庄一行无声无息，果然效用甚佳。只是考虑到朝纲不宜震动太剧，故而决定先放下再说，故宗人府宗正皆不知。那郑家庄外派驻军围得铁桶也似，太子又已身死，自不担心。但驻军一久，难免人心异动，故那郑家庄村镇中此后一直有粘杆处人轮值，假扮商铺老板小二之流，随时观望消息。

月前童首领来报，郑家庄孟统领曾出军营，与人于路边田畦交谈，内容未知。跟踪那与孟统领交谈之人，回京城后失去踪迹。皇帝一听，疑心大起。那郑家庄自废太子故，早已非重要处所，圈禁之地，一向并无消息，以至于自家也差一点忘记。细想想，说不定自己内心深处回避此事，方才一直不作处理，也未可知。

皇帝心下翻动，但不能置之不理，故命翻查宫中档案。戴权一一报来，孟统领曾于康熙朝两度随从大将军王出征。皇帝听了心下一动，又想自己兄弟十四麾下猛将姓名，自己心中早已记下，孟姓并非大姓，如有，当不能全无印象，想是那孟统领职位不高，再让细查。戴权翻查之后再回复，孟统领当时居千夫长之职，在十六爷即忠顺王帐下听令。

皇帝一听是忠顺王部下，一时倒不好处理。忠顺王一直忠于自己，顺于朝廷，自己心中有数。但十四弟一直被自己圈禁在宫，谅无往外通消息的本事，那么，派去之人，出于忠顺王就非常可能了。他为何派人去郑家庄打探呢？

想定后，皇帝下了决心，命京畿周边部队部分调防，不动声色将孟统领调离郑家庄，还得先让他走得远远的，然后派另外的统领去当值；新统领到任后即报宗人府，废太子已病殁，时间无妨，就按实际去世的年份报；至于未报之罪，就由那原驻军孟统领担上，自无不妥。

京畿之地禁军局部调防不属稀罕，皇帝常有此举。故满朝文武不以为意。只因忠顺王心下细密，派人暗查才收到消息，原来他的部下已经被调到远离中原的关外去了。

今日一早，童首领即来禀报，新到防的统领得其授意，日前已按规制将废太子及侧妃董氏已殁的消息呈皇上并宗人府。想来奏折这几日就会到京。皇帝听了，嘱咐童首领年节之下，粘杆处不可放轻职责。童首领懂得皇帝意思，领命而去。皇帝又让戴权调内帑一千两黄金，赏给粘杆处。

皇帝处理完粘杆处之事，走向后宫。虽然太后有命要削去元春封号，但皇帝考虑元春身体，又是节庆，决定放在正月十五之后，让元春过个好年，故一直未提。元春自那日一摔之后，不知是太医不力，还是伤口愈合慢的原因，开始还好，渐次精神不济。皇帝心下自是烦恼。

元春昏昏沉沉躺在昭明宫，外头的张灯结彩仿佛与她无关。伤在后脑，倒非沉重，但摔的位置，却让她无法安寝。仰躺自然不行，侧睡又不安稳，刚刚入眠身体一动，又触及伤口；头脑沉重，又思及贾府亲人不知如何，心下思虑，头上痛楚，竟无一晚好生睡得。几天下来，整个人瘦了一圈，又无食欲，勉强进的饭食，皆是考虑腹中胎儿之故。

皇帝不叫通报，悄悄进殿，看元春脸色蜡黄，灯影下憔悴，不禁心中一痛。纵使他为九五至尊，也护不了元春周全。这种折挫后的失败感，让皇帝灰下心来。

他坐在元春榻边，看着元春沉沉歪着，面有热汗，一摸头，竟是烫的。心下大怒。走出内殿，叫过太医来问。

太医早已战战兢兢，禀告皇帝，贵妃今晨发起烧来，太医院已经报上去了。皇帝不好发作，因他今日确未来得及见旁人。遂按下性子，问如何医治。

太医答已用了镇静散热之剂，因贵妃怀有身孕，不敢用药太重，一时这烧还退不下来。已报太医院掌院，会同来诊治。

皇帝知太医所说属实，病人若有身孕，确实不好行药，只得嘱咐几句，让太医先下去，等掌院来。

刚才又听贵妃进食甚少，皇帝心下忧虑。当下走进内殿，从琴儿手中捧过燕窝，只待元春醒来，自己亲手来喂。

元春眼前影影绰绰见人来去，现在方才清醒，看到皇帝坐在面前，眼睛眨也不眨地盯着她，不禁笑了一笑。虚弱之身，那抹笑容在皇帝看来，竟然如此凄凉，不成笑意。心下酸楚，把碗放琴儿手中，自己挪过去，轻轻从枕头上抬起元春脖颈，让她靠在自己肩上。又命琴儿近前，从她手捧的碗中拿起匙羹，一勺一勺喂元春。

元春心下感动，吃了小半碗。皇帝这才欣慰。待琴儿退下，元春将这几日想到的事，告诉皇帝，病中依然不失礼数："皇上，我没有护好自家身体，现下怕伤及腹中孩儿，臣妾有罪。"

皇帝听了，顿时眼眶潮湿。他已从童首领处获知，元春这一摔，不仅仅有皇贵妃的人在内，长子弘时之母，竟然也有参与。受了暗算的人还在自责，那作恶之人见元春如此，现下不知该如何得意。

元春又道："臣妾母家行事孟浪，辜负朝廷圣恩，皇上处置得当，臣妾并无怨言。"

原来元春已经知道了。皇帝心下自然明白，宫廷中这样的事，终归瞒不久。即使自己下令不让元春知晓，那挡不住有人千方百计要说给她听。见元春如此说，知道她出于至诚，遂摸了摸元春脸颊，那满月般的脸，竟然有了些消瘦。

"记住：你是我的贵妃。卿母家是母家，你是你。宁国府撤了就撤了，但你的父亲向来勤谨，朕不会负了他。你放心。"

元春欣慰，知道皇上是说会看顾自己父母家人。她的头在皇帝肩上微点："臣妾谢过皇上。"

皇帝不忍，又想着数日后的封号之事，与其让太后的人来说，不如自己说来得妥当，遂道："外臣有些议论，说贾府辜负圣恩，贤德妃之号似不妥当。太后也跟朕说了。今日一起嘱咐，日后或有削去封号一事，你万不可往心里去。可削就可封，待你生下孩儿，对社稷有功，那时再封回来，看可好？"

元春心下明白，皇帝如此推心置腹，削与封，也不就是皇家一道旨意之事。遂轻轻领首："谢谢皇上看顾。皇上不必太为难。只要能侍候皇上长长久久，封不封都没要紧的。

皇上心下愈发酸痛，不愿露出来让元春看见。这样的对话，凄凉之意与殿外高张的红灯笼如此不协。想起自己处置二哥废太子一事，想那墓冢宿草早已齐肩了吧。如果元春此次渡过难关，生下孩儿，自当将尸骸迁出好好安葬。他也不知怎么会想起如此不祥的念头，赶紧打住，决定再去佛堂进香，待奏报二哥殁的奏折来，一定大做法事，超度亡灵。

殿外报太医院掌院到，皇帝忙命传了进来。

一番细细诊脉，说法与前一位太医差不多，皇帝点点头，让赶紧开药，煎了送来。太医院一向知道皇帝爱重贵妃，自不敢稍有怠慢，答应了下去开药方安排不提。

皇帝四顾殿中侍立之人尽皆面生，想及元春不得其力，遂唤戴权来，让派妥当之人到昭明宫当首领太监，昭明宫向内廷司太医院之处走动，也需要位分高的太监才好办理。戴权领命，自去挑人安排。

元春看皇帝细致如此，虽是重病之人，眼中却也闪出光芒："谢谢皇上。大节之下，皇帝事多，无需为臣妾费神。只是除夕之夜，新年朝贺，臣妾就不能和各宫姐妹一起参加了。还请皇上原谅。"

"放心养病就是。朕一有闲了就来看你。"皇帝看元春一处不落，还挂记这些，心下自伤。

"如果……如果年后有空，臣妾能否见祖母、母亲一面？"

皇帝想起了自己颁下的禁令。现诸事停当，是该开禁了。遂点点头："过了年，我就传旨让卿家人入宫来看你。好生歇着，记得吃药，记得进食。"

元春见皇上允了，心中喜悦，身上疲乏，再没力气，遂闭上眼睛。皇帝轻轻将她的头侧放在枕上，又令琴儿悉心侍候，自己出殿上轿，命向佛堂而去。

皇帝一路上想着，造成这一切的罪魁祸首，要饶得了她们，天理不容。皇贵妃倒也罢了，可是那齐妃是弘时之母，倒不好办。若放过她，元春如此之惨，自己心中之痛，又怎了结？元春心伤还掺杂着贾府之事，自己严令不许透露，谁那么大胆？

眼前就是佛堂，皇帝暂摄心神，拈香磕头，嘱祷不已。

## 第二十三回

### 乾清宫除夕欢度岁
### 良宵引次第传悲音

除夕热闹，宫里宫外皆欢庆新年即将来到。宫中当晚大摆家宴，内务府和光禄寺一早打理停当，餐桌餐具、桌张规格、席间音乐、进餐程序皆按宫中规制办理，各宫主次更是丝毫不乱。御膳房平日役使天下名厨，集聚天下美味，在除夕晚宴自必抖擞精神，至于宴席所用饮食品种来源、流水账目、食品赏赐等皆一一记录准备候查。

自酉时起，太后、皇后携各宫主位妃嫔以及贵人常在答应等纷纷咸集乾清宫。深宫诸人，不少低位的常在答应经年也见不了皇上一回，今个晚上最是难得，遂人人打扮得精致玲珑。细乐奏起，一片升平欢闹。待皇帝驾到，除太后外，众人皆行礼如仪。皇帝受了众人之礼，吩咐起身，又向太后行礼。此乃先国后家，礼仪如此。太后看着满堂锦绣，见席中单单只少了小孩子的喧闹，心下感叹美中不足，若那贾妃诞下皇子就好了。至于皇子弘时、弘历、弘昼，因已成年，早间跟随皇帝祭祖之后便自行出宫，自不能参加除夕家宴与后妃同座宴饮。

一时宴席开始，各种珍禽猛兽制成食物，流水般由小太监们送上来。皇帝一看太后精神尚好，后宫诸人花团锦簇，遂也满意。一年到头，各宫翘首企盼皇帝驾临，心下自也懂得，一念到此，将昨日怨毒后宫妇人之心淡了好些。举杯祝酒，众人和乐融融不提。

旧岁今日辞去，来日又是新年，每当此时，上至帝王，下至寻常百姓，总有无限感慨。皇帝越是热闹处，越发想起元春来。贾妃卧病，不能参加晚宴。想及明日大年初一，是元春生日，奈何皇帝职责在身，又要接受百官朝贺，与皇子及宗室诸王饮宴，自己一年到头忙个不停，一时也顾不了许多，只能顾眼前。遂收拾精神，与后宫诸人饮酒玩笑，不一而足。太后看着皇帝顾念各宫妃嫔，也感喜慰，不由得多喝了几盅酒，多挟了几筷菜看进了。

按照习俗，除夕当晚是要守岁的。民间俗称点岁火、守岁火，宫中亦然。紫禁城当晚所有宫殿遍燃灯烛，明晃晃犹如星辰遍布。乾清宫阖家欢聚，吃过年夜饭后，各宫诸人散漫围坐炉旁闲聊，玩乐游戏，通宵守夜，礼仪稍稍可减。太后觉身倦，亥时一过，便回宫养息。皇帝率众人恭送太后，返回与皇后等闲话家常。

那皇后因贾妃之病，心下不安。管理后宫之责担在肩上，只怕皇上见罪。此时看皇帝并无异容，忙赔笑搭话。皇贵妃章佳氏不知自家行藏已被皇帝知晓，贾妃倒地卧病至今，心下自也称快，今日便百般玲珑，说些笑话，在皇帝皇后面前讨喜。按说贾妃并无得罪她之事，妇人心窄，想自家身份尊贵，皇帝自贾妃封了之后便少来承乾宫，自是迁怒于贾妃。此刻见闲话间皇帝说笑如常，心头的一抹担心便也放下。

那齐妃系皇帝早年妾室，父亲职务品级仅为知府，故在王府时倒也平顺。生第三子弘时后，被封侧福晋。皇帝入主大内，随之进宫封嫔。日前刚因皇帝大封升至妃位。齐妃非玲珑之人，素来不大受宠，本无其他想头，后因皇帝前二子未长成而夭，弘时成为存世皇上长子，便有了诸多盘算。几年前贾妃一封，见皇上如此恩隆，赐尊号贤德，后又有孕，心中便百般不适。遂有了买通昭明宫中太监，令其便宜行事之举。皇帝子息不繁，后生的儿子也仅养活了弘历、弘昼，那齐妃为皇长子生母，其子继位赢面颇大，齐妃眼见就是未来太后。太监们整日供使役，出头甚难。被齐妃找去的两太监，见有诸多好处，又思宫中机会尽有，便答应下来。自以为行事隐蔽，不料贵妃倒下，皇帝如此震怒，带到粘杆处受审，刑具之下，竹筒倒豆子股都供了出来。继而二人被秘密杖杀，齐妃自不知晓。只道皇帝迁怒于昭明宫中人，全发去守陵。

齐妃见贾妃继孕中摔倒雪地之后，又听闻太医每日诊药，料想贾妃不好，心下自也安适。今日阖宫欢庆，皇帝如常相待，刚才还与她说了几句话，想及自家所谋之事神不知鬼不觉，心下也不无自得。

乾清宫家宴何等喧闹，便衬得昭明宫何等清淡沉寂。灯笼溜溜挂满宫殿下屋檐，殿内红烛高烧，但因贾妃卧病不见好转，昭明宫人连声音都不敢出。所喜戴权亲派小太监及御膳房差役送来宫宴饮食，各宫人稍稍安慰。毕竟除夕，当下首领太监作主，除了留下几个当值宫女，让其余人自去悄悄欢闹不提。

元春病情略有起色，但起身便各种晕眩，只有卧倒将息。饮食诸物，进不了许多便罢。想想正月十五之后便可见祖母及母亲，稍有安慰。明日便是大年初一，也是自家生日，数日前还想着怀孕过生辰，何等满足，却不料斗转星移，今日如此惨淡。自思自家是否福气太过，致有今日之祸。再细想皇帝撤换原昭明宫里人，戴权非要逐走鸣鹤，似非无因。那日摔倒之时，鸣鹤本在腋下搀扶，不料全不着力，任由自家倒地，想来别有隐情。原以为有皇帝信任宠爱，天下之大，也再无别求，没想到身边自去了抱琴伴鹤，连个体己人也无，心下感叹自家还是太天真了。一时悟过来，心中便恨自己只知行正路，不知防别人。从古至今，无论宫内宫外，仅靠德行熬出头来的有几人？自己竟是痴了。

一夜辗转不提。次日一早，内廷司便送来例份生日贺礼。各宫自皇后处都有随礼。因贾妃抱恙，礼到人却少来。只有陈妃亲身来了，一为祝寿，二为看视。那日告知贾妃其家中事故之后，陈妃便心下担忧。后即闻贾妃滑倒受伤，心下自责，所谓我不杀伯仁，伯仁因我而死之意。待行礼见过贵妃，便在卧榻前坐下，细细将心中歉疚说了。元春听了，不以为意，反过来安慰陈妃，原是自己一直心中揣测打闷葫芦，才请陈妃告知，千万不要存在心里头等语。陈妃见贵妃一病不起之下，并不曾有丝毫言语怨尤他人，还回头安慰自己，其贤德之处果然非后宫诸人可比。皇帝赐此封号，确是名下无虚。因担心贾妃身体，遂说过几句安慰话，便拜退不提。

皇帝当日接受百官朝拜，又宴饮诸王毕，已是戌时末亥时初。殿中换过衣衫，乘辇往昭明宫中来。

宴席间诸王俱在，忠顺王北静王乃宗室近支，座次靠近御前。皇帝饮宴席间，没少了猜度观察。那北静王弘晳乃废太子之子，自幼深受康熙帝喜爱，养育宫中，即使太子被废，远远发放郑家庄圈禁，弘晳也不曾受牵累，继续居住宫中，未成年即被康熙帝封郡王。皇帝继位后，为表尊崇父皇仁爱之德，升弘晳为亲王，前冠北静二字。弘晳因此成为本朝最年轻的亲王。皇帝以北静王尚年轻需读书磨练为由，并不派职司与他。那北静王人聪明，生得又好，又极谦逊，对功臣勋贵世家皆有照顾，故阖朝称赞。皇帝一路想着刚才所见，忠顺王深沉持重，并无异样神情；北静王温和谦逊一如往常，倒无别事。想想十四弟在宫中拘着，太后虽求恳数次，纵是年节，不放他出来参与诸王宴饮，终究妥当。只要他不出来，自无与王公大臣串联机会；诸王手上无兵，又无头领，掀不起多大的浪来。想想也是亲弟弟，亲王降位，也还有郡王之封，面上总要做做样子给太后看，遂叫过戴权，赐恂郡王新年宴饮食若干，并赐玉如意一柄。戴权听命去了。

堪堪已到昭明宫门首，这里如同其他宫室，里外俱布置喜庆。但宫中却是静悄悄的。太监才要通传，殿中忽起琴声，弦中一拨，熟悉的曲子娓娓流出殿来。皇帝止住太监，挥手让诸人退后，立足细听，却是一曲《良宵引》。音色清亮，余音悠远，自是元春手笔。皇帝多日不听元春奏琴，如今反成新鲜。这显然是元春安好了些，在为他庆贺节庆，也祝自家生辰。皇帝边听边想，一曲才罢，《阳关三叠》又已飞来，一咏三叹，情思摇动，心中暖洋洋的。只觉春意盎然，阳光普照，遂展颜一笑，大步进屋。

元春知道皇帝无论再忙碌，今晚一定是会来的，故强起梳妆停当，抚琴自况。此时见了皇帝进来，明媚一笑，由宫女扶着，跪下行礼祝福新年。皇帝忙扶起，看元春着那日自己赏赐的榴花服，春水碧绿，榴花胜火，婷婷袅袅站在面前，灯烛下粉光脂滑，明眸照人，犹如当年初见之日。不由得看呆了。

太监们早在殿中摆设停当。皇帝牵着元春的手，坐下宵夜，两相对坐，不由得忘却这一向阴霾。皇帝举杯，美酒祝佳人生辰；元春巧笑，捧袖劝君王福如东海。那皇帝带来赐予元春的各色珍玩，倒成了最不紧要之事。

皇帝只道元春大安，遂开怀畅饮；元春感皇帝心意，也竭力相迎。天上无月，但二人心头光明。是夜皇帝酒醉，冒不得寒，就宿在了贾妃宫中。

次日贾妃还在沉睡，皇帝自回养心殿处理诸务。看看近午，正欲摆驾昭明宫和元春共进午膳，忽然内监来报，贾妃不好。皇帝一听，一迭声呼太医，又忙着起身赶往昭明宫。

昭明宫本有值守太医，此时已在殿前跪下。太医院掌院带着一队太医，匆匆赶到。皇帝止住行礼，让马上进内殿看视贾妃病情。一面又问面前太医，昨日贾妃还好好的，今儿怎么就不好了。

那太医地下叩头不住，皇帝见其吓得厉害，便让太监扶起好好说。原是今早元春底下见红，让宫女报出来，太医请了脉象，胎儿恐怕有虞，故赶紧禀告皇上，并太医院诸人。

正说间，太医院掌院出来禀告，贵妃自病倒以来身体虚弱，发烧数日，饮食少进，延至今日，脉象已弱，胎儿恐不能保。太医院精通妇孕的圣手俱在此间，正在后续治疗处理。

皇帝听闻，连掌院太医都这么说，想来这个孩子是保不住了。原来元春并未大好，她是大节下为让自己心情愉悦，才弹琴饮宴侍候的。心中一痛，顿时头晕目眩。醒觉过来，忙令调养贵妃，如贵妃有个好歹，一体拿问。那掌院诺诺连声，赶紧进内殿共同参详处理不提。

这边才忙乱，太后那边来人，从养心殿一路找来，报称太后不好，请皇帝立刻去。皇帝一时悲从中来，分身乏术。太后有疾，怎能不去？跺跺脚，又叫出掌院太医跟着，乘辇即去慈宁宫。

一日之间，波折频出。待皇帝到来，皇后及各宫妃子早到了，尽跪在太后榻下。太后见皇帝到，挥挥手让其他人退出，有话跟皇帝说。

皇帝趋前两步，跪在榻前听太后言语。那太后年高，节前小疾又添新病，好了一些，又率皇后等布置新年事宜，早已过劳。家宴时多饮了几口酒，便觉四肢无力心下不适。年节下遂也不让宫人报与皇帝。今日觉自己身上不好了，才让请皇帝来。此时见儿子跪在面前，心中万般慈爱，便把手放在了皇帝肩上，轻轻抚拍。

皇帝何曾见太后对自己如此亲昵，不由泪下，又怕吓着太后，强自撑着，低头偷偷用袖子拭泪。太后如何看不见？想儿子自幼由人带大，少在膝前，但终归是自家亲生。便叹了一口气，对皇帝说道："我觉今日不好，故叫了你来。"她停了停，又说："你已是皇帝，自不用我多嘱。小时对你少了疼爱，我也一直歉疚在心。皇帝也原谅些罢。现下放不下的，只是你弟弟一人。他在宫中，我却始终见不上一面。可否让他来让我见一见？我死了也安稳。"

皇帝听了，百转回肠。原来母亲也是知道欠下了儿子的。母亲并非对己无情。这一念放下，转到母亲立场，一子坐朝，一子幽禁，皆在宫中。那幽禁之子咫尺之遥，却是不能见面，母亲心下悲苦，不想可知。素日不提，今年专提此事，想也是知道自家身体。前些年月，母亲是何等压抑自家思儿之情，又是何等为他这个皇帝着想。

当下想明白了，泪光点点，望着太后点头："儿子知道了。"他怕太后捱不得多时辰，遂亲身走出殿外，嘱咐了戴权几句，让秘密带进恂郡王来。

回到殿中，吩咐皇后妃嫔等，太后需要静养，各宫自回，待传再来侍太后疾。诸人哪敢多言，在太后殿外磕头，回了宫里，心下各自惴惴。那掌院太医一直躬身站在外殿一旁，他今日连受两场惊吓，自思挨过正月十五，自家该向皇帝请辞了。

不时一顶暖轿抬来。恂郡王头戴风帽，遮住大部面颊，匆匆在殿前下轿，看了皇帝一眼，也不行礼，直冲进内殿。皇帝体谅太后心意，并不见罪，也不进去，只将所有闲杂人等尽皆驱得远远的。只听见内殿传来十四弟震天的哭声。

第二十四回

## 天算人算元春失子
## 危楼将倾贾母理家

皇帝向来不畏人言。从他做天下之主以来，剔除隐患，囚禁手足，践踏宗室姓氏，没有犹豫，没有畏惧，为达目的不择手段。这还是小的。大到废除贱籍制度，允许贱民自赎，历朝历代的皇帝们不想做、没做成和不敢做的事，他也做了。奴婢倡优隶卒，乃至于乐户、丐户、疍民、伴当、世仆、渔户，因为这位强悍的皇帝可以脱籍，子孙后代可以成为良民，参加朝廷科考，从此跃升阶级。即使他颁布的这些政令有局限，依然改变了千千万万贱民的命运。

譬如乐户，废其贱籍，可以赎身为良；丐户疍民废除，可以种田经商。那些伴当世仆，也不允许主家肆意践踏。至于祖上为奴，年代久远而契约无存的，一概作废。贱民们脱身有路，世代为贱仆的有了出口，心下诵圣的自也不少。

皇帝颁下的各种大小举措，皆令行禁止。宗室大臣畏他惧他，不少人或许还夹杂着仇恨，皇帝自知。民间有人谢他敬他，他不会知晓，也不会想及。他只是做自己想到想做的事，迄今为止无往不利。至于紫禁城后宫，上下若干女子，对皇帝邀宠献媚，自是不在话下。他只知道，真正触及他心底柔软的，除了太后，只有元春。他的眼泪，也只有太后和元春看见。

因了他的强硬，他踩踏兄弟登上皇位；也因了他的强硬，他可以为所欲为。

可是，在大年初二这一天，这一切，永远地改变了。

太后在恂郡王，也就是她的小儿子十四爷冲进殿中抓住她的手之后不久，安详满足地走了。留下了殿中的嚎哭，留下了殿外皇帝孤独的身影。太后去了，身边相送的人，不是他。

他留不住太后，似乎今日才深深地感受到，自己也是人子，是爱着母亲的；他也留不住自己的骨肉，元春还在昭明宫中痛苦呻吟。他爱的人，爱他的人，离他如此之近，可是，他一个也护不住。

宫中节日的喜庆布置，眼前成了讽刺。那些灯笼喜联，太监们正在梯子上一一拿下，换上白色布帛。皇帝下旨，自是日起，宫中为太后服丧，阖朝有品级的官员，皆放下手中事务，参与到为太后服丧的行列。

那恂郡王在灵前跪了一整晚，哭了一整晚，他的委屈，只有母亲才懂，而见面之时，就是永诀之日，如此深的伤痛，终于压倒了这位曾经的大将军王。见恂郡王悲痛过度倒地不起，皇帝命人用轿子抬回囚禁他的宫殿，即使母丧，也不能允许他出来参加母亲的丧仪。

皇帝内心悲痛，外表依然冷冽。他给母亲上尊号孝恭仁皇后（全称谥曰：孝恭宣惠温肃定裕慈纯钦穆赞天承圣仁皇后），诸宗室勋贵俱素服举哀。各府诰命也奉命入宫拜祭。按朝制，本应辍朝五日，因正在节庆期间，倒是不必。朝政不能不理，皇帝十三日后释服，亲理朝事。后续事宜，只待钦天监择好日子，阖朝文武送去景陵附葬。

元春小产，身体甚亏，整日汤药不断。皇帝忙于主持太后的丧仪，没有时间也没有心情给她陪伴。忙碌之中，不忘对元春承诺。特意令戴权传旨，荣国府诰命贾太君、邢夫人、王夫人拜祭太后之后，准入昭明宫探视。

戴权自然不离皇帝左右，派夏守忠去传旨，吩咐了告知元春小产之事。那夏太监到了贾府，传过拜祭太后的旨意之后，择要说了贵妃病情。别人还好，贾母、王夫人当即痛哭失声。

贾母等大内祭礼毕，在内监引导下进了昭明宫。因元春身体虚弱，还在内殿榻上躺着。贾母王夫人在内殿榻前行过国礼，看见元春变得清瘦如此，不由得眼泪下来。元春有喜，贾府不曾得到消息；看见元春之时，竟然只能泪目相对。贾母自知宫中不是说话的地方，不忍再引元春伤感，只得宽慰的话说了又说。待赐了座，贾母王夫人皆在榻前，两双眼睛看着元春，直有万语千言。元春靠在垫子上，一手拉着贾母，一手拉着王夫人，眼泪哪止得住，除了问家中安好之外，其余一句话也说不出来。元春深宫多年，知亲人面前也不能丢了朝廷礼仪，悲哭不能由人。自己病到如此地步，孩子没了，话也不知该从何说起，也无法说出。泪眼蒙眬，只能紧紧地握着自家亲人的手。邢夫人侧坐于旁，看见元春如此，自也有各种想头。

贾母不会告诉元春，家中不宁，荣国府分家闹得鸡飞狗跳之事。她想起了当年李淳风后人的预言。孩子没了，元春终归是没能跨过这个坎。但愿还有将来。贾氏一族能否复原如初，如今全仗贵妃，怎能还让元春烦心，只说阖府安好，贵妃无需惦念等语。宫中不能久待，不多时俱忍泪出宫不提。

贾府自宁国府撤去世职，贾赦又受罚之后，诸事纷纷，怎能安好？那凤姐放出了印子钱，因为贾府要分家，凤姐急着收回填窟窿。所派出的人，有的好言相劝，有的则是仗势欺人惯了，见人不还，便拿腔作势以贾府昔日威势，强压借贷人。那些借钱使的人如果有钱，谁还会借？小门小户，借个钱周转渡过难关，现下期限还差一截子，一时哪里措手去？遂争执打闹的尽有。更有泼悍的，早已听闻贾府被处置之事，心想混在其间赖账也是好的，便各种出言不逊，扬言荣国府放印子钱牟取暴利，要去报官。一时乱得不了。

大观园里诸姐妹隐隐听得婆子们议论，但她们尊享之人，问及这些事有失身份，故依然在她们的桃花源里写诗作画；那宝玉更是天塌下来也不当事儿的，除了心中惦着黛玉的病，日日问候之外，其余时间忙前忙后派小厮们频繁出外，帮着惜春添补绘画用的颜料笔墨，哪里留意到这些。只有探春有所警觉，毕竟当过家的，但姑娘身份，自也不言；黛玉早知贾府青黄不接，为宝玉忧，但客居贾府，也不便操心。

王熙凤见婆子媳妇派出去，没有收回一分银子，倒是惹出一堆是非来，气了个倒仰。无法，与贾琏商量了，说是所缺之账，就挂在宫里来打秋风的太监上，谅上边也不知道。那贾琏是只知用钱从不问钱从何来的人，现在见凤姐各种狼狈，便冷笑，单单说声："这是你的事。"提脚就走。凤姐见事到如今，纸包不住火，不赖到太监上，这把火转头就会烧到自家，遂上报贾母邢王二夫人，说是元春省亲以来，宫中使用繁剧，账上少了两三万银子，皆是此中花费；又夹杂着太监等语。

那邢夫人最是看得钱要紧，一听公中的钱，为着二房的女儿花了，登时便黑下脸来。王夫人平素只管吃斋念佛，哪知凤姐捣鬼，听闻此事，也不好言语。贾母心中虽有疑，但也不好分证。见两房分家在即，还为这些事伤和气，也不是大家气象。遂让鸳鸯拿出体己来，自己来出了这份钱，好清账。

不料鸳鸯接了话，却不肯动弹。贾母知又有事故，便先打发了邢王二夫人回去，回头问鸳鸯。鸳鸯怎敢欺瞒，便把家中用度早已入不敷出，贾琏凤姐求着她，拿出老太太银子来周转之事说了。贾母一听，心肺俱裂。原本鸳鸯说过有些没用的物件，只是当一当就赎回来的，不料竟然到了挪用自家私房钱的地步。

鸳鸯本不是糊涂之人，原来贾琏凤姐借老太太物件当了用钱之事，老太太也是点了头的；后来贾琏凤姐又来求恳，说是家中人口多，月例银子都不够发，又有眼前几例亲族婚丧嫁娶之事，随礼是少不得的，不敢告诉老太太，只得求鸳鸯，待田庄银子收上来便还等语。鸳鸯知道当家的难处，那些随礼也是府上脸面，万万少不得；想及就是年下，荣国府田庄进项也快送来，告诉老太太，也是惹得她不高兴，遂担了干系，将积年的金子银子拿出，瞒着贾母，让贾琏凤姐派人抬出去了。至今未还回来。现在可教她拿什么出来填窟窿？

鸳鸯说着说着便哭了，贾母知道这丫头素日忠诚并无坏心，要怪也要怪凤姐儿两口子。想起这么大的亏空，怎生是好？她静了一静，觉其中搅扰甚多，便吩咐鸳鸯，晚间将林之孝家的悄悄找来。

晚间林之孝家的来到贾母正堂，贾母一早已遣出了丫鬟们，只留鸳鸯在旁。林之孝家的从未见贾母过问家中用度之事，见问，碍着凤姐，也不敢十分明说，便只言隐隐绰绰听到传言，有凤姐放利钱之事。

贾母听了，心下冷笑不已，她不问家事多年，但这个家她是一路当过来的。好一个凤辣子，好一个琏小子，竟然把她蒙在鼓中。那凤姐儿自家多年疼爱，将全副家当托付，现在倒好，居然违反朝廷制度，以世家身份私放高利贷，还愁贾家不倒怎的？

贾母一看家事如此，也说不得体面不体面，便严命林之孝家的下去，查明哪些奴才替琏二奶奶放贷，一个不许漏，直接报到她这里来。林之孝两口子本是贾府家生奴才，历年当着管家，凤姐嫁过来之后因由老太太指派，由凤姐统管两房事务，二人遂在凤姐手下听令做事。经年来见有各种不妥之处，许多事也不好说得。现见贾母震怒，知此次上头是动了真格的，遂应承下来，一径去暗查。只瞒着凤姐儿两口子。

那些替凤姐儿跑腿放债的媳妇婆子，经手之处自有克扣，平日间打扮得一时新衣一时头饰的炫耀，口风也有松的，自谓是凤姐裙下功臣。这些平时不着调之处，早已一一落在林之孝的眼中。遂连提了几个人，一夜逼问，又攀扯出漏网的几个人来。合计明白，次日来报贾母，说道凤姐放出去的利钱若干，没有收回来的若干。这几年凤姐儿获利之数，也大概报了。

贾母听了，默默无语。凤姐儿言宫中来人要钱，自非一日，贾母也是知道的，这起外债，估摸着元春在宫中并不知道。但元春是贵妃，宫中太监即使贪婪，也不过是要个传递信函物件的跑腿费之类。元春尚是贵妃，并未听闻有失宠之事，太监们断不能有恃无恐，要上万的银两。凤姐儿三分真七分假，把大家都骗过了。可怜自己疼她那么多年，竟是白疼了。

一念上来，心口疼得厉害。鸳鸯赶紧扶着躺到榻上休息。林之孝看着行礼要走，贾母发话，拘押的那些奴才一个不放过，好好看着，自有用处。林之孝应了退下。

贾母躺在榻上，思虑不息。自宫中下旨，各府诰命因太后疾停入宫探视事起，元春再无消息。家中巨变，不知是否影响到宫中的元春？家事消亡首罪宁，真真是被东府害了。又回头想想自家，贾赦邢夫人如此昏聩，不堪说得。最不能原谅的是凤姐儿，居然掏了公中银两填自己私库，放印子钱的事，要让外头的知道，哪个御史参上一本，以今上的性格，未必会再回护贾家。

贾母一件一件想来，只有趁自己还没倒下，将这家公道分了，再论别事。其他的，自己也管不得了。只可怜元春，千万别受家族之累。今日元春尚在，家族已然如此不堪；如元春有个动摇，贾府不知还要折堕到哪里去。

贾母想到此处，老泪纵横。毕竟是经历贾府四代人的老太君，定下神来，让丫鬟们进来，打水的打水，净面的净面，将自己收拾得整整齐齐。让几个大丫鬟分头去请贾赦贾政及邢王二夫人。

那邢夫人昨日回去，说给贾赦，两口儿把凤姐儿骂得不堪，倒是意外的同声同气，又心疼钱，不知该少分多少。两人计较了下，想老太太自会拿出来填补，自不能短了长房的。次日便整日不出门，专等贾母来唤。

一时果见琥珀来传贾母口信，去荣禧堂议事。贾赦清清嗓子，看了邢夫人一眼，前后跟了，往贾母院中来。那贾政王夫人早已在堂，见贾赦邢夫人到了，起身行礼。贾赦邢夫人向贾母问安毕，俱都坐下，专等贾母开言。

贾母早已决定不偏袒，不藏私。自己风烛残年，不知哪一日就蹬腿去了，别留着些哑谜再让兄弟猜忌争斗。遂把凤姐儿历年来在外放贷，至今仍有上万银子未收回来，刚刚查明之事说了。至于宫中太监们的借款也好，打秋风也罢，贾母也将自己的想法说了，断没有凤姐儿说的那么多。老太君也说得明白，贵妃还在宫中，贾府倒不倒，全靠着元春。分家可以，明白分就是，但牵涉着放利之事，不能太闹动静，惹来御史台大理寺。

话说得这样明白，贾赦也无可辩驳。那凤姐儿如此作为，虽是王夫人侄女，可也是长房之人，也不好全部将责任推出去。堂中诸人，合着贾政在内，见凤姐儿瞒哄贾母并阖府中人，只为了自家小金库，俱动了公愤，只有王夫人沉默不语。

贾赦与贾政素来不和，现一思忖，荣国府竟然只有一个世职，一个五品官做着，祖先立下的基业，这些年来居然败坏到挪用老太太私房的份上，做儿子的脸上无光。遂对视一眼，在贾母面前一齐跪下，请老母作主。

贾母看贾赦尚能听得进去，心下稍慰。便说出她的主意来：荣府内住房，原来哪家住的，还归哪一家，分家契约上明白写了；公库里所存的银两不多，即日分了；田庄数处，按照旱涝厚薄搭配大致分了，必不使兄弟失和；丫鬟奴仆一样办理。府里用度大，丫鬟仆妇减省了用，裁掉一些；用不着的，命其自赎，实在没钱的，忖夺着放出去也成。凤姐儿放出去的钱，到期自然收回，收回之数也平分；实在收不回的，断不能报官，两府共同担了；自己被腾挪借当出去的，想府里也拿不出赎回的银两，就当是公中使费；自己养老送终的费用，已让鸳鸯盘点过，大略还够，无需两个儿子担负。

贾政一听，老母将自己的后事都已安排妥当，自己做儿子的怎生立足，哭得以头顿地，王夫人也陪着哭个不了。贾赦冷着脸听了，也只能如此，便也不说话，想想府里自荣国公爷起五代人，至今颓势如此，也莫可如何，遂也垂下头来。只有邢夫人还在惦念凤姐儿，担心她把家私都顺回了娘家去，此时分家，不说明白怎么能够？遂站起身来，一发说了，请老太太作主。

贾母心下倒笑了，以邢夫人为人，此时不说，还真不是她素日样子。便招手让鸳鸯近前："传我的话，让琏二爷二奶奶来我这里。那屋子便由着你，还有林之孝家的，带着人去找，看看这长房的儿子媳妇是怎么当的家。为防着藏私，大房二房也各派个人一起去。"

王夫人是凤姐儿姑母，邢夫人刚才又说家私搬到娘家等语，心下早不自在，碍着礼节，不肯答言。现看老太太的意思，是要抄检凤姐的家，遂赶紧跪下赔笑说："老太太既这么说，媳妇们不敢不听。只是让奴才们去抄主子的家，传出去是个笑话。还请老太太三思。"

贾母何尝不知道这不成体统，但邢夫人在旁显然不依不饶；又想起王夫人派凤姐儿抄捡大观园之事，心中来气，便淡淡地说："奴才抄了主子的家，也不是第一次。那王善保家的，不也因此被三姑娘打了么？那时抄得，现下奉了我的令，就抄不得？倒是不知道谁又有三姑娘的胆不让抄，我还想看看。"

王夫人一听，脸红到脖子根。老太太是说，自己早已不要体统，今日涉及自家内侄女，倒拿出体统来堵了。邢夫人见贾母提到贾琏凤姐是长房之人，又提到自家陪房王善保家的当日挨打一事，面上也讪讪的。又想想不知凤姐儿存下多少体己，不抄如何能够知道，自是趁愿，复昂起了头来。贾母见各人无话，让鸳鸯传令去了。

# 第二十五回

## 损公肥私赃证俱在
## 家长里短兄弟阋墙

那鸳鸯因拒贾赦纳妾事，平时见贾赦便回避的，今日之事关重大，少不得一直立在贾母身旁。见贾母下令，便抱着将功折罪的意思，自去找林之孝家的。邢王二夫人方才羞惭，老太太面前哪有直接派人的道理。鸳鸯遂忖夺，让人找了王善保家的和周瑞家的两房太太陪房，到贾母院与王夫人院相通夹道拐角处汇齐；又派人去通知林之孝家的也到此间等通知。

分家之事，两房太太这两日定与自己亲近之人商量过，两陪房自应在府中应答；林之孝家的心中有数，也会等候消息，不消说的。鸳鸯调遣完毕，叫上琥珀，说了老太太的话，又添几句自家主意，琥珀应了。二人一起往荣府西南角凤姐院中来。

凤姐儿自报了公中账目亏损，出于宫里太监或借或要各种打秋风起，便定下心来，自觉这个理由无懈可击天衣无缝。知道这几日就要分家，自家两口子终究是要过长房那边的，倒要先作筹算。今日难得好天，院子里太阳晒得暖洋洋的，凤姐儿遂叫人搬了把椅子，坐在院里，口里指挥着小丫头们把箱柜搬出搬进收拾检点东西。平儿手里牵着巧姐儿，在旁帮着提点。

鸳鸯琥珀进了院门，遇见贾琏正要出外，二人便忙着行礼，站起后拦住贾琏，说是老太太请琏二爷和二奶奶即刻过去，大老爷和二老爷还有太太们也在等着。

贾琏躲闪不及，见老太太叫，自无不应之理；凤姐儿才一听老太太叫自家两口儿过去，早从椅子上站了起来。鸳鸯琥珀乃贾母身边大丫鬟，见同时到来，便知是郑重之意。凤姐进屋，亲手捧了自家经手的两房公中账册一大叠，又在手中检点无缺，交到小红手上，让跟着同去；又回头吩咐平儿带着巧姐，领众丫鬟们继续收拾东西。

凤姐要行，见鸳鸯不动，带路的是琥珀，便笑问鸳鸯："不同去么？"她二

红楼续书·红流三部曲（上）

144

人素来说话皆是玩笑惯了的。

鸳鸯微笑，行了一礼，道老太太还安排了好些事，过后便来，二奶奶先走。凤姐不疑有他，丰儿扶着，小红捧了账册跟上，一径和贾琏去了。

鸳鸯见凤姐儿走远，见平儿还在口里说话各种指挥，遂过去与她闲话。她二人不是家生子儿，素日相处得好，主子不在，便一时调笑不了。又见巧姐儿柳眉凤眼，幼时不觉，长大了看，越来越像凤姐儿，便蹲下身来与她玩耍了一回。

那平儿是个细心的，见鸳鸯来了，明说是老太太叫二爷二奶奶，自己有别事；但又不动身，尽在这里与自己闲聊，心下甚奇。涉及到主子们的事，倒也不好问的。二人顽了一回，平儿见林之孝家的带了两人，还有周瑞家的王善保家的一起来到，便停了下来，一双妙目只望着鸳鸯。

鸳鸯在此地与平儿说笑，自是怕走了风声，等琥珀引了琏二爷凤姐儿去到贾母处，又再通知林之孝家的她们到来。

鸳鸯看看正主儿来齐，便笑道："平丫头，今儿天晴，太阳这样好，不如和巧姐儿就在院子里玩，把屋子里的小丫头们也叫出来。老太太吩咐了，有件东西要在二奶奶屋里找找。"

平儿最是剔透，又帮着凤姐儿当了多年的家，看看这阵仗，敢情是奉了老太太的命，抄家来了。欲待出去告知凤姐，那林之孝家的带来的两人，一左一右，早已看好了院门。没法子，只有叫出屋内小丫头子们，任由鸳鸯带了林之孝家的王善保家的还有周瑞家的进房。

那林之孝家的平时寡言少语，内中却是个有主意的，处事又谨慎细致，故贾母一直信任，放凤姐手下办事至今。今日虽是奉命，自也不肯造次。带来把门的二人尽是信得过的，已吩咐不让二奶奶院里一个人出去，怕着通风报信之故。至于进屋抄检东西，两位太太陪房在此，由她们去，自家协助即可。

当下四个人进屋，鸳鸯站屋子中间看着，林之孝家的垂手在旁，任由两位陪房去翻检。周瑞家的是王夫人陪房，怎肯用心，随手针线篮里琉璃樽后翻翻找找，就罢了手；那王善保家的素日就是各种登高窜低，上次抄检大观园，已是熟手，又记着被探春打了一巴掌，凤姐儿不为其说话，早已恨毒了这位二奶奶。今日代太太来此，正好报仇，自不放过，遂一间一间屋子查去，箱子柜子开开关关，碰得山响；甚至床垫子巧姐玩具篮子皆不放过。

堪堪大半时辰过去，并无收获。林之孝家的知道今日查出来便罢，查不出来，第一个被责的人就是自己。那王善保家的看着挽拳撸袖，实则中看不中用，冷眼看了半日，揣摩凤姐藏东西之所，便一径走至凤姐榻前，轻手搬开被褥，将那榻上两个枕头拿起，翻来覆去查看。那枕头四角，用了绣花锦缎层层裹起，内衬木棉荞米，缝工精细，锦缎上花枝俱相连，拿在手中一时分不清枕面枕底。林之孝家的细细查看，果见其中一只枕头，枕底下有一细缝，并未封口。伸手进去细摸，一叠东西藏在侧里。再轻轻掏出，拿到屋中光亮处一看，原来是一沓银票。票面颇大，一千两、三千两的好几张，更有五千两的，竟有两张。

鸳鸯、王善保家的、周瑞家的早围了上来，屋门已经掩上，自不需担心外头看见。四人细细数了，足有两万五千之数。周瑞家的看了，着声不得，琏二奶奶一月五两银子月例，怎可能攒下这么一大笔银票？王善保家的看着，眼睛放光，又想起此行使命，便发狠地说："这就是了！"那邢夫人私下曾经和她计议过多少回，贾家一份家私，恐怕被这凤姐儿私吞了去，但也就是说说，毕竟空口无凭。现在从凤姐儿枕头下搜出，料她抵赖不成。

鸳鸯见了，让林之孝家的再点一遍。林之孝家的当了众人，重新清点无误，正是二万五千两。

鸳鸯心中翻江倒海。好个会施三十六计的二奶奶，两口儿淌眼抹泪，说各种当家难处，让自己顶了缸，把老太太的一份家私偷了出来，说是应付府中用度；她自家倒好，稳稳收钱藏在这里，外头还放着利钱，加起来怕不三万有余。自己身份只是个奴才，得老太太看重管理银物，不意竟被这当主子的骗了。遂心下恨恨，让林之孝家的收好银票，拾掇好屋内翻动之处，箱子柜子动过的，也一一平复。自己再细细查看，妥了，便开门走出，和平儿点点头，也不说话，带众人一径走了。平儿等惊惧，忙回屋查看不提。

那叠银票，自是凤姐儿历年来所积。部分固是多年来用府里公中银两出外放债所得利息，三五十两一百的，积少成多，凤姐儿攒到一个数，便让手下婆子出去钱庄换成千两整数。内中也有凤姐包揽词讼得的好处，那年秦可卿出殡，凤姐在馒头庵打尖，得了那庵堂老尼的两千两银子，差人各种威压，拆散了金哥本情投意合的姻缘，倒没想到那对没过门的小夫妻双双殉情。那老尼得着消息，曾借故来府中走动，实为讨个主意，倒被凤姐儿嘲骂一通，道是胆小，金哥两人殉情自是他二人自主，干别人事怎的？那边送了两条人命，凤姐儿白得两千银子，心下也无不安。

那老尼得了凤姐儿撑腰，此后见外头香客有难了事的，便略略透露。风声渐开，老尼干脆将暮钟晨鼓木鱼诵经丢在一旁，倒一心一意做了凤姐儿收钱的桥梁。老尼自也从中揩油揽财不少。偏凤姐儿喜欢看银子，因此她手边收来的，便藏着私下里时时翻看；那放出去的，却是公中银子。荣国府常有晚发上下人等月例银子情形，自是凤姐儿外头收银子慢了之故。

这头鸳鸯带了众人回复，那头王熙凤正拿着账本，捡着大宗的说与贾母贾赦贾政并邢王二夫人听。贾琏在父亲下首坐了，只是喝茶。贾母自要等鸳鸯回话，便由着邢夫人一项一项细问。那凤姐此前早已督着彩明昼夜做账，虽是亏空，却也清清爽爽，一项一项报出，听了自是成理。邢夫人故意装着不懂，问了又问。凤姐儿少不得忍了耐烦，反复解释。贾赦贾政和王夫人倒是无话，既不交谈，也无他事，只管坐着听个不休。

贾母听见脚步声，看到鸳鸯在门口点点头，便知是了。遂止住邢夫人问话，让凤姐儿坐了，招呼林之孝家的等进来。

林之孝家的路上已跟王善保家的商量妥当，琏二爷二奶奶是大房的儿子媳妇，今日之事，竟是由王善保家的来说合适。王善保家的固是趁愿，一口答应。见贾母招，便和着周瑞家的，跟着林之孝家的一起进来。三人跪在贾母面前，王善保家的也不谦辞，直接就说了今日奉老太太命，到琏二奶奶屋里取得银票若干等。林之孝家的见王善保家的说到银票，遂从袖中取出银票，呈与贾母。

那凤姐儿刚才还洋洋洒洒说与邢夫人，未料着贾母会有这一出，一时间也呆了。待回过神来，赶紧跪下，意在分辨。无奈怎说，也掩盖不过，越说声音越小。枉自家一向能言善辩，这会子却是拙嘴笨腮，直恨不得掴自己两把。

贾母面上倒是如常。堪堪凤姐停了，便一张张翻着银票，笑道："凤姐儿，你却是个有心的。素日见你伶俐，今日见了这些，倒不枉平日疼你。难为你为府中攒下应急之财。你昨儿不是说府上因着贵妃，短少了两三万银子么？你自家忘了这些银票，我就派人取来了，正好把府中饥荒度了。"

凤姐儿嘴唇差点咬破，知道贾母这是在给自己也给府中留脸面，再不顺着应，恐怕今日之事难了。遂赶紧磕头，说是自己确忙糊涂了，多亏老太太提醒。又以手加额，将恍然大悟状做到十足。面上表演，心下却痛得一阵一阵，多年家私，一朝充公，怎能不疼？脸上便红一阵白一阵的。

那鸳鸯在外听得，生怕贾母就此放过凤姐儿，那她两口儿腾挪出去的贾母银两物件，可就没了着落，遂进门来，朝着老太太跪下磕了一个头，又转向凤姐："二奶奶，今日老太太老爷太太们都在，也请奶奶给个准话，二爷和奶奶搬出去的老太太物件，还有两箱子金银，倒是什么时候还回来？"

贾琏见鸳鸯连他也说在内，父亲贾赦冷冷的眼光射过来，遂放下茶杯，赶紧跪在地上，回老太太："此事是孙子不好，媳妇说家用不足，便一时糊涂来求了鸳鸯姐姐。怎生办理，还请老太太作主。"

那贾母才看到凤姐儿丑态，现见孙子口中认自家不好，可是转了一圈，又踢了回来。让自己作主？他搬出去金银的时候怎么不让自己作主？遂冷笑了两声。正待开言，旁边贾政跪下泣道："说来说去皆是儿子们不得力，让老太太忧心。这琏儿媳妇既然积下了应急之财，那自然先把老太太这里挪用的填上。老太太被当掉的物件，哪有流落在外头之礼，琏儿和他媳妇定是知道的。我和大哥哪怕是折变府中用物，也要赎回来交还老太太。"说罢磕头不已。

那贾赦见贾政这么说，自不情愿，可是碍着老母，也不能不应，遂也跪下磕头，连说"老太太放心。"邢王二夫人见丈夫跪了，早随同跪了下来，顿时一屋子人跪得乌压压的。

那凤姐儿听得鸳鸯进来一席话，便天旋地转。前边报亏空时，已是预了老太太的金银在内，只想着收回借出去的本钱，再添补着给老太太还回来。可是刚刚老太太说了自家在替府里准备应急之财，自己已然应了那两万五千两银子是公中的，外边的银子收得回多少还不知道，现下哪还有银子还给老太太？正是处处打嘴。正没思量处，听到贾母开言："物件呢，我也不要了，一件器物百人使，收回来了迟早还要出去。既然两个儿子有心，我也不能不领。"转头问鸳鸯："琏二爷二奶奶倒是抬走多少金银？该有个数。"

鸳鸯赶紧回答："金子折了银两，合在一起，计一万五千两银子。"

贾母听了，继续："既这么着，这一万五千两银票，我这边就收了，也从此免了二爷二奶奶的贼名。"那贾琏凤姐儿见老太太称呼二爷二奶奶，早吓得气都不敢出。贾母将手边银票递给鸳鸯，鸳鸯数了，递回一万两银票给贾母。贾母又道："这一万两先放在我这，分家契约立定，我这边一房五千两分给你们。银票在我这儿，免得又生事故。另有一说，不是我老太太还占着许多银子，以后我这里吃穿用度，均用不着你们钱；那宝玉和黛玉一娶一嫁，也还是我的事。惜春如果愿意回东府，也罢了，自有她哥哥管她；如果不愿回，她的亲事嫁妆也在我身上；迎春亲事已定下，现有老子娘，我就不管了；探丫头那边，南安郡王妃来相看过，估摸着也差不多会有讯来，政儿也不能怠慢了。还有环儿兰小子，也要看顾。"

说了一大席话，贾母口干，喝了一口茶，继续："贵妃现下养着身体，倒还无虑。以后如有太监再上门借钱打秋风的，报我，我来应付。"

贾赦贾政看贾母虽然年高，处理事情井井有条，心下拜服，没想到老母亲这般厉害，对视一眼，皆点头不已。

贾母也累了。她看到脚下跪着哭花了脸的凤姐儿，厌恶之下，多了一丝怜悯。这孩子模样好，看着也聪明，可糊涂起来竟也是谁都撺不上。那印子钱也是她这个世家媳妇可以放得的？自己多年来竟然被蒙了个彻底。现在借出去的本钱还放在外头，但愿不要再引起乱子来。

叹了口气，吩咐贾赦贾政，拿了账本，自去商量着立分家字据。早日分了，早安生。小红随主子跪了半日，见贾母提到账本，遂膝行至贾赦贾政面前，把账本一厚叠高高举起。邢夫人见二位老爷皆不动，过来接了。

那王夫人听了老太太一席话，她对钱财本不上心，邢夫人账本接了就接了，想是还要回房精打细算；她在心的是老太太刚才提到的"宝玉和黛玉两个一娶一嫁"。那黛玉病歪歪的，平日又折挫得宝玉疯疯癫癫，怎能为儿妇；宝钗稳重，又是自家人，老太太偏心外孙女，也不意外；可是老太太不跟老爷和自家商量，便把他们的事夹在一堆话里说了，这个时候倒还不好出言驳回。转头想想此事不能就这么定下了，后边得跟老爷好好说说，当下遂也无言。

那林之孝家的一干人，今儿看到主子们磕头的磕头，流泪的流泪，大气也不敢出，不得吩咐也不敢动弹。听得贾母吩咐，如蒙大赦，赶紧起身，不多时一屋子的人散了个干净。王善保家的周瑞家的自跟着邢王二夫人各自去了。

林之孝家的出来，看到前头丰儿扶着二奶奶，走得那样单弱，步不成步的样子，琏二爷在旁看也不看一眼，心下自也感叹。

小红早已等在廊下，她今日先跟着凤姐儿来，后看到母亲领着人，进屋递银票诸事，瞬时明白了八九分。遂未跟凤姐儿走。见母亲来，遂悄悄走近。林之孝家的知道女儿心中怎想，看看四周，告诉小红，别回凤姐院了。

# 第二十六回

## 人情冷暖猢狲散
## 元宵灯红照孤清

当晚林之孝家的遣人去凤姐院中请出平儿，为小红请假，道是家中有事。平儿默默无语，点了点头，自己掩门回屋。

凤姐儿早先被丰儿扶了回来，脸色不成脸色的，一进屋门就躺下了。平儿也不敢问得。仆妇丫鬟得了平儿吩咐，俱悄默声的做事，又悄默声的回自家屋子，知道奶奶今日不同寻常，府里定有大事发生，私下各种猜疑。

二爷一直未回，平儿将巧姐儿交给奶妈，自己回到凤姐儿屋里守着。今儿个鸳鸯林之孝家的几个人这么一来，又这么一走，接着便是凤姐儿成了这样，躺在榻上一动不动，晚饭抬了去，又原样抬回。平儿不明就里，也不敢劝，见府中多事，也不敢派人外出打探消息。

凤姐屋中使用的家用散碎银两，向来由平儿保管。平儿在鸳鸯离去之后，也曾去看，未见少了，但细微之处可见动过痕迹。心下转念，这几个人来屋抄检，定是早已定下目标，哪会是零碎东西；看她们走时，分明是找到了的样子。平儿思来想去，却是不知凤姐究竟藏了何物，被老太太如此不留情面叫人起去。

平儿侍候凤姐儿多年，深知伴君如伴虎，不让她知道的，一概不打听。现下看凤姐如此，二爷也不回来，心下没个着落处。担心凤姐病了，又不敢胡乱叫人。那林之孝家的来替小红告假，平儿心下明白，自是因为林之孝家的今日抄家得罪了凤姐儿，担心小红回屋，被凤姐儿报复打骂之故。

平儿在榻前守了一夜，怕凤姐儿有事，也不敢离开，实在撑不住不知何时迷糊过去。那凤姐在天亮时睁眼醒了，看着家中布置摆设，并无丝毫变样，可在眼中，又仿佛什么都不是原来的了。转头看见平儿坐在地下褥子上，头靠着榻边睡着，心中倒是一叹。毕竟平儿是自己的人，不曾坏了良心。

从今儿起，自己是没脸当这个家了，也再无家可当。两房一分，只有老太太手中各五千两银子是现成的，日常用度定是吃紧。年前几处田庄上来交账，不是涝就是旱，竟然没有几个钱入账。想想自己这些年来，当家当得心力交瘁，再着力也挽不过来这颓势。原本想着自家手中还有银子，贾府不堪，自己屋里还不至于饥荒。现在一兜儿被收了，落个净光；外头的债还得派人收回，收回了也还是两府平分。自己两手空空，可又留得下什么来。

凤姐越想越悲，眼泪止不住一串串落下来。贾母疼自己多时，昨儿之事，是自家对不住老太太，但挪用银两也是为了府里。平日里老太太只顾找乐，再不问别事，没想到一出手，竟然犀利如此，一点不留情面。原自负自家已是顶尖儿的人，没想到老太太一翻过面来，自己倒像是雪娃娃遇到了大太阳，融得一滴不剩。

想想分家也就是这几天的事，还是要挣扎起来。府中房屋、地头田庄、府库藏物、各屋金玉珍玩摆设，虽各在账上一一写明，但两房之人，哪是一时半刻就能乱清楚，免不了要问自己。自己这个小家，院子要不要交回给姑母王夫人这里，也是一件事，能留下自是甚好，若留不下，大太太那边定不会给好安置。倒要先跟二爷说了，由他去跟老爷交涉才是正经。

想起若干琐碎事务，凤姐倒觉精神好了些，挽了挽头发，将平儿推醒。今儿是正月十五，阖府里还等着闹元宵，不先派了人安置，岂不是又要受到老太太、太太责怪？

平儿被凤姐儿推醒，赶紧让门外的小丫鬟们进来侍候梳洗。平儿在跟前，一一回了各种事务，元宵家宴昨晚已经安排下去，地点倒还等着上头拿主意；还有小红告假诸事。不提小红便罢，一提起来，凤姐倒恨得牙痒痒的。林之孝两口子平日天聋地哑，当年挑小红来时，还曾纳罕那样的娘老子怎么养出伶俐的女儿来，不料昨儿林之孝家的在贾母面前拿出银票，坐实自己罪责，才知自家有眼无珠。别人带着人把屋里抄了，枉自家还当她素来老实。若小红在面前，必得打了一顿撵出去。她娘让自己没脸，她也不必要脸了。可恨这母女精乖，竟然躲了。

平儿见凤姐儿一听小红，便柳眉倒竖，赶紧说："奶奶，我思着咱屋里现在清静些也好，所以自拿主意准了。奶奶要不同意的话，我让人现就去叫了小红来。"凤姐听了，平儿说话落脚在清静二字，是劝着自己不要再生事端。想想眼前统共只剩了这一个可靠人，事事替自己想在头里，自不能驳了她的主意。遂叹了一声，说那就随了她去吧。

想起昨日之事，凤姐问鸳鸯们在她走后，都做了什么勾当。平儿一一回了，说鸳鸯们走后，自己也曾带着小丫头们细细查看，并不曾少了什么，但看众人走的时候，王善保家的面上得意。只是不知得着了什么。

凤姐儿未曾告诉平儿，自家枕头中藏有银票，平儿当然不知。听了平儿此言，心下倒冷笑起来。得着了什么？得着了自己一份家私。也不知那老奴才可以分得几个钱，看把她得意的。本想追究家被抄之责，又想想，那贾母雷霆万钧之下，既然派了人来，谁又能挡得住，也不能将这护家不力的账算在平儿头上。遂也不提自家丢银票事，转过话头，只问二爷哪里去了。

平儿知二爷一晚不回，要在平时，奶奶必定大发雷霆。但不说也不行，遂小声说了。凤姐儿点点头，心下又是冷笑。夫妻本是同林鸟，大难临头各自飞，二爷昨日见自己如此狼狈，不来安慰罢了，连家都不回，凉薄如此。她心中又怒又悲，只命平儿去找二爷来。又说多半在老爷太太那边，秋桐那里找去。

平儿不敢不听，遂安排完凤姐儿早饭，自己空着肚子，赶着来找贾琏。

那秋桐原来是赦老爹赏了贾琏做妾的，因了尤二姐之事，凤姐儿拿她当枪使，挑唆得秋桐以那二姐为敌，每日冷言冷语灌去，逼得尤二姐胎儿没了之下，一念轻生。贾琏难得有情一回，心下明白，把那凤姐儿奈何不了，便迁怒于人，把秋桐退了回去。毕竟收过房的，那贾赦邢夫人也不便打发出去，便让她在院里不明不白住着。平儿这头接了令，心想这奶奶敢是糊涂了，昨儿发生什么事也不说，又断言二爷在秋桐处，让自己去找，分明是让人两头为难。又想着看奶奶这样子，顺着她便好，如逆了她，屋里再有什么饥荒，不知还要酿出什么祸患来。

一路绕屋绕院，终于到了贾赦院子。这里平儿不常来。虽说名份上贾琏凤姐都是长房中人，但因一直住在二老爷家管事，这里反倒走动不勤。平儿在门口停了脚步，正看见邢夫人跟前丫鬟如意出来，忙上前去招呼了，问二爷在不在屋里。

如意自然认得平儿。昨天太太回来，把二奶奶讥嘲得什么似的，她在跟前听了个全，遂仰主子鼻息，对凤姐儿跟前人皆起了轻贱之心。见平儿问讯，如意本想不答的；转头一想，这平儿好不好，终究是二爷收了房的丫头，也不敢不回言。遂只告诉二爷在堂上，正和老爷太太说话呢。话一说完，也不待平儿回言，提脚飞一般走了。

平儿见往日恭谨讨好的如意，如今换了副面孔，感叹这人情冷暖得真快。昨儿奶奶一定受了大委屈，否则如意一个丫鬟，怎敢无礼至此。本想让如意请出二爷的，现也没法，只得自己忍气吞声进去。大太太这边既如此作践，自家还得挺直了头颈，莫失了奶奶往日气象才是。

遂直了直腰，放缓了脚步，走到堂屋门口。见二爷拢着头，果然正与老爷太太说着什么。平儿便在门前行礼，给老爷太太二爷请安。又告来意，说奶奶身上不好，请二爷回去看视。

贾琏果然如凤姐儿所料，昨晚住在了秋桐这里。昨儿老太太面前，贾琏面子丢尽。王家女儿当了贾府的家，竟然当出了阖府亏空，自家倒是赚得盘满钵满之事，任谁也咽不了这口气。最可气者，凤姐攒下这么多银子，自己被瞒得密实，偏又外头露出首尾被起了赃证，老太太面前全充了公。自家屋里如今空空，不是凤姐儿闹的，还能是谁？

那凤姐儿平日诸多挟制，贾琏令不得行，早已暗恨在心。待偷娶了尤二姐，又被凤姐儿唆使二姐原未婚夫张华去大理寺告状，府里为着遮丑，也为了贾琏保住前程，花了多少工夫银钱才摆平。凤姐儿又骗二姐入府，行借刀杀人之计。在外装贤良，在屋内虐待二姐，乃至于饭食送去都是馊的，胎儿不保，这才让二姐绝望轻生。后见贾琏悲痛，又一应推在秋桐身上，说是秋桐害的。贾琏后来一一查证明白，深悔自己一时不察，撵出了秋桐。现见凤姐丢光脸面，一气之下来了秋桐这里，二人干柴烈火，倒是不念旧恶，叙谈之下，把凤姐尽皆恨得牙痒。贾琏思自娶凤姐以来，只有个巧姐儿在屋里，儿子未曾生下一个，家中事倒闹了个颠倒。细细数来，桩桩件件皆是恨：自家娶的哪是夫人娘子，简直是丧门星搅家精。

贾琏正与父亲商量凤姐事，见平儿来请，对她主子的旧恨新仇顿时涌了上来。遂冷言道："告诉你奶奶，老爷太太和我正商议事情。她身子不好，自己请太医去，我又不是大夫，找我做什么。"

平儿听二爷如此绝情，本待多说几句，奈何自己身份低微，老爷太太面前也不好说的。遂指了元宵之庆再问贾琏："奶奶还让我回老爷太太二爷，今儿元宵，在哪儿摆宴，是否老爷太太定了，还是要问问老太太的意思？"平儿此问，自不是凤姐委派。她是看凤姐儿昨儿至今脸色，定有大事发生，这才找个理由投石问路。

那邢夫人心中最是藏不住事的，看昨天老太太处置，凤姐儿失去老太太欢心，已是铁板钉钉。听了平儿言语，果然冷笑开言："阖府都被你家主子闹到打饥荒，哪还有什么闲钱过元宵十五。去告诉你主子，今儿就别忙着了。她身子要紧，自家歇着，就是我们的造化了。"

平儿一听打饥荒等语，哪敢再问，遂行了礼，回凤姐院里来。一路不由得红了眼睛。回屋后便一五一十告诉凤姐。凤姐心下拔凉，百般没有主意，这大太太话，明明白白把她当成了贾府罪人。还指望搬过去住后尽量不招惹，自己低眉顺眼过日子；今儿一看，过府后定少不了罪受。只恨父亲头年去了，家中再无人为自己做主。想到此处，眼泪掉了下来。巧姐在旁，抽出手帕子，为娘亲拭泪。凤姐一把搂了巧姐儿，顿时哭个不了。

凤姐儿不知，当晚元宵晚宴倒未如邢夫人言取消。邢夫人还未到贾母处进言，老太太已吩咐下来，召集儿孙在荣禧堂侧的大屋子摆下宴席，欢度灯节。邢夫人本想省钱，见贾母吩咐了，自也无法。当晚贾赦贾政邢王二夫人，还有李纨携了贾兰，黛玉湘云三春都到齐，宝玉自然少不得，那平日到处跑的贾环也被贾政叫了来。贾琏本成年男丁，论理不应与诸姐妹同坐，但老太太吩咐了，一家子骨肉，大节下偶而破一回规矩无妨，便也跟了来，坐在父亲赦老爹下首。宝钗算不得贾府中人，当晚自回梨香院和母亲哥哥过节。故阖府坐齐，只少了凤姐儿。贾母告诉了，二奶奶身上病着，不能来参加家宴。地下站着的丫鬟媳妇们多心下有数，倒是宝玉姑娘们不知此事，还觉没了凤姐儿调笑拌嘴，少了许多欢腾。

那贾母知分家在即，自己年岁已高，近日身子不好，今日团圆，恐怕今后再难得，遂提了兴头，各种笑话和众人说个不停，又吩咐早已备好的戏班子在院子里悠然唱来助兴。那赦老爹政老爹看看荣禧堂外檐各色灯笼挂了一溜，堂中红烛高烧，席间谈笑热闹，依稀当年太平富贵之时，心中知贾母有心提振家族之意，遂勉力承欢，频频给老母敬酒。

邢夫人自拿回账册后便心中盘算不了，几处田庄哪块地肥，哪块地瘦，弄了个精熟，只待商议分家时提出来；还有贾琏一晌午和老爷合计的事，明日朝廷都要开朝用印，那民间办事也在正理，干脆催着办完算数。因此宴会怎样热闹，倒没怎么留意，只敬了老太太酒，又和王夫人碰了几杯，浅浅喝了。

那王夫人见凤姐当家捅出个大窟窿，心下自也埋怨。阖府自老太太起，一直信她重她，以为最是一等一的妥当人，没想到被老太太一朝识破，又到屋里起出赃证，把王家几世的脸面丢尽。因此老太太怎么发落凤姐儿，她都不曾吭声。但无论如何，凤姐是兄弟王子腾骨肉，纵然兄弟去了，这一笔也写不了两个王字，太折辱了凤姐，自己面上也无光。只是凤姐是长房媳妇，一旦分家过去，自己有心帮衬，也是鞭长莫及。各种思量之下，宴席再好也味同嚼蜡。顾及老太太拢集阖府心思，自也得陪了笑，各种言语助兴不提。

宝玉黛玉哪觉察到家变在即，依然眉目传话，心下许愿，愿老太太早日安排二人婚事。湘云是个爱玩闹的，看在眼中，各种打趣，见王夫人不甚高兴，遂转了话题，各种笑闹。她叔叔小史侯去年因着干预官事，正碰着宁国府事发，被御史趁机参了一本，皇上下了旨意训斥，故满府萧条沉寂，又困于库银吃紧，婶子终日唠叨家用。湘云呆着实在无趣，今儿见贾母派了轿子来接，遂欢欢喜喜来了。那贾母看着满屋子儿孙小辈，就数湘云活泼明亮，心下深为喜慰。

这头热闹不提。凤姐院中远远听见丝竹声，遂派小丫头子去打探。回报后方知贾母家宴，阖府都去了，只不叫自己，心下凄凉。看着脑袋窝在自家怀里，身子却在凳子上歪着的巧姐儿熟熟睡着，再看看灯下绣手帕的平儿，本已红肿的眼睛不争气，又泪流下来。太平日子过惯，不料灾祸临门，一声招呼都不打的。想想自己从不信鬼神因果之说，往日上香，皆是走个过场，今日如此，难道是菩萨见罪？遂轻轻扶起巧姐儿，招奶妈来，让带回屋去睡；又叫平儿歇了手中活计，搬了香炉，自家去院中祷祝。

是夜月色明亮，天上一丝闲云也无。凤姐院子靠着宁荣街，听得那外头的鞭炮声响个不停。正是京城人家在庆祝新年第一个团圆日子，街舞龙狮，檐挂玉兔，柳梢月圆，人流穿梭，最是风流太平之时。凤姐听得外头热闹，看看四周安静却如坟墓一般，痛上心来。遂虔诚跪下，向了虚空中的神灵拜了又拜。耳边隐隐传来街道笑语声，看看身旁，只得平儿一人而已。

第二十七回

## 凤凰脱毛遭鸡啄
## 箕帚倒竖钟鼎家

一夜欢宴，终归散场。那湘云随林黛玉，歇卧在潇湘馆。湘云叽叽嘎嘎，说了一夜，黛玉倒不曾好生睡的。次日起身，两人计较，想着凤姐儿卧病，该瞧瞧去，遂派了几个丫鬟到紫菱洲、藕香榭、秋爽斋分别去约迎探惜三春，又让紫鹃去了隔壁怡红院找了宝玉，约好去珠大嫂子李纨处取齐，好由大嫂子带队一起去。宝钗昨晚回家去，应还未回蘅芜苑，就不叫她了。湘云黛玉说着话，两人打扮整齐，遂一起往稻香村来。才出门，宝玉已到潇湘馆门前，三人说笑，一径去了。

李纨昨日坐王夫人下首，席间王夫人略略说了几句，遂知凤姐事儿。李纨孀居多年，总以素净为上，不问阖府事务，接手家务活，还是前年凤姐儿小产，不能理事，王夫人指了探春宝钗协助她，管了一段荣国府家务。因为三人素日诗书女红为重，家中事涉及上下人等，还有府库钱粮，诸多不熟，又因下人欺生，倒闹出了几处动静。幸凤姐儿派了平儿来协助，自才服帖。李纨自知当家艰难，今见婆婆忽然告诉凤姐拿公中银两放债事，挪用老太太物件金银事，心下震惊，倒也不好说别的。

宴罢回屋，叹息不已，堪堪天明才睡着。转而就听了鸡唱三遍。怕起晚了，匆匆起床梳洗停当，那湘云黛玉和着宝玉已经进门；才接待着，探春小姑子还有迎春惜春都到了。众人在李纨这里，没有诸多讲究，皆没个斯文，七嘴八舌，讲着昨儿谁又喝多了，谁出的谜难猜之类。终于话音告一段落，李纨才得了空儿，含笑问大家，这一大早约齐稻香村，倒为何事？

湘云一笑："看我们吵的，把来意都忘了。是这样的，昨晚和颦儿商量了，那琏二嫂子病着，大节下喝酒猜谜都没有她，想是病得不轻。遂发帖子请了诸姐妹，来请大嫂子领了，我们也去慰问一回。"

李纨听了怔住，又不好说婆婆昨晚说起之事，便找了个由头："据我说，那凤姐儿病中怕见人，见我们这么一大帮子去，不说看望的话，倒像是兴师问罪似的。不如等她大好了，我们罚她摆酒一席，以谢众姐妹今日惦记之情，如何？"

众人想想也是，如果不是病得起不了床，那凤姐儿爱热闹的性格，肯定不会缺席的。便道还是大嫂子说得是，又说笑一回，三三两两各自回屋不提。

那探春是个细心的，李纨说话前神色踌躇，已落在她眼里。但既然大嫂子如此说，也不便细究。看看迎春在前，便紧走几步，赶上了和迎春一道走。因为再过一两月，春暖花开时，迎春就要出嫁了，多去说说话也是好的，也是姐妹一场。天气还是寒冷，但沁芳河上已见野鸭拨水，岸上柳枝开始萌绿。探春一路看着，一路想着，等那春天到了，大观园就要星散了。不知怎么的，竟然有些鼻酸。

与大观园不同，那赦老爹院里，是另一副光景。昨晚回屋，邢夫人陪了笑，跟老爷说了，是否正月十六，也就是明儿，干脆把休书给了凤姐儿，一发断了，也好办日后之事。贾赦倒觉无需太急，但架不住邢夫人重重说法：凤姐儿如果不休，那与二房分家，在自己这边还要准备她那里上下人等的屋子。既然与二爷计议一定，晚办不如早办，也是趁了凤姐儿出乖露丑之事，休了她，王家也没话说得。

看平日颟顸的邢夫人倒还说出个道理，贾赦想了，也是。遂让秋桐屋里叫过贾琏来。

贾琏正要睡下，见父亲来叫，只得开门出来。秋桐猜到是凤姐之事，便在后边抱了他后腰，千叮咛万嘱咐，一定要铁下了心，休了那凤姐。秋桐心下，自是怕有变化，毕竟王家是大族，王夫人也还是二太太；还有巧姐儿在，怕赦老爹变卦。自思凤姐若是休了，凭借自己本事，让二爷扶正了自己，倒不亏了自己在这府里多年煎熬。

贾琏哪知秋桐心中想，便点了头，自个儿往贾赦屋里来。贾琏进屋见过礼坐下，等父亲开言。那贾赦不说话，邢夫人看了老爷一眼，只得把刚才的话又说了一遍。对于休掉凤姐之事，贾琏昨日与父亲已商议妥当，邢夫人也在旁，只是时间定得如此急迫，却还有些踌躇。贾琏于凤姐，恨她之时只愿她瞬时消失，但看晚宴欢闹，只有她一人被抛下孤零零，想想多年夫妻，未免黯然。还有巧姐儿，毕竟也是自家女儿，那老太太因了凤姐，也不叫一声的，遂心下颇有怜惜之意。

此时听得邢夫人说到具体分家分房舍，才想起凤姐儿还连着别事，便问：

"那凤姐儿犯七出之条，儿子尊老爷太太命，休了也就休了。只是凤姐儿身上还有事，那放出去的印子钱还得着落在她身上收回呢。这边休了，那边追不回来，倒是失大。"

邢夫人此事，早前已与王善保家的计议停当，现见贾琏提出，遂款款答来："二爷有所不知，二奶奶使出去放印子钱的人，现就关在大观园角门那里，老太太让关的。二奶奶这里休了，那些人还在，借据也都在，让她们出去收回银两，正是将功折罪，她们巴不得呢。二爷所虑，倒是不妨。"

贾琏垂头想了又想，也再无其他顾虑，见贾赦一直不出声，心知那就是同意之意。遂点了头，应了下来。商量了明日一早就写好休书，然后去报老太太。那老太太正在气头上，凤姐儿赃证皆是她主张起出，断无不准的道理。而且分家也就是这几日的事，大房事务，总归是大房做主才是正理。

贾琏回房，说与秋桐。秋桐欢喜不尽，侍候了贾琏歇下，心内各种忖夺来日上位之事。

那大观园姑娘们在稻香村说笑之时，这边贾赦邢夫人领了贾琏，去荣禧堂给贾母请安。贾母睡眠浅，一大早已经醒来，梳洗之后，站在廊下调教那鹦哥，教它说话，又添水喂食。正在得趣，见赦老爹三人来，心想一大早，莫非又有事故？遂转身进屋，坐了正中；众人行礼毕，也在边上坐了。

贾赦诸事多不开口，要说话时尽让邢夫人贾琏说，今日也是如此。贾琏横下了心，口中说了，手中将休书从袖子里取出，呈给老太太。琥珀接了，转递到贾母手里。

贾母却不接，缓缓说了："二爷早已娶妻生女，家中事按说自家主张，得了大老爷大太太同意，也就罢了。不必呈给我这老太太。但既然到我这里，想着也是怪我平素宠那凤丫头，致有今日之祸。少不得，我老太太要跟大老爷这边陪个不是。"

贾赦万料不到老母居然洞察了他的心事，赶紧从椅子上站起，到贾母面前跪了下来，连说："琏儿媳妇辜负了老太太，自是长房少教管之过。儿子怎当得起老太太这样说。"又一路叩头。邢夫人自也跪下随了。

贾母见赦老爹连几日都等不及，铁了心要发落凤姐儿，心下颇不安乐，料想这大儿子多年来与自己离心离德，早已说老母偏心之话，又得了大太太挑唆，做下这等事来也不意外。罢了，自己在世时日无多，也就由着他们去罢。只是那凤姐儿虽然可恨，到底当家多年，功劳没有苦劳总有，听说她父亲没了，家族扶灵回了金陵,这贾府休了她,倒是能到哪儿去呢?遂叫过琥珀来,让传话去请二太太。

这边贾母让众人起来,依旧坐了,将刚才的考虑也说了。又说贾家是大族,做事须留有余地,别太狠了,失了大家气象不好等话。贾琏听了,自然知道其中意思,老太太是说不要让凤姐儿太难堪。邢夫人听着,倒不以为然。那凤姐儿诸般将贾府颜面丢尽,现在还来提大家气象,岂不好笑?便也不回话,一路听着。

王夫人得了传话,带了玉钏儿往荣禧堂来。看看贾母堂中,贾赦王夫人也在座,遂向贾母赦老爹邢夫人一一行了礼;贾琏也过来行礼。贾赦见弟妇在堂,而贾政没来,遂向贾母告辞,先回房中,任由邢夫人贾琏去主张。

贾母自是知道贾赦按礼回避。待王夫人落座,便将休书递给王夫人。王夫人接了一看,大吃一惊。便望着老太太说:"凤丫头辜负了老太太老爷太太,自是不好,念其当家多年,劳苦尽有,屋中又生育巧姐儿,现在休了她,却不合适。"

邢夫人听了,拿眼看贾琏,贾琏遂站起,向王夫人打个拱说道:"太太说的固然是理。但侄儿成家多年,并无子息,二奶奶身体素日有病,自前年小产之后,身体衰弱,延绵至今,估计再难生育。侄儿身上有延续香火之责,故也向太太禀明,就此一事,也符了七出之条。"

那贾琏在外办事多年,言谈机变尽有,他这一番话绵里藏针,贾母王夫人自听得清楚。他说只此一事,就可出妻,意思是说凤姐儿所犯远远不止一条。贾府乃大家,自然知道《仪礼·丧服》记载的出妻包括:无子、淫佚、不事舅姑、口舌、盗窃、妒忌、恶疾七种情形。贾琏这样说,当是已为凤姐遮面了。凤姐吃醋,生日宴上醉闹那鲍二家的,众人皆亲见;恶疾也说了,不能生子,就是女子身体不好;至于那盗窃,把府中财物放了出去自己收利钱,这个众人皆是见证。王夫人听了贾琏一席话,又是大房之事,自家倒不好说的,遂默默无语。

贾母眼中看了,这琏小子是吃了秤砣铁了心,看来休妻挡不住。便说:"既如此,那王府在京城可还有宅邸?"

贾琏一听,老太太分明是准了的意思,便将所知道的讲了出来:"据孙子所知,岳父大人自去世后,舅子王仁折变京中财物,扶灵回了原籍金陵。京城里的宅子想是已经卖了。"说完,抬眼看了看王夫人。

王夫人知道,这是向自己求证的意思,心下叹了一口气,弟弟当年做着九省检点，何等威严赫赫；没想到这人一去，自家女儿都看护不了。贾府墙倒众人推，怕是定数。遂只讲要紧的："二爷说的不错，娘家侄儿王仁自扶灵回去之后，并未有消息递来，一下倒不好找的。既然二爷不容凤丫头，我这一边是侄儿，一边是侄女的，也免不了一碗水端平。既然凤姐儿是巧姐生母，可否她那院子，还让她和巧姐住着？待寻回凤姐儿兄弟，再让出府不迟。"

贾母听了点头："二太太所言不错。二爷既然以无子一条休凤姐儿，外头她的名声自也要护好了。还有一说，巧姐儿转眼长大，若她母亲声名被糟践得不像样，怕也不好将来说婆家。"

老太太说的是正理，贾琏自无不听。那巧姐儿是他骨血，自然要为她的将来考虑。凤姐休了就休了，以什么名义倒不要紧的。遂跪下磕头，谢过老太太、太太。

邢夫人一路听得，看到王夫人安排凤姐儿依旧住原来院子，自无不乐意，因为那院子，本就是二房的。明公正道的休了，凤姐今后死活也不再与长房相干。此事竟然一路顺遂，心下满意。遂也赶上来行礼，向着老太太道别，眉目间满面春风。

贾琏随了邢夫人起身，一路回了去。一到院中，邢夫人禀过贾赦，便让如意叫凤姐来。

贾母王夫人看着邢夫人贾琏走远，对看了一眼，均是心头沉重。没想到风光半世的凤姐儿，落得如此下场。虽然说是罪有应得，但皆曾是至亲之人，不禁心下惨淡。贾母想及将来凤姐处境，唤出鸳鸯，让准备两千两银票，晚一些给凤姐儿送去将养身体。王夫人心下感激，向贾母行礼退下，自去禀告贾政不提。

那凤姐儿昨晚祷告了，夜间睡得踏实。早上醒来梳妆，气色渐复，着了绣合襦，对镜帖花黄，在莲花镜里转身一照，仿佛当年嫁入贾府模样，心下满意。正欲与平儿商议事务，忽报太太派人来唤，只道是询问分家诸事，不疑它，遂命平儿看了家，照应巧姐饮食，自己扶了丰儿，径来长房。

一进堂屋，顿觉气氛不对。老爷太太居中坐了，面色沉静，倒非平日形象，两日不见的二爷居然也在。凤姐儿一一行过礼，想及刚才所见一番神色，像是要惩罚自己的模样。遂打定主意，无论老爷太太怎样说她辱她，自家也必忍下。二爷有情无情，倒也罢了。

贾赦邢夫人见凤姐儿行礼，也不让她起来。那贾赦看看贾琏，贾琏站起来清清嗓子，拿出袖中字据，也不看凤姐儿，便念诵了一遍。

凤姐儿一字一句听得，像是头上打了个霹雳。万料不到这二爷如此无情，她不相信地看看二爷，往日多少恩爱如在眼前，又转过头去看老爷太太，两位如同泥菩萨，不言不语，只看着她。

凤姐儿心上愤怒起来，遂不待招呼，自己挣扎要起，无奈重压之下，竟然一时起不了身，丰儿一把扶了凤姐儿站起。

贾琏见王夫人凤眼含怒，粉面飞红，倒比平时多了些昂扬妍丽，想起两人亲密厮混之时，心下不忍，遂转开眼睛。邢夫人看贾琏临阵不前，心下恨恨，便接了话头："二奶奶，刚才之事，二爷已经禀告过老太太，老太太已经准了。二爷心下顾念巧姐，刚才所说，俱是事实。二爷将来是要袭老爷爵位的，断了香火，那才是荣府不肖子弟。想二奶奶一向明理，当不会怪罪二爷罢。"她停了一停，又道："二太太那边老爷和我也说了，她并无异议，只是顾念巧姐，你住的屋子也还住着，巧姐身边，你照看自也妥当。待将来寻得令家兄，再去不迟。"

凤姐儿一生伶牙俐齿，邢夫人在她眼前，从未如此长篇大论过。今日听来，竟然是怨毒如此之深，恨不能从此不见她的样子。王夫人看顾巧姐云云，自是面上话，把屋子让自己住了，不让流离失所，已是姑母所能的善意。想及出门之时，巧姐还来牵手巧笑，自己回家去，早已不是贾府中人。他日二爷娶了别人，巧姐还得叫那人母亲。一念之下，凤姐儿站不住脚，看看四周，全是陌生面孔，屋中诸物俱动，天旋地转，倒了下去。

丰儿还有地上站着的丫鬟一阵忙乱，邢夫人内心冷笑了一声，下得座来，蹲下把手放在凤姐鼻子下，见有呼吸，便站起身来拍拍手，命丫鬟们抬了春屉子来，将二奶奶，不，将凤姐抬回屋去。丫鬟们手忙脚乱，一时把那春屉找到抬来，扶了凤姐儿上去。邢夫人看看贾琏呆立在旁，遂从他手中抽出休书，将凤姐儿手指掰开，放进手中。

那丰儿年纪小，哪见过这场面，一面哭，一面和诸丫鬟将凤姐儿抬了出来，门口叫了小厮帮着，一径抬到凤姐院中。路过府里各处，所见之人尽各惊诧，一时荣国府议论纷纷。

平儿才收拾完屋子，见凤姐儿如此被抬回来，心下惊惶。那长房的丫鬟小厮抬到院子里，也不待吩咐将凤姐儿安置停当，返身就回。平儿赶紧叫上屋里丫鬟，将凤姐儿抬到榻上，又掐人中，又抬了水来喂。凤姐儿还是不醒，试试鼻息，倒还有，一时安心下来。平儿见凤姐手中捏着一封信函之类物件，遂抽出来放在台上，用镇纸压住。转头见丰儿一旁哭了个脸花，遂叫到旁边细问。

　　丰儿抽抽搭搭，将一路事情说了。平儿自是跌脚。这几日看着奶奶心事重重，抱了巧姐哭，昨儿又拜神，想想正应今日之事。那二爷对奶奶无情，自家不是不知，想那封书信，就是二爷给奶奶的休书了。一时悲愤，便想进去替奶奶撕了它，冷静下来一想，即使撕了，终究也是没用的。遂长叹一口气，身子一软，坐在门槛上。丰儿害怕，一叠声地问怎么办？平儿静了静，奶奶倒下，此刻屋中，自己就是主心骨，倒不能自乱阵脚让人看了笑话。遂硬生生挤出一个笑容来，安慰丰儿，说二爷奶奶的事，与丫鬟们不相干的，别怕。想起巧姐儿还在睡着，便又吩咐了诸丫鬟，不能将此事告诉小姐。众人见平儿依然主事，便一一应了，不像刚才那般无头苍蝇。

　　过午，凤姐依然未醒。平儿见老爷太太二爷连个太医都不请，心中自是伤感。倒是鸳鸯来过，送了两千两银票，说是让凤姐儿使用。平儿谢了，这真正是雪中送炭。平日奶奶赚了好些钱，也不知放在哪里，现在被休，请太医的钱自也用不着公中的了，自己手中只有散碎银两，今后怎生度日，茫然不知。现得老太太一笔银两，一时心定下来，想想她还是疼凤姐儿的。只得先顾了眼下再说别话。

　　王夫人也派人送了五百两银票来。见凤姐儿躺着不醒，便交给平儿，让凤姐儿今后使用。平儿一一收了。

　　那王夫人自离了贾母处，便回来跟贾政说了。贾政一向不长于家务，见是长房之事，本不好说的，想想到底是王夫人内侄女，便安慰几句，自己出了屋子，去外书房找詹光程日兴说书画遣怀去了。王夫人遂派人去梨香院请了薛姨妈来，说与此事。薛姨妈自薛蟠打死人命，全家进京依傍贾府之后，遇事全不拿主意，现听了凤姐儿之事，只得陪着姐姐王夫人嗟呀叹息不已。

　　其后几日，贾赦贾政两房，终究立了字据，分了家产。报了贾母，又在荣国公及贾代善灵位前焚香，将分家事告知，又在灵位前立誓，两兄弟至诚立据，并不反悔。贾太君此时早已心寒，看看诺大一个荣府，落得个各奔前程，心下反不如前向伤感。她也在灵位前祷告了，起身后，自袖中取出银票两张，当面递给邢夫人王夫人各一张，说道："今日钱银两清，你们各房好好过日子罢。"

　　邢夫人王夫人接过，心中各种想头。这已经是分家分得的最大金额银两，今后前路漫漫，各自的家，都得自己当了。手中拮据，倒该是何种当法？

　　贾母见自家事已毕，便由鸳鸯扶了，自去休息。常言道，儿孙自有儿孙福，莫与儿孙做马牛。自己该做的已经做了，下面的事，也管不得了。

贾母本待早日安排宝玉黛玉婚事的，见分家分得两房惨淡，便觉不是时机，待春暖花开时说与贾政，一发办了，倒比现在说出来妥帖。

那邢夫人分家，自占了许多便宜。王夫人平时不通庶务，现凤姐儿不在身边，懵然不知，便由得邢夫人来分派。那地肥地瘦，府库器物，王夫人印象都留不下，哪有高低见识，遂也提不出异议。贾赦贾政乃诗书礼仪世家大族公子哥儿出身，至老也不曾盘算过这些日常之事，自也听了邢夫人安排不提。

邢夫人心下欢喜，自以为从此掌家。接手之后，发觉诸事艰难，小厮仆妇一大堆，垂手听命，但就是出工不出活。事情轻的，七八人争着做，事情难的重的，人人袖手不理，邢夫人问过去，道理回得比邢夫人还多。堪堪几日，已是乾坤倒竖，以至于忙了中饭，又开不出晚饭来之事。那贾赦平素最瞧不上邢夫人的，只是碍于礼仪，还有老母在堂，现下分了家，阖府就是他最大，遂整日只跟嫣红几个妾侍府里混，哪管这些。一顿饭开不出来，便勃然大怒，叫了邢夫人来直接斥骂，邢夫人哪敢回言。回屋只是淌眼抹泪。

那秋桐本就想趁机出头，见房里乱成一堆，自恃是爷心头人，便各种指派拿腔着调。无奈那些丫鬟小厮仆妇俱是凤姐调教出来的，看堂上一位主子一位半主子，分派俱不成理，便欺了上来，邢夫人处不好犟嘴，那秋桐何等样人，也不是正经主子，遂当面嚷骂回嘴。秋桐治不得，又动不了家法，只得晚间向贾琏处各种告状。

贾琏心下明白，凤姐儿纵有千般恶，府中奴才娇养惯的，只有她那等泼悍犀利之人才治得下来。太太秋桐，皆是软脚蟹之辈，哪是治家之人。但已休凤姐，自无让其再管之理。想了又想，当日平儿随凤姐儿管家多年，又是个稳妥的，不如叫了来管试试。

次日一早，禀过贾赦邢夫人主意。那邢夫人早已焦头烂额，心下对自家几斤几两重也明白了几分。见贾琏提平儿，想起平儿那丫头倒不像凤姐可恶，便许了。

平儿那边拿了贾母王夫人处送来银两，在院中开了小厨房。又派仆妇每日出外买菜，一日三餐做了，照顾凤姐。至于丫鬟们饭食，由长房里送来，有一顿没一顿的，平儿咬牙，也不向上边提起。只是照顾屋内诸人，也不叫外出走动。遂屋内暂时还安稳。

凤姐渐渐起身走动。但各种面上羞惭，也不说话，只常抱了巧姐出神。巧姐已大，见娘亲整日流泪，又拉着自己，遂问凤姐，凤姐也不答言。凤姐被休之事，阖府尽知，只有巧姐一人蒙在鼓里。屋里仆妇，也不知该如何对凤姐，称呼也没法妥当，至于"你我"之语都出来了。平儿看在眼里，招呼诸人来斥了一顿，说奶奶当日不曾薄待了，现下拿腔着调，有无良心等语。又专派了丰儿服侍凤姐儿。

平儿安排，正堂还让凤姐住着，只是将巧姐也搬回正堂与娘亲同住。预着外人闲话。那巧姐是小姐身份，住正堂自无不妥。

这日见贾琏来唤，便吩咐了众人不得离院寻是非，然后来了长房见贾琏，心下不知又是什么事故。

邢夫人前已向贾琏说妥，交与他安排，自己则躲了出去。贾琏见平儿安安静静来到房中，亭亭玉立，面上竟看不出她主子之事，遂在心中暗暗赞了好个丫头。

平儿是凤姐儿陪嫁丫鬟，后为着堵阖府说她善妒容不得人之嘴，把平儿给了贾琏做通房丫头，但又防着平儿得宠，各种手段言语打压。平儿不是邪祟之人，听了也不在意下，逼急了哭闹一场，凤姐儿还得倒回来安慰她。正是因了平儿一味忠心服侍凤姐，凤姐儿心下也知平儿为人，才容下来。

那贾琏与平儿经年不在一处，倒是各种惦念。见凤姐儿终日防守甚严，平儿也从不在背人处与他狎昵，时间长了，也丢开手，又见平儿帮着凤姐儿处理家事之时，公平正道，遂也起敬，情欲之念倒是淡了。今日见平儿来到，将太太请她来帮着管家之事说了。

平儿心下明白，待要不应，自己是奴才，没有主子吩咐了奴才不听之理；要应了呢，担心凤姐巧姐儿无人看视。想想先管几天，如管不了，再做打算。遂答应了退下，自去找管家仆妇召集丫鬟小厮不提。

说来也奇，那些下人不听邢夫人的，秋桐自也不在话下，但平儿一到，素日在二奶奶面前的规矩便自觉守了。平儿拢了诸人，分了名单，哪些打扫，哪些采买，哪些下厨，哪些听屋内使唤，清清楚楚明明白白。又自今日起设立账册，发了令牌，下人们凭牌领银钱，采买之物一一列账待查。平儿又领着府中丫鬟小厮，四处巡查，哪里不妥，随时改了。几日下来，阖府整整齐齐，井然有序，邢夫人心下虽不服自家比不上一个丫头，但得她之力，老爷也不再骂人，自也躲懒偷安，只把着银钱关，凡事要她准了才能动用。

贾琏看看平儿，公然又是一个凤姐，只是心眼实在办事妥当，便放了心，一发放手。银钱事，邢夫人看得紧时，贾琏得了平儿回复，便自去商量通融，一时倒做了平儿的同盟军。秋桐看着嫉妒，在贾琏耳边嘀咕了几次，贾琏心中有数，便正了颜色说秋桐不是。那秋桐此时一心全在贾琏身上，看看平儿与贾琏相处，倒不像收过房的，又自思自己本非理家之才，自己当家料也比不过平儿去，遂安下心来不再生事。

凤姐原房中丫鬟仆妇，平儿回了贾琏，说是照顾大小姐，不宜裁撤。那贾琏现在正倚着平儿，见她如此说，也是为了自家女儿，便向邢夫人说了，点了头。凤姐院遂亏得平儿保全。

平儿每日来往凤姐院与长房之间，邢夫人贾琏，还有家下人等随时要找，自是不便，商量了，命平儿搬过来。平儿无抗命之理，即日搬了过去，临行前除了日常用的，将凤姐各色金玉钗钏首饰锁在箱内，钥匙自己带了，自是怕凤姐值钱物事被人拿了，嘱咐了凤姐院中丫鬟仆妇，好好待小姐和奶奶，自己随时会来查看等语。凤姐无话，只是嘱托平儿，无论如何找到自家兄弟王仁，让他来接自己回家。平儿知那王大舅品行漂浮，自回金陵后行踪全无，定是难找，现见凤姐嘱咐，想想凤姐如今身份尴尬，回得王家自是好安排，遂答应了去打听。

那平儿离开，丫鬟仆妇窝在院中，时间长了，想凤姐已非贾府中人，便难免各种不敬，又欺巧姐儿年幼，便言语之间，渐有辱骂凤姐儿之事。丰儿开始谨遵平儿命，一如既往侍候凤姐。后听得挑唆多了，她一个小小女孩儿，便也心下生出些是非，忽有一日，便不再侍候凤姐梳洗等事。可怜凤姐锦绣丛中长大，梳洗饮食是众人簇拥侍候惯了的，现在眼前一人也无，头发也梳理不好，乱糟糟一团盘在头上，盥洗所需用水，要到井台上挑来，在灶下烧开，凤姐哪里能够。才十数日，便身上发馊，衣服脏乱，巧姐儿见了娘亲，都捏鼻嫌弃跑开。

## 第二十八回

### 贤德妃难保贤德号
### 贾家奴犹仗贾家威

紫禁城的春天，已悄悄来临。太液池的冰因了东风的拂动，渐渐化开。但整个紫禁城，还沉浸在太后过世的氛围里，阖宫早晚跪经，减膳减妆，无论是真的唏嘘悼念，还是皇家的规矩，整个宫城为了一人之故，清静得像是深山古刹。

正月十五，皇帝下令京城大开四门，放宫中钱粮，搭了粥棚，赈济雪中饿冻流民，又命除了宗亲之外，臣民无需服丧。遂有了金吾不禁，玉漏不催，京城闹元宵的各种热闹。皇帝懂得治下的生民，一年到头难有欢乐的机会，元宵节是屈指可数不拘于礼的民间欢乐，不忍剥夺。

紫禁城内，与外头喧闹街市似分属两个世界。宫内不开宴席，不起笙歌，自是应有之仪。都太监戴权还传下皇帝旨意，有高语喧哗者，着拿问。遂整个宫殿除了风中传来悠悠禅唱，其余俱笼于沉默之中。

正月十六日起，复印开朝，皇帝便各种忙碌。除上朝外，处理奏章，召见亲贵大臣，整日不出养心殿西暖阁。那宗人府收到废太子及侧妃董氏殁了的消息，遍告皇室宗亲，众人听得废太子早殁多年，心下虽各种猜疑，但面上不显，皆曰那瞒了消息的孟统领该杀，纷纷上奏。皇帝准了，下旨撤去孟统领之职，锁拿到京审问论罪。旨意发出，众人皆想孟统领不日即可捉拿归案。忠顺王爷既早知废太子死亡始末，自是看得明白，皇帝一石二鸟，要将这口锅让孟统领背定。锁拿进京营营，只怕是障眼法，皇帝怎会留下活口受审，将废太子死亡真相公之于众。想来路途遥远，随处找个借口，便可将其处死。江山已固，小小蝼蚁，怎样处置都无需顾虑。忠顺王心寒之下，暗悔害了忠诚部属，只恨自己救不了他。又思及自己，想必皇帝对自家动手的时间，也不会太远了。现在缺的，只是一个罪名而已。

忠顺王各种思虑暂时按下不提。那后宫诸人知皇帝守孝，不见后妃，倒也安静。忽一日，夏公公奉了圣命到昭明宫宣旨。元春病略轻，由宫女扶着，跪了地上，听旨意曰，皇帝秉承孝恭仁太后遗旨，因贵妃贾元春行动不谨，致使皇裔有损，着削去"贤德"称号，传谕六宫。元春静静听完，心下明白，叩首谢恩。那太监也不耽搁，一径去了复命。这边听了旨意，昭明宫人皆变颜色，唯元春面色平常，也不与宫人语，自去佛坛上香，为自家还没落地就已夭折的孩子祈福。

这道旨意，不但一众嫔妃听了意外，皇后此前也未曾听皇帝说起，大是罕异。元春摔倒之日，皇帝何等震怒欲狂，此后调养，又是何等着急，太医院太医整日守候。没想到孩子没了，那盛宠也随风而逝，心下感叹。也有细心的，揣摩旨意，以为是皇帝不得已才秉承太后遗诏而行，皇帝心中，不见得轻了贾妃。但无论如何，紫禁城中一片彩云，不再单罩在元春头顶。宫中素知，无子息的妃子再受宠，终有花谢的一天，掀不起大浪。贾妃这一削封号，怕是好运到头的前兆。

听到这道旨意欣喜的，齐妃自是第一人。皇帝对膝下三子，面上瞧去都无分别，但弘时乃长子，皇后无出，按着立嫡立长的次序，将来登大宝的多半是自家儿子。心下早已计议，素日哪些走动频密趋奉于她的，可倚为臂膀；哪些素日不待见自家的，将来儿子成了皇帝，自要整肃，必要其在自家面前俯首低眉。齐妃白日所想，夜间也会梦中笑出声来。

那陈妃却是心情复杂，元春没了孩子，作为已生养的母亲，自知那失去腹中胎儿的锥心之痛，但那孩子既是没生出来的福气，也是自家儿子弘历的机会，心下却也一喜。皇帝三子中，弘历机敏聪明，算是拔尖。但帝王心中怎想，自是无法可知。弘历不是长子，人虽聪慧，弓马也俱熟，但若欲为储君却难。想想多思无益，遂在弘历进宫请安时屡屡告诫，皇帝正在哀痛之中，万不能惹事多言，失爱于父皇。又告知宫中太监宫女，谨记圣旨，不得多言高声。故阖宫安静。

紫禁城沉静的日子，唯有齐妃的咸福宫，洋溢重重喜气。那屋檐的孝披，沉闷的天空，都不能掩住阖宫诸人面上的喜悦。皇帝年过五旬，数年间后宫唯有贾妃受宠有孕，主子齐妃整日担心的就是贾妃生下皇子，将来被立为储君。现在数十日间，天翻地覆，看那贾妃丧子，身体虚弱，现下又传旨削去封号，正是风水轮流转。年龄到了要放出去的宫女自不牵挂，那在宫中几乎要待上一辈子的太监，纷纷想着齐妃当了太后，定是重用旧人。六宫都太监素来是皇子自小身边人，自家指望不上，但像那大太监夏守忠一样，出入威风，倒也不枉了自家残去身体，入宫一回。遂纷纷在齐妃面前奉承，把个齐妃堆得花样欢喜。

弘时自然知道自家位置。母亲每每嘱咐，要读书上进，天下将来都在肩上等语，遂也以未来储君自许。只是苦于天分不高，父皇并不见喜，二弟弘昼还小，自不担心，大弟弘历却是乖巧，莫要被他夺了储君之位。遂思要得了父皇之心，才算稳妥。这日入咸福宫请安，听母亲言，父皇已多日不见后宫诸人，包括皇后。心下明白，父皇自是哀戚太后之丧，又哀贾妃腹中之子，自己身为长子，如此时可以分忧慰藉，倒是绝好时机。各种思量主意，与齐妃商量不提。

紫禁城外荣府，两房分家不久，一日忽听门上报来，有宫中太监前来传旨，遂自贾母下，阖府主子跪了听旨。贾母本以为贾妃丧子，皇帝安慰，对贵妃府中有所赏赐，听了下来，万料不到却是削了尊号，顿觉突然。贾妃得皇帝宠爱，已非一日，今上少有钟情于一人的，自封了元春后，宫中太监来贾府时，必笑吟吟告知元春安好之讯，心下知此乃元春受宠之意，算算已有三四年，不曾听皇帝移情之事。元春已是贵妃，现皇后、皇贵妃俱在，自不能再升，故猜有赏赐安慰府中之意。却不道完全猜错了。

见今日传旨的太监面生，自到府后不曾有温言暖语，旨意念了折身就走，贾母愈发焦虑。那贾政跪着，见状忙起了身，赶了上去，低声下气询问贵妃安好。不料那太监全不理睬，出了府门自去。贾政愈慌，今日太监不像原来的夏太监，会立定等贾府红包。这连惯常的秋风也不打，可见元春处境。正待在堂前，贾母由鸳鸯扶着站起，与贾政对视一眼，都瞧出彼此眼中的惊惧。王夫人也怔住，今年阖府流年不利，元春孩子没了，没受安慰反倒受罚，却是不解，往后不知是否有更大的灾祸等着贾府，心下不免悲哀。

邢夫人虽然分了家，但因朝廷诰命，自也和贾赦一同来跪听旨意。初也震惊，平复下来倒觉亦非坏事，二房女儿是宫中贵妃，故王夫人始终压她一头，现下二房靠山松动，正是自己扬眉吐气之日。遂听了旨意站起，也不与王夫人道安慰，堪堪向贾母行了一礼，随了赦老爹一径回房。那赦老爹一概事务皆不放在心中，自家头年受罚，皆因贾妃不力，此时削了尊号，虽不是贾府之福，但也与己无干，遂也一路无语。

邢夫人忙着回，除了心下得志之外，倒也确实有事。此前她已回了贾母，要提了角门关着的一干人来，让她们出门收债。贾母本劝了一劝，觉还是待期满了再去收银两为妥。奈何邢夫人不依，钱不在自家手上，终归悬着。贾母也就不再言语。那邢夫人一听今日旨意，觉重重危机即在眼前，如那元春再遭贬谪，那些外头的债，还不被赖了收不回？只有把钱抓在手上才心下踏实。故急忙赶回，吩咐王善保家的督着昔日凤姐这帮手下，出去收银。

那帮被拘押数日的婆子媳妇，俱分长房，早已听得主子凤姐儿倒台被休之事，心下惶惶，不可终日。待见邢夫人陪房来，说各人将印子钱和利息收回，便可依旧在府里好好当差，心下遂纷纷弃了旧主，各种表白，定要为大太太讨回银钱。王善保家的听了满意，便让林之孝家的放人。林之孝家的本分在二房，不必听大太太号令，因两房分家时已说定凤姐放出去银两，大太太负责追回之事，现听已禀过贾母，遂将一干人等与王善保家的交割明白，特特声明，出了屋门，这些婆子媳妇言行，当与二房无关。王善保家的嫌着啰嗦，只想早日领了人干事，一迭声的应了。林之孝家的谨慎，邀了其余府中诸人做了见证，这才将人放了。

王善保家的领出众人，各种许诺威吓，说大太太令，必得收回银两，否则如何等语。众人听了忙忙出府，各自捏了字据，分别去催债。那王善保家的天天在赦老爹院子外一小小屋中，坐着等众人回报。数日过去，有几张到期的，收了回来；却有几张未到期的，一两银子未收回。其中就有前向那声言报官的泼皮。王善保家的吩咐，少不得继续追债，若追不回来，老爷太太定有重罚。众人听了，垂头丧气，次日又出府各种找人催要，奔波不停。

那泼皮因其所借银钱都拿去赌博输了，不要说未到期，即使到了期也哪有还的，遂各种躲债。这一日被贾府中人在街上截住，不依不饶要银子，遂恼羞成怒。便说贾府放印子钱违背朝廷律令，各种分证胡缠，一心只想赖了这钱。那催债的婆子姓宁，先去泼皮屋里找了无人，又一路打听，费尽气力才找到，早堵了一肚子气，听这无赖不但不还，还当街说出放印子钱的话，顿时又羞又恼。怕人听见，又堵不住此人嘴，气急之下，便叉腰说了几句狠话，道是自家贵妃在宫里，要是不还钱，还满嘴胡说，立要官府来拿人等语。本心恐吓几句，不料这泼皮一听，当即躺倒街上，伸手蹬腿，说是贾府仗势欺人，要他的命，自己活不成了等语，一时闹个不了。街上远近行人不少驻足观看，店铺掌柜、小二手中无活计的，热闹看了个饱，见两下厮闹得不像样子，纷纷摇头。

贵妃家中放印子钱这讯儿，遂三两日之间传遍京城。宗亲勋旧世家们耳中听得下人们一两句，尽皆摇头，这贾府一两年来尽出故事，怕不是祖上坟茔被动了风水之类，种种说法不一而足。

单说那收债的宁婆子骂人时不觉，待那无赖躺倒大喊大叫，抬头见众人围观，才略收声。脸上挂不住，又不甘心，对着地上打滚的无赖说："欠债还钱，天经地义，看你怎生赖得了债。"语调铿锵。此话虽是对了泼皮言，实是说与众人听，以为自家追债正当。后见众人眼神愈发复杂，方知此前一堆话已说过头，赶紧用袖子掩了面，离了那是非地。回府后更不敢对王善保家的说起此事，只说借钱的人凶狠无赖，本钱利钱皆收不回来。王善保家的听了冷了脸，各种辱骂，又让明日再去追债。那婆子哑巴吃黄连，有苦说不得，含糊应了，回屋后各种思量，不得主意，直叹了一夜。

那赖账的泼皮此前早已零碎听闻贾府之事，回屋之后垫高了枕头细想，那婆子的话倒不敢全当闲话听。贾府贵妃确还在宫中，那官官相护，自家没钱还，说不定真吃了官司，除了先发制人之外，别无他法。主意拿定，次日便起了个大早，赶往京兆尹府击鼓鸣冤。

京兆尹府新任郑长史做事勤勉，颇得忠顺王青眼，挑了上任。到任前去王府拜见，得了忠顺王言语，道抑制京城豪门，乃京兆尹府职司第一要务。勋贵守法，则庶民平安；庶民平安，京城秩序自也安稳。王爷谈了起兴，又将坊间印的《三国演义》一册，从书架上抽出。翻至曹操任洛阳北部尉初始，即立五色棒于城门，高官显宦有违法情事，不避亲贵，尽皆五色棒惩罚一节，指与他看。并口授要义，诺大京城杂事纷纷，重点就在于擒贼擒王。郑长史听出王爷口中殷殷期许勉励之意，出府后反复回味，王爷既有抬举之意，便立志做出些事业来以报王爷，也好作自家日后升迁累积之资。

这日听得堂前有人鸣鼓，命人带进。堪堪听了几句，已知大概。贾府之事，京城中早已咸闻，现听贾府还不收敛，居然违背朝廷明令，放高利贷敛钱，遂命公人带了泼皮，去了昨日闹腾的街上访问查实。待回报后，长史听了荣府追债属实，遂押下泼皮，派人报知王爷有案涉贾家一族荣国府事，一面派能干公人来荣国府问话，吩咐若查明有涉案人等，可一并带回府中审讯，与那泼皮对质，即可知青红皂白。

那泼皮本以为告了荣府便走的，却不料自家被拘了在京兆尹府，心下自是懊恼，再想想荣府放印子钱分明没理，但官府不能只听他一面之词，要查也在意中，查明之后自会放他回去。遂烦恼了一阵，安下心来。想及既在衙门，自必管饭，倒也省了一顿吃的，倒霉之下不无小补，各种细碎想法不提。

那赦老爹这日正躺了屋里午睡，忽门子来报京兆尹府来人，不知甚事。遂赶紧着了正服，前来堂上等着，又命请公人进来。那来人知贾赦身上品级，倒是规规矩矩见了礼，才将府中放印子钱之事有无，问了出来。

贾赦听了，自是有气。荣府为了这印子钱，早已闹得翻天覆地，媳妇因此事都休下堂去，还是不了。见那公人还说荣府中人昨日当街追债吵闹威吓之语，心下糊涂，只好请那公人坐了饮茶，吩咐丫鬟赶紧请了太太并二爷来。

邢夫人那头正听了王善保家的回复，各种计算收回多少，尚缺多少银两等等，抱怨所得者不过零头等语。听了老爷唤，便放下手边账册，忙赶了过来。那贾琏已经先到，见父亲在公人面前问自己有无放印子钱，昨日有无派人收债之事，心下醒悟，赶忙推了个干净，只道不知。见邢夫人来，如蒙大赦，赶紧上来行礼，说了给邢夫人听。邢夫人一听五雷轰顶，心下知定是王善保家的办事不力，引来了京兆尹府公人。

那公人见邢夫人到来，不识得何种身份，待见贾琏行礼称太太，方知是贾赦夫人。遂按参见诰命之礼拜了。礼节虽齐全，话却不含糊，立等回话。邢夫人本非急智之人，但间或也有诡谲之术，见此事闹大，遂一齐推在凤姐身上，一一说与公人听，又道因此事，已休媳妇，因其家中尚未来接，故暂住府里，昨日之事，想是那凤姐儿原手下仆妇所为。一番话下来真真假假，俱落实在凤姐儿身上，单单不提自己派人出去收债之事。

那公人一时理不清其中头绪，既然有了违例放债的主家，带回审问，自知罪否。遂言既如此，请府里唤出王熙凤及昨日收债仆妇，自家带回交京兆尹府长史审理，再确定后续事宜。

贾赦听了，庆幸命贾琏休妻及时。赦老爹本粗疏颠顸之人，再想不到邢夫人行事粗粝方导致案发，心下只想速速了结。见公人如此说话，已有不愿牵涉荣府之意，心下略略自在。便命邢夫人派丫鬟去，传了王熙凤并昨日当街要债的仆妇来，交给公人带走。那邢夫人本惧仆妇要债之事牵出王善保家的，再牵出自家，见贾赦不与自家商量忙忙应了，懊恼之下也不敢再言，只得按贾赦之命吩咐了下去。

堂中两个丫鬟受了邢夫人命，分头去唤凤姐儿和昨日上街滋事的仆妇。那仆妇昨日口中惹祸，担心了一夜，今日便不敢出门。正担心王善保家的催她出去继续要债，眼见老爷来传，只得跟了来。一看堂中公人坐着，脚一软，早没了昨日彪悍。那公人吩咐，待凤姐到，一并带回京兆尹府。只在堂上坐等。

到凤姐儿屋中传命的丫鬟，来到院子，看见院中丫鬟仆妇仨俩坐着，正晒太阳。遂道奉了老爷命来唤凤姐，问凤姐何在。那几人见老爷来传令，皆站了起来，其中一人指指院子一角。那丫鬟顺着望去，只见小小灶房门里，窝着一人。走近一看，那人头发上满是枯草，正响响睡着，一时不敢置信。

那巧姐今日却不在院里。因着迎春婚事渐近，巧姐一早被平儿派人接了，到大观园中与迎春话别。平儿诸事缠身，分不得精力顾念，但迎春十数日后便是婚期，现在已忙个不了，巧姐再不去，恐迎春再没有空儿，故一面派小丫鬟来接巧姐，自己先在府里处理了一回事情。堪堪忙完，抽出身来，赶去了园子外头等到巧姐，二人一起入园，现尚未回。

话说那丫鬟细细相看，躺在草堆之人，哪还有半点当日二奶奶的样子。细认眉目，确是凤姐。捏了鼻近前，见浑身腥臭不说，就那一身衣衫，也见不得人。自思老爷催着要人，怎能拖延，但目前所见，确见不得官。遂招手叫院子里仆妇帮手，唤醒凤姐儿，又让人去井前提了一桶水上来。见那丫鬟仆妇一概不想动弹，只得亲手上来，为凤姐儿擦拭。凤姐儿一双眼睛，早已暗淡，见有人为她洗面梳头，任由搓揉，也不言语。

那丫鬟又拉凤姐儿入内，找件衣衫给她换了，不免心酸。那院中诸人是二奶奶昔日使唤惯了的，现如此拜高踩低，作践往日主子，心中倒起了一丝不平之气。又忙着复命，看看将就，牵了凤姐儿出了院，一路回长房。凤姐如同木头人，牵了便走，倒也便利。

路上遇各色下人，见凤姐如此不堪，面上多有不忍之色。有那受过凤姐处置的，便公然停了脚，故意大喊"二奶奶"，面上嘲弄之色，实非言语能述。

凤姐儿被引到了正堂，贾琏一见，吓了一跳。那凤姐儿平素最是爱洁净爱美的，现在头发虽经梳理，乱蓬碎发仍覆额头，衣服倒是干净，无奈是下人穿的，手指甲长得倒弯过来，直如鬼魅。这哪是与自己曾同床共枕过的凤姐儿，心下震动，不觉掩面侧过身去。

贾赦也觉尴尬，但今日涉及官事，府里虐待已休儿媳这声名，与眼前事相比自是小事。邢夫人也低头微红了脸。倒非看了凤姐儿可怜，而是觉着让外人看见凤姐儿样子，只道自家虐待，名声不好听得。

当下各人样子俱落在公人眼中，那公人心下自也感慨。这贾府年来各种不堪之事纷出，看来实非无因。遂站起来说与贾赦，现提了王熙凤及家中仆妇一名前去问话，待京兆尹府老爷审了之后再作决断。本已说完，那公人想想，又加几句，按了朝廷律例，问话后无罪便可释回；若判有罪，如非十恶，按律可自赎，可由家中男子，如丈夫、儿子代替受罚。

贾琏听了，不敢吭声，贾赦、邢夫人自也不说话。那公人看凤姐可怜，本想指条明路，暗示如非大恶，即使有罪，家里还可拿钱赎回。现见了各人表情，心下一晒，便不再说话，只让人扶起地上仆妇，和王熙凤一起带走。

凤姐自进堂中，木然立着，从始至终，似未识得府中诸人，那贾琏处，眼睛都未转过瞧上一眼。公人长篇大论说了，她也不置一词。直到听得那公人要带她出府，眼中倒是亮了一亮，脸上微现笑容。那公人见了，方信同僚此前闲话，说听得有人曾看见荣国府琏二奶奶外出进香，人生得极美。

带出府门，公人让凤姐儿和那仆妇上了原坐来的马车，两厢放下车帘，自己坐在车夫旁边，命回京兆尹府。一路感慨万端。

## 第二十九回

# 高利贷事发凤姐入狱
# 人情薄如纸贾母气衰

那公人带回凤姐儿和宁婆，到衙门已是申时。此时太阳开始向西，京兆尹府前的石狮子沐浴在金黄色近晚的霞光里。

凤姐儿下了马车，站在晚风中，四周模样，竟是新鲜。二爷见弃，老爷无情，实无法承受，心智挫伤，一朝由主子变为孤身一人，又由丫鬟仆妇践踏折辱，早已将自尊丧尽，又无生存技能，一饮一食，一衣一濯，向日皆仰仗于人，现无人帮助，却是水不能一提，发不能一梳。不消说女儿巧姐嫌弃，就连凤姐自个儿也嫌弃，故渐次迷怔，终日在锅灶处寻一点温暖。

得平儿吩咐的厨子，早已非当日采买烹制，只是煮上一锅饭放灶台上，糊了稀了不论。凤姐饿了就舀上一碗自吃，渴了就喝口井水，延续生命而已。还好平儿搬走之前，有还会回来检看之说，凤姐儿因此还得一口饭吃。但周身瘦骨嶙峋，也就一口气活命。

至于丫鬟来带她到长房，那公人又提到带她到府衙等等，她一概听了不知含义。脑中浑浑噩噩，迷糊之下，甚至觉得天上有一个自己，在看着地下这具行尸走肉。堂中诸人，似皆熟识，但又想不起竟是谁人。

马车辚辚，唤醒了凤姐儿心头一点记忆。随贾母上香，馒头庵见老尼，大观园和众姐妹咏诗烤鹿肉，皆像天上飞云，片段映在心里，只是像珠子碎了一地，前后连贯不起。

下车踏在地上的那一刻，凤姐儿居然觉得如此踏实。风儿清软，眼前柳枝已抽嫩芽，绿绿的好看。石狮子柔和金黄，在她眼中，居然有了亲切之感。这是到了春天么？她贪婪地吸着空气中飘来的甜香，迟钝的身子竟然有了一点活络。

那公人带了宁婆下来，看见凤姐儿站在霞光中闭眼迷醉的样子，心下叹息。他也不催，只顾吩咐了马车赶回马厩了去。想想长史还等着，略等了等，还是开声："走吧。"自己带头上了台阶。

那凤姐儿多日不曾走动，腿脚皆软，一时提裙，上不了台阶。公人回头看见，皱了皱眉头，又看了宁婆子一眼。那婆子晓事，赶紧上前扶了凤姐，一起上得府门来。

虽近府衙关门之时，因涉及荣府，郑长史待公人报来，决定当日即审。命提了泼皮来堂。

长史已在堂中坐定。公人命凤姐儿、宁婆公案前，和那击鼓喊冤的泼皮一起跪了，又到长史耳边，约略说了一二。长史看凤姐神智迷糊，遂先从宁婆开始询问。

那宁婆从来仗势欺人惯了，今日见老爷太太不保她，自己被捉到官府，心中早已栗栗畏惧。见官老爷问，哪敢不说，遂把凤姐放债事，太太邢夫人陪房派其催债事，一一说了。她自知祸从口出，就是那一句"自家娘娘在宫里当着贵妃，让官府拿人"给贾府惹了是非，便也将泼皮各种无赖，自家气急才有胡说之语等等，也一起禀了。

长史听得长篇大论，若合符节，倒不像是编的。遂问宁婆，既然要债，凭据何在？宁婆想起自家还揣在身上，赶紧抖索索从袖间取出，双手呈了上去。公人接了，转呈郑长史。

长史让公人转给泼皮看，是否属实。那泼皮手中看了点头。长史向凤姐方向抬了抬头示意，公人又将字据给凤姐看。那凤姐看了，只是微笑，也不答言。

因刚才公人说过凤姐神智迷糊之事，故长史不再深究。此事人证物证俱在，处理极易。倒是据那宁婆所说，凤姐放债多人，数目多少不一，借据皆分在荣府催债众人手中，故本案处理时需考虑放债年限数目人数，预着后头案件涌来。遂向公人招手，收回字据。

长史重新细看一遍，见手中借据并未写出借人，只有借款人画押，借款本金200两，月息四分，又写明到期不还，利息翻番，并将利息计入下月本金等，显然属于民间俗称驴打滚的高息。长史主理京兆尹府以来，这民间借贷引起的纠纷已是多见。按着常例，平常人家借贷，官府不管，若有高利放贷之事，有借债人首告，官府便招放债人到府训斥，折降利息，也就算了。若放债之人，民愤大又桀骜不驯的，便处罚金板子。眼下此案与平常案件差异之处在于出借人身份。朝廷曾颁令，不许官宦人家放贷。那王熙凤放贷之时，还是贾府中人，故有违朝廷律令无疑。

略为思考，长史决定不再牵连其他借贷，当堂判定：王熙凤身为国公府眷属之日，以府中银两放银图利，且属高息，现有首告，违背朝廷律令之事属实。罚一百两银，限十日交赎；若到期不交，罚劳役一年自赎；其亲族男丁可代罚；自赎或代罚之后，本人准予释放。

又判宁婆和那泼皮：借债人所借债200两银应还，利率折为两分，利息不再累加进本金计算，期限到日自还银至荣国府；两人当街厮闹，扰乱京城秩序，言行无状，又辱及朝廷体面，罚各掌嘴二十，罚毕准予释放。

那泼皮和宁婆见长史老爷口中判决，手上写令，断案清白，堂上衙役威武，不得不服。遂跪在堂下，不待衙役动手，各自掌嘴。堪堪数完，长史令放出二人。二人脸上十指红印凸起，下得堂来，对视一眼，也无气力再厮闹，各自去了。

长史见王熙凤一直跪着，眼睛看着自己，但自家一路判来，她似是听了，又似是没听，始终不发一言。心下倒是叹息，国公府中当奶奶的，落到如此地步。遂也不问，命公人带去收押，宁婆手中收来借据，让书办誊录副本存底，再命公人将京兆尹府公文次日一早送至荣国府，借据一并带去交还。

那公人一一听令，带凤姐下堂，自思衙中女犯多系底层无知无识之辈，无父兄丈夫赎回之人，且内有几个重罪疑犯，这凤姐儿好歹是官宦之后，放进里边，恐遭践踏，狱中闹起风波也不好。遂自处，派了手下衙役，让送凤姐到近郊的一处临时看人场所，名狱神庙的地方收押，又另嘱咐，让其单独关押，男女狱卒一律不准折辱。

那公人特意吩咐，自是其深知女子入狱的苦处，怕那些狱卒糟践了凤姐。倒不全为凤姐昔日身份，内中也有公人私下一番怜惜之意。衙役听了，自押凤姐去狱神庙不提。

那郑长史堂上分派已毕，见原派出报忠顺王的师爷已回，立在堂下，便招手让其近前。师爷走近，附耳说道："王爷吩咐：不避亲贵，上疏弹劾，八个字。"长史知王爷心意，当晚即留在京兆尹府，写奏本弹劾荣国府一等将军贾赦管家不严，多年来放纵家人向民间高息放债，有违朝廷律令；府中奴仆倚仗权势，当街扰乱京城治安，言行有伤朝廷体面，请旨严惩。奏本写完，又将此案文牍装订齐整，作为附件，准备明日呈上。

凤姐被公人带走之时，那平儿自大观园中带着巧姐，去紫菱洲看望迎春刚刚回来。她本想让小丫头子送巧姐回屋的，想想多日未见凤姐，遂未到长房，先送巧姐回凤姐院里。

自打贾赦邢夫人命平儿搬出凤姐院子，到长房歇卧之后，所有日常事务都压在了平儿肩上。平儿日日忙个不了。邢夫人不但日常家务，后来连那田庄收成、账册细目，都交到她手上，说让检看府里历年来是否被田庄庄头欺了。平儿不识字，自看不懂账册，但她素知几处庄上近年来年年报灾，颇为蹊跷。此前私下里凤姐儿也和她计议过多次，但因邢夫人数次给凤姐没脸，凤姐心灰，抱着多一事不如少一事的想头，遂皆不曾细究。现看邢夫人一股脑儿交下来，也没个主次，心下烦恼，但也无法，便叫过凤姐原手下识字小厮彩明来一起帮着看账，整日无闲空。凤姐那头，搬走后去了一两次，看看凤姐还好。后来忙到脚不沾地，也就罢了。现就了送巧姐回屋的空儿，来看凤姐。

一进院门，那院中仆妇迎了上来，七嘴八舌说与平儿，道奶奶被老爷叫走了，听说有官府的公人在堂上，不知是不是来拿人。巧姐听了心下惊惶，只看着平儿。那娘亲在日自家多有嫌弃，一旦被叫走，不知会被怎生处置，顿觉自己无依无靠。小小人儿心中悔将上来，又怕出事，便抱了平儿哭起来，求她救自己母亲。平儿心内如煮，巧姐面前忍住眼泪，赶紧安慰几句，说自己马上去想办法。堪堪安顿好巧姐，命丫鬟好生伺候着，转身来了上房。

来到正堂，平儿见贾赦邢夫人二爷俱在，脸色都不好，正在计议，只不见凤姐。心头焦虑，便给堂上诸人请了安。心急之下，转向贾琏问道："听闻老爷唤了奶奶来，现下不知在何处？"平儿现是长房柱梁，平素偶而提到凤姐，她依旧沿用旧日称呼，贾赦等倒也未有怪罪。

贾琏见平儿问，垂头不言。那邢夫人看看老爷，遂将京兆尹府来人，因放债图利事，带走了凤姐还有催债的宁婆等事一一告知，又说不知凤姐儿还要给府里招来多少祸端。那邢夫人唠唠叨叨一路说来，面上愤恨之色形诸于表。

平儿听了，着急万分，问府中有无派仆人一同跟去，也好有个照应，通个消息？邢夫人这才想起，脸有赧色，把头摇了一摇。平儿顿时泪落下来。

她早担心有一日东窗事发，祸及凤姐，没想到这么快。又拭了眼泪，细问此事是怎么牵出来的，老爷太太是否已查清楚？

邢夫人被提醒，让丫鬟传王善保家的来回话。那婆子这一晌午间，隐隐听得公人来府，带走了凤姐和宁婆，心内早已打鼓。听唤急忙赶来，到得堂上，见太太当着老爷二爷问官府怎会知晓荣府放印子钱事，惊慌之下，呐呐不知所云。堂上诸人就听清了婆子口中"不知道"三字。邢夫人见其无用，让王善保家的退下，又想起还有许多外债在追，不要再生出事来，遂赶着令王善保家的暂时停了追债之事，借据收回倒是要紧。那王善保家的大气不敢出，低头去了传令。

平儿见此堂中，尽皆无良知担当之人。此事只好去求老太太和王夫人。便一句话不说，行礼退出，先去王夫人处。

两房分家后，邢夫人早吩咐下人，诸事不准传音讯给二房。故王夫人还不知凤姐被带走之事。听得平儿跪在脚下，一面哭一面说，便也不觉泪下。凤姐儿既然已被贾琏休了，找贾赦邢夫人自是无用；要有用，也不至于看着让人把凤姐带走。自忖此事只能去求老太太。心下想毕，站了起来，让平儿随了她一起，去荣禧堂老太太处。

贾母这数日却是不好。前日间偶立廊下调教鹦哥儿，不料被风吹了，当晚就有些头疼脑热。府中事多，也不叫人知道，只叫鸳鸯吩咐厨下做了姜汤来喝。几日来虽有起色，尚有病势未曾消得。正在榻上眯眼养神，见王夫人带了平儿来说凤姐被公人带走之事，一听之下，自也烦恼。

当下由鸳鸯扶着下床，堂中坐了。又让王夫人坐下，再细细问平儿消息。平儿一一说了。贾母听完想了一想，告诉王夫人平儿："先也别急。人既已带去，好歹有个说法，等着就是。现在案子未了结，倒不好做其他事的。"

平儿一听，老太太竟是不管的意思，便也不顾礼数，膝行至老太太脚下，头磕个不住："请老太太看着奶奶历年来辛苦，原谅她所做错事，千万要救救奶奶。"边说边哭，说了又说。

贾母看着这丫头倒是个忠心的，心下感慨。贾母自知阖府上下，多是一双富贵眼，一颗势利心。凤姐管家时，众人趋奉唯恐不周，一朝倒了，无人为之说话，贾母皆看在眼里。现危难之时，只有这丫头肯为凤姐出头。就为了平儿这份忠义，自己也得管管。遂温言让平儿起来。

平儿站起，拿帕子擦泪。一时那帕子尽湿。鸳鸯看不过，拿了自己的，递给平儿。平儿拭泪，一会儿又湿透。

贾母这边吩咐琥珀，请了老爷太太来。话刚说完，外头丫鬟来报，大老爷和太太到了。

这赦老爹本不来的。贾琏今日见凤姐落魄，受刺激太深，觉凤姐府里已折磨成这样，到那官府，还不知如何受折辱。不说是自己昔日枕边人，也终归是巧姐儿生母，遂动了恻隐之心，跪在父亲前，请父亲想办法。那贾赦哪有办法，想想只有靠老太太，遂带了邢夫人来。贾琏远远跟着，心中有愧，不好见贾母，便不进来，只在荣禧堂外边等。

贾母见贾赦邢夫人来，也不叫坐，开口便问，官府怎会今日突然管了印子钱之事？贾赦不答，邢夫人口中喃喃，在婆婆面前说了个大概。贾母点头不语，心下猜测，多半是追债仆妇言行不检，与借债的人发生争执，惊动官府所致。

贾母遂也不再问其他，只说此事只有等官府处置下来，才好计议。停了一停，又对邢夫人道："府里这一两年多事，下边奴才做事不妥的，还是要好生管管。"

那邢夫人听了，脸上便挂不住，这是说自己管家无方的意思了。她本心窄之人，想到了便说："禀老太太：此事因果，论起来，也还在凤姐儿身上。她得老太太信任，才管了这个家，若不拿府里公银放这印子钱，也不至于今日牵累了府里。"邢夫人刚才呐呐，此时倒是嘴利。

贾母一听，这是把责任推到自己身上了。心中一冷，口中只说："好好，是我信了凤丫头的错。可凤丫头被带走，是今儿的事，案子是怎么发作的，大太太是不是也想想，也防着将来再有别事。"

王夫人见贾赦进来，便一早行了礼退出，待在屋外。此时听了屋里几句，见邢夫人竟然和老太太顶了起来，心下不安。看贾赦在屋也不出声相劝，怕着老太太受刺激，遂不管贾赦是大伯，该着回避之礼，走了进来，在贾母面前跪了："老太太别着急，千错万错是凤姐儿的错，想来也是她命中该有的。老太太万不可气坏了自家身体。"

邢夫人一听，王夫人如此会做样子，顿时心里不舒服，遂哼了一声："说起来凤姐儿已不是长房之人。她被京兆尹府拿了，有何处罚自与长房无关。二太太既然担心老太太身体，又担心凤姐儿，不如进宫一趟，请宫中贵妃开个口，不都了结了？"

王夫人听得此言，顿觉万箭穿心。不料一家子人，竟然在此时说出这番话来。元春被宫里去了封号，多半就是被贾氏一族所累，其中自也有贾赦逼死石呆子事。没想到自家不计较，这大太太倒计较起来了。气怒之下站起身来，看着邢夫人，口中却是一个字也说不出来。

贾赦听得邢夫人说凤姐不干长房事，倒没觉着不妥，故也不曾打断邢夫人话。现见王夫人脸色紫涨，觉妯娌二人吵起来不成体统，便说："罢了罢了，还有老太太拿主意呢。现在争这些有何用？"

众人才想起看老太太，只见老太太手扶着胸口靠在椅子上，已是气晕过去。

## 第三十回

### 勇平儿筹谋赎凤姐
### 俏小红携侣探狱神

贾母这段日子以来，经历了元春小产继而被削去封号，凤姐儿放债府中亏空，再有两房分家之事，桩桩件件都是末世之兆，老人家心头挂记的，也就是宝黛婚事，再有就是娘家孙儿辈史湘云了。暮年之人，任其再坚强，铁人都有熔化的时候。老人家自嫁与荣公之子贾代善以来，富贵尊荣，儿孙满堂，未想到老了，居然看荣府江河日下不可逆转。膝下儿孙，无一有继承家业之望。长子贾赦不消说的，爱财贪色，只顾消磨祖上余荫，败事有余，其长子过世，只剩下次子贾琏，又是蝇营狗苟之辈。次子贾政倒是孝顺，但天分不足，迂腐有余，亦非奋发之子，其长子贾珠又是早逝，仅留小小子贾兰；次子贾宝玉倒是万般完备，聪慧过人，就一件，不爱读书，只爱在内帷厮混，自己疼他多年，也不见长进。子孙如此，莫非贾家气数已尽？各种思虑，早已盘积在心。

今儿病中，复受凤姐儿被拿走之冲击。而贾赦两口子居然还有脸分大房二房，又讥刺于王夫人，各种推脱责任，全然无国公府后人气象。贾母一阵心疼，背过气去。

那头贾赦、邢王二夫人看见贾母不好，俱皆惊惧，赶紧和鸳鸯琥珀一起，将贾母扶上床榻。贾琏见状也忙进来看视，又忙令请太医。王夫人又派玉钏赶紧去外头书房找老爷来。各种慌乱不提。

那宁婆子傍晚到家，两颊尚有微红，担心诸人看见，故从角门回府时用袖子遮了进来。早有王善保家的等在屋外，一见如此，先上去打了两下，再问着细情。那婆子抽抽噎噎地说了。王善保家的恨着此人不争气，推进屋里，外头锁了，自己出来见邢夫人。

邢夫人那边堪堪忙完，见贾母醒来，一声也无，也不看贾赦和她一眼。遂也呆不住，留那贾政王夫人在旁侍奉。自己抽身回屋。见得王善保家的低眉顺眼，立在堂屋前等她，便唤了进来，听了一听。王善保家的呈上众人手中借据，邢夫人一迭子收在袖中。又听闻宁婆回来，言被责罚之事，又告知凤姐儿已被收押。遂哼了一声，也不置评。丫鬟点上灯来，邢夫人抬头看看眼前这陪房，从家下一直到贾府，不曾见其如此猥琐之态，心下厌恶。想及公人上门，皆这老货办事不力出的乱子，自己被贾府上下人等看不起，也少不了眼前这老货各种调三窝四败坏自家名声。遂怒从心头起，吩咐丫鬟，从今而后，不准王善保家的再进正堂，既是无用，打发了去守府中东角门。

那王善保家的万料不到邢夫人如此震怒，自也不明其主子迁怒于人背后累累受挫的扭曲。当下还想申辩，被如意站在旁边立等，一风儿请了出去。

这王善保家的倚仗自家是邢夫人陪房，平日里诸多拿捏下人，欺上凌下之事。长房丫鬟仆妇小厮见此婆子被主子踢了出去，自是纷纷快愿不提。

那贾母得太医诊治，精神好了些，贾政欣慰，送太医出去。太医于路说与贾政，老人家年高，需勤谨看护，不宜受刺激等语。贾政听了致谢，恭恭敬敬送了那太医出府。一时，宝玉黛玉等在园子里听得，当晚俱来探问，鸳鸯怕吵到贾母，在外面将太医嘱咐一一分说，拦住了不提。

次日一早，昨儿那公人到府，将京兆尹府令送与贾赦，又将借据一份交回荣府，邢夫人接了。又告知贾赦邢夫人，王熙凤现押狱神庙，十日之内交赎金准释；十日之后未交的，由其服官府劳役补足。说完自回，并不耽搁。

平儿昨日求了一路，结果老太太晕倒，府中再没有人理会凤姐之事，心下黯淡，在灯下直守了一夜。她自小服侍凤姐儿，又一直陪嫁到贾府，虽则凤姐儿厉害，对人情薄，让贾琏将她收房以后，也是诸多防范，但细数数，凤姐儿待她不薄，让她帮着理家，众人眼中有了脸面，凤姐卧病之时，又让她代行管理之职。一个丫鬟，因了凤姐的提拔重用，渐由能力滋生出尊严，这心上的滋养是其他小恩小惠所无法企及的。且贾府诸人，只有凤姐和她紧密相连，多年情分岂能舍下。故凤姐被休，平儿依旧以微薄之力护住了她，凤姐只有一女，巧姐自也当了自家亲人。但现在，官府拿人，府里没有人可以护得住凤姐了。这个道理，平儿去求老太太时，心下也是知道的。只是事急，也无其他办法可想。老太太因此晕倒，平儿心上也各种愧疚。

想起老太太，平儿想起昨日老人家说的话，说是凤姐人既然拿去，自有个结论。想想颇有道理，便天一亮，到了长房院门，看小厮们清扫。平儿冷眼一旁，不时摸柱触墙，发现灰尘蛛网，便令立马抹去，又招花儿匠来，剪枝修草，忙个不亦乐乎。平儿此举，自是为了守在堂前，打探消息。

那公人递公文到荣府，门子报到正堂，平儿自是知晓。遂吩咐了各花匠小厮清扫毕即回，此后府里各项清洁之务，皆以今日洁净程度为准。众人忙了一早，终于可歇下，听了此话，忙答应了散去，私下议论这平丫头不但精细处不亚于当日琏二奶奶，这督下之严也尽有章法。

公人离了正堂，贾赦品级高于此类小吏不知多少，自然并不相送。平儿早在通往府门的拐角处花枝下等了。见公人走近，便走出来行礼。公人见是丫鬟模样，不晓谁人，又不说何事，为着避嫌，遂脚步不停，自向府门走。平儿无法，又赶过来，一直福了下去。公人见真是有事，才停下来。

平儿见公人停步，便将自己本是王熙凤陪嫁丫鬟，现在府中之事大略说了，她想知道的是，凤姐儿判了什么罪。昨日之事，平儿对于贾赦邢夫人已是失望到底，也不指望自他们处获得凤姐儿消息，致有今日此举。

公人料不到荣府还有此等下人。遂细细看了一眼平儿，发现俏丽之中隐着刚强，祈求之时也有自尊，倒是感叹。便将凤姐押在何处，罚银若干，几日缴交，缴在何处大略说了。不交罚金的后果也说与平儿。平儿听了，称谢不已。怕耽搁久了惹来是非，便让在一边，请公人自去。

平儿心下思量，一百两现银，她拿不出，但凤姐儿头面还值数千银子，那是陪嫁来的，现在还留在凤姐院内，钥匙自己带着从不离身，凤姐被休，陪嫁也理应是王家的。要赎回凤姐儿，变卖或质当，尽可筹得银两，难的是自己身份，不能抛头露面。即使银两拿到，要赎回凤姐儿，官府说了也要家族中人。可是，有谁能够呢。想来想去，为今之计，只有先去通报了二爷，才能动奶奶的陪嫁。否则自家枉担了贼名，还耽搁了赎回凤姐。

主意已定，平儿找到贾琏所住院子。那秋桐处，贾琏虽常去，但毕竟是妾侍居所，哪能住下。这一段子家务纷纷，秋桐半点帮不上忙，晚间还一直叽咕让贾琏扶正她之事。贾琏听了心烦，这几日便叫了小厮来相陪，屋里饮酒，通宵达旦。那外间人见荣府多事，也不招惹，平日相与的朋友，也不再呼其外出。遂贾琏整日窝着。

平儿进了院门，酒气飘来，二爷坐在园子里，敞着衣服，已有醉意。小厮在旁侍候着倒酒。平儿行了礼，说有要紧事回二爷，贾琏便挥手让小厮先下去。

平儿说了来意。贾琏这几日，梦中常见凤姐儿，还有二姐，醒来一时恨，又一时怜惜。昨日见凤姐模样，心下难免有愧，无论如何，自己不能不闻不问至此。王大舅处也该去个信去个人找找，这边好生待着凤姐，到时送了出去，也是夫妻一场，世家之谊。一面矛盾，一面自遣，故喝了个半醉。

听得平儿说自赎之事，又说不要府中出钱，凤姐头面折了也够。便点头。世俗礼法，妻子陪嫁，休妻即返，这也是明公正道的事儿，太太老爷若要见罪，也说不过理去，便点了点头。至于说到京兆尹府交银之事，贾琏却摇头，凤姐儿已休，贾琏身上还捐有同知品级，出不得这洋相。

平儿也知二爷难处，自思再去想办法，遂福了下去，谢谢二爷。那贾琏将平儿照顾巧姐，顾念凤姐儿看在眼中，这几日又看着平儿忙碌得脸上清瘦，一丝血色也无，倒多了些爱重之意。便伸出手来，握住平儿臂膀，扶她起来。

平儿与贾琏多年未有亲近，见二爷来扶，自也不能相避，便也顺势起来，把眼抬着望了一望，轻轻拂开贾琏的手，自去想主意。

平儿刚出贾琏院门，至平日办事之所，见小红已经等在那里。

那小红自母亲抄了凤姐儿家之后，便由母亲告了假，一直在家闲着。因当年大观园中遗帕惹来相思，与后街芸哥儿倒日渐情密。贾芸见小红闲下，二人见面倒是多了。问及婚事，小红低下了头，知其同意，遂回了母亲，得了母亲许可，准备挑个吉日，正式向林之孝提亲。小红昨日听得母亲说，凤姐儿被官府拿去，她心中还有旧主，遂找了来，问平儿消息。

平儿知小红一直感念凤姐儿提拔之恩，在凤姐院里也看了不短时间，其人也知情义。想想林之孝家的生出的女儿，应可以议论心事。便邀了小红到里屋，细细告知，以及现下为难之处。

小红听得明白，这外出之事，若非仆妇，便是爷们，平儿这荣府通房丫头身份，倒是无端出去不得。且外派出去的人要靠得住，便想了一想，将自己与后街芸哥儿即将结亲之事悄悄告知，意思是由芸哥儿去做这些事情，不知妥也不妥？

平儿想起给凤姐儿送冰片的芸哥儿，听得此人孝顺母亲，虽然投靠凤姐儿，也是生活所累，倒也不是那一味趋炎附势之人。现既然小红说他可行，说不定能成。遂说定晚上回话。

这边小红回屋，让小丫头子去后街找芸哥儿来，找个由头进府，自己在大观园后门等他。这边平儿去了凤姐院，看了巧姐，开了箱子，拿了凤姐儿一对手钏，料想可当一百两之数，带回自家屋内。本来老太太和太太所送银票，并未花去多少，足以付那赎金，但平儿今日提点贾琏，凤姐儿陪嫁自当还她，只是为后边凤姐儿的安排预留后步。自然说出去了，那后续自当也该依着来。至于银票，平儿对于凤姐儿在赎回之后已有了一个大致的安排。

平儿想起，刚才与巧姐说了几句话，那巧姐偷偷告诉她仆妇虐待凤姐之事。平儿不便教育主子，便婉转提醒巧姐自家的小姐身份，如凤姐得回，巧姐需得拿出主子派头，管教下人。巧姐听了。回屋路上，平儿想着这帮仆妇丫鬟如此可恶，还有那丰儿不听自己吩咐，如此对待凤姐，倒要寻个由头，将她们打发了去。巧姐身边也需要踏实可靠的人。此是后话不提。

当晚小红来报，芸哥儿说二奶奶对他不薄，愿意为此奔走。平儿欣慰，拿出凤姐手钏，用布包了，交给小红。又想到接回凤姐，贾芸身为男子不便，小红是林之孝家的女儿，其出入比其他人要方便，遂问了小红，能否想个法子一起出府，接回二奶奶？小红想了一想，便应了。回去后禀报林之孝家的，那林之孝家的本心不愿掺和此事，后又觉凤姐儿可怜。凤姐儿的家虽是自家抄的，那也是受了贾母的命，现在人落到这般田地，去迟了，怕凤姐儿在牢中出个意外，救人一命，也是好的，便应了。小红遂安排小丫头子明日一早出外，通知了芸哥儿在后门等。

林之孝家的人缘不错，现在又当着二房的管家，故把门的小厮供奉的仆妇丫鬟，都还愿听她的话。遂吩咐了角门的小厮。小红打扮成外出买菜的仆妇，用个头巾裹了秀发，从角门出了荣国府，到后街找着贾芸，一径去办事。

到热闹的大街上，找了一家当铺。小红心细，挑铺子时已留心避开了薛家开的号。手钏赤金打就，上镶翡翠，一连三环，共是一对。当铺老板一看，便知上品，遂出了一百二十两，三个月赎回，到期不赎，则为死当。芸哥儿见小红点头，便详细问了，由那老板写了当票，贾芸收了。到得雇来的车上，袖中掏出，递给小红。然后贾芸出来，坐在车夫旁边，遂往京兆尹府而去。

到得京兆尹府，贾芸自称贾氏亲族，来赎王熙凤。自有书办收讫，给了回票。贾芸又赔笑问了如何领人，那书办大致说了，贾芸听得细致，出了府门，并不耽搁，与那小红一起前往狱神庙。至于芸哥儿要坐在车夫旁边，自是因为小红乃未嫁女身份，芸哥儿心下存了尊重意思，故宁愿自己被熟人看见，也不愿意共处一车之内，让小红名声受污。

凤姐儿在狱神庙待了一晚，倒比平日安静，并无人打扰。牢头送来的饭菜，虽是简单，竟比她在府里吃的要强。干草铺地，于她已是干爽，遂靠了墙壁，安下心来。一整个晚上，凤姐儿眼神渐次清明，那些飞舞在眼前的影子，居然有些连成了片。巧姐牙牙学语时，贾琏生日宴上挥剑，到处找她；老太太头上插了一头的菊花；还有刘姥姥，都想了起来。凤姐并不伤心，仿佛在牢里过完了自己的前半生。墙外一片蛙声，空气中似飘动着青草的芳香，她闻在鼻中，求生之欲像窗外明月升了起来。

更多的碎片来到脑海，那金哥之死，二姐哀怨的眼光，与贾琏的恩爱时日，平儿温柔的笑容。想了一夜，也拼了一夜，竟然未合得眼。

正在午间，监牢高高的窗上，一片明亮。一两片白云飘过湛蓝的天。凤姐儿站起身来，对着那窄窄的窗口微笑。正是：昨日种种譬如昨日死，今日种种譬如今日生。

正在对着那白云，做着白日梦，牢门开了，牢头领进来两个人。凤姐回过头去，眼前的人儿又远又近，终于跟记忆中的影子对上了。那是小红和芸哥儿。

小红看见牢里的凤姐儿，穿着奴才的衣服，头上乱得像堆满乌云，但脸色在光色的映衬下，居然有了动人之意，遂大哭跪下，抱了凤姐的腿，芸哥儿也在凤姐面前行礼。凤姐儿微微笑着，扶起了小红，又对着贾芸说道："芸哥儿，你来了，好，好。"

## 第三十一回

# 哭向金陵从此不踏旧地
# 祛恶从善凤姐重获新生

凤姐心神安定，由小红扶着走出了狱神庙。天是那样蓝，地是那样广阔。远处青纱帐密密层层，在阳光下波浪般起伏。如此美景，自家半辈子未曾领会过。往日大家族那些流水般的日子，那些高门朱紫，那些满屋子的精致，离开自己很远很远。

狱神庙在京城近郊，周围遍野的绿色，让凤姐儿眼前一亮，脑子继昨儿之后，更清醒了不少。凤姐儿进得京兆尹府时，虽是脑子懵懂，但堂上长史说的，她倒听了个大概。自家栽倒，就在印子钱事，担心官府知道，已经成了凤姐儿的一块心病。长史一问，凤姐儿倒想了起来。素来惧怕的来到眼前，避无可避，认与不认皆是无法。遂一直憨笑了事，竟然瞒过了所有人。也因了此一机缘，凤姐压在内心的疙瘩，得以渐渐松散。心下一松，又得牢里整晚思索，脑子虽不能与当家时相比，也得了个心下明白。

刚由死地踏出，将回到贾府，凤姐儿的恐惧又袭上心头。马车渐驶入京城人烟稠密大街，凤姐儿默默无语，只抓了小红的手紧紧握着。生死踏了一转，她又怎能再因着林之孝家的抄家之事，怪责身旁这忠心的小红？往日是非已远，身边也只有这两三个人了。

贾芸在外指着路径，车夫驾着马车，一路接了凤姐儿回到宁荣街。已是暮色四起，喜得街上人已不多。凤姐儿二人仍由西边角门进了府，这里离着凤姐院子最近。那看门的小厮见了凤姐儿，自是认识。因得了林之孝的碎银，也不声张。凤姐儿本来就住在二房分得的院子里，当家太太王夫人又是凤姐儿姑母，故无甚风险，小厮行个方便得了银两，心下也欢喜。那贾芸看了凤姐儿小红二人进府，付过车钱，自回家不提。

凤姐儿回到院里，巧姐儿得了小红通报，迎了上来，抱着母亲痛哭。往日嫌弃母亲脏乱，失去才知重要，巧姐儿又愧又喜，遂哭个不住。小红看看院中丫鬟仆妇，不是原来凤姐屋里的，问过才知今儿晌午，平儿过来，说是禀明了太太，巧姐儿住在院中，不需这么多下人，故裁去了一批，称不日送到田庄，带走之后，平儿又派了几个人来，替换了剩余的几个。那些仆妇丫鬟自是不愿，但平儿正当着长房的家，也不敢不依。

平儿如此裁处，正是分而治之，怕着丫鬟仆妇们聚众闹事之故。此前确已禀过，邢夫人本早已嫌着府中人多，故平儿提了，说中心事，便由了平儿安排。新来的仆妇丫鬟得着平儿嘱咐，自不像原来的怠惰。见小红陪了凤姐到，虽觉凤姐已不是主子，但既是有了上头吩咐，便也殷殷勤勤的道过乏，赶紧烧水的烧水，煮饭的煮饭，剪指甲的剪指甲，侍候凤姐。小红见院中妥贴，便叫了其中一小丫头子去告知平儿。

巧姐儿眼中，凤姐儿还是自家母亲，但似乎哪里不对了。那凤姐净了面，洗了澡，小红帮着梳了头发，巧姐才记起，母亲当日就是这般美丽。凤姐自回府后一直少言，院子中人还对不上号，遂装聋作哑，只装不识。只是见了巧姐儿，不能自抑，泪直流下来，犹如重生。巧姐儿爬在凤姐怀里，哭得久了，竟沉沉睡去。看看到晚，丫鬟点上了灯烛，报平儿来了。

那平儿是个晓事的，得着小红传话之后，并不急着往凤姐院里来。瞅个空儿，去到王夫人院子，将凤姐儿已赎回，现已到府里之事告诉了。王夫人知凤姐儿回，放下了心，看这丫头悄无声息，竟然接回了凤姐，心下惊奇。平儿叙完凤姐已回之事，再说："奶奶现在身份尴尬，在府里也不是长久之计。有一个主意在此，想请太太作主。"

得王夫人应允，平儿便将昨晚想了一夜的主意告诉了。王夫人轻轻点头。平儿再请王夫人方便时也告知一声老太太。王夫人也允了。

平儿得今日小红贾芸之力，接回凤姐，肝胆皆畅，又得王夫人首肯，遂一鼓作气去找贾琏。

贾琏听得凤姐接回，心下和王夫人一样，惊奇之余，把这平儿刮目相看。不意这丫头居然有胆有识，老太太和太太都不拿主意，她这边不声不响，把人都接回来了。心下佩服。听完平儿担心凤姐今后，又说出自家主意，贾琏想了又想，也点了头。他知凤姐儿若在府中，终无了局，平儿的主意竟然是周全的。

平儿得了贾琏言语，才赶来凤姐院内和她商量。怕影响巧姐儿睡觉，到外间来叙话。看凤姐儿瘦骨支离，但精神还好，依稀恢复头里做奶奶的样儿，自也欢喜。听了平儿诸般言语，凤姐儿倒是笑了，不意今日自家性命，赖这丫头所救。看平儿杀伐决断拿定主意，依稀当年自家样子，心下又一叹，自己何尝真心对人好过，平儿这丫头，真是个万里挑一的。

平儿对凤姐儿神志迷糊之事本不甚了了。自家计划虽已草就，此前未得凤姐儿点头，尚有忐忑。未想到开口一说，凤姐便点头允了。她哪知今日之凤姐儿，前尘往事竟无甚牵挂，只求速去。挂牵的只有一件，就是不舍得巧姐儿。但凤姐自被折辱到没了志气，再到狱神庙坐牢，从生到死，又从死到生，胸襟气量，与从前大不相同。知道有些个事，必是万难两全的。自己留下，断不能长保，巧姐有母如此，对她也是不好。想起平儿行事诸般妥贴，又想起从前对于平儿的种种不是，不禁汗颜。此时也不消说得，只把巧姐儿郑重托付了。

那平儿因得贾琏一丝内疚，诸项筹划一一实施。凤姐回来后，一日王夫人得贾琏陪着，来到长房见邢夫人。不说两人当日在贾母处言语不投之事，只是说自家得着凤姐儿兄王仁消息，人在金陵，故宅已经卖了，置了新的，因家下走不开，让贾府送凤姐儿回南边。王夫人又道，当年凤姐儿陪嫁若干，王家说了，这一走，是要带着一起回的。

那邢夫人本来心中就虑着这一出。王夫人和凤姐皆出于金陵王家，当年富甲天下，两位小姐出嫁时，嫁妆排了整条街，两次轰动金陵城。王夫人有备而来，那凤姐的嫁妆单子此前早已让人找出，也一并带来递到邢夫人手中，说那些耗费的绸缎等物，也就算了，但单子上的金银器皿商周青铜鼎彝各式古董物件，倒是要带了去的。现查了，两房分家时，凤姐儿这边嫁妆物件，也还在长房。故请大太太找出来。

邢夫人接过，看看那礼单，其中古器珍玩、陪嫁首饰、金玉摆设、绣屏、绸缎多少匹，列得清清楚楚，确是凤姐儿嫁妆单子。若让凤姐儿带了去，怎生舍得，顿时心如刀割。但既休了凤姐儿，按礼嫁妆确应退还。遂行缓兵之计，回了王夫人，与老爷商量后回话。

王夫人一走，邢夫人即告诉了赦老爹。如今大房已是寅吃卯粮，度日艰难。那迎春前几日出嫁，嫁妆皆一律从简。迎春回门时还说起，女婿孙绍祖多嫌着自己嫁妆，口里头还抱怨过几次。迎春说时淌眼抹泪，那邢夫人自不放在心上。家道艰难，邢夫人正思着，早晚质当一部分值钱器物，变了现钱充做家用，现听了王夫人语，自思府里哪还禁得起凤姐这么一分。心下为难，少不得说了个大概，请老爷作主。贾赦听了，自思关联的是儿子之事，便找了贾琏来商量。

贾琏依着平儿计策，听了赦老爹说话，先是故意骂凤姐儿，堪堪骂完，最后说二太太最是看重脸面，两房为凤姐儿嫁妆事争执，应也不愿。自己这就去求了二太太，看看能否由府里派几个丫鬟小厮，租了车船将凤姐儿送回金陵，那租车船的钱和丫鬟小厮身价就抵了凤姐嫁妆。至于凤姐儿陪嫁首饰，应该还在，由她带了走，也算嫁妆全部归齐。

贾赦听了还未开言，那邢夫人先已道好。家中老仆小厮丫鬟仆妇花儿匠，每月发放例银都不少，邢夫人正心疼不了的，现可去几张吃饭的嘴，自是好事，又抵得凤姐儿嫁妆，故忙说妥当。赦老爹不管这些事务，见邢夫人同意，自无异议。邢夫人反倒催着贾琏去办，吩咐了如王夫人不允，务必多些恳求等语。

这正是平儿欲得结果。嫁妆多少拿回，自是小事，能将凤姐儿送出贾府，才是她的目的。邢夫人纠缠嫁妆，那凤姐儿就可走得现成，长路漫漫，凤姐儿也得有人伴着，故向贾琏说了带小厮丫鬟事。得着邢夫人同意的信息后，已先挑中素日曾跟过凤姐儿的小厮，再两个心眼实在的丫鬟。待邢夫人告知她挑人跟了凤姐儿去，即将丫鬟小厮名儿报了。平儿事事留心，挑的都不是家生子儿，免以后牵累。邢夫人不晓得平儿用心，还道贾琏平儿办事爽利，遂拣出卖身契交给贾琏，让交王夫人转凤姐收执。其余事情平儿派了府里仆人办理。不日马车、航船路线皆已安排妥当，送凤姐儿出门。

平儿头日已将银票、首饰等要紧物事包在一起，交给凤姐儿，嘱其妥善保管。凤姐儿从中拿出两支各样凤钗，一支留给巧姐儿作个念想；一支留给平儿，平儿不收，凤姐笑了笑，也不多言，放在平儿手中。平儿懂凤姐儿意思，含泪收了。当晚王夫人也来看过，嘱咐了几句，担心着邢夫人罗唣，不多时也回屋。贾琏在自家院子里喝着闷酒，心下自有所感。老太太及大观园姐妹尽皆不晓此事，乃凤姐平儿不欲多生事端，不让王夫人贾琏当即告诉之故。

那巧姐儿已知母亲被休之事，虽不舍得凤姐离开，但也无法，家中巨变，巧姐儿数日间长大不少。母亲在府，恐怕要被折磨至死，故含泪允了。今儿一大早，牵了平儿的手，将母亲送出角门，皆知道至此一别，当无再见之日。巧姐儿眼泪流下衣襟，她心下明白，自此之后，自己终究是没妈的孩子了。

凤姐儿摸了摸巧姐的头，又揽了在胸口，抱了一抱。想自己半生在此金戈铁马，不料离去之时如此仓皇。想想自家终究是要去了的，遂在门前跪下，向着老太太的方向福了下去。自己后半生是福是祸，皆只有自己一力担承。凤姐儿起身，打量了荣国府门前那高悬的牌匾，门前的石狮子，回过身来，握了握平儿的手，笑了一笑，上了马车。小红在后头远远跟着，凤姐儿登上马车之时，回头看见，从袖中抽出手帕，对着小红摇了一摇。然后上车去了。

换车乘船，那大运河直通镇江，再转金陵，倒也便利。路途虽长，也有到的一天。凤姐孤单旅程，想及自己身世，不时泪洒江水，眼朦青山。到得金陵，凤姐儿拿定主意，也不找旧日王府，先在附近一间干净客栈住了。又吩咐了丫鬟小厮，如今自己已不是奶奶太太，小厮们出外办事，对外就称自家乃一孀居寡妇王氏，又让小厮们放出风去，道自家来金陵投亲无着，先暂时住着，倒想赁个居所。小厮们一一听了。不日那客栈掌柜，殷勤告与凤姐儿小厮，附近有一所小小房子正准备卖，不知是否有意买下。小厮报上来，凤姐去看了一看，见院落虽小，倒是齐全。遂谈妥价格，由那房主请了保人，写了卖契。看看诸事齐备，凤姐带人住了进去。

半年过去，那条街上，开了一家绸缎铺，又一家药铺。货色正宗，经营公道，顾客逐渐盈门。正是凤姐的本钱。想想当年自家各种图利，得了个鸡飞蛋打；现下各种谦抑，只求薄利。两处铺头倒因货物周转迅捷，量大之下，拿货价格也可讲低，渐渐积利甚丰。凤姐儿又命着手下在金陵城几条大街上租了铺子，开了分店，渐成一方富户。只是凤姐儿从不出面，凡事皆由管家经办，外头人只管钦佩这铺面东家经营有方，却难见庐山面目。

那客栈老板姓胡，名汝成，自介绍房屋卖与凤姐儿，平日将熟悉地方事故一一讲来，又多有寒温问候，助了凤姐儿许多力。凤姐儿见他秉性忠厚，又已丧妻，膝下无子，心中各种掂量。数年之后，竟嫁给胡氏，又几年后生有一子，家道还算兴旺和睦。客栈也因了凤姐儿的指点，开成了金陵城有名客栈，规模宏大，生意兴隆，南来北往客商多来此歇脚。多年之后，胡汝成去世，便传了其子继续经营。终其一生，客栈老板胡汝成不曾知道，自家娶的竟然是金陵大户王家之女，原京城荣国府大名鼎鼎的琏二奶奶。此乃后话不提。

那凤姐儿自离京城，前尘往事俱已放下。金陵数年，凭平儿收拾的一个包裹，再加自己之力，竟然一个女子，在金陵站稳脚跟，自也欣慰。原来离了贾府，离了娘家，不倚靠丈夫，外头也自有天地。再嫁胡氏，觉平常夫妻，寒温共担，比起门第，不知紧要多少。故诚心相待，二人平素不争不吵，竟也白头到老。凤姐儿除了偶而惦记巧姐，其余诸事平顺，少有烦恼。

凤姐儿暮年时，有一日带了丫鬟到杭州游玩。此处山水佳绝，足慰平生。一路走来，游兴不减。遂雇了车，前往此地最有名的灵隐寺随喜。沿着幽径，上得台阶，到得飞来峰前，已是见累。正欲坐下歇脚，见前有一长须长眉老和尚，在峰前打坐闭目养神。凤姐儿见老和尚面前立着一个签筒，内插满竹签。一时起兴，跪下了祷告。又拿起签筒摇了几摇，一支竹签掉了出来。

凤姐儿在贾府时粗粗识得几个字，到金陵后，因着开店铺做生意，发狠的认字，又请了账房来教着，现在平常字词已通读无碍。当下丫鬟拾起竹签，递在她手中。凤姐拿了一看，右侧写了中签，后边写着四句话：

> 凡鸟偏从末世来，
> 都知爱慕此生才。
> 一从二令三人木，
> 哭向金陵事更哀。

凤姐儿看了，不解其意。正想问老和尚，抬头见那老僧开目睁眼，眼神莹润，精光灿然。知遇异人，赶紧磕头。又请老僧解读此签。

那老僧听得，笑了一笑道："凤姐儿，你真的不解此签么？"

凤姐儿五雷轰顶，万料不到这偏僻处，有人喝出她的名字，一时不知如何是好。

那老僧又说："这本是你原来命运，你可知晓？"

那凤姐儿本有宿慧，经此一言，豁然贯通，顿时明白："多谢仙师指点。"

老僧又闭目，只道："说来。"

凤姐儿磕个头，头抬了起来："回禀仙师，共有两句话：祛恶从善。"

那老僧听了点头，问："还有一句呢？"

凤姐儿答："我命由我不由天。"

那老僧哈哈一笑站起，一径下山去了。凤姐儿眼望着那灰色布袍飘飘，不多时已隐入林间。

凤姐儿站起身来，微笑看那飞来峰，奇石天成，树木葱茏。感叹果然山不在高，有仙则灵。

回到金陵，遂教导子孙这十一个字。后来作为胡氏一脉传家之言，一代一代传了下去。那凤姐儿子孙后代，有发有不发的，但后人始终记得祖上有一位祖奶奶，定十一字传家。堪堪过了一两百年，同光两朝出了一个商人大大有名，正是因积年经商有成，又资助左宗棠新疆平俄事，朝廷赏了顶戴，名胡雪岩的。其人豪爽乐善，平日常来往于江南各地做蚕丝生意，又在杭州开药铺胡庆余堂,有诸多分号,时有"江南药王"之称。民间考据成癖者,因循攀附,传言其身世,与雍乾年间江南一位商界奇女子有关。其依据是,庆余之名,大有深意存焉;而当时坊间盛行的《石头记》抄本第五回《游幻境指迷十二钗饮仙醪曲演红楼梦》,其中凤姐儿之女巧姐曲目,就是《留余庆》。是否同出一脉,也未可知。

## 第三十二回

### 清君侧宫妃殒命
### 废长子弘时改宗

那凤姐儿也是去得及时。平儿与小红回去后还各种唏嘘隐忧,从此巧姐儿母女离散,此后长大说亲,由谁作主之类。次日皇帝圣旨已到荣国府。

原来那京兆尹府长史得了忠顺王意思,上本参劾贾赦。皇帝看了,心下玩味。那贾家仗着功勋贵戚,此前已明旨处理过一回,还牵连了那些台前幕后的外戚升升降降。宁国府世职革了,贾赦也受过惩处。纵是老虎,也已打去三颗牙。打一只趴在地下的病兽有啥意思?现在忠顺王还来连根拔起,又不领衔,只转四品长史奏本,却是何意?遂打定主意看看再说,未如先前批奏本一例迅捷。

元春身体堪堪将愈,面色也红润了起来。陈妃隔三岔五来看视,说些闲话分解,道皇帝春秋正盛,隔年元春即可再怀龙种,各种喜庆话说了又说。清代皇家孝期,因本非汉人之故,不像前明那般服丧期长。皇帝早已脱服,但一直未来元春处。元春自是守望不解,也无由分说。现听陈妃良言安慰,心下苦笑。皇帝是因着太后和自家孩儿殁在同一天,心下忌讳,从此绝了进昭明宫大门?

元春转念一想,这雍正十三年,是否犯了太岁,年前年后,宫里诸般不太平。皇上心烦,也是有的。心下各种辗转不提。

原来继太后薨了之后,二月里,一向还算康健的皇贵妃章佳氏,一日突发疾病殁了。据传太监宫女次日见主子迟迟不叫起,也不敢上前打探。看看正午,觉不对劲,承乾宫首领太监便作了主,由其贴身宫女上前撩开账子看视。见章佳氏已然死在床榻之上,嘴角一滴血,已经凝住。阖宫大惊,飞报皇帝、皇后和太医院。太医院来人,将头晚皇贵妃所用茶具一一闻了,并无所获。皇帝听闻,派人到御膳房提了供应的厨子,还有传膳的几个小太监,着戴权审了,又一一拷打,皆无所得。料想御膳房做各宫饮膳,如皇贵妃处饮食有异,其他处也当有不妥才对,既然各宫妃嫔均无报,那定是小太监们传膳途中做的手脚。遂命遣出御膳房厨子,永不录用,那传膳的小太监俱皆杖杀。

此事各宫私下议论纷纷。那皇后看皇帝直接下令，并无要与自己商量的意思，心内栗栗，哪敢多言。皇帝自太后薨后，喜怒无常，少到后宫，即使来到皇后宫中说与事情，皆是眉头深锁，脸色铁青。皇后尚且不多话，妃嫔们自是不敢乱言。隔日戴权传下旨意，承乾宫宫女太监照护主子不周，致使皇贵妃病情耽搁，俱命发往辛者库服役。

皇贵妃章佳氏的贴身宫女寰儿，依稀记得阖宫当晚飘有异香，自家迷迷瞪瞪，不知过了多长时间才醒来。因怕被责怠惰延误了皇贵妃之病，不敢说得；故太医院太医及戴公公前，一直不敢说出此事。现被发往辛者库服役，更不敢说，也惧着如传膳小太监们一般，立时被杖杀，还要牵连宫外父母。其他近皇贵妃的宫女太监也差不多如此，有所感而不敢言。故太医院报皇贵妃突发疾病，殁于某日某时。皇帝见报，命厚葬。内务府自去办理不提。

章佳氏病殁一事，无论拷打审问，皆由戴公公主持，也不牵涉其余宫人，故各宫面上也还平静。倒是几个宫中住老的太妃太嫔，听得底下宫人偶而嘀咕，说转听得承乾宫宫人早先时慌张叙述，说章佳氏嘴角一滴血迹，不知是何缘故。有眼亮心明消息灵通的，便心下猜测，难道这就是传说中今上御前豢养的"血滴子"所为？此乃天大的事情，哪敢再想深了去。传话于宫人，不准再议论承乾宫事，这才止住各种谣言。

粘杆处此前早已得着"血滴子"外号，童首领及麾下侍卫并不知晓。早前得了皇上秘密吩咐，已在筹划。太后薨逝之后，一日戴公公到院里亲传口谕给童首领，说是奖掖粘杆处众人尽忠职司，赏诸般器物银两；圣上褒奖言语倒只得两个字："可贵"。童首领心下明白，遂有了皇贵妃章佳氏夜里去世之事。

粘杆处手法倒也不奇，奇处在于多年来收集到的巫蛊药方。那民间巫者，也常是医者。给人治病时，先跳大神，然后将祈求上天护佑的香烧成灰后，掺杂自家配的药粉，让患者服下。病好了，内里是药的功劳，外却是巫者的功劳，患者家属定当敬重供奉，酬劳是给神的使者，从丰自是应有之义；病不好了，则说患者定有若干不为人知之过失，获罪于天，不可祷也。那人在世间，哪有不犯错的？又道人心隔肚皮，不为人知也尽可能。因此患者不好乃天谴，家属自也不好说得。封一份酬金给巫者，既是烦劳之意，也含了封口之心。巫者两样均可收钱，故不愿为医而为巫，道理就在这儿。

那童首领自领粘杆处以来，遂知自家职司所为，多不能与外言者，遂一方面多方罗致御林军中好手，也留意招了几位好身手的民间女子训了入宫，平时不外出，只在院中听令。又派人去往民间，多方搜罗暗算之术。前几年重金收得一年迈巫者秘方，照方配药试用几次，也有用在宫人身上的，竟是妥贴，想来用在承乾宫，最是合适不过。那秘方配的药粉，服下后使人昏睡，渐口不能言，手不能动，直待内里药性发作要人性命。唯一遗憾，就是这药粉霸道，中者固逃不得性命，那药效也因人体质而异，或有人口鼻处会渗出血迹让人看见，算是一短。

那晚承乾宫夜间，由戴权吩咐了巡更的太监当日换了路线。宫中首领太监得着戴权吩咐，宫门值守太监早已调开，将宫门闩悄悄拔了，由粘杆处人潜入宫内各处施以迷香。待得内殿章佳氏及宫女太监均已沉沉睡去，便派了粘杆处属下女侍卫直入卧榻，扶起皇贵妃，灌入药浆，拭了药痕，自行出宫到粘杆处取齐。此事悄无声息，童首领自知必不失手。

次日听得戴公公转太医院看视消息，章佳氏口角处有凝血，知是药效，也不在意。至于派女侍卫行此事，自是顾着皇家尊严。即使奉命，仪礼处也丝毫不敢逾越。至于那首领太监，原是戴权干儿，众人皆迷，自也装迷。承乾宫中事毕，戴权便调了他去乾清宫做了自家副手，既是培养后来人，对于那太监来说自也算是升职。此种安排还有好处，就是天威之下，这太监无论以后际遇如何，定不能乱说。

那齐妃听闻此项宫中大消息，不忧反喜。皇贵妃一死，自己的位份自该挪一挪了。那承乾宫屋宇阔大，尽栽奇花异卉，是皇后所住景仁宫之下，最令人欣羡的场所。皇后本住坤宁宫，前几年因了皇帝说道，坤宁宫作为历代皇后大婚后居住之所，仪式繁复，殿宇近仪礼而少温雅，故皇后将其空置，自家搬到景仁宫。妃嫔居处供奉按例减等。齐妃不敢望皇后宫殿陈设，但承乾宫既已无主，不知花落谁家？两位贵妃俱无所出，如升一位，自家可进贵妃，眼前生养有皇长子成年，如皇帝破格拔擢至皇贵妃，也不算非分之想。遂一一与弘时商议，又由弘时密传于外间，以期趁热打铁，让皇帝理会得已是该立太子之时。太子名分早定，齐妃亦可水涨船高。

皇帝一二十日间接到几本奏折，均言虽皇帝康健，但天朝以孝治国，今太后薨逝，宜早日立下太子以安社稷，乃宗庙之幸。各奏本意思差不多，均是劝皇帝早立太子。皇帝看看，也是忧国之语，遂动了考察太子之思。自那日起，每日晚间抽出空来，考校弘时、弘历功课，其中孔子所编《春秋》，以及宋朝司马光的《资治通鉴》等，皇帝认为治国所需典籍，问得最深最细。那弘昼尚年幼，故皇帝不曾将其纳入考虑人选。国有长君，乃社稷之福，皇帝自然懂得。

弘时、弘历年纪相差不多，皇帝日日考校，觉弘历聪慧，不枉父皇康熙在位时夸奖；长子弘时年长，平素应对，也还尚可。看来师傅们这些年来教得都不错。一时未下决断。

弘时看得出父皇考校二人之意，平常在家也苦读不止，预着皇帝随时察问。后思太后去世，父皇如此哀痛，自是孝思深厚。可笑还有跟着自己的一帮子人，私下议论今上无情。父皇早些年来处罚手足确实狠辣，那八叔、九叔、十四叔就是例证，坊间传闻，倒也不算冤了父皇。现看父皇哀戚如此之深，昼夜批折，少入后宫，以尽人子之孝，揣摩是否父皇自太后去世，心头有所转念？且天下早已平定多时，父皇固不好自家无故赦免对兄弟的惩罚，自己作为父皇长子，若提赦去八叔十四叔之议，正中父皇心上，父皇岂不是以自己为善解人意的孝子忠臣？兄友弟恭，这些年来八叔九叔十四叔他们苦捱日子，其中十四叔还是自己的亲叔叔，父皇对于赦免往日自家兄弟，内心想必也是许的。八叔他们圈禁多年，猪狗一般苟延残喘，已是赎过所犯之罪，现加恩宽赦，传出去亦得皇家重视手足亲情之美名。

正思明日找个时间入咸福宫，与母亲齐妃商量此事，太监来报，皇帝召见。

皇帝批阅奏章，一般在西暖阁，东暖阁是其陈设所喜书画之地，故召见皇子，在此地最妥，少了朝政威仪而多了亲情闲散之故。且皇帝以为，考较皇子，除了经史子集之外，这眼光涵养，也是少不得的。故在阁中翻阅书画等弘时。

弘时来时，见弘历并不在阁中，心下想着不知是否父皇单独召见。便行了礼，站在父亲面前。皇帝见弘时虽非气宇轩昂，但也还规整。难得露了一个笑容，招弘时近前来，品评刚得的一幅唐代王维山水。那王维号称诗佛，不但诗才超卓，画也极好。诗与画皆一股禅意，他的作品，诗中有画，画中有诗，别人仿也仿不来骨子里的超然气度。弘时一向知道父亲喜田园诗观禅意画，打叠了不少在肚子里，现见父亲让他品评，遂大胆言来。看父亲眼神温和，复得鼓励，便侃侃而谈。

皇帝看儿子讲得不错，合到自己心上来，便让戴权进来，赏弘时一套自己批注过的《二十四史》，送到三阿哥府上。弘时大喜，跪下谢了。

见素常威严的父皇今日如此温和慈祥，弘时心下顿觉机不可失时不再来，便将想好的一席话，说了出来。大意也就是太后已薨，八叔九叔十四叔赎罪，已有数年，父皇如加恩赦免，足以昭父皇仁德，孝思亦足以慰藉太后于泉下等语。

皇帝万料不到眼前的儿子说出这番话来，心中开始是怒，后是悲哀。他站起身来，绕着跪着的弘时走了一圈。弘时被父皇看得发毛，直低了头。耳边传来平静的声音："是谁教你这么说的？"

弘时一听，只道父皇没有动怒，便也直认："是儿子想的。想父皇江山永固，后世定称父皇仁德。连那恶徒都已赦免，普天之下，即使是铁石心肠的乱臣贼子，定当幡然悔悟，重回正道。"

皇帝听了，走回座位，颓然坐下。他调整了一下自己的声音，简单地说一声："你下去罢。"声音竟是干涩。

弘时低着头，不知父皇喜怒，心下惴惴。听言赶紧磕头退下。

皇帝面上平静，心中的愤怒却如野火蔓延，这自家养的儿子却向着自己多年死敌，怎生忍得？但比心寒更让他心惊的却是愚蠢，什么孝悌之道，什么仁德，凭这些治天下，那是做梦。治天下要的是坚决，手腕，毅力，还有不怕脏了手的心志。要名的，一定实也不保。这样的儿子坐了天下，几下就被臣属瞒哄了去。前明崇祯就是例子，一心想做尧舜之君，结果被臣下欺瞒，把个江山丧得干干净净。只知道德理想的辉煌，而不知朝堂幽绝诡诈，这样的人君，恐怕是被人穿提的草木偶人。蠢到如此，居然自己父亲的喜怒心思都没摸到分毫，这江山如何能够放心托付？

皇帝自不曾知道，他的种种心思掩在他刻意的冷峻面容之下，天下人猜他多年，皆猜不透。他的儿子虽在面前，但百般惧他，又如何可以洞悉他的心思？皇帝只知愚蠢二字，自弘时说这番话起，便贴在了他的脑门上。

如果单是逆耳之言，看在自家儿子份上，削了爵位，立他人为储君，这样的资质，也掀不起什么浪来，但一想起弘时生母，派人谋害元春，间接害死了自己的孩子——那个他曾经期盼了多时的孩子，顿时再不能忍。当即传旨，摆驾景仁宫，并命太监即招齐妃来景仁宫见驾。

皇帝这边车驾到了景仁宫，皇后接着，还未叙过寒温，见皇帝眉头深锁，也不敢开言。只管将斟好的茶递过去。一时齐妃来了，见过帝后，因不知为何叫她，心中没底，都浮在面上。

皇帝一看那不舒展的样子，嫌弃之意顿生。这样的母亲，才有那样的儿子。当年在王府时，也没发现齐妃这般入不了眼。当即冷冷开言，让周围奴婢都退出去，戴权赶紧挥挥手，宫人顿时退了个干净。皇后殿中，除了帝后戴权，就是齐妃。皇帝压抑着怒火，把当晚弘时为他八叔说情的事儿抖了个干净。

齐妃一听，魂飞魄散。这八爷九爷是皇帝心中大忌，全天下谁不知道？弘时怎么吃了熊心豹子胆，去提这茬？还敢说情让放了他们？也不跟自家商量。不及怨弘时，赶紧跪下，请皇上念在弘时是长子份上，饶过了他这一回。

这话却是说错了。因齐妃最自得者，就是弘时的长子身份。此时一说，自然而然冲口而出。但听在皇帝眼中，却是胁迫。这是提醒皇帝，弘时是长子，轻易动不得。

皇帝听了，心中震怒，脸上发笑："好好好，全天下都道朕残害手足，心黑手辣，就差自己的儿子来说了。好吧，既然皇长子认为他的父皇如此残忍，那就去当他认为不残忍之人的儿子罢！"

此话一出，诸人全都跪下了。皇后伏在地上叩头，劝着皇帝息怒，其他话一句不敢说。皇帝这是要赶走自己的儿子。这儿子，是皇帝亲生的。这得有多大的怒气，才能让他作出这样的决定。

皇帝无暇顾及皇后感受。他的心中，一片悲凉。他的心思被震怒牵引，被心寒催迫，被哀伤占据，复被愚蠢激怒。他的儿子，怎么可以蠢成这样子！

他的双眼变得透明，眼睛盯着齐妃："不错，弘时是你的儿子，从明天起，他不再是我的儿子。是老八的儿子。那么，你这儿子是怎么养的？你细想想。"

齐妃一听，脑子顿时不会动了，这是连自己都不要的意思。儿子弘时去做了八爷阿奇那的儿子，那自己是谁的妻子，今后还何以自处？这种赤裸裸的羞辱，身为一个女子，是万万不能接受的。她骨子深处的一点自尊，让她站了起来。

皇后侧头见齐妃眼神迷离，未听叫起便自己起身，此为御前失仪，又在皇帝盛怒的当口，当即低声喝一句："还不跪着！"倒是一片相救之意。

齐妃早已将自身生死置之度外，若儿子不存，她还有什么生存的意义："王爷，"她用的是旧时王府里的称呼，"你真的连自家儿子都容不下了吗？"

这哀怨的母亲，以如此惨痛的声调说出来，纵是铁人也会心软。可是，齐妃面前的，不是她的王爷，而是天下的主子万岁爷。

他冷冷地说："你不也容不了朕的儿子吗？你派人暗算贾妃，她的儿子从娘肚子里打下来，已经成形，有了巴掌大！太医放在盒子里拿来，不敢让朕看，可是朕还是看了，朕不能置信！朕有多痛，你知道吗？朕为天下之主，可就在自己的眼皮子底下，自己的儿子让人给暗算了！是你，还有别人，你们合起伙来暗算了！你们真当了朕，是个死人吗？"

皇帝的声音不高，但激荡的语调，似乎震动了屋宇，灯烛晃了又晃。话说到此，已经无法回头。他知道，世人都说他狠毒。那就真正狠毒一回，看谁能奈何得了天子之怒。他想着，看到地下跪着的戴权，叫他起来，咬着牙齿说："立刻给我传旨。自今日起，将弘时名字剔出金匮玉蝶，废黄带子，给那阿奇那继承香火去！"他说完，看了看皇后，补了一句："皇后不会有什么意见吧？"也不听回答，看也不看齐妃一眼，靴子一阵响，竟是出殿去了。戴权赶紧追了上去。

那外头的宫人听得里边龙颜大怒，知道听得越少，自家的小命越安全，遂都跪得远远的。看皇帝出了宫好半响，才赶紧进殿，去看自己的主子娘娘。

那皇后自皇帝出了殿，怕了齐妃出事，早已站起扶住，也不能说别的，只好扶着她走到椅子前坐下，用手掌一下一下抚了她的心口，想让她缓过来。待得宫人们进来时，才由齐妃的宫女扶了起来。齐妃的脸色灰败，像没有一口活气。皇后不放心，让自己的宫女一边架着，和那宫女一起，将齐妃送回咸福宫。

当晚齐妃赶出宫女，不让人打扰。待次日一早，宫女们大着胆子推门，发现闩着，报了首领太监。众人合力撞开门，顿时呆了：齐妃已挂在梁上，已然气绝。

那皇后在齐妃走后，自是心惊，皇帝刚刚说了什么？齐妃伙了别人暗算了贾妃？这别人是谁？她脑子里乱成一团。章佳氏死得那样蹊跷，莫非是她？又思皇帝在后宫，居然用这种法子，除去自家妃嫔，顿时心胆皆寒，皮肤上都是疙瘩。她掩住嘴巴，暗暗告诫自己，心中猜疑一定要烂在肚子里，一个字都不能泄露出去。

齐妃之死一早便报来皇后处，皇后知咸福宫定是两宫都同时报的，便也不请见皇帝，只是派出景仁宫首领太监去请旨，如何办理后事。皇帝颁下旨意，齐妃入葬泰陵妃园寝。同日发出废弘时宗室黄带子旨意，报宗人府备案。

弘历远远看着这一切。他心中深感母亲睿智。陈妃屡屡告诫他不要多言，不要失了父皇欢心。这十二个字，竟是定海神针。

皇帝当日颁下一系列旨意，其中还有一道："京兆尹府报来荣国公府一等将军贾赦纵容家人放贷事。查一等将军贾赦自逼死良民之后，不思悔改，管束家人不严，居然放贷图利，有辱朝廷恩典，着罢去荣国府贾赦世职。"

皇帝当日心情坏透。既然普天下都如此不听招呼，恣意妄为，怨毒于他，那就统统拿下。儿子可以不是儿子，臣子自然也可以不是臣子，没有谁是少不了的。朝廷内外去了这些残渣余孽，只怕还干净些。他冷冷地想着，只有扫清这些腐败枝叶，那些新的也才有出头之日。皇帝把目光放在了弘历身上，但愿这个儿子，不会让他失望。

# 第三十三回

## 正朝纲天子一怒
## 家国事君王戮心

传旨太监到荣府的时候，宝玉不在府里头。昨日贾母处问安毕，小厮茗烟来报，薛蟠处有讯来，说约着去海棠院喝花酒，还说也约了冯紫英几个。宝玉未尝不知分家之事，但素来心上不担事儿的，大观园中除了少了迎春，黛玉还在，探春还在，并无别样，出去散散心倒也好。便应了。

宝玉出门，四个小厮随着去了。那薛蟠居然守信，早在那里宴席摆下，妓女云儿边上拨着琵琶，还有三两个面生的在座。见宝玉来了，薛蟠忙安了席，又介绍了。内中有一个斯斯文文，模样依稀像秦钟的，说叫琪官，宝玉见了觉眼熟，坐下后便各种言语亲近。那琪官面孔文静，但一两杯酒喝下，还是提得一些豪气，与宝玉薛蟠猜拳撸袖，划过几拳。宝玉早已从大嘴巴的薛蟠口中知道，这琪官原来是唱戏的，小旦扮得极好，便请云儿弹了一曲，问能否亮几声以洗污浊？那琪官知道宝玉至诚，并非嘲笑，遂唱了几句，果然清亮缭绕。

堪堪酒过三巡，冯紫英外头一阵风的进来。坐下就要认罚，说是马上要走。薛蟠几个哪里容得，一边一个按住，要冯紫英说出个究竟来，这半年一年里总不见人，倒是干什么去了，如今忙忙要走，又意欲何为。那冯紫英看看走不脱，便扯了几句这段时间公干，道前十数日跟随父亲前往铁网山，被山鹰扇了一翅膀，脸上挂了彩，这段时间都羞于出门，要不是薛蟠派了小厮整日府里厮缠，他还出不来。又说简直是大不幸中的小幸运。

一篇话说得座中诸人云里雾里。那琪官识得冯紫英，但冯紫英在人面前并未表示出认得他的样子，戏子出身，察言观色是本事，琪官遂也不提。那宝玉还揪着冯紫英讲大不幸与小确幸，冯紫英笑着站起，说声老父还在等，改日陪酒之类，一定要走。诸人见他真有事，只得让他走了。

这边尽欢而散，临行前，宝玉和那琪官倒是相投，躲了众人，换了信物。宝玉摘下了扇坠，琪官见珍贵，只好将忠顺王爷送的，原是茜香国国王赠送的汗巾子赠给了宝玉。那爷们出外，腰带岂是可以少得的？故宝玉也赶忙解了自家的，给了琪官换上。二人均有相逢甚晚之感，当下说了许多话。

宝玉到家，一径往贾母房中来。不料才进荣禧堂外边院落，便觉不对。阶下丫鬟，廊下小厮，竟有满眼抹泪的。大吓了一跳，以为贾母不行了，当即三脚两步，跑了进去。小厮们不能进内院，茗烟干着急，直踮了脚往里望，只待看见袭人远处迎了宝二爷，遂才放心，自去安歇不提。

堂上一屋子人，贾母歪在榻上，拿着手绢抹泪。贾赦贾政邢王二夫人直直跪着，贾琏也跪在边上，也不言语。宝玉看老太太还在，心倒放了一半；看父亲母亲俱在，大老爷大太太也在，心下便不自在，想请过安便溜。

贾母看见宝玉进来，含泪望了一望。那宝玉心中顿时软了，祖母慈爱，护他至今，他从未见过如此无助之色。不由自主，也跪了下去。

贾母让儿孙们起来，贾政们不敢违了老母，默默站起，边上椅子坐了，各自沉默。那邢夫人少了平时的乖张之气，也在旁边抹泪。

原来今日正午，宫中大太监夏守忠，带了几个小太监来到荣国府，院门站了，传贾太君、贾赦、邢夫人跪下听宣，褫夺荣国府世职；罢贾赦一等将军号，罢邢夫人诰命封；荣国府贾代善夫人贾太君诰命不变。夏太监一字一句念完，那气势，倒像是从未来过荣府，完全是公事公办的样儿，念起圣旨，声色俱厉。

贾母跪着，心下想着，该来的终于来了；那贾赦却是百般不服，祖上助着朝廷打下江山，现传至自家，也才三代，如何说罢了就罢了，今上无情至此，也无甚挂碍了。遂不等夏守忠让站起，自家撑了地上青砖，也不让人扶，便站了起来，定定看了夏太监几下，然后甩了袖子，昂起头直进内堂。

邢夫人听了旨意，正在震惊之中，见贾赦就这样走了，也不管顾其他，站起来也追了上去。夏太监来传旨，代表的就是皇帝本人，看着贾赦因罪被罢，还如此慢待钦差，当即就要发作。贾母一见不好，赶紧跪下给了夏太监磕头，让夏公公千万不要见怪，自家儿子近来身体不适，各种怪诞，千万不要往心里去等语。

贾母早已是老祖宗，进宫见了皇后，俱是行了半礼，便有人扶着起身的，现行跪求，丫鬟们早已悲愤。夏太监看看白发老人家为了不肖子如此求恳，又是贾妃祖母，当面便不肯发作，哼了几声，将圣旨交下，贾母双手接了，置于头顶，垂头不语。夏守忠心中自是不平，不发一言，袍袖扬起，自带小太监们回宫。

皇帝自昨日震怒起，决心不再留情面，扫尽朝内奸邪，那些仗了祖上余荫无视朝廷法度的，也在他决意铲除之列。除了贾赦，还有一两个勋贵之家，也遭到了或重或轻的处置，但褫夺世职的，却只有荣府。上次处置之轻，已是看在元春份上，这贾赦未把朝廷惩处当回事，那自是救无可救。自己承诺元春的，是护住她的父母，处置贾赦，不算背誓，遂下决心一例革去。这等嚣张又无自知之人，原不配朝廷恩典。

皇帝自处置弘时以来，继而得报齐妃自尽，一口气还未出尽。长子成了逆子，心下伤痛唯有其心下知晓。皇帝向来自负，自认天下没有办不成的事，没想到自己脚下紫禁城，纷纷尽出宵小之徒，这是打了自家的脸。不能治家，焉能治天下。既然人心不由他支配，遂生发狠极端之心。一晚未眠，看看已是天明。

皇帝也不歇下，下令免了早朝，只在西暖阁批折。处置了案前一堆各省督抚及驻军将军呈上奏本，见交办之事少有好消息，而各地蝗灾旱涝倒是纷纷报来，便朱笔批了，各种严斥。其中不称意者，便有捉拿福陵守陵统领孟明远的回报，道圣旨一到，盛京驻军将军便点了人马，前往拿人。不料到了福陵，发现孟统领已潜逃多日，正在四处缉拿云云。

皇帝见了，提起朱笔批了，命下海捕文书，通缉捉拿孟明远，由盛京将军画像追拿此人；此人无君无父，暗地潜逃，拿获无需审理，就地斩讫。皇帝批完此本奏折，扔于地下，心中犹自恨恨。戴权侍于旁，忙了捡起，让殿前太监传下，立刻六百里加急，送往盛京大营。

皇帝又想起此人留不得，若潜逃，定要回乡安置父母妻小，又命戴权近身，传命粘杆处秘密前往孟首领家乡，见其家下，立刻拿了，当地下狱；又让童首领前来回话。戴权听了自去传命。

本来皇帝先也曾虑孟统领会不会觉察，会不会束手待毙，但想着此人未必明了调防之事，实是因着他见了忠顺王府中之人缘故。其家小又在江州，天遥地远，未必敢妄言遗祸家人。故不曾打草惊蛇，只想拿下孟统领，公文程序收拾了此人便罢，也不必祸及其家人。现在见此人居然预先知晓自家命数，先已遁逃，怒上心来，再不容情。只要拿下其家人槛在牢内，不愁此人不露面，到时一家诛杀，也怨不得自己。想想自己一念之仁，多了许多首尾，皇帝心下立定决心，再不心软，免生枝节。

那孟明远职务不过统领，芝麻绿豆官职，自不在皇帝意中，只是此人潜逃，若与朝中人勾连，将当日废太子事说出，倒是朝野一桩麻烦。此等悖逆之人，难道要逼着自己兴起大狱，纷纷人头落地才甘心？

皇帝因着一宿未睡，眼中血丝，但内里亢奋，不知自家心火由此而起，也是其数月来诸般不顺意所致。皇帝君临天下，江山尽入掌中。想想称帝十三年来，励精图治，不敢一日稍歇，将康熙帝一朝落下的朝廷库银窟窿，一一填上；又整治贪官污吏，各地打击豪强，吏治渐有起色；又废除贱籍，自赎之人多为手艺人，各地街市串了，将北地风物带到南地，又将南地绸缎水粉等带入北地，一时市场皆得其盛。皇帝也欣慰自家精力无穷，将整个帝国治理得规规整整，以为此番政绩，可以追随父亲康熙帝。不料一角宫闱，却让他束手，也让他初尝失败滋味。康熙帝年高多子，海内拥戴，不料自己脚下方寸之地，竟然邪气不停，元春子不曾落地，长子弘时偏又忤逆令去。膝下只剩二子，不知是否还堪造就，还有外朝暗伏潜流，不一窝端了，今后势必尾大不掉。皇帝心中滚滚流过诸般事务，咬牙自誓，以前还存了菩萨心肠，此后将尽是霹雳手段。

皇帝头晕目眩，看看还有几册奏本未批完，决心批完再歇。正批着，殿前太监报童首领来了。遂传进来。

据那童首领回报，粘杆处在忠顺王府各门均伏了暗哨多日，那王爷平日不甚出外，只在正月里陪同王妃去京郊潭柘寺进香，其余时日均无异处。

皇帝听了，便问潭柘寺可曾见何人。那童首领早已准备了回话，便道，因正月进香热闹，人流纷纷，只见了王爷王妃便装进香，并未驱赶周围人等，粘杆处跟随侍卫不敢贴得太近，但眼中所见并未有异。皇帝默默听了，让童首领不可放松监看。那首领领命退了。

刚才亢奋情绪，因了忠顺王消息，退了好些。这十六弟知道了废太子之事，是掂掂斤两，终老于顺民，还是有所图谋，心怀不轨？就粘杆处报来消息，却还难以决断。

疲倦涌了上来，皇帝蜷起身子，在榻上打了个盹。梦中元春盈盈走来，头上身上榴花开得耀眼明媚。醒来睁眼一看，已是正午时分，小太监们在远处，正在轻手轻脚摆膳，戴权立在边上指点。

皇帝翻了个身，继续躺着。好久没有见到元春了。此前告诉自己，不见元春，是为着保护她，那章佳氏、齐妃，或许还有后宫潜在的宫人，因了自己对她的疏远，不会再有后手，但今日内忧皆去，自己为何还不愿意见她呢？是因为无法面对元春么？自己身为天子而无力护着所爱之人，这是一个君王最大的失败。但扪心自问，似乎也不是。

答案就在内心。皇帝从那梦中走出的身影知道，这内心柔软的一角，是自家死穴。一个皇帝怎能有死穴？无情才能无敌，元春的存在，证明了自家还是凡人，还受着情欲爱恨的支配。他怎么能够受这样的牵制？

太后逝去的那一晚，皇帝内心的柔软结了一个痂。他的柔软，让元春成了众矢之的，那血肉模糊的胎儿，他看了永志不忘；他的柔软，让宫人们听到了十四弟震天的哭声，今后史册断少不了他对待对朝廷有功的亲弟是如何无情；他的柔软，让孟明远这个贼子逃脱，如果他所知消息传了出去，可能还会刺激臣下的不轨之心。

身净寂灭。如果世间只能选择一个角色，皇帝宁愿选择，只做天下之主。一个皇帝，尽可以施舍雨露君恩，但决不可深情系于一人。那唐明皇前半生做了明君，开元盛世几多辉煌，后半生因了深情，失了帝王之气，致使江山倾颓，这都是史书上明写了的事。贾妃府邸不成气候，且已全削了世职，皇帝不考虑杨国忠之患；皇帝担心的是，削去了自己心志，让自己软弱。

皇帝躺着，万般推想。他对任何人都可以无情，但对贾妃，一念想起，心中便是一软。太后已去，这世间，唯有此一处软弱，皇帝心下知道。他又忍不住寻思，以元春之聪慧，是否能够知道，自己的内心是如何辗转？

那元春此刻，用过午膳，歪在榻上午睡。梦中入了紫禁城，竟然是灰蒙蒙一片，她在其中迷路，不知该到哪里去。正在噩梦之中，被琴儿喊醒，说娘娘刚才喊叫，遂大胆把她推醒。元春一摸前额，果然是一片冷汗。

早起即听得皇后派人传话，道齐妃昨晚急病，一夜之间香消玉殒。元春心下默默，继皇贵妃之后，又是一个。

皇后传话的女官一走，太医来请脉息。元春便淡淡然提起，问了齐妃疾病。那太医只顾搭脉，并不回言。两手换了切脉，低了头退下，开了处方，吩咐了医官煎药。再到殿里行了礼，便退去了。

太医的态度，元春自是心中有数。无可言者，便是有可言而不言。她看看殿外春色，只觉一片肃杀，一片寂静。

那太医院的掌院早已换了。原掌院因了太后与元春当日俱损，正月十六开朝，即上书辞去院职。新掌院由皇帝亲自指定，此人固是好脉息，但更明于势。那日皇贵妃嘴角一滴血迹，是其带人亲自相看。当时他背过身在榻前，用袖中银针迅捷试了一试，银针发黑，心下顿时明白，遂不再让其他太医接触皇贵妃遗体。

此事蹊跷，掌院决定只对皇帝一人说与此事。后见皇帝并不传他一问，故持重一言未发，也禁了诸太医谈论。过两日，听得皇帝下旨，将承乾宫中人以延误皇贵妃病情的罪名，全部赶了去辛者库，他顿时领悟，皇帝已明明告诉诸人皇贵妃死因。遂上了本子，道皇贵妃因急病殁。果然皇帝不问，令了厚葬，此事便不再提。

此后，太医院当差的太医变得更加小心翼翼，整日价惧着自家祸从口出，恨不得找根线缝起来，今日诊脉的太医固也如此。那元春只是投石问路，看看太医不言，心下明白了。这又是一桩解不开的谜。

## 第三十四回

### 孟统领见机脱逃
### 冯紫英夜识故人

那本该守护福陵的孟统领确实逃了。他察觉不对，远远不是从接到皇帝调防命令的那天，而是更早以前。郑家庄驻守多年，此地道路山川人情，已成他手中纹路，镇上哪里多个人多个铺面，他皆知道。平常军务，军士除了分班值守废太子府邸，孟统领还分出了一支直属于他的巡逻队。根据他的命令，在郑家庄伏下暗哨。如有异动，早有报知。

战场上的血腥，让孟统领领悟到一点，那就是战事不仅取决于双方的力量，还在于敌前侦查。康熙帝派了他来看着废太子，他知道自家使命，接着是今上登基，并未调动他的位置，他也继续守着这活死人墓。这里山高皇帝远，自废太子死之后，这里早已失却重要性。他的职守，与其说是圈禁废太子家人，不如说护着一个秘密不让外传，直到皇帝认为可以公开之日止。

对于废太子，孟明远并无特殊感情。但他厌恶暗杀，就像一个真正的士兵，与敌手过招搏命，自希望堂堂正正战胜对手，或者堂堂正正死在对手刀剑之下。孟统领自认好男儿，那些阴损的伎俩，对于上过战场不止一次的他来说，就像一种羞辱。

当遥远的雍正二年，童首领受了秘密使命来到军营，要求他结果废太子时，他本能地拒绝，但皇命不可违，故他同意了帮助和配合。毕竟，有不忍之心和以残忍为业，还是微有区别，他心下为自己辩解。废太子死于兄弟的毒酒，葬在冰冷的土里，没有墓碑，他的妻妾知其死，却连他葬在何处都不知道。孟统领将心比心，即使自家置身事外，有时想起，还是觉得悲惨。

童首领回京后，孟统领把废太子喝酒的花厅圈了起来，贴上了封条，再不让人进出。一个原因，是为了不让废太子的尸身暴露；另一个原因，何尝不是为了回避自己内心深藏的罪恶感。而他的举动，对于废太子的家眷来说，无疑是指明了废太子葬身之处。

忠顺王爷在今上登基后，曾偷偷派人来传话，让他照应，他当时应了。但接下来，了结废太子的皇命，却不是他一个小小统领所能抗拒的，遂也再未通消息。今上坐稳了江山，对于忠顺王爷也还信任。凭借他对于老上司的了解，忠顺王未必想联络废太子怎样如何，而只是出于同为兄弟微不足道的关照，因此也不疑有他。

忠顺王派出侍卫，自称他同乡来访时，他听到了他最怕听到的问题，那就是：废太子是活着，还是已殁？从听到的那一刻起，他就知道，自己已不能全身而退。因为这说明，朝里已经有人在关注废太子的生死问题了。废太子之死，总有一日会昭告天下，那时自家的命运如何，倒是忧心。种种焦虑，夜深人静尤其翻腾。

孟统领的思索与犹豫，被一个消息所打断。当晚，巡逻队暗探来报，今日两个陌生人骑马，看来并非一伙，前后离开了郑家庄，直接走的官道。孟统领问了着装，身形，两人的距离，断定前者是自己的老部下，忠顺王的侍卫，而后者，则极大可能是朝廷埋下的眼线了。留给他的时间已然不多。

今上登基不久就成立粘杆处，替他处理秘密事情，开始还不外传，时间久了，朝野私下听到了"血滴子"的名号便各种胆寒——这是一支极有效率，替皇上处理特别事务，集勘察、探报、处决于一体的机构。这粘杆处的厉害之处在于绕开朝廷的司法机构，直接查、审、处决，外界少有与闻。孟统领也是此前偶然与现宫中值守，旧日军中同僚喝酒叙旧时，听说此事。作为在战场上从不相信靠祈福就可获得幸存的孟统领来说，他知道，偶然往往意味着必然。郑家庄有粘杆处的人员，并不意外。

当晚，报告的军士退出之后，他把事情前后想了一遍，发现自家已处于绝地。其实，自他决定了告知忠顺王废太子信息之时，就知道自己的命运，极大可能在短时间发生变化。

今上无情，朝野皆知。但在大清士民心中，他却未尝不是一个好皇帝。在孟统领看来，今上治国勤于政务，生民无算，可算有情于四海；他的无情，针对的是对皇位存有威胁的人，且血统越近，威胁越大，今上处理得越是决绝。正如今上的几个兄弟，正如曾两立两废的太子，皆是他毫不犹豫除去之人。废太子一朝殒命还好，那关在黑牢里的八贝勒九贝勒，定是今上恨毒了的人，不但要灭掉肉身，还要摧毁精神意志，扣上污名让其永不翻身。想起今上这些纵横手笔，不觉心中冰凉。

孟统领意识到，除了他自己有危险，如果自己猜得不错，那么忠顺王爷也已在危险之中了。既然那侍卫被跟踪，他自不能再去传话。目前首要的是自己和妻儿父母逃得性命要紧。

想定之后，他叫进自己的贴身卫士来，秘密吩咐了半晌。当晚，一支忠诚于他的五人队伍，以巡查周边为名，日夜兼程，秘密前往江州。他们的使命，是接了孟统领家人，送入一个安全之地。地方孟统领也告诉了，在长江沿岸神农架野人山。具体位置，孟统领老父亲知道，只消说父子打猎见野人之处，老父自当明白。孟统领一一交待，办妥后，五人小队就各自回乡安排搬家，不要再返回军营。

作为一个率兵多年的将领，孟统领十余年来训练军士不曾稍辍，而郑家庄小小一支军队，也有着当时八旗营的普遍陋习——吃空饷。军士从不满员，但名录上是齐全的，朝廷发下的俸禄自也全额，空着的军士名下每月俸禄，便归了统领，统领再分一些给副手、亲近部下。孟统领的手法，正是有财大家一起发的意思，私下并不觉得有何不妥。毕竟这是八旗营公开的秘密。从空饷上来想办法，让五人从此消失，倒可以做个文章。故从次日起，孟统领吩咐了营中主簿，渐次将五人姓名划入病死、训练受伤死亡名单，为了防着泄密，还故意添了几个名姓进去。此举的妙处在于，这五名士兵，名字划去后，就不是在旗营丁。朝廷如要细致追查，也得好一阵工夫。

那主簿若不是孟统领自己人，断也干不了这活计，当下明白，自去办理。那五人队走前，孟统领秘密召见了，将自己历年各方积攒银两，分出一部分给予五人回去安家；另外的银两，交给了贴身卫士转交给他的家人，让其今后度日。并吩咐了告知老父，不要打听他的消息，方便时他便回野人山团聚。

堪堪安排妥当，五人队消失在夜幕中。孟统领遂也开始筹划自己的脱身之计。他不能公开逃走，那只会让自家头像贴满每一个城镇的城门，自己的家人也走不脱，他在此一天，他的家人就安全一天。至于贴身卫士，他信得过，他担心的只是他们不够快。

孟统领一路思索，或许这个决定，自己下得太晚了。

果然如孟统领所料，新年之前，他收到了调防命令。旨意让他即日出发，前往龙兴之地盛京守爱新觉罗一族先祖努尔哈赤所葬福陵。除了亲兵卫士之外，其余军士不得带走，须全部交割给下任统领。孟统领跪领了皇命，与新统领交接了，当日即出发。过山海关，几日后到防关外盛京，接了守陵的职位。

这福陵远在盛京城外，人烟稀少，又是天寒地冻，滴水成冰，随他来的军士好几个到了即发烧卧病不起。孟统领急士卒之病痛，亲自率人到盛京请大夫到营，看视军士之病。统领如此，遂得驻军之心，当下安稳驻扎。

孟统领在四处奔走寻觅良医之时，早已存了私心，把那盛京不多几条大街走了几个来回。这里是南来北往之地，那长白山打下的皮货，挖到的人参，在此中转，再通过山海关运到关内，尽可卖到好价钱；而南边的铁器、布匹、陶瓷也源源不断来到此地。因此城虽不大，几条大街倒也热闹，票号、镖行尽有。这里也是朝廷流放犯人之地，故人员混杂，对于孟统领来说，倒是脱身极好地方。

孟统领一日带了亲随士兵，告诉副将到盛京将军府催军营粮草。但当天晚上跟随孟统领进城的士兵回报，说是与统领办完公务后在街上闲走，途中走散，找了半天未见，故返回军营。那营中副将得知统领未归却不以为意，以为统领流连那烟花柳巷，一天半天不回正常，到得二三日后还是没有消息，才开始着忙。正要往盛京将军府报去，不料营门口，那将军带兵已经来到。

盛京将军到来，正是传旨命将孟统领槛送回京候审。副将一听，连忙跪了，细细将孟统领到盛京，直到今日不回之事禀告。故有盛京将军飞马传讯，回奏皇帝孟统领私自潜逃事。那副将可怜，当即被责打二十军棍，命暂时统领守陵军营，待朝廷派来新统领，再行交接。不数日，盛京将军得皇帝命，遂找了画师，画了孟统领像，四处张贴画像，发下海捕文书。

这短短数日对于孟统领来说，却是鱼入大海之机。海捕文书发下之前，孟统领早已入了山海关。

他与亲随失散，自是有意为之。早先请大夫时，已看到一家福威镖行，孟统领暗暗记了地方。出走当日，他在僻静巷尾换了衣装，手中短刃在地上挖了个雪洞，把军营服饰埋了，又踩踏得结实，料想一时半会融不得冰，必不至泄漏。完事后到镖行投了，说是盛京访亲不至，盘缠尽没，自家只有浑身力气，愿意在镖行讨碗饭吃，护镖入关，并不要工钱。

镖行老板看了，此人隔着衣衫，依稀可见一身腱子肉；天寒之时，并不见瑟缩之态，遂也满意。虽觉出身来历模糊，不可尽信，但在盛京，此等人多有，自也不奇；看其五官面色，不像彪悍大盗，倒像养尊处优之人，符了他访亲之说。江湖上历来存个互助之义，眼下有一标货物满满几车，正要回南，带他入关，也是个人手。如果是个贼人，押镖的头儿是南派少林高手，也不怕他路上作怪。遂一口允了。

孟统领喜得镖行收了，次日便一身短打，头上绑了手帕，戴上皮帽，压了眉眼，各种改扮。随了镖行镖师，押着货物，先到锦州，再通过辽西走廊，过山海关。一路数百里行来，倒也平安。经过城镇，镖行尽熟，遂一行顺利。

孟统领早已化名，说是姓李，胡乱起了一个名字。一路上对镖师恭而敬，少言不多事。到客栈时帮着主家搬货物又不惜力，客栈值宿，通宵不合眼，故时日虽然不长，尽得同行之人尊敬。

这批货物是主家贩了，准备在年关大卖一笔的，因此催得甚急。不一日晚间，已到京城近郊，主家安排次日一早进城。

孟统领算算日子，自己脱逃，到被发现，再到奏报批回，时间差不多了，进城可算冒险，但想着忠顺王恩义，不知是否知道他自家凶险，无论如何得去通报一声。一夜辗转，虽不到他值夜，也起来客栈院子里巡回。次日太阳一出，主家看李镖师眼布红丝，颇为感动。

城门处粘贴有几张缉捕文书，附有画像。孟统领早已远远看见，但只不知自己是否在榜。当即按下心中狂跳，面上镇静自若，随了镖行徐行。此段时日正是各方货物进京之时，这镖行所押货物再平常不过，守门军士看了押运单据，又搜了一遍货物，倒也不曾为难。孟统领便随了镖行进城，到得客栈，便按着与镖行老板约定，不要工钱，向领头镖师辞行。那镖师早得嘱咐，挽留了几句，见留不住，便让孟统领去了。

孟统领何等精细，他知如果忠顺王侍卫到郑家庄之事落在粘杆处眼里，以今上的手腕作派，说不定王爷府外早已布下暗探。当下并不往忠顺王府，只在城东边上，寻了一家小小客栈歇下。他看中这等客栈，正因与自家一身短打身份相符。

房中歇了，埋头想了半晌，想起一个人来，此人应该不会落在皇上眼中。由其通知王爷，倒是比自己冒险进忠顺王府要强。

当晚戌时，听得鼓楼敲过，孟统领房中改了长装，出了客栈，路上拿出一顶貂帽戴了。又雇了个车，让去西城神武将军府。京城素有西贵东富之说，那神武将军府不偏僻，一说车夫就知，不过路程不近。那车夫路虽熟，也花了半个多时辰，孟统领到时已接近亥时。冯府门上的灯笼在黑暗里明亮照着。看看无误，孟统领下得车来。

冯府大门已闭，孟统领见侧门还开着，便行了过去请门子行个方便通传，说是庄家后人庄轲求见王爷。

冯唐此时正在府中，与儿子冯紫英商量家中田庄事。冯府也是世家，传至冯唐，封了神武将军名号。如同荣府贾赦一般，是个尊贵虚名，并无实职。与荣府不同的是，冯唐父子精明强干，不但靠着祖宗留下基业享朝廷尊荣，也广置田亩。至于供奉祖先的祭田，更是挑了上好的，总有数十亩在冯家祖茔周边。又置私塾，延请名师教育子弟，故虽是虚职，冯家倒是殷实。冯唐平素又低调，在外不言朝事，故在阖朝文武眼中，是个闲散而治家有方之人。因了家产众多，冯家父子平日事务繁忙，年关在即，审查验看各处田庄报来孝敬的稻米、鸡鸭野味、干鲜果礼单以及收成折银账目，更是忙碌。

听得门子来报，冯唐倒是一愣，庄家后人，庄轲？不曾识得此人，正要让门子回了不见，冯紫英看了看父亲，让门子在外等着，待门子出了外门，冯紫英用手指蘸了杯中茶水，写了一个"孟"字。冯唐恍然大悟，出来吩咐门子，请了客人进来。心中暗赞儿子聪明。庄家，家庄；名轲，读书人谁人不知孟子大名，这其中分明含了一个孟字。这是告诉自家，来人姓孟，再联系庄家二字，那就是郑家庄姓孟的人求见。

天下不知何时又飘起雪花，孟统领随着门子，走进冯府，早有冯唐父子正堂降阶以迎。待门子走远，孟统领跪下行礼，参见神武将军。冯唐满脸笑容，说声"好久不见"，赶紧扶了起来；旁边冯紫英早行下礼去。

## 第三十五回

### 太子妃珠履遗董氏
### 冯知章善举育婴堂

　　此次入关，孟统领心中惕惕。但其一路顺利入京，实是因为朝廷海捕文书未下，途中诸城门口尚未贴有缉拿他的文书头像之故。但他被撤去统领之职，锁拿到京审问论罪的旨意，此前已明发朝廷邸报，故而冯唐知晓。这孟统领当年冒着天大干系，侠肝义胆，放了废太子后人一条生路，心下如何不钦敬？遂降阶以迎，冯紫英早从父亲口中得知此人，心中也钦慕此等勇士，一见之下，双膝跪地，竟是执子侄礼。

　　孟统领如何受得此礼？忙双手扶了起来。冯唐前边领路，进屋说话。冯紫英吩咐了殿外小厮远远退开，任何人不得接近正堂。小厮退下不提。

　　见父亲和孟统领分宾主坐下，冯紫英亲自煮茶待客。又见孟统领帽子上雪花融去，尽是水滴，便请取下帽子，旁边炉旁烘了。孟统领这边约莫向冯唐说了自己私下潜逃之事，以及进城之因。冯唐此前对于孟统领潜逃因果本不甚了解，但他凭借素日所知孟统领为人，断定废太子殁，负责监管的孟统领不依法度上奏，显属蹊跷。废太子如何殁，孟统领又如何不报，个中重重疑窦，此时人便在眼前，如何不问？

　　孟统领踌躇再三，见冯将军细问，只得和盘托出。踌躇自是为冯唐故，不想世间再添一人知晓，这秘密之下，安能有完卵？转而又想冯将军并非无担当之人，遂也一一说出。冯唐一路听来心惊，废太子如此结局，今上如此毒辣，令人唏嘘。他略知粘杆处手段，知道粘杆处奉旨行事，孟统领定也不能违背。一旦废太子殁的消息放出来，孟统领自是难逃一死，他潜逃出来，竟然是唯一生路。

　　冯唐心中感慨，孟统领艰难逃生之余，还不忘昔日上司安危，真乃有情有义真汉子，其所托之事自家如何不帮？遂对警示忠顺王之事也一口允了，答应孟统领，一定会想妥善法子告知王爷。

　　正事说毕，孟统领松了口气。心头还有一事，便也问来："那二皇子当日留下女婴，是否还在世间？"他口中的二皇子，便是废太子了，即使四下寂静，他还是谨慎，未提废太子尊号。

冯紫英正在低头续茶，听得孟统领问，遂抬起了头。只听父亲说道："尊驾冒了天大风险救出的人，无论如何，冯府都会尽力护佑周全，尊驾放心。"

得了此句，孟统领松了一口气。既然冯府不告知女婴下落，也是为自己着想，这女婴活了下来就好，遂也不再追问。想想当年自家担了干系，也算救下废太子后人一命，心下安慰。细细回想，当年种种情形，犹在眼前。

那日废太子全家前往郑家庄途中，侧妃董氏途中生产，又无接生婆，那生孩子的惨叫声四下里听得清楚。孟统领并非铁石心肠，围帐之外，也是不忍。继而听帐中婴儿啼哭，不多时却又无声。正纳闷间，王妃身旁侍女出来，禀告统领，说是董妃才刚生下一女婴，但哭了几声又闭过气去，恐母女皆不得活，求着统领无论如何找个大夫来救性命。

孟统领无法，一行人在途，附近皆无村庄市镇，董妃生产之前，早已派出军士寻找，并未寻得，遂摇了摇头。那丫鬟眼中挂泪，返回帐中随后废太子一脸戚容从围帐中出来，请统领帐中叙话。孟统领守礼，自不能进。废太子言，内中已由丫鬟举帘遮住产妇，礼节上并不妨碍，只是想有话说与孟统领。

孟统领看着面前废太子，如不是康熙爷变更主意废了太子，眼前这皇家嫡子，就是将来九五至尊。如今这区区挪步之事，得废太子低声下气，自己若连此要求也不答应，未免太不近人情。遂点点头，随了废太子进了围帐。

进得围帐，见两边丫鬟确举着布帛衣服等遮住了里边。王妃原在产妇身边照应，此时出来，也在外间站着，并未回避，孟统领见了，赶紧跪下行礼。才站起身，见废太子撩起袍子下摆，突然在他面前跪了下来，王妃也跪。孟统领不知何故，赶紧又跪了下来磕头，还了废太子和太子妃之礼。重礼之下，必有所求，孟统领遂请废太子和太子妃起身道，"有话请说。"

废太子眼中隐隐泪光，也不起来。说董氏新诞一女，刚才闭了气去，现虽缓过来有了呼吸，恐不得活。自家即将被圈禁，想这小小生命，即使活下来，也是随父母囚禁一生。故请孟统领一念之仁，放婴儿一条生路，至于以后能否存活，皆看天命。

废太子说完，求了又求，磕头不住。那太子妃随了，也是眼泪涟涟。

孟统领心下作难，如果放了这女婴，将来传出去，自己不免人头落地。但眼前之惨，却连平常人家也不如。好在是个女婴，不是皇子，死了还是活着，于江山社稷并无危害。现在路边，四野除了自家统领的军士外，并无外人。心下想定，便站起身来，郑重扶起废太子，又请了太子妃起身。

一思之间，各种环节想过。便问废太子："如这女婴不进郑家庄王府，她一个婴儿在外，如何使得？"孟统领手上有废太子全家上下人等名册，俱要点了名圈进王府的，此节倒是要紧。

太子妃接言："统领所说，王爷刚才也虑及。董妃生产前一句，她娘家为着照顾，派了董妃自幼奶娘过来，想来她不在册。如统领慈悲，便留这奶娘照应孩子。如若天见怜，逃得一命，将来得个平安日子过了，也不枉了从娘肚子里来一遭。"

孟统领见言，袖中掏出名册查了，确未登记有董氏奶娘。他点点头，放回名册，又问："这一老一小，董家是回不得的，如果没有人接应，还是没法存活。王爷王妃是否想过？"当时太子被废，还有王爵在身，故孟统领称了王爷。问个清楚，也是为免今日救出，他日流落在外，无论生死，都有可能将自己牵了进去之故。

废太子想了想，便说："神武将军冯唐，可堪托付。如蒙统领大恩放了此女婴，自会嘱董氏奶娘找了他去。是生是死，皆由天命。本王一家齐感统领恩德。"

废太子此前做太子多年，自有一干追随之人鞍前马后。九王夺嫡，朝中诸人纷纷站队。那冯唐之父冯知章，早年也曾追随废太子，因其稳重低调，极少参与太子府聚会讨论国事，故明面上少有人知道。废太子生性飞扬跋扈，冯知章曾有建言须谨慎隐忍，那废太子虽知正论，但崇隆之际，哪听得进去。冯知章见自家意见不获采纳，故此后远了太子府，外头也绝无附丽之举。后因病去世，冯知章之子冯唐袭了父亲爵禄。废太子此前也见过冯唐，见其人颇有其父笃诚风范。后太子废了复立，冯唐并未上门道贺。但冯氏一脉家风，废太子印象深刻。在此惶惶之时，想了起来，自思这不趋炎附势的人家，才有可能在自己危难之际，伸出援手。

废太子告知孟统领之时，其实并无把握。但思自家说话时若有犹疑，女儿一线生机便会断送，故说得肯定。

孟统领默默思量了一会，拱了拱手，自己出外。废太子知道这是允了的意思，便赶紧着手后续之事。进得内闱，那董氏昏厥未醒，便将话忙忙嘱咐了奶娘，将冯府所在大致告知，又让她好好裹了婴儿，见机便离了大队人马自去逃生。太子妃素日当家，知道在外艰难，离开京城时被限了时辰，匆匆收拾值钱器物，虽拿得几张银票放进包裹，但忙着董氏生产，此时手边竟无半文钱。她看看自己出王府时穿上的珠履，遂喊了董氏奶娘，两人换了鞋子；又去躺着的董氏头边，取下其头上戴着的凤钗；自己又褪下腕上一对玉镯，一并交给奶娘。

那奶娘含泪接了，也知前路茫茫。小姐自己从小带大，不承想有今日凄惨。王妃知时间紧迫，赶紧拭了泪，说与奶娘："那凤钗是这孩子娘亲所戴，如这孩子长大，给她做个念想，手镯看有市镇，卖了也当路钱，这对珠履，倒要慎重，皇家之物，不到不得已，不要出手，免得惹来麻烦，如能存下，也是王爷和我的一番心思。"

奶娘听了心下明白，自己脚下所穿太子妃珠履，是王府将来认亲证物。遂将玉镯凤钗接了过来，包好贴身收了。眼前太子立了又废，废了又立，现又再废，将来说不定万岁爷又改了主意，重新立为储君。那时守得云开见月明，太子自要接回自家孩子。

废太子倒得太子妃提醒，那冯唐不能只听了奶娘一番话就出手相帮，便将手上扳指脱下，也交到奶娘手中，说冯府如见此物，应该认得。

那奶娘凄惶，赶忙问："如果那冯老爷不肯，或是不在府中，该如何是好？"

废太子听了黯然："那就由这个孩子的命罢。老人家到时可自己拿主意。"说完深深一礼。

那太子被废之前，一向跋扈惯了，到得此时，自己一个刚出生的孩子，落得如此命运，心下凄惶，气焰早已消磨。那孩子生生死死，也只系在面前老妪身上，故恳切向奶娘行此一礼。

外头孟统领已令整队出发，一排排军士陆续开拔。他进了围帐，对废太子言道："王爷，这边围帐不撤。王爷王妃就请启程吧。"

废太子明白，这是让奶娘和那刚出生的婴儿不必出来，只管藏在此间，待军士去了自行逃生之意。遂点点头，招呼了太子妃丫鬟等，将董氏扶的扶，抬的抬，放上路边马车。他回头看了一眼帐中奶娘，那老妪怀中抱了婴儿，对他福了下去。心下一酸，当即出帐，上车前往郑家庄，一路忧伤自家命运。

堪堪走完旅途，到得郑家庄王府门前。废太子阖府上下，孟统领一一按了名册点了，圈入王府。诸事安顿完毕，想及婴儿出生，军士俱各听见，须瞒不得。便在回奏废太子圈禁事毕的奏本中，报了董氏生产，进郑家庄前女婴已殁之事。女婴乃宗室之女，故又报宗人府。那宗人府宗正所见，说与忠顺王的，正是这一笔记录。

那奶娘在太子离去之时抱了孩子行礼，自是替孩子向生身父亲跪拜。她知道，此后生死茫茫，天地间这幼小的生命，只有自家可以依靠了。她心下酸痛，看看怀中孩子青白的小脸，又探探鼻息，可喜还有呼吸，又祈祷孩子千万别哭出来，引得军士注意。又思还是不够稳妥，遂拿出自己手绢叠了，轻轻放进婴儿小嘴。想想小姐自己从小看护长大，刚刚生产，现在又随了废太子走上圈禁之路，能不能活也在未知，怀中婴儿生死也是未定之数。才一出生就跟亲娘从此离散，这一对母女，可算是人世间最苦命的了。

堪堪听得车声走尽，四围再无人声，奶娘抱了婴儿出帐。只见太阳平西，眼前一片庄稼地，再无人踪。心下凄惶，抱了小小婴儿在怀，走上官道，想在太阳下山之前找个人家，给婴儿喂一点米汤。

不知走了多久，夜色渐起，奶娘走不动了，坐在道路边上，想起如再不得进食，自己和这女婴皆活不了命，不由嚎啕大哭。那婴儿得此哭声，眼睛睁开，看着奶娘。奶娘泪眼蒙眬之下，看得那孩子眼睛夜色中发亮，想起她口中还有手绢，赶紧抽了出来。

且喜那孩子也不啼哭。奶娘看孩子还活着，平添气力，抱起来又走。手臂酸痛，咬牙忍住。还好不久就听得后头有马车赶来，奶娘赶紧停了招呼。赶车的是个后生，走隔壁村寨晚了回家，见有孤身行走老太太，遂赶紧下了车来询问。听得告诉，说自家住在京郊，女儿嫁了前村人家，却是命苦，生下女婴即撒手尘寰，婆家不喜女婴，故而自己抱了回家，迷路至此，各种凄惨。那后生动了恻隐之心，让奶娘抱着婴儿上车，先回自己家。到得家来，请老母安排下饭食，又到灶下端来米汤，让奶娘喂了婴儿。

奶娘刚进后生家时，看见自家脚上鞋子，鞋面上缀着硕大珍珠，自知不妥。哪有女儿嫁给村人，自家着此昂贵鞋子的？便赶紧趁着后生母子忙碌准备饭食之时，偷偷脱下放进包裹。待那后生老母抬饭菜上来，那奶娘便告知，一路走来，鞋子已坏，不知掉了去哪里。那老母怜惜她，忙拿了自己一双旧鞋让奶娘穿上，见其一双脚都是肿的，遂也不疑鞋子走丢之说。说起自家经历，奶娘自不能实话相告；只能真真假假，将路上告知后生之事再说一遍。虽不尽实言，但情动之处，却是悲苦难抑。那后生母子听了，也叹这婴儿被弃命运，劝了奶娘，在自家屋里多歇几天。

那奶娘包袱里还有一点自家随身带的碎银，遂拿出来给那后生当做饭食钱。后生不接，说老母说了，救人一命胜造七级浮屠，倒不要谢的。又择一日，按了那奶娘口中所述，将奶娘和女婴送至京城西郊。

如此重情，奶娘本想递过手镯谢那后生的，后想想自家编排的话，如拿出那上好玉镯，恐后生见疑，反倒不好。遂领了这人间真情，谢了后生。下了马车，对后生福了又福。看那后生赶车走了，奶娘抱着婴儿进得城来，一路打听，寻得冯府。到晚择了个少人的时机，上前叩冯府门。记得废太子的话，将扳指递了，请门子通传。

冯唐当时在府，见门子报来，并呈上一只扳指，心下想了好久才想起来。忙让唤进奶娘，屏退了下人细问。那奶娘几日来忧心忡忡，今日寻来又体力耗尽，堪堪说完得孟统领之力私下放行，太子和太子妃嘱咐言语，便已不支。冯唐忙命安排歇下，又让厨房热汤热饭送上，让其好生休息；又唤家中仆妇抱过孩子，令好生喂养。忙罢堂中坐了，寻思这婴儿安排，倒是好生作难。

太子废立，事关国本，故朝野无有不知。冯唐听得奶娘说来，若合符节，又有废太子手上扳指，自不怀疑。只是自家刚刚娶亲不久，并无子息，留那婴儿在府，倒是说不清楚来历，遂请了夫人来商议。府中人口众多，虽吩咐了仆妇等不得向外言及，但终归瞒之不久。

得夫人提醒，冯唐想起父亲在日所做善事，冯府原本办有一育婴堂，此婴儿若府中住不得，放在育婴堂，当作弃婴养育，倒是一条出路。

当时风气，京城中多有因生了女婴不养，弃于道旁的情形，也有生来畸形，父母见弃的。冯知章闻之叹息，蝼蚁也惜命，何况人哉。遂拨下房舍，府中又出银两，外边请了有经验的仆妇，收弃婴养育，做此善事，又定下规则，到婴儿长大可以做活之时，则任由其自寻生路。冯府开育婴堂之事传扬开去，阖城称善。自此后，有人捡到弃婴，便送到育婴堂；有些无道人家，生了孩子不养活，直接抱了放在育婴堂门口也尽有；还有未婚先孕的女子，心有苦衷不能抚养的，也送了来。此举活人无数。声名传扬开去，那不能生育的夫妻，也有到育婴堂抱养的。冯知章过世后，冯唐秉承父亲善举，那育婴堂自也开着。

冯唐一路想来，夫人之议，竟是最为妥当的法子。待女婴长大，废太子的风声也就过了，那时再为其谋出路不迟。心下想定，便传了奶娘过来告知。

那奶娘见如此安排，又听闻育婴堂是冯府本钱，便知冯府自有照顾，并无异议。说定次日自己抱了婴儿，去育婴堂登记。经此一道手续，这孩子便跟其亲生父母脱去关系，自也不会再受父母牵累。自家年老，由董家派来，自当回董家，遂将此意明白说了。又将太子妃交下的凤钗玉镯，从包袱里取出来，交给冯唐；珠履已经清理泥沙，也一并递了；太子妃当日言语，一一分说明白。道孩子长大，物事可交给她自家保管，毕竟是她父母之物。至于其身世，说与不说，便由冯老爷做主。说毕磕下头去。

冯唐一一听了，心下敬重老妪高风。那孩子一路逃出生天，竟是得了这不起眼的老人家之力。遂接过奶娘递与之物，将一对手镯取出，请老人家收了做个念想。那奶娘不收，说只要小姐的孩子平安长大，她就放心了。冯唐百般相劝，那奶娘知冯府不缺银两，这本是太子妃让她做盘缠的，留着自家做个念想也好，这才收下。

次日奶娘依言，出了冯府后门，雇个车子到冯家育婴堂，按着规矩报了，说是路边捡到的女婴。育婴堂管事早得着冯府言语，吩咐堂下仆妇抱了婴儿去好好照看，又温言谢过眼前老妪，说老人家此举定积得阴功。奶娘抹泪自回董家不提。

堪堪过了几年，那女婴平安长大，唇红齿白，眉清目秀，好个模样。一日，育婴堂来了一位京官，现任工部营缮郎的秦业秦老爷，说因着自家无子息，来育婴堂抱养孩子，以慰膝下寂寞。育婴堂管事接着，与秦业商量了，当日秦业即领了一个女孩回家自养。

这孩子便是当年那奶娘送来的女婴。秦业给这女孩起了姓名，唤做秦可卿。这可卿是个有福的，她到秦府之后一两年，本以为绝了后嗣的秦业，竟得了一个亲生儿子，取名秦钟。此时秦业已年过五十，同僚皆羡慕其有福，道老来得子，定是个聪明有出息的，那育婴堂抱来的孩子，为养父带了亲子来，可见也是个有福气的。秦业听了自是欢喜。

## 第三十六回

### 过府唱戏琪官递扇
### 兔死狐悲同起沧桑

　　且按下秦可卿在秦家不表。那孟统领在冯府，与冯家父子谈来，颇觉快慰。放下一桩心事，自是轻松。连日来鞍马劳顿，睡觉都睁着眼睛，如今可以稍稍歇了。自家监禁废太子多年，又目睹其凄惨死去，即使是历经沙场铁血，也有所不忍。即使这太子作恶被废，也不应该如此悄无声闻，被一杯毒酒葬送，连亲人儿女都不得在身旁。故得知当日确救下了女婴一命，心下得了不小慰藉。

　　看看夜深，正要告辞，那冯唐却是个细心的，劝住统领，将朝廷邸报已发其戴罪旨意说了。既然孟统领已到京城，那么其脱逃之事也瞒之不久。遂建议不回客栈，免生事端，先在冯府住下，这一两日让冯紫英探听了消息后，再行决定不迟。

　　孟统领知冯家父子担当，此时原不需说谢字。当即拱拱手站起，由冯紫英领了，亲自让管家安排住下，命服侍的小厮等一律称呼庄老爷。

　　次日冯紫英带了小厮，出京城跑马。经过城门时，眼睛瞟了墙上，见新贴告示，勒住了马细看，已明明贴得孟统领画像。原来昨日进京，真只差分毫。因缉捕人犯任统领之职，又是新鲜贴出，分外引人注意。门口京兆尹府值守兵丁，查进出人等各项细致。城门口看热闹的尽有，几个人正在围着榜单议论，原来上头有赏银。

　　冯紫英为孟统领捏了把冷汗，如果昨日不进城，继续朝南走，途经城池，迟走要被识出，如果今日进城，那更是当即拿下。当下跑了一圈马，返回城中，派小厮到孟统领原住客栈，以同乡之名，悄悄把孟统领化名的账结了，自己则回府报信。结账云云，倒不为银钱事，欲了结行踪之故。

　　冯唐听了略意外，没想到这么紧凑。但既来之，也避无可避，心中略略计划停当。当下也不请孟统领来到，自和儿子一起到上房来拜访，将海捕文书已下之事说了，又告诉了自家主意。孟统领听了，只能如此。当下在冯府先住下来，一应伙食事务，皆由管家亲手经办。

正月里，正是京城各府串门的机会。因着忠顺王是宗室，虽然已奉旨脱去孝服，但礼自家还得守，故家宴庆贺新春等一例从简。这日冯紫英上门看望王爷，陪着说了几句闲话，便说起正月潭柘寺踏春上香之事。原来这是京城人家旧俗，卜新年好运，京城有车有马的，差不多都去潭柘寺拈香。今年诸事诡异，忠顺王本不想去的，听得冯紫英说起，那去潭柘寺上香的路上，路过冯府田庄，新进几匹口外好马放在庄子里，请王爷一并帮着鉴赏一二，又道正好供王府众人小憩歇脚事，极具殷勤。王爷自小识得冯紫英，见今日话里有话，竟是一定要邀了他去之意。想了想，便派人进内府问过王妃，一时王妃派人回称由王爷作主。王爷遂与冯紫英说了几句道路，便定下来，正月二十四日，王府按着往年规矩，到潭柘寺进香。冯紫英见王爷允了，又特意说，王妃上香，路程不近，一路辛苦，届时自家父子先一日去田庄打前站安排，冯府会派人一早在德胜门恭候王爷，中间欲待休息时也好引个路。王爷想两府从未一起进香，今日又安排得如此细致，心知有异，但冯家父子为人，倒是素知，遂口中一一应了。

又过二三日，门子报来北静王帖子，内中说其听闻忠顺王府有名好戏子名琪官的，想邀那琪官来府，清唱一折以助新年之兴？忠顺王见帖倒是一愣，唤来门子到跟前细问。原来北静王与忠顺王错着辈分，两府私下除礼节外少有交集，况且太后刚薨不久，北静王作为嫡系孙，也不该唱戏喧闹，故忠顺王见帖错愕。门子见问，答北静王府也只是管家过来递贴，其余话倒也没有。忠顺王思考再三，点头应允，派了琪官收拾行头，跟那管家过府。

那管家带来的马车停在侧门，见邀到琪官，便请上车。马车倒是平常，并不华丽，也无北静王府标记。北静王府也在西城，偏偏管家指点着车夫，满京城几乎走了个遍，中间又在巷道里换了两三次车。堪堪薄暮，才将琪官送进北静王府。琪官也不好问的，只好任由管家调度。

那琪官进得王府，管家请他在府中梨园偏殿里等了。坐了差不多一个时辰，并无人安排他上妆唱戏之事，心中纳罕，问门口伺候的小厮，也无明话。已到了晚饭时候，倒有小厮送上饭菜来。琪官心下打鼓，只得吃了，一味摸不着头脑。一时管家露面，一见就道各种叨扰，又说，本来府里搭了个小戏班子，拟在府里悄悄乐一天的，结果他家王爷的爱妾忽然不适，因此耽搁了，倒要谢罪。又命跟着的小厮捧过一个托盘来，内有黄金小小一锭，湘妃竹一把，香囊一个。琪官不知何意，一时愣在那里。

管家满脸堆笑："我家王爷爱才，故今日从忠顺王府请得小爷来，不料府中有小小事务。今日耽搁小爷才艺，王爷不安，送上微薄意思，请小爷收了。"

那琪官姓蒋，名玉菡。所在戏班子一直被忠顺王养在府中。偶而出外串戏，别人为着尊重，也不能直呼其艺名，故称其小爷。此时见管家如此说，心下倒不好意思的。又见有扇子托在盘中，那扇骨是难得的湘妃竹，玉石一般温润，有大点黑墨，确如人的眼泪溅了上去，又见锦囊，不知装了什么香料，一闻香气扑鼻，便赶紧行礼，道当不得如此厚礼。

管家说与琪官："鄙上叨扰小爷，这钱财自是小事，请小爷收了。既是打扰了忠顺王爷，有一把难得古扇，鄙上还题了字，请小爷转与贵府王爷；香囊内装鄙上自调异香，也是个体己之意，一并呈上王爷，请雅鉴一二。也是鄙上一番心意。"

琪官这才明白，那扇子和香囊是让自己捎给忠顺王的，便也无须推脱，当下接了。香囊系在腰间，扇子拿在手上，金锭便装入袖筒。那管家等着琪官收拾停当，又说："小爷，一事得罪，刚才怎么来的，待会儿还怎么回。还请小爷无需诧异。"

琪官本打了一路的闷葫芦，但说到底自己是个下人，自也无异议，只得听那管家安排。管家派了个小厮陪着，便一样从北静王府侧门出来，上了马车，又一路兜兜转转，换了几次车，才回到忠顺王府。

本来琪官一个优伶，不是想见王爷就见的，但看今日蹊跷，遂回到府中即求见管家，说有北静王物事代转。那管家也不多问，带他去了堂上，拜见王爷。

忠顺王尚未休息，正在堂上一侧书房看书，听得管家来报，便让琪官进来。琪官呈上扇子并香囊，又把北静王府管家的言语，以及一路情形略略说了。忠顺王听了，自思不已，面上却不露声色，命下去休息。琪官便跟随管家退下，一路想着今日之事。

忠顺王拿起扇子细看，见扇竹节粗壮，色彩雅致可爱，触手生凉，虽则难得，倒也谈不上什么珍物。手中打开，见扇子正面是水墨山水，连绵不绝山峦之上，隐隐有长城烽火台；又转看背面，是遒劲五个字"清风满天下"，下未落款。既然北静王府管家说是他家王爷手笔，那就是了。忠顺王将扇子握在手中，倒是骨节处与手握的位置正相契合，扇子一动，凉风起来。王爷自思，这正月里，虽然春气复苏，毕竟早晚还有寒冷，这送夏天的扇子倒是何意？

又想起还有香囊，遂拿在手中细细端详，上好的绣工，倒也罢了，香囊上头用璎络收拢，打着死结。忠顺王仔细看了，心中一动，将房中长剑拿来，用剑尖将结子挑断，看看里头除了香料，另有一张布条。拿出一看展开，上面画着一枝半倾倒的树，枝丫上一个鸟窝，内中两三枚鸟蛋，画得栩栩如生，空中有只飞翔的鹰盘旋，翅羽皆张，鹰的头冲着太阳。

忠顺王明白了，今日北静王请琪官过府唱戏云云，皆因欲遮人眼目。北静王的意思，就在这扇子和这布条中。"大柄若在手，清风满天下"，这是扇子本意；香囊里的帛画，说的是两府皆如累卵，覆巢之下，如何全身？如能鹰击长空，则可当如太阳，为万民之主。

忠顺王看看四周，小厮皆在门外听令。夜晚拢的火盆，原供取暖之用，尚有余炭，便将布帛轻轻放进火炉烧了，又看看扇子，也细细扯碎扇面成几条，放进火中。一时烟雾四起。

小厮素来不听叫唤不能进屋，闻见烧东西的糊味，也不敢进书房，只在外头问着王爷安，忠顺王随口说，无需理会。小厮们遂也在外待着，并不进屋。

忠顺王咳了几声，一边待烟雾散尽，一边琢磨这鹰指的谁。他知北静王身世，父皇康熙帝嫡孙，又自小受宠爱，故未受其父牵累，如今颇获朝野人望。若论身份，除了今上一支，倒没有比他更贵重的。现在有了危卵之思，怕不是有了反击之心。其父殁了多年，才刚刚报了宗人府，其中疑窦不说自知，多年不报，却是为何？如此大事，推与一小小统领，任谁也不能信服。作为人子，没有复仇之意，只怕难能，现既已报出废太子死，想必其作为废太子之子，性命早晚也是难逃。皇帝现下未立储君，这北静王是想为自保计，试探自己意思，又问着自己能否联手。如能除而代之，为他的父亲报仇，登上大位，届时自己的拥立之功也是跑不掉的。

意思越想越明白。只有一点未明，自己明面上尚得着今上信任，掌管京城，那北静王是如何判断自己也是危卵的呢？想必其已查出郑家庄统领是自己旧部，以皇帝疑心，定有牵累，方才试探于自己。想起北静王画的鹰击长空，忠顺王知道那即是造反之意，顿觉手脚一阵冰冷，继而想，即使为自家计，允了北静王，但两府只有侍卫家将，如何造得了反？

忠顺王想了又想。不说其他，危卵覆巢，倒是事实。北静王府管家，用尽招数，大绕圈子，不也因为两府门口，不想可知，今上应早已布下暗哨了吗？自己不动手，那就是束手待毙。皇帝手段如何，看二哥下场可知。

忠顺王站起身来，点燃一支檀香放进香炉，自己盘腿，坐在书房平时小憩的榻上，一一细思。这北静王既然有所表达，那心中想必已有主意，此等性命攸关之事，不是一两句话可以说得清的，但自家心意，却当回馈，否则北静王不得回信，又用什么手段联络，反而引起注意。思之再三，一时不得要领。

榴
花
纪

## 第三十七回

### 同气连枝双王携手
### 宝玉受托通传图画

当日北静王在府，府中侍妾身体不适云云，自是托辞。父亲多年前早已辞世之讯传出，北静王夙夜忧叹。皇帝自称以孝治天下，但天子脚下，又怎有亲父殁而子不知的道理？隐瞒这许多年密不报丧，定有不可告人处，种种焦虑痛楚心酸，竟是无言表述。

那看守自家父亲的孟统领，旨意下来严令捉拿缉捕，北静王心中清楚。此人虽未见面，倒颇知晓其一二。

弘晳自小由祖父康熙帝养在宫中，重视程度，犹如当年太子，故各宫甚敬，侍卫统领亦皆眼熟。到得长大，因羡慕上场杀贼事，想国家北部边陲屡遭入侵，自己作为宗室儿郎，早晚少不得报效国家。故奏了祖父，平日里请曾上阵杀敌的宫中统领来殿中，为自己讲些地理军事。内中便有孟统领的几位军中同僚。

讲及战事，少不得挂了地图，排兵布阵，行围打援。十四爷统率全军，自不必说，即那局部战役，城池攻防，便有许多讲究。内中一位姓卓的统领，现领着殿前都指挥使，讲解得最为详尽。其所经历的一两次战役颇为艰险，谈及各牛录之间的配合及战场表现，对孟统领统兵征战本领尽有称赞推崇之意。当时弘晳尚未封王，作为皇孙身份，对于沙场英雄诸多钦佩，听了便问孟统领如今却在哪里。那卓统领听了却是长叹，顾左右而言他，拐了话题。

弘晳见卓统领如此藏头露尾，心下起疑，便又零敲碎打，从给他讲战事的另几位统领处多方打听。其中一人嘴快未收住，便让弘晳猜了出来，卓统领忽地不言，原来为着这孟统领正看守自家父亲故。

那弘晳多年宫中生涯，已使他喜怒不形于色，听了行若无事，照样闲了便习弓马骑射，听各位宿将讲解战事，又从康熙帝指定师傅学五经六艺。私下则最爱看书，手不释卷。故弘晳虽则年轻，看上去玉树临风，实乃习得文武艺；又耳濡目染，热血骨骼尽有，只少了实战机会。

康熙帝一路闻得，壮弘晢尚武之气，家国情怀，又观其英姿略有当年自家风范，心下欣慰。故择一日，御封多罗郡王。此时弘晢尚未弱冠。康熙爱重之意日益溢于言表。就连一年一度草原会蒙古王爷，几次也曾携了弘晢参与，让其坐在身边，听与边塞事务。朝内因此曾有猜测，康熙帝会否因着宠爱弘晢故，饶了他的父亲，让其重回宫廷当储君，为传孙而传子？可惜这猜测不久后就被击破，因为康熙帝驾崩，传出其旨意，立的是四子胤禛继位大宝。

今上继位，次年即晋封弘晢为亲王，但旨意上同时将弘晢改名水溶。虽宗室私下仍称弘晢，这明面上一改，可是大有讲究。因为宗室辈分，北静王列弘字辈，现在改名水溶，却不知辈分。对于朝中之人，皇帝此举足堪琢磨。

北静王自思，皇帝一面怀柔，称奉了康熙帝的遗旨将自己晋封亲王，另一面，却将自己宗室辈分改了，是否告知天下人，自家已不是皇帝心中的宗室后裔？种种思虑虽有，但他一向性格沉稳，对外并未表示一言。只是上谢恩折，言今上恩德若父。其后有事奏陈，北静王时称今上为"皇父"。外朝多有不明其中弯绕的，真个以为今上对待兄长后代，确是天恩浩荡。

这一切，结束于雍正十三年的春天。按宗人府通报消息，北静王得知父亲在皇帝即位的第二年就已去世，年仅 51 岁。虽然皇帝下旨，给父亲谥号密，称为理密亲王，但又颁旨，不准阖朝文武宗室祭奠。以至于北静王要祭奠自己生身父亲，都得在府中沉寂夜晚私祭，不敢为外人所知。

今上如此种种，北静王再难隐忍，自觉已探知皇帝内心。那晋封也好，谥号也罢，都是做给外人看的，自己生母李佳氏，依然禁锢郑家庄；嫡母原太子妃，现封理亲王妃，空有尊号，依旧被军士守把出入大门。皇家恩德，不过如是。成则王败则寇，自古皆然。

听闻府中管家报来，自正月十六之后，府上前后各门，时有不明人员走动探看。北静王想那自是皇帝担心废太子事发余波，监视自己。仔细想来，以皇帝内心之细密，做事之斩决，只怕现在自家欲为田舍郎而不得了。

北静王思虑再三，满朝文武，俱是皇帝之人，自家心事无一可言者。但自家如要奋起一搏，也未尝没有机会。只是此事牵连江山社稷，倒要有宗室之人响应才妥。他思索多时，想起忠顺王来。

看守父亲的孟统领，现在被朝廷缉捕，其担任京畿地区职司，正是在从西北凯旋回来开始。北静王从所知消息一路想来，孟统领京中最密切之人，应是其原上司忠顺王。那孟统领私自潜逃，其所知信息定不止一二，如有泄露，虽然不可能动摇权力至尊宝座，但足以让天下人侧目。恐皇帝也有疑问，孟统领是否与忠顺王有牵连。如果这一推想成立，那么无论忠顺王对于皇帝，是忠还是不忠，是顺还是不顺，皆在皇帝的疑惧之列。那忠顺王平时彪悍，治理京城贵族世家，看似为皇帝尽忠职守，但大难当头，恐怕也不至于对自身危险毫无察觉。

主意想定，便有了派管家请琪官过府一事。如不慎传出自己在获父亲去世之讯后，非但不悲，还招戏子入府寻欢作乐，对于皇帝，无异是好消息，这足以说明自己胸无大志，早已为贪图眼下富贵，忘却父母，纨绔膏粱之徒，自不必挂怀于君王心上。皇帝派来耳目即使探到，想来亦不失为自污之计。尽管有此心理准备，北静王还是密密嘱咐了管家，请琪官到府之事，势必小心在意。

至于请一个优伶传此重要信息，是因为此前北静王已经遣人打听，忠顺王府中出外最多的就是琪官。其人歌喉曼妙，唱戏固是一绝，又深得忠顺王喜欢；王府减了唱戏饮宴诸般场面，琪官到底年轻，府里待不住，经常出府会朋友，偶而串戏。听闻忠顺王爷也听之任之，放其出入不管，此类人物如能传话，无疑是最不招嫌疑的合适人选。

当日琪官携了扇子香囊离府之后，小厮回头禀报了管家琪官已回忠顺王府。管家原样回复。北静王便知琪官所携物事，自当已传到忠顺王手里。那扇面上的长城烽火台，明示警告之意，想忠顺王一眼就知；"清风满天下"五字，明面上是赞其领京兆尹府，清如水，明如镜，又如清风涤荡紫陌红尘，是一个贤王。琪官即使打开折扇看了，亦当无妨，但背后意思，想忠顺王览后必知。那帛画乃自家所画，触目惊心之意，忠顺王爷定心有戚戚焉。现在所需要的，就是等待，等待忠顺王府传来消息。至于渠道，自己已经走了一条，忠顺王心思深沉，再走一条，或是旧路重蹈，亦是意中之事。

过得两三日，荣国府二爷贾宝玉到府，拜见北静王。那秦可卿出殡之日，北静王是见过的，当时即有称赞。故见帖子即宣。

宝玉此来，是奉父亲贾政令，来王府贺新春佳节之喜，当下北静王留了书房说话。那宝玉生得面如傅粉，眼如春水，与北静王一起，丰神俊朗之处，竟是一时瑜亮。家下人等一路见了纷传，少不了有找缘故来厅堂院里立等的，自是想看看与王爷堪与匹敌之人。

一时话毕，宝玉出得书房来，王爷送客。院中众人开了眼界，果然清秀出尘。宝玉再三请王爷留步，外头四个小厮跟了，出得府去。那躲在花树太湖石后头的不少丫鬟还在议论，这少年年纪轻了些，要不然与王爷可称双璧等等。王爷听得下人们一言半语，付之一笑，也不怪罪，自回书房。

北静王回，见茶几上留有一扇，扇柄眼熟，拿起一看，分明是自己送了去给忠顺王的。打开一看，扇面已非自己图画，上用青绿，细细绘了一潭水，旁有一树一石；远处似画了寺庙黄色尖顶，其余部分不见，想是隐在树后，不能尽出之故。扇面上又有工笔题有小杜诗句"二十四桥明月夜，玉人何处教吹箫"。

王爷细看，图中分明不见人影，玉人何处确不知。既然是自家扇骨所做扇子，定有深意存焉。一时拿了，在椅上自斟上茶，沉吟不止。想想画面如此干净，必有信息匿藏此间。

北静王放下茶杯，取过砚台边毛笔，蘸了墨，将想到的字在案头宣纸上写了下来：树木，池水，太湖石，寺庙，然后就是两句诗了。这样一把扇子，凭谁见了，皆是公子们外出最常见的手中道具一件。用之传信，确是恰当。知者自知，不知者定不疑有他。至于如何通过贾宝玉传来，倒是不解，眼下也尽可不理。

再将刚才画中词琢磨，去掉多余字，木，石，水，似乎有了一点端倪。潭柘寺？木石一出，池水深潭，寺庙尖顶，意思也就出来了。北静王顿时振奋，地点有了，那么诗句应该隐藏着时间。再看那小杜诗句，虽写的是扬州景致，如只读时间，把地点忽略掉的话，顿时明明白白：二十四。

北静王明白了，忠顺王回复的是：二十四日，潭柘寺。

联想到正月里京城习俗，这个日子出行，满街熙熙攘攘，那潭柘寺定也如此，确是最好隐身，也是最方便见面的机会。既然所商谈事不能假与他人，这第一次见面，即是订交，自己非亲身去不可。想到此处，看那扇子功用尽出，该是毁掉时候。遂将扇子撕成两半，再两半，点燃烛火，挪过火盆烧了。那湘妃竹的扇骨坚硬，烧了好久才化，那灰烬竟然是白的。果然古人诚不欺我，竹焚而节白。读书人总好以竹子喻自己节操品德，契合处就在这里。

那湘妃竹又称斑竹，出自楚地。据说是上古娥皇女英寻找舜帝不着，眼中血泪洒上江边竹林形成的斑点，此后此竹成为有血性的象征。湘妃竹雅致深藏，士人所喜爱，本非难得之物，但像这把扇骨虽枝粗而细腻，形状略呈四方，纹理又如此细密无杂质的，却是少见。当日北静王得之，制成扇子，自家也喜了数日，现在亲手焚毁，倒不觉可惜。心下也知，既然此物见之人甚多，便留不得。故有毁竹之举。

一念想起娥皇女英寻找舜帝不着，一丝不好的预感弥漫内心，两位贤妃目标没有达成，泪落方成斑竹。难道自家开局使用的器物，便隐含着不成功的谶语？

北静王摇摇头，似要把自己内心的恐惧驱走。他看看盆中灰烬，已是烧得干净。便出得书房门，让贴身小厮唤管家来。

那管家当着王府这么大个家，自是王爷最心腹之人。当下来到书房见了王爷，听王爷附耳吩咐了几句，管家便各自去准备诸事不提。

宝玉今日前来北静王府，自是因为贾政吩咐，也担负了小小使命。家中多事，祖母卧病。此时朝中可以庇佑贾府而又说得上话的，只有北静王了。新春节令正好行走，不趁着这个机会上门，其他时间倒无此方便的。故特来拜会。向北静王言家中近来变故颇多，荣府多有礼数不周之处，特请恕罪；又道奉祖母及父亲命，来给北静王阖府请安。那北静王知贾府事，又听宝玉口中言，便温言安慰了几句。宝玉得了王爷言语，想着如此回复老太太和父亲大人，倒也尽可完责。临行前，他不曾带走手中折扇，倒非遗留疏忽，而是出于琪官之托，故意留下。

那日宝玉与薛蟠、冯紫英约酒，因着气性相投，结识了琪官。宝玉喜之不尽，两人叙了许多话。闲谈间琪官依着节间礼数，问及宝二爷正月里准备去哪儿寻快活，宝玉随口说日内要拜访北静王府，因祖母病，恐不能出外逍遥等语。后二人单独话别时，琪官告知，其前日在北静王府唱戏时，误拿了王爷扇子当自家的带了走，想要还回去，又觉小事不好上门，颇不好意思。能否请了宝二爷拜访北静王时，顺便将扇子带去？也不必说话，留下王爷自知；那王爷操心国事，这等小事羞于当正事告知，正好烦劳宝玉，得一个顺字。宝玉是个无心的，听来句句在理，又可帮朋友，又是举手之劳，故一口允了。今日带来王府，谈话之际顺手放于桌上，走时不取，权当自家忘了，倒是自然不过。

至于琪官手中扇子来历，忠顺王交代了，让他务必送给北静王。理由也为他想好，就是为前日不曾唱戏，怠慢了北静王爷厚谊，上门谢罪，又交待了，如见北静王，留下折扇即可，倒不必多言等。琪官一一听了，不得不依。心下自思，也不知两位王爷打什么哑谜，放着家中成堆下人，只让他一个戏子两头串。正不得要领，逢了薛蟠之约，遂携带扇子出来赴约，准备散席后再去北静王府不迟，没想到一番机缘巧合，全不费工夫。琪官心想，由宝二爷转交，羚羊挂角了无痕迹，最是合适，又恐宝玉忘记，特郑重相托了。

宝玉不知的是，那琪官将扇子递过，请他转交北静王的当晚，他本人并未回忠顺王府。

琪官因为身份，进忠顺王府前，也曾到各王公府邸唱堂会，识人不少。言谈之间听得几句深宫故事，已觉天意高远，足令小民凛凛。现看看自己，竟然不由自主卷进浊流，做了两位王爷信使，不知不觉间，恐已揽得灾祸上身，心下惴惴不安。现将忠顺王爷交下之物尽托付宝二爷之后，琪官心下无碍，便也不管留在王府的戏班子诸人，打马直奔东郊。数月前，他曾将素日私囊所积，买了几亩田地几间房舍在那里。那地儿民风纯朴，琪官中意，地名也好，叫做紫檀堡。

两三日后，忠顺王见琪官不来回复，一查之下，早已不告而逃。遂大怒。一个优伶逃了也就逃了，倒也没什么，但他手中却有转交北静王的信物，忠顺王如何不惊不怒？叫了管家细问，又将戏班子诸人看管起来严辞逼问。得知其近日曾提荣国府宝二爷，又道与之交好事，便命程詹事过府，让京兆尹府郑长史亲到荣府要人。

那贾政数日来因贾赦得罪宫里夏公公事，正担着心，四处请人打听，又遇贾母病重，多番请医拿药，正忙得焦头烂额。忽听得自己儿子结交优伶，以至于害惨贾府的忠顺王派人来府直接要人，一时气急，到处找宝玉来见。

宝玉被父亲唤来，并不知何故。听了琪官事，见郑长史言辞咄咄，父亲面前自不好认，便一口推却，说是不认得琪官谁人。郑长史听了冷笑，说出琪官身上所系汗巾乃王爷所赐，那琪官早已赠了宝玉，如何说不认得？宝玉见如此隐秘之事都叫人知晓，想来定是那薛大傻子私下看见，又多嘴所致。自觉无可抵赖，心下只想快打发了那长史离府，便供出了琪官曾说过在紫檀堡置业安家之事。

长史听宝玉已说出琪官去向，便向政老爹一揖，口中不作一言，扬长而去。那郑长史今日如此气焰待荣府，自是因为其上奏皇帝荣府放债图利，请旨严办，方有褫夺其世职之事。既已结仇，何必假言温和，且这荣府尽出不长进儿孙，心下也是不屑。

这边贾政气得胡子直抖。当下关了堂门，令小厮们门口守着不叫通报老太太，拿过板子来，便把宝玉按住地上往死了打。待得看看打得宝玉再不叫唤，小厮们慌了，有人便偷摸跑进内院，通报贾母王夫人。那贾母正在病中，闻听此事，忙挣扎起身，拄了拐杖来到前堂，见宝玉浑身上下皮肉被打得一处好的也无，不由大哭。想贾家何其不幸，灾祸桩桩件件联袂而来，最喜的孙子，还被儿子打成血人，不知命还能不能存下。王夫人在赶来路上，听得贾母前头大哭，脚吓得几乎软了，以为宝玉已被打死，一面哭，一面跌绊走。小厮丫鬟们受了主子感染，想想自家命运，也自垂泪哭泣。当下荣府上下哭声一片，各伤心事；哭到后来，竟然是各哭各的，彼此不能劝慰。

贾政见老母号啕，不由心灰，在贾母面前跪了下来。儿子不肖如此，当父亲的何颜见人？贾府之倒，看来就倒在儿孙辈。一念想起家族命运滑落至此，不见生机，也不由得大放悲声。

宝玉得祖母、母亲之力，从父亲杖下捡得性命，但早已昏厥过去。数天之内，昏迷之中不时惊悸，又隐约见琪官梦中向他哭诉，忠顺王爷到紫檀堡拿他之事。醒来一看，榻前哭的却是黛玉，眼睛早已肿得桃子一般。

那忠顺王派出的长史何等得力，听了宝玉言语，当日便拿了琪官回府，交与王爷。王爷闭了房门自审，家中人自以为是因王爷爱那琪官故，要私下审，故有不少言语不欲人听见，却不知牵涉的，倒是一把扇子。

琪官被拿，自无隐瞒之理，便将扇子已托宝二爷转交北静王之事说了。王爷怒这奴才不晓事，自己托付要事竟敢另托他人，一时叫了管家进来，看着打了个半死。原本当即就要赶出琪官，又怕出府后人多嘴杂，便命扔进监禁戏班子的暗屋，由其生死。心中尚念，不知北静王接到扇中消息未？

忠顺王素日听说那荣府贾宝玉衔玉而生，天性极为聪明，担心若其打开扇子，看了悟出些是非，倒是难缠。算算后日已是正月二十四，无法再传递消息了。既已约下冯府，那北静王来与不来，自家也是要去的。又想起琪官来，觉一切皆这刁奴坏事，恨不得再提了来踢上几脚。

第三十八回

## 将军战袍随风开
## 双柏成荫林下来

　　正月二十四日天蒙蒙亮，忠顺王府门大开，二三十个侍卫劲装结束，穿了披风，簇拥着同样装扮的王爷出得门来。所不同者，王爷帽冠正中镶有一块和田白玉。一溜马车赶来府前，王妃在几个侍女的扶持下，戴着风帽，也出得府门来，皆上了马车。管家头晚早已将所用物品放于车上，故不曾耽搁，一行人马蹄嘚嘚，往西而去。

　　值守在各巷道，装了闲汉的、摆摊卖煎饼果子的、卖糖葫芦的，五六个粘杆处卫士纷纷在不远处看见，赶紧丢了自家营生，隐蔽处牵了马，远远跟来，也有在侧门布眼哨的，自然来不及跟了。都知忠顺王行伍出身，在府里也调教王府侍卫，时常一起打猎行乐，王爷和侍卫一体装扮，倒是素日有闻。这一队人马出来，不知去向何处，又不好跟得太紧，怕被发现，故头儿打了个手势，尽量分散跟着。好在几辆马车载着人，还没跑个太快，勉强跟得上。

　　德胜门前约半里地，孟统领和冯紫英小厮冯保儿一样扎袖箍腰结束，穿着披风，在忠顺王一行过德胜门必经街道的拐弯处，一个窄窄巷口等，两匹马拴了在巷子里。冯保儿巷口探出头来，等得眼都酸了，正准备回头与身后的孟统领商量几句，远远见一队人马来，同样着装，便知是忠顺王到了。冯保儿大喜，回头比了个手势。

　　要说这忠顺王府侍卫着装，乃沿袭王爷征战时麾下亲兵营服饰而来。西北战事结束，王爷招揽退役军士，组成王府侍卫队，平时照样练兵，道纵使无战事，也不能失却祖先本色。连那着装，除了去除八旗军营标志，其余皆照旧。冯紫英自小由父亲带着造访，大了时，依旧去王府甚勤，时常跟随王爷跑马西山，射鹰猎兔。见侍卫穿戴一体，只有自家衣服杂在里边显眼，又不伦不类，便要了两身，说是自家也充当王爷侍卫。那忠顺王素来把冯紫英当子侄看待，听了一笑，回府后真让亲兵队长送了两套去冯府。冯紫英前几日与王爷约定出城时，便知王府侍卫一定随行，便让冯保儿带了孟统领，一早换过装束，过来等候。那冯紫英当日随口要侍卫装束，为的一乐，没想到今日居然派了大用场。

此时太阳初露曙光，京城街道上已是一片淡金色。柔和轻盈的阳光洒在树枝上、早起的人们头上，一座城市活了过来。那忠顺王一路策马，看看不远就是德胜门，后边王妃车驾跟得甚紧，心下妥帖。堪堪转过弯，忽看见右侧一个小小巷口，两个与自己身上同样装束的人站在边上，各牵着马，正拱手行礼。王爷顿时心下一愣，一把勒住了马缰，把手举起，后头的马车身边的侍卫一时都停了下来。忠顺王定眼一看，前边一人一张方脸棱角分明，却是似曾相识，再一细辨，那看着他的双眼竟是噙满热泪，如婴儿之望父母，登时心下明白。再不犹豫，沉声道："归队！"手一招，那孟统领和冯保儿迅即上马，进了侍卫马队，像两滴水融入池塘。一行人继续往前，看看高大的德胜门已在眼前。

冯保儿选的这地方真是好，弯道挡住了后边的视线。两人拜见行礼，上马归队，皆没耽误多少工夫。此时孟统领骑马走在侍卫队中间，冯保儿在他边上，两人相视一眼，微微一笑，一时倒生起些默契来。那孟统领心中暗赞冯紫英这小跟班机灵，选的地方好，那冯保儿眉眼间有些孩子气的喜悦，仿佛在说："看看，京城我熟吧？"一时马蹄翻飞，踩踏得地面微微震动。

重新追随将军，孟统领心潮起伏。刚才王爷认出他来时，自己像一个孩子，终于找到了家门，忍不住泪湿面门。这么多年被放逐的日子，做着不似人样的事，心下折磨早已不是一天两天。说是统领，实际是个看守，又被迫做了杀人者的帮凶。欺负一群孤儿寡母，大丈夫所不为，想想自家不由自主多年，真乃无话可说。王爷那一声归队，倒像十几年前下军令时神采。心下顿时欣慰踏实，握着马缰，跑得轻快。

那忠顺王见到往日部下现身，错愕之下，瞬时明白。冯紫英那日绕着弯子，定要让自家出门上香，多半就是为了让孟统领逃出北京城。他是何时来京，又为何不找自己，想想也就明白。车驾后远远跟着的那几个探子，就是现成答案。孟明远海捕文书遍布之下，不想连累了自己，故而找到了冯家。

德胜门口早已打开，守门军士正在检查进出人等。郑长史昨日得着程詹事通传，说今日王爷王妃经德胜门出城上香，便吩咐了下去。今日起个一早等在门前。此时见王爷一行骑马走近，赶紧吩咐守卫清出出入通道，自己又从门洞前走了前来王爷马前施礼。王爷举了举拢着的马鞭子，作为答礼，笑了一笑，并不停留。长史看着王爷一马当先，跑了出城，后边侍卫一大群，一时也数不清多少人，也跟了上去，后边是王妃马车，两骑侍卫押后，一溜儿出了城，松了一口气，送走王爷，自家也能回府了。他知道王爷脾气素来不喜多言，故一直打着躬，待车驾走完，才立起身来。

长史看着远处烟尘腾起，刚转回目光，看到几骑人也骑马过来，准备出门。长史眉头一皱，朝守门军士点了点头，那军士理会得，站在中间拦住，说要检查出城人等。

后来这一拨共有六人，自是粘杆处一路跟来的探子。那头儿本准备亮腰牌的，忽想起这守门军士正是自己追踪的忠顺王下属，如何能露了自己行迹？当即放回腰牌，让全部人下马，等军士检查。堪堪一个个查完，军士让开，这才上马出城。探子们跑了一段，发现前头车驾早失了踪迹，顿时彷徨无计。探子头儿见面前两条岔口，一条往西北，一条往东北。这里近城门，车来车往，早已形成年深日久的车辙马蹄印，纵横交错，并无可资辨认的新鲜痕迹。当下无奈，叫了两人上前商量了，让其往东门一路追去，其余人等，自家带了，沿着西北那条路，一径追了下去。

那长史拦住粘杆处一行，倒非认出粘杆处探子身份，要认出来，他岂有拦住的胆子。在长史心下，忠顺王一行，当然无需查，但其余人等，自当守着规矩。看着守门军士守了自家命令仔细检查，心下满意。正月里最是要紧时，别人闲得，管理这座城池的府衙闲不得，遂坐了马车准备回京兆尹府。又想想现在路面人还算少，待得正午时，那太阳底下，亮晃晃全是人头，进香的、摆吃食摊儿的、杂耍的、一会就会把城门洞这里堵得水泄不通，倒要叮嘱领班头儿，记得清理通道，不要塞了路口才是。当下又命车夫兜了回来，与那班头说了，看看妥帖，这才回衙。

也因得这长史无意中挡了一挡，忠顺王一行多跑了一段路。后头探子失了踪迹，被迫分兵。探子头儿选了西北方向，是因为这条路通往京城最有名的寺院潭柘寺，他估摸着王爷带了侍卫，还有王妃随行，又是正月，倒像是夫妻进香的样子。那潭柘寺说近不近，说远不远，也得走上大半天，忠顺王一行的装束，也像是跑山道的。遂定下主意，沿潭柘寺方向纵马直追。

那潭柘寺离京城三十里，明清之时大大有名，当时民谚："先有潭柘寺，后有北京城"，正是说它历史之久。更久远的传说，是辅助前明成祖朱棣起兵，驱走建文帝，最终夺得大位的神秘僧人姚广孝，功成名就后就隐居在这潭柘寺。又道北京城，就是姚广孝遵了明成祖旨意主持建成的，城市规划及区域设置，大体按了潭柘寺中样子，予以扩大并完善而成。康熙帝在位时曾到潭柘寺进香，赐了许多佛界贵重之物。自此之后，潭柘寺声名大振，每年正月二月，山道上皆是络绎不绝进香人群。今日天色还早，道上已是三三两两马车，骑马的也尽有。从各处小路汇入大道，越近山门，越是拥挤。

忠顺王一路行来，看看后边王妃马车，想想不能太赶了，毕竟女流，行路辛苦。看看右侧有条较宽大的岔道，便停住马，吩咐了亲兵队长几句。那队长派了四名侍卫离了队伍，骑马站在道路旁停住。王爷一行继续向前。冯紫英小厮早跑了上前，因着前边不远山坳里，就是冯府庄子。

那四名侍卫站在那里，看看远处四骑马渐渐逼近，便放开缰绳，跑马向岔道而去。探子头儿也远远看见侍卫服色，跑马近前，见那四骑人马往了岔路去，心下是犹疑，住了马，与另外三人商议。他们的任务是盯着忠顺王行踪，可是忠顺王服色与其侍卫一致，倒不好辨认，现在四人走脱，谁能保证王爷不在里边？想了想，只能再分兵，便让两人沿路追了下去。自己连同另一个探子，自不能再分，只能往认准了的方向去。

那探子头儿两人一组分兵之法，是因为一人落单，起不了大作用，也容易被拿下之故。虽说粘杆处选人用人皆是好手，对付平常人等不在话下，但忠顺王何等人物，战场烽烟踏过几回之人，手下士卒又是旧日即已跟随他的，哪敢托大，只得一路分来。心下叹气，盯个梢而已，居然碰到了使兵法的。

那冯唐年幼时，作为立有军功的世家子弟，被选陪皇子读书，他跟的是康熙帝十二皇子。紫禁城内辟有大书房，专供皇子们读书，由皇帝选了翰林院教习教皇子们满汉文字，五经六艺。几年下来，陪读的十二皇子倒没结下什么深谊，与十六皇子，即现在的忠顺王倒是投契。皇子们受封后离了紫禁城，冯唐与十六爷倒没断了往来。

大将军王征讨西北时，冯唐知十六爷在其帐下效力，即将出征，便携了羊酒，亲到十六爷帐下犒军。十六爷属下诸将亲近的，冯唐一一敬过酒，故识得孟统领。十六爷随了得胜之师回朝，被康熙帝封为郡王，其手下将领也水涨船高，不少人涨了军职，冯唐为之高兴。后闻听几人选入大内，独孟统领去了郑家庄监看废太子，心下叹息，好好一个统兵将领，用在这种地方，也是可惜了。待孟统领数日前悄悄来访，感其多年前冒风险救了废太子之女，现又绕道进京示警于忠顺王，心下愈发佩服其公义，遂一心想帮了这位将领。与儿子商量了这条瞒天过海之计，虽是符合自家道义，毕竟没有与忠顺王商量过，不知是否见责,现在日头渐高,还不见人来,也不知孟统领出城门时是否顺利。正各种思虑担心,一彪人马来到庄前,正是忠顺王到了。

忠顺王那日见冯紫英各种细致郑重,心下便知此行应不止简单的上香一事,因此今日出门,实是费了思量。见当日部属,心下激动,但无安静之地可以叙话,故未与侍卫队里跑着的孟统领搭话。待冯保儿打马上前,遥指长路弯道尽头,一条小路岔开,道他家庄子就由此进之时,他按照心中想定计划,招了侍卫中与自己身材相近的一位近前。

那侍卫得着王爷言语,拱手听令。王爷摘下自家帽子,与那侍卫换了。那侍卫现充了王爷,引了众人继续往前。王爷身边,只留了孟统领和亲兵队长二人。王妃昨晚早得嘱咐,须得配合王爷演这一出戏,自无别议。当下车驾去了。

冯保儿得着引路指令,跑马进了岔道口。冯家这庄子天然隐蔽,在一个小山包后,前有流水,附近田亩倒是肥沃。原是一落第秀才祖上留的,后屡试不第,淡了心肠,在此隐居。因着无心管理,田亩荒芜,只得出售。京城牙行内有知冯家父子的,便推荐了去。冯唐带儿子来看了,看看山路弯弯,又近潭柘寺,倒是喜欢,便买了下来,当作冯府夏日避暑之地。既存了避世之心,亲友前也不提得,故这庄子,只有冯府数人知晓。派了可靠庄头,把这地方管理得井井有条,收成年年有升。冯紫英有时带着小厮跑马出城,顺便到得庄子巡看,日头晚了,也会住上几晚。庄头本来朴实,现看主家踏看勤勉,自也小心经营;庄子上几处小屋,整缮得干干净净,随时候主人来住。

庄子气象如人,一眼可以看出。忠顺王勒住坐下马,看看前头山头葱翠,远处河水银白平静,周围庄稼绿得喜人,心下感慨,真是好地方。他回头望望孟统领,不发一言,却心下喜慰。无论冯府如何先斩后奏,毕竟把自己爱将救了下来,心中感激。

马匹早换了小碎步,走近了看,那庄子竹林隐隐,几处房子,错落有致,庄门一块牌子,写了松柏引注三字,牌子两侧,天然有两棵合抱柏树立着,怕不有百十年树龄。冯唐带了冯紫英,正在庄门前笑着行礼。忠顺王看了孟统领一眼,两人下得马来,冯家父子早迎了上来。冯保儿牵了几匹马进庄。

那松柏引三字出处,王爷如何不识得?那是蒙元时诗人王冕佳作,当下念了几句。冯唐大笑。那王爷此刻,才是真性情,真风度。孟统领此时,也方得放松,看了四围如黛,想起老父妻儿,是否也在那神农尝百草的深山里,得此安然之趣。

一时摆上庄上饭蔬，茶已现成烹好，清香扑鼻，乃是南方上好的乌龙。一色的竹子制成家具，清幽温润，衬得茶气更添氤氲。庄上闲杂人等，尽已放回家，只留庄头一人在此照应。故冯紫英亲自动手，和冯保儿一程一程搬来。

王爷坐定，那茶盏由一双素手献了上来。王爷抬头一看，不由怔住。

注

### 感怀·松柏引藤萝

元朝 | 作者：王冕

松柏引藤萝，反被藤萝绕。

刬草养禾苗，禾苗不如草。

物情有更变，世事何足道？

君子小人交，岂能长永好？

云游本无定，潦水空浩渺。

消涸固有时，畴能见机早。

春风泛红绿，造化太奇巧。

昨朝杨柳花，今日浮萍草。

学佛不成佛，求仙岂能仙？

人生因有贪，所以不自然。

秦皇既已矣，梁武亦可怜。

何如饭牛翁，万事付无言。

第三十九回

## 金枝玉叶庄上奉茶
## 石破天惊可卿献计

忠顺王顺着那双素手，抬头一看，眼前女子青衣素裙，腰肢盈盈一握，眉目难描难画，说是绝代佳人也不为过，正弯腰站在眼前递茶。他不解地望向冯唐，这样一个绝色女子，如何出现在庄子？

那冯唐还未开言，眼前女子放好茶盏，款款拜下，道："拜见王爷。"又转个方向，道："拜谢孟统领"。

孟统领听得清楚，心下迷惑不解。显然自己并不认识此女，拜谢由何而来？他看看忠顺王，又看看冯唐，不得要领，只得赶紧站起回礼："小娘子有礼了！"

冯唐也不解释，只管邀了忠顺王、孟统领品茶。那女子起身，在竹几上摆好茶盅，自去厨房。四面风吹来，掀起她远去的裙裾轻轻摇摆。

忠顺王知道冯唐不是孟浪之人，无端让一个女子出现，定有道理。眼前倒不忙理论。那杯中乌龙茶汤金黄，是由采自福建高山之上的古茶树嫩叶，经特殊工艺半发酵加工而成。忠顺王是识货之人，当下浅浅一喝，便称"好茶"。

就着茶香，孟统领将自己一路行来大略说了。忠顺王这才知道，孟统领绕道京城，是为自己示警来的，心下感动。当年军中情分并无几载，难得部下铭刻在心，关键时刻并未忘却当年的老上司。现在虽然出了京城，想必孟统领回家一路，南北诸城均已悬缉捕头像，风险尚在。后头怎生安排，自己确要好好思量。又想起废太子二哥如何死，疑问一直存在心中，必得问个清楚。便请孟统领细谈。

那女子用托盘托了清炖茯苓鸡汤，正要走近上菜，听见说起废太子事，便站住了。那冯保儿和庄头早得了冯紫英吩咐，主人说事时不能近前，便只在厨房忙碌。端送之务，由这女子来回担着。

王爷眼角余光瞥见，看冯唐只是不出声，便也不言。听完孟统领所述，忠顺王心潮起伏。二哥果然不是善终，但如此死在自家兄弟手上，十来年来消息瞒得铁紧，却是难以承受。如果不是自家派了孙侍卫去郑家庄打问消息，说不定还要继续瞒下去。可惜了孟统领，一身征战唤来的朝廷武职，一朝全丢，他自己反成了被通缉的逆贼。不由轻轻一叹。

又想起与北静王之约，这侄儿虽然年轻，却有血性，听闻父亲死讯，定是觉出诡异。敢冒风险找自己联盟，也算有眼光见识。若今日弘晳来潭柘寺赴约，确是该与之好好合计合计了。

想及今日出门不易，倒要抓紧时间。他放下茶盏，说声："明远，我们就叨扰了冯将军庄上美味罢。"冯家准备了饭食，不吃就拂了人一片心意。冯唐听了，忙邀了王爷、孟统领入座，又叫了冯紫英来，侍候王爷统领饮食。王爷哪肯，叫冯紫英一同坐了。四人起筷，王爷见菜肴做得精细，品品其中肉脯菜蔬原汁原味，不似街市上买来，便知这是庄上自产。冯唐作为主人，自当客套："庄上农家菜蔬，只能将就，不知可还有一二合王爷、统领口味？"得了王爷首肯，又说："今日菜肴，便是由刚才奉茶女子亲手做的。"

王爷早就等着冯唐说此事，便停下筷箸，问冯唐："这位女子天姿国色，礼节足备，如何在冯兄庄上？我等说话，冯兄似也不避，倒要请教来历。"在庄上，原可以放下些礼节，故王爷称冯唐的称呼，也改了一改。

冯唐答："这女子姓吕，唤做四娘。也是一个四海飘零的不幸女子。几年前因了无处可去，故请在我庄上小住。至于为何不避嘛，倒是有个缘故。"他一时不知该如何讲述，便沉吟不语。冯紫英见父亲沉吟，也不好说的。

不远处站着的女子，端了托盘走近，桌上放好了之后，退后三步，先向冯唐跪了："冯将军，承蒙收留。小女子身世，将军确不好说。自己说来，可还使得？"冯唐笑了，头轻点了一点。

那女子又转向孟统领："家下不幸，小女子性命皆统领所救，先谢过孟统领高义。"她郑重磕了三个头，抬起头来，眼望着孟统领："小女子便是当年，父母亲赴郑家庄途中生下的那个女婴。"她先前在厨下，已得冯紫英指点告诉，因此一开始见孟统领，就称"拜谢"二字。

一语既出，王爷和孟统领都站了起来。

王爷虽还未听孟明远说起此事，但去年宗人府宗正说过，废太子侧妃董氏曾在途中产过一女婴，但上奏说途中殁了。这女子这样说，自是此女婴长成无疑。孟明远看看冯唐父子，那父子一脸郑重，不像玩笑。念头一转，赶紧跪下："孟明远参见格格。"他知皇家宗室之女，依满人风俗，受封前称为格格，如已获封，便称尊号。这废太子之女虽身份尊贵，但既已报殁，定不存在受封之说，因此便称"格格"。

这女子，便是秦可卿了。

秦可卿赶紧还礼，请了孟统领起。又转向忠顺王："适才不敢吐露身世，既然冯将军为难，小女子自当出面陈述。拜见皇叔。"又磕下头去。

忠顺王一念之间，滑过许多念头。他虚扶一扶，让眼前女子起来，打定主意先得听听这其中曲折。那可卿站起，冯唐知这其中历历，一时半会儿说不完，便叫："四娘，你也坐了罢。"这个称呼，是秦可卿自己起的，自入庄子以来，一直使用这个化名。故冯唐如此称呼。

可卿谢了，旁边竹凳上坐了。她拢一拢头上乌油油黑发，便将育婴堂、秦业、宁国府经历大致讲了，直到天香楼假死脱身。

王爷心中惭愧，眼前这女子的坟墓，竟还是自己属下掘的。至于由瑞珠替死种种，他自是清楚不过。他面上露过一丝不易发觉的赧色，把心中要紧疑问一发问了："四娘，那你是如何找到这个庄子来的？"秦可卿是秦业所起名，此名又引发多少风波，既然现在自称四娘，这个称呼，在人前称来，显然要比秦可卿妥帖得多。

座中诸人都理会得。可卿言道："那宁国府贾珍是禽兽不如之人。小女子自贾府收留，养在宁府，后由贾老太君安排，嫁与贾蓉。"说到此，她心下轻轻叹了一口气，贾蓉，那曾经是她的丈夫。然后扬起了头，似要丢开前尘往事，继续说："那贾珍趁一日在我茶中下了药，霸占了奴家。后又多方哄骗，说会联络朝臣将军，想办法救出父亲母亲，让父亲重回朝堂。小女子乃蒲柳之人，无人依傍，不能不从，只指望能有机会，救出我父王。"说到此间各种难为之处，秦可卿潸然泪下："最后我终于知道，这么多年，那贾珍一直欺瞒于我。他何曾有一日为我父王考虑，何曾有一日为我考虑。小女子竟然如此天真，实在是一个世上少有的糊涂人。"一段说完，已是泣不成声。

王爷和孟统领对视一眼，皆明白，如此一出生便无家人扶持的女婴，幼年少了调教，哪知世上奸恶，遇到此事，确无法周全。若因受了玷污，便被那前明朱熹学说坏了脑子，以身殉节，不但对苦心救出她的诸人不住，对于身陷囹圄的父母亲人来说，更是无甚助益。遂表示理解，二人对视一眼，点了点头。他俩心中思量，这位女子一心想救出的父王母亲，早在十二年前就已不在了。想来这些，冯唐父子应该说了与她。又愤慨那贾珍有何能为，竟然以帮助他父王为钓饵，诱骗儿媳，又霸占经年，真正狼心狗肺。想及太子做储君时，何等轰轰烈烈，现其后人沦落到此地步，不能不让人一悲。不由垂下头来。

可卿从袖中抽出手绢，擦了擦眼泪，继续说下去："小女子在贾府长大，冯将军派了紫英兄弟时常来宁府走动，宁府饮宴之时，有时奴家也与席。遂由紫英兄弟处得知自家身世。一日院中游乐，乘人不备，紫英兄弟给了小女子一块布帛。后来我避了人看了，上边画着这庄院，方位道路远近，庄前两棵大树作为标记；又有一句：若有缓急，可到林下。这八个字我铭刻于心，没想到小女子走投无路之时，确得此助，虽是辗转，终到得此地。"她说时情绪激动，又向了冯唐父子盈盈拜倒。冯唐捻须点点头，那冯紫英赶紧回了礼。想一个弱女子，凭一张布条，找到如此偏远的地方，定是吃了不少苦头。心下也感佩。

冯唐接言："那贾府与冯府故交，当年也受过太子恩惠。故我待可卿长大后，与贾府老太君商量了。贾府老太君真正是个有肝胆有担当的，她与子侄们商议，安排荣府政老爷工部同僚秦业，到鄙府所开育婴堂领回可卿，养上一两年，再由宁府敬老爷带了回府，说好了长大后便嫁与贾珍长子。我思量此乃上好安排，也同意了，倒没想到后来那贾珍如此不堪……"说到此处，顿了顿脚，长叹一声。那冯唐讲及往事，忘了秦可卿现名吕四娘，直称可卿。原也是其自小照护，称呼惯了的。众人皆不以为意。

见众人还有不解，冯紫英接言："说来也是惭愧。那贾珍平时豪奢，又不护细行，外边有了些传言。家父听了摇头，恐可卿……，不，恐四娘终有一日不如意，便存了个心思，命我画了图，交给四娘。几年前庄上来报，有故人来见，原来是四娘已到此。倒是天可怜见。"他声音越说越低，自是想起眼前女子飘零苦楚。

那宁国府小厮在秦可卿出殡之日，交给他"托非人事毕林下见"血写的布条，他看后即知是可卿所写。当即报了父亲，打马到庄上等，数日后终于等到秦可卿来到。这些细末自不用告诉亭间诸人。想想可卿写下"托非人"三字时，心下该是何等惨痛，他懂得，"事毕"二字，是说其作为秦可卿的身份自此已了。林下拆开，就是双木，指庄前两棵参天柏树。林下二字，是冯府与秦可卿约定的位置，也是暗号。若可卿不方便时传出消息，说林下即知此庄；若直述庄名，传讯的布条半道有失，则恐为消息两边之人惹来麻烦，而冯府田庄也为人所知之故。

冯家父子这么一说，忠顺王听了个明白，没想到这对父子为着不相干的外人，甘冒风险至此，又难得如此有始有终。他懂得冯紫英口中说的"不如意"，就是女子下堂求去，让婆家给休书，换回自由身的意思。不料这冯唐考虑如此周全。他站起身来，向冯唐父子郑重一礼："冯将军父子云天高义，救我侄女一命，请受本王一礼。"称呼冯将军，自是郑重之意；又转向孟统领："明远，你虽曾是我帐下将军，但敢冒风险，救出与你不相干的一条命，定是出于悲天悯人之情怀。现又绕道进京示警。如此肝胆，世间少有，本王惭愧。将军上座，请受了本王一礼。"又行下礼去。

冯家父子、孟统领纷纷跪下回礼，尽皆唏嘘。秦可卿见忠顺王这么一说，知是认下了她这个侄女。心中感动，眼泪不断落下，面上珠玉一般，在阳光下闪着光芒。

一时俱皆跪倒在地，冯紫英看看，此等情形只得由自家化解。遂先自己起身，过去扶起了可卿。又请叔伯们起身说话。

众人坐定。王爷知今日之事甚多，眼前诸人，须得粗略安排才好。冯家父子请自己来此庄，此时心下已全然明白，一是为了孟统领出城，二恐怕就是将侄女后头之事交在自家手中。苦心如此，其中并无半点私心，实在可敬。既然如此，自家后续的风险，冯家父子断不能再牵进来了。想了一想，便问可卿："四娘眼下，可有什么想法？"眼前这女婴，父母连名字都没给一个，就独自飘零在外，她自己起的名，就叫这个吧。忠顺王如此想着，看看侄女意愿，是否需要给她找一个好人家，好好度过下半生？

可卿听了，郑重转向眼前的叔叔："皇叔请听侄女一言，出得宁府之日，侄女已经立下誓言，余生必当为爹娘报仇，报不了，也就一死了之，断不愿苟延残喘。贾珍之仇，皇叔已替我报了，那宁府倒塌之日，消息传来，我心中不知有多感激。侄女自家之事已了，现在只剩下父母之事，刚才我听了孟统领言语，才知我父母死得如此凄惨，坟茔也没有一座。今上如此狠毒，我必当手刃仇人。如此愿实现不了，便将我头颅交给他便是，地下也好去见我的父王母亲。"说来竟是斩钉截铁之至。

众人被这眼前女子震住，一时说不出话来。冯紫英这才明白，秦可卿到庄上不久，从一个养尊处优之人，变成各种自食其力，田里厨房一应杂活，皆学习甚勤，每当自己来庄，又请了自己教骑马，让自己带着去山里打猎，各种使用箭矢弓弩刀剑诸般兵器，原来藏着这样一股倔强意志，事事皆有打算的。难得她苦练不辍，自家每次来，都能看到长进。原来这女子狠绝起来，也和男子无异。想想今上统领天下，她一个小小女子，别谈报仇了，接近方圆几里内都无可能。她心中枉自藏着如此大的宏愿，仇人是天子，这仇如何报得？一念到此，心下悲哀。

忠顺王也深受震动。没想到皇族之血，在她这样一个弱女子身上还在流淌。不愧是父皇嫡子嫡孙。他想起了康熙帝，想起了遥远年月里的九王夺嫡，不就是因为自家父皇太了不起，儿孙都头角峥嵘吗？心中一喜一悲。喜自不必言，你悲者，侄女此志壮则壮矣，只怕是水中月镜中花，看着美好，终究捞不起来。

众人眼神，心中活动，可卿一一看在眼里，遂说出自己心里想头："今上在皇宫，自无可趁之机，但如木兰秋狝，或有机会。"

她一字一句说来，直如石破天惊。

自康熙十六年来，皇帝经常在木兰秋狝的时候会见蒙古亲王大臣。那木兰围场，便是喀喇沁和翁牛特两地的王爷献出的草原，供给康熙帝做八旗演兵场。康熙帝自得了这两块草原，与八旗原控制的相邻草原一起，划做皇家猎场，以传"弓矢得天下"祖先武志。划定之后，皇帝每年皆率王公大臣、八旗精兵来这里射猎。后又考虑此块地乃控漠南漠北漠西诸草原之咽喉要地，遂率八旗士卒演练骑射之余，每年也在此会蒙古王公。既为表示亲善，也为了防着蒙古各部结盟。

作为满洲八旗盟友的蒙古亲贵，原是在黄金家族最后一个大汗林丹汗去世之后投诚过来的。林丹汗后人将大元传国玉玺大印献给后金皇太极后，蒙古各部皆奉皇太极为"大可汗"。皇太极既继承了蒙元法统，在盛京登基称帝，建国号大清，从此成为满洲人和蒙古人共同的大汗，满蒙联盟的军事基础就此成立。满蒙骑兵入关得了天下，蒙古王公们顺理成章成为亲贵，继续充当满人的可靠盟友。故与对待中原归顺的各方势力不一样，皇帝一直对蒙古诸部礼敬有加。

康熙帝在世时，尤其重视蒙古诸部。往年蒙古王公们到京参见，为朝见；自康熙帝在木兰召见，开始"围见"。各部重要事务如王位继承、属地纠纷，奏由皇帝裁夺；其余部落重大事务，亦须经皇帝奏准，方可施行。康熙帝勤政，几乎每年一行巡视各个草原，同时接见各地蒙古贵族，一驻就是一两个月，政务由各地飞马传报。因着皇帝常至，故木兰围场驻有八旗军营巡逻。考虑到燕秦古长城有部分穿越木兰围场，故长城上烽火台虽已废弃，周边也有营兵常年驻扎。康熙帝在位六十一载，除了去木兰围场，科尔沁草原、希拉穆仁草原、格根塔拉草原、辉腾梁草原、呼伦贝尔草原也曾去过。但最常去的，还是木兰诸草原，并传之子孙，命木兰围场见蒙古王公规制，后世不可与废。

忠顺王自是熟悉木兰秋狝事。听了可卿言语，震动之余，一一想来。联想起皇帝，遂想起其中所奇之处。今上时时提到遵循先皇遗志，各种施政；但这木兰围场却一次未去。其他草原也未有巡视之举。如果与北静王定下盟约，先发制人，如皇帝外出，动手倒比皇宫易。偌大草原，森林茂密，处处设防，焉能处处防住？倒是个极好机会。转念想起木兰地形，北静王传图上画了烽火台，除了示警之意，不知是否藏有木兰围场意图？若是，此人主意与眼前侄女倒是想到一处，竟是深不可测。太子当年文武兼备，这一对兄妹，不愧为太子一脉。

堪堪想过，忠顺王重新打量了眼前这身形纤细的女子，他的侄女。一点钦敬渐升上来。

康熙木兰秋狝事，可卿自是从冯唐父子处知晓。冯紫英此刻听得，看了父亲一眼，越众而出："王爷，如木兰秋狝，地形这些，紫英愿先行探勘，倒比别人要妥当些。"

王爷一看，这冯家父子分明与侄女计议已多时。他考虑了下，先不回冯紫英话，转对冯唐说："冯家有子，雏凤之声，本王佩服。只是风险太大，会牵涉冯家，冯兄不作考虑吗？"

冯唐看了看儿子，又看了看王爷，一笑回答："要说牵涉，冯家已牵涉进多时了。今上无情，若早晚知晓鄙府事，冯家罪责自也难逃。难得可卿如此志气，如王爷有意，犬子可效力。在下虽有将军号，实则无兵，故愿出一份力，以助王爷。"站起抱拳为礼。他说的皇上若知晓之事，自是包括了藏秦可卿事、藏孟统领事，哪一件提出来，尽皆逆鳞之举，断难为今上所容。

忠顺王见冯唐行的是军礼，顿时动容，也站起回礼。他从未表露过对今上有异动的念头，这冯家父子似乎早已判定，他不会坐以待毙，也断不会出卖冯府。这冯唐在京城，看似不理朝事，不料诸事一清二楚；知道自家动不动手，早晚都得被今上清理掉，又熟悉自家脾性，知道不会束手就擒。

事到如今，也无需假意掩饰了，王爷便说："既如此，紫英可先行打探。只有一条，注意保全自身，不要涉险。"又对孟统领说："时间也不早了。明远随我到潭柘寺，听我安排，先在潭柘寺住下。"他看看老部下，笑了一笑："可能得委屈明远，在寺里剃度，做大和尚一段时间，看看风声渐松，再走不迟。住持是我旧日老友，想必不会不答应。待风声过了之后，你就自行回老家，与家人团聚去吧。"

孟统领见冯唐父子清贵之身,均不避斧钺,踊跃参与这杀头的买卖,身为军人,如何能退;便站起来行礼:"明远虽是粗人,也愿继续为王爷效力。"

忠顺王摇摇头:"明远,你身为朝廷将领,出生入死,已尽全力。今上如此待你,本王为自己,为你,为侄女,也为着宗庙社稷,必当一搏。但也知胜算甚微。朝廷欠了你全家的,此事一定不能再牵进你。记住,总在七八月有消息,此前时段,你必得离开。不要走大路州县,宁可翻山越岭,昼伏夜出,回到你父母妻儿身边去,懂吗?"

孟明远虎目含泪,王爷说得如此恳切细致,他还能说什么呢?便答一声:"属下遵令。"说毕退回原处。

冯唐见忠顺王一路说来,颇有调兵遣将神韵,又含慈悲之念,心下叹,此等人物,难怪士卒愿意为其效命。

忠顺王见孟统领领命,心下一宽,又道:"四娘心志,本王已知晓,只在此处等消息便罢。如何让今上去木兰行猎,倒是一件为难之事。此事先按下,后再筹谋。眼下我们倒是得立即出发。"后一句,却是向孟统领说的。

秦可卿听了,拜了一拜,表示遵命。冯紫英说:"此处离潭柘寺不远,紫英打猎时,发现有条小路通往后山,倒是可以缩略路程,愿意领路前往。"

忠顺王大喜:"既是如此,最好。"遂站起身来,与冯唐别了。那冯紫英自去唤冯保儿牵马。

冯紫英告知,庄子后有小路通往潭柘山集云峰,经紫翠峰、虎踞峰,可直到潭柘寺大雄宝殿侧面,省却由寺院大门上山路程,又可走马,路不难行。忠顺王知冯紫英妥当之人,遂和孟统领上了马,冯紫英前头骑马引路,三人一迳去了。庄中秦可卿遥遥望着,眼见十六皇叔如此有担当,心下喜慰。又思不知父母之仇,能不能就此报得,不由得心中祈祷,愿父母在天有灵,助女儿手刃仇人。冯唐看着眼前这自小护大的女子,此时一身刚毅之气,心下触动:毕竟是康熙爷嫡系血脉,连一介弱女子,血液里也有刀枪的声音。

# 第四十回

## 避耳目乔装赴约
## 潭柘寺风云际会

那跟随忠顺王到林下的侍卫队长，在庄门外歇了马，喂了马料，便受命照旧从大路去潭柘寺。行前依着王爷吩咐，换过了马上褡裢中带来的便服，顺便吃了一点干粮。他知道王爷意思，在王府车驾之后，作一个悄无声息的后卫。他还有一个使命，便是引领可能到来的北静王。

在忠顺王和冯紫英孟统领走幽僻小路到后山之时，侍卫队长已经到达山门前。只见熙熙攘攘，人流如织。王府车驾早到，马车一溜停在山下寺院围墙处。他瞥了一眼，除了马夫，并无府中人，显然已经进寺去了。他沿着曲曲弯弯山道上山，到得大门前。见好大一座寺院。背后重峦叠嶂，可以隐约望见一座座佛殿的屋檐螭吻，四围青黛簇拥，见之忘俗，想设计建造之时定花费不少工夫。寺院大门敞开，来自各处的善男信女们纷纷拾级而上，此时天色还早少有人出来。旁边卖香的摆了一路。那队长姓殷，早看见寺门侧面有王府侍卫，他望过去，那侍卫也看见了，摇摇头示意。殷队长明白，这是尚未看见北静王的意思。

新年第一天王爷进宫朝贺，由殷队长及那侍卫二人护卫。王爷进宫，侍卫则按规矩等在紫禁城外。待宫里领宴完毕，王爷和北静王相距不远前后出来，各府侍卫上前护卫自家主人上车回府时，两侍卫与北静王有过一面之缘，因此识得。今日安排二人一前一后，专程等北静王。见那侍卫摇头，殷队长知意，遂自己进了山门，往里察看。

寺院的中心自是大雄宝殿，前头院子虽然阔大，早已佛香充盈缭绕。殷队长见王府服色的侍卫四散里警戒，但未驱开众人，中间数人环护，王妃正在举香祝祷。那王妃身旁之人只看背影，倒分不出是王爷自己还是侍卫所扮。便绕了到殿前右侧，远看了下，是侍卫而非王爷。看看王妃嘴唇微动，一直祈祷，显然在延宕时间，等待王爷。殷队长不知王爷何时来，正没着落处，旁边有人在他身边站了一站，一回头，竟然是冯公子。遂退后一步，听那冯紫英一一讲了。

殷队长向前挤过人群，到达侍卫圈外，有侍卫见之认出。殷队长从旁走过时低语几句，那侍卫微点头。殷队长走出院中心，在大殿边上人堆里等。见王妃诸人离了焚香炉，往东边侧门而去，知事已谐。

潭柘寺与别的寺院最为不同的是，右侧门出来向上，尚有一条小径，通往一处单独院落。这院落神秘，寻常人并不知，传说就是为前明黑衣僧人姚广孝独辟的禅房。这里闲人免进，一向只有贵客到时，方丈才会引入此处。那王妃一行出了侧门，早有方丈等在门外，合十行了个礼，微微一笑，也不说话，便上前带路。那侍卫扮的王爷和王妃便入去，其余侍女等在院门前，侍卫留了两个在侧门，不许别人再出入此门，其余则四散开，以防着隐患。王妃进院，见忠顺王爷在堂，遂明白了其中安排。

王爷和那侍卫换了帽子，既然正主儿来到，那侍卫不用扮了，得了命令，自行下山去马车上等众人。不在寺中耽搁，也是防着别人认出。妙在这姚广孝独居院落，原有一条院侧小路，经观音洞一径下山，并不会与寺中诸人碰头。那冯紫英见自家事务已毕，也不在寺中多待，从原山间小路返回冯府庄子去了。

这院落筑在高处，有三间屋子，一间佛堂，一处繁花似锦幽然洞天的天井，天井内一株高大槐树，枝繁叶茂，衬得院中清凉世界，风闲云淡。王妃避过侧屋休息，忠顺王爷与主持长老商量了，便唤出另一间屋里等候的孟统领。孟统领拜见了住持长老，那住持命其等在院中，俟晚间自有安排。孟统领听了，向王爷行礼毕，自去侧屋等候。

原来这潭柘寺，历年来皆有皇室中人在此点海灯，即付香油钱之意。点的斤数越多，则功德越大。忠顺王府以王爷王妃之名，每年各点一百二十斤海灯，算是大香主，寺中诸般使用器物，王府年年总有送至；僧舍修缮，不待住持开口，王爷便派了家下人等随时来修了。因此住持颇感王爷恩德。忠顺王爷平日闲了喜研佛经，对于禅宗天台宗唯识宗华严宗等各佛家中原传播形成的门派，异同之处有其自家认识。故一年中总有一两趟过来亲自拈香，又与住持长老下棋，讨论佛经，多年下来，二人已成知交。今日他骑马到得大雄宝殿之侧近旁，请了小沙弥通告了住持，因此得见于此。

忠顺王向住持长老言，只说有一旧友现下不便，想在佛前求个庇护数月，也早晚得佛祖教导感化。那住持长老自知其意，也不问为何不便，便说佛度有缘人，若能在此修行，也是功德，若剃去一头烦恼丝，有助于一心向佛，度牒倒可暂不填，如觉赎过己罪，重回红尘，谅得如来感化，今后尽往善处行。

两人一番哑谜打完，忠顺王知住持长老智慧之人，定会安排妥当。便站起来揖了一礼，又说今日恐还有朋友来聚，想借宝地待客。长老听闻一笑，说声自便，站了起身，合十别过王爷，自己忙寺中事务去了。

禅房内自有煮茶炊具，又有好茶，清洁茶盏，王爷请了王妃来，一道喝茶。心下想着，不知那北静王能否来到。如耽搁时间太晚，却是不妥。面上悠闲，心下焦虑。

堪堪过了一两盏茶时分，只听院外靴子响，侍卫队长引着青衣小帽的北静王进院来了。

那北静王今日出来不易。他得着忠顺王扇子消息，便安排了管家布置一应细务。说来也巧，他使的计策与忠顺王倒是同一条，妙用略有不同而已。北静王虽是嫡系子孙，因其家世尴尬，父亲被废而己尚存，受祖父怜爱，今上登基，明里推崇，暗里防备，早已让他有不虞之思。早年派了管家，四处寻找与自己面容相似而家道中落流离之人，其中得一，颇为相像，便秘密养在府中别院，家中除王妃外，姬妾皆不知，只管家及一两个亲信小厮知得。北静王预着来日或许用得上，便让管家为那替身准备书房让其逐日读书，滋养气质，又教予各种礼节。数年下来，竟也有几分神似。王爷也曾亲身去看过，隔了帘子，见面容清秀，言行举止有礼，家中人自瞒不过，但若外出隔着距离，外头人倒不见得认了出来。遂满意，重赏了管家。

今日一早，北静王府大张旗鼓，王爷王妃乘坐轿辇，前往银锭桥旁广化寺捻香。此处也是京城人家正月祈福之所，殿堂廊庑，规模宏大，香火炽旺。城外潭柘寺，城内广化寺，京城最是有名。北静王出府，家下人数十跟了，路边行人见了，纷纷让道，知是北静亲王外出，府外探子们自然瞧见。眼见那北静王夫妇二人到了鸦儿胡同，进寺虔诚进香，又回到府中，当日并未再外出。探子们照样在府外各种身份扮了，换班监视。

那坐在轿辇中之人，正是北静王替身。此前已代过北静王一两次外出，皆未露出破绽。王妃及贴身侍女已得吩咐，遂也配合。一府中人，一荣俱荣一损俱损，那几个下人知道轻重。北静王此前脸上些微描了眉梢，贴了胡须，变了俊朗模样；青衣小帽扮了仆从，由管家及贴身侍卫护了，在广化寺进香之时，趁人多眼错，后门出来，早有安排下的贴身小厮牵了马在外等着，北静王就此带了侍卫及小厮，打马出了城门，飞奔往潭柘寺来。管家自回寺中照应不提。

堪堪到得潭柘寺山门下，王爷去了胡须，四处望了一望。他知忠顺王既然约在此地，定会早些到来等候安排。那山门下忠顺王侍卫本在四方留意，见了三骑来到，引头的模样隐约像北静王爷，便过来打躬询问："鄙上今日来此进香，说昨夜梦得，今日定有朋友来到，一起潭柘寺论经。不知可是阁下？"

北静王见问，便回："不知贵主人还曾梦到什么？"

那侍卫恭恭敬敬答："一把古扇。"他此前已得嘱咐，要紧就是"古扇"二字，以此甄别。

北静王知是了，便点一点头。那侍卫此前已得殷队长派人传话说了主人所在之地，便往前行，北静王三人不远不近跟着上山，一一过韦驮殿观音殿，再到大雄宝殿。殷队长看见，从侧面走了过来，接替了那侍卫，继续引路出侧门，上了小路，直到姚广孝隐居的院落。

忠顺王妃一见来人，便自避了去。忠顺王爷并不客套，与北静王两人见了礼，分宾主坐下，二人低声细细谈来。两人侍卫小厮并不进屋，只站在院外远远等候。

不知谈了多久，北静王首先出外，脸上又粘上胡须。外头侍卫小厮跟了，从观音洞小路直接下山，回城去了。回府之时，已是黄昏，那小厮此前已得管家吩咐，路上停留，买了一大堆年节下用物，箱子笼子几个抬了，三人从侧门进府。外头探子只道王爷上午拈香已回，又知王府总有两三百号人，王府下人进出每日不绝，无甚可疑，遂不发觉。

忠顺王见今日圆满，该办之事该见之人俱毕，便与孟统领嘱咐了道别，又唤了王妃，一起出得院门，从侧门重回寺中，侍卫侍女跟了，进了佛殿仰看佛祖慈颜，恭恭敬敬行过礼，上过香，又在妙严公主拜砖之下随喜了，便从正门下山，自回京城王府。

粘杆处探子头儿早先一路跟着王爷车驾，上山也未拉下，只是不敢跟得太近。见王爷王妃在大雄宝殿前院拈香，苦于王府侍卫在外圈拦着众人，看不清楚，只得绕了前去殿前台阶上远远一观，隔着院子中攒动人头袅袅香雾，依稀见王爷帽前白玉，与身旁侍卫有别。后见王爷一行出了侧门，自也跟着，不料却被王府侍卫挡了，说是王爷在外头沐风休憩，闲人勿扰。那俩探子本扮了做普通香客，自也无硬闯的道理。只得回到院中等。人流络绎不绝，后有人出得侧门，倒未看见。

后王爷又进得门来瞻仰佛颜，粘杆头儿殿中随了，见确是忠顺王爷本人。王爷下山，自也远远跟随，直到王府。那探子头儿想想今日忠顺王，途中派人引开跟踪人马，又脱离了自家视线多时，此等情形须得入大内禀告。

那童首领听得，凭他经验智识，当知忠顺王今日进香行止确有异。但手下探子只有怀疑，并无实证。为此他思考数日，并不曾主动向皇帝汇报此事。童首领为皇帝效力多年，本受着绝对信任，但虑及近来宫内多事，齐妃继皇贵妃死之后又殁，宫人纷纷受罚，各宫噤若寒蝉，紫禁城内气氛凝冻。皇帝似近于准狂暴状态，不分早晚，动辄处罚臣下，异于往时。如果据实禀报，自家人马又未查得忠顺王确切动静，岂不是证明自家无用？

童首领深知，粘杆处自他而起，于皇帝而言，无非是脚下一条狗而已。如猎狗无用，命运就是见弃，他作为首领多年，手中所经事情断不能流了出去。一旦皇帝眼中视他为无用，那就是自家的末日到了。因此，当皇帝二月间有一日招他询问忠顺王消息时，他只说了忠顺王爷王妃正月里去过潭柘寺进香，未见有异；其余时日俱在王府。那进香之日忠顺王种种疑窦，童首领一字未言。

## 第四十一回

## 藏心事咫尺天涯
## 凤藻宫双凤同心

今年春来得早,二月的紫禁城,正是春色满眼的时候。太液池的春水在太阳下暖暖流淌,杨柳扶风,紫丁香含苞待放。但元春的心却如同寒冰,再也暖不起来。

每日晨昏,拜过中宫皇后,她有时驱辇,有时步行,向着太液池方向而去。那里有她幸福的发轫,有她的凤藻宫。太后薨后的慈宁宫空荡荡的,此地更显冷落,凤藻宫的牌匾是当日皇帝手书,可在元春眼里,正逐渐变得陌生。有时恍然,觉一切皆是黄粱梦一场。但凤藻宫的书架,手编的册页,那满院子的花树,都经由记忆变得益发鲜活,提醒元春,曾经有一段美好,在这里真实地存在过。

那点铁成金的人,那让凤藻宫闪耀辉光的人,如今像是消失在元春的生活中。不仅如此,仿佛也消失在了后宫中。

元春今日醒得早,梳洗停当。深宫如此寂寞,比她作为女官待在寂寥的宫廷一角时更甚。她带了琴儿,还有内廷司新派来的宫女排云,不叫惊醒其他人,出宫信步而走,不知不觉又走向她曾经熟悉的世界。

凤藻宫就在眼前,牌匾上棕色底绿色字迹,尺度谨严,又不失飞扬洒脱之意,那泼墨之人落笔时,喜悦之意尽在笔画之中,如今看来,已是惘然。又细细看那牌匾,虽然光鲜,但已有不易察觉的蛛网,悄悄结在后椽。没有人造访的院落,如同她一样,正在慢慢被灰尘蛛网覆盖。元春心下叹息,不让通报,推开虚掩的朱门,提裙进了院子。

已有太监宫女在洒扫庭院,看见贵妃进来,赶紧丢了扫把水盆,跪下行礼。元春面上挤出一丝笑意,让昔日朝夕相处的宫人们起身。她穿过庭院,走进大殿,一切还是她手中样子。那画画的几案,弹琴的琴凳,依然在等着主人的归来。元春心中触动,吩咐琴儿回去,将自家焦尾琴抱了来。元春又细细打量书架，见书册增加不少，但置放杂乱没有章法，眉头微微一皱。遂喊了值事太监来问。

那值事太监早嫌着这里清冷，无甚油水，又一年到头不受人待见。缺笔少蜡的，去内廷司领取，都要坐好一阵子的冷板凳。元春得宠之日，也不见这里有关照，现在听说皇帝也淡了，这太监便显出不耐烦来。见贵妃今日问及书册，便顶撞了去，说道各处送来书籍皆已归置，不知贵妃有何不满？

这一声反问，虽是普通一句，却让元春一时醒悟过来。原来失宠的滋味，是从一个小太监面上都看到出的。她咬咬牙，一句不说，让全殿值守丫鬟太监放下手中事，都到殿中汇齐。

那值事太监听得，也不行礼，出去传话。他还遵一分元春命令，原是因为元春还兼着凤藻宫尚书之职，她要管理这座宫殿，也还在理上。

一时人来齐，看看共有十二人，虽是清晨，倒有一多半无精打采的。其中有宫女，记得年龄到了，应放出去的，倒不知何故被遗忘了，还在这里供职。元春眼下泛酸，都怪自己平日照顾不周，近年来，连名下应尽的职分都一发忘了。

事到如今，只有自己为他们做主。元春想想，告知宫人们她的意思，就是整理清洁这座藏书宫殿，无论守着书籍多么寂寞，职司所在，也断不可免。她看着宫女们渐老红颜，心中凄凉，遂承诺自己会向皇后娘娘禀报，年龄到了会放出去。至于太监们，元春想想没有什么可资激励的，准备回自己寝宫后，让琴儿拿些银两来分给大家，也算鼓舞士气。便把这意思也说了，道宫人们一年到头辛苦，自己作为凤藻宫主事，也该发些银两物事等语。

众人多日不见凤藻宫里来个有头脸的主子，自觉为世所弃，现听了正经主事娘娘一席话，心中一暖，又有了盼头，便纷纷表示听从指令，面上也活泛了起来。元春满意，让众人开始干活。她自己走到书案前，看看还是她封妃时离去的那几册索引，并无增添。心下轻叹了一声，便坐了下来，照着从前办法，一一将书架理顺了，又一一将新添书籍图册归类编号，写在一本新的册页上。

琴儿抱了琴来，见娘娘自己忙碌不已，便将琴轻轻放在琴架上，自己挽起袖子，也来帮手。那排云虽是新来，见凤藻宫上下俱皆忙碌，遂也学了，拿过手帕来，将散乱书册一本本擦抹干净，给元春递了归置。

凤藻宫原安排有花儿匠，早躲懒多时，见今日气氛不一般，上上下下打扫清洁，遂也提了竹剪，拿了竹筐，来清理花枝，剪去枯叶，蒔花培土，忙个不了。

不知不觉已到正午，元春哎哟一声，才想起了今日出得门早，竟然忘了去皇后处请安。她拿出手绢，将额头汗拭了一拭，又用手扶正了头上钗饰，告诉了凤藻宫中人，用完午膳后继续，她午间再来。便忙带了琴儿排云，去景仁宫谢罪。三人腹中空空，也顾不及了。

皇后刚用过午膳，尚未歇中觉，听得贾妃来，便命进来。元春跪下行了礼，细细将整理凤藻宫书册，竟忘记问安，特来请罪之事说了。皇后见贾妃衣袖尚有皱褶，额头想必来得急了，尚有微汗，心中也觉不忍，便说了几句宽慰之词，让元春起来。

眼前贾妃竟是清减多了，那往日圆润面庞，渐成椭圆；下巴看上去都尖了好些。站起身来，竟有弱不胜衣之感。知数月来贾妃失子再失宠，确是艰难；难为她还能顾到那些发黄发黑的书册。想想也由她去吧，再无个寄托，恐怕贾妃这身骨，熬不了多久。那贾妃旧日盛宠所引发的心中不满，也随风而去。

元春见皇后并无责怪之意，便试探着将凤藻宫人有的年龄已到，不知按着宫中体例，是否可以放出之意禀报了。此等小事，本由大太监们经办，皇后本不亲管；但元春既说，便答应了，道有空儿时，会将宫人名录拿来，看看年龄到的，可放出回家。

元春感激，复跪下谢过，方离开景仁宫，回到昭明宫自家寝殿。虽是一路走来消耗力气，手脚发软，但一早忙碌，却也让自家焕发了精神。故用过午膳之后，又回凤藻宫，为着衣服做事不便，也恐污损了贵妃服饰，让人说辜负朝廷恩典，便命取出当年女官服，换了再去。

堪堪数日，凤藻宫气象一新。庭院中竟然有一两枝紫丁香，得了地利，多得阳光照耀，忽一日开放。小小一串花朵，芬芳袭人，给元春带来无尽慰藉。失子之痛，暗算之惊，皇帝之疏，似乎被这一缕芬芬暂时冲淡了去。

元春收拾最后一叠册页，见内中有好几幅舆地图，不同年份绘的。有的绘在羊皮上，有的绘在厚厚发黄的布帛上。其中有满洲龙兴之地的，有青海藏地的，也有蒙古各部落边界划分图轴，其中一幅底部还盖有康熙帝私用印玺。元春知是重要之物，便命取过樟木箱子来，将这些地图好生卷了放了进去，又辟出书架高处一角，放置这箱子。放置高处，为着通风；用樟木箱子装图，为的驱虫。这些法子，自是元春八年凤藻宫生涯得来的经验。

忙完走出殿门，见清风袭来，花香袅袅，心中欢喜。想起那养心殿的皇上，不知是否安好？他是否忘却了自己，却是未知。君王之心，确不可测度。因有所感，便让琴儿抱出琴来放置院中，准备抚琴。

忽听有叩院门声，元春止住琴弦不弹，望向门外。宫女开得门来，只见陈妃带了侍女，进了凤藻宫。

陈妃此前从未来此。今日前来，自是寻元春而至。向元春拜见毕，见元春穿着女官服，自家向女官行礼，倒觉不伦不类，便掩嘴一笑。元春知陈妃来定有事故，便让陈妃进殿。排云送上茶来，元春便命了出去候着。

陈妃宫女也一起和排云出去了。这宫女细心，为主子们掩上了门。见再无别人，陈妃从袖子中抽出一封信来，递给元春。

元春甫接，便觉奇怪。因为这是一封陈妃家信，封缄已开。她抬起眼睛，望望陈妃，见陈妃点头，遂打开信封。元春向里取出，发现里头还有一封较小的信封，封皮上写了"贾氏贵妃亲启"六字，正是父亲手迹。心中突突。见信封并未封缄，赶紧打开，见里头一张素纸，掉了出来。

元春手抖，不及问自己家书为何放在陈妃家书信封里，便赶紧捡起信函，读了起来。

这确是贾政手书家信。信中告知她，荣国府世职已被朝廷革去，但家中并无怨言；祖母病重，只想见元春一面，想天家威严，恐不得见了，按着祖母意思，来信告知。信中又提及宝玉因得罪忠顺王事，行了家法，不知此儿几时成器，顶起荣府门梁。贾政信中不忘殷殷嘱咐，要元春侍奉君王勤谨无违等语。

元春看着，手不由自主颤抖起来。祖母病重，弟弟被责打，荣国府继宁府之后，终于被一撸到底。祖上余荫，不过三代，尽皆烟消云散。自己在皇帝身边，却是一事不知，府上有事，一点力也出不上，连祖母濒危，自家也无法出宫看视。元春一边看着，一边眼泪早如断线珠子，落了下来。

陈妃在旁边看着元春落泪，心觉不忍，便将手覆在元春手腕上，不住摩挲。她无言可以安慰，只得这样。眼前也说不得礼不礼的，只是两个深宫里的无助妇人罢了。

因着贾府被削爵，宫中太监便早已露出拜高踩低的样儿，往日还忌着元春得宠，不敢太过分。后见皇帝一两月来，似忘记了元春其人，渐渐便有些肆无忌惮。那日贾赦在接旨之时，不忿神情全写在脸上，得罪传旨的大太监夏守忠。俟其回宫复旨，便添油加醋说与皇帝，见皇帝听了不发话，只得退下，回头恨意不绝，遂下了吩咐，凡贾府信件，不许传入宫里。至此时，那些素日或自去，或跟了夏公公去荣府打秋风的小太监们，顿时翻过了面皮，贾政所写信件，一概不收不传。故元春独坐深宫，家中出了此等大事，信函一封也未接到。

贾母病重，催贾政写信给元春，其实也是嘱托元春看顾家族之意。老太君一生要强，自己即将撒手人寰，若不是顾着膝下子孙，断不肯牵进元春。那贾政无法，只好将已送信件，但宫门口太监不收情形说了。想想那些太监这些年来得了自家府里多少银子，今一点情面不留，心下也恼。

贾母看贯了世间冷暖，她在榻上躺着，也不惊诧。默默听完贾政诉说后，只说了一句：写给陈妃。便不言语了。

贾政自知弘历生母陈氏封妃，但却不知老母亲如此吩咐，葫芦里卖的什么药。遂追问了，问是否真的如此写，贾母闭目，只是点头。贾政无法，遂按母命写了一信，托陈妃转交信件给元春，又将致元春的信件放在给陈妃的信函里。为着避嫌，不让陈妃担风险的意思，给元春的信并未封上，以示无私隐之意。至于家中对削爵并无怨言之语，自是谨守臣下之道，即使是私信里，也是非写明不可的。

因皇帝长子弘时被父皇下旨除名金匮玉牒，摘了黄带子身份，去给皇帝口中的阿奇那八爷为子，陈妃子弘历顿时成为储君大热门。弘昼年小，指望不大，故阖宫上下皆视弘历为未来天子，陈妃遂也成了未来太后。那些太监们阿谀尚来不及，何况传一封书信？遂宫门口一接了，便送到陈妃长春宫里来。

陈妃看了给自己的书信，给贾妃的信也抽出看了。因传信之事可小可大，既通过自家手，也得知晓才是妥当，况给贾妃的信并未封口，也含了让自己一读的意思。看完心头沉重，便袖了去昭明宫，得宫人告诉，又一迳行了来凤藻宫找元春。

陈妃眼见元春难过，思贾府颓衰如此，只有君上才能救得。问题在于，造成此等局面的，不正是君上本人么？遂也无计可施。想想元春可能尚不知自家与贾府渊源，也为了让元春暂时摆脱悲伤，便略略将自家实由贾老太君引荐，才到皇帝身边的往事说了。

元春擦了眼泪，听了陈妃一席话，不由不信。祖母识人，她自然知之甚深。果然她老人家看中的人，多年后并未忘恩，今日通报，全仗祖母旧日留情与人。此刻觉身边多了一个可资信任的伙伴，便心定了好些。想及自己得皇帝多年爱重，那陈妃当时宫中寂寞，不也同自家今日凄清并无两样么？

元春一路落泪，想想陈妃尚有依傍，自己无辜的孩子，尚未出生见亲娘一面，便胎死腹中，心中一痛，便险些哭出声来。又担心着外头宫女太监们听见，拿了手帕塞在口中，一时哽咽个不住。

陈妃见了心酸，但也无别法。两人闭门待的时间长了，传了出去也不好，便安慰了几声，告辞了出殿。行前告诉元春，如有商量之事，随时可以去长春宫。元春知道陈妃之情，点点头应了。心下却是清醒，这宫中除了一人，任谁也帮不了她的。

想及皇帝，元春惊慌发现，她以前素知的爱侣，现在在心里，正逐渐变得陌生，她不再确定，她曾经以为的知己，自家还能懂得他的内心。她重新拿起父亲信件，重读了一遍，忠顺王三字跳入眼帘，又是他，又是这个人。兄弟宝玉年龄尚未弱冠，他能闯下多大祸事？得罪了忠顺王，就被施以家法，这其中情形该有多严重。信里未写宝玉被打得如何，但元春知父亲为人，定是气极才动手，而一旦动手，肯定就轻不了。

手中信，实是求救信，元春心中省得，否则断不会辗转托陈妃送了来。纵使家中有错，看自家面上，君王也不必一罚再罚，直至褫夺爵位。无情至此，殊难理喻。自己一向谨奉的礼字，如今看来，竟是无用，以往一腔深情，是否真的错付了？如自己听之任之，唯君上之意为尊，恐家中还要受多少那忠顺王一干人等荼毒。

元春想了又想，出得凤藻宫门。那琴儿排云远远跟着，眼望元春孤单走向海子边，风吹过来，裙裾飘摇，那身子轻得像要飞起一般。

## 第四十二回

## 人心难治帝王萧瑟
## 母病垂危贾政外放

皇帝带着戴权，在御花园中闲走，扛着肩舆的小太监们远远跟在后面。百花争艳的春天，多少为皇帝增添了一点兴致。他看到牡丹绽开了花蕊，不日间就可全盛，又看到几支紫丁香在墙角，映着红墙羞怯开放，像是香味也想藏起来一般。

他的后宫，想必也如同这些花儿一样，等着赏花人的到来罢。他心中提了一点兴趣，走近紫丁香丛，清风吹来，果然有些香甜。

一大早，景仁宫中报来皇后不适的消息，皇帝忙碌，遂派了戴权去探问，回报皇后娘娘中夜在院中焚香嘱祷，受了风寒。至于嘱祷什么。戴权定不能问得，皇帝心中却是有数。二妃相继去世，皇帝独自留在乾清宫，少见妃嫔。从皇后眼中看来，这很难说不令人担忧。皇帝自然明白皇后心意。

眼前的一株丁香丈来高的样子，细碎的花束张开白色的花蕊，一朵朵像小小的喇叭。皇帝若有所思，便招招手，戴权理会得，让小太监们忙上来，让皇帝上肩舆。皇帝坐了，只说了一声景仁宫，那小太监们便迈开脚步，往后宫里走，心中倒觉稀罕，因为这个方向，皇帝已很久不去了。

皇后乃皇帝结发之妻，虽不曾有子嗣，但数十年来陪伴，从来为皇帝着想，皇帝心下也是知的。今日春色如许，偶得一闲，倒得去看视一回才是。

进了景仁宫，太医已诊过脉，心知皇后毕竟也是过半百的人，有些病痛在所难免。正行了礼要去开方子，见皇帝进来，少不得磕头见了礼，又把皇后病情说了一遍。皇帝点点头，这才退下，自去忙碌。

皇后见皇帝来看，心下感动。她祈求上苍护佑君上，为的就是说不出口的担心。当下让宫女扶着坐起，与皇帝说话。言语间，难免将各宫盼望皇上心意大致说了。她猜着皇上心意，特意说道，头年选秀进宫的懋贵人几个，皇上还未临幸过，也不好太过辜负的意思，劝着皇帝政务之暇，可以散散心。

皇帝听得皇后对他一句怨言也无，想着为自己祈福，又顾着后宫心绪，她也甚难。便答应了，安慰了几句才出来。

皇帝批了两三个时辰的折子，有些倦了，便命回养心殿。一路想着收到奏折。上午送来的折子中，有宗人府宗正傅祥的，言理密亲王安葬及王妃诸人安顿事。

那理密亲王即废太子，皇帝赐了谥号后便无下文，其家眷也照样在郑家庄被圈禁，宗正想着于情于理不合，也有碍朝廷体面。诸宗室亲贵不敢言得，此事也只有宗人府上折子方合适。

傅祥也虑着皇帝此段时日连失二妃，心情不好，正在踌躇折子上与不上。一日北静王到宗人府，宗正接着叙谈。北静王先言及皇恩浩荡，对于理密亲王如此厚待，又辗转提醒其嫡母和母亲，已多年未见。傅祥心下明白，听了唯唯。晚间北静王府管家来府上拜了，送上难得翡翠一块，怕没有孩童巴掌大，难得纯净无杂质，又说奉与宗正做个玩意儿。宗正心里明白，想想总归是要处置废太子后事的，那家眷上下也有百人，总不成圈禁一世，既是北静王有动了此念，也是正理。次日便写了奏章，报了上去。

皇帝记得处置废太子事时，曾发过誓愿，如元春孩子顺利降生，他必为此大做法事。后元春孩子没了，皇帝恼恨，也不无牵恨于那地下幽幽亡魂，遂下令阖朝不准祭奠。后又是皇贵妃、齐妃之事，皇帝心绪坏透，益发想不起废太子安葬事。戴权们也不敢提一句，现看了宗人府之折，想想也是，既然做了样子给天下人看，自家对兄长不薄，何必后边的事落个虎头蛇尾。想起八阿哥、九阿哥，已经在圈禁中被无声息灭了，江山已经无虞，废太子事不妨大方处置，遂提笔批了，准理密亲王妃及侧妃等不日回京，还住原来府邸。又命内务府派人整缮打扫，等待王妃回住。加这一笔，是因为废太子府，已经封存了许多年，想是已经倾颓不堪人住了。又想想何妨做个全套的人情，便命北静王亲到郑家庄传旨，并迎理密亲王妃等回京。

还有一封折子，是蒙古喀喇沁部王爷和巴林部王爷联名上的折子，说儿女亲事的，请皇上允准。又道大清皇帝多年不到草原，各部思睹皇帝马上英姿等等。皇帝知道，这是蒙古王公们与朝廷亲善的两位王爷，其部落人口牲畜要比其他部落更为饶富，两家结亲自是正常，但如果两家结亲之后成为潜在联盟，左右蒙古草原局面，便不是一国之主喜见之事。心下一时未定。但思此折也不能拖之太久，以免两位王公多想了去。

一时到得养心殿，便让太监将蒙古各部地图拿来。那戴权赶紧吩咐了下去。小太监去了半晌，扛来一卷，在养心殿展开。皇帝一看，竟有好多幅地图。走过去低了头细看，见有总图，也有各部落细图，均由羊皮纸或布帛绘就，右侧下角不起眼处，还缝着小小布块，列着苏州码子数字。他先看了喀喇沁部，再看了巴林部，两部边界在总图上相距不远，中间只隔着翁牛特部。看了这几幅图，忽然心一动，这些舆地图编写序号如此清楚，倒像一个人风范手笔。皇帝记得这些地图是数月前才让归置的，当时并无编号。便抬头问戴权："是贾妃去过凤藻宫吗？"

戴权既称都太监，手下太监们每日会将消息择要禀告，再由其判断该不该告诉皇帝。他清楚此段时日贾妃尽日在凤藻宫，因此便躬身回了："地图是贾娘娘近日亲自整理。"其他便一句不多话。

皇帝眼中恍然掠过元春清亮双眸，她渴盼的样子也尽可想象。他心下黯然，挥挥手让戴权们退下，自己看地图。

戴权知元春在皇帝心中分量。但这两月来，元春失子，荣府受罚，贾赦无礼，几件事连在一起，让他一时看不清方向。这贵妃之失宠，难说不是被其母家所累。皇帝厌憎这些恃祖上功劳，整日无事生非，无能又骄悍的世家子弟，戴权心中知晓。但元春当日与皇帝亲密，远胜其他娘娘，又曾有孕，难说有一日皇帝复宠。因此打定了主意，不多言，不得罪。现见皇上如此吩咐，心下猜其想起了元春，便退下在殿外等，估摸着皇帝今日去向。

皇帝果然如贴身太监所料，想起了元春，元春自被削去封号之后，他一日也未去看过。倒不是心中失了元春位置，而是元春失子，于皇帝刺激太深。

此前皇帝内心自诩不亚于父皇康熙帝，无论西南地方改土归流，还是摊丁入亩、耗羡归公，种种艰难措施，都因他强硬手段得以推行，继而推行养廉银，中下级官吏实心拥戴，在奏折中也看得出来。皇帝自小遍览群书，尤其观史甚细，他遍寻朝代更替之源，知农民失地变成流民与市面上银钱流通短少，往往是朝代颠覆的两大特征，因此他刻意打击豪强，实行官绅一体纳粮，不但扩大了税基，充实了国库，也缓解了底层因贫富不均带来的对立。皇帝自问，自家已经做到了父亲所没有完成的事，该当青史留名。可是夜深人静，又觉心下发虚，有时噩梦来临，见父亲睁着双眼凝视着他，并无欣慰之意。

皇帝管得了天下，但后宫妇人宫闱小小把戏，却将他的自信自豪，他的努力他的政绩轻轻掀开，露出另外一面。

皇帝不只想要天下臣民听命于他，更自信他可以从心底里征服那些反对的人。雍正七年，那不晓事的曾静以华夷之防，妄图煽动陕甘总督岳钟琪起兵造反，并列举了皇帝弑父、屠弟等十大罪状，不也在他的感化下，四处巡游，去宣讲自家仁德吗？留他一条贱命，传扬自家威德；再开馆戮尸，将那江南吕留良及其子挫骨扬灰，后人一门良贱全部族诛，正是皇帝一软一硬得意手笔。清晨他还翻看了当年刊印的《大义觉迷录》，觉无论如何，自家与那老奴辩论，终究赢了。

这样的功业，如何收不了内闱，他苦思多日。他的妻妾按理说是最为依附于君上之人，可是居然多年未曾得他感化，居然可以做那些宵小之事。皇帝实质上追求完美，但后宫事，实在让人齿冷，是他超然政绩的败笔；尤其是长子弘时，居然如此悖逆，哪像是自家血脉，心下恨极，又沮丧失望。又想及元春失去的孩子，那个孩子是他真正想要他出生的。皇帝此前并不知有情投意合滋味，既遇元春，感生命如此丰富美妙，日日勤政之余，居然有了从未经历的另一种甜蜜体验。然而，一切都在年前元春滑倒的那一天，来了个转折。

他愧对元春，也恼恨于自己。原以为惩罚了皇贵妃章佳氏，自己就会好受点，可是后来又发现了弘时逆子如此不堪造就，遂也不留其母。他内心深处知道，齐妃实际上是被自己逼死的。他急怒之下，心里还为自己辩解，是为自己失去的孩子报仇，冷静下来，扪着良心自问，原是为着自己的无力感而愤怒。原来他君临天下，却连脚下一寸土地，也扫不了，要传到外头，岂不是笑话一句？那些毁了他心头美好的，他也必毁之。皇帝想来还是余恨，思绪飘得很远。他心下冷笑，灭自己妃子算什么？曾静不是说他弑父、屠弟吗？此人还是见识不够，想象力不及，他所骂的皇帝还灭兄灭子。

皇帝知道元春何其无辜，又何其完美。正是因为她的完美，给了皇帝心头压力。处置她的家族，她理解；失去孩子，未有抱怨。宫中寂寞，可想而知，可还顾着自家职司，去整理书籍。她的用心整理，不正是让自己刚刚用上了吗？只是荣府贾赦褫夺爵位，并未告知于她，皇帝四海之主，虽然无需为任何人考虑，但毕竟是元春母家，想起来此举还是略有过分。

皇帝想着，唤进戴权来，让拟旨，外放工部员外郎贾政为江西粮道，即日起行。戴权心中听得，得意自家揣摩皇帝心思准，这不，下的旨意就是关于贵妃的。遂领命去军机处传话，让拟旨去了。

皇帝心中，知贾政无功名在身，难得提拔高位，放在地方上，如有政绩，倒有了拔擢理由。这个想头是刚刚出现的，想着也是为了元春家世。如果元春父亲是个可堪造就之才，那褫夺了的荣府爵位，也未曾不能再赐还贾家。他心下想着，此时倒还不急告知元春，谁知道他的父亲，是否担得起朝廷恩典呢？

想起元春，仿佛又看见她咽泪装欢的样子。那幅想象中的场景是如此深刻地刺激着皇帝。自己心爱的人，如此幽怨，又如此懂礼，他却恨不能为之一哭。元春如此美好，反衬得自家情义有亏。虽则他为着朝廷照了章程办事，但总有一块石头硌着。

皇帝是天下主人，可是内心挣扎不出，他知道，任是谁也帮不了他的。想想自己九五至尊，大可不必沉湎于儿女私情，皇后说的话浮上心来，皇帝自嘲一笑，便决定当晚招幸懋贵人。轻松无牵累的女子，想必能让自己舒解吧？

当晚，皇帝果然翻了懋贵人的牌子，年轻鲜嫩，皇帝满意，次日便赏了许多物事。继是日起，皇帝连连处花丛之中，新人纷纷蒙宠。皇帝闲下自思，无需用情之人，心下便是轻松，想想自家这一段时日，是否真的是自寻烦恼了。

皇后先见皇帝听了自家建言，连连招幸往日疏远的低位贵人常在等，自是一喜，后又见皇上日日笙歌见新人，与从前独宠元春，却是换了一个人似的。心下觉着不安，但也说不出哪里不对，便闷在心里。

后宫最是只见新人笑哪闻旧人哭的所在。皇帝多出一堆新宠，阖宫议论纷纷。皇帝大悲大喜，此刻所为，倒是看不懂了。见那元春面也见不着皇帝一回，日日只在凤藻宫消磨，心下倒多了些同情。这同情，自是往当年嫉妒而来。人心确实曼妙，往日荣耀等身的贵妃，去了尊号不说，不多时便落得个孤身女官样儿，倒让人再也恨不起来。

荣府里头，贾太君还吊着一口气，那贾政接着旨意，即日就得起行。家下忙忙为他打点衣物，派了小厮，因官员不可带家眷，故定了由周姨娘同去照顾起居。贾母本想将宝黛亲事说定了的，但露了口风，王夫人不接口，知其不愿意，现贾政又要起行，说这些未决之事岂不让他为难，遂忍住了不提。只在贾政辞行当晚，向贾政轻轻说了，如自家有个不测，黛玉须得好好找个人家发嫁，不要辜负了自家苦命的女儿在九泉之下。贾政听得老母嘱咐后事，心伤不了，便呜咽答应了。贾政何尝不知老母属意外孙女黛玉，但早前得了王夫人话，知道王夫人实有意于她娘家侄女宝钗，心下为难。只是自家离京，原靠了王夫人在京持家，也不好违，故也未在老母面前应下宝黛之事。

次日一早，贾政含泪启程。宝玉鞭笞之伤尚未痊愈，也被小厮扶着，来送父亲。

经了琪官一事，宝玉隐约知道父亲被忠顺王派来长史所逼的难处，心下不恨，只觉家中物是人非之感，竟是越来越凄恻。迎春前几日刚刚过世，据来报的陪嫁丫头哭诉，迎春实是被孙绍祖虐待致死的。家中居然无人理会，找那灭绝人性的孙绍祖理论，也是让人意想不到。迎春生身父亲是大伯贾赦，他两口儿不出声，别人也无法，贾母病重，家下人等也瞒着，宝玉也不敢讲。想想自家无能，顿时掉下泪来。此时看着父亲即将远离，竟觉前所未有的生离死别一般，顿时哭成个泪人。

贾政看着自己下了死力差点打死的儿子，想想自己年已半百，只剩二子一孙，宝玉哭成如此，也算孝心。便收了许多平常嫌弃之心，拿手拍了拍宝玉肩背，命好好读书，侍候祖母、母亲，再有许多话，却是说不出来。遂硬了心肠，翻身上马而去。

贾赦自被夺爵，整日怨声载道，动辄打骂家中仆人，众人渐生离心。邢夫人手足无措，只会怨那宫中贵妃不帮家族，又怨奴才们不听使唤，家中七颠八倒，口舌是非不断，那贾琏整日只与秋桐厮混，也不管家事，只剩了平儿左支右绌。奈何止不住人心，家下人开始是偷，其后是拿，将府里值钱物事拿了去卖去当。平儿虽然能干，终是丫鬟身份，挡不得许多人，心下着急不了，去找贾琏，贾琏只呆着脸不理，找了邢夫人，也是一个模样。心下知道，这长房没落就是眼前的事。心下想定，只护紧了巧姐儿，其他事，也管不得了。

小红前几日嫁了后街贾芸，还曾递了喜帖来。平儿喜悦，忙忙祝贺了，将凤姐儿送给自己的凤钗郑重取了出来，当作贺礼给了小红。此前林之孝家两口儿已出了五百两银子，禀告小红嫁贾芸事，求了王夫人准其赎回其一家三口。王夫人虽感离不开，但林之孝家的一家子伺候贾府若干年，其自赎，也是按照自家的吩咐行事，倒也悔不得言，便许了。心下知道林家要强，贾芸虽不富裕，却是正经贾氏后人，林家虽有财帛，但身份是奴才，这样结亲，于小红是奴才配主子，乃不对等的婚姻，生下子女随母，自也得居奴才。故林家自赎，确属其为难紧要之处。

王夫人在林之孝家的自赎离府之后，深感家务纷繁，管家甚难。贾政离去时，怕他任上为难，又腾挪了一笔银子给他带上。此时倒说不得清净守节之礼，便也唤了李纨来，凡事一起斟酌。宝钗已和其母薛姨妈搬了回京中自家屋子，虽是不远，倒不如此前在梨香院方便。心下想着，如果宝钗嫁了给宝玉，自己可添臂膀，只是碍着老太太还在，不好提的。

黛玉之心，尽在宝玉身上，见其创伤渐渐平复，宝玉约略可行走，心下欣慰，只是外祖母日渐一日病重，令人心头焦虑。想想自家无父无母，只有外祖母作主，现外祖母整日昏昏沉沉，若有一日去了，自家身份尴尬，该当如何？又疼外祖母年高还遇家族中落之事，又是心疼，又是无力。故终日只以泪洗面。榻前侍候外祖母喝药时，又不敢露出来，反要说些趣话，逗老太太一笑。面上心上各种煎熬，一段时日熬下来，黛玉已是形销骨立。幸而宝玉虽是伤痛未愈，倒时时将黛玉挂在心上。黛玉夜间也叹，世间得一知己，胜却万千锦绣。故伤痛之中，也有微甜。

## 第四十三回

### 愧对良人莺愁蝶倦
### 至情反疏黯然神伤

皇帝下旨让北静王去郑家庄接其父亲遗体，并理亲王妃等，却是百密一疏。近来多事，皇帝的思维不再像从前一样周密。他若有心细思，想那废太子葬在花园之中，连尸骸都未装棺木，北静王亲眼看到，对他这位君上是何想法？

旨意下了之后，皇帝纵情声色之中，脑子里偶尔想及此事，也只是了一件事而已。皇上心中，早已是江山永固，自可高枕，他人想法，已不在他意中。如此安排废太子之事，以为尽可塞得天下悠悠之口。

宗人府已会同内务府择好理密亲王园寝，就位于蓟县朱华山。北静王暂压悲愤，到了郑家庄起了父亲遗体，放在紫金楠木棺椁里，运往园寝，王妃、侧妃等俱各扶灵，到彼地安葬了。董氏也在园中安葬妥帖。至此废太子允礽才算有了后人香火祭奠。

与北静王相见，其母侧福晋李佳氏拥了痛哭，真有再世为人之感，上下人等皆垂泪不止。北静王忧着皇帝派人窥伺，也不敢尽吐心中块垒，只劝慰嫡母、母亲，奉了回京，他面上平静，心中已是波澜壮阔。

两位蒙古王公儿女结亲事，上折皇帝前，北静王倒早已知晓。两位蒙古王爷心中明白，两大部落结亲，可能招致皇帝不安，奈何喀喇沁部王爷次子和巴林部王爷小女儿自小识得，青梅竹马，情比金坚。草原上纵马奔驰结下的情缘，双边父母雅不愿违了二人心愿。喀喇沁部王爷此前趁了蒙古走私马匹的贩子入京之际，托心腹带了口信给北静王，询问此事行止如何。北静王答复可上奏，又指点何妨请皇帝行木兰围见事。那蒙古王爷心下明白，见面有个情分在，在自家部落奉敬的草原上，不同于宫中，那皇帝允了的可能性定要大增。遂有了请皇帝木兰秋狝事，折中内容也含了请皇帝在围见时给予答复的意思。喀喇沁部王爷多年前在草原与北静王见过几次，喜其颇有祖父康熙帝英武神采，故结交以诚。北静王也回报之，双方彼此信得过，故有此私下一问。

北静王在与忠顺王潭柘寺会面之时，谈起此事，倒正合了忠顺王心意。秦可卿誓言于木兰草原杀皇帝已报父母，这边北静王正好托出此消息，怕不是天意。康熙帝在位六十一年，巡草原四十三次，今上在位十三年，一次未巡，想来得了蒙古王爷奏折，亦当思考。二人推定，皇帝应是去得多。

此间一会，忠顺王对北静王疑虑尽去，二人对于行事的时间、路线有了大致规划，但匆忙之中怎能够规划得详细，遂约定每十天，派了心腹在西城广化寺碰头交换信息，那里白天人来人往，香客络绎不绝，倒是合适地方。

两王知道木兰围场处处森林草场，再多的侍卫也不能周密防卫。但如皇帝亲来，自必带八旗亲信队伍来到，又不知驻跸何处，故如何埋伏、如何接近倒是一件难事。

忠顺王在冯紫英带路前往潭柘寺后山时，听得他一路讲述。那冯紫英年前居然冒天下之大不韪，带了几个有身手的府中宿卫，闯过一次木兰围场西边的铁网山。他曾在山崖上踩踏掉一块碎石，差点被巡逻军士发现，幸得崖上老鹰受了惊动，适时飞起，在他脸上扬了一翅膀，军士见了鹰隼，便不疑有他，冯紫英方逃得性命回京。忠顺王听时心内筹划，知冯紫英断不会无缘无故去踏禁地，应是受了秦可卿求恳，先去踏勘。此子当真胆大，不由不敬，自思此行应也得了其父冯唐点头。

与北静王讨论，便讲起铁网山。北静王跟随祖父康熙帝去过木兰草原多次，便告诉忠顺王爷，铁网山脚有一块平整丰茂草场，前有宽阔河道流过，后有燕秦古长城，方便大军饮马煮炊，同时也有制高点方便警戒，故康熙帝驻跸多次。如预先筹划，倒不妨将此地列为重点地方，详加推演。二人又约定，各自回府研究地图，再列几个皇帝出巡可能驻跸的地点，作为预备。

至于人手，忠顺王侍卫队忠诚无疑者约二三十人，北静王也报了大约数字，双方约定各挑二十五人准备。皇帝木兰出巡事大，宣旨意到出行，大约总有一个月以上准备时间，两府卫士可提前潜入草场隐蔽。至于落脚点，估计得借助于当地牧民所居蒙古包，作鱼目混珠之想。

二王冒了大风险到潭柘寺一会，重中之重，还有一点，就是假设刺杀成功，谁来继位的问题。忠顺王本以为北静王要自继大统，因其嫡系子孙，辈分身份皆合适，不料北静王提出，应由当日大将军王十四爷继位，说十四爷立有大功于朝廷，安江山于磐石之上，他若继位，天下定宾服。忠顺王倒不料北静王提出自己的这位兄长，便说十四爷正圈禁宫中，断无通消息可能，且皇帝有子而行兄终弟及之制，祖上尚未有先例。两人商议了，觉先将那无父无君的今上灭了，立一个贤君自也不难，此刻先不忙论到。

皇帝并未立有储君，二王知皇帝逐走长子弘时之后，剩下二子，一长一幼，俱无根基，弘历虽聪颖，但其母仅封妃位，其母家位置又不高，不是得力家族，到时无论推十四爷还是十六爷又或是北静王自己，都可安得江山。若成功得手，即召集宗室，推选贤君，二人联手应和，趁乱推出人选，应有把握。

那皇帝日日笙歌不歇，有时戕伐过度，不得不歇下，有投其所好的宫中方士，进奉丹药，皇帝食了，顿添力气，又上马再战，如是几番。那方士得了赏银，自不会泄露丹药对身体有害之讯，只管日日小火炉扇着，制那生发之丹。皇帝经年自律习惯，到此土崩瓦解，心中竟然得着放纵快感。那些年轻低位女子，见皇帝召见甚勤，遂百般俯就，娇声燕语呢喃不止，引得皇帝兴致愈发高昂。

但即使在绮罗丛中，皇帝也还记挂着忠顺王事。忽一日下旨，赐忠顺王食双亲王俸禄。旨中说忠顺王早年军营操劳，现又担着京畿事务，烦劳如此，颇为不忍，故加俸禄以彰忠顺王忠义，京兆尹府差使便即卸肩，由履郡王替了。旨意下达，忠顺王谢了恩。心下知道，皇帝这是杯酒释兵权的意思，即使京兆尹府没几个兵，自家在卧榻之侧，皇帝不能睡得踏实。再往后，可能就是图穷匕见。庆幸自家准备得早，对皇帝不曾抱有幻想。

忠顺王关了书房门，一路想来与北静王约定事项。忽想起与履郡王十二爷交接还有一段日子，两个小人物倒得先提了来，木兰围场兴许用得着。便叫了程詹事来嘱咐了几句。

那程詹事来往于王府和京兆尹府，日益成为郑长史臂助，听了王爷令，便来到京兆尹府，找了郑长史一说。郑长史自也接到朝廷旨意，心下正不自在。见程詹事说王爷要提两个人，便坐下详听。程詹事一一说来，道是当年王短腿马三与倪二盗墓事，倪二一直未抓捕到案，王爷心下不安，奉旨移交在即，要查个明明白白才好办移交，故要亲审王短腿马三，将那倪二务必抓获归案。

郑长史听了诧异，因为倪二小小人物，至今未拿获，也不是什么大事。那王短腿马三师徒，已判了流刑。本要流两千里的，因山海关守备急要人修补城墙，行文到朝廷，故各地除逆案之外的罪人，皆流到山海关听命，自山海关一路以西搬运石头，垒残破城墙。郑长史心下自思，觉王短腿马三两人，京兆尹府以未结案之由行文提来，倒是无大关碍，至于王爷亲审云云倒是不像，却不知为何独要这两个人。王爷此刻还未卸任，又见程詹事立在眼前，倒不能不答应。心下思毕，便告知程詹事谨遵王爷命，诸行文提人事务也一应请了由其自去办理。

程詹事见郑长史虽知上司即将更换，还听从王爷指令，心下满意。遂以他一向雷厉风行风范，拟公文毕，请郑长史用了印，带了从人牵了快马直奔山海关，不日将那盗墓贼王短腿马三提回交忠顺王爷。程詹事揣摩王爷心思，一路上早给二人戴了眼罩，装在大车中运入王府。忠顺王命暂且监在府中一角黑房，派了侍卫守门，也不提审。

王短腿马三师徒在流放之地苦头吃尽，现忽得唤回，虽屋中只有门下一进出小口，但每日好菜好酒待着，也还不像要杀头的样子。时间一长，不见有人问，二人皆惊疑不定。患难相处多时，王短腿对徒弟的仇恨也淡了，现换了地方无需劳作，闲来无事，也与徒弟各种搭话。二人整日窝在房中，竟不知自己置身何处。

皇帝流连花丛放纵事，逐渐传到元春耳中。那些刚得宠的莺莺燕燕，经过之处早已趾高气扬。皇后处自得约束，陈妃处也存了个好歹，那其他妃嫔面前，便掩不住的得意。在她们年轻的心中，这些打扮得一头珠翠的贵妇人，也就是瓦砾残堆，朽物而已。她们眼中只有自己的远大前程，亦如元春封妃之时志得意满。

元春益发远离了东西六宫，一早皇后处见了礼，便直往凤藻宫来，与她的琴、她的书册为伴。又奏了皇后，因衣服数次更换，理事不便，特准她着女官服晋见。皇后小病延绵多时，颇有大病酝酿之态，早不耐俗事，见元春说来，竟然是以女官身份住在宫中的意思，心下倒觉可怜。遂不忍拂她意，准了所请，又道不必一日一觐见。元春领其心意，至此隔日女官服入景仁宫请安。回凤藻宫或昭明宫路上，偶遇当红贵人们，也退避旁边让其先过，有眼力差的，没有认出贵妃身份，以女官待之呵之，元春也不争强，一味退让。

琴儿不忿，元春笑笑止住。这紫禁城愈发陌生，这些女孩儿以为可以一直年轻下去，其张扬的样子，起码有着野心的闪光。而元春看看自家，虽则年龄不到三十，倒像是历经沧桑的中年妇人。

凤藻宫中整顿完毕，元春闲来无事，想起去年家书上，夹了众姐妹所做诗谜，又有宝钗堂妹薛宝琴所写一首诗在其中，开头两句"昨夜朱楼梦，今宵水国吟"可堪玩味。元春记得清楚，一时兴起，在琴上拨弦几声，作出一篇词，一首曲来，让琴儿记了，此后又反复练习。元春手上弹琴，望向虚空的双眼，似乎看到皇帝与她的晨昏相守，朝朝暮暮阳台之下，怀孕时的喜悦，太液池临风回眸一笑的惊喜，又仿佛看到皇帝远走的身影，背景是紫禁城的黄昏。那背影自元春眼中看来，竟是那样的孤独。

是的，紫禁城中，只有元春看到了皇帝的孤独。他放弃了一向的完美主张，放弃自我完善所需要的自律，只在群芳谱里肆意寻找刺激，正是迷失的征兆。皇帝与她，彼此不能安慰苦痛，一个在凤藻宫自我遣怀；一个在花丛里寻欢作乐，骨子里都在恐惧一些东西，就是那种面对无常命运的无力之感。

元春记得皇帝的转折，自己倒下时皇帝焦急扭曲的脸，记得自己苏醒时，皇帝脸上的泪水。这样的一个人儿心里头会远离自己，元春不能相信。薄情乃是多情的另一面。皇帝因为身份，因为曾经滋生的爱那样明亮，断难容忍那些鄙俗阴暗的伎俩居然得逞。既然避不了阴暗，他又不能接受君王权力也有边界这一事实，内心的矛盾冲撞之下，内里的支撑还有多少呢？他逃避了元春，何尝不在逃避他自己。还有弘时，那是压倒骆驼背的最后一根稻草。皇帝没有说，但元春可以想见皇帝处置儿子时，心中满满的挫败感。

对于家族命运，起初元春悲哀愤怒，后想得通透，家族命运已经由不得自己。皇帝已然如此，自己已然如此，还能顾得了家人吗？想来家族也好，个人也罢，终归有自己的命运。老太太病重，自己不能看视，也就罢了，想祖母不会怪自己。祖母一生享尽荣华，也算圆满，父母兄弟俱安，一家人还在一处，也就是不幸之中的幸运。遂一心练习她新谱的《红楼梦》曲，也教琴儿学了。

琴儿在元春的指导下，现在颇能记下曲谱，元春看她心思灵透，故也教了她弹琴歌唱。一主一仆，一早一晚，就这样厮守着。眼看春天渐深，榴花已经打苞，静悄悄立在枝头。元春在凤藻宫见了，想起皇帝为她绘制的榴花服，当晚便让琴儿找了出来；偶然一试，宽了许多。琴儿问着元春要不要穿上，元春笑着摇头。琴儿看见元春那抹微笑，竟然那样凄凉，心下不忍，自收了衣服去，眼泪不觉湿了眼眶。

皇帝的莺歌燕舞浪迹生涯，忽一日有所厌倦。心里的疲倦源于身体的疲倦。再新鲜的玩意儿，再娇憨可爱的面庞，时间久了，就像触不到灵魂的皮囊，终有倦上心来的时刻。即使欲望可以永不满足，但自家身体状况也不再允许。天气渐热，皇帝内心发躁，又听闻皇后病势渐重，便去景仁宫看视。皇后气息不好，宫殿里弥漫着一股陈腐的味道，皇帝看惯了春花般的女子面容，竟然不能久坐，略作安慰，吩咐了太医院掌院几句，便提脚走了。

出得景仁宫来，皇帝看看他的紫禁城，黄色琉璃瓦在阳光下，闪着不变的刺眼之色。他从未觉得如此沮丧。如果相伴多年的皇后就此不治，那也意味着自己也渐渐接近死亡的宿命。他心有所动，回到养心殿，让戴权关上了门在外候着，亲自铺开了黄缎诏书，再在缎面上用满汉文字，分别写下了传位于第四子宝亲王弘历的旨意。写完一份看看，再同样写了一份。皆用了御玺。当晚，皇帝便命了周边侍卫撤下，又让戴权去找了梯子来，其余太监尽皆回避了，由戴权亲自爬上木梯，将其中一份圣旨放进圆筒，藏在了乾清宫"正大光明"匾额后面。另外的一份诏书，他贴身藏了，从是日起，这份诏书便不会离开他的身畔。

那戴权知道皇帝此举意味着什么，心下为自己悲哀。皇帝此前封了弘历为宝亲王，他已知皇帝属意此子，也不意外，但今日此举，乃是为自己考虑后事了。在戴权眼中，皇帝正是彪悍虎狼之年，奈何现在就起了这样的念头，是何缘由，他也不敢问得。戴权大热天激灵灵打了个寒颤，心下知道，这是给自家提了个醒。人终有离世的一天，哪怕他跟了一辈子的皇帝。到时，他这都太监，也就跟着到头了。

皇帝看着戴权收拾完毕，恢复了宫中侍卫警戒。走近西暖阁，那蒙古王爷的奏折还在案头未批。他坐下拿起奏折重看了，又想了想，去山林草原呼吸新鲜空气，打几只獐鹿也好，顺便察看各位蒙古王公动态，再作决定。遂传命下去，安排木兰秋狝，启程时间定在七月。看着戴权出去军机处传令，皇帝站了起来，伸了伸僵住的腿脚，又看着灯下黑影，殿中锦绣，心里头喊了一句："朕都快要憋死了啊！"

# 第四十四回

## 舐犊情深贾母馈银
## 贾环忘仁同谋卖亲

　　皇帝出巡是一件大事，军机处接了旨意，便开始着手准备。八旗调防，随行宗室官员都得请旨。因皇帝此前并未以帝王身份出巡过木兰围场，只以皇子身份早些年随康熙帝行过，故无前例可依，少不得找出当年驻防图参考，又事事禀报。皇帝此前不行木兰秋狝事，确有大军一行，劳师动众糜费钱财考虑。现旨意已下，诸般细务也得一一理了。其他还好，随行宗室大臣名录，得自己定下。眼前京中最放心不下的就是忠顺王。

　　孟统领之事如鲠在喉，皇上不曾忘记，海捕文书下达多日，不曾捕得这逆贼，这刑部也是无能。他所派出的粘杆处，童首领来回报，那孟明远阖家老小早已搬走，不知所踪，周围府县也都打探了，并无消息，至于逆犯孟明远，自离开盛京福陵后，只查得其遗弃统领服一件，其余并无踪迹，想已逃逸长白山深处云云。皇帝听了，并不满意，这粘杆处近来不甚得力，是否童首领年纪长了添了暮气，找个时间得替换个新人。当下也不说破，只吩咐了童首领，木兰秋狝在即，粘杆处可将人手派至京城各处，重点在于亲贵大臣有无异动，至于那孟明远，终有一日会入罗网，现下不妨从孟明远家乡撤回些人手。

　　皇帝虽然未严厉斥责，但脸色难看，落在童首领眼中。他知道，自家在这名为粘杆处实为东厂的时间，已经不多了。心下黯然，行礼退下，自是日起，便筹划各种退步抽身之计，他知道自家是走不脱的，逃亡天下的日子也不想过，只指望家人可以离了京城得以保全。

　　因了孟统领未拿获，皇帝决意带忠顺王一起去围场，放在京城，他不放心。皇帝知历朝历代江山易主，出自内闱之例不少，否则就没有宋代太祖太宗斧光烛影千古之谜。眼前各宗室势力已被多年打压，自不必虑，只有废太子引发的忠顺王和北静王可堪一防。前日已免了忠顺王职司，现在他就是一个赋闲亲王，没了京城管理权柄，行事没那么方便，掀不起风浪，带走这十六弟，留下北静王一人在京，两人只要不串在一起，估计在京宗室也翻不起浪来。北静王乃小辈不必挂虑，他父亲当了太子，不也落得个凄凉下场？皇帝思考完毕，遂传令，点了忠顺王几位亲贵大臣随行，命皇帝不在京城时，朝中由宝亲王监国，朝中事务每日飞马报到皇帝驻跸之处，护驾点了正黄旗，其余冗务，便让军机处自行筹办。

军机处乃皇帝上任之后内设的机构，只为皇帝负责，原为辅助皇帝筹办军务设立。后战事毕，皇帝厌倦了御前会议各种吵闹议而不决，觉军机处直接听命于皇帝，令行禁止，颇有效率，便保留下来。由此始，大臣进军机相当于居宰辅之位，因皇帝下令需要拟旨，因此又设军机章京，担了拟旨秘书之责，也为大军机们助手。当下军机处得了皇帝旨意，便各种忙碌起来。各种朝令一一颁发。

忠顺王接到旨意，知道日期近了。遂命了心腹小厮按着与北静王约定日期，到广化寺传话。至于细致地点时辰等，二人早已约定。因北静王赴潭柘寺之约前，才去过那广化寺进香，故寺中殿阁方位香炉布置皆记得清楚，小厮去得顺利，回来报，消息已传。王爷点点头。

想起王府已经危如累卵，王妃及各房子女皆不曾觉，忠顺王为之心酸。身在皇家，有些事是进也危，退也危。眼前的四哥，早已不是他幼小时曾亲近的兄长，而是一个心黑手辣锄兄灭弟的君王。那八哥九哥已被圈禁多年，在牢里过着猪狗不如的日子，皇帝还不放心，还要一同灭了，想想令人齿寒。同一个父亲生下的同胞兄弟，何必歹毒如此。十四哥是同父同母亲兄弟，皇帝留他一命，未必出于慈悲，只是虑着天下公议，后世史书记载而已。忠顺王省得，此去木兰围场，与大军对敌是不可能的，只有集中力量，在皇帝所料不及的地方悄悄下手，像一把尖刀插进心窝，才有可能奏效。府里可以派出的人手，忠顺王已反复掂量；跟他们晓以大义，又说明厉害，想可得其死力，现下倒先不忙说。

想起北静王，又想起传话的琪官。便唤进管家来。

管家那日将琪官扔进王府关人的黑屋，与戏班子一起，本不愿管其死活，后想及王爷从前素来喜欢此人，不要一时气头过了，又想起来问，倒是不好，便令扔了几包金疮药进屋，命小厮抬了清水进去，让那几个戏子帮着清洗伤口上药。还好那琪官命大，居然活了过来。因为不得王爷令，管家自也关着，直到如今。

见忠顺王问起琪官，管家遂回"还活着"三字，便垂手听令。忠顺王打量了管家一眼，明白这是为了自家才保住了那戏子的性命。想想这戏子虽然违了自己意思，假手荣府贾宝玉传话于北静王，毕竟也传到了，还算是知人，私自逃逸回紫檀堡之事，自家已经危在旦夕，往事不必计较了。便吩咐了管家，放了琪官，戏班子也散了，命其从此不得入京即可。当下管家听命，自去办理。

那琪官重见天日，和他一帮师兄弟从后门出了王府，一一道别，心内发誓此生再不入京城，再不侍豪门。回到东郊紫檀堡，便收了从前行当，雇了几个人栽田种地，自己也少出门，发奋读书，图个心头明白，平凡本分过一生也就罢了。村镇里常往来的，皆不知蒋家公子玉菡，曾是京城当红的梨园子弟。后贾府星散，玉菡经媒人说合，娶得花袭人为妻，洞房之夜，看到袭人所系汗巾，方才知道自家娘子，乃是结义兄弟贾宝玉的贴身丫鬟。心中感慨世事无常，当年贾宝玉于他如同天人一般，他的丫鬟怎到得自家身边？可见造化之奇，是凡人再也猜不着的。便守时度日，两口儿一心一意过日子。

那贾政去了江西，到了即有书信来，王夫人看了，又向贾母禀报。

贾母年迈，生命力却甚强，又得旧日王太医不忘祖上相与之德，常来瞧看，遂还能挣扎得起来，心中一直记挂黛玉不已。一日精神好了些，命鸳鸯搬出体己检看，见所留已不多，便叫鸳鸯偷偷叫了紫鹃来，交给三千两银票，让替黛玉收着，做个不时之需。紫鹃含泪接了。

紫鹃原系贾母房中二等丫鬟，自黛玉入府后，老太君指了去服侍黛玉。她本名鹦哥，黛玉禀明了外祖母，才改的紫鹃。老太太不曾看差了眼，紫鹃自与黛玉相伴以来，忠心耿耿，此时见老太太分明是在安排后事，不觉心内难过。她所担心的宝黛亲事，见主子们不提，她一个下人怎好提的，今日有见老太太机会，本想冒死一说，看看老太太脸色蜡黄，不忍再添病中烦恼，犹像再三，也只得自回潇湘馆。

贾母看着紫鹃犹豫，知道这丫头为着黛玉终身大事着急。但思自己存世之日不多了，贾政在日都不能应下，那王夫人现在管着家，她不应，自己作为祖母，也做不了宝玉亲事的主。宝钗是王夫人妹子所生，她不向着王家，还能向着谁呢？只怪自己女儿命苦，早早去了，留此孤女，自家终归不能照看了。老太太想起贾敏，眼泪便流个不住，知道自己地下见爱女的时辰，已是差不多了。

又想起还有事未办，便又让鸳鸯唤袭人来，也予了三千两银子。袭人懂得老太太眷顾宝玉心思，也收了。

老太太房内体己本不止这些，因着两房分家，二房手中艰难，贾政又外放了江西粮道，费用更添，便安排了鸳鸯私下拿了些银票给王夫人使用。贾母见眼前总没个得力的，想想自家身后之事，如不早筹措，自己眼睛一闭，说不定贾府就要闹了翻天。贾政在外，贾赦无望，长成孙儿之中，只有贾琏一人还可使得，便命唤了来，令出城去看贾府墓地，吩咐自己的墓要预先箍好；也拿一千银子去，让雇人把贾府墓园一并修缮了。

贾琏在长房，见家事蹉跌，本已灰心至极，整日饮酒厮混，现听得垂暮祖母吩咐，良心倒被刺了一下。想想荣府玉字辈的，宝玉诸事不知，贾环不堪，只有自己能出府办事，遂也不推辞，接了银票，唤了贴身小厮几个跟着，出城去看墓地。

那墓地自京兆尹府踏勘之后，并无人来得。贾珍被褫夺爵位，诸事无心，墓园照看之事哪还在他意中。贾琏看了心中难过，自思自家公侯子弟，祖上坟墓宿草长有人高，实为不肖子孙。焉知荣宁两府祸事不断，不是从不敬祖先而来？倒恭恭敬敬给宁荣二公磕了头，又在自己祖父墓前磕了头，命小厮们周围找了匠作来，在祖父贾代善墓旁原留好的位置，开始掘土箍墓。贾琏见一日完工不了，便待在工地，晚间则借住在附近旗民家里。他心中知道，现在家还没倒，只是因了老太太还在，老太太一旦撒手，荣府两房，没一个着力的，自家就当孝顺老太太一回。遂实实在在驻守在山脚水畔，自是怕主家不在，那匠作不用心之故。

堪堪几日过，贾赦命人来墓地传话，派了贾琏去看长房所分西海庄子。又命整理个账目出来，差不多价格把庄子卖了。贾琏违不得命，看看墓地箍得差不多了，石兽也开始开凿，便留了小厮两人待在此地待完工，自己带了贴身小厮去往西边山里头的庄子。

整理账目实为查账，乃是一个技术活，也是一个磨时间的活儿。那西海庄头是东府乌进孝的兄弟，名唤乌进义，早已跟哥哥沆瀣一气，掏空主家粮仓。两兄弟历年将庄子收成大半归拢了去自家，小部分才送主子。这些年，乌进义不敢在荣府眼皮下花钱，便在远离荣府的东城起了高楼，圈了院子，自己家人搬了里头住，周围不知道的，还以为是富商宅邸。这乌进义和荣府派来田庄上的账房通着气，那账房得着银子，一直将那账目做得细致，哪年旱涝，哪年水灾，哪年大老爷来提了若干银两物事，一笔一笔写得清楚，其中虚虚实实，量主家派人来查也看不出来。

那贾琏到来，看看账目收成数字，逐年减少，心知有异，因手边没有核对的账本，也作不得声。尤其是牵涉贾赦来庄上要银子之事，不好说的。因为彼时两房还未分家，自家父亲如此到庄上拿银子，是动了公中的钱，说出来会让二房不满，自家又无凭据指证庄头贪了银两。心下长叹，奴才不像奴才，主子不像主子，这个家，如何能不倒。最妙之处在于，分家前，明面上是自家和凤姐儿当着家，说起来这田庄多年不来理账，责任居然还在自己身上。

贾琏看了几年账册，心下气闷。自己当家，当的什么家？老太太让凤姐儿管事，阖府都听自家媳妇的，自己哪有说话的地儿？心下对老太太倒生起了一点怨念，再思老太太固然信着凤姐儿，也是老太太信不过自己所致。想想这么多年来，自己何尝在家事上操过心。掐指算算，眠花宿柳，私通鲍二家的；又偷娶尤二姐，结果尤家两姐妹前后死了，尤二姐本有自家孩子，结果被胡庸医下虎狼药没了；至今自家一个子息也无，那秋桐肚皮也不争气，在她房中多时，也不见有喜讯，还整日闹腾要当奶奶……一一想来，无一件事是为着府中计，登时汗颜。现父亲发卖祖产，这是何其悲哀的一件事，以父亲好面子之为人，不到府里过不下去，断不会在人前丢人现眼。

贾琏垂头思索，拿不出办法。心中想起凤姐儿来，如她当日在心盘这田庄事，以她精明，那庄头们断不敢如此胡作非为。想想又摇头，罢了，如那凤姐儿察觉此中油水，不知道又会把手伸得多长。一个父亲、一个媳妇在田庄捞油，扯起来那更是难堪。

贾琏长叹一声，往昔账目没个实据，看看追不回，只得罢了。如今只好说眼前的。便让乌进义传出话去，言荣府要卖庄子。如有买家，便引进庄来。又派了小厮骑马回城报了。一时贾琏在庄坐等买家不提。

贾琏在外，荣府倒生出事来。那凤姐儿哥哥王仁一日忽到府，声称要带回妹子，取回王家嫁妆。贾赦以往听得凤姐儿之兄王大舅是个无赖，与自己又错着辈分，本不想见，奈何贾琏不在，只得出去厅堂。见面便无好气，说凤姐儿已回南方，嫁妆也自带了，不知王家公子到此何干？说话语气，早已不当王仁亲戚。

那王仁与凤姐儿一母同胞，母亲早逝，父亲在外做官，管不得他，遂养成纨绔习气，前年父亲死后奉灵回金陵，家大业大，故有本地多少不才子弟勾引，整日里赌场妓院厮磨。这两处又是最烧银子的，王仁心下贪多，养了秦淮河几个明暗歌女娼妓，不多时便将家业败得个干净。一日在妓院听老鸨话里话外向他要钱，又闲话说与他听，道京城里来客人，说是荣府二奶奶被贾府休了，语气中颇有一点幸灾乐祸意思。王仁口袋干瘪没剩几文，正在烦恼之时，耳中听得老鸨说话，便想起妹妹当年出嫁排场，顿时眼前一亮。他也不问问那老鸨可曾听说凤姐儿现在哪里，倒只顾着赶紧起身，街上变卖了随身玉佩，当做船资搭了船，带了小厮进京。到得京城找客栈放了行囊，便来宁荣街，一头儿撞进荣府，要人要嫁妆。

当下王仁听得贾赦如此说，语气又不善，便不依不饶，说自家妹子并未见着，定是被荣府谋害了，其嫁妆足以买下半个金陵城，荣府不还，欲待一口吞了怎的？朝廷法度在此，光天化日之下，岂有如此强夺之事？一时撒泼。贾赦理不清是非，一叠声请邢夫人，再请王夫人来。

巧姐儿自王大舅进府，便已听得。她知这是母亲凤姐儿唯一直系亲人，便请了平儿带她去见亲舅舅。进得堂屋，听得咆哮，便进也不是退也不是。那王仁一眼看见平儿跟了人进来，依稀记得是妹子陪嫁丫鬟，前边女孩十来岁，应是妹子所生，便赶上前来。

平儿拉着巧姐儿见了礼。王仁见确是妹子所生女儿，凤眼柳眉，家族的遗传错不了。便要拉巧姐儿，向那赦老爹说理。巧姐儿害怕，退到平儿身边，手紧拉着平儿不放。平儿看这王家大舅粗俗得不像，担心惊吓了巧姐儿，便告了罪，带了巧姐儿退下。

那王仁本想拉着巧姐儿一起向贾赦要人要凤姐儿嫁妆，见这丫头不晓事，只跟着丫鬟走，看来是个没用的，遂撇撇嘴，继续来跟赦老爹磨缠。

那王夫人当日为救凤姐儿，谎称王仁来信让荣府送凤姐儿回金陵，现下听得王仁上门，自不好出来撕扯。便对了邢夫人派来侍女言，老太太一刻不能离人，请大老爷大太太自处，便不理会。那侍女回了邢夫人话，邢夫人气得无法，只得到了堂上，一一说与王仁。

王仁见自家姑母王夫人不出来，便是纵了自己的意思，便各种编派闹腾，一定是贾府用度大，拿了妹子的嫁妆填窟窿，又指着堂屋里燃着线香的青铜鼎，说那就是妹子陪嫁，王家祖上珍藏，既然休了自家妹子，如何嫁妆还在荣府？这不是荣府吞了是什么？

贾赦本就是一无用衰老头，从无一日临过事，以往有国公爷封爵顶着门头，别人倒也不能轻易相欺，现在爵位一去，就好比挡着身子的遮羞布被一把拉下，顿时被看了个明明白白。赦老爹一生之中又从未见过如此泼皮之人，便气得倒在椅中，一叠声叫二爷来。待小厮回了，才想起贾琏被他派在庄子上，一时哪来的二爷。既已倒下，便托赖躺了不起，邢夫人忙了来顺气揉身，又喊来贾赦几个妾侍,骂其白养府中,侍候老爷也不得力等。

王仁见府上无男子,闹得更凶,以至于砸器物踢门框种种,自谓为妹子出一口气。平儿远远听了,听得口口声声为妹子报仇,但妹子如今在哪里,倒一句也不问。心想或是凤姐儿在他那里,专来闹事索嫁妆,或是凤姐儿并不曾投她这位不靠谱的哥哥,而王大舅并不管血脉之亲,心下并不真心为凤姐儿,只为要钱,故妹子在哪里问都不问。当下摇头,无论出于何种目的,这王大舅如此不堪,定非良人。暗暗祈愿凤姐儿出了荣府离了京城,有好的去处。

荣府两房当日被王大舅恶心个够。王仁闹得差不多,也不想把赦老爹气死,便声称次日还来,让准备凤姐儿嫁妆,又让小厮前来,把堂屋里的香灰倒了,把青铜鼎搬了走。荣府上下竟然无一人拦阻,家中小厮仆从径围了看,无一人出声。那秋桐听得前堂喧闹,也不出来看,心下快意,只因贾琏托言老爷太太不同意,故不能将她扶正,秋桐遂起了怨心之故。

那王大舅让小厮抬了青铜鼎,直接到当铺换了银子揣起来。心尚不歇。想妹子出嫁时,将一分家私全陪嫁了来,剩得家中府库空空,却是可恶,现被休弃,王家脸面丢光。那嫁妆凤姐儿也不带了回家交给自己,更觉不可原谅。正边想边走,一头撞进一人怀里,定睛一看,略略有印象。

那人正是贾环。他趁老太太病重,嫡母王夫人管家管不过来之机,勾连了王夫人大丫鬟彩霞,将王夫人平时不用的值钱物事偷拿了来出当。当而不卖,自是因为当铺开着,随时方便,也预留了若事发再赎回的地步。贾环是个爱热闹的,王大舅在长房大闹之时,便当乐子瞧了,见不干自家事,自出去出落昨儿偷出来的王夫人红漆螺钿盒中饰物。他先了王大舅一步,本已离了当铺,路上想想,揣在怀中的银票觉得数目不对,便折返了来,故一头撞上王大舅。几年前王仁随其父到过贾府,贾府全家盛宴接待,故贾环认得。

按礼说王大舅与贾环同辈,贾环应称"兄",但凤姐儿既被贾府所休,这称呼上便不好办。那凤姐儿在时,对贾环母子各种看不起,贾环早已怀恨在心。此时见了王大舅,顿觉报仇有望。便转了眼珠子,恭恭敬敬来行礼,依了巧姐儿辈分,叫声大舅,又介绍了自家。

王仁听得,知是政老爹次子贾环。在贾家半日,一口水没喝上。现忽有一贾家爷们,像是懂得道理的,还规规矩矩行礼,便舒爽了这口气,也回声"三爷好"。

贾环家里家外无人当他一回事的,如今见王大舅喊他三爷,顿觉遇到知己。此刻怀中银两多少也不计较了，反正是白来的，便约了王大舅街边茶楼上饮茶。王大舅见了贾环，倒不管嫡出庶出，总归是个爷们，可以说话，口中也渴了，便跟了同去。

贾环有心之人，话题总往凤姐儿嫁妆上扯。听那王仁长吁短叹，说嫁妆掏空王府家底事。贾环心下不信，但面上却是百般同情。看看谈得入港，便把话题扯到了巧姐儿身上，又说银子只在眼前，大舅居然没看出来。

王仁听了眼睛一亮，见有路子，便细问贾环意思。贾环便扯谎，说是京城东有一好人家，想抬一抬身份，娶个世家女子，愿出厚重聘礼等；又说王大舅就是巧姐儿亲人，做得了主，如将巧姐儿聘了，不但巧姐儿有个去处，王大舅也可收得那聘礼，补偿其母给王家带来的损失。

王仁听得竟是天花乱坠。外甥女居然还是宝物，可以换得钱来，当真是天下掉下来的馅饼。便反过头来求着贾环去说合，竟是要急事急办的意思。那贾环拿足了派头，方才允了。王仁喜悦，连那茶钱都不要贾环付，自家付了，又约定了回话时间，报了自家所居客栈名字。

贾环见这王家大舅那眼馋肚饱的神情，知已入彀，心下暗笑。当日便去找妓院扎堆的一溜胡同谈。他自不敢说巧姐儿真实身份，只说了有一豆蔻年华女子，诗书俱通，因着双亲不在世，家道艰难，舅舅愿意卖外甥女入勾栏。又把巧姐儿容貌说得天花乱坠。其中几家因不见人，不信贾环，命龟奴赶了出来。倒有一家新开张的院子，本钱是山西商人，听得京城遍地黄金，烟花勾栏尤其赚钱快，故来京都发财，正愁自家院子新开无花魁，客人不多，便细听了。这老板心下盘算，便问了巧姐儿现在何处。贾环一时编不出来，便将荣府地儿说了。他正后悔自家没编好地方，看来要穿帮，结果看那妓院老板脸色不动，知其不晓得宁荣街，还继续与他谈买人的钱，心下自幸逃过一劫。贾环忍住笑，便正襟危坐，要了个天价。

那妓院老板听得倒是入港，只是没有见到小姐本人，舅舅也不见，自不能听了一个小子的话便出钱。贾环好说歹说，说小姐是好人家女儿，不便抛头露面，那舅舅当年也是有脸面的，故不好出面云云。那老板合计了下，见贾环衣着上等，小厮又跟着来，候在天井的样儿不像是临时装出来的。便多信了几分。拿了两百两银子来当着定金，让贾环写了收据，又约好了两日后，便是送人上门的日期。

那贾环看看玩大，本不想签字据的，但那妓院天井中间站了几个彪形大汉，自己若自打嘴巴反悔，恐立时就被修整，便拿过笔，胡乱签了个字。正要走，又被那老板逼着，按了指模。贾环办事毕，遂把那银子收了出门，径直来寻王大舅。

那王仁在客栈等得眼都干了，见贾环来，忙问谈得如何。贾环谎话不打折扣，便说东城那富户一听大喜，当即封了一百两银子给王大舅喝茶。说完便拿出一百两银票给王大舅。那另外的一百两，自是贾环私吞了。

王仁见钱眼开，见茶钱一出便是一百，可见家中优渥，便忙着问如何聘娶，自己作为巧姐儿舅舅，何时见亲家。

王仁催得如此急，自有打算。昨日他见贾琏一直未出来，又隐约听得小厮回赦老爹话，说贾琏在庄上之语，故知道贾琏不在家，估摸着即使贾琏接到府里传话，总得还有几日才到，遂赶着把此事定下，生米煮成熟饭，聘金到手就跑，故逼问贾环甚紧。贾环一路来早已盘算停当，便说那东城富户家就一样不好，要巧姐亲到人家府上相看了，才正式下聘礼，但说了，一旦看中，聘礼甚丰。说完便不言语，等王大舅表态。

那王大舅不疑有他，一心想做成这件好事，便说好办，自家亲去接了外甥女，送去相看便是。若荣府有人拦着，一双老拳打了，料也没个敢吭声的。贾环听得暗喜，便将日期还有妓院位置说与王仁。又说自家乃二房的，届时不方便出头，倒要请大舅自去。王仁听了在理，也应了，一心想着带巧姐去给人家相看，然后自己就等着收聘礼就是。

过得两日，便是约定的见巧姐日子，王大舅在客栈旁边找了几个帮闲混子，带了小厮，一起来荣府，只找巧姐儿，说要作主嫁了，现在婆家相看，即时就要去。贾赦听得这丧门星又来，早一缩脖子装病，再不出来。那邢夫人听了知是浑话，哪有聘嫁之事有待嫁女儿到婆家给相看的道理，但与这王仁如何说得清。团团转了搓手，想想无法，一边打发小厮立马出城去庄上唤贾琏，一边又报王夫人，看看能否挡得住这浑人。

那王夫人怎肯出来蹚这趟浑水。此前已陆续听得分家时邢夫人各种阴诡手段，那邢夫人平日里如何说元春，也历历在耳，又涉及凤姐儿事，心下也有病，遂照旧不回话。

平儿前头得小丫头子报得王大舅事，心内如焚，正不得主意，又有人来报，前几年来过的庄上刘姥姥来看二奶奶，不知怎回，故来报她。平儿心里乱如麻，二爷不在府，老爷太太又昏聩，那边二太太也不管，一时哪管得了姥姥，便说了家中有事，请先回。那丫鬟未曾出得门去，刘姥姥倒找了过来。

那刘姥姥生来自来熟，这贾府来过几次，在她眼中，已是熟门熟路。先见丫鬟报了进去，久久不见动静，又见有人在前堂大吵大闹的，不知出了什么事故，心下便着忙。还好路径依稀记得，便不等通报，携了外孙女青儿，直接跟着那通传丫头的方向，找了过来，抬头一见，正是平儿立在门口。

平儿见了刘姥姥，正是慌乱时，一时也说不清楚二奶奶之事，便想打发了去。不料那刘姥姥是个认真之人，她将凤姐当年援助，看作是自家转运的大事，听得外头一声声"巧姐儿"名儿飘来，便站定了，要平儿细说来。平儿无法，只得请刘姥姥坐，将二奶奶被休回南，王仁是巧姐儿大舅，现二爷不在，那大舅要带出巧姐儿去给婆家相看，一一说了。

刘姥姥虽是庄稼人，这些俗事却比公侯家的奶奶小姐还明白些。心下明白断无是理，但此时也不是分拆的时候，便拿主意："平儿姑娘，二奶奶的事，我一个庄稼人说不上话，巧姐儿这名字，也还是当年二奶奶听了我的话起的，现在有难，正应着逢凶化吉的巧字。不若将巧姐儿交给我带回庄上藏着，待二爷回府再来接，今儿先躲了那瘟神如何？"

一番话说得平儿一愣，不料这经风霜的老人家说出话来，倒是可行。又细想了想，到隔壁房间告诉了巧姐儿，问着她意思。那巧姐儿诸般听得，正哭命苦，见平儿来说，也无别法。那王大舅与其说是亲人，不如是个牛头马面，怎能跟了他去？祖父祖母也不护着她，如今只有平儿一人可以倚靠，她说可行，应有几分把握。便委委屈屈点了头。

平儿看事不宜迟，赶紧叫进刘姥姥，听着她吩咐，把青儿衣服和巧姐儿衣服换了，头上去了金珠钗钏，又问了刘姥姥，知其赶了马车来，就在东侧门，便点点头，亲自送刘姥姥和换了装扮的巧姐儿出去。路上有识得巧姐的，见平儿在边上，遂也不来多事，低头不吭声避过了。到了东侧门，守门小厮少见内府中人，倒不识得巧姐，平儿在旁，便让刘姥姥两个出去。平儿看看四周，托了巧姐儿手臂，助她上车，又跟刘姥姥说了几句，那姥姥亲自驾车，得儿一声，离了荣府。

平儿回来，将青儿扮作丫鬟样，两人一起往西侧门来，说让丫鬟急着到隔壁东府取个东西。小厮早已听得前边厮闹之事，既是平儿送出，便开了门让人离开。青儿依着平儿言语，在后街找到了外婆所驾马车，三人出城，往自家庄子去了。

这边平儿回来。巧姐既已离开，便不怕那王大舅，便出来厅堂，问着王仁，既是聘娶，夫婿姓甚名谁？家住何处？又问着大舅，哪有世家小姐出嫁，不经媒人对过庚帖，合过生辰八字，自己就送去给相看的道理？

那王仁见贾府上下一个响屁也无，倒是王家出来的丫头句句要害，见说不过，便拿了手上来要打平儿。家下人等围观多时，贾赦两口子如何受欺，他们不好出声，但要打平儿，却是动了公愤，便一哄而上，拉开王大舅的有，趁机擂几拳的也有，王大舅带来的混子们自也不是吃素的，双边便打成一团。

平儿乱中倒脱得身来，看看府上人多，不怕王仁作得了怪，便站得离王仁远了一些，一字一泪，说王仁不思巧姐儿苦命，反要作践亲骨肉。说得痛时，泪如雨下。家下仆妇们听得，不由纷纷落泪。那邢夫人听了，一句发不得声，听得平儿声声问来，直如问自己一般。

闹了不知多少时辰，正没个开交处，府外又进得几个人来，声言来提所卖女子巧姐儿。为首的汉子手中抖出定金字据。众人一看，全愣了。那王仁手抖抖地凑近一看，心下猜着被贾环要了，又问是哪里来提人，来人膀大腰粗，说是"定情院"。王仁一听，顿时浑身没了气力。贾府上下人等，脸瞬间变得灰白。这名字，再无知再迟钝的人皆知是不正经的去处，顿时呆了。

那来拿人的，自是妓院护院班头。因所买之人一直未送至，老板派了来提人。他进得府门，已觉奇怪，这高门大户的，怎会有卖女子入勾栏之事。但奉命来提人，自也不能空手而回；便趁荣府混乱，闯了进来。

那二房院落就在旁边。听得一片嘈杂，想是闹得不像，王夫人便坐不住。觉着无论如何，也是一府之事，究竟甚事也得弄个清楚。无奈家中无成年男子。宝玉行动不便，来了也没用，想想贾环毕竟也是个男丁，平时总在外面混，由他应付一二也是好的，便叫丫鬟，命唤了环哥儿来。

贾环知道今日是提人之期，知道少不了一场大闹。自家倒不敢出府，怕妓院、王大舅揪住撕扯，便只在府里偷乐。无论哪家提了巧姐儿去，他母子的仇也就报了。赵姨娘见儿子喝着小酒唱着小曲，正在侧耳听外头喧闹，便问着何事这样高兴。贾环对生母自小依恋，大了见得人多，听的闲言也多，遂对自家母亲赵姨娘有些看不起，便白了一眼说："忙你的去罢。看我今日给你报仇。"

那赵姨娘颟顸猥琐之人，听得儿子说话时"你我"不敬称呼，心下倒不在意，听得儿子说与她报仇，遂笑了出来，拍了贾环肩膀一下子，说就凭你小子也能给老娘报仇？自己管自忙碌去了。

赵姨娘前脚走，王夫人派的小厮就到了。那贾环自小怕王夫人。虽知贵妃失宠，宝玉这二哥可当透明，现嫡母突然来唤，惯性之下，倒也不敢不听。当下放好酒杯，跟了来人走。王夫人见了，吩咐去大房那边，帮着大老爷大太太处理事务。又命传话的小厮跟了去。

贾环无法，只得带了那传话小厮，来到长房厅堂。还没开声，那妓院护院的一眼看见，上来一把揪住贾环衣领："就是你这小子。你自己说说看怎么回事？你卖人的字据在这里，现在提不到人，怎么办？"又重重把贾环往地上一顿，那环哥儿顿时昏天黑地。当日妓院老板与贾环收钱签约时，此人就在院中站定，因此认得。

护院的此话一出，整个厅堂院子里忽地寂然无声。这太出乎意料，太令人震惊了。论着辈分，巧姐儿是贾环侄女，他居然卖了一府住着的堂哥家女儿，还卖到堂子里。即使不论亲缘，他胆敢卖世家小姐入娼门，按着朝廷法度，已可以论罪。

王仁在旁本来想溜，见贾环出来，顿觉有地方出气。他在妓院护院的一干人面前不敢则声，在贾环面前倒是气粗。当下拨开众人，上前揪了贾环衣领，一巴掌打在贾环脸上，登时五个指印。又不解气，连连左右开弓，扇个不歇，直到皮破血出，还不解恨，又揿倒贾环，提了脚使劲踩。

那跟贾环来的小厮看看势头不对，赶紧回去，请人通传了王夫人，说是贾环被打了。王夫人一听，也顾不得礼节，让那小厮进屋回话。小厮便一五一十讲了所听所见。王夫人气急，当即带了一帮子仆妇，出来长房院里。

那妓院护院的一帮子打手，还有王仁带来的一帮子青皮，看见王夫人带了一堆人出来，心下想着，这主儿气势，倒还像个正经主子。王仁远远见王夫人来到，她是王仁长辈，王仁自己理亏，倒不好见的，便偷偷招手，自己带了小厮和临时招来的帮闲混子，趁乱赶紧出了贾府，心中痛骂贾环不迭。

王大舅又怕荣府认真去官府告他拐卖外甥女之事，回了客栈忙忙收拾，雇了车直奔京城南门，准备回他的老家金陵去。行程陆路转了水路，小厮见这王仁不堪自家跟随，上了航船数日，寻个王仁晚间醉酒机会，把这名王仁实忘仁的主子推落入水。醉酒之人挣扎不得，眼看着沉底。那小厮白得王仁囊中财物，又得自由，心下倒无一丝愧疚。次日那船家见上船两人，如今只得一人，心知有异。那小厮把出一锭银子，船家收了，自也未报官。可怜金陵王家当年煊赫声势，至此绝了后，连响声都不带的。此事按下不提。

话说王夫人到得长房院落，不见王仁，只见几个眼神凶恶之人站在院子中间。贾环被打得脸面浮肿，血溅了一地，倒在地上不似人形，冷冷看了。便转过头来问着邢夫人。邢夫人讷讷，一句话说不出来。王夫人见平儿在，便问平儿。平儿遂一一说了，又说巧姐儿在房里听得，哭个不了，刚才闹着要上吊自杀，不知该如何是好，全凭太太作主。

王夫人听了，赶紧命了玉钏去看巧姐，王夫人又命家下人等看住了门，今日不许一人离府。长房、二房的仆从俱都应了。那玉钏惊慌回来，说是巧姐儿不见了。

这下阖府惊惶。那妓院护院的几人，兴兴头头来拿人，没想到碰到的是世家，边上听了荣府仆妇低语，知道眼前来的是贵妃之母，心知如逼死了人，他们几条贱命不足抵偿。便拿了主意，看了看同伙，一起跪下，请王夫人饶恕，又说乃听信了奸人之言，才有今日到府打扰。他说奸人时，手臂直指向贾环。贾环一路听得，哪敢抬头，又哪敢有半句话为自家分辩。

王夫人看了脚下跪着的这些人渣，心下挂记巧姐儿安危，遂无意再出事端。既然查出卖巧姐儿真相，这些东西留着也无用，遂命留下了字据，低声说了一声"滚"。那护院的几个，如听仙乐，赶紧留下字据，各人抱头鼠窜。回去报了妓院老板。那老板也无法，两百两银子不仅要不回来了，倒还要防着别事，护院班头去荣府这么一闹，逼良为娼四字便可以扣上自家。夜里又想了想，还是担心。过了几日，妓院老板便将还没捂热的妓院盘给了边上的同行，发散了护院诸人，自己则走得远远的，自是怕天子脚下招来麻烦之故。

那邢夫人看王夫人一到，诸事妥帖，心下一时愧下来。又思虽是二房贾环起的头，但那巧姐儿乃凤姐儿骨血，如果死了或是走丢了，倒是不好交代，便躬了腰，各种请王夫人放心，自己会派人到处找巧姐儿。王夫人哼了一声，并不回言，领了众人回屋，禀告了贾母。

老太太听了，知道儿媳是让自己出声，将来在贾政面前有个交代。想想贾环好歹也是贾府儿郎，居然堕落到卖侄女儿到妓院的程度，闻所未闻，此人不除，定是大祸之因。既是二房的儿子卖了长房的姑娘，对长房自也得有个交代，遂叫了赵姨娘来。又问着贾环何处，一发提了来。

那贾环见院子里人散尽，正想爬回自己屋子，不料刚抬头，已有王夫人派了几个小厮看定。听得老太太传，当下几人拖了，直到贾母院中，听老太太发落。贾母屋内听得，便命贾环进来，贾环早已爬不起身，小厮们便拖了进去，在老太太面前跪了。

赵姨娘还不知儿子干的好事，听得贾母传，心下罕异。忙忙梳头，对镜照了一照，见打扮齐整，才来见贾母。一进屋子，见众人插烛似地站了一地贾母面前跪着自己儿子，血肉模糊，鼻子不是鼻子，眼睛不是眼睛；遂以为儿子受欺负了，便喊将起来，一把鼻涕一把眼泪，嚷着让老太太做主。

王夫人嫌恶，冷冷看着这对母子。那贾政在府之日，只管宝玉，不管贾环。看看这劣子都干了些什么。老太太面前，便守着礼不开口，让老太太发话。

贾母靠在鸳鸯怀里，冷眼看着赵姨娘这一番哭天抹泪。待其稍歇，便将今日事说了，字据也给看了，那手印须抵赖不得。又告诉赵姨娘，贾环身上的伤，是他外头同伙打的，要作主，去外头找那些人作主去。

赵姨娘不相信儿子干的这些事，眼睛望过去，见贾环眼神躲开，便知确是儿子干的好事。便装个样子，也去贾环身上拍了两下。那贾环见自家被毒打至此，亲娘到来，也来打自己，便发了狠；梗着脖子，一连声说是为着母亲报仇，才卖巧姐儿的。

赵姨娘听得儿子自认了卖巧姐儿事，心知处罚不免，便转向贾母磕头，又向了王夫人磕头，一叠声说请看在老爷面上，看在出嫁了的三姑娘面上，不要重罚贾环。

原来数日前，贾探春因了和亲被朝廷，嫁到南洋去了，算行程，现在应还在海面上飘着。那南安郡王妃头年来了相看，就是为着朝廷得了南洋陀兰国王之请，要选人嫁了去的。宗室女子不愿远嫁，故选了贾探春去；自认天朝世家女子、贵妃之妹，嫁过去配那陀兰国太子，已是无上恩德。

王夫人听提起探春，心中冷笑。看看眼前这贾环，与那探春居然是一母所生，倒是奇了。她不开言，只是望着贾母。贾母看儿媳如此，便知是绝不饶恕之意，便当众说了决定：

"写信报与老爷，贾环行为狂悖，发卖族人，有碍祖宗家法，即日令逐出贾府，自生自灭，其名在族谱上除名，此生不得进贾府。其母赵姨娘，教子无方，身为奴才，背后诅咒主子，行巫蛊之事，种种情形，断难相饶，即日逐出贾府，给予休书，姑念历年服侍，给银一百两，令其在外赁房自住，听其另行嫁娶。屋中财物令其自带出府。"

贾母一字字说来，鸳鸯在旁默默记了，心下惊叹老太太年纪一大把，正经说起话来，竟是滴水不漏，写在纸上便能成文。贾母说完，又令立即写信给老爷，又到宁府报族长贾珍去除贾环族籍事。东府若有说法，便说荣府老太太为儿子作主了。鸳鸯听了，扶了贾母靠在垫子上，自去找人写休书，东府报族长贾珍去了。那书信估计王夫人会亲自交代人写，故鸳鸯不多此事。

赵姨娘听得一大席话，脸上惨白。贾母重病之人，居然将历年事记得清楚。原来老太太知道，当日宝玉和凤姐儿着了魔魇，是自家串通了马道婆做的手脚；自己在屋里屡屡咒王夫人死，想必老太太也知道了，今日一并发落。她身子无力，跪了挪去儿子身边，抱了贾环痛哭。原来奴才的命，就是这样不值钱。奴才生的儿子，也是这样随便打发了。

这边贾母已是气喘吁吁，挥挥手让带下去。王夫人遂带了仆妇等，喊了外头小厮，将贾环赵姨娘扶了回房。王夫人吩咐了，扔给一百两银，就地监看着赵姨娘母子收东西，明儿一早便赶出去。

次日，赵姨娘扶了贾环，从侧门出了荣府。往日在赵姨娘面前叽叽喳喳各种撺掇的妇人们，并无一人前来相送。太阳升得老高，赵姨娘抬起手来遮了阳光，想想无处可去，兄弟赵国基已死，母子二人并无投身之所。想想听说后街多有屋子空着，便扶了贾环，一步一挪去凭房，打算先住下来。且喜贾环身边掏出卖巧姐儿落下的一百两银子，与赵姨娘得的加起来，共二百两，尽可支吾得些日子。

此后赵姨娘便整日在屋子中坐了，诅咒贾母王夫人早死。又盼着贾政回来接他们母子回府。她不知道的是，她的老爷贾政已经自顾不暇了。

那贾环自被踢了出府，开了族籍，便自暴自弃。往时本也无甚人高看他的，现在更是无人理睬。想想自家读书不是胚子，干活没有气力，家中银钱只出不进；又整日听了母亲赵姨娘诅咒唠叨，烦不胜烦。他也不指望老爹来救他，遂在后街上寻了一个大车店看门的活，就是当日倪二开了又转出手的。路过人等，有认识贾环的，便指点这就是那荣府里头卖侄女的不肖子，被革了族籍的。起初贾环听了还以袖掩面，听得多了，脸皮一厚，便也不当回事；人说了，就当说的是别人。倒让指点的人感叹了去。后来逐渐委顿，面上粗黑，胡子长了老长，再也无人识得他。这对母子，连供给街巷邻里当谈资，也不配了。

## 第四十五回

担干系贾府养孤女
乱人伦贾珍引祸端

---

贾母劳累一天，处置完贾环母子之后，再无余力，一头躺倒。次日便身体沉重。病中还想着诸般未办事宜。晚间又吩咐鸳鸯去请了东府大爷来，说有话相商。鸳鸯看老太太风烛摇摇，本不愿其再劳神，但知老太太心中事不安排毕，断不肯安心，便抹了眼泪，自去吩咐外头小厮去请贾珍。

贾珍自与儿子分家后，日日颓唐。家中如此大的地盘，奴仆去了一半，又各怀离心，打扫清理不及，早已花叶萧疏。尤氏不能管得，贾珍又不管，遂让偌大一座宁国府，渐渐有了末世光景。

那尤氏不再像从前一样屡弱。看不过贾珍日日窝在府中，事务俱不打理，早已不满在心，考虑家中收入渐少，入不抵支，听闻荣府长房贾赦已派儿子贾琏去了庄上，筹卖祖上田亩，遂也动了心思，来说与贾珍。不料刚一开口，就被贾珍喷了回来，道祖上产业怎能发卖。尤氏怨愤已多时，遂顶了几句。

那贾珍愤懑，尤氏向来不在他眼中，如今看他落寞，竟然敢顶上来，便扬起手来往尤氏脸上打了几下。尤氏虽是填房，与贾珍也过了小半辈子，见丈夫如此无情，心下凄凉，当下泪珠滚滚，自回房屋思量。

一路盘点贾珍恶行，想及贾珍与儿媳秦可卿当日各种风流，把她看作死人一般，心下更是闷疼。这样的丈夫忍到此时，已是难忍。

秦可卿究竟是何人，尤氏跟了贾珍半辈子，也猜了多少年，始终不得要领。翁媳私通，这违背伦理之事，阖府皆知多时，而公公贾敬居然不管，那西府里老太太也不吭声，当真令人纳罕。

尤氏不知，这秦可卿之事，贾府只有几个人知晓。她是嫁进来的媳妇，又非原配，贾珍又怎能透露于她？

那秦可卿当日被秦业自育婴堂领回，倒并非秦业突发奇想，而是受了贾政之托。而贾政如此相托，又是奉了贾母之命。此事说来话长。

那冯唐之父冯知章，在生时交游广阔，上至达官贵人，下至贩夫走卒，凡有趣的，心中藏一二真诚的，皆在他订交之列。荣国府贾代善贾公与他最善。两家世交多年，贾公仙去后，冯知章及子冯唐，与荣府并不少了时相过从。待冯知章去世后，冯唐也未断了两家世谊。逢年过节，在京之日，断不曾忘记到府拜望贾代善夫人贾老太君。又与贾赦、贾政俱通往来。其中贾政为人诚恳，与冯唐走得更紧密些。

荣国府东边，宁国府贾代化贾公及夫人业已仙逝，其子贾敬袭爵。这贾敬读书勤恳，竟不依仗祖荫，考中进士。一时人皆曰善。当时有谚：君子之泽，五世而斩。分封之家，待祖上余荫裹尽吃就，下剩的家业，就要靠子孙走科举仕途重新振兴。此乃天道循环。

那贾敬读书虽好，却有一短，就是为人清高。按说是同辈堂兄弟，理当亲近，但他与隔壁荣府的贾赦、贾政偏偏合不来。倒不仅仅是他年长许多，也有脾性不合之因。在他眼中，贾赦是个无用而傲慢之人，贾政是个读书不通透的呆子。遂私下情谊不厚。两个国公府，一条街上各过各的日子，本也无需过往甚密，但贾敬还兼着族长，贾家事务却是少不得主持。那荣府老太君是上一辈硕果仅存长者，贾敬临了族中大一些的事务，少不得过府听听老太君意思，也是为子孙作一个孝敬长辈范本。因此也还走动。

贾敬夫人早已去世，贾敬并无续弦意思。长子贾珍早已成年，做事决断，贾敬便少了瞻顾之意，将家内外事务，差不多的全托与贾珍。贾珍首房娶的夫人却是个无福的，生下贾蓉不久去世。那贾珍是长房长子，冢妇不可缺，贾敬遂为其娶尤氏填房。贾敬本天性聪明之人，见自父亲起，再到儿媳，家中人口或幼或长，俱逃不过一个死字，遂渐渐看开，闲了多往黄老之学着眼，又求长生之术，家中请了不少方士。敬老爹又辟了个院落，整日与方士切磋，学那炼丹之法。家中事务更是全倚靠贾珍。

一日，西边荣府老太君来人，请贾敬过府，道有事商议。敬老爹本凡事靠贾珍的，便带了儿子去荣府。

到得荣禧堂，见老太君和两个儿子在堂，其余丫鬟仆妇一个俱无，倒有些郑重意思。一时拜见了，坐下叙话。

贾母早已吩咐了贴身侍女，将荣禧堂各处把住，不让任何人接近。见贾敬父子来到，便缓缓将一事说来。

原来世交冯唐数日前来访，请遣散众人，将废太子之女已养在冯府育婴堂数年之事，告诉了贾母。又道思之再三，要为她寻个好归宿。那孩子既是宗室之女，更是康熙爷嫡孙，一年一年长大，尽留在育婴堂，与其身份不符。因冯唐幼子才出生未久，从长远计，也不好安排进府。故来与贾太君商议。

这废太子身份敏感，又说予这重大秘密，冯府若不是拿不出主意，断也不能来与贾府商议。老太君听了，此事干系甚大，便说要与儿子商量，当下并未回言。冯唐知贾太君为人，即使想不出办法，也断无泄露之理，一时回不了话，自在意中。遂磕了头，离开荣府，回家等音讯。

故贾太君招来两个儿子，又思及宁府同出一脉，衰荣共担，这泼天干系，自不能瞒了一族之长，遂也请了贾敬过来商议。

废太子与贾府代化、代善俱有渊源。太子出生未久，即被康熙帝立为储君。待长成，康熙帝塞外巡视，与蒙古王公会面时，常命太子监国。代化、代善两兄弟其间多有辅佐。那代善临终时遗本一上，康熙帝览折之时，太子侍奉在侧，言贾氏两公忠勇，宜厚恤子孙，康熙帝听了曰善，遂以恤先臣名义，让贾赦袭爵之余，还额外赐了贾政一个主事之衔，后才得以走上仕途，升工部员外郎。贾母后听得太子相助消息，心下自也感激。

有这一段渊源，废太子又是这样身份，三兄弟遂一时沉默。倒是那贾珍，见父执辈皆不言，便独言之。道今日太子废，实不知将来会不会再封。因太子是皇后所生唯一嫡子，又是康熙爷亲手教养。前两次废立，可见踌躇，现康熙帝春秋已高，一直不立皇后，往后倒也说不定不舍与结发妻子赫舍里皇后之情，再度启用。

贾敬、贾赦、贾政听了，心下皆明白，收留弃婴固是抚废太子后裔善举，毕竟小小生命，身上并无罪孽，但贾珍收留之言，固也有赌家族运道的成分。若废太子重回朝堂接了康熙帝江山，那贾府一脉在其落难时相救其女之功，便非同小可。如废太子从此一蹶不振，那女婴据冯唐说来，是宗人府报殁了的，贾府养育其后人，便是实实在在的欺君罔上。

贾敬心内本不同意儿子说法，但儿子既然抢先开了口，自也不便当了面拆台。遂沉默不语。

那贾赦袭着父亲爵位，说话气性大，言语也直率，道自家分析来去，竟是废太子复立的面大。理由明摆着，废太子乃皇后嫡子不说，孙子弘皙受康熙帝恩宠，一直养在宫中，其父被发往郑家庄，他却不见挪出宫外，皇帝对其各种培育，早已通过各种渠道流出宫外，这不是为未来储君作预备是什么？

贾政在兄长面前本不好发话，涉及家族未来，也不得不加入意见。他倒持谨慎态度，说要论及对孙儿辈，康熙爷对四王爷之子弘历也很赞许，那弘历很小时，皇帝出了个上联考大家，他便对出了大学士也对不出的下联。当时即得康熙帝夸赞。要说因孙立子，四王爷也不差废太子多少。

意见说完，竟是二人赞同，一人反对，一人不表态的结果。两代人一起望着贾母，等她发话。

贾母思虑再三，觉那女婴如果养在府中，仅座中诸人及冯唐知晓此事，即使废太子不复立，风险也有限，那冯唐早已担了滔天干系，自不会说。但如果废太子复得为储君，将来继承大统，贾家一脉，在宁荣二公仙去之后，可望迎来中兴机会，甚至于登台阁也并非不可能。明摆着宁荣二府都在吃祖上余荫，爵禄又是递减的，总有一日吃完。贾敬虽然中了进士，领了爵位并未任实职；贾赦空衔领一品将军；贾政蒙恩赏了六品主事，才升了五品员外郎；贾珍无职，俱是后力不继的。后来子孙，如没个振兴机会，百年之后，贾府也就会渐渐沦落。

贾母心中想，口里便说了出来。看看母亲说出虑及子孙的这番远见，贾政第一个惭愧。他非科甲出身，全凭康熙爷赏了主事之衔，心下早觉有负父祖，遂也不再反对。贾敬还是顾虑重重，便问着如果引了女婴入贾府，怎生安置才是？宗室之女，又出于废太子，自不能当下人安置；如果不当下人，即是主子，那又如何能够瞒得世人眼目？

贾珍年纪最轻，正是头角峥嵘的时候，其为人又好大喜功，早想在朝堂立一番事业。他身上无爵，将来接了父亲，也就是吃一个空衔俸禄。故立马想出主意，说听了那女婴长成年岁，与自家长子贾蓉也还相当，略长一点，也还差不太多，如果将来嫁给贾蓉，作个贾家家妇，也配得上宗室之女身份。他心中盘算，风险如果要冒，父亲一旦过世，宁府就是他和贾蓉父子天下，要从此中获利，自然当取最大值，如废太子复位，贾蓉即成当朝驸马，与皇室的这一层亲密关系，与食祖上俸禄度日自不可同日而语。

贾母听得贾珍说话，恍然明白了冯唐过府商谈的意思。他定是想到了联姻之计，又考虑到他仅有幼儿，年岁配不上，又熟悉贾府儿孙，觉有孙儿一辈配得，才来的贾府。这冯唐，考虑得倒是周全，还不露出本意。心下赞叹冯唐周密。

贾敬懂得儿子意思，心下还虑，便又提出如何遮人耳目。贾赦听了，无法子可想。倒是贾政说得，工部现有一举人出身的从七品同僚，部里做些杂事，听闻其膝下空虚，又曾听得其有领养之意。如果府里定了，他那边找人去说，又许给官职，想必会允。养个几年，再领进贾府，长大了嫁给蓉儿，岂不是好？

贾母听得，竟是四角齐全，便也欣然。知道宦海苦于上升无路的底层官员，有升迁机会意味着什么。贾府有私恩于吏部堂官，这等小吏拔擢之事，也就是一句话的事。当下点头。

此事乃贾府秘密，故各人知道轻重。贾母又特意吩咐了贾敬贾赦诸人，连自家媳妇都不告知。贾敬见自己提出难题，都得兄弟化解，儿子又如此热衷此事，遂也罢念，自回府与贾珍计较。

贾政次日起便留意工部同僚秦业，与其订交来往。看看火候差不多，一日便说起，自家老母最是怜贫，出外进香时见一孤女，小小年纪就被弃之道旁，想已父母不存无人抚养，便让下人领回，交至京城育婴堂中养育。后几次派人看视，那女孩长得面目如画，又像是个有福的；老太太遂动念头，找人给那女孩算了命，说是大富大贵，又宜其室家。合了孙儿年纪，遂与宁府敬老爷商量了，将来嫁给宁府长孙贾蓉。只是贾府世家，娶育婴堂弃婴做孙媳，外人面前不好说的，若能请了秦业领养个几年，又接进贾府养大，后来嫁给贾蓉，便算是秦家的闺女嫁了进贾家。秦家与贾家不正结上了亲家么？

一番话说来头头是道。贾政本笃实君子，呆板有余，编不出这许多话，原是此前贾母教了他的。

那秦业听得，里头大有模糊之处，但此机会千载难逢，与贾府结上亲，对他这种小小官吏，那是莫大荣耀，家族也借此可以翻身。贾政看着秦业低了头盘算，又添一把火，说贾府与吏部有旧，秦业不日即可升迁，倒要提前恭喜了。说完便拱拱手。

秦业心中顿生喜悦。自家屈沉下僚多年，不得长进，不料入了贾家法眼，便指日升迁。遂一口答应，心下感激。果然过不几日，吏部任命下达，秦业升六品营缮郎。那秦业一下跳了两级，自是高兴，家中连摆了两日酒。至于后边去育婴堂与那管事商谈，接回秦可卿，一溜环节皆是贾府与冯府安排。

秦可卿在秦家养了两三年，已是十来岁年纪，如初开的蓓蕾，鲜艳夺目。街上浮浪子弟常来招惹，秦府苦于应付，觉再也养不住了，遂与贾政说得。贾母听了，找了宁府贾敬父子来，看看能否先接秦可卿进府。贾敬为着风险，觉得府中多出一个主不主仆不仆的，外头看了不像，那贾珍却是赞成，认为早接晚接都是宁府的孙媳，无妨。贾敬看看儿子，竟然事事与老爹不对付，心下不满，但如今府里家务、族里事务皆是贾珍料理，自己为图清闲早已甩手多时，不好因了这进府时日坏了父子感情，遂勉强同意。后择一日，宁府套了马车，到秦府接了秦可卿进门，便养在府中一小小院落里，贾珍让尤氏派人服侍，还吩咐了教引嬷嬷也少不得。

尤氏见府中多了一个不明不白的女孩，身份不明，又让派人侍候，摸不着头脑，遂问贾珍。贾珍自不会吐实，声调便不耐烦，说是贾蓉订下的媳妇，其父有病养不了，故先接了来府养着。其余细务一句不应，提脚走了。尤氏家中不宽裕，累受贾珍接济，向来服从惯了的，见其发脾气，便不敢再问。

那可卿小名可儿，长得几年，更见袅娜。其行止只限于宁府，接触也就是教引嬷嬷、丫鬟几个，对世态人心识见并未出于贩夫走卒之上。府中偶见贾蓉，两人俱不识得对方是未来佳偶，互相打量又各自走开。倒是贾珍，寒温问候殷勤，是宁府中唯一给秦可卿安全感之人。

忽一日贾珍到来，说是与其父秦业早订有婚约，可卿不日须得与贾蓉成亲。秦可卿猝不及防，不知怎回答。那一双妙目看着贾珍的样子，从此印在贾珍心中，再也无法抹去。

秦可卿一直觉得自己像一件见不得人的东西，被各处挪来挪去，故从小学会了察言观色，少提问题，问了也无人答。孤女生涯，一言难尽，其他女儿娇笑在父母膝下之时，于她则是育婴堂里来来往往的孤儿们。十来年来，逆来顺受已经成为了她生存之道，故贾珍提出让她嫁与贾蓉，她哪有说话地步，只得点头。贾珍又带她去老爷贾敬处磕头，又去了西边的荣国府，给贾太君磕头。

秦可卿看得出来，贾家老太太喜欢她，重视她，众人面前夸奖不停，也经常派人来接了她去荣府玩耍。因了老太太的抬举，宁荣二府上下若干人等，明暗倒不敢欺负了。成亲之日，秦可卿俨然懵懂，贾蓉也各种别扭不亲近，可卿以为世人皆是这样的，遂也不以为意。养父秦业就婚礼露了一面，从此也不再上门，可卿也不好问。只有养父之子秦钟，还常来往，后伴了荣府宝二爷去学堂。此事系可卿一手安排，当作对养父的感谢。

可卿后来发现，嫁给贾蓉也有好处，便是她可以带了丫鬟出门，无论是西边荣府，还是街上，她从小向往的热闹世界，终于在眼前打开。本是欣喜之时，后有一日春困，秦可卿在太妃椅上，喝了丫鬟送上的安神茶之后，便一切都改变了。

她迷迷糊糊之中，浑身无力，只认得公公贾珍的脸，记得他爱惜摩挲的手，也记得他渴慕的眼光……在她发现自己醒来，身边人确是公公贾珍时，她的世界坍塌了。一时是恨是怨，是忧是喜，也分不清楚。

她后来自然知道，那杯安神茶，是被动过手脚的。她不能恨贾珍，只能恨丫鬟害主，遂托辞换了，又选了瑞珠、宝珠二人在自己身边。

贾蓉此后不久即奉父命与她分居，并与可卿说得明白，他与她今后只是明面上的夫妻。秦可卿对于贾蓉，更像是与一个兄弟相处，倒也无异议。可卿接下来的时间则被贾珍填满。为着避开府里无处不在的窥伺，贾珍给仆人们划定了禁区，与她天香楼频频约会。可卿扪心而论，其间自也有意乱情迷之时。

可卿如同花朵，正在盛开时，一旦入了情欲之河，还有几时能够清醒？但世间伦理，又常在午夜梦回时让她惊觉。秦可卿就此进入漩涡，常常问着自己究竟是谁，又在此地作甚。理智之时，她知道，贾珍是她的公公，贾蓉是她的丈夫，但二人相处之时，贾珍则是她的倚靠，是她在宁府唯一心底里亲近的人。即使百般纠结，她不能不承认的是，贾珍于她，同时也是灭绝她心头欲望之火的唯一清凉。

投身于热情中的人，可以无视他人，但他人未必愿意选择无视。终于，可卿觉出府里上下看她的眼光有些不对。婆婆尤氏在众人前总是亲切随和，一背过脸，看她的表情则变得意味深长。秦可卿并不迟钝，她觉出这定与自己与公公贾珍的事传扬开去有关。

隔了一段时日，老爷贾敬忽然提出去城外修仙访道，再不回来，为表示决绝，还上了奏折，将自己的爵位辞了，请朝廷将恩典给予其子贾珍。走的那天，阖府相送，可卿记得贾敬离去的身影，也清楚记得，他一次头也没有回过，也没有跟儿孙吩咐一句话。

府中几年，秦可卿已不是当时青涩。对于贾敬如此决然离去，她感觉与自己也有关。在一次相会之时，便问了贾珍。贾珍不答。

大家族的平常日子，秦可卿依旧与贾蓉一起，出席各种祭祀、接待亲友、家族聚会等。贾珍正是年富力强之时，喜欢说笑，喜欢游猎，又喜欢开大宴会，召集各方宾客参与，有时也让尤氏，还有贾蓉携了她参与饮宴。一日，厅堂中各种乱的不像，秦可卿出了厅堂，到了外头花园清静。贾珍往来甚密的朋友冯紫英随后跟了来，看看四周无人，从袖中掏出一封书信递给她，并做手势要她不要则声。

可卿奇怪，自也遵命，回房悄悄看了。信写得很长，信末嘱她看后即焚。但其中所写内容，却让秦可卿心内颠覆。因为信中，写的是她的身世。

初则疑虑，后则热泪盈眶。可卿终于知道了自己悲惨童年，又为何得到这么多照顾，最终嫁入宁府。她的心开始蒸腾，尤其是知道了自家亲娘在荒野之地生下了她，即赴幽禁，是何等悲惨。她有令人骄傲的血统，父亲曾是太子，皇后所生；她的祖父就是天下交口称赞的康熙爷。身世之谜一旦揭开，秦可卿久久不能平静。原来，从一个身份不明的孤女，到皇家血脉，中间只隔了一封信几张纸而已。

联想起自家辗转身世，信中内容不由得不信。真相让人成熟，也把她从情天欲海中拔了出来。可卿擦干眼泪，坐下思忖，她作为皇家嫡脉的幸存后人，是否可以为她还在幽禁中的父母做些什么？今上已经继位，那是她的叔叔；既然江山已坐稳，有何必要还禁着自己的父母至今？

这个问题，自不是一个年少深闺女子所能理解。可卿心内鼎沸，但理不出头绪。看看手中信，她知道不能留下，遂背了丫鬟，烛火上烧了信。信上的每一个字，她都已经印入脑海。

筹划了一久，有一日，她突然问着贾珍，如何可以帮助自己的父王，脱离那幽禁生涯？这一问，她想了好久。与其迂回，不如单刀直入。若不问上这一句，她不可能还安然过着现在的生活。而贾珍，是她眼前唯一可以信任倚靠的。

贾珍冷不防听得，吃了一惊。他不知可卿为何突然发现了自家身世。便先问可卿，这些话哪里得来。可卿不答。贾珍心下推断，可卿走动范围有限，这等隐秘之事，定是去荣府时，老太太告诉了。他见机快，便各种发誓，说自己早已在为此奔走，准备妥了，便联络宗室大臣领军将领上奏等等。

可卿一双剪水双瞳盯着贾珍，须臾又转回。但愿眼前人，可以帮着她救得父母出囹圄。除此之外，她还能够托付谁呢。

贾珍一番鬼话，轻易骗过了这痴心女子，心下也惭。其实他深知，以今上手腕风范，废太子已无可能重见天日。但他待可卿，终不能够如同待尤氏一样，招之即来挥之即去。究其原因，除了家世之别，还有他本人对于可卿的迷恋。

贾珍本心高之人，父亲为他定下地位低微的尤氏，他怎满意；父命不可违，遂不得不强压心中不满，娶了尤氏进门。那小门小户出来的女子在他眼中，自是格格不入。可卿虽长在育婴堂，但天生的皇家气质，其举止雍容之态，那是她历代祖先血脉里传给她的。贾珍拥着她，就像拥着一个此前从不曾企及的梦。何况可卿那么美，那么鲜妍，宁荣二府甚至放眼所及皆无人可比，他宁可用谎言遮盖，也断不能让可卿失望。

一个瞒哄，一个期待，终于有一日爆发于天香楼。贾珍谎言说得够多，再也不想装下去，便直言相告，可卿之父是永远出不来了，他也不可能飞蛾扑火，去挑战皇帝至尊。是的，他是欺骗了她；是的，她是他的儿媳；是的，她虽然于他很重要，但未重要到会舍弃自家基业的程度。

这一番关于欺骗的告白，终结了秦可卿所有幻想。她终于知道了此前冯紫英送来画有地图的布条，对她意味着什么。那意味着可以选择。留下还是远走。她选择了远走，以死的方式。她选择了"秦可卿"这个身份死去，作为与贾珍，与宁府决裂的方式。她也选择了重生。宁可在太阳底下站着死，她也再不愿挣扎在情欲的泥潭里，被欺骗被玩弄，在宁府的阴影里作为玩偶而活。

她也终于了解，为什么冯府此前要送信给她，告知她的身世。那定是因为他们听闻了贾珍和自己的苟且，不忍心她的沦落，通过这种方式告诉她，不要玷污了祖先高贵的血脉。

可卿出走之后，就是宁府的没落。

秦可卿于尤氏，是心头的一根刺。当可卿的死讯传来，尤氏犹自恨怨难平。她死在天香楼那样一个地方，岂能让自己心下平复，那个地方夜晚常亮的红烛灯影，多少次让尤氏夜不成眠痛哭失声。故可卿一死，尤氏当即告病不出理事。当丫鬟宝珠来禀报可卿装裹衣服，小蓉奶奶物件哪些要留下，哪些陪葬时，尤氏牙缝里吐出一句话："全部撂出去。"她不要留下这个女人的任何东西。那宝珠实在，又禀告说奶奶有一双鞋，上边明珠可能价值不菲，是否要留下。尤氏听得这实诚丫头说此事，反笑了起来，便说既然如此金贵，那就让死人穿了去阴间罢。宝珠听得尤氏言语间如此怨毒，心下害怕，不敢再说。因着老爷吩咐了，自己近不了遗体，只得将鞋子给了管家，叮嘱说奶奶吩咐了让逝者穿了去。

宝珠回头想想，自己作为小蓉奶奶贴身丫鬟，其后命运定好不了，一时感伤不已。又思小蓉奶奶待自己宽厚，在世连个子息都无，自己何妨就当她女儿送其入土，也算主仆一场。宝珠落了几点痛泪，一径找了贾珍去禀告，遂有了其后捧牌摔灵事。

这一切恩怨是非，都已远去了。贾珍和尤氏在宁府盛时，可以演一对恩爱夫妻；江河日下之日，则不必再演，两人渐渐视同陌路。今日贾珍这一掌打来，在尤氏心中，往日情分随着这脸上巴掌，统统散尽。她思量已毕，手中将历年积攒银两并细软打了个包袱，提提重量，自思下半辈子应可过得，又准备找了贾珍要纸休书，当个下堂求去。只是父亲已死，尤家老娘又不是自己亲母，二姐、三姐之死，想必多少还要怪在她身上，自家出府之后，又能去哪里呢？尤氏柔肠百结，一时又踌躇下来。

尤氏在后院反复思量之时，那贾珍正拖了把椅子，坐在正堂之前，看枝头树影摇晃。月亮在乌云背后，时而露出，时而隐了。那宗祠大门开阖的声音，他还记得；他偶尔也想起可卿那一双妙目，看在他身上。她离开了数年，如今却在哪里？他在这深宅大院里，只不过是未老先衰的一具活死人躯壳而已。儿子去了，尤氏早有离心，妻离子散，居然是自家最终结局。贾珍自讽自嘲，二十年前，当真想象不到自己会有今日。

正在感叹命运，眼望乌云罩顶，待那云开月出之时，他不离不弃的管家领了荣府小厮来见，说是荣府老太太请老爷过去。

贾珍听得荣府老太太，笑了一下。那老太君当日把可卿之事告诉了，从此贾府两门，便改变了原有轨迹。没有可卿的到来，父亲贾敬不会离府避祸，死在外头不愿回家；没有可卿进门，也不会有贾赦与自己的褫夺爵位。那贾政现在看着无事，估计也等不了多久。这秦可卿带着她那戴罪父亲的庞大阴影，非把贾家全灭了不可。

带着冷笑，贾珍起来，穿着的家常服也不换，说声走吧，便步行出来，昂昂然到荣府，直到荣禧堂。在他心中，这一切的祸端，都是荣府老太太开启的。

贾母早已在椅子上坐得端正，为着今晚见贾珍，她此前还专门喝了一碗参汤，摒弃了所有丫鬟。她见贾珍进屋，也不行礼，随便往边上椅子一坐的散淡样子，再看看他不恭表情，心下猜着几分。遂开言：

"珍哥儿，老身劝你想想以后了。"

贾珍不答。

"眼前祸事还未到，我劝你收着些。"

贾珍这才转过头。老太太这是何意？自己已经成为一介白丁，还有什么祸事在前头等？

贾母继续："老身没有几天活头了，今日就当一个垂死之人，给儿孙提个醒，也好有个准备。"老太太口涩，抬起参汤，喝了一口。"我知你心下恨着我，不该作主引了那可卿来。可是当日商量之时，你也在场。可卿在贾府，冯家和我们贾家，本来是谁也不会泄露出去的。可是，你不合与可卿有其他事夹在这里头。她这一走，便为我们贾家埋了个暴雷。"

贾珍坐正了些，听老太太说话："这可卿家世如此，她要断了心思离了贾府，定有其想头。但这个人只要在，终有一日会露出痕迹来。到那时，就是宁荣两府的末日到了。"

贾珍这才觉出事情的严重性，他以为已经到了谷底，其实真正的霹雳还未打下来。

"几年来，你听到她的消息了没有？没有吧。那意味着她藏得很好，说不定有帮助她的人也未可知。"贾母讲着，心下猜测，多半是冯家。知道底细的就冯家和贾家，一个养尊处优做奶奶的逃了出去，不带仆人，不带钱财，没人接应，是挨不得多久的。

歇了歇，贾母又抛出一个推论："废太子死了十来年才归葬园寝，又是由北静王亲自移的灵。你想想，他会有什么想法？"

贾珍此时愤怨之气尽去，睁大眼睛看着贾母。那贾母继续说来："我告诉你珍哥儿，但愿我猜错了。如果事情往了最坏的方向去，那可卿，未必不与她的兄长合了一起。到时候牵出贾家和冯家，你道是什么结局？"

老太君浑浊的双眼，在烛光下居然闪着清亮的光。"北静王对贾府一向友善，但这位王爷，毕竟是康熙爷调教出来的，韬略隐忍尽有。今上也未必此后不动他。如果两龙相争，我们贾家，就是他们脚下的蝼蚁。"

贾珍听得毛骨悚然，把问罪之意收了个干净，不由自主跪了下来，请老太君明示。

"所以我劝你振作些。可卿养在宁府多年，也是你父子照拂。"老太太语气顿了一顿，贾珍一下子脸红到耳根。还好老太太继续说下去："听我一句，把宁国府卖了。既然爵位已没了，挂个国公爷牌子有何用呢？田庄也可以出了，留个三四十亩，收成找人管了，年末节中，当做祭奠祖宗的使费就行。其他的，换成银两在身边。你媳妇不错，老身劝你与尤氏南下，找个小地方，去过安生日子罢。还有，族中也不能无人，我看林之孝家的小红嫁的贾芸，是个寒素出身，也孝顺，像是个走正道的。你看看可以的话，由他接了你族长一职，也好撑住贾家一族门户。你知道的，如天上飞来横祸，宁荣两府在京之人，都是跑不掉的。"

老太太的眼光往上，像是看到了历史深处。半晌，她低了头，温言道："珍哥儿，你起来罢。"

贾珍伏地大哭，顿首不已。他才明白，贾母对于他与秦可卿之事，一直是知道的，这也是以前他来求助时，贾母不说话的缘由。他确实给贾府惹了大祸。如果不是他与可卿滋生出的孽缘，如果不是他的欺骗逼走了可卿，那可卿在贾府自可安然度过一生，这泼天的灾祸，也就不会有来临的一日。

安稳度日的时候觉着平淡，等到安稳度日即将成为奢求的时候，才知以往的可贵。他只顾着心中的怨毒，没有看到自己的所为给家族带来的灾难。父亲离府，除了避祸，也许还包含着对他这独子的深深失望罢。自己不唯是宁府的不肖子，也确确实实是贾氏一族的罪人。

老太太精疲力尽，为她这位曾任将军，实则无一天战事经历的侄孙，尽她所能温柔地说了最后一句话："珍哥儿，你去罢。"

贾珍满脸泪痕，磕了头站起，昏昏沉沉离了荣禧堂。贾母"珍哥儿"的声音，仿佛还响在他耳畔。这样一位衰朽残年的老太太，实则是宁荣二府一直以来的掌舵人。可是如今，贾家这一艘破船，按了老太太的预言，也撑不久了。他也知道，老太太今日招他来说这一番话，也是对于宁府多年养育秦可卿的酬谢。

第四十六回

人岂无情亢龙有悔
座谈之客贾政颟顸

　　宿命之感，像潮水一般淹没了皇帝。皇后看看一病不起。太医来报之时，低头禀告，说是内心郁积多年，脉息虚弱。五脏中缠绵一股阴寒，已非药石可以治得。皇帝再三问得，太医据实说，也就是拖日子罢了，据其判断，大约还有几个月。说完听天由命，等着皇帝处罚。

　　帝后相伴了数十年，皇帝也未特别注意于她。从王府再到紫禁城，只觉她除了出席宫中大典之外，对于后宫，也以抚为主，不喧腾，不嫉妒，是典型的贤惠女子。除此之外，她的存在，便是可有可无。可是待一听得皇后只得几个月时间，不禁悲从中来。

　　皇帝宁可要最残忍的真相，也不允许他人的哄骗。因此，他从震惊中醒觉，并未处置眼前待罚的太医，挥挥手让他下去了。

　　心内郁结？皇后为国母，统领后宫，在皇帝心中，她还有什么不足的呢？也许皇后无子无女，是她此生最大遗憾。未得作母亲，对于任何女人，无论高下，都是有缺憾的。

　　皇帝觉着从未有过的孤独，一个默默在身边，如同影子一样的伴侣，冷不丁得消息，说这个影子从此要别过，心下感触，竟然像触摸到了无常之门，那扇传说中的隔开生死之门。即将失去的挽留不住，他这才觉得，皇后此前一直是他心中唯一不变的存在。如今，这个笃定的、毫不需要怀疑的存在，也要消失在他的面前。他作为一国之主，作为天子，竟然无能为力。

　　他后悔于这些年来，对于皇后所居景仁宫，去得太少了。太后逝去，那是他的亲娘，皇后即将也要离开他的身边，就像即将分割开他的现在和以往的年轻岁月一般。她曾默默伫立在他的身后，看他夺得至尊之位，她曾看着他飘摇于各宫芳菲之间，而不发一语。是的，他一直忽视她，以伴侣、以丈夫的身份。

　　带着戴权，皇帝一个人走在去景仁宫的路上。路上太监、宫女纷纷靠了路边行礼，低了头，大气不敢出。皇帝看着眼前经纬，熟悉的宫殿，天光下泛着无情的光。心情如此沉重，原来皇后在他心中，是如此重要。因为她是他的一部分。

皇后正拿着一把花剪，在给一盆铃兰修倒覆的叶子。见皇帝进来，倒是一笑，放下手中花剪，行了礼。她并未如皇帝所预想的躺在榻上，只是气色不好。皇帝扶了她起来，正寻思是不是太医诊错了，皇后开了口："皇上不必忧心，也请不要责怪太医，是臣妾要他说实话的。臣妾既然知道命定日子，也好有个收拾。"边说边请了皇上坐，自己也在旁边坐了。

皇帝细看看，皇后鬓角已有白发，仔细梳好的头发少了光泽，再看看敬茶的手，是那样的消瘦，心下凄凉。自己居然今天才发现，她已变得如此憔悴模样。他伸出手去握住那双清瘦的手，天已热起来，这双手却是冰凉。他知道了，太医并没有说错，眼前的妻子，生命力已经如此衰弱。

他抑住心中的难过，笑了一笑，说："无需担心，只是小疾。朕会再选名医进宫，看看究竟是什么病，总要医好了才是。"

皇后已是许久不近皇帝，见他今日温情在旁，像是多年前成亲不久的样子，一滴眼泪滴了下来，又赶忙用手绢拭了去。她抬起头轻轻回言："皇上不必再找大夫了。太医院已经有最好的太医，不是吗？臣妾此去，倒也没有什么舍不下的。这么多年，皇上不离不弃，臣妾今日谢过了。"说完，离开椅子，在皇帝面前福了下来。

皇帝心头更添凄怆，也蹲了下来，双手扶起皇后，一时也说不出什么。自家忽略皇后多时，这个女子，心中藏着多少年的盼望与失落，可以想见。

皇后此时，觉身边的皇帝，不像九五至尊，像了平常夫妻的亲近。但她知道，他终究不是平常人。遂忍住感伤："皇上也请保重身体，天下臣民，还仰仗您的恩德。"

皇后例常之语，听在皇帝耳中，却让他想起了这些日子来，如狂蜂浪蝶的不羁。他心中奇怪，那股情欲的魔力，现在却又消失得干干净净，心中空空荡荡，觉前向日子的沉迷，像是发生在别人身上似的。在皇后面前，他无需掩饰，便点点头；他的妻子，担心着他烦闷，劝着他散心，他依了言，她又担心着过度，影响身体。无论怎样，她确是一心一意对了他一世的人。

看皇后说了这一番话，精力又似不支，皇帝安慰了几句，道明日再来看，走出宫去。

夏天已经到来。因着防卫的缘故，乾清宫和东西六宫俱不许留高大的树木，皇帝行走在甬道上，没有一丝荫凉。他也不要撑着的华盖，像是要惩罚自己一番。自年后起，他不时掠过感觉，以自己命名年号的雍正十三年，会是一个多事之秋。他想起了自己指定的继承人，便顺脚走了去长春宫，看望了陈妃一回。这里，他是很久没有来了。为着儿子，他也必须为陈妃做点什么。

陈妃还保持着江南女子的白皙轻巧，尽管她的儿子已经成年。皇帝见了倒是感慨，这十来年来尽是忙碌，等着他的人又是太多。他说了闲话出来，回了养心殿，下旨封陈妃为皇贵妃，也就是皇后之下地位最高的妃子，又定了册封的日子。

皇帝忽想起封皇贵妃，自是因为皇后之病触发，也是为未来继位的弘历抬一抬其母身份之意。圣旨发出之后，他略为奇怪，自己今日所作所为，竟然像安排后事一般？他甩了甩头，把这不祥的念头赶走，又继续看折。眼前这个折子，却是御史参江西粮道贾政的。

原来那政老爹只善清谈，京官做着多年，因其家世，手上并未沾过几件事情。其外放地方官，管理一省粮食，各种细致杂事涌来，州上县上收成数据，屯粮地方，以至于鼠灾虫祸，皆在他的管理范围内。偏江西去年因着雨水迟，粮食后熟，又遇着几处虫灾，朝廷准了来年春后再交粮结算，不足的准予折银。贾政正逢到交粮之时，一时半会怎能学来，更谈不上一个"管"字，离"理"字就更远了。遂只能倚靠带去的清客相公、家中小厮。

偏政老爹平日受着奉承，识人只看面上，怎知人心险恶。京官无甚油水，贾政自也不需顾念钱财之事，但他带去的相公与小厮不同。他们大老远跟来，见老爷管事，早存了其中炸骨吸油之想。既有老爷发话，便横行无忌起来。到地方一两月，各地交来钱粮，经由他们手，便是各种掐拿，给他们银子，不够之数便也够了，再多给一些，霉变的稻米也变成了新米。如州府县衙不肯贿赂，便挑出由头，不但不收，还街上骂了，说是欠粮不交，等着皇帝下旨，马上免了。如是折银，便要火耗。现成官银，在他们眼中，也是成色不足，非要补齐他们指定的折扣。

那些小厮自谓从京城中来，到得地方，眼高于顶，肆无忌惮。一时江西官场纷纷侧目。那素日对贾政逢迎，以图每月拿几个小钱的清客相公詹光、程日兴，本是读书人出身，此次也跟了贾政上任，见贾政小厮如此行事，政老爷坐在井中全然不知，便心痒了上来。也不提醒了去，反倒与小厮们伙了一堆，一起做假账，其至于把收进来的米粮拿出去卖都有。面上又报着贾政，说收粮事务繁忙，他们每日太阳底下忙得不可开交。贾政还叹着自己带来的人毕竟得力，欣然自囊中拿出王夫人为其准备的银子，给了去当个激励。自家落得个清闲，去那滕王阁旧地踏勘吟哦，得了几句佳句，颇为自诩，写在信中，寄回荣府。

不料御史台巡各处，方到得豫章，便接到雪片般飞来告状信，皆是江西府县写来的，控诉江西粮道纵下属肆意作难，不交银子便交不上皇粮，又贾府恶奴当街动辄说老爷之女是宫中贵妃事，敢不从的，讨了圣旨来罢官等语。御史惊悚，青天白日，竟有如此刁奴，便袖了来找贾政。

其实那些告状信，说肆意作难有之，受贿有之，但贵妃云云，便是攀诬之词了。但恶奴嚣张是实，也曾说过皇帝下旨之话，这添上几句，力量更大，便一发写上。几条之中，反倒是此条最力。

贾政迎着御史，不知有异。那御史是有心之人，一路攀谈下来，看贾政所收粮食多少不知；粮食等级新陈不知；囤粮之所有几处又不知；再问着一个人处理事情，精力是否撑持得住，那贾政反倒说带来之人得力，今年春上事务处理完毕也就是数日之间的事。御史心中洒笑不已，拱手告辞，回去次日，便各种访谈收集证据。那些被贾府恶奴清客相公敲诈了银子的，便纷纷痛诉，更绝的是，还有几个拿出了小厮们画过押的收条。

御史诸事齐备后，遂写奏章，参贾政不堪朝廷委任，在地方处事颠倒，放纵家奴受贿卡要地方等。并附上调查所得，收条几张也附了。他倒未冤枉贾政，说贾政受贿，而是加了放纵家奴四字。在他心中，这贾政也就是个不通庶务、用则误事的腐儒罢了。

皇帝一一看来，心下恼怒。这贾政如此不堪造就，亏自家看元春面上，还曾为他准备了一番富贵。这贾府中人，除了元春外，俱是痴的么？那被褫夺了爵位的贾赦，眼里心中哪有君上，传旨之日，那夏守忠说旨意未听完就提脚走了，无礼之极，自己忍了；现在他这兄弟又是如此无能，任由家奴祸害地方，如何使得？本想就地革职，朱笔待批，想想毕竟是元春父亲，便转了笔墨，写了解职进京降级使用八个字。

皇帝虽然因了元春饶过贾政，心中却是堵得慌。他平生执政，霹雳风格，不曾为任何人手软留情。现在一而再，再而三地为着元春减却君王之威，已是勉强至极，想这些世家百足之虫死而不僵，再没个惧怕，动摇君上威信，怎能姑息？便咬咬牙，元春之父也就罢了，无论怎说，算个无能，并无藐视君上意思，那贾家的账就算在贾赦头上好了。遂喊了戴权来拟旨，又将刚才所批贾政之折一起扔过来，命一起去办。

戴权近前，看皇帝脸色愤怒，不敢则声，听了吩咐，自去军机处传旨。路上奏折打开了一看，看是贾政事，心中知道，皇帝是怪着贵妃娘家不堪，又不能全部发作出来，才憋成这样。戴权追随皇帝数十年，他知道，皇帝时隔多日，现在才来处置贾赦，自是新账老账一起算；贾政的账，也一齐算在了贾赦身上之故。

荣府那边，王夫人刚刚接着贾政书信，还道老爷能干，又有闲情逸致，遂拿了贾政书信并信函里夹着的诗来给贾母看，图个让老太太开心。老太太刚喝了药，听得王夫人一一念来，心下喜慰。娘儿几个正在说老爷此番任江西粮道，倒不负老太太教诲，想必有益地方。忽听外头慌慌张张跑进仆妇，也不行礼，一见贾母王夫人，便嚷外边有太监带了公人上门，正在前头长房里宣旨。

正听得，又有一媳妇小跑了进来，说是大老爷大太太被锁走了，外头的公人们说是要抄没财产，已经动手清点，到处推搡，家人已四处奔逃。

贾母王夫人惊得不知怎生是好，又不知贾赦究竟如何，正你看看我，我看看你之际，只见平儿提了一个包袱跑了进来，跪在王夫人处连说"太太救我"。王夫人忙命起来，问着何事。平儿脸上一片惨白，说刚刚有宫里太监来，说大老爷犯大不敬罪，当即锁拿了大老爷大太太，已经带走，哪个衙门不清楚，又道长房已乱，圣旨里说抄家，二爷还未回得，自己趁乱拿了几件物事跑来，如果王夫人不收留，便无容身之地了。堪堪说完，已是哭得上气不接下气。

贾母一把掀了盖在身上被褥，自己起来，要出门问个明白，甫一坐起，便是天旋地转，又倒回榻上。鸳鸯吓得赶紧扶了躺好，正要喊传太医，只听贾母说："别管我了，前边要紧。"竟是闭着眼说的。又问着："平丫头，那圣旨上有没有说拿你二爷？"

平儿流泪回答："倒没听见二爷名字。"

贾母声音越来越弱："那就还好。"王夫人眼泪流了一脸，榻前跪了下来。贾母歇了口气，吩咐了："外边人一时认不得平儿，她既跑来，对外就说是太太的丫鬟，既然抄的是长房，想必这里还安全。"歇了歇，她又说："派个人去催贾琏来，他老子娘被拿了。后边的事情怎么讨信息，得他来跑着。"王夫人含泪应了。

贾母又说："政儿媳妇，你出去看看，那些下人如果没被带走，他们没个着落的，你就收了来。待乱过几日，把他们送到田庄上去吧，也是个出路。白受了惊吓的。"

平儿在旁,看老太太只剩一口气,还顾念得来下人,真是别人比不来的。便在旁磕头不叠,眼泪一滴滴流到地上,也顾不上擦。

王夫人见状,老太太不能再耗力气了,赶紧命琥珀从侧门出去找小厮,速去请了王太医来,如遇公人,便说是二房的。琥珀领命去了。

王夫人又想,前头不知怎样了,自己也该出去看看,老太太已经如此,自己该担当起一家之主的责任来,便命了玉钏跟随。虑着老太太怕不行了,又让另一个丫鬟赶紧去大观园里,唤宝玉黛玉惜春来。

王夫人整整衣衫到大房来。公人们只管屋子里翻腾,有值钱器物,旁边有书办记了造册。宫中太监倒还没走,在厅上坐着,看来是监看的意思。王夫人进得厅堂,也不管身边公人,一看,正中是戴权戴公公。那是认识的,元春封妃时就是他来传的旨。一想到元春,心便揪了起来。

那戴权坐在此地,倒不全是监看之意。皇帝亲派他来传旨,他琢磨了,此等抄家之事,何必要他来,既然派了他,自有想法。他转了脑筋,猜及皇帝心思,既要惩罚贾家,又不愿太狠,牵累了元春祖母和母亲一处。故他坐在此地,正是约束公人们,不要逾界之故。也因得了他的力,那些公人们还不至于满府里窜了去。

王夫人毕竟大家族出来的女儿,遇事不愿失了态,见了戴权,依然恭敬问了皇帝安,又问贵妃安。戴权眼中闪过一丝赞许,毕竟是贵妃之母,便回答了"皇上安,贵妃安"。然后又向王夫人行礼。

王夫人赶紧请了戴权起身。她现在最担心的就是元春,见说元春安,便放了一半心。只是四顾狼藉,心中纷乱,便请问了戴公公,府中如此,不知还有无见教?这是打个问讯的意思,问问后头还有没有处罚之意。

那戴权倒想了一忽儿,挥挥手上拂尘,旁边小太监理会得,便把堂上公人一起带出,自家守在门外,他知道戴公公要说几句私话,自己当然不能听得。王夫人见状,也让玉钏出去了等。

戴权见周围已净,便走了过来,放低了声音说:"府上老爷在江西被参了,过不数日也会回京。性命倒是无碍的。"话说完,也不待王夫人回,便出了厅堂,吩咐公人们,说是圣旨只说拿贾赦夫妇,抄田地财产,没说拿奴才,那些下人们,让他们避了就是。

王夫人堂内听得,知道是说给她的,便在厅里福了下去,谢着戴权。那戴权也不回头,带着小太监回宫去了。

## 第四十七回

# 贾太君仙逝子孙离散
# 鸳鸯女殉主义薄云天

贾母在贾赦邢夫人被带走当晚就过世了。她不知道她的儿子贾政，因其不能"政"，不能行政，不能执政，也不能正人，即将被解职进京；她也不知道长子贾赦，能不能蒙赦免，可以在家安然白头。她抛下了她护了一世的儿孙，撒手西去。

王夫人此前不敢告知贾母刚才自戴权处得着的信息，故贾母是带着儿子贾政终于成才成器，可以中兴贾府的希望咽气的。王夫人一直在旁，率着孙儿们，跪在老太太榻前。

贾母闭眼前，曾无限怜爱看着宝玉，看着黛玉，又看看惜春，再看看依在母亲边上的贾兰，但已经说不出话来，故无言语分嘱儿孙们。贾赦的被拿，是最后一道催命符。这位历经世事的老人家，从史侯家大小姐，到荣国府贾代善夫人，再到儿孙满堂，经了五代人，如今在风雨飘摇之下，终于不能再撑持。

惜春看着这位自小就把她自宁府带过来，不是亲祖母，胜似亲祖母的老人家就此瞑目而逝，心中悲痛，感觉周边世界如此不真实。那生死宿命，竟然无可逃避。当贾母头年问着她，是否回宁府跟着哥哥贾珍时，她坚决摇了摇头。那个同父同母的兄长，和自己的父亲一样，皆是情义淡薄之人。她在荣府一路从幼年长大，父兄不闻不问，宁府有事时，也不与她说得，宁府何曾是她的家？但现在老太太去世，她还有何理由待在荣府？

想想前路空茫，再也没有人庇护得了自己。惜春想及多年前与智能开过的玩笑，也许剪了头发去做姑子，才是她的归宿，才是她可以自主的。

黛玉早哭得肝肠寸断。母亲去世之日，她痛失母爱，被外祖母接来京城，父亲又去世。她如不是有外祖母，早成了天涯孤女。而现在，给予儿孙慈爱庇佑的老人家，终于抛了她了。她想及九泉之下的母亲，迎着外祖母，会不会痛哭，会不会挂记自家女儿，从此孤零零在这世界上？

宝玉棒疮差不多愈合，但跪在青砖地上，他的膝盖，他的背部依然感到四周牵扯的疼。祖母于他，是头顶的天，是隔开父亲凌厉教导的保护伞，是永远的慈爱笑颜。她呼唤"宝玉"的声音，言犹在耳。宝玉不相信他亲爱的祖母就此逝去，跪了近前，一直去握祖母的手，那冰凉的手感告诉他，祖母确不在了，她不在这个人世了。

王夫人忍着泪，把宝玉拉开。她眼前是荣府两房上下的主心人，她没有痛哭的时间。那平儿是协助过凤姐儿操持过秦可卿丧事的，便喊了近前，让与鸳鸯诸事商量了办。鸳鸯已哭着禀报，贾母生前，已派着琏二爷去箍墓，想已经齐备，琏二爷算算时间，差不多也快回来了。家中先奉灵，安置老太太。又拿出老太太体己五千两银票，交给王夫人，说老太太已有吩咐，做她葬礼之资，不必动用长房二房府库钱银。

王夫人心下伤感，儿孙要怎样不肖无能，才让一府老祖宗，老早就打算了自己的归宿。接过银票，王夫人转递给平儿收执，让诸事自去打点。平儿含泪接了。王夫人也不禁掩面泪下。

荣府当晚在荣禧堂布置了灵堂，派人通知宁府贾珍，又派出诸路小厮，四处向城中亲友族人处报信。谁知那鸳鸯眼错不见，一头撞死在贾母灵前。众人大骇，忙了检查呼吸，早没了。这鸳鸯跟了贾母一世，看了贾府兴衰，早存心一死，待老太太灵堂搭就，看看自己之事妥了，遂留下历年来贾母赏赐物事并积攒例银在房中，用笔在纸上歪扭写了给父母，自己便追随老太君去，图个地下继续服侍，不让老太太寂寞走那黄泉路。

王夫人等自是痛哭。感念鸳鸯恩义，来去明白，遂自作主张，以府中姑娘礼安灵。一时灵柩安了，就放在老太太灵柩旁。这一大一小两副棺木，像了结了一个时代。家中仆妇小厮，在荣禧堂院子里跪了满满一地，为这位荣府主母送别。

黛玉哭晕在地，她消瘦的双肩承受不了如此的打击。宝玉和紫鹃在旁，忙着呼喊照应，又忙请了太医来看。家下如此多事，怎还顾得上请太医？还好紫鹃手中的水喂了下去，黛玉苏醒了过来。她坚持不回屋休息，一直跪在老太太灵前，晕了又苏，苏了又晕，反复几次。王夫人知道黛玉心中沉痛，遂也由得她跪着。宝玉便在旁边扶持，王夫人看了，虽觉不满，但丧事在前，此时也不必计较。

那贾珍出城去理田庄之事，管家飞马去通知。贾琏一路接到家中消息，飞马回来，当晚正好赶到，一头撞到灵堂，跪了痛哭。他哭荣府主心骨去了，又哭父亲及大太太入狱，自家连存身之地都没了，平儿待其稍稍节哀，告知了巧姐儿被刘姥姥带走之事，又禀明已私下告知了老太太和王夫人。

贾琏心下流泪，并不责备平儿为何不告知父亲及大太太，他知道自家父亲和继母邢夫人是什么样德行。巧姐儿已是他唯一在意骨肉，得老祖宗和王夫人庇佑，心下感激。巧姐已是老太太第四辈后代，自当来守灵，便擦了眼泪出得堂来，吩咐了小厮几个，驾了车去刘姥姥庄上接巧姐儿。还喜长房虽然抄没，但奴才们还在，眼前还有人可以使得。

那秋桐在公人们抄家时，眼见长房破碎，便将细软等物包了，本想留个后半辈子的用度，正欲夺门而出；不料被公人拦着检查，包袱夺了，看有首饰银票等，便拿去书办处登记造册，秋桐属于奴才，因得着戴权言语，便也未管她。

秋桐无处可去，跑来老太太院里啼哭已久，见贾琏回，心下便打定主意，要休书回家。见贾琏一时忙个不了，又接巧姐儿，便忍不住上来，向着贾琏说了，自家要回娘家，要纸休书，并当年卖身契事。

贾琏冷冷看着这厮守时日不短的枕边人，自家祖母身故，不思守灵，反倒忙着为自己盘算，公然当着阖府奴才面前要休书，心下鄙视。他也不找卖身契，直接借了老太太房中笔墨，写了字据，休秋桐回家任从娶嫁，奴才身份一并免了，荣府并不追究等等。那秋桐本来还要贾琏发散银两的，看看长房财产抄没，料贾琏手中已无银子，自己倒先顾了前程好的，遂也不多话，拿了就走。临行前连个礼都不向王夫人、贾琏行，贾琏心中遂当秋桐死了，任其自去，自家又重新跪在老太太灵位之前。想起鸳鸯为自己和凤姐儿担了许多干系，现在又以死报主，是个可敬的，遂也在灵前行礼。

长房奴才们无处可去，外头哭声震天。王夫人与李纨商议了，又叫了平儿来，将长房之人分派，媳妇丫鬟等带到大观园内迎春、探春处安置，成年男丁和小厮们，便放在外门上夜处，等候安置。又虑着园子里宝玉黛玉惜春安全，让二房的人守紧了尚有主子们住的院落外边。一时大观园内到处是眼生之人，早已不是花柳拂风清爽净地。

次日便有城中各处故交，来祭拜贾母。荣府继宁府之后又如此受罚，在京故旧本不愿踏足宁荣街，后有些人家想及贾母在日好处，不少人还是到来，送贾太君最后一路。平儿得着王夫人银两，并两房奴才调度之权，遂不忙哀悼，照凤姐儿在时各种法子一一施行，只是钱财少了，比不得当时，减等了行。那北静王本人未来，倒派了王妃来吊唁，少不得王夫人接待，妥善了请其自回。王夫人愈发感到身边没个得力帮手，那平儿是长房之人，用了也是无奈，想着替宝玉早定亲事，娶回宝钗作个臂膀。老爷贾政处，头一日早派小厮沿路去报，又嘱咐着可能老爷正在回程之中，驿站处多留意打听，当心错过了。

王夫人又想起元春来。贾母在日教导元春，虽则元春已嫁与皇家，不必守祖母之礼，但祖母既已逝去，合当告之才是。只是不知贾政当日怎生传信息进宫，一时措手，只得等贾政回来再说。原来那贾政因得贾母吩咐，传信给陈妃，并未细说给王夫人，王夫人心下也知涉及宫中事，谨慎为佳，自不敢造次。只在荣禧堂每日行孝守灵，接待前来吊唁贾府故旧人等。不多几日，已是精力不济，咬牙忍了。

那凤姐儿当时所居院落，且喜还在。因其系二房屋子，公人们问得，又看了两房分家文书，故不曾进内抄捡。王夫人知贾琏无处可居，便吩咐了，那座院落还归了贾琏住着，巧姐儿回来也好有个地方。贾琏眼中落泪，又想及现在事事倚着平儿，巧姐儿也因她拿了主意救下，便禀告了王夫人，道父亲太太俱在牢中，王夫人是荣府唯一长辈，故讨其主意，要将平儿扶正，也好理家处事。王夫人见也是实情，便允了。贾琏唤来平儿说了，又拉平儿给王夫人行礼。平儿虽各种想法，但此刻家中纷纷，确少不得主事之人，便跪在贾琏身边，给王夫人行礼，算是得了长辈同意扶正。当下长房中人，俱叫了平儿奶奶。

巧姐晚间由刘姥姥陪了回来，见过父亲，又在老祖宗灵前磕了头。经此一事，贾琏心下酸痛，知平素对巧姐实在是少了做父亲的关切，面上便也露出从前不曾有的慈和，又在刘姥姥处打躬作揖谢了。平儿赶过来安置巧姐换衣诸事，见一身青衣，直如乡村姑娘，顿觉心酸。那刘姥姥见几日之间，老太太竟然去了，心下念叨老人家好处，也来行礼守灵。瞅着空儿说予平儿，庄上有一大户，其子生得俊秀，又好读书，不知荣府可愿意嫁了巧姐儿去？

贾琏得平儿说知，心中知道，这头亲事隔着天大阶层。但想想出生在公侯之家如何好？一道抄家圣旨，顿时白茫茫大地真干净，躲都没处躲，可知大有大的难处。庄上农户富裕些的，说不定落了个一生平安，又听子弟上进，便允了。后巧姐儿终嫁到刘姥姥庄子，虽出于国公府第，但巧姐经母亲离府，亲舅和族叔拐卖，小小年纪竟也有了沧桑之思。嫁过去之后，父亲贾琏也无甚贵重陪嫁，倒是平儿拿出当日急忙收的几件细软，给了巧姐儿带去防身。乡下时日熏陶一久，便也纺绩漂洗各种乡间农事纺织，一一做来，媳妇规矩，也学了来，再不复当年母亲凤姐儿呵护时的金尊玉贵。夫婿考到秀才，再也不得中举人，也就罢了仕途之心，与巧姐儿厮守了生儿育女，平安到老。

那凤姐儿在金陵城做商界女强人风生水起，也曾秘密派了管家来京城寻巧姐，并打听平儿下落。因贾府中人时已零落星散，找寻不得，回金陵复命。凤姐儿心中感伤，也知人各有命，只得罢了，午夜上香祝祷时，不忘请诸天神佛眷顾巧姐一二。那贾琏，凤姐儿终生不提，心中早已无爱恨情仇。

惜春在贾母出殡毕，便禀告了哥哥贾珍并王夫人，要到水月庵里出家。贾珍正按了老太太生前嘱咐，忙着处置资产，让尤氏劝了一两回，惜春咬牙定要做姑子，便也无法。那尤氏几经踌躇，无处可去，见贾珍得了老太太言语，性情略转，事务也有商量，遂也不提下堂之事。尤氏见惜春满脸厌恶样子，便不多说。王夫人作主，让其自选尼庵去带发修行。

这边荣府上下人等忙个不了，宫里倒是另一番光景。元春不知祖母已丧，一人如同风筝飘摇，浑不知线牵在哪里。她面上不语，心实担心，古话说日有所思，夜有所梦，一日忽梦到祖母向她招手。元春醒来不知身何所至。正此时，殿中新摆的西洋自鸣钟，叮叮叮三下，起身一看指针，果然指了凌晨三点。

## 第四十八回

贾元春排演红楼曲
解心结重逢有情天

有很多看不见摸不着的阴影，徘徊在紫禁城上空，也徘徊在皇帝心头。元春失子，现在又失祖母，皇帝不想可知元春心绪。批折之事，日益成为不得不做的功课，心内烦忧之时，有时恨不能逃了去。自家抢来做这皇宫大内主人，原来也有倦怠的一天。

皇帝上过早朝，用过午膳，不想就此歇下，便出得养心殿来。后宫离开乾清宫，并无多长距离。鞋声响了一路，在紫禁城的青石甬道，一点印记也留不下。皇帝到景仁宫望了皇后一回出来，往北看看，过去就是昭明宫，他从前最常来的屋宇。那是元春的寝宫，但他知道，她此刻并不在那座安静的宫殿里。

其实皇帝很想看看，元春愤怒之时是何等面目，那甚至会让她更有人味儿，虽然也许更不合礼节，也会打破一如既往的无可挑剔。儿子三月不足死在母腹之中，元春没有愤怨一句；荣府继宁府之后，被褫夺了封号，想必元春也知道了，但她依然不吵不闹，也不曾主动要求见自己。她只是用她的心消化了，默默承受而不发一语，元春隐忍如斯，反倒让皇帝不好提起。

元春曾给了他从未有过的欢乐，这欢乐如今看来，像是海市蜃楼。虽则这海市，浮在空中的时间，给人期待与沉迷的时间，比真正的幻影持续时间更长。

抄家之日，当戴权回宫复旨，告知贵妃之母安好，荣府贾政一家并未被打扰时，皇帝听了，不置一语，心下自思，这老奴果然晓事。当打听京城中重臣勋贵动静的粘杆处报来，抄家当晚，贾府老太君去世时，皇帝倒是一震，他心中甚至有了一点负疚感，觉得那老太太之死，与自己当日下的旨意有着直接关联。而老太太不是别人，却是元春祖母。

一时愧疚也好，心绪摇动也罢，这一切，自是不好与人说得。皇帝君临天下，自无需向任何人解释。只是那元春，她从来只用心看皇帝，看世间，她也未必需要任何人的解释，包括皇帝。她会悲哀，但不会祈求，只会心中沟壑，但不会形诸于色。

皇帝心下各种思绪，不自觉走到御花园，树荫下来回踱步，那满园芳草再不能吸引他的目光。贾府老太君有德于皇家，陈妃还是王府侧福晋时，皇帝还是雍亲王，母亲德妃曾告诉了这江南女子来自贾代善夫人史太君推荐。陈氏后生弘历，聪明机警，天生厚重，父亲康熙帝在日多有称赞，是小一辈皇族中广受瞩目人物，与废太子之子弘晳，可并为双星。想想如无当日这贾太君引荐，便无佳儿如斯。从自家子嗣看，一道圣旨，催下老太太一命来，倒有些不尽人道。

皇帝摇摇头，丢开贾府事不想。下个月就是木兰秋狝行期，粘杆处报来，道京城派了暗探的各府俱无异动，包括忠顺王府和北静王府。但皇帝了解自家兄弟，觉如此沉默，事属反常。自己通缉孟统领之时，早存了打草惊蛇之念。他心下判断，忠顺王应当惊惶，或找自己恳求，或酝酿其他事务，断无静悄悄之理。还有那北静王弘晳，迁了其父入葬，自己派去的探子，居然一句话一处把柄未拿着，也属意外。

此二人皆是心思深沉之辈，如要自保，木兰秋狝时，倒是生事机会。但既无证据，也无从构陷处置，倒是烦恼。皇帝在多年与其他皇子争斗中，培养出敏锐嗅觉，他设身处地往两王所处位置了想，若要自保，只有斧光烛影一途，然后由他们另立新帝，或者就是那弘晳自己。他们若真有异动，自己统率八旗，自是不惧。只是敌在暗而己在明，倒不能不防。

皇帝考虑到此处，也不再走动逛悠，回到养心殿，让太监拿出地图来，又翻来覆去研究军机处定下的驻跸所在，行军路线，各蒙古王公属地等。

蒙古各部安度尊荣，只要不结盟，便无可虑。皇帝想起康熙帝在日曾说的"一座庙抵十万兵"之言，有所触动；便传令戴权，命在木兰围场，择地速建一所黄教寺院，供蒙古王公们觐见时礼佛之用。皇帝省得，成吉思汗当年远飙大漠，依仗的是蒙古骑兵机动战力。而其后代子孙弃了其原信仰之教，转信藏传佛教，其中又以格鲁派黄教居多。这佛事一做，周围草原牧民便聚在一起，时间长了，草原骑兵便会逐渐丧失机动性。没了精锐骠骑，对于满人八旗子弟兵，便再无威胁。

皇帝越想越深，又令传旨，在木兰围场修建行宫。自思下次自家再行木兰时，军士不必扎营，禁卫之事也好过草原太多。行宫中也要建格鲁教即黄教寺庙，为着蒙古王公们进香礼佛用。皇帝思绪跃动，口令随思随发，那戴权站在边上忙个不了，一一记下皇帝旨意，连晚饭都是抬上来，伺候着皇帝在西暖阁吃了。皇帝又补充了不少扎营须注意的细节，命着戴权传了去军机处。

堪堪忙完，皇帝心下一松，出得殿来。此时已是傍晚，紫禁城像沐浴在金子化成的溶液中，亮得那样富丽。在这炫目的金色之下，一切想法，似乎皆不值一提。皇帝看着同样在金色里沐浴的东西六宫，心下知道，妻妾虽多，与他心内牵连的人，细细算来，却是屈指可数。皇后相随半世，尊荣已极，陈妃有子，且阖朝皆知将来大位定出此门，只有元春，一无所有。她本该得着更多的。

可是，皇帝不知道自己还能给她什么。尊号已夺，胎儿已殁，陈妃母以子贵，已晋皇贵妃，元春已无晋升空间。再赐尊号，不见得元春在意，与她再有子息，已属渺茫。皇帝知道自家身子，自前向放纵之后，内里直亏上来。他试过加大丹药剂量，但似乎效用甚微，故也放弃了。

见皇帝只管站了吹风，戴权唤了小太监们扛了肩舆过来，让皇上坐了。皇帝沉默，戴权小心请问着，要到哪所宫殿，还是去了哪里逛逛？皇帝想了半天，忽然想起太液池当日，元春弹琴歌唱，他在后头欣赏之事。遂问戴权，太液池的荷花开了没有？戴权一听，忙答开得正好。皇帝一笑，戴权便指挥着小太监们往西边池子而去。

自太后薨后，皇帝已许久不来这里，还有后边的凤藻宫。太液池的风迎面吹来，皆是凉意，令人目清眼明。戴权看皇帝不喊停，遂一直指挥着小太监往风起的方向而去，直到水湄。

皇帝下得舆来，见水波一层层荡来，细碎浪花就开在脚下，又见池中早开的荷花已过人头，荷叶清香阵阵扑来鼻端。那南边的瀛台之上，隐约不似人间，虚无缥缈，确如同天上蓬莱。池子边上，眼看太阳正准备收回对人间的赐予，将那紫色的云霞之光慢慢收了，天空奇妙地融入到金黄的灰黑里。皇帝好久不曾见此景致，一时竟看住了。

有双飞燕子，趁着天际最后的亮色，低飞过眼前。皇帝抬头，正触着太阳半个下山。本来日出与日落，有最相似的温度与色彩，但空气中弥漫的气息，随着太阳渐落，却与清晨截然不同了。本来愉悦的心情，顿时掩上了黄昏的感伤。皇帝挥挥手，说声回宫，那戴权赶紧打了个手势，小太监们赶紧放下肩舆，待皇帝上来坐定，小心抬了往回走。

路过凤藻宫前，皇帝不由自主望向门楣。他题的字如此遒劲刚严，正如自家当年一往无前气质，一时感慨不已。正欲回养心殿，忽听门里隐隐传来琴声，又有歌唱的声音，他顿时被吸引住。凤藻宫这里，此刻居然有着欢乐。

他打了手势，下得肩舆，背手站在门前。里头的欢声笑语隔着门扉，传了出来。须臾琴声又起，有人弹奏，有人唱曲，听上去，俨然是小戏班子一般。微笑不自觉地出现在皇帝面上。他轻轻点头，戴权理会得，上去推门。

门未闩上，一推轻轻地开了，红色的灯笼早已点起，照得满院朦胧梦幻。大殿里灯烛通明，有人影摇动，看来凤藻宫的宫人们都聚在了殿里。皇帝手指竖起来，让戴权等噤声的意思。戴权懂得，挥手让其他小太监在外等候，自己随了皇帝走进天井。

院子中的榴花开了，即使在逐渐暗去的天色里，皇帝也熟悉它们站在枝头的样子，红巾翠袖，最美的对立，又是最美的统一。里头歌唱的声音逐渐清晰起来，皇帝偏了头，听得是：

开辟鸿蒙，谁为情种？都只为风月情浓。趁着这奈何天、伤怀日、寂寥时，试遣愚衷。因此上，演出这花去春归的《红楼梦》。

声音清越，琴声婉转。皇帝听得出元春抚的琴，那唱曲的，应当是元春宫人了。奈何天、伤怀日、寂寥时，九个字深深触动了皇帝，这是元春自况。她选择了用琴倾诉，选择了宫人之口，唱自家心头的声音。

初夏的雨，说来就来，几滴雨点落了皇帝前额，戴权正想让皇帝找地方避雨，皇帝摇摇头，继续伫立。心下自思，从未听过这等新鲜曲词。里头的人并未觉察外头有人，继续言笑，然后又反复练唱此曲。尾音部分，有宫女们轻轻的和声。

雨点渐大，皇帝终于听得熟悉的声音："今儿天黑了，就排到这里罢。小心灯烛。"然后就是大殿的开门声，皇帝赶紧闪在廊柱后，见殿中宫人等络绎出来，提了灯笼，从殿旁甬道走向殿后。

元春依旧没有出来，琴声又响。琴弦经了拨抹复挑，似诉心中无限事，声声打在皇帝心上，谁说物件没有魂灵？那把皇帝熟悉不过的古琴，分明在元春的手中，成为了她的延伸，成为了另一个她。

皇帝听着琴声越走越近，他听到了山间鸟儿的欢悦，听到了沧海落日的壮美，听到了潇湘烟云，也听到了高山流水；听到了庭院深深，小楼春雨，也听到了深巷杏花，八面来风。他突然明白，为何前头让他痴迷的那些莺燕，不能让他耽得更久，她们也出身世家，琴棋书画也有通的。但她们所缺的，正是元春唯有的，那就是心灵的辽阔与灵魂的纯净。她们手中琴并无生命，只是一根木头七柱弦而已。但元春，她的整个心，都沁透在其中。是她给了琴弦生命。因为，她本就是生命本身。当年吸引自家的，不是琴，是琴中流出的婉转低回，是元春的整个心。

皇帝听着，思着。雨终于淅淅沥沥下来，戴权焦虑的眼睛，在灯影里闪着光。皇帝不管戴权想什么，管自走出了回廊，轻轻走向大殿，推开了门。

眼前的元春一身女官服，对着门，正侧坐了在殿内弹琴，她似乎沉醉在了新谱的词曲中，几声琴弦拨过，自己唱了起来，清音袅袅之处，远胜刚才所唱之人。

琴儿正端了茶出来，看到皇帝，吃了一惊，赶紧跪了。声响惊动了元春，她抬眼一看，像是日日见君王一般莞尔一笑，推开了琴，站了起来，向皇上行了一礼。

戴权在外招手，琴儿理会得，放下了茶盏，轻轻退下，从侧后走出大殿，并轻轻地掩上了门，心下为着贵妃高兴。皇上终于来了，不是吗？又见戴公公肩膀淋得透湿，便赶紧递了手绢过去让擦一擦，戴权摇摇手，让她一旁安静候了。

夜晚少了琴声，便是静寂。皇帝坐在从前常坐的椅子上，看着元春。那消瘦的身姿，不但未减少其风韵，反倒有飘然欲去之姿。身上的女官服，让他想起了遥远的一天，他也是如此被她的琴声吸引来。

此刻，他不想谈及朝政，不想谈及贾家，不想谈及他们未曾出生的儿子，也不想谈及元春祖母死讯。那些横亘在他们之间隐约的黑影，此刻都不应出现。但是，其他可以不谈，贾府老太太之死如鲠在喉，他不想再隐瞒。

突然，皇帝对着站在身旁的元春开口了："你的祖母已经过世。你怪朕吗？"

那双好看的眼睛看了皇帝一眼。元春安静回答："祖母曾托过梦来。我猜着了。"

这个回答出乎皇帝意料。他不解："那今日见卿弹琴复唱曲，却是为何？"

"家祖母在生时喜欢游乐，喜欢热闹。臣妾以为，以家祖母喜欢的方式送行，不失为孝道。"元春略停了停，又说："皇上，您为着天下，有很多的不得已，处置臣妾一府事，臣妾理解。但如果臣妾违心说，一点不难过在意，那也是对君上不诚。未见皇上的时日里，臣妾想了很久。为了那些失去的，为了家祖母，我说服自己，要将余生换个样儿度过。"

元春停了停，又补充道："凤藻宫人被遗忘久了，臣妾有责任让他们重拾生之欢悦。故谱了一曲，教了她们演唱。宫中寂寞，得了片刻欢乐，也是好的。"

元春说完一大篇话，眼睛里并无惧意，看着皇帝。今日既然见了，她也不再顾忌什么，就来一场坦诚的告别罢。如果触了君王之怒，元春也不在意与贾府同落。

皇帝此刻眼中，是一个崭新的元春。没有哀戚，没有幽怨。她是从前那个她，又仿佛不再是了。

她不再是从前的贤德妃。她不再受着贤德二字的拘束。她虽然被自己娘家牵累，但对着君王，依然光明磊落，守着她荣府女儿的风范。失子又失宠，她本应该哀戚度日，但她选择了生命的欢乐。

皇帝突然释然。也许，这才是真实的元春；也许，元春成长了。她与六宫诸人是如此不同。因为她有根，就长在她心里。

元春的成长，来自被疏离的痛苦，来自于势利太监宫女们的冷眼，所以，她选择了小小自由，选择了用琴声，用曲子，用来自内心对于生命的理解，与同她一样被遗弃的宫人们，分享艺术的欢乐。而那个不见她多时的爱人，眼神中露出的懂得，于元春再没有感动感激，只有本该如此四字。

戴权一直待在廊下，琴儿也一样。他们未曾看见，当琴声又开始之时，他们的皇帝，将自己蜷缩了，坐在元春足前的地毯上，头靠着元春双膝，安详地听，不知何时，又安详地睡着了。

第四十九回

## 榴花开处伴君幽
## 豪杰赴难忽如归

殿外晨起的鸟儿唤醒了沉睡中的皇帝。青灰色的光隐隐透入殿中，皇帝睁开眼，第一眼看到的是元春的脸，继而半起身，发现自己坐在地毯上，旁边有琴架。他四下一看，顿时明白，原是自己窝在元春怀里睡了一夜。

元春靠着琴凳，正眯着眼，忽觉有动，便睁开双眸。未起身便已请安，语气像昨日一般安静自然。只是她请安的话说了，人却坐着不动。原来腿被皇帝枕了一夜，已经麻了。

皇帝一生最重威仪，从不曾有此行状。此时先是一恼，恼着自己居然坐地上就睡过去了，后又觉有趣，略觉尴尬，不觉笑了出来。近来在榻上夜不贴席，现在倒好，坐在地上也能睡着。皇帝一笑，自是记起了自己听琴听睡着了的事。

此时听得元春问安声音，习惯着答"平身"，但话出口，发现元春站不起来。皇帝一边莞尔，一边过去撑持扶起。这一刻，皇帝觉得与元春倒像平常人家的老夫老妻。念头才起，又甩甩头，觉自己思绪飘得够远。要老夫老妻，也得是与皇后才对，遂赶紧把这想法打住了。

不管如何，这个啼笑皆非的早晨，给了皇帝和元春从未有过的相处。外头戴权听得殿里说话，便赶忙出声："皇上，得快着些了，早朝。"

皇帝彻底醒了过来，他整整衣服，向元春微笑着说了句："你歇着吧。"便自己走过去打开殿门。戴权和琴儿两个昨儿在殿外廊上靠墙坐了一夜，现虽起身侍立，面上均有疲惫之色，只有皇帝一人神清气爽。见皇帝出来，戴权赶忙追随了，下了殿前台阶，走进院子。

琴儿赶忙进得殿来，扶着元春出殿相送。正出得阶前，只见皇帝站立在石榴花下，正一朵朵细致打量。昨夜风雨飘泼，许多细枝的草叶已零落在地，唯有石榴树挺拔，卓尔不群站在院中，地下石榴花也没掉几朵。枝上的俱是半开，明艳如火，颜色正红，清晨里像火炭一样的纯粹。

皇帝细赏之下，看见出殿的元春，便道："待浮花浪蕊都尽，伴君幽独。今儿，我算懂得了东坡的这句词，究竟好在哪里。"他停了停，又放低了一点声音："榴花确配你。"抬起手摘下一朵，上得前来，插在元春鬓边，细端详了看。元春眼中，皇帝的脸映着逐渐亮起的晨光，神情居然有些未尝见过的顽皮。

元春展颜一笑，倒未有更多的言语，只是福了下去："凤藻宫上下恭送皇上。"琴儿也跟着福了。走廊边许多晨起打扫的宫人本已到来，排云也在列，因见皇上赏花，又给贵妃簪花，便不敢动，俱低了头侍立。此时听见元春声音，便也一起拜福下去。

皇帝心情大好，说了声："赏。"手背在背后，穿过院子，出宫去了。戴权忙跟了出去。外头扛肩舆的小太监们，在墙边坐了一夜，见皇上出来，忙了站起侍候。小太监们衣服还是湿的，有的因着昨日又热又冷，夜间又受了风寒，嗓子眼里想咳嗽，皇帝面前不敢，拼命咬唇忍住，也有人忍不了地咳了出来，以为要挨板子，结果皇帝像是没听见的样子，心中忙道侥幸。听得戴权吩咐抬舆，便忙忙将肩舆抬过来。皇帝一径坐了，直往乾清宫而去。当日闲下之时，戴权揣摩上意，命内廷司发银若干，赏了凤藻宫宫女太监们，元春侍女琴儿与排云也赏了。

次日一早，又有旨意传到凤藻宫，命贾元春作为凤藻宫尚书随驾木兰秋狝，令整理宫中一应典籍地图及藏传黄教建筑图册、宗教仪式及此前行宫图纸等，备皇帝出巡时用。元春接着旨意，随驾出巡自是意外，倒也推辞不得，典册之事倒要细致，便吩咐了宫人，按旨意细细将资料物事收拢了来，由其最后定夺。她心下猜得，看来皇帝是要重拾康熙爷围场建行宫事了。

木兰围场自康熙二十年首开狩猎事，到其后携王公大臣、八旗军队乃至后宫妃嫔、皇族，盛时人数达数万人，遂一路开建行宫，以解决皇帝出巡时庞大队伍食住行之事，近京畿的行宫已陆续建好，已近20座。后因耗费甚巨，又因木兰围场离京城800余里，物资运送不便，故围场及其周边的工程便搁下了，正经围见之地，倒没修得。现皇帝意思明白要重新修建行宫，且修的方案要符合其意，倒不仅仅是一味按了旧日康熙帝手中规划布置。

元春昨日从皇帝处听得祖母去世的确讯，面上平静，心实感伤。祖母有灵，特地来托梦告知。待皇帝去后，便让排云回昭明宫取衣。待其回来，便在凤藻宫当日住所沐浴了，又令掩了宫门，宫人们尽皆回避。元春换上当年穿了进宫的贾家女儿服饰，摆开香案，就在石榴花下祭奠祖母。枝头上鸟儿鸣叫，石榴花红胜火，料想祖母一生仁善对儿孙，定升天堂，心中只管喃喃祷祝了去。想起梦里祖母招手之事，有些难解。但元春不惧，自思如果祖母召唤，便也一同随了无妨。

元春知祖母去后，贾府定不能撑持多久。如同一个旧时代的庞大躯体，即将因不符合于新纪元更迭而轰然倒下。她遍读史书，知未曾有立军功受封的世家大族，可以撑过三代四代的。那汉代卫青霍去病如何？行废立帝王事的霍光又如何？皆是身死不久族灭的范本。宁荣二公虽然战场立得功勋挣得五世封爵，也耐不得子孙如此消磨。家族兴衰之事，本已在历朝历代史书上写明，并不新鲜，只是因为自家乃贾家之女，身在局中，才分外在意难过而已。

元春经历了多年宫中孤寂，又经历了大红大紫，再反复，此刻早已超脱了伤怀垂悼境界。皇帝对她，爱恋也罢，疏离也罢，又或是自己的一腔深情，即使还在，也尽可不在意中了。心下以为，儿女情长是最大的变数，人的一生若只在情感中打转，也算不得格局。尤其是对了君王，其一喜一怒，对自己和家族皆有牵动，自家和后宫诸人，无非君王御下的提线木偶，想想也是悲哀。就像昨儿皇帝高兴，赏了微笑，凤藻宫人顿时喜气洋洋，如过得几日，皇帝又忘了此处呢？是不是又要重新哀戚，回到清冷黯淡之中？

人无自主，而后人主之。君王可以分配资源，普度情绪，但受着的人也该有些根骨才是。谁又是谁的一世呢？在皇宫中追求长相守的爱情，对于君王，对于自己，都不过是奢望罢了。元春告诫自己，仰仗君王一世爱惜，如同欲捞出水中月，取出镜中花一般虚妄；也万不可被自家往日对君上之情拴住了。古人说的难得自了汉，竟是这个意思，今日方悟。

从自己又想到家族。元春眼下最为关切的是幼弟宝玉。如贾府倒下，父母已年过半百，倒也罢了，弟弟及侄儿贾兰锦绣丛中长大了的，不知能否应付得来，又该如何度日？那宝玉向来有些至纯之想，犄角之思，不要发狂才好。但如今自家深宫多年，也无法教导得他。想起宫女们还有出宫的日子，遂令排云去撤香案，自己入得殿来。略一思忖，喊过了琴儿，密密嘱咐了一番，又用装了贾府衣服来的包袱皮，包了自己谱下的琴谱，还有歌词，一叠交给琴儿。

那琴儿不知贵妃今日如何像安排后事一般，跪哭不已。元春安慰道，也就是心下想起一件事便说一件，并无别意。自己深宫生涯，能不能再回娘家，也说不定，便请琴儿出去之日，交给弟弟贾宝玉，说的话也请转达了去云云。琴儿擦了眼泪，磕头领了元春言语，收了包袱自去。

元春独自坐在殿中，思绪不绝。自己进宫至今，也才十来年，不料世事变幻如斯。宠辱轮回，天道循环，也无甚好讲。她知道，自家像贾氏一族大船桅杆上高悬的一面旗帜，而这艘大船即将沉没。即使自己的意中人是皇帝，竟也救得了一时，救不了一世。纵然如此，元春也打定主意，要将这旗帜高举到最后，为着祖上的英名，这面旗帜与船只同沉可，但一定不能从自己手中坠下。既然贾家儿郎连同父亲，皆不能继祖上奋发志气，自家虽是一个深闺女子，也不能推却贾氏后人责任，如再遇更迭，定不祈求于人，也好在世间留个态度，不叫人耻笑贾家无人了去。

元春回到昭明宫，一夜思量不歇，虽是困倦，倒未好生睡得。清晨一起，忙忙见过皇后，再到凤藻宫。不久即接到伴君出巡旨意。她心中知道，皇帝是为了酬答风雨夜凤藻宫中之情。君上恩德情谊忽远忽近，由此可见一斑。

此时军机处正忙个不了。其办公值守之处就在宫里角门一隅，由军机大臣、军机章京轮值，处理皇帝交下旨意。目前最大事情，莫过于皇帝出巡。虽然皇帝点了八旗中的正黄旗随行，但军机处领班大臣张廷玉还是觉着兵力少了，遂和另一大臣王文昭商议，认为还应劝谏皇帝增加一旗兵力。两位大臣知道，今上虑着耗费银两之事，故不肯带多军士，但君王在外，安全护卫之事轻省不得。不料两人奏报上去，皇帝发话说无需，一旗兵力尽够。两位大臣无法，只得再忙别的，一连几天，将仪仗出巡一项项事务分解，出巡次序，每日行程多少里，护卫宿营等都一一作了安排，报与皇帝。

军机处正各种筹备，又接皇上旨意，道因皇后有恙，阖宫妃嫔侍疾，故此行妃嫔一人不带，只带凤藻宫尚书贾元春同行，以资随时垂问。张廷玉与王文昭两位军机见旨，相视一笑。因军机处近御前，知道凤藻宫尚书就是昭明宫中贾妃。看来皇帝要单带贾妃一人，又要堵住后宫诸人之口，才下旨意带管理典籍的女官出巡；如此安排，妃嫔们自无别话可说。

贾府两个公爵世职先后被褫夺，朝野皆与闻，贾妃宫内也被褫夺贤德妃封号，两位大臣也知。如今看来，皇帝还是公私分明。外头依了规制处置，内里对贾妃，仍存了重视之意。因宫闱之事，不宜议论，故两位军机大臣心照，也不谈论，只是将妃嫔住所事务一栏空白处，添写了凤藻宫尚书贾元春随驾。

宫内军机处不闲，宫外也尽有忙人。皇帝木兰出巡及修建行宫、围场建黄教寺院事，早已在邸报发出。但细务安排分属机密，自不会提及。忠顺王与北静王此前已通气，现又看到邸报，知道事急，便各种筹措起来。

忠顺王侍卫队长追随王爷多年，王爷当晚找了他来，与其闭门深谈木兰秋狝欲行之事。

这队长既然当着侍卫头儿，功夫自是拔尖，入行伍之前江湖略有薄名，浑号"老铁"，其究竟姓甚名谁，反倒无人记起，其家中妻儿俱无，据说父母也已去世。说起老铁，只因其早年时练过铁头功，曾有铁头断砖之举，得此浑号。因得罪地方豪强，知强龙不压地头蛇，一个人的力量终究有限，便在朝廷张贴榜文招民从军时，就近报名入了行伍，当了避祸。

老铁身有功夫，随军一路，习得战阵，又练得一手好连珠箭法。因平西北乱时勇猛过人，被忠顺王发现，拔擢当了亲兵营首领，战事一平论功，也受过朝廷顶戴。后大将军王奉康熙帝旨意入藏时，忠顺王未获皇命跟随，其所辖将领有的选拔去跟了大将军王出征，有的朝廷内任命了职司，有的则给予银两遣散回籍。那队长也在朝廷遣散之列。

老铁不想重回故里，向王爷说了，王爷欣然留其在府中，遂一直任着忠顺王的侍卫队长至今。因其战场上曾因保护王爷，堕马受伤，此后与属下侍卫聊天时，自嘲外伤虽愈，内功已泄，自己已成废铁，再也顶不得砖断。故阖府侍卫开玩笑时，尽以此号称之，他并不怪罪，反倒觉着亲昵。此号便传了开来。王爷听得，道废铁不好，老铁最佳，取其坚硬锋锐之意。遂侍卫们叫回老铁，王爷有时人后也如此戏称。

队长自潭柘寺一行，观王爷举动，又亲领北静王与王爷密会，已略猜到忠顺王意图，此时听来，并不意外。自家乃浪迹天涯之人，身为男儿，上阵杀敌，也算于国有功，家族祖先地下知晓，也尽可交代得过。又因忠顺王看重，阖府安全交他手上，如此信任，自也感动感激。

老铁一生读书不多，年轻时茶馆乱混，听书倒不少，那荆轲聂政之流，为着信义，易水一别，再不复返的豪气，一直歆慕。虽经得沙场见得铁血，心中激荡之处，也未大改。此时见忠顺王以密事与自己相商，此乃灭族之举，竟交到自己手上，便生出士为知己者死豪情。想想自己无家室牵累，王爷素来恩义，略作思索，便一口答应。如此计划，当图缜密，遂帮着王爷又出些计策。

忠顺王与队长商量着，将侍卫中凡系独子的，家乡偏远的，未娶妻的除外，又考虑着各人秉性功夫，从满府四五十名侍卫中，挑出二十五人。再由老铁一一秘密去谈话。情况摸了个大概之后，王爷以检查府中防卫，招各侍卫操练武艺之名，带了花红礼物酒水，来到演武场。待侍卫中身手得意的露过功夫后，王爷拊掌曰善，将带来礼物酒水犒劳大家。人散之后，又将答允了队长的侍卫们秘密汇聚一堂。

那王爷将独子、未娶妻的排除，自是考虑到其家族子嗣延绵，断人香火不可为，至于家乡偏远的也除外，乃王爷顾着偏远乡野，出一个开过眼界又在京城供职的子弟不容易，让其家乡父老留个盼头之故。那二十五位侍卫，其中本也有不愿的，但他们早知今上待人之狠，自己其实别无选择。粘杆处除了进不得王府，数月来外头暗探不歇，他们的名字定已上了将来缉拿名单。而王爷派老铁这么一问，自己即是知情。即使不加入，或者举报，或者知情不报，只有这两途放在眼前。但报与不报，将来也必无侥幸，各人心下一合计，上不上船相差不大了。皆思既无退路，只有努力向前。王爷带领他们唱得胜歌凯旋回朝之日，那种意气风发，回想之下犹如昨日，也许这一次，也能成功呢？即使不成功，成仁也可。遂皆答允了队长老铁。

王爷召集众侍卫，早有预备。一沓银票拿出，里边每张银票三千两，共二十六份，当做勇士的安家费，一一在手中发给。那二十五位侍卫知道，这命算是送出去了，倒有些慷慨悲歌的意思，也不推辞，拿了就行，自去考虑如何托付给家人之事。王爷知道这些侍卫，言语之间定会谨慎，不至于露出口风引来麻烦，遂也不叮嘱。手中还有一张银票，只有队长未拿，王爷遂递在其手中，那老铁却不领这份银子，退了回来。王爷知他意思，便也不强，亲手倒了两杯酒来，与老铁一人一杯，一起喝了。

就着杯中酒，王爷当晚与老铁队长商量了一夜。次日正是与北静王通消息的日期，王爷自会派小厮传话，后日即由老铁带队出发。忠顺王既已派了随驾，这指挥权全授了队长。老铁心知肚明，众侍卫与他一样，皆知晓无论事情办理如何，大伙儿从此皆回不得王府了，如有将来逃得性命的，定也是于山中湖海隐居。故自家肩上责任，尤其重大。

鉴于皇帝出巡中传递消息风险太大，老铁遂拿主意，道自家相机行事，不须王爷挂怀。王爷点头。又议，老铁虽是带队，自不能一起出府引粘杆处注意，又定下数日间三三两两装作采买小厮便装离府，到松柏引庄子后通往潭柘寺的后山集合，各种掩人耳目之计。

冯紫英在潭柘寺之行后有无再去打探木兰围场，王爷后边倒未得着信息。自家门口满是耳目，虽则冯紫英多年来进出惯了的，那些探子未必在意，但此等时日，还是避着好，那冯紫英一直未来，反倒让人放心。王爷建议老铁将队伍约在冯家庄子后山事，按着其原来意思，本不愿将冯紫英家庄子扯进来的，但彼处僻静，人所不知，队长又去过庄上，路程了解，如去王府自家田庄取齐，担心那些田庄有粘杆处人值守，这风险还是不冒为佳。

王爷又想起秦可卿为父复仇的誓言，吩咐了队长，届时秘密进冯府庄子，带上庄上吕四娘同去木兰围场。那冯家父子多半在城里不在庄上，如在，万万不要惊动，隐蔽处唤出那女子随行即可。因队长不曾见秦可卿，王爷遂描绘了一番长相身材打扮等。又说庄上人少，一问吕四娘皆知。

看王爷慎之又慎的样子，老铁倒笑了，王爷知他是笑着自己不放心之故，遂也不再说得。这等小事，队长自办得分毫不差。老铁本不愿带女流一路，王爷不说其他的，只说此女有身手，和今上有杀父之仇，定要同去了结，已存死志，倒不好负得此女孝心血性。又言明，此女不必顾虑，如有拖累之事，想她为人，定会先了结自己，倒可放心。

老铁听来，倒是自己一路人，便也不再有异议。王爷又将自己这几日判断的皇帝驻跸最有可能所在，以及茫茫草原，如何与北静王府侍卫相认之事告诉了，让老铁相机行事。队长点头听了，知道王爷说的是如遇不上北静王卫士，便单独行事，如遇上了，合计了一起行事之意。至于同伴相认之事，军中常有此举，倒不难处，便告诉了忠顺王，请其告知北静王。又虑及或有两府侍卫被拿的，倒要存个死志；行事时不好称呼恐泄露来处，竟全起了化名为妥。王爷听得不忍，想想也是实情，点头答应，心下记住，次日须得一起告知北静王。

王爷豪杰之人，自不会心绪缠绵太久。见商议了一路，检点还有何缺漏。想起一事，此时该说与老铁了，遂郑重嘱咐。老铁听了点头。见王爷再无吩咐，老铁队长郑重单膝跪下，眼睛看了王爷，抱拳朗声说："王爷保重。"起来后再无别话，竟是转身就行，出去调度安排去了。

王爷见老铁和府中侍卫慷慨赴死，不觉热泪盈眶。大好男儿，本应报国，如今却为了自家兄弟相拼，为着情义二字赴死，无论他们如何自愿，心下欠他们的，今生肯定还不清了。遂满倒了一杯酒，双膝跪地，将杯中酒虚空中比了一比，又在面前洒了。他自知今日出门的许多人，是回不得这尘世了。

王爷独自坐了半晌。想想自家可以安排侍卫，却不能安排阖府妻儿离开险境，心下难过，他甚至也不能将自家欲行之事告知其至亲之人。又思覆巢之下安有完卵，说与不说原无分别，倒白让家人惊惶，反泄了秘密。故自侍卫队演武场回来后，去王妃处坐了一回，又去看了各房妻妾生的子女，召集各房一起夜宵。见红烛之下，一家人和和美美，可惜他不能够告诉，这样的日子，说不定没几天了。

忠顺王感慨，生于皇家，又逢了今上，不做事还好，一做事，这命就由不得自己了，自家命运，其实从跟随十四哥征大西北时即已注定。那十四爷为朝廷立下盖世功勋，可在今上眼中却当了罪魁祸首一般，圈得死死的，两兄弟一母所生，母亲逝去，却连守灵都不放他出来，这又哪儿说理去？遂自己劝了自己一回，但愿一朝得手，朝廷换个新君，方有自家喘息生存的空间。

北静王次日得着忠顺王贴身小厮传的信，心下叹着忠顺王府筹备细致。他的动作倒也不慢，差不多工夫，人员已点齐；起化名与如何相认之事，也随了忠顺王府一路。和忠顺王府差不多，侍卫们一样的无可退避，一样的鼓勇向前。众侍卫皆知，死战，或有得脱，如守在王府，无论此刻走与不走，皆不能幸免。其中更有想得深沉，从北静王身份上猜的，便心中激荡，自思如能完成使命，北静王因此上位，自家便是首义从龙之人，子孙后代料能得着朝廷荫封，那样的话，死了也值。

至于忠顺王所判断的今上驻跸所在及理由，与北静王所料倒是差不多。那与两王会面时判断的铁网山脚下草原相隔不远。真乃天赐。

第五十回

## 马蹄得得振威先行
## 云中君子携剑出证

此前每旬日,忠顺王派贴身小厮出去传消息给北静王时,王爷皆会拿出银票,让小厮传递消息毕,便到城南马市去买马。那城南最是龙蛇混杂之处,三教九流皆有,兵器铺与脂粉店在同一个场地交易也不出奇,最是可以隐身。故王爷吩咐了,除了买马,也买弓弩刀剑等。如有卖家问买兵器事,便回家主人本钱开着镖行,不欲露面,图个清静赚钱,故由小厮代其采买物事,名倒不好报得,镖行旧有兵器多有锈钝,也该着次第更新等语。小厮听命办理,几旬之间,各铺里分批购买了马匹弓箭刀剑等物,袖箭暗器等也买了几样。

清初最是崇尚武德,京城及关外俱是八旗子弟聚集之地,骏马刀剑乃贵族子弟标配,因此马行、兵器行一直兴旺。因了康熙、雍正两帝几次平西北得胜,天下无战事,贸易往来更是增多,走镖的镖行也如雨后春笋,在各地开设。有的总行之外还开设分行,意为信誉卓著,四海通行之意。因此小厮买马匹兵器,因其分了数家购买,数量每次也不大,倒也顺利。或有店家见问,小厮依样答了,也觉合理,并不见疑。买定付了定金之后,小厮便按照忠顺王所说,让送至西城边上槐花儿胡同振威镖局去,言余款自有镖局收货之人付讫。除此之外,小厮又买了几驾马车;买定后,令马夫套上马,自家上了其中一辆,吩咐一溜儿也送到胡同去。

这镖行收马匹及兵器最是合适不过。忠顺王说与小厮,倒非虚言。这还是在此前与孟统领攀谈中得着的启示。自家派出的小小队伍,要先行一步到达木兰围场,脚力自然少不得,兵器也不能大量携带出王府,故早就筹谋下了。所买马匹物事运往的振威镖局,即原来孟统领借以脱身,得以入城的福威镖局在京城分行。

王爷在与孟统领谈过后便想定主意,密派管家和小厮去谈收购镖行之事,那镖行所在自是从孟统领口中听来。此镖行分行在京城开了多年,掌柜的不肯卖出，后管家略略露了点口风，道是朝中亲贵有意此行，借此现成地头之故；也定有所补偿，不教镖行吃亏，自家收了镖行店面后也会改名，不至牵累福威字号等语。

正值总行镖头巡查各分行，此时正在京城，听得分行掌柜说来，便自出见客。见管家气质华贵，虽然所称主上不知是谁，看其举手投足间派头，判断其大有来头。镖头走得江湖日久，自懂得小民不与官斗的道理，心下即使不情愿，也得卖了。好在那来谈事的管家说不会使用福威镖行招牌字号，若有事定不会牵连总镖行，故答应了，思忖之下，出了个稍高的价位。管家听了微笑，并不还价，袖中银票取出，就此成交。分行店面倒是自有，不涉及房东，买卖双方倒也便利。那镖头遂写下契约，卖与管家。管家胡乱在买家处签了个名，镖头自也心照不宣，契约一式两份，镖头与管家各一份收了。当日镖行便收拾物件家什，次日一干人马搬出。那镖头走出胡同巷口，回头望望自家产业就此出了，心中有些不舍，又想好在镖局要紧的是镖行口碑镖师功夫如何，至于地点倒没要紧的，另找就是。

管家当日买下镖行，也不回府，直接打马去得王府庄上，取了两个身材彪悍的护院头目进城，来守镖行，银票也交与，说与此地会陆续来货，令其收货时用此银票付款，所余款项便两人平分了保管。

福威镖局旗帜已被原镖行取走，护院头目依着管家吩咐，做了一个写有振威镖局四字的蓝底白边三角牙旗，悬挂在镖行门前旗杆上。管家细致，离镖行前吩咐了，若有福威镖行客人来要求镖行护镖的，便答此处镖行已转让给自己东家，正在整顿收罗高手镖师等，暂时不走镖云云。

按照忠顺王的布置，这振威镖局只得一个任务，就是接收买来的马匹和兵器，还有马车。因其院子宽大，马槽尽有，原镖行还剩余马料甚多，无需再买，倒是便宜。前又是镖行，旗帜高悬一目了然，故马匹等运来不曾引人注目。不日马匹及兵器等齐备。

管家一日太阳偏西出门，换了几次车，看看没人跟随，便往槐花儿胡同来。进了镖行院子，将小厮这一向买来的三十来匹马看了，俱是膘肥体壮好马，心下满意；马车看了，车轴皆是抹过油的，辐辏打磨精细，也自满意；兵器查看之下，也是锋利好使，心下赞小厮办事精细。管家与那镖头交易之日，戴了瓜皮小帽半覆额头，面上点了一颗明显黑痣，料着一旦分开，即使与镖头和那掌柜的狭路相逢，也不会轻易被认出，今日倒是素面来到，又未戴帽，辰光近晚，胡同街坊并无人注意。

那贴身小厮跟了王爷多年，其父母早年俱被王爷接入府中，跟了一起过活，因此其外出办事，王爷放心得。管家当晚回府，禀告王爷诸事齐备。王爷遂唤了小厮来，赏了银两，密嘱几句，又令其带了父母次日出城。小厮听了，明白多半其中隐匿别事，自家在外采买多时，如被外头探子猜忌拿下，对王爷倒不好，遂也不多说，接了银票磕头自去。次日一早便赶着采买车辆出门，里边坐了他的爹娘，另有王爷交代的两个人，也提了来，一起坐在车里。小厮赶车，先到槐花儿胡同附近停了，看看四下无异处，才进了镖行院子，传了话给护院头目，另两个人便命其下来，交给护院两人看管。妥了之后便回到车上，带了爹娘一径出京城去了。

小厮出府之日，王爷在堂中静思，想起程詹事来，自思好歹得为其寻个出路。此人明明是个用事之才，跟着自己多时，如自家所谋之事败，牵累了这等人才，也是可惜。便提笔修书一封与京兆尹府郑长史，推荐程詹事到京兆尹府府任主事之职。此时公事办完交割，京兆尹府尹已是十二爷，但忠顺王料着郑长史以往得着自家和程詹事之力，现在荐了去，应能接受。主事虽是低级官吏，好在也算进得官场，由长史保举，若获任命，于程詹事而言倒是正途。

王爷心下想毕，唤了程詹事来说与。那詹事早年曾中过举，又本是心思细密聪明绝顶之人，见王爷有发散安置之意，也懂此乃对自己保全态度，便也不多问，当即拱手辞去王府詹事之职，接了王爷荐书，次日即去京兆尹府。果如王爷所料，京兆尹府长史得着此等强助，心下高兴，当即一口允了，说过几日便向吏部举荐，谅获允准。那长史心下还赞王爷举贤荐才，心思此等人才以往只在王府效力，确为可惜。

那两护院头目得着王爷小厮传话，当日起便造了走镖契约，再分几次赶车牵马出城。马车上扬了振威镖局小小旗帜，兵器摆了几件在车上，余等俱绑了在车下贴近车厢之处；车里坐了王府提来的两个人，想是王爷吩咐的，那两个人自入镖行再出镖行，上车下车倒还配合，并不多话吭声；车后头备了干粮草料；又注意了分开城门出城。京城乃天下马匹第一聚散地，车上又是镖行走镖之用，故守门军士倒没留意检查，皆准放行。小厮此前得着忠顺王言语，将位置说得详细，两位护院得以将马匹兵器等络绎运到潭柘寺后山。山中行不得车辆，便用马匹驮了，找到王爷说的一块山坳，此处有一棵高大白皮松，因而容易识得。两位护院头目累了一路，到此方得歇息，拿了干粮分着吃下，腰中皮囊装有水，就着喝了，又分给带来的两人。待其吃完，因担心着山岭中两人逃跑，便拿出绑带将带来二人手足绑了，并说不多时便会放，无需惊慌，那两人并不挣扎，一切听命。护院头目处置完两人，又商议，留了一位原地看守马匹物事，另一位驾车返回。

返回的护院头目找到原放置马车处，驾车自回，看看近了城门，便停下马车，只在西城门外一里处等。他得小厮传话，知等在此地，迟早会有王府中人来。

王爷与老铁队长敲定各种细节时，马匹兵器所在自已告知。老铁辞了自去筹备，商议之后隔日，便按计行事。侍卫们便装打扮，分批出城，在西城门外一里处聚齐，见有马车挂着振威旗帜，便知是王爷安排下的。那护院头目见人员陆续到齐，便赶车到城门口，雇了几驾马车跟着自家马车来；到聚齐所在，分批让众侍卫坐了，送到潭柘寺。护院头目见事毕，便离了王府众人，自己驾车，和雇来的车辆一起返回。那潭柘寺一年四季香客不断，倒也正常，被雇的车夫还道护院头目自家车辆坐不了这多人，因此分了生意给他们，离去时还道了一声谢。

侍卫们到得潭柘寺，便在老铁指引下步行走回到岔路口，直到松柏引庄门前，按说定了的，众人并不入庄，远远绕过庄子进入后山，在后山小路等老铁。

过松柏引庄上时，老铁让侍卫先行，自是要带上王爷口中的吕四娘之故。到得庄上问得，冯紫英父子果然不在，那庄头识得队长老铁，自来陪话。老铁道遵了上头嘱咐，要接吕四娘回南方，又让不惊动庄上农人。庄头听了也不多问，避了众人唤来吕四娘。秦可卿等待多时，得知老铁是忠顺王派来，欣喜之下并不多话，回去收拾了，出来系了一个小小包袱在肩上，并不着裙，一身窄袖短打打扮，头巾包了头发，径向庄头行礼，谢过照拂之情，便跟了老铁往后山走。她路子熟，在前引路，不多时便见到已在小路等待的众人。

一行到得白皮松山坳，见了护院，四下交接了。那护院自行出山，也不回镖行。按着管家原来嘱咐，去庄上收拾回籍还是四海任行皆由自己，想想庄上值钱物事也没几样，货款付过之后，自家手头所分银两还有不少，便也不入城，自己四海漂泊去了。另一位护院头目一样想法，待送众侍卫到潭柘寺后回城，见雇来的几驾马车一时散尽，便自行驾车往南；自思怀里揣了银票，三五年不做活倒也不愁。

老铁在山坳里点齐兵马，倒像战时一般，心中激动。他此前已将地图仔细研究过，知须向东北行，故从此刻起，须昼伏夜出穿山过岭。他带众人走远一些，估摸着王府里提来的两人听不到了，便站定了给部下命令，众人须得在今上出巡之前，潜入木兰围场，寻得藏身之地，以待时机。众人领命。老铁又走回，问着那两人，王爷来前对其有何吩咐。其中一位年长的，被绑了半日，此刻才有说话机会；便忙忙告知，道王爷说了，出来后一切听队长的，事情办完，便放他师徒二人自由。队长听来，与王爷说与他的不错，便蹲了下来，解了二人手足上绑着的绳子，又严厉说了，如果二人路上胆敢逃逸，定要追回千刀万剐。那二人吓破了胆，连称不敢。老铁分了两匹马，让骑了在中间，两人自无异议。

那秦可卿在冯紫英庄上年月，早练得身轻体健，已非当日娇滴滴少奶奶弱不禁风状。一路上骑得快马，每日泉水干粮，也不为苦。老铁初还虑着女子如此赶路，吃不消得，赶不多时路便令停了休息，存个照应之想，几日过去，心中暗暗佩服此女坚强，遂加快了行程。自思王爷说此四娘与今上有仇，看其一路行来，倒是心志坚硬人物。众侍卫得老铁嘱咐，自也不问四娘身世。不多时，到了坝上。

那忠顺王府近来人口出入甚多，粘杆处探子并非废材，其不闻不报，倒也有个缘故。因着童首领前向窥得今上有鸟尽弓藏之意，心下存了退步之思。王府每日出进多人，粘杆处现在担着全城哨探之责，人手有限，探子也曾跟了其中几个出府小厮仆人，但都不甚了了，或者就是街市日常采买，或是人群中失了目标，实打实的事件证据一样没看到拿着。消息循例报给童首领，童首领知这样的信息报上去无用，便也只是听着，并不发话让狠查。因此几下里一凑，探子们觉上司并不上心此事，便也存了怠惰之想。故忠顺王府侍卫们得以顺利出行。

忠顺王府众侍卫出城行动之时，北静王也与其府中领头侍卫各种安排。

北静王府领头侍卫名儿好听，叫做云中君，不但有祖传手上功夫，其厉害之处在于轻功了得，也因此得王爷青睐，一直任侍卫队长。他本是个头角峥嵘人物，年少时因父母过世早，失了管束；家中无粮无银，因不愿耕地做一世农家子弟，便施展功夫，趁夜了去那富户人家，飞檐走壁做个梁上君子，几处行来，倒不曾失手。后年纪渐长，觉自家无论再身手出众，终归是个贼，地下也见不得祖宗的；便金盆洗手，来京城卖艺，图个一身文武艺卖与帝王家之想。无奈京城太大，一个卖艺的能有何能为？心中常思坏人好做，好人难行。一日天桥卖艺，看着眼前小碗所得不过几枚铜钱，也就能买个烧饼吃，想想说书先生口中的秦琼卖马窘迫，与自己倒差不了多少。不料当晚即有管家模样的寻到客栈来，请他一行见主人。那主人便是北静王了。

北静王此前早想物色个武艺高强的做个府中侍卫头目。他又最喜便装了在京城四处走，感受人间地头各种风味。白日间在天桥偶然见得卖艺的伏高审低好身手，不知硬功夫如何，便让随行的管家记了去打听，晚间带入王府。云中君本姓云，见有人要瞧他，知是机会，自然不会拒绝，跟了进府，见有大官模样的考他，又见堂上放了石锁，又有刀枪剑戟数样兵器，明显是考校自家功夫，便不推辞，各种拿来使。王爷满意，又问姓名，卖艺的想及自家往日梁上往事，不想牵扯，便报了云中君三字。这名字由来，倒是家乡私塾里一老先生，在其年幼时赞颂，说这姓氏好，有篇好文章就叫《云中君》。这话一记便记了半辈子，此时便说了出来，当个自家名字。王爷听了倒是微笑，说此名甚好，从此便委了他管着王府侍卫队，多年来未有差池。

北静王观察多年，知其人可用，便找了时间闭门与云中君谈了。他知激发侠士心中不平，最能得其力，便将自己父亲死去多年，死因存疑之事说了。因涉及自家父亲，北静王在人面前镇静平淡样子，此刻也稍稍流露出悲怆之情。云中君知自家王爷乃康熙爷嫡孙，听得嫡系太子如此受荼毒，心中不平，想王爷将此等重要之事告于他一介小民，自有所用，便不等王爷开口，直接请问有何效力之处，又表明心迹，说自家受着王爷恩德多年，如有差遣，则万死不辞。

北静王见云中君果然侠义，也无须暗示将来如何，便将计划大略说了。既沾了北静王府，即使眼前此人去告发，也必无善果，王爷知云中君心下也明白这个道理，故坦然说来。此处王爷却是多虑了，那云中君并未想过此中利害，只想报答王爷一向重用。当下一诺。王爷知其信义，便摒弃虚礼，与之商议。云队长此后便与侍卫们一一私谈，最终定下人选。

出城之事，北静王倒不像忠顺王府一般迂回曲折。他直接八抬大轿坐了，带了众侍卫出城，到王府田庄各处巡查。这也是王爷每年功课，近田垄见收成，一向是王爷所爱。故每年夏秋两季，王爷出城巡田庄，两三个月不回是常事。王爷光明正大了行，守城军士又怎会拦。王爷看了几处田庄，约莫着与忠顺王府侍卫约定之期已到，便令了云中君带了众侍卫行，兵器马匹田庄上俱是现成。又分发了窄窄蓝色布条，告知木兰围场现虽有值守军士，但诺大草原巡查不过来，尽有潜入机会，进入草原之后，便系上蓝色布条于衣领之上，忠顺王府中人一样装饰，见了便知。两队合了一起，商议了行，主攻副攻无妨，必要了结今上性命，如不能遇上，云中君便可自行指挥。其后无论事成事败，众侍卫皆可自行趁乱逃出。

北静王平日经营田庄有方，府中积攒也多，银票发给众侍卫，倒比忠顺王府还要丰厚。侍卫们心中知道，此行不仅仅是听令杀人，更有可能逆天改命，心中激荡，想及此处，便纷纷将银票交回，道请王爷交给自家父母妻儿，他们无需虑得。王爷知此信任分量，遂当面吩咐了管家，回京城后务必亲自办理，将各侍卫家里安顿好了。管家躬身听令。

北静王见二十六名壮士并无犹豫，心中感动。他平素并不饮酒，此时觉只有烈酒方能酬宝剑知己，便令提来一缸酒，二十七碗满上，自己端了一碗，亲自一个个敬来。当下喝完，云中君将酒碗往地上砸了，其他侍卫纷纷效仿，一时豪气干云，北静王眼角湿润，把手拱了，送各位壮士出征。次日一早，云中君也不道别，腰悬长剑，牵马出庄，带了众人往木兰围场方向而去。因木兰遥远，云中君自得了北静王全权授予便宜行事，只求目标，不问手段。

壮士出行之日清晨，王爷在庄上远远送别。他看着渐渐升起的太阳，胸膛起伏不已。心中感念云中君和各位壮士以命相酬之情。回到书房，用飘逸的行书写下了屈原《九歌·云中君》：

浴兰汤兮沐芳，华采衣兮若英。
灵连蜷兮既留，烂昭昭兮未央。
蹇将憺兮寿宫，与日月兮齐光。
龙驾兮帝服，聊翱游兮周章。
灵皇皇兮既降，猋远举兮云中。
览冀州兮有余，横四海兮焉穷。
思夫君兮太息，极劳心兮忡忡。

## 第五十一回

### 茫茫草场藏龙卧虎
### 脱胎换骨誓报父仇

老铁队长带领侍卫们首先到达的坝上，就是塞罕坝草原。他在军中几年，懂得几句粗浅满语，知塞罕坝意为有河流的美丽草原。众侍卫骑马立在山头，俯瞰四野，见远山环黛，洼地一片绿色原野，中间曲折发亮处，是河流穿过草场。空气清新得像滴得出水来。众人奔波多日，至此一爽。

秦可卿经多日奔波，早已风霜扑面。旅途中为着简便，她将头发盘在头上，平时便用头巾罩住扎好，此时站在老铁身边，风起拂动头巾，热气在头脑蒸腾不了，遂干脆扯下头巾，放下秀发，任无边的风吹来。手中牵着的缰绳，早已将其手掌磨出许多老茧。但其身姿婀娜之处，却是江湖短打掩不了的。众侍卫如今才发现，同行多日的吕四娘，光看其立定于风中的样子，已经是一个美人。

此时接近正午，太阳将草原照得一片生机。远处有跑动的小兽，天空中有高飞的鸟儿。如果不是此行负有九死一生任务，真有终老此地之想。那老铁遏住思绪，吩咐大家不要站立太久，当心巡边军士看到觉察，又招呼大家凹地里坐下，拿出地图核对。

众侍卫将马拴在身边灌木枝上，纷纷席地而坐，拿出干粮水囊，吃今日午饭。秦可卿心潮起伏，她知道，她的生命，从此进入了倒计时。如何能够料定皇帝驻跸之处，是此行最为关键之处。她看着埋头看图的老铁队长，心下毫不怀疑，此人会将自己，连同身边的侍卫，引向那个万恶君王。

死志已下，但要死得其所。秦可卿回想自己前半生，在贾府的日子，觉一切变得如此遥远，如此不真实。那痴迷于贾珍爱抚，思量着得到一份傍身的情感，曾左右了自己多少年月，自己在小小宁府，陷得又有多深。看看眼前这辽阔草原，这是祖父亲自征战之所，当年康熙帝亲征，在此击溃漠西葛尔丹叛军，何等勇烈英武。父亲也许不堪为君，故被祖父罢了太子之位，但祖父垂爱，曾下旨明言保其一生安泰。不料今上一继位，便以一杯毒酒了结父王，孝悌之义何在？如此阴冷，又如何做得天下之主？想象父王饮下毒酒时惨景，秦可卿忍不住喉头哽咽。

秦可卿思绪飘得很远，犹如眼下的茫茫草原。自一出生，便从此不见父母，身为孤女飘零，今日既来到此处，死在祖父战斗过的地方，也不负皇家嫡统血脉。那皇帝坐在高高的龙椅上，他可曾低头看看，龙椅下汪着兄弟的血？自己身为女子，一生已无能为，活在世上也无非行尸走肉，愿拼却一颈鲜血，即使杀不得皇上，伤得那一二分，地下也不枉了见父母。

老铁倒没感受到身旁四娘的心态起伏。行前忠顺王曾有判断，木兰围场虽广，但皇帝定不会深入腹地太多，其所带禁旅八旗中的正黄旗，兵力在8000上下，加上随行人员，应有一万之数。康熙帝早先驻跸之所，也已考虑过呼应京城所需时间和大军驻防地理因素，今上此行，地址遴选应也不会相差太大。更重要的是，京城邸报中发布过在木兰临时修建黄教寺院事，那地段提过一句，在红松洼，兴建围场临时行宫，旨意上也发了，但因未透露其具体地点，不能最后确定。忠顺王当时的判断是，既然为蒙古王公围见事兴建庙宇，那皇帝行营自也不远，老铁对此深以为然。现算算时间，皇帝旨意下得早，那行营和寺院此时应该已动工。既然行宫所在尚不明，先去探勘已明发上谕的红松洼，倒是必需。

老铁思考毕，令众人拿出随身带得的蒙古人装束，将身上便装换了。蒙古牧民装扮与其他民族不同，老铁在路上行军，靠近木兰时，遇到一难得的小小牧民集市，故买得众人装束。众人换过，秦可卿身材纤细，见无回避之处，便将宽大蒙古袍子罩上，腰间扎上腰带，头上戴了帽子，众人一看，俨然一草原英俊小伙。

众人下得山来，便纵马草原，按着地图指引方向，直奔红松洼。这木兰围场虽是皇家所有，但皇帝不来时，附近草原牧民多有迁了蒙古包，到此放牧牛羊的。老铁一路见零星帐篷，越接近红松洼，明显越多。同行侍卫中有蒙古军士，遂得其便，偶尔选择路线时需要询问，便由了那侍卫出头，说是自科尔沁草原来，其他一句不说。

老铁知道，今上不曾在木兰围场召见蒙古王公，故此次围见，漠北漠西诸部此次来的王公定不少，有部落提前派人打个前站，也不罕见。牧民们天遥地远，哪知朝廷事务，与之洽接，说上一两句已足够。

当日晚间，老铁们抵达红松洼边上。远远看去，一大片洼地中间草地上，蒙古包如同草原上生长的蘑菇，散围着一处工地，打马走近了看，地上倒放着一堆堆高大树木，有的还未去树皮削枝干，应是附近山岭砍来的，老铁心想，此处应是起寺院的地方了。

此地如此重要，定也是驻守木兰的巡边军士关注之处，众人扎堆一起，目标明显，故老铁招了众侍卫，说了自家计划。众人理会得，三两分散了，往外边一大圈蒙古包里去投宿，说闻听此地有活干，相约着过来赚个夏天快钱，帮补家用之类。

所喜此地原住牧民朴实，侍卫们当晚花得一些时间，纷纷借得蒙古包住下，说好会结算住宿钱。那王府中提来二人，老铁不放心，一直带在身边，借住时便说是自家亲戚，一起来的，也挤一起，角落里住下了。

秦可卿自去投宿，走了几个蒙古包，才寻得一儿子外出放牧的蒙古族大娘，秦可卿摘去头巾，露出秀发，说与哥哥来此做活，哥哥在其他蒙古包里，自家女子，只好请了收留。那大娘见秦可卿手上老茧，倒觉可怜，便收留了住下。秦可卿又请着大娘为其女子身份保密，说是自家抬得动木头做得了粗活，想多挣一份工钱，如果被人知道是女子不收，这一趟也就白来了。那大娘也允了，当下安置秦可卿在蒙古包歇下。

次日工地喧闹，居住在各蒙古包的牧民们前来做活。有工地监领带着几个衙役工头，按了图纸，正分派活计。地上铁锹锄头堆了一堆，分派到挖地基的牧民，便去书办处登记了，自领工具前往干活。因是临时寺院，故地基也打得浅，要人不多，倒是木活要紧。老铁们按着昨晚约定，三两去投工。那监领正愁时日短少，人手不够，粗粗问了几句便收了，书办登记了名字，发给工牌，作为中午、晚上吃饭之用，工钱说了隔日一发。老铁们派的打桩搬运活计，登记时报上的，正是预先起好的蒙古族假名。

秦可卿一早，以假名也去应工。出蒙古包前，她将自己打扮得细致，脸上匀了些灰尘黑泥，连同脖颈处也未放过，头发依旧盘了，戴上帽子，一时倒看不出是个女子。监领也未多看一眼，发了工牌，见其身形不壮，便让去砍削大树枝干并剥去树皮等活。秦可卿领到一把樵夫们用的短柄砍刀，虽则未使过，少不得也学起来，整日太阳下低了头干活。晚间便一直宿在蒙古大娘处。

那王府中提来的两人，也在务工诸人之中，被派了扛木料，报的名也是老铁头晚起好的，老铁懒得好好起名，他曾听说过有一草原叫巴音布鲁克，便让他们自称了巴音和布鲁。因其身份系流放苦役，老铁遂一路保守秘密，并未告知侍卫及四娘，只说王爷让带来派用场的。此二人，正是当日盗秦可卿墓的王短腿和马三。只是他俩不知，墓主人不但好好活着，还同行一路，就在他们身边。

王爷此前将此两人自流放地提来，一直关在府中，看看老铁们出发在即，便带了管家前往关押黑屋。王爷与两人并不见面，隔着门下低矮小窗，说了让两人听命出府，外出一趟办事，若能有用，事情做完便会放了，也无需再回山海关服劳役等，王爷声音中尽是威严。那王短腿马三关了这么些日子，早没志气，想见太阳升起落下皆成奢望，听见有机会出外并获自由，哪有不肯，当即在肮脏小屋内跪了，一叠声答应。他俩也有小见识于心，能够将他们自流放所在地提出的人物，其地位可想而知，遂未敢萌生其他想头，只盼着门外大官到时不要食言。

待王爷走后，师徒俩合计，那大官说只要他俩有用，事情办完即可回家，那这"有用"是什么用？两个盗墓贼有何用处？敢情是让他们重拾旧业去盗墓？遂一路跟了来，倒也不思逃跑。到得草原，觉这里来盗墓也不像，又不敢问得。今日出得蒙古包，老铁吩咐了一起来投工干活，两人无法，只得按着老铁吩咐，老老实实来搬木头。

就品行而言，这两盗墓贼也断无老实一说。他们如此听话，是因为王短腿和马三心内知晓，自家身份是流放苦役犯，想逃离老铁他们的控制，去那监领官那里举报，那是自寻死路，说不定被当了自行潜逃的罪犯，当场一刀砍了脑袋也不出奇。逃跑也不行，这里草原深广，如无马匹地图，凭他二人，即使逃出几里，也得迷路在茫茫草海。

与老铁们前后几日，北静王府的云中君队长也带着王府侍卫潜入了木兰围场。这里说起来是一个围场，实则由多块草原组成。在这块由蒙古族、满族共同占据的土地上，兵部根据山势地形的变化和飞禽走兽的分布情况，为明确巡查界限，划分成六十七个小围场，彼此间以木栅、柳条边为界；又设置了四十座巡逻哨所（满语称卡伦），巡边保护。这些军士平常背负弓箭，部分还有火铳，纵马草原，其职责是防止平民入围场。因草场广大，皇帝十来年来从不曾出巡木兰，因此北部草原牧民渐次南下放牧，继而居住，巡边军士见了，口头驱逐，实则放任。那些军士有想头，毕竟哨所固定，惹恼了成吉思汗子孙，将哨所整锅端了也不是不可能；牧民们蒙古包收起一走，哪儿去寻找得？军士们皆不是吃眼前亏的主儿，故管得甚是松脱。

北静王来过数次木兰，对此地甚为熟悉，行前一一说与云队长。这云队长与老铁想到一处，带领侍卫进入草场之前，一色儿换了蒙古装，进场前又买了所需物资若干。两个首领行事风格与他们往日经历倒相趋同，老铁是隐忍伪装，云队长则是天马行空一路。他研究了木兰御道口一带地图，知康熙帝历来入围场，均经由此口。地图上一看就知此口重要，因其乃三岔道聚合之地，通往三块大草原，右侧红松洼，前边将军泡子，左侧塞罕坝，均是有山有水之地，适合大军驻扎。北静王判断皇帝驻跸会在红松洼附近，理由也说与云队长；但云中君考虑，大军未至，隐蔽才是首要任务。细看地图上红松洼与将军泡子相邻，故决定先到将军泡子一带隐蔽了，待皇帝一行入围场，再接近不迟。遂带领侍卫，给马蹄包上了绒布，夜间趁了月色，穿过几块哨所之间空隙，于天亮前到达将军泡子饮马。

云中君早先听得王爷说过，当年康熙爷在将军泡子一带指挥，与葛尔丹相拒。用红衣大炮轰开对方骑兵口子，八旗士卒再随后掩杀，遂大败葛尔丹，后葛尔丹一蹶不振，逃回漠西，次年因内部政变自尽，此地可算是其折戟所在。王爷当时说得生动，故云中君早存了瞻仰之心。今日到得此地，也算了却一桩心愿；看看四周，心下感叹，果然是个有故事的地方。

泡子顾名思义，乃群山之间的一大湖泊。云队长见湖中鸢飞鱼跃，芦苇密密，竟然有些江南意境。听得王爷说，当年跟随康熙帝上阵的将军佟国纲在此负伤，因此此地称了将军泡子，就连这一洼水，牧民们相传就是当时康熙爷大炮轰了之后，地底涌出几股活水才形成的。眼前景致连着昔日沙场铁血，云中君不由得悠然神往。

此地牧民对于康熙帝勇武俱皆仰为天人，认为他们的大可汗神威所致无往不利，故此地一直有牧民饮马朝圣。牧民们多年逐水草而居，现此地丰饶，湖水清澈充沛，遂有了安居意思。巡边军士驱逐了几回，但牧民们恋着此地，去而复来。

此时云队长饮马毕，抬眼四周，见周围草场青青，野花摇曳；又见各色蒙古包环绕湖水，竟未因今上欲来而遭驱逐，不觉甚奇。此地视野开阔，周围也未见巡边军士。当即心下合计了，与侍卫们商量停当，便派人前往问了一两个蒙古包，探得此地大多为科尔沁草原南下牧民聚集。云队长遂下令，扮了科尔沁王爷部下，骑马声言因大可汗皇帝不日来到，王爷要求此地牧民速离。

牧民们在蒙古包中的纷纷出来听了。那巡边军士驱逐，他们倒未放在心上，但王爷乃部落首领，所命不敢不听，遂答应了次日离开。云队长又道王爷惦记治下，要求牧民速离了去，自回科尔沁草原，王爷给予每户五十两银补偿，蒙古包等无需拆除，各位赶了牛羊便行。所缺之物，自可出围场后到集市购买云云。

牧民们本想拾掇家什，拆除蒙古包带走，见如此说，只得忙忙取了要紧物事，骑了马，附近拢了牛羊赶了上路。每个蒙古包应补偿银两，因小额银票不曾带得，云队长拿出一千两银票，付与牧民们中一老者，命其出围场后自行分给各家。那老者接了，当下率了各户牧民，骑马圈羊，往东北方向而去。所幸各家分得五十两银，尽可补偿所失物件，还多出不少，心下感念自家王爷恩德。

驱逐牧民之后，云队长便将队伍派进蒙古包，所骑马匹便作为每日放牧道具；见有走失的牛羊，也便拢来。其间也有巡边军士来驱逐，隔着老远，云队长们便诺诺连声，道已经分批返回，自家收回全部牛羊后就走。那几个军士几人一组，素来见惯了此地牧民聚集，见牧民确少了，便催了几日后务必迁出牧场，其余也不甚究，骑马走了，准备待接到皇帝出发消息后再来检看。

云队长们等的就是可以耽搁在围场的时间。见巡边军士还好说话，心下甚喜。掐指算算，皇帝邸报说七月份出巡，日子也差不多了。

老铁队长那边，寺院修建完成，因是临时使用，故建筑从简，内里佛祖塑像唐卡等已从京城运来，一一安置完毕。那监领看看任务完毕，皇帝不久即来，便发放了工钱，遣散众人。他需回最近的衙门，借公函信封给工部发出加急回文，故下达命令后也不及等众人散尽，带着衙役工头走了。老铁们这数日查看地形熟络，现看看机会来临，便各种简慢收拾，与蒙古包牧民结算借住钱等。看看傍晚，他与众人骑马翻过红松洼东边小山；山背后一片小小缓坡，便连着铁网山。

所喜此山有现成路径，并不难找，老铁们牵马上得铁网山来。回看山下缓坡，距离遥远，知此峰顶甚高。山的另一边，地域平缓而辽阔，方圆估计有十多里，果然好大一片草原，远处隐隐一带水光，应是河流横穿，康熙帝当年选择在此驻跸，确有道理。山上看到土墙，老铁前听牧民们说过，听传辽金时代铁网山就筑有土城，应该就是此处，只是已残破不堪，光剩下了几堵土疙瘩。

老铁四周看看地形，心下满意。离皇帝到来的时日已紧，该是王短腿马三师徒派上用场的时候了。

京城此时，大军待发。皇帝自紫禁城起驾，开始其木兰秋狝行程。跟随的宗室大臣及侍从，骑马坐车，排了满满几条街，元春带了琴儿排云自也乘车在列。皇帝出巡所经之处早已黄沙铺路，清水净道，禁军街道戒严。京城百姓许久不见皇帝御驾，便在必经道路口跪了，偶尔乘人不备，偷偷抬起头，远远地看一角銮驾，果然旌旗猎猎，帝王气势压得人睁不开眼。城外，正黄旗军士骑在马上，以牛录为单位，在额真、副佐领的带领下集结了，准备跟随他们的佐领，即皇帝向前开拔。按着计划，这支万人队伍，将在古北口行宫，隆化张三营行宫，庙宫行宫等地休息停留，补充途中所需物资给养，预计行程十五天到达木兰围场。

## 第五十二回

## 隐身地道守株诗兔
## 移花接木壮士巡边

按照老铁的吩咐，王短腿马三师徒开始干活，众侍卫给他俩打下手。在红松洼工地做工时，老铁有意藏了几把长柄的铁锹锄头，箩筐也扯了几个藏了在坡下的丛林里，到铁网山时也带来了。此时用上，倒比原预备的几把短锹趁手许多。

老铁建寺院时，也曾多番留意听那监领与工头说话，希望得知皇帝行营之处，但始终未听得一言半句。既然皇帝驻跸之地不会离寺院太远，老铁遂打算在红松洼附近挖洞潜伏。待看得铁网山一面阔大草原，山峰又高，觉此地无论如何是个好据点。待皇帝出巡大队人马进得围场安定下来，再定具体方案，此时即使计划了也无用，先筹划众人如何埋伏下来才是要紧。此地进则跃马草原，退则上得高山，又山脉连绵不绝，侍卫们无论能否完成使命，也算有个退路。老铁知道此行玉石俱焚不免，也知侍卫们皆存了死志，但他还是希望能有人事后能逃得出去。

决定一下，老铁便命了盗墓师徒两人，拿出平生功夫，在山脚地底挖出一隐蔽地洞，空间可以往草原纵深走，目的只有一个，务必得让二十余人待得下来藏得住。

打地洞是个技术活，起初就是挖出洞口，但越往地下走，撑持地面不崩不塌便成最紧要工程。所需木桩自是越多越好，挖出的土得往外运送，又得虑着新鲜的土翻覆在草原上引人瞩目，否则像癞痢头一般，容易被发现。因此众侍卫忙个不了，有的上山砍碗口粗细的树，一捆捆扛来；有的跟在马三后面，用箩筐运出挖出的土；秦可卿做的活为为轻巧，她散工之时，藏下了前向砍树枝的短刀，现在正好可以铲些山中灌木下的野草，到得山脚，便移栽到翻出来的土上去；期望在出巡大军到来之时可以成活，遮蔽得棕色土壤。

马三在前头挖，王短腿在后指导支撑，侍卫按着他吩咐一一照办。地洞逐渐向里纵深，看看纵深度差不多了，又拐了个弧度挖，近山脚另一出口挖出。地道大体形状像个 U 形，好处在于两头通风，人不至于憋死在地道里，所喜王短腿业务精熟，将测绘所需计量工具都省了，就凭一双眼，和一段约莫一尺长的树枝，比比划划，招呼众人此处撑一根木桩，彼处加强得用两根；此处土层松软不宜，换另一段土层试试，各种判断指导。马三这才衷心佩服其师傅来，知道这是师傅的看家本事。如不是师徒俩被逼到如此地步，马三估计一辈子学不到师傅的这些绝活。

众侍卫此时，只做得王短腿助手，心下对这盗墓贼倒也佩服，知与众人性命攸关，故其命令也遵从无异议。众人埋头掘了十来日，大致挖成，因地洞顶壁离着外头地面蛮厚，外头倒看不出来。众人搓着手，见这地下半圆形地道倒也有个样子，心下颇有成就感。看看两头通风口处接着灌木丛，不注意倒也发现不了，心下赞着这师徒有两下子。老铁看看心下也满意。又考虑躲在洞中黑暗，仅凭火折坚持不了多少时间，又带了几个侍卫上山，专门找了松树，将有油脂的树段砍来，再用四娘手中砍刀细细劈成条状。老铁家乡松林多有，从小便知这玩意儿易燃，叫做"明子"，引火最佳。见撑地面没有用完的灌木枝还有许多，便将劈下的明子一条一条用藤蔓捆牢在木枝上，看看眼前，便是一支支方便点着的火炬。那松树下的松香也顺手收集了，此物也易燃，运到洞中，作个不时之需。

至于干粮，老铁们离开红松洼时，纷纷将工钱换了牧民做的馒头、馕、锅盔等易保存干粮。铁网山下有溪水流向远方河流汇聚，水倒不难，难的是盛水容器，众人随身皮囊毕竟装不了许多。老铁遂派了两侍卫冒险回了工地一趟。工地已经过清理，四周看了各处遗漏物件，竟无一个合适的盛水器皿，两侍卫干脆进了寺院，看看佛前海灯缸一般大，一排排搁着，便商量了，取了两个最大的返回，溪水处取了水来，端进地道，为了怕泼出，二人倒受了一番累。

王短腿马三此时，约略猜到这伙亡命徒欲行之事，但自家已经上了贼船，无路可逃了。干脆听天由命，还少了些心头煎熬，他俩偶尔眼睛对视，都看到了对方眼睛里的无可奈何。两师徒以往盗墓只惊扰死人，与这伙胆大包天的相比，只算小巫见大巫。

幸喜巡边军士得着命令，蒙古王公们即将络绎来到木兰围场，军士们的职责专注于围场中道路，山上树林，便无精力一一搜看了。

一日隐隐听得大地震动，众人听了，是大队马蹄声，知正主儿们到了，只不知是皇帝还是蒙古王公。众人纷纷进得洞去，秦可卿排最后一个，她进洞之前看看，那些挖出来的土堆之上，所移栽灌木青草，因着水土湿润，已绿色挺拔，知已成活。洞口处灌木枝叶密集，她退进洞口时，专门扯了几下，让灌木丛的枝叶覆盖得更自然一些。

　　将军泡子的云中君和他的侍卫们堪堪住了十来天，知道皇帝大军进场之日已近，便筹划了，蒙古包内外各种准备。果然一日，见一队巡边军士骑马来到泡子作最后催促。这队军士一行六人，为着驱散还未走的牧民，这次巡哨全部出动，弓箭火铳都背在背上，准备着如有牧民再不听命令离开，便威吓了行，务必清场。此时见蒙古包三三两两并未拆完，显然还有人滞留，心中有气。哨所头目在外骑马监看，让五名军士一一去逐人。军士听了命令，便下了马，缰绳往湖边石头上拴了便一个个帐篷掀了，进去搜人。

　　那头目离着湖边不远，亲眼见了几人进去，但半晌过去，并无一个出来，心知有异，但作为领头的，不看个究竟也算失职，便壮了胆，背上拿下弓箭在手，纵马踏了过去，往刚才一军士进去的蒙古包探看。他才一接近，忽听耳畔嗖地一声，本能一躲，见一支羽箭擦耳飞去，不禁大骇，勒马转身就逃。

　　那羽箭自是云队长手下侍卫射来。接近大路的蒙古包，都埋伏了侍卫，这边军士一进，帐篷帘子边便是一短刀脖子上抹来。故那五个军士死得无声无息，连了结自己的人像什么样都未来得及看上一眼。帐后伏着弓箭手，任务便是策应蒙古包中伙伴。此时见巡边军士头目骑马走近，便发箭偷袭，可惜这厮警觉，倒躲得快。正在懊恼跑了此人，只见身边一匹快马，也追了上去。

　　此人正是云队长。他见自家侍卫失手，头目要逃，遂从隐身蒙古包后跑出，解了军士留下的马，一跃而上，纵马直追。那头目听得脑后嘚嘚，回头一看，有马追来，心知敢杀军士之人，定非普通牧民，是反贼无疑，遂拉紧缰绳，坐下马被勒，双腿悬空，停了下来，与此同时，头目早已弯弓搭箭，射了出去。

　　骑马射人，因移动幅度大，故射中率不高。这头目虽然久在巡边之任，并未上过战场，但天生有些胆色，见后边只一人追来，便存了拿下此人，自去报功之想。不料弦扯得满，一箭射去，只见马照旧奔驰，马上却不见人，定睛一看，那骑手早已藏在了马腹下，看看已近身。头目吓得不轻，正准备取背上火铳，只见眼前一黑，原来那骑手已从马腹下窜了出来，将头目一把抱住，两人一起从马上滚了下来。

　　云中君身手哪是这巡边头目所能相比，在地上打了几个滚，便扼住了头目咽喉，看他委顿下去，知其已无力缠斗，便扭了头目双臂，腰上绳子抽出绑了，一把拎了起来。

后头几个侍卫也骑马奔了过来策应队长，眼见队长三两下制服对手，心下佩服。押了回蒙古包。云队长抽出贴袖藏了的小刀，在头目脸上比了一比，那头目一看，身边躺着自家手下，头歪在一边，脖颈处还有鲜血未干；眼前是明晃晃的刀子，当下不再迟疑，忙跪了喊："好汉饶命。"

云队长笑笑，让旁边侍卫来说。那侍卫三言两语说得清楚，头目听在耳内，说的是要留下性命不难，带路到其哨所，便保他无性命之虞。头目知自己带路前往哨所意味着什么，脸都白了，一时回不上话。看这头目样子，云队长走近了，又用小刀在头目脸上刮了一刮。头目知道，再不答应，立马就会死在此地。眼前之人手段已领略过，自己武艺狠辣远非此人对手，事到如今，只有先保了性命再说，当下垂头依了。

云中君命剥下了军士衣服，又命侍卫换下蒙古袍，给头目和那五个已经死去的军士穿上。头目留下，那五个军士拉到蒙古包后掘坑葬了。云中君此举，自是考虑尸体有一日被发现，如其穿着蒙古袍，此时正遇蒙古王公觐见，皇上带来卫士虑着满蒙情谊，不一定一时曝出，自己所带队伍便腾挪出一些时间。

二十来个人掘坑，不时完毕，那五个军士扔了进去，外头盖了土，有细心侍卫挪动了蒙古包四边打下的木钉，盖到那土堆上。如此一来，除非细查，一时倒看不到痕迹，只是几座空蒙古包在此。

看看安置妥当，云队长命收了军士背上弓箭等物，立即出发。云队长推了头目上马，自己也翻身上了，坐在头目后面，与头目共乘，令其领了去哨所。云中君在头目耳边警告了，如示警，或者带错地方，自己一刀便结果了他。那头目一路见此人杀伐决断，知是狠人，便也不敢弄鬼，一路祈求到得哨所，自己不要被灭口才好。

云队长一路问了个细致。那头目一一说了。他和属下军士平常巡查之地，只在将军泡子一带山头草原。按着规定，每半月到御道口领一次口粮物资，其余时间与其他哨所无密切关联，各管一段的意思，山野里碰到，打个招呼也就罢了。云中君心中记下。走不多时，眼前一河湾，岸上不远处有几间木屋，头目报告，这便是哨所了。

云队长听得，为防着木屋内有人，被这头目喊叫出来倒是不好，便从兜里掏出一团麻布，塞在头目口里。先让身边侍卫近前哨探了。

那侍卫打着手势，云队长遂骑马带队过去，果然屋中空空，只有些使用家具并碗筷钵盂。云队长便扯了头目进屋。他守着诺言，未要头目性命，只是推了头目进了边上一间房内角落处，再取绳子将其双脚与旁边桌子腿一起牢牢绑了，口中布块暂不取出，令其不能发声之故。

众侍卫在房中翻找，见有几套旧军服，想是换洗用的，旁边搁着几套新的，看看像是刚领来的，还未穿过，便拿来一发换上。看看厨下还有几袋米粮，锅灶旁堆着木材，引火之物也摆在旁边，侍卫们谈笑，道此地过日子倒是丰足。

自此云队长和侍卫便扮了巡边军士，日常骑了马，在边上转转，那头目边上有侍卫看守，吃饭时便将他口中布块手上绳子取出解开，吃完又绑上，不给他丝毫逃跑示警机会。

一日场内旌旗猎猎，一队人马沿了大道，一路向红松洼而去，不时又是一队，只是旗帜颜色不同。云队长见了回房，将旗帜形状颜色问了，那头目自是熟悉，说这是喀喇沁部和巴林部王旗。云队长理会得，两位蒙古王爷在皇帝之前先到了。

## 第五十三回

# 旌旗飘飘木兰射猎
# 磨刀霍霍惊现豹踪

———————————————————

红松洼是皇帝下旨请了各位王爷驻扎之地。继离得最近的喀喇沁部、巴林部蒙古王爷到来之后，皇帝之妹下嫁的翁牛特部，以及科尔沁部、敖汉部、希拉穆仁部、格根塔拉部、辉腾梁部、呼伦贝尔部王爷也陆续到来。各部王爷和随行人等到得红松洼，彼此见面道乏，见蓝天白云之下，草原坦荡辽阔，言语之间，感叹多年不来此地，各位王爷也好久未见了。先到的王爷自己安顿好，后来的王爷到了，随行从人忙了卸下物事，在草原空阔处搭起蒙古包，又上山砍柴埋锅造饭，一时草原炊烟袅袅。

围场大道两边，只见草原苍翠，蒙古包散落各处，犹如盛开了一朵朵的栀子。骏马长嘶，人来人往，周围的连绵群山不再安静，洼地绿茵上顿时热闹起来，如同部落集市。

喀喇沁部王爷次子和巴林部王爷小女儿也随同他们的父王一起来到。上折之后，皇帝一直未有回复，两部王爷知道今上理政甚勤，未批下的原因也大略猜到，既然皇帝决定出巡，此次觐见，定有旨意下来。两部王爷各自操心，他们的儿女倒无顾虑。年轻人在此碰面，父王又是同意的，心中快意非常，一到红松洼，便牵着手跑向草原，飞身上马驰骋去了。

红松洼四围，群山波涛般连绵，眼看过去，山不高而翠，峰脊柔和优美。因草原风大，峰顶上只有矮小灌木，还有疏朗劲草；山脚下倒有密密层层的红松，像贴着山势长了上去。已是夏末秋初，树干小枝上生出的褐色柔毛，让松林远远看上去朦朦胧胧，画片一般。又有鱼鳞松、红皮云杉生长其间，野罂菜、干枝梅、金莲花各色野花漫山遍野盛开。被大队马蹄声惊起的獐鹿、野兔、鼹鼠等纷纷逃亡，百灵鸟在花草中产卵孵化的季节已过，幼鸟们此时也学着低飞，被迫离开这突然喧闹起来的家园。

这一块丰美草原，是飞鸟走兽的天堂，如果不是被打扰，它们一样在上空从容飞翔，在草丛间奔跑觅食，遵循草原法则度过一生。数日间，因了人类的到来，鸟兽们纷纷迁徙别处去了。

那为着皇帝銮驾修建的行营早已修好，便在红松洼东北不远的五道沟。此处五条河流交汇，故得其名，足够大队人马日常之用，康熙帝也曾驻扎此处，故军机处看了地图，选择此地作为行营之处。报了上去，皇帝准了，工部便遵了旨秘密动工。依着前朝规制，皇帝及后妃居所用木材搭建，木条铺地隔潮，屋内布置早有礼部及内务府来人验看过。宗室大臣则依序减等，并未建木屋，一律在四周搭起宽大蒙古包供起居，也起拱卫銮驾之用。

皇帝行营因着秘密修建，并不用草原牧民，而由工部委派工匠驻扎此地，不得出入，日夜赶工完成，兵部得着军机处令，逐级通知巡边军士，只在五道沟外围巡查，不得入内，故外头人等不知。

蒙古王公们来齐没几日，皇帝率了宗室亲贵及正黄旗军士来到。在行营安顿下来次日，便一一接见蒙古各部王公。蒙古族最是豪爽，故皇帝令了晚间篝火点起，和王公们一起饮酒，篝火中间，架上烤了全羊，待得将熟时，脂香四溢。抬到皇帝面前。皇帝用小刀子割了第一块肉，再抬到各位王爷处，各人纷纷动手。席上谈笑风生，天上星辰闪耀，与皇帝同来的宗室大臣们，也与蒙古王公们坐了一起，举酒祝寿，一派和乐融融。

白天的节目更多。皇上口中传旨，召开那达慕大会，让各部选出勇士，赛马定输赢，皇帝赐最终胜利者巴图鲁封号。此语一出，草原顿时欢声雷动。因机会难得，各部落便当作自家展示实力之机，所派出骑手不但骑术过人，面上也尽皆彪悍不羁。骑手们存了夺巴图鲁勇士称号之心，马上纵横之余，百般展示马腹藏身，马上倒竖，各种草原儿女骑术；最后被科尔沁部王子胜出，王公们口里纷纷祝贺，心下实有遗憾，巴图鲁勇士封号未落到自家部落之故。

一连数日，皇帝皆忙了见蒙古各部，合纵连横各种恳谈。部落有事务的，便当即决断。皇帝待王公礼节自是齐备，但各部王公有此前见过康熙帝的，免不了拿来对比，私下觉今上对自己多了些威严，少了些旷达亲近意思。

喀喇沁部王爷一直惦记儿子婚事，一日便携带次子参见大可汗皇帝陛下，又叙了儿子与巴林部王爷女儿两小无猜，故愿结婚约，请皇帝允准。皇帝见此子眉间疏朗，草原儿女中少有的温润，心下喜欢，又知重情之人，对权柄往往无太多执念。这小王子非长子，不大可能将来袭爵，两部结亲，料不至于因此子而让两部联盟不可遏制，遂一笑允了。当即命了侍卫前去传巴林王爷及女儿觐见。待其父女到来，便下旨赐婚，喀喇沁与巴林两部自此联姻，皇帝又赐金玉如意给一对小儿女。逢此喜事，不能不表亲善之意，皇帝遂招来所有围场内的王公及同来家眷，为这一对佳偶举行晚宴庆祝。王公们纷纷向喀喇沁部王爷和巴林部王爷祝贺了，道一对璧人，可喜可贺。当日又是尽欢，直到月亮出来，才纷纷回红松洼。那一对小儿女心愿达成，自是喜悦，心中感激皇帝陛下玉成之德。

次日皇帝带了禁军侍卫，与蒙古王爷们纵马射猎。侍卫们得着皇帝命令，一早派人在河流汇集处吹起木哨，其余人俯身草丛之中，果然引来饮水鹿群。侍卫们当即射杀了几只，拖回营地，架上烤了。其中一队侍卫兴致一发，带了军士，深入西边山岭围猎傻狍子。当日落过一阵晨雨，森林湿润，众人正行走寻觅之时，一侍卫于草洼处忽见似猛兽走过留下的足印，众人围了，纷纷猜测是何动物，爪印如此大，有随行军士猎户出身，蹲下仔细看了，说看上去像豹子脚印。领队的额真担心皇帝安全，心下惊惧，遂丢下猎狍子的念头，回来营地，自思皇帝行营在此，出现猛兽踪迹不能不报，遂层层禀告了上去。

元春作为女官而不是妃嫔随驾，自然懂得皇帝意思，便不在众人前抛头露面。她所住木屋离着皇帝不远，靠近小河更近，堪堪不过数百步，因此木屋周围侍卫布得也不多。元春深宫多年，因循宫中规矩已久，早已不耐拘约，到得此地，心下宽松敞亮。她见皇帝日日接见王公们，又骑马射猎，忙个不已，并不曾召见，便自己放心行来，每日木屋附近游逛。白天带了琴儿排云踏莎而行，摘得野花回去插瓶，又见河流弯弯，日出日落时极美，便常坐了河边，看天上云卷云舒，晚间便秉烛读书，整理带来的地图册籍等，预着皇帝询问。这十数日，竟是少有的安乐。

这日晚间，皇帝忽命戴权来传话，让将木兰围场最为详尽的地图找出，交给戴权带回。元春记得皇帝在宫中已经命太监来取过围场地图，想是觉得不够细致，便和琴儿一起，从宫中带来的一口大木箱里，找出一张康熙四十年制的木兰围场舆地图来，交给戴公公。这幅图摊开足有十数尺长，密密麻麻绘着山川河流标记。因着太大，故前次元春为皇帝方便阅看计，未呈交了去。现在正好用上。

五道沟那边白日人喧马嘶，红松洼这边除了各部值守军士外，倒算安静。老铁们藏匿之处在铁网山南坡，常常听得北边地面震动，心下猜得，皇帝行营应就在北坡偏东方向，果然如王爷所判，离红松洼不远。又思王爷在皇帝身边，递消息万万不可，但一旦动起手来，不知是否牵连到王爷，遂再嘱咐了众人，或死战，或突围，但不可被俘，免牵连了王爷，众人应了。王短腿马三两个不敢吱声，知道除了藏匿一途，自己并无生机，当下苦了脸坐在地道中。火把下老铁看得清楚，便安慰道，如自己及众兄弟数日后办事，外边一乱，两人尽可找机会逃走。草原上到处是马匹，乘了马，不可往来时御道口方向，直向北边行才是出路；遇见牧民可问方向，只要他俩不乱说，当逃得性命。师徒俩听得，好歹老铁队长还顾着他们，心下也感动。只是如何逃得生天，却只有看天意了。至于老铁们要办何事，问都不敢问一声。

老铁知北边人马众多，中间隔着山岭，一时倒想不出靠近计策。众人在地下躲了十来日，饮水等自也得在夜间悄悄出来补充，老铁趁出来时又四周观察，除了翻山越岭，并无别法。回地道后与众人商议了，只有待围见热闹稍稍过去，再寻觅机会。众人躲藏多日，皆觉这地道挖得坚固；还好无人发现，匿得一队人行踪。

云中君及手下侍卫所在的巡边哨所，位置在将军泡子北部，与东面皇帝行营所在的五道沟隔着几道河梁。云队长也与老铁同样焦虑。白日他照样带了侍卫，扮了军士四处巡看，远远见行营四周，全是军士驻扎营帐，又日日篝火，映得天空一角皆成绯红，心下甚是烦恼。虽然出京前各种看图，但一到辽阔草原，还是觉得自家把此行任务看轻了。这层层叠叠侍卫，如何接近得。

虑着是假冒军士，云队长及侍卫巡边时，便也不靠近人多之处，只远远在红松洼周边偶尔一行。哨所头目处，云队长这数日套得他不少话。哨所如有消息如何上达，又如何告知其余哨所，乃至于平常哨所军士相见时，做何手势辨认，平素军士们闲谈的内容，他也一一听来，又学得几句满语，预防着与正牌巡边军士劈面相逢，言语之间露出破绽。他此前得北静王告知，康熙帝行围，差不多都要两三个月时间。掐指算算，皇帝到围场仅十来天，自家应还有时间可以谋划。心下想，王公们的围见应该差不多了，按着北静王说与次序，后边便是八旗军士阵营演练，倒要寻这个空档动手才是。

云队长进王府之前只是飞贼，并未伤过人命，在将军泡子，侍卫们一下灭了五个军士，当时不得不为，后来想想心中也有不忍。但想既受人之托，自当忠人之事，一旦动手，还不知一路要杀掉多少军士，自家也免不得要命丧围场。想想自己不除去别人，别人就得除去自己，江湖上行走，早晚要见血，便心硬了起来；又安慰自己要沉住了气，不信皇帝周边防卫时间一长，还能周密如初。

皇帝一直未单独见元春，倒非心下忘了，而是心上层层叠叠，皆有挂虑之事，不是旖旎时候。偶尔他早起，见远处元春草原散步，河边弄水，心下知道，元春定是喜欢的。他愿意看元春自由自在，天地任行。皇帝也并非不想拥了元春，在此听夜晚草原风吟，实是因他感到，四围宁静之中，有着令人难以察觉的不安，放不下心之故。

此行带了忠顺王随驾，便是皇帝心下存了警惕。见得草原开阔，一万人马撒在这里，也就像一捧水进了河流，群山莽莽，山间树木浓密，看着安静，但谁能估到其中，有没有藏匿危机。皇帝疑心一起，便觉四周风吹草动，皆有动因，草原数日，竟然不曾安眠得。

皇帝警觉之处，直如一个好猎手。他还在紫禁城之时，便存了心思，若那忠顺王北静王欲生异动，自家此行，便是他们绝好时机。皇帝并非胆怯之人，危险甚至激发起了他的斗志。他决定来木兰围场，除了蒙古事务需要出巡之外，不但存了诱敌意思；也想看看他心中的叛逆有何能为。他心下冷笑，把自家当了钓饵又如何？乱臣贼子跳出之日，便是自家收网之时。

约蒙古王公们一起射猎当天，因虑着变生肘腋之间，他并未带忠顺王同行，另带了几位王公大臣，晚宴时皇帝观察了一番席间满汉臣属，尤其注意了忠顺王，见其并不因未得伴驾狩猎而烦恼，面上一直安然微笑，举杯与王公们频频祝酒，无一丝不悦之色，心下疑心更甚。

粘杆处人员自童首领下，皇帝此次没有带到围场来。出巡之日，他秘密吩咐了近身侍卫，派了人轮班，专门盯着忠顺王蒙古包动静。虽然日日报来俱是正常起居，但皇帝已经打定主意，围场一有风吹草动，便把忠顺王牵了进去，横竖让他脱身不得。这个兄弟，皇帝是越看越不顺眼了。他越谦恭，便越是藏奸；他越平静，便越是藏有隐秘。

皇帝如此疑忌，自是因为其手上沾着血。他知道宗室之中，兄弟之间，恨着他的人着实不少，因那书生曾静事，将吕留良一族全部诛杀，江南士子也多有仇恨于他。要说午夜梦回时不承想及他人仇恨，那是自欺；但他作为天子，自不惧鬼神，故一刻不曾生过怯意，只有铁腕镇压一途。皇帝御宇已十三年，作为权力宝座最高者，他知道仇恨二字，若能为己所用，也是利器；如能顺水推舟铲除隐患，那也正当其所。

为着防范潜在危险，皇帝颁下旨意令兴建围场行营时，便存了狡兔三窟之想。五道沟行营施工，他故意不在旨意中写明，正是为了吸引他想象中的叛逆去细究打听。兴建行营这等御用工程，周围又有大军驻扎安顿，牵涉官员工匠自少不了，人一多，保密一事多半空话。他在西暖阁中研究地图时，早已细细看了可备移驾的几处所在。

皇帝知道，所有的保密，皆比不过自己随机。行营待得长，自己在明敌人在暗，虚实探明，危险就增大了。相反，如若自己一迁，那潜在准备的异动，说不定就会在仓促转换策略时露出破绽。至于兵力，皇帝不接受张廷玉王文昭多带军士的提议，倒不是托大，而是他判断目前有异动的人中，谁也未掌有军队，如有动静，小规模会有，大规模的集结则断然不会。自家8000儿郎灭几个毛贼，还不是信手擒来。从来名将尚智不尚力，那两位军机到底是文人，看不到这里。

既然军士来报，五道沟附近山上发现豹子爪印，正是一个绝好借口。豹子凶猛，可猎捕不可放纵，现未捕得，如其偷袭营寨，挫禁军声名，倒是可虑，自己迁营移开，不令军士与猛兽对攻蛮力，也算保全之举，合乎自然之道。正思忖齐备，戴权进了木屋，手中抱着围场地图，皇帝一见，令铺开了，掌灯来细看。

以往父亲康熙帝在围场驻跸之处，皆是适合大军驻扎所在，各处地点皇帝记得清楚。迁移行营，虽是出于引蛇出洞之想，但也需考虑到距离远近搬迁便利。他手指顺着地图上五道沟处画了一个圆圈，一处一处细细看来。见南边有一大片草原，有河水穿过，与五道沟只隔了一道山梁，距离不远不近，又近蒙古王公们礼佛处所红松洼，如迁移此地，一起做了佛事，定可增进满蒙情感。各方考虑，此处确是合适不过。当下拿过戴权手中蜡烛，低头照了去，中间山梁几笔画出，边上笔墨写了三个小字：铁网山。皇帝记得明白，父亲康熙帝也曾在此驻跸；心下便定了，就是此处。

皇帝看着地图上铁网山三字，兴奋起来，心下波澜壮阔。饶那些逆贼猖狂，若敢于进犯，终逃不过铁网。这意头确好。如若真有异动，此处便是天生罗网。

## 第五十四回

### 天意难违铁网张开
### 煨桑礼佛锋镝渍发

皇帝当晚作了决定，次日便派人通知了红松洼的各位蒙古王爷，又下令迁移营帐至铁网山下。

圣旨只得几句话，却非短时间内所能完成。好在八旗士兵训练有素。于侍卫及八旗军士来说，打仗行营调动自是常事，虽则时间紧，倒也不慌乱，接令后便井井有条拆除蒙古包，驻扎所需物事也一一装了在车上，捆绑齐整。几个时辰之后便已齐备，只待令下，便可开拔。

宗室大臣们自是遵令无误。周围山上出现豹子，昨儿晚上也都辗转听说。那豹子属于独居动物，速度飞快，捕食凶猛，往往白天在树上或岩洞中潜伏，黄昏时开始出来游窜，直到黎明时方休息，与人类的作息正好相反。大军在此，若有兴致，倒可设伏捕捉这凶悍的森林猛兽，但其习性狡猾警觉，又多在夜间出来，如何捕捉倒是难题。如其窜入营地惊了圣驾，虽可弓箭火铳招呼，毕竟无此必要。故各人对迁移旨意均不觉异。

忠顺王随驾以来，一直少说话多微笑，他心中知道皇帝疑他已经不是一日两日。一直未曾动手，只是因为未得着自家把柄之故。他比别人想得多一些，心下思忖，那豹子虽猛，终归一个畜生，大军在此，火把夜间密密，豹子怎敢接近？他虑着老铁秦可卿们，如他们埋伏在附近，皇帝是否因了有所察觉，才突然迁移了营帐？

他掂量了这位四哥为人，倒觉回避危险不是他一向风格。大草原上，八旗军驻扎得密密层层，将皇帝围在中间，他有何惧？皇帝心思深，忠顺王猜不透，便存了以不变应万变之想。他知老铁们敢冒杀头风险来助他成事，自不是贪生怕死之人，即使失手，也不会轻易供出他来。但皇帝若要将任何风吹草动与自己连在一起，那也无法，权力出自君上，自家只是砧板上的肉而已。他轻轻叹了口气，不知老铁们与北静王府侍卫是否已接上了头，心下焦虑。自保之法，王爷早已想过千百遍，知道除了今上泰山崩，否则自己结局早已注定，差别只在于早晚。

各部军士列队之时，大草原上如开锅的小米粥，到处涌动正黄旗的黄色旗帜；军士们的铠甲也罩在黄色军服上，远远望去，明亮如阳光灿烂。早有探路斥候报来地形，因铁网山高，行不得马，辎重不便翻山越岭，如绕行铁网山东侧，路虽远了一些，好在道路平缓，马尽可行得。侍卫队长报与戴权，戴权又报与皇帝，皇帝定下绕路而行。

旨意下达，大军当即开拔。一时马蹄隆隆，震得大地微微颤抖，侍卫队打头，4000名正黄旗军士随行，銮驾及随行宗室大臣们紧随其后，后边是合后部队，余下的4000名军士。军士们因是皇帝亲领，又是在皇帝眼前，遂打起精神，列成战时方队，一个接一个前进。一时旌旗招展，遮天蔽日，前头侍卫队已在道路曲折处拐弯，后头合后部队还整整齐齐站了，尚未开拔。

大军行进声势，自听进老铁们耳中。显然外头出了变数，苦于不知。如果皇帝提前拔营回京，他们此行岂不是白来了？一时彷徨无计。当天黄昏时，又听得大地震动的声音，竟是越来越响，地洞中侍卫们互相看了，均不懂是何缘故。

地道中冷静之人，除了老铁，就数秦可卿了。她一直竖起耳朵听得远处震动，觉渐渐消失，隔了时辰，又听得震动复起，且逐渐强烈，便心跳得砰砰的。她心中有所猜测，便说了与老铁。

老铁听了，正和自家想得一样。他俩猜皇帝移动了行营所在，多半就移到了铁网山下这片草原。他与秦可卿对视一眼，皆又惊又喜不敢置信。接近皇帝驻跸之所如此顺利，自是好事，但如驻军近了铁网山脚，他们岂不是容易暴露了去？如出师未捷身先死，老铁是不甘心的。

为防着被无声无息包了饺子，老铁和一侍卫分头在两个洞口守了，透过依稀树枝，警戒了一晚。洞中之人在地道里也悬了一夜心。前半夜声音不断，后半夜听得声音安静下来，又见地道顶壁并无灰土落下，心下稍安。

老铁们逃过一劫，确因皇帝扎营之地尚离地道一段距离。铁网山高，草原上时有阵雨，须提防山上泥石滚落，皇帝采纳了侍卫建议，故离了一段扎营。侍卫们为着防护，在铁网山顶和近草原坡脚，放出多处警戒哨。

皇帝虽然亲领八旗中的上三旗，但此时受其绝对信任的，是他所熟悉的禁军侍卫，正黄旗军士只能排在外围。侍卫队除了留在宫中的之外，此次跟随皇帝来木兰的有200来人，一色上三旗贵族子弟。他们平日在紫禁城内为皇帝守护，出了城，依旧是防护核心。驻扎营帐之时，皇帝与元春、宗室大臣营帐扎在中间，周围是禁军侍卫，正黄旗将士则在坡南草原驻扎，因北部就是铁网山，自是天然屏障，派军士警戒即可，其余倒无需多虑。

皇帝与元春在五道沟居住的是早已搭建好的木屋，因着迁移令下得急促，短时间内在铁网山下重新搭建定来不及。负责后勤事务的戴权早先已禀告皇帝，得了旨意，一样住蒙古包即可，故戴权放心了安排。他体会皇帝意思，将贵妃帐篷就搭在皇帝所住蒙古包旁，只错一肩。戴权心中，皇帝带女官也罢贵妃也好，名义而已，他心下看重贾元春是实打实的。那凤藻宫中听琴一夜，戴权记忆深刻。蒙古王公们或许会为皇帝不带妃嫔而带女官同来感到诧异，但戴权不会。元春四处草原采花时，他跟在皇帝后头，看皇帝远远注目良久，知道元春在皇帝心中分量。

行营次日起收拾得差不多了，草原上重新恢复秩序。皇帝所居蒙古包空间最为阔大华丽，前立有旗杆，高悬着杏黄色龙旗，风中猎猎。远处飘起炊烟，带来的宫中御厨开始为皇帝及宗室大臣们准备饭食。虽是比不得宫中丰盛，但皇帝在哪里，哪里就是中心，物资所需，御道口每日由巡边军士护送了，络绎不绝送来营地，牛羊肉各种菜蔬等自不缺得。对于八旗军士，此时便相当于战时，自有行营后勤确保大军餐饮。队伍离得远的，偶尔草原上见散落牛羊，便抓了来烹煮烤了，当一顿美食。

皇帝见安顿齐整，便带了宗室大臣等，骑马翻过西边缓坡，准备到红松洼寺院礼佛，并与蒙古王公们相见。

寺院立在王公们的蒙古包中间。外头立着玛尼柱，正是藏民悬挂经幡的柱子，柱上高低错落拴了一条条麻绳，绳子一头拴在柱上，一头用木钉扎在地下，绳子上裹满经幡，又称"风马旗"，上面印有经文，5 种颜色，代表金木水火土。按着藏传佛教说法，风吹过风马旗一次，便相当于念诵了一遍经文。

这番布置，自是蒙古王公们安排。王公们早得着旨意，皇帝今日会来礼佛，便几排站了，等待皇帝陛下到来。那些随蒙古王爷们一起来木兰围场的喇嘛，已经在寺里诵经，声音琅琅，传出寺外，一时令人分不清是木兰草原还是藏区。

皇帝骑马翻过缓坡，见了寺院，便远远下马；众人随了，也下马步行。这是皇帝首次来与蒙古王公们一起礼敬他们心中的神，故慎重而行，早早下马以示礼敬。到得寺院门前，皇帝先到寺院左侧早已砌好的煨桑炉侧，拿起预备在那里的几支松枝、柏枝，又从旁边台上取了一团桑糌（糌粑面），添入煨桑炉，口中喃喃祝祷，又亲手将一页经文拴上玛尼柱。仪式完毕，才与王公们见礼，率众人内，在殿内释迦牟尼塑像前跪了行礼，起身后向佛像献上白色哈达，早有喇嘛低了头接过，上前双手捧了，挂在佛像颈中。

皇帝今日郑重，煨桑、拴风马旗、跪礼全套仪式一丝不苟，是因今日乃八月初一之故。按着蒙古王公们信仰的黄教，此日当一早煨桑礼佛。民间又有一说，煨桑炉里冒出的烟雾颜色越白，祈福之人所祈求的愿望也更能实现，皇帝煨桑时，看着炉中冒出烟雾洁白，心中倒是欢喜。

皇帝寺院行礼之时，满蒙大臣们皆随了。一时飘动的经幡和袅袅上升的桑烟，将众人思绪带得很远。在蓝天白云松林之上，是否真存了个人间主宰，没有人真能答得上来，但前边行礼的皇帝，确是实实在在统治地上的君王。前向私下里将康熙帝与今上作比的蒙古王爷，今日见皇帝庄严行礼，心下倒生出愧意来，便匍匐在地，多磕了几个头，暗暗请了佛祖原谅，因其对文殊菩萨转世的当今皇帝曾有不敬之故。

皇帝往红松洼礼佛，除元春未跟随，其余人等俱跟了去。老铁在地道里听得，从马蹄的声音判断了大队人马远离，便大胆到灌木丛出口处张望了一回。所喜地段隐秘，周围并不见军士，便探出身来往灌木丛里藏了，看那密密层层蒙古包。不远处，皇帝龙旗在蓝天白云下鲜明夺目，老铁心中遂起了想头，便暗暗记了方位远近，回到地道与众人商量了。又虑着自己判断不准，叫了王短腿出来，悄悄地记认了一回。

皇帝礼佛回来次日起，即开始视察正黄旗各部，每日带了戴权及侍卫队骑马出巡，所到一牛录，检阅完毕，便命赏赐，戴权和皇帝侍卫便将银两用盘子盛了，流水般捧出，赏给各牛录军士，又有坛酒一车，一并赏了。上三旗一向是八旗最骁勇得力军队，此次带了出巡，皇帝自不放过激发麾下士卒忠心机会，故赏赐甚丰。果然受赏军士山呼万岁，纷纷为得着皇帝的亲自赏赐而深感荣耀。

哨所那边的云中君，早已在巡边时看到皇帝行营迁移。心下自思皇帝离他们越来越远，王爷交下差事却是难办。一日清晨偶见草原大道运送物资马车队，十来辆车上装得满满，活羊活鸡鸭尽有，又皆插着哨所旗帜，心下忽有所思，回来便问了哨所头目。

那头目每日被绑着，早已委顿多时，所知的尽皆不藏，见队长问，便吐了个干净。按着头目说法，围场物资进出，皆依康熙帝时定例，运送物资的车辆出入围场，时间都是有定数的，只能在卯时巳时，即日出后两个时辰之内，其余时间俱不得行，车上旗帜，应是御道口总部所插，马车队循例由总部派出军士指引护送，以资识别之故。

云中君听得头目所说，便召集了王府侍卫们别室议了，认为此乃接近皇帝驻跸之地的合适机会。只是青天朗日，即使接近得行营，如何潜伏到得晚间，又如何完成王爷差使，却需好好筹划。

## 第五十五回

### 醇酒清冽情深难抑
### 君心似海玉殒香消

一连几天，云队长带着五个侍卫，借了巡边之机，接近了御道口，给马戴上了口嚼，借了清晨之机，弯道处隐蔽了查看。卯时前后，外头进来运送物资的大车被马拉着，来到三岔口等，不多时便有一队六个军士来一一检查，挑看车里物资，无误后便在检看过的车辆前头插上哨所小旗，一行六人在边上押送入内，往红松洼方向。几日皆是如此。因三岔口离哨所总部还有个两三里地，故无人觉察。

云队长计较已定。一日天还蒙蒙黑尚未发亮，他和侍卫们早已伏在弯道长长的草丛里，灌木枝后，弓箭已调好，摆在身旁。大约半个多时辰之后，眼见围场大道上逶迤行来马车队，皆插了旗；前头一人像是头目，领先骑马了行，后头五个哨所军士一溜儿跟着马车，不急不缓前行，正是运送物资车队。待这一行人马队走过弯道，云队长手一招，一名侍卫嗖地一声，射出了第一箭，接着是旁边的几名侍卫一一射出。只见最后一名哨所军士中箭掉落马匹，接着是倒数第二、倒数第三……五人在不到半分钟的时间相继坠马。云队长见第一轮得手，遂牵出马来一跃而上，直奔大道走在第一位的哨所头目。此时马车队才听到声音回过神来，看见后头军士只剩下马匹徘徊，几个马车夫蒙住了嘴巴，另有几个叫出声来。

那走在第一位的头目刚刚闻听得回头，一箭破空，直奔其咽喉。那头目眼睛还是一片愕然之色，已经脖颈处中箭，噗的一声掉落马下。那马受惊直奔，云队长马鞭挥出，马疾奔而上，看看近了，云队长施展他赖以成名的轻功，直接飞身跃上头目原乘马背，扯住了马缰绳。那马被勒，双蹄悬空，云队长拉住缰绳不放，那马看犟不过骑手，一口气却也松了，双蹄落地，不再奔跑。这兔起鹘落，看得马车夫们大口张着，一时着不得声。回过神来，看看袭击马队的人也是一身哨所军士服装，便晕了，呆呆看着云队长。

此时其他五位侍卫已经赶来，牵住哨所军士原马匹。云队长此前布置射箭好手设伏，其往后一个一个射来落马，俗称"点名"，系其走江湖时，听得一盗马贼所说。那盗马贼不仅仅盗马，有时还伙了几个人山道上劫镖，为着防范陷入混战，便往往探看路径，待镖行行完之后，从最后一名或数名镖师下手。好处在于殿后之人，如何与前头相距远，那么其落马动静，前头听不到，即使听到，也有个回头反应时间，袭击之人便可利用这时间差展开第二轮行动。云队长当时记了，用在今日，竟然一击奏效。

马车夫们只顾送物事，哪防围场居然有人打劫，见押送军士落马，往哪逃都不知道，只站定原地瑟瑟发抖。云队长拨马回来，看马车夫惊吓样子，便温言告之，这被击落的军士心存反叛之心，上头闻知，遂让自己带队来清除，各位车夫不必惊慌，皇帝所用物资，现由他们接替护送。

马车夫们你看着我，我看着你，搞不懂谁是官军谁是匪，反正面上看过去皆是官军。他们的任务是送物资，不是送命，如果送迟了，掉脑袋那倒是肯定的，遂一起点点头，道跟随军爷就是。

云队长又警告，皇帝行围，不能惊动，如果有哪个嫌命长的，只管讲出。众人听了，点头如啄米，知道今日混沌，只有哑口或可活得一命。云队长看看自家威吓见效，便口里嘬哨一声。

原来云队长选的这个弯道，是个连环弯，也是预着一击不中的补救。右侧皆是山林，左侧是茫茫草原，故设伏在山林里最是隐蔽。此时见事妥，便唤出侍卫来。

来的六人都未牵马，原是与前边的侍卫两人一乘来的。此时听得云队长呼哨，便出来两人一个，抬了巡边军士入得山林，另外的五名军士上得马，押了马车队继续往前。因此地系围场大道，不能耽搁太久，那哨所六人便留给王府侍卫处理了。他们随身带着工具，拉进山林之后，自会掘坑掩埋了去。云队长估计，待哨所总部发现这些尸体，也该是一天之后之事了。而一天之后，他们还在人间吗？想必已命归黄泉。

云队长将右手食指中指竖起在耳旁，与路上侍卫打头的做了个手势。那留下的侍卫里人称老赵的，也回了个相同的手势，意思为照计划办。云队长放下了心，放开缰绳，马匹嘚嘚，开始往前走，马车队看看，赶紧跟上，后头五个侍卫照样跟了。

按着他们定下的计划，老赵一行六人掩埋尸体后，会继续巡边回哨所，带齐物事,晚间接近皇帝大营,策应云队长他们。

此时众人皆知,今晚便是报答北静王恩德之日,也将是自己毕命之时。他们的心中又悲怆,又骄傲,但无畏惧。畏惧早已被他们在漫长的潜伏期内消化了,今日只求一搏。

云队长知道,在皇帝大军驻扎之地,寻得忠顺王府侍卫是件渺茫的事。他判断老铁们应与和他们一样潜入木兰围场。但愿天可怜见,发起自杀式攻击之时,他们可以策应到,最终了结目标。

按照计划,老赵们返回哨所,检点使用器物。那头目一直捆了,想必哨所总部发现押送马车队的军士尸体之后,会一一检查四十个哨所,这头目自可获救。遂在他身旁摆满清水和锅贴,让他可以取食。看看太阳下山,黑夜不久就会笼罩大地,便二十人别室内在各自衣领上别上了蓝色布条。虽然到得晚间,忠顺王府的人不一定看得见,但也存了个万一之想。众人看看躲藏居住了这么久的哨所,米面基本吃完,引火之物已经带上,正是该走之时了。老赵摸了摸云队长给的西洋怀表,他知道该怎么做。

却说那云中君领了马车队往前,看看快到,勒了马走在领头大车边上。今日运送活羊活鸡鸭的车辆在最后一辆车,此时还不知自己已临近屠宰之地,车上四周竖着竹竿,拴了绳子拦着,猪们正各种挪动,鸡鸭关在笼中,正叽叽嘎嘎叫着。五名侍卫看似放松,徐徐策马而行,内心却是紧张万分,有人手已放在了腰上的长剑上。

那马车队这些时日一直运送物资,自是熟悉。到达离红松洼不远,便赶车越过缓坡,在红松洼与铁网山草原之间的狭窄坡上草原停了,这里正炊烟袅袅,正是御膳房行营处。

那御膳房行营处收物资的是戴权手下太监,倒未注意巡边军士,直奔马车而来,一头走,一头抱怨马车头儿,今儿来得偏晚了些。马车头儿诺诺连声陪着笑,把物资清单呈上。后头侍卫见状,一人悄悄将长剑取了,靠近最后车辆,将围栏上的绳子割断,迅速还剑回鞘;再下得马来,假装帮忙卸物资,趁人不注意,掀翻了马车,顿时猪们滚了下来,看看四周,四处跑了。鸡鸭笼子倒下来时笼口也开,几只鸡鸭扑腾着从笼子里出来,见忽得自由,便飞奔草地啄虫子去了。

那太监挥手,让手下帮着做饭食的厨役来捉猪鸡,又担心着让皇帝侍卫们听得看见,当即一脑门汗,来不及骂车把式们,自己也亲自来捉。云队长下得马，对那太监陪了笑说："我们来捉罢。"也不等回话，便翻身上马，到处去追猪们，令五名侍卫见状，也连忙跟了上去。

那太监看押送军士帮忙，舒了一口气，扬扬手让厨役们近前来，把车上其他物资清点了，一一搬进储物帐篷。有几头猪鸡鸭被云队长们赶了到草原洼地，顺手抱起，放进草地上围起来的简易猪圈鸡鸭圈里。

马车队领头的，看看物资已卸下，云队长们已远离，此时不走更待何时，便坐上马车得儿一声，转了方向，赶了往西边缓坡上去，后边十来驾马车理会得，也一起跟了，当即走了个干净。至于云队长他们，早已三走两走，从铁网山侧翼找到小路，牵马进了深山。

老铁今日算与云队长心有灵犀。他自看到皇帝居住蒙古包起，又让王短腿看了位置，回到地道，就与了王短腿马三商议，要二人掘地道往前，直到皇帝帐幕之下。那师徒俩吓得求饶，只道不敢，要牵连全家杀头的等等。但老铁说了，掘了地道，四周乱起，两人庶几可以逃得性命，如不从，此时便是毕命之时。那二人听得，与这帮亡命之徒一起，活得一刻是一刻，也别无选择，要说死罪，自家早已犯下，当下横了心，拿过铁锹来挖，后边的侍卫便一个个接龙，运出到地道口，只待晚间人静，堆了在灌木丛里。一连忙了几晚，看看火炬也差不多快用完，老铁决定自己上山，查看了动静，没问题的话，当晚就动手。

老铁这几日在洞口听那巡哨的脚步声，忽远忽近，知道是在走动，也摸出些规律，晚间哨探动静少，应是或站或坐。幸好离开洞口还有距离。便在四周静寂之时，出了洞口，找了灌木丛草堆掩护，一步一步上得山来。这样上山，自无现成路走，山又高，老铁手上脸上，不多时便被锋利草叶割了几道小口子。

他也知与北静王府侍卫队碰上渺茫，便存了单干的意思。这层顾虑出发前与王爷也是说过。尽管如此，他还是期待有个外援，好配合他的挖地道行动。那北静王队伍不知潜伏在何处，不得而知，但差不多应该也靠近皇帝行营了。存了个万一之想，他出得地道时，从扎紧的袖口中掏出蓝色布条，系在了衣领上。

他上得山来，透过隐隐残存的光线，面前又几堵土墙，依稀记得是上山是那辽金时代筑的土城。他跳了进去，准备歇息一下再四周探看，忽然一把匕首抵在他的咽喉，耳中听得："别动。"

此时半个月亮透过云层，刚好照到山顶。老铁在细微光线下，见持匕首之人目光炯炯，衣领下铠甲之上依稀拴着一暗蓝色带子，当即惊喜。才要说话，那人几乎也同时看到了老铁颈中所系带子，疑惑之下，将匕首放松了两三分，再问："你是谁？"

老铁轻轻吐出："忠顺王。"声音细得只有面对面两人听到。那对面之人听得，匕首收回，插回手臂袖中。他边拢匕首，边同样吐出"北静王"三字。

这匕首比着老铁之人，正是云中君。旁边暗黑身影几个，是他带来的五名侍卫，还有被他们灭掉的巡山军士三人尸体。

云队长是正午时分上得山的。按说皇帝侍卫满山布了哨探，但此山林深菁密，草木茂盛，哨探巡山，多在铁网山前后，尤其是北部及东部上山之处，提防有外敌自两处来之故。云队长他们未走寻常路，是通过了皇帝御膳房行营处登的山，此处巡查军士布置甚少，故云队长他们七钻八钻，进了密林，居然顺利。上得峰顶，见巡哨三人，皆被云队长先发制人，看见了就是一把飞镖暗器出去，待其倒地，云队长和身边侍卫扭身而上，再用匕首迅捷结果了，拖到旁边的土墙内。因动作迅速，那三名军士喊都没喊得一声，便命丧大山之中了。

云队长知道巡山军士久不回，山下侍卫迟早察觉，上山来搜之时，便是自家毙命之时。只祈求拖的时间长一点，到得与老赵们约定的时间一到，也就无所谓了。正在苦等约定时间，老铁一人摸上山来。因其蒙古人着装，故云队长停了一停，未立下杀手。

时间急迫，既然两队不期而遇，遂赶紧黑夜里计议。听得老铁一队已经挖掘地道到皇帝蒙古包之下，云队长大喜过望，觉得行动顿时有把握了几分。言谈间老铁说及他们一直在铁网山下无法靠近，不料皇帝居然移动行营，从原来驻跸之处移来铁网山下草原，又离地道不远，正是合该就死。云队长听来也觉不可思议，看来这是天意，当即微笑。

云队长怀中掏出北静王所赠西洋怀表，看了一看，见时间紧迫，便收拢话题，只与老铁议正事。当下议定，云队长一路发动进攻之时，老铁一队趁乱从地下入皇帝帐篷，刺杀皇帝。也许有运气好的，或能逃入这铁网山，顺着北坡散入草原。那时皇帝遇刺，侍卫队及旗兵定是忙着擒拿蒙古包一带刺客，一时顾不及山上，或许可以逃出几个。又说了，如双边队伍里有逃不出的，宁可自我了结，不让皇帝侍卫拿了去。

老铁听了郑重点头。他听云中君一一说来，竟是指挥若定，心下想，此人若不是上过战场，便是天生将才。可细细想来，云队长一支行动部署，自是飞蛾扑火，勇则勇矣，但胜算甚微，天幸两支队伍遇上，或许可以完成各自王爷嘱托。听云队长讲完，老铁眼中有泪，知不会再见，便握紧了云队长的手说：

"兄弟，保重。"握了一握，不待回言便松开了手，自出了土墙，照原路返回山下。他心中知道，这是由云队长他们为助攻，以自己的队伍为尖刀了。

老铁下山时特别谨慎，每一脚都踩得扎实才移动，光线只有天上月亮，而月亮在乌云中穿行，时明时暗。花了小半个时辰，才溜到铁网山南坡，一棵松树下灌木丛里藏了观察。看看远处火把密密，蒙古包照耀得像夜晚发亮的草原白蘑菇，皇帝龙旗依然风中飘荡，心下欣慰。仔细寻得地洞口掩住的灌木丛，悄悄钻了进去，将遇云中君之事告与众人。因为王短腿和马三在旁，老铁未提北静王府，只说遇到了兄弟一伙。侍卫们自是懂得，心下顿添信心。

秦可卿来时一路，老铁已将北静王一并出手之事秘密告知，秦可卿当时听了心下起伏，这一位同父异母的哥哥，不愧血管里流着同样的父祖之血，是一条铮铮铁骨的好汉。为父王报仇，兄妹殊途同归，自己毕命于此，也不枉了。只是不知这位兄长，知道自己现在就离仇人咫尺之遥否？现听得老铁说见得北静王府人马，当即喜慰无限。她按按藏在左手袍袖下绑着的秘密武器，心想，无论如何，只要能够接近，必得在皇帝身上留几个窟窿。

各位壮士正在静等云队长那边发难，皇帝此刻倒无知觉。连日视察正黄旗，看军容盛大，军士精神饱满，效忠之声充盈满耳，心中满意。晚间回到自己蒙古包，让戴权吩咐出去，置办了家常宴席，又让传了元春来。

元春独处多时，每日里只与琴儿排云相伴。在五道沟时还可徜徉草原，采摘野花，看流水汤汤，不料搬到这山脚下，背后是险峰峻岭，周围是侍卫站岗，更前头是层层叠叠正黄旗旗帜，竟是无处可去。又得皇帝派人说得，不叫她随意出来走动，倒闷了几日。幸好元春本安静之人，携得琴来，便弹琴看书自娱。今日见皇帝来传，便带了琴儿过来。

烛光之下，皇帝见帐篷门帘掀开之处，元春进来，顿觉眼前一亮。带她出来日久，只有今日心稍宽慰放松，故招来相见，心下也为自己冷落元春多时而抱歉。元春见礼毕，皇帝赐了座，皇帝便将自己心下多事，一直未曾见元春歉意说了。元春一双眼睛灯下看了皇帝，知其语出于诚，便笑了笑，连称不敢当得皇上如此说。

旁边戴权琴儿倒上酒来。元春端在手中一看，琉璃杯中猩红颜色酒浆，颜色娇艳，放到鼻端一闻，微酸微甜。皇帝一旁笑着解释，这是上个月西域贡来的新酿葡萄酒，不但酒香醇冽，且长饮有益于身体。元春遂举起杯子敬了皇帝。皇帝今日欢喜，也放开了饮，灯下美人杯中酒，喜无闲事在心头。前头一直绷紧的弦,今日始得放松。

元春眼中,今日皇帝亲和之处,似当日凤藻宫中初见之日。那往昔甜蜜,随着葡萄酒滑落口中,暖上心来。戴权琴儿见皇帝贵妃喜悦,双目对视不愿挪开,便悄悄出了蒙古包,只站在外头听唤。又因虑着军士离得太近,听到了什么倒不好的,戴权又让军士站远了些。

蒙古包中,皇帝见元春几杯酒喝下,前数月始终略微蹙着的眉头,现在舒展开来,光洁如月,心生欢喜,知元春终究心中有他,不止是把他当作帝王,也当作了知己爱人。

皇帝终究懂得元春。贾府事无论怎样,元春今日是想不起了。人生愁苦本多,欢乐之日,且享受一刻也是好的。眼前皇帝未曾像素日威严,只是笑吟吟端着酒杯,灯下看了自己。回想起来,这样的时刻,在元春与皇帝相处时间里,却是不多。草原上夜寒,厚厚地毯之上,却如春日暖融融一般。

皇帝今日兴致好,但他不想留元春在此。他抬头喝完杯中酒,笑了一下,拍手叫了戴权进来,令送贵妃回蒙古包。这令下得不但戴权不解,元春也抬起眼询问,酒至半酣,突然送自己回,倒不像皇帝今日行止。皇帝站起身来,走到元春耳边,轻轻说道:"卿且去,朕待会儿就过来。"防着元春不好意思,说完便走开了。

元春耳中听得,脸上一红,遂敛衽行了礼。琴儿进来扶了,回旁边她自住的蒙古包去。

元春不知,皇帝自移驾铁网山下之日起,便未在自己帐篷内住过一夜。他虑着潜在刺客,又存了垂钓之心,便白日里在帐篷里见蒙古王公并处理京中送来奏折,晚间便悄悄披了斗篷,由戴权陪了,到隔壁侍卫帐篷中去。此事机密,只有戴权和侍卫队长几人知晓。今日与元春畅叙欢悦,身体似又焕发青春,心中早等不得,遂决定舍了这几日隐秘习惯,到元春蒙古包歇了。说起来,他们二人灵肉相聚正经在一起,已经是好久之前的事了。

皇帝这头微笑,看看元春喝过的酒杯,犹剩半盏,他端了起来,见烛光下暗红色的酒荡漾着,想象元春等待他的样子。皇帝心下感喟,所谓期待,所谓幸福,也就是这样了罢。

皇上唤了戴权来更衣,换了明黄色家常便服,又披了披风,风帽也罩在头顶,掀帘出来。外头侍卫见戴公公在旁,便知是皇帝,遂低了头行礼。皇帝扬扬手,让站开些,军士理会得,便退到各蒙古包间隙去,暗暗履行其护卫之职。

皇帝走向边上元春蒙古包，戴权掀开帘子让皇帝先进，自己也随之进去，一看顿时僵住在地。只见元春在蒙古包右侧一角站了，背后数名蒙古人，其中一人持了一把匕首，正放在贵妃脖颈上。琴儿排云两个，不知哪儿去了。

皇帝一呆，戴权倒是反应快，一弯身便出了蒙古包，连滚带爬大喊救驾，背后一把匕首飞来，可惜晚了数秒，只刺进门帘，坠了摇晃。外头侍卫听得，顿时呼啦啦涌进了元春所在的蒙古包。

那里头众人一看未刺中戴权，早知不好，几人跳到门边，与进门的侍卫厮杀。因皇帝从上到下裹着披风，故众人早先未判断得究是何人，仓促之下，先斩进帐之敌。但外头不要命地进来，又有划开蒙古包的，也就是瞬间工夫，皇帝前后左右立满了侍卫，几人在门边厮杀，几人护着皇帝。

正在此时，外头一阵喊乱，一路只听得"救火，救火"声音；又听见外头好大一声"嗖"的声音，正是侍卫队放出焰火，召唤正黄旗军士前来护驾。

那元春帐篷中的刺客，自是老铁一行。于老铁，此乃不幸与幸运兼具。那王短腿山脚下出得洞口探看，只是目测了距离方位，但山脚地势高，皇帝蒙古包扎于坡下，地势起伏之下，自非平常直线距离。这几日在洞中指导方向忙了掘土，方向对了，但距离便差了许多。他自认为到了皇帝所在蒙古包，其实只掘到了元春帐篷。王短腿见老铁们上前，便靠洞壁让了，他心下打定主意，准备老铁们动手，外头一乱，便和马三师徒俩趁机逃出。

老铁自与云中君会面，看得时辰，心下猜得时候差不多了，便上前去到地道尽头处。他仰头扒拉开最后几层薄土，见有地毯蒙住，知已到蒙古包里，因看不见帐篷内部，遂伸了手四处往上摸，居然顶起一角，又见灯光射来，知是地毯边缘。他做个手势，旁边两个侍卫抱了他双腿抬了他上，双手伸出触到柔软，便知是地毯。老铁慢慢掀开头顶毯子，上得蒙古包内地面，四周一望，只有不远处一个丫鬟模样的背着身正在沏茶。老铁不见皇帝，正心下失望，见那丫鬟仿佛有所察觉，刚要转身，老铁几下便扑了过去，捂住了嘴，后边侍卫陆续上来，赶紧掏出绳子绑了手足，口中也勒了布条，看看周围有一大木箱，便打开了箱子，塞了进去。此丫鬟自是排云。她仓促被制，眼中惊恐，老铁晃了晃手指，警告不能则声。排云恐惧，遂缩了箱子，动也不敢动，周围尽是书册之味，正是元春装地图册页之处。

刚刚忙完排云之事，老铁听得帐篷外有脚步声靠近，赶紧到了门帘处，左右侧靠边等了。见二人进来，便如法炮制，绑了琴儿，塞进木箱。这二人自是元春和琴儿。老铁留着元春，是因为看到她头上簪环，身上着装，不像宫女，料想是皇帝嫔妃之流，要留了问话。

老铁此时尚不知进错了帐篷，见一宫装女子在帐，皇帝下落自不能不问，秦可卿此时也从隧道上来，知老铁意思，遂抽出匕首，后边站了，匕首直接抵到元春颈项处。老铁见元春被制住，便低声问皇帝在哪里。

虽然变起仓促，那元春惊慌之下，不多时便恢复平静。眼睛看了老铁，咬了牙不作声，来了个充耳不闻，面对不知何处到来的贼人，竟是把自家性命豁了出去之态。老铁看这女子倔强，正思要如何撬开她嘴巴，见又有两人进来。遂有了刚才门帘处与侍卫们搏斗之事。

话说老铁听得外头四处喊着火，知道这是云中君一队动手了。回过神来，刚才那老奴喊"救驾"，莫非眼前就是皇帝？遂几下跳上前去，手中剑指出，向了那黑披风人刺去。皇帝跟前侍卫跳出接了，两下里搏斗。门口王府侍卫已苦苦撑持，还好地道里侍卫纷纷出来，并肩对敌，但已挡不住破帐而来的各处皇帝侍卫。

外头熊熊大火，帐篷被划开处，只见一片火光。这火烧连营之计，正是云中君与老赵们的手笔。

原来云中君与老赵此前计划，行动时间约定的是西洋表指向十一点时。届时老赵在外用火箭射正黄旗军士所住帐篷，云中君从山顶射火箭下来，烧皇帝行营蒙古包，两下里纵火，然后趁乱骑马冲进，伺机刺杀皇帝。云中君料着，他们身着哨所军士服装，趁乱来救火也是应有之责，火把下料侍卫军士们也一时也想不明白，云中君要的就是这个时间差。

那云中君当日带上山的尽是臂力强劲之士，月光下看看约定时间到，便将已缠上布条柴火的箭，用火石打了点燃，再放在弓上，当即猿臂轻舒，张得满弓，往天上斜上方射了出去。他知道弧线下滑之处，定是山脚。此时无需看准头，只看劲头，射的力量越大，落在山下帐篷处越准。另五名侍卫一样纷纷射出火箭，低头看看底下已起火，知已得手。六人便将手中箭射完，随即下得山来，准备助老铁们一臂之力。

此时草原上已到处是火，皇上蒙古包一带还好未着，远一点的已经一个帐篷一个帐篷点着，受着风吹，火势蔓延，眼看有燎原之势。

那统领正黄旗兵的副佐领见了侍卫放出焰火，当即下令，四个牛录军士开出，赶到河边取水，另外军士骑马赶来皇帝行营处护驾。云中君与老赵们火光之下，见远处正黄军旗四处攒动，知道如此大军，周围有河流，灭火也不会太长时间。现在最要紧的是找到皇帝杀了，自己今日定逃不出去，死在此地就是。众人遂奋力在火中找寻皇帝所在。见高高龙旗在火把下闪耀分明，两部人马便拍了马来，在皇帝蒙古包前合在一起，奋力向皇帝龙旗方向冲杀进去。

四周侍卫见有两彪军马从不同方向挥剑射箭而来，又穿着哨所军士服装，顿时一愣，眼看势头不是来救驾，侍卫队长忙命聚集一队侍卫，蹲下齐射火铳，云中君部几人顿时倒下马来。还好这火铳不能连发，须装填了火药，点燃引线再发，这个空子云队长们瞅了，如何容得再装填，便踏马而去，手中剑往下砍了，两边顿时陷入酣战。云中君眼角余光见侍卫纷纷往龙旗旁边帐篷而去，知老铁们在那里，遂拢了马头，带队直奔元春帐篷。

皇帝侍卫队因着近身守护皇帝，马都在外围，此时被云中君一行马踏剑砍，伤亡惨重，但一看也就是一伙二十来人，遂定下神来，招呼侍卫围上，要在其进帐篷前斩杀殆尽。

此时风猛吹了，火势朝了皇帝蒙古包来，侍卫队长心急，忙在外面喊，让里头侍卫护了驾出来，又喊火势猛烈，先避了火，再擒拿贼人。不料无一人出来，心知有变。因了皇帝在里头，外边不好放箭，只有四处围了，命斩裂帐篷入内，看看不大帐篷已进了几十名侍卫，应该可以擒拿强敌。那侍卫队长遂只管一心一意灭云队长一行人马，当即在蒙古包一侧展开苦战。因敌我已厮缠一起，此时倒放不得火铳，皆是刀剑交锋，不时传出马匹惨鸣，原是皇帝侍卫见敌人在马上，自己身在地下，失了优势，遂专砍云队长们坐下马。激战之中，也有几名皇帝侍卫被马蹄踢伤了，地上翻腾乱滚。

里头皇帝一直镇静，他先见帐篷角落不停有人出来，知道这是掘的地道，又看看无人再出来，心知也就是这几个人了。自己侍卫不断入内，帐中贼人不断倒下，不多时便可以清理战场。自己投鼠忌器之处，只因元春在贼人手上。

他看着元春眼睛，见平静中并无惊慌，元春看着皇帝，像是道着来生再见，皇帝顿时心如刀割。燥热之下，摘了斗篷，直接走前两步，对了元春后边的人说："放了眼前女子，朕放了你们走就是。"侍卫们见皇帝走前，忙了四周围住。

此时老铁苦苦支持，身上已有几处刀伤，身旁只有几个弟兄还立着，与划开帐篷入内的侍卫苦战，看看皆不能支撑，遂舍了命，腾起一跃，空中扑向皇帝所立之处，竟是舍了自己胸腹要害，与皇帝同归于尽的意思。可惜跃到中途，皇上周围侍卫刀剑齐出，将老铁划了个对穿，老铁半空中支持不住，口中喷血，掉了下来，眼见不活了。

那秦可卿见此惨烈一幕，心如刀割，知大势已去。见黑衣人甩去披风，一身明黄色，便知是皇帝本人了。因此色乃皇帝独用，前边还不敢肯定此人身份，此时则是确凿无误。当即咬牙，在元春喉头处的匕首翻过，用刀柄压了一压，口中喝道："皇帝，让你的军士住手，否则我结果了她的性命。"她身后还有两名王府侍卫，正在与划帐而来的侍卫搏斗，她知道众人殉命，只在顷刻。

秦可卿不知道的是，如非外头云中君们吸引了大队侍卫，帐中老铁队伍，连现在都撑不到。两队人即使合在一起，终究还是太少了。

皇帝此刻虽见外头火光，但已不若先前声势浩大，知道旗军正在灭火，除了元春在对方手上，自己已全盘掌握主动。他想知道的是，谁主使了这一次弑君谋逆事件？贼人们穿着蒙古服，是真的蒙古人刺杀，还是扮了蒙古人弑君，这个必须弄清楚。现听得让他住手的人声音娇嫩，却是个女子，便令侍卫暂时停下。侍卫们虽然遵令放下手中刀剑，部分在后头的侍卫早已手悄悄伸向背后，握了弓箭抽出，只待时机合适便放箭。他们心中知道，皇帝在意前边宫中女子，不得下令，不能射击，故只做准备，不敢暗算。前头的侍卫便围了皇帝在中间。

此时老铁和他门帘处的伙伴们尽皆阵亡。秦可卿背后两人正苦战皇帝侍卫，正步步退后，眼看不支，还好皇帝侍卫帐中听得皇帝命令，暂时停手，双方遂持剑对峙。

此时，帐外蒙古包燃烧的剥剥声，人马的嘶喊声，虽近在咫尺，却又像远在天边。帐内一片沉默。在一片窒息之中，皇帝看着元春身后露出半个脸的人开口了："你是谁？你来杀我，却是为何？"

秦可卿说话之时，元春早听得耳畔声音好熟，一时想不起来，苦于不能回头，听得皇帝问，遂聚精会神听了。

躲在元春背后的秦可卿听了此言，冷笑不已："我是谁？你该问我的父王是谁。他被圈禁一世，你还不放心，非要一杯毒酒要了他的命。"秦可卿咬牙切齿地说，"他是你的二哥！他一直把你当兄弟！而你呢？怎么夺得的皇位？你自己心中知道。你这篡位之人，乱臣贼子就是你！祖父康熙爷怎么死的？我父王又是怎么死的？如果你问心无愧，怎么会十来年来一直秘不发丧？我父王的尸骨在冰冷的地下，躺了多少年？"秦可卿说到此处，眼泪簌簌而下，搁在元春脖颈上的手臂微微颤抖。

皇上万料不到，袭击自己的，竟然是皇室之人。听得她说，好像是二哥废太子后人。他脑子里过了好几遍，该死的孟统领，一定是他放跑了。眼前这女子指斥他弑父弑兄，这帐中诸人皆听见了。他心底一寒，顿时起了杀心，现下倒不必忙于此事。正盘算如何换得元春回来，只听元春咦地一声，又听她声音，却是头微侧了对后边之人说的："是可卿吗？"

秦可卿料不到居然有人认出了她，还是她的人质。当下刀子微松，头朝前看了，依稀是自小见过多次的荣府大小姐贾元春。此前她在背后用刀子制住元春，又一直站在元春身后，故两人一直没照面。

"是你？"可卿问。

"是我。"元春答。

皇帝和帐中诸人一时愣住，贵妃与逆贼居然认得？

"你怎么在这？你究竟要干什么？"这次是元春发问。

"因为你贾府珍大爷。也好在因了他，我今日才能来为我父母报仇。"

皇帝听到此处，大致明白了。以元春身份，于十六岁进宫，她所认识的人，自是贾府中人。那贾珍和秦可卿当年乱伦事，粘杆处曾以传闻报过予他。这假死脱逃之人是如何知道自家身世，显然后边有人，推想下来，孟统领放走废太子后人，除了忠顺王，再无别人既清楚此事，又有动机派了来助她复仇了。只是这贾府，窝藏逆犯后人多年，他们真的活得不耐烦了吗？

在皇帝心中，他的二哥已经是逆犯了。逆犯之女，自是逆犯，怪不得行此悖逆之事。

元春转头看向皇帝，一双眼睛全是疑问。皇帝知道，她问的是，弑父弑兄，是真的吗？皇帝看懂了，眼神不自觉地回避了一下，须臾又正视回来，眼神逐渐变成灰色。

元春知道了，他确干了这些事，自己爱敬了多年的人，确实是残杀亲人的凶手，原是自己错了，以为皇帝奋发有为，不料这背后有如此的残忍，确实自己是错了，那些宫中不正常的死亡，堆在心中的种种疑惑，此时已有了答案。她的头不由自主，轻轻地摆了一摆，她不能置信，又心痛难忍，眼睛只看了皇帝，一眨不眨。

皇帝看到元春眼神，看到了元春表情，知道这个一向信着自己的女子，终于对他摇头了，顿时心下一疼。

秦可卿也看到了皇帝神色的变化。前边皇帝是为着元春，叫侍卫停手的，现在贾府藏自己之事被自己愤恨贾珍曝了出来，便是宣判了元春和自己死刑。她知道，只要沾上谋反二字，皇帝是六亲不认的。心念一转，可卿当即收回匕首，右手胳膊顺手推开元春，左手举起，右手触动袖中机括，连弩三支发出射向皇上，几个动作一气呵成。

这左手射连弩之技，可卿已练多时，用左手也是考虑过的，因平常人搏斗时防备对方右手更多，可卿一心一意想刺杀皇帝，遂朝夕在松柏引后山密林里苦练；此时是唯一杀皇上机会，眼见三支小小弩箭，直奔皇帝而去。

与此同时，皇帝已抬手到头顶，向前一摆，众侍卫知道这是命全灭眼前之人命令，遂纷纷射出手中弓箭。

两边对射几乎同一时间，秦可卿发出弩箭之时，自己也身中数箭，顿时倒了下去，她背后的两名侍卫，也被射了个对穿，与之对峙的皇帝侍卫也险些被射中。元春虽得秦可卿一推，如何抵得过连连发来箭矢，当即身上中了几箭，蹒跚得几步，倒在了秦可卿身上。

皇帝见秦可卿推开元春抬手射弩之时，已知不妙。他当即侧了半边身体，只觉臂上一阵疼痛，知道左手臂中箭，赶紧捂住。另有两名围在身边的侍卫肩膀中了弩，算是替皇上挡了，旁边侍卫见状，赶紧撕开袖子，扯成布条，忙了给皇帝扎在受伤之处。有侍卫心思活络的，早已心下叫苦，想皇帝受伤，自家护驾不力，又听得这宫闱秘闻，死期已至。

未受伤的侍卫见眼前贼人和贵妃倒地，赶紧近前，验看三名贼人死活，防着再放暗箭。见元春仰天倒在那女贼身上，便也不再避忌，两人抬了放在地毯上，一人把手来试了秦可卿鼻端处，见无气息，知是死了。后边的两名侍卫也验看了，一个未曾活得。元春处，众侍卫倒不敢出手验看。遂退后了站着，等皇帝发话。

皇帝下令射杀之时，心中只有愤怒，看着元春倒地，心中忽地痛了上来。他恍然如梦中，难道自己，终于把元春给杀了吗？真的是吗？他心若死灰，捂住了自家胳膊，走到元春身前。半个时辰前，他还想着与她同床共枕，半个时辰之后，不能置信，他居然下令杀了她。

元春躺在地毯上，眼皮微动。皇帝蹲了下来，用未受伤的手托起元春脖颈。她胸前三支箭插入胸腔，定不能活，皇帝也不敢拔出，知道拔出便是催命。此时见元春垂危，刚刚的愤怒顿成一片苍凉。

元春得此震动，眼睛半睁开来，看见皇帝的脸在眼前忽近忽远，挣扎着想说些什么，皇帝忙凑近了元春嘴唇，看看她口唇开了又合，合了又开，侧耳去听，一点声音也没听到，知道元春已经发不出声来。皇帝怀里抱了元春，眼不错地盯着，似要记住她的所有一切。过不多时，元春头一垂，死在了皇帝怀中。帐篷之外，长风猎猎。

第五十六回

见血封喉箭不虚发
流水潺潺青冢黄昏

外头马嘶人喊之声不知何时已经消了。皇帝的心空空荡荡，他看了又看元春苍白的脸，那闭着的双目，不久前曾看着他盈盈浅笑。手臂上的疼痛一阵阵传来，还夹着酸麻。他放下了手中的元春，轻轻放在地毯上。元春像沉睡过去一样，睫毛长长的阴影在灯下如此明晰。皇帝又看看身侧那个为着父亲刺杀他的女子，说起来，是自己的侄女。他想到此，脑子又转动起来。

侄女既在此处，他还有个侄儿，此时虽不在木兰，但能说今晚之事与他没有关系？皇帝此时自是想起了北静王。他沿着自己的思路一一想去，觉得这亲兄妹一起策划弑君，乃是最为合理之事。他嘴角扬起一丝冷笑，对着虚空中的北静王暗说：虽然你藏得很好，但终于还是跳出来了。一时倒也分不清是悲是喜。

他想着，便离了元春，踱步走了来一一低头察看。见贼人尸体一律着蒙古装束，皇帝瞬间又虑到别的。他思考停当，对了帐中诸人下令，今晚刺客身份，着装衣服，一个字不能往外传。众侍卫此前低了头，不愿见皇帝哀悼贵妃戚容，现听得命令，赶紧挺身应了。

侍卫们此前有不知这宫装女子是何身份的，现在皆已知晓。刚才下令射箭的是皇帝，后来一脸哀戚不舍之色的也是皇帝，而贵妃与逆贼死前有对话，她们又是什么关系？他们不敢细想，也不敢猜度皇上心思，只觉皇家天威，果然不可测度。

皇帝走出帐外，见远近火已扑灭，四下火把照了，尚有黑烟袅袅，与天空乌云汇聚一起。远近蒙古包被烧得七零八落，有剩下几个桩子的，也有剩了几片布的，在风中无助地飘着。看看自己的蒙古包，所幸不曾烧得，但那前头旗杆上高悬的龙旗，不知何时被火星飘上，烧了几个洞几个缺口。皇帝见得，心下烦躁，以为不祥。

天空落下几点雨在皇帝额头上，他摸了摸，抬头看，头顶乌云不知何时将月亮遮了个透实。皇帝立定不动，过不多时雨下得大起来，将他浑身浇了个湿透。他素知草原天气，正是云从龙，风从虎，阴晴转换如此，侍卫们今晚英勇杀敌，在他们面前，自己必得作出表率，一样和他们站在雨中。看看营地星星之火被阵雨彻底浇灭，心下想，这一阵雨倒是及时，看来老天帮忙。

戴权才见雨大，便忙了入蒙古包去取雨伞，此时出来遮了皇帝头上。皇帝正压抑愤怒，又与伤感交织，见了头上罩着雨伞，遂伸手一把拨开。戴权知道皇帝心情，也不劝告，自己收了伞，垂手后头站了。众侍卫齐齐在外列队，冒雨站得笔直，目光向前，等他们的皇帝发话。正黄旗副佐领此前灭火，派人四处围了行营不让人进出，此时也独自站在侍卫队边上。正黄旗副佐领不待皇帝发话，早已派出四支队伍，以铁网山为中心，方圆五十里去搜刺客余党，其余所辖旗兵不得皇帝命令不能接近御前，故命了在外围列队等候。

侍卫队长此时心若死灰。他知自己虽已剿灭帐篷外贼子，但皇帝手臂扎有绑带，显然受伤，自己护卫如此疏漏，任由贼子闯入皇帝行营，已是大祸临头，罪无可赦。他低了头，站在最前列，等待皇帝赐罪。

皇帝眼前身畔，尽是躺倒的人。地上密密层层，有衣着哨所军士的尸体，也有皇帝侍卫，还有受伤倒地的马匹正在哀鸣。皇帝踏过尸体间隙，见自家侍卫死了五六十人，另有衣着哨所军士服装的。他判断，如非哨所叛变，便是贼人假扮了哨所军士来袭击。这木兰围场设了这么多哨所，处处巡边设防，原来却是这样的防法。皇帝心下愤怒，也不多说，给侍卫下令，现就去取了哨所统领项上人头来，兼查哨所侍卫有无卷入谋反事。侍卫队长听得皇上发话的首件事，居然不是论他的罪，心下略松，拱手听了令，当下派出侍卫，到三岔口哨所总部执行皇帝旨意去了。皇帝见正黄旗副佐领立在面前，心下知道营帐未被全烧，应是得大军之力，当下勉励了几句，命其带军士依旧扎营护卫，今晚多置警戒，听候命令。那副佐领得皇帝勉励，掩不住脸上喜悦，当即行了礼自去安排士卒。

云中君老赵他们，全部人马二十六人，全都殒命在这里，他们的尸体大多躺在帐篷周围，横七竖八叠了一地，还有不曾瞑目的王府中人，黯淡的眼神望向苍穹，雨水浸泡之下，望之令人发冷。王府卫士于元春帐篷门帘处死的最多，显然侍卫们死前皆曾力战，只为了给老铁们赢得多一点时间。

云中君斜躺在门侧，他的身上刀剑伤划得身体道道血痕，血已经凝固，火把此时雨中摇摇晃晃，照得伤口条条黑色，还有几支弓箭插到他身上。倒在帐篷前的一刻，他还想着老铁或许能够得手，可惜，他和他的伙伴们为之奋战的老铁一队，已经在蒙古包内，每一个人皆流干了最后一滴血。那云中君一身轻功，一旦立定脚跟不逃，便也只能落个玉石俱焚下场。他躺在地上，右手还保持着长剑刺出的姿势，那中剑之人此刻也躺在他的身边，正是云中君死前击毙的最后一名侍卫。

皇帝置身于帐篷内外一堆尸体中间，当下觉修罗场不过如是，心中渺渺荡荡。袭驾之人，无论是哨所军士还是蒙古人身份，传扬出去皆会引起朝廷震动。蒙古人一旦知道皇帝怀疑他们谋杀君王，那不反也得反。哨所军士叛变，皇帝自是不信，但如传扬出去，军心就稳不了，边疆守护的八旗军士要是从此与朝廷存下互相疑惧之心，便是莫大隐患。皇帝走得几步，命了侍卫队长近前，秘密吩咐了。那侍卫队长听得皇帝让他就地掩埋今日阵亡将士，做个标记，回京再论功，还有那些乱臣贼子尸首，分开埋了。那侍卫听得明白，忙点了头，带了众侍卫收拾帐篷内外尸体。

侍卫队长进得帐中，命侍卫们分成两队，分别收了两方尸体。侍卫们抬的抬，拖的拖，队长走着指挥，忽看到元春，心下却是犯难。有刚才在帐篷中的侍卫附耳过来告知，那贵妃旁边女贼，刚才帐篷里曾与贵妃搭话，似是贵妃府中家人，队长一听，更觉难处。他帐中搓手急转，走了几步，本想到外头去禀告皇帝，询问该如何处理贵妃和这女子，转头想想皇帝今晚心情糟透，还是不要去触霉头为是，遂作决断，命先将自己手下战死的侍卫抬出，用布盖了下葬，再将帐篷内贼人遗体收齐，和外头反贼们一起，在铁网山边上挖个大坑，今夜一起埋了。

外头急雨下过，转头月亮又重临草原之上，清冷之色，让皇帝打了个冷噤。皇帝进得蒙古包坐下，也不换衣，手上疼痛，思绪不绝。要查幕后主使之人，实则不难，那些逆贼的尸体抬回京城让粘杆处探子辨认，多半便可水落石出，但皇帝心中知道，此举大可不必。他明白，京城暗流也就那么几支，倒不必带了这么多尸体入京，惊动京城百姓，刺激百官聒噪，动摇朝纲，故刚才果断让侍卫队长掩埋了去。他现在想的是忠顺王。

他想起今晚刺客，衣着两样，说不定便是两支合谋了一起动的手。忠顺王派出的必在其中，另一支自是北静王了。倒不知忠顺王今日在场，看到他所派的刺客如此下场，心下会如何？按着皇帝的心思，现在应该将他这位十六弟立刻拿下，但考虑来去，今晚行营遇袭，军心浮动，显然此刻应各方求稳定为主。

想到此处便又传令，命身边侍卫，派一队人去忠顺王帐篷，看是否烧了，无论王爷的帐篷还有没有，自今日起，不得旨意不许他擅自行动，直到京城送其回府。侍卫知道，皇帝所命就是圈禁的意思。当下行了礼，帐外带了一队人去了。

戴权此前已命人去传医官，见一来到，赶紧引入蒙古包给皇帝疗伤。那医官跪了在皇帝右侧，拆去绑带，见有小小黑色弩箭头还附在皇帝手臂之上，便请戴公公派人去端了清水来，自己又打开药箱，找出一头部尖尖的木夹子，清水洗了，持了夹子小心自伤口处钳出箭头来。他拔出箭头，放在鼻端闻了闻，又凑近了看，见皇帝手臂中箭处皮肉已肿，血液流出黏稠，且已发黑，不觉"啊"地一声，手中木夹子掉在地上。戴权忙走近躬身了问。医官退后，忙给皇帝磕头，禀告说依他浅见，这箭头上有毒，刚才看着皇上伤口处流出之血，似是产自西南的见血封喉。

皇帝一听心下一沉，他也知道见血封喉乃是天下第一毒。他终究着了那秦可卿的道儿。不料这女子为着报仇，箭头上居然萃了剧毒，当下恨得牙紧，难道自家就此命丧此小小女子手中了吗？皇帝不相信，也不敢相信。

戴权在旁听得，早已急不成声，连问着那医官有药没有。那医官此前御前失仪，正在慌乱，又见戴公公硕大的脸凑近了问，一时吓得说不出话来。

皇帝看了，倒对这医官的胆气不屑。眼前最要紧的是解毒，这医官如此抖索，成得了何事，强按住心头不快，又觉手臂处一阵阵麻疼，知道眼前医官虽然胆小，所言倒是不虚，看来自己确是中毒了。医官此行带来不过数人，太医院既然让此人随了来，其医术定是差不了哪儿去。自己虽是不满，但此时也得温言对待。遂请医官起来。

那医官战战兢兢站起，见清水已端来，便深吸了口气，箱子中拿出干净布帕，水盆中着了水，去皇帝臂上伤口处轻轻擦拭。皇帝觉得手臂越来越痛，咬牙忍了。

这箭头上之毒，自是秦可卿淬上的。她知皇帝周围侍卫布满，即使自己有机会见到皇帝发出弩箭，不一定能射中要害，心中早已各种思量。在松柏引庄上时，听冯紫英讲山南海北之事，提到了见血封喉树，遂起了心，央了冯紫英替她找来。冯紫英无法，只得亲派了人，到得云南傣族居住之地，找到一棵十几丈高的箭毒木，锯了几段，收集了几小瓶汁液，又请了当地巫师，放了密料保存，终于运到京中，交给秦可卿。

秦可卿自与忠顺王见面后，知报仇有望，便将冯紫英送给她防身的小小连弩三支箭头，反复在见血封喉汁液里浸泡，继而火上烤干，反复多次，将冯紫英带来毒药用了一滴不剩。她将连弩绑在左手臂上，反复练习，只求伺机发出，击中皇帝要其性命。此前连弩发出之时，秦可卿早存死志，只求射中，她的仇恨，皇帝也终于没能躲过。

皇帝心头对秦可卿恨到骨子里。见医官一时忙不完，又见戴权在旁，心思得遣他去做更要紧之事。便命了戴权带上几名亲近侍卫，立刻骑马去红松洼，安抚住蒙古人，不叫他们起疑。皇帝知道，此行非戴权不可，因了众人见戴权，便知是自家意思。戴权听得，知此事重要；遂躬身领了命，出得帐篷，召集了几个侍卫，一路快马去了。

那医官清洗完伤口，禀告皇上，他随身携带的药箱里有解毒药物，只是那见血封喉毒性听闻霸道，他未解过，所带的药不一定有用，但想来多少能延迟缓解毒性发作，又说其从医时曾闻得老师提过，见血封喉毒性，天下只有红背竹竿草可以解得，他也只听闻过此草名，听说保存不易，时间一长便失了效力。近年未见，想太医院也并未收得。

皇上听了解药名，心中石头落地，有解药就行，找来就是。皇帝所要之物，天下哪有拿不到的。才要命人去找，那医官赶忙又跪了禀告，说这红背竹竿草生得罕异，听闻只在云南西双版纳见血封喉树下周围有生长。此时身处北边，离开云南几千里地，一时如何找得？倒请皇上三思，想法子周围去找炼制过的药草，不要误了治疗之期才好。那医官一路禀来，又是心急，又是害怕，灯光下额头汗浸浸的。

皇帝听了医官说得实在，眼前确只有先用其他药缓解了。遂命其起身，给自己上药。皇帝心中知道，自己身系社稷，此时最重要的，便是立即返回京城。转头又想，自己身在木兰，回到京城，再怎么从简，起码也得十来日时间，这毒性如发作起来，便是天王老子也救不得。当下顾不得为自己悲哀，急唤进侍卫来，命明日起驾，令去安排，又命派人去蒙古王公处通报，说皇帝次日回銮，不必来辞，各部回自家驻地即可。

那蒙古王公们自觐见皇帝后数日，陆续有辞行离开红松洼回自家草原的。此时只有与朝廷最密的几个部落王爷尚原地驻扎，喀喇沁部和巴林部王爷也还没走。今晚见火光冲天，正是皇帝行营方向，各部知道有变，便点齐了自家侍卫前去救驾。不料到达铁网山草原外围，便被正黄旗副佐领拦住，说是圣躬安，不须虑得，转头火就会扑灭，不劳动各位王爷，请回驻地等候。那几位王公听得，知道这是不让与闻的意思，遂拨马回营，心下各种思量。

戴权接了皇帝命令，带了几名侍卫，拍马到红松洼，一处处到蒙古包传皇帝旨意，向各部王爷解释今晚之事。戴权说得，皇帝知有叛逆潜入围场，便排兵布将，定下守株待兔之计，现逆贼已一网打尽，故派他来说明，请各位王爷勿惊等。王爷们耳中听了戴权言语，颇觉语焉不详，何方叛逆如此声势浩大，守株待兔又如何弄得行营火烧连绵，一句皆不曾提得。但皇帝既然不想他们知道，那就装了糊涂。想着次日按着礼仪去觐见皇帝问安，此事一句不提最为妥当；即使皇帝提起，也不能轻易接话。

蒙古王爷们才送走戴权，皇帝又派了侍卫来传话，告知次日銮驾回京，让各部自回，无需辞行。各位王爷各自听了，知道皇帝如此仓促，一晚连传两令，定是皇帝本人或者朝廷出了大事。心下疑惧，当即各自命了仆从，连夜里点火把收拾了，次日天一亮，便各自忙忙出发，离开木兰这是非之地。

那边传令蒙古王爷的侍卫才出帐，皇帝又命另外的侍卫来，告知銮驾次日一早动身，令其召集快马好手，连夜秘密前往木兰最近各处府衙以至京城宫中太医院，找寻红背竹竿草，一路从京城至木兰围场的大道上接应了来，如各府衙官吏接旨意听了不懂何物，可直言是解见血封喉之毒的，令其街市药行去找寻收集，又叮嘱了侍卫，各处传令时须得命听闻之人保密，否则一律以死罪论。那侍卫听得，脸都白了，也不敢多问一个字，领命出门，招了二三十个侍卫近前，低声密密传达了旨意。众人听完，飞奔各处去牵了马，不多时纷纷骑出。只听马蹄声四面八方响起，正是侍卫们从各个方向奔出围场，向外头求援去了。

医官扎完绑带，提了药箱退出，在蒙古包外候了听传。他心中忧虑，这见血封喉毒性发作快，如皇帝找寻不得解药，只怕性命堪虞。随行木兰于这医官是莫大荣耀，来时信心满满，认为系太医院掌院对其医术的肯定，不料来得围场，居然临了皇帝中毒之事，心下遂将此前富贵念想一概抛了。他知道，如皇帝途中崩逝，第一个被砍头的就是他这医官。想到此处，一头汗水顿时冰冷，草原上风刮来，医官竟是冻得抖索不已。

蒙古包中皇帝诸事分派完毕。既已定下次日启程，今夜各部收拾物资定是忙忙。生命消逝得如此猝不及防，让他忽地升起幻灭之感。想起元春还在蒙古包里，心下一痛，又是一恨，正是为了保全元春，自己才被那秦可卿射此致命一箭。又想着，射自己一箭的女子，其起因不正是自己命人端给她父亲的那杯毒酒吗？恩怨之间，却是难了。

皇帝脑中念头纷起，再也坐不住，便站起身来，出得蒙古包，往元春帐篷而去；小太监连忙跟了，外头侍卫见皇上又入涉险之地，不敢劝阻，便当先一人往里察看了，见无异动，便打起帘子，请皇帝入帐。

皇帝进得帐中，只觉帐中凄凉，一时不敢近前。他怕看元春苍白躺着毫无生气的样子。抑制住心头凄楚，他挪动脚步，走了过去。元春似在沉睡，但皇帝知道，她再也不会起身烹茶弹琴了。那个石榴花下眼光灼灼的女子，是再也不会醒来了。

他再望向旁边躺着的名秦可卿的女子，当时对峙之下，未看得全貌，现在看到清楚，竟然是柳叶弯眉挺拔鼻梁端正小口的样子，这原是个绝色美人啊。他心下想着。这个反贼，说不定此回也要了自己的命，若不得解药，那九泉之下见了，自己和她父女两个这笔账，怎么个算法还真不知道。一番想来，倒把先前恨不能将秦可卿碎尸万段之心消了大半。

皇上自嘲地笑笑，忽听得角落里有"咔"的一声。他往后一退，侍卫忙护了他出帐，手一招，外头几个侍卫持弓箭刀剑进了帐篷。不多时出来，拎出两个被捆绑得结实的女子，扔在皇帝面前。

皇帝一看，正是琴儿排云。嘴角处勒了布条，双手双脚捆得死死。想是贼人进来时制住的，不愿伤她们性命，故两个绑了。皇帝遂命侍卫解绑。

琴儿排云两个，在箱子中塞住动弹不得，听得外头射箭喊叫，吓得不行。也不知过了多少时间，听四下里安静了去，想贼人已经去了或是被灭了，便试图蹭箱子唤人相救，因双足早已绑得麻，故二人折腾了半天，才折腾出一点动静来。还好被皇上听得，侍卫们循声一搜，提溜了出来。

皇帝看着琴儿，眼前想起凤藻宫的风雨之夜，便命侍卫送去边上休息，也让医官看看。侍卫听了，见两人绑缚虽解，眼见走不动；此时也没那么讲究，便扶了二人胳膊走过去，请医官把脉。

皇上对琴儿排云善意，自是因了元春。想想自己与元春从此两别，不禁心下沉痛。他抬头看了一会天，像是与冥冥中的元春告别。当他头低下来之时，内心决定已下。当即下令让军士原地掘土，埋葬帐篷内两人。他不说贵妃，也不说贼人，侍卫也不敢问得，赶紧找了工具，几个人去挖了。

皇帝让元春与秦可卿同葬，自是饶了可卿死后碎尸之罪。无论如何，此女系自己侄女，宗室之秘不像虚构，说起来与自家皆同出父亲康熙帝一脉，皇室尊严还需维护。一时侍卫来报，说才挖得几下，地底崩塌，下去看了，底下是一条弯曲地道，地道口通向铁网山，料想那伙贼人先前就是埋伏在此地道，方能接近袭击皇上的。

皇帝听了不怒反笑，看来一切皆是因果。那秦可卿出于斯又葬于斯，可谓是自掘坟墓。算起来，她与元春同是贾府之人。按了贾府的辈分，元春还是秦可卿的长辈。这两个女子既本是一家人，把她们葬在一起，不正合适？遂命侍卫将两人遗体好好安置了，身上所中箭拔去，再将土堆掩埋，不起坟茔，也不立碑。侍卫虽是低头，眼角余光却看到皇上表情古怪，也不敢多窥，领命进帐办理。

皇帝不知道自己理当悲哀之时，脑子里为何还记得宁国府的事如此清楚，他自嘲地摇摇头。元春，也许不多时，你我在奈何桥上又能再见，贾家庇护之女既是给了我一箭，看来这一遭，怕是躲不过去了。黄泉路上，倒是热闹得紧。不知如何，皇帝有着强烈的预感，那解药，一时半会儿怕是找不到，等着自己的，只有毒发身死一途。

正在悲哀自嘲之中，皇帝见侍卫快步进帐身影，忽想起一事，忙喊住了，令那侍卫转回，命去带过先前的宫女琴儿来。

那琴儿正在伸了手让太医搭脉，忽见侍卫来传，遂赶紧站起，来见皇帝。她出来时已见贵妃倒在地上，脸上灰白，便知贵妃终于不幸，现听叫得，不知何事，心下猜想，如皇帝让她为贵妃殉葬，以贵妃一向待她恩信，也不皱眉头了去。

皇帝见到琴儿，倒未说殉葬之事，而是问贵妃的榴花服带来围场了没？琴儿跪了点头。皇帝的声音此时倒是温和，命琴儿去找出来。琴儿遂随了侍卫入帐，衣箱里托出叠得整齐的衣服来，跪了双手呈上。皇帝用手抚了几下，便命侍卫和着琴儿进去，将榴花服盖了元春身上，盖严了，再覆土。琴儿听得，眼泪顿时奔流，站起抹了泪，跟了那侍卫进去。

皇帝本想取下自己腰间雕龙玉佩，去给元春陪葬的，手已伸出解开璎络，后又想，元春被弓箭射死，其埋骨之地如他日被人发觉，见有皇帝御用龙纹玉佩在旁，不知还要生出多少事来，便算了。那玉佩皇帝握了在手心，像是已随了元春去一般。他望着不远处高耸的黑黝黝铁网山，想着元春以山为陵，也算是皇室丧葬规格，那秦可卿亦系宗室，埋在此处，也不愧对了她的身份。至于碑刻有无名姓存否，此刻自不在皇帝意中了。

元春和秦可卿，就此埋在了铁网山脚地道之中。元春身上，由琴儿盖上了皇帝赐的榴花服，元春闭目沉睡，琴儿不忍那张美丽的脸被黄土污泥直接覆盖，便从袖中掏出一方自己手帕，盖在了元春脸上，也算元春此去，有熟悉的故人气味随行。琴儿整理元春完毕，见旁边女子左手臂上还绑着小小弓弩，尖端处伸出袖口。琴儿虽知此系今晚贼人，但人既已逝去，也无仇怨可说，遂也帮她拉下了袖口，盖住那弓弩，想那女子到得地下，也有个防身之物。堪堪收拾完毕，琴儿躬身出帐。

众侍卫先后出来，将大帐四柱砍了，帐篷帐幕飘下，当即将帐篷里的一切掩盖得无影无踪。侍卫们又散开去了山脚筑土，将两个地道口俱皆垒实填埋了。

远处皇帝一直立着，看了这一切。他像是看着一个纪元的结束，又深深感到自己的一部分，此刻也埋在了这帐篷之下。

## 第五十七回

### 王夫人浔梦惊元春
### 解药草难觅近黄泉

那侍卫们去掩埋地道时，自己仔细搜查，里边并没有人，倒有木材等物。便将两头地道挖塌，地道口夯实。想经年之后，再也无人记得此处。

皇帝不带元春遗体回京，自有其考虑。因此时虽已秋天，但白天温度尚高，如没有冰块冰住尸身，那很快就会腐烂，一路气味也掩盖不得。皇帝记得秦始皇沙丘出巡薨于道路之事。他不愿见元春衰朽的样子，就连想一想都是罪孽，故命黄土垄中埋了。此地青山草原，风景美丽，元春葬得此处，定比带回京安葬为妥。至于起碑安林之事，眼前自是顾不得了。

当夜，贾政、王夫人在京，晚上一直心惊肉跳。夜间王夫人忽得一梦，梦中元春站在弓前，浑身鲜血，对着王夫人只说得一句："爹娘快走，回金陵去。"便嗖地一声不见了。王夫人梦醒，寻思此梦古怪，那梦中元春所立之处并非宫中，像是荒郊野外，后头树枝上挂了一张弓，还随了风摇动。当夜王夫人不敢再睡，点燃蜡烛，说与贾政，二人惊疑不定，那梦中元春惨景，王夫人无法形容，直哭了一夜。次日贾政便写了信给陈妃，递到宫中内监处，问元春安好。

侍卫们清理地道，埋葬元春秦可卿时，他们不知还有漏网之鱼。

铁网山两支队伍，当晚全部折损净尽。只有王短腿和马三，依着老铁吩咐，一听到外头人喧马嘶，便急忙出了地道口，寻着山路向上。一路上也不辨路径难易，只管往上行，想到了峰顶再辨方向。两人互相牵拉，抬头看着摩天顶峰峻峭，尚有不足六七尺即可登顶，那马三遂托着师傅足底，助其攀爬往上。

王短腿得徒弟之力，堪堪扯草牵葛爬上，正转回身来趴在崖上，拉了马三右手，要扯他上来，不料那马三先前所踏土堆碎石早已负重多时，此时早已不胜重量，一时塌陷下去。马三身体悬空，全身重量全在王短腿手上，王短腿山崖上没有借力之处，实在拉不起来。马三悬在半空，知道自己上不去了，便在空中对了师傅说："师傅，徒弟以往得罪了，现在还给师傅吧。"便自己松手坠了下去，当即进了林间树丛，山石间打了几个滚，不知落到哪儿去了。

山岭险峻，正是冯紫英年初时踩踏石块，惊扰了巡边军士所在之处。崖上老鹰在其脸上扇了一翅膀，又救了冯紫英一命，今日马三，他的师傅在，但已救他不得了。

王短腿见马三掉落山崖，顿时老泪纵横，徒弟关键时不牵连自己，甘愿悬崖撒手，心下痛彻。这个徒儿，自进京兆尹府坐牢开始，自己千百遍地骂他，但也是这个徒弟，托了他上崖，又自寻了断，决断何等磊落。王短腿哭了一阵，听得山下尽有人声，知道还在险境，便抹抹眼泪，紧了紧身上背着几块干粮的包袱，赶紧起身了行。趁了雨停月出之际，辨认了方向，往东北边山脊一路下去。他知道，茫茫草海，只有今晚山下大乱，他才有走出之机，遂拼了命一路下山，裤腿一路早被树枝撕烂。所幸黑夜沉沉，一个人的身影容易隐藏，不曾碰见搜刺客之队伍。

王短腿知道，时间是他的朋友，故舍命地走。也不知走了多久，天亮时，他走到了一条小河边，那些地道，侍卫脚步声，统统远去了。他喝了几口水，知道自己的命是徒弟换来的，心中存了珍惜之念。抬头看了太阳升起的方向，一路向东走。终于有一日，他看看眼前界桩，知道自己终于走到了围场边界，当下再不迟疑，一脚跨了出去，出了木兰围场。回头看被自己甩在后边的草原森林，大光景山巅直入云中，真有再世为人之感。

皇帝在埋葬元春次日，一早启程回京。众多物事不及收了，便丢了一地，自有刚任命的哨所统领来收拾。刚出了木兰围场，前头八百里快递传来宫中奏报，皇后去世了。

那张报噩耗的奏折在皇上手中飘落。他坐在辚辚作响的车上，眼睛空茫。皇后去了，元春去了，他的身边还留得了什么呢？他摸一摸身上的诏书，掀开车帘，命外头的戴权传话，尽快赶回京城。

皇帝的左手臂越来越肿，麻木之感渐渐扩大，胸口自己摸了，只觉心跳时缓时急。他知道这是毒发之象。戴权此前报与皇帝，同时中了秦可卿弩箭的侍卫，也是一样症状，好像还要更严重一些，已经半边身体麻木。皇帝知道，这是太医先看自家，药物用得早之故。

到得怀柔行宫，有早先派出的侍卫拍马赶来，一直赶到了御驾马车前。那侍卫一人一马，一路掏了令牌出示，遂得直到君前，马脖上人脸上，全是沙尘汗水。他跳下马来，不及抹去脸上汗水，道旁忙跪下行了礼，又从怀中掏了一个盒子出来，双手递与戴权，口中则禀告皇帝，已寻得两株红背竹竿草，特来奉上。

戴权听得，赶紧让后边跟的太医过来验看。那太医不曾见过此草，只听得师父讲过形状，见草如竹节，草梗一面暗红，叶子虽已干枯，隐见红绿交杂，觉应该是了，遂将自己判断说与皇帝。皇帝在车中听得，他知道，此药是他活命唯一希望，也说不得把自家死马当了活马医，便命煎了药来。当晚喝下汤药，感觉手臂轻了一些，知是药物见效，但中毒日久，只有这两株草是不够的。便赏了送药侍卫，知其体乏，便命了其他侍卫继续往前找药，一路接应了来。又下密旨八百里加急，让云南巡抚速献红背竹竿草来京。

那两株草其实得来不易。是木兰围场附近的丰宁县令接到侍卫密旨，从镖行里让来的。走镖之人见多识广，又预着被劫道的毛贼下毒，故一镖师前年走镖到云南时，买了几株红背竹竿草随身背了，后一直没用上。那县令四处药行里询问搜了皆不见，脑子一转，走南行北之人最是镖师，便来询问镖行，问了数家，终于得着。只是多时未用，又路上颠簸，几株草只得两株完整。尽管如此，那县令已是大喜，令人重金赏了，回衙门后便交给侍卫。侍卫一路问一路追，终于在怀柔赶上了銮驾。

待到皇帝回到京城，红背竹竿草再也没寻得。那云南相隔京城如此遥远，草药生长之处又在云南西南一角，尽是高山雨林，待圣旨到日，再行采摘，又不知还要过多少时日，遂皇帝对草药速得不抱幻想，只祈求老天保佑自己度得此劫。还好中箭之处不在心脏，又还好已经回得京城。

次日，皇帝不顾自己疲乏虚弱，命阖朝及后宫为皇后治丧。

那陈妃宫内接到内监转来贾政书信，她只知道元春跟随皇帝去了木兰围场，与皇帝一起，岂有不安的？因着皇后日益病重，此刻妃嫔以她为首，日日率了众人景仁宫侍疾，便也未写信出宫。她自也顾虑自家身份，一个皇子之母，写信给另一妃嫔娘家，定不合适，陈妃娘家并不在京中，也无人可以转得。只是苦了贾政王夫人，日日在家等元春消息，忧虑之下，王夫人几天下来，头发白了好些。

阖朝正在为皇后治丧仪。过得几日，宫中突然发布了贵妃贾元春殁，与皇后丧仪一起办理，定下贾妃葬西陵妃园寝的消息。贵妃薨逝，一应后事包括布置灵堂，皆是戴权领着小太监们亲理。消息突然，宫里众妃嫔乃至宫女太监们皆纳罕，因为皇帝回紫禁城数日，按说贾妃应该随驾回的，但并无人看见过她，现在突然说殁了，其中道理何在，却是想破头也想不清楚。但即使人人心中存疑，此时宫中早已无人敢于议论了。

荣国府贾政王夫人得着宫中传旨，顿时天旋地转；彩云玉钏扶了王夫人进得宫来，只见昭明宫中四处洁白挂了挽幛，元春棺椁停在殿中，香烛袅袅，前头排位写着"贵妃贾氏元春灵位"。王夫人一见，顿时气噎于胸，原来元春真的没有了。

皇家规矩之下，王夫人想开棺见上一面也不行。她按国礼祭奠毕，问旁边跪着的宫女太监，贵妃是得了什么病殁的，又是何时殁的？那些宫女太监尽低了头，并无一人搭话。王夫人无法，哭了一场出宫。回到荣府，越想数日前的那个梦，越是觉着可疑。元春如病重，按着宫里规矩，内廷司应早已告知娘家进宫侍疾，如何前边一点信息没有得着，一得信息，就是人已经没了呢？

王夫人心下知道，元春嫁给皇家，皇帝说她殁了就是殁了，何时殁的，也由得君王定。但她心中认定，自己做梦之日，就是元春去世之日，元春入梦时满身鲜血，她定不是病死的，她死得好惨。可是，自己虽然是元春母亲，得了元春托梦，又有何用呢？还能上得金銮殿去，问着皇帝，把自家女儿怎样了么？

消息此时已传遍荣府。贾政为女儿搭了灵堂私祭。荣府此时已无多少人了，但俱来灵堂祭元春，悲伤之处，哭声遍地，为家中的大小姐，也为了她带给荣府的荣耀如今一去不复。王夫人泪眼婆娑，想及元春还不到三十，又想起那个无法向外人说起的噩梦，整日哭得肝肠寸断，宝玉在旁扶着母亲，顾着父亲，他的肩膀上，从来没有如此的沉重。

宝玉想起早年梦游太虚幻境时，过灌愁海，闻群芳髓，饮千红一窟，喝万艳同杯，警幻仙子处听《红楼梦》曲时，听到的一首《恨无常》，他记得词是这样的：

> 喜荣华正好，恨无常又到。眼睁睁，把万事全抛；荡悠悠，芳魂消耗。望家乡，路远山高，故向爹娘梦里相寻告：儿命已入黄泉，天伦呵，须要退步抽身早！

宝玉记得判词，听母亲哭诉过梦境，他知道了，这首词曲，歌的就是元春。顿时潸然泪下。原来，自小教导他的姐姐，是天上下来渡劫的。

宝玉从是日起，知道一切皆有定数，凤姐被休、迎春之死、探春远嫁，惜春出家……他想着潇湘馆卧病的黛玉，知道了，他终究也留不住她。果然太虚幻境，果然一切虚幻。他年少漫游时，可惜没领悟。宁荣两府的姐姐妹妹，他都知道了结局，而他这个窥得天机的人，唯一不知的是：自己将往何处？

忠顺王当日在铁网山脚下，看火焰自四面八方卷来，他知道，是两府卫士动的手，他立在帐篷前，看着远处刀兵相接，听着风声，还有大火舔过蒙古包的声音，心胆俱碎。他知道，两府勇士正在以命相搏，只求杀开血路，求一个天赐的时机。他们为着自己，为着北静王，不惜捐躯；传说中重然诺轻身躯的侠义道，不过如此，也不期见于今日。

他的小厮见大火有往王爷这边卷来的势头，请了王爷挪步往西边草原，那边看上去安全，忠顺王没动。小厮看看事急，叫了另几个仆人边抱边拖，将王爷拖离火场。没有人看到忠顺王仰天的泪水。他知道，偷袭也许有一成机会，但一旦到了白刃相见之时，这几十个人很快就会成为群狼之中的麋鹿，头顶的角再厉害，覆灭也只在早晚。后来，他知道了，一切都已过去了。

当皇帝派来一队侍卫，在他面前立定时，他云淡风轻，不发一语，直到坐上马车回到京城王府，从此门口由禁军监看，他也不再说话。

失败了，是的，自己失败了。枉自送了老铁他们的性命，他们跟随了自己半辈子，秦可卿也注定香消玉殒，北静王那边也差不多罢？想必此时，北静王府前，也已早是禁军把门。废太子二哥的命运，不可避免地临到了自己头上。他后悔没有早一日告诉北静王，铁网山刺客英雄传里，有一章节是属于他的妹妹，秦可卿或者吕四娘的。

忠顺王所料不错，北静王一样的深坐禅房。他在书房里点燃檀香，蒲团下跪了行礼，为远行的云中君和王府侍卫们送行。皇帝回京的消息传来，那就意味着云中君他们的失败。王府门前由禁军圈禁了，但自己还未被拿下，只能有两个解释，那就是：皇帝知道是他派的刺客，但没有证据；或者，此时不是清算的时间。

北静王暗暗叹息，他与忠顺王换个新主的计划，终归因军权不在手失败，白白浪费了云中君们。他想起了太史公写给友人任安的信中那句著名的话：古者富贵而名磨灭，不可胜记，唯倜傥非常之人称焉。是的，此话形容云中君与他的伙伴们，绝无逊色。他们为着情谊，为着信义，甘蹈死地，这样的豪气，这样的壮士一去不复返，如能起司马迁于地下，定当在《史记》中占了半篇一篇文字。谋事在人，成事在天；时不我与，叹哉痛哉！他走近书桌，挥笔写下：

古者富贵而名磨灭，不可胜记，唯倜傥非常之人称焉。

后头落上了他被迫改名之前的名讳：弘晳。又拿出他最喜欢的一方印章，在红色印泥上蘸得饱满，深深切切地盖在了名字之上。这是他对云中君与侍卫们的致敬。也是他自己的心声。与其鱼肉待刀俎，不若搏一个生死，也好过悄默无闻死去。

得之，我幸；不得，我命，如此而已。

北静王不知道的是，他没有见过面，甚至不知道其存在的妹妹，已经替他们共同的父亲，康熙帝嫡子胤礽报了仇。

皇帝自让戴权公布了元春死讯之后，精神日差。人前一直强撑，照样上朝理政；下朝后便令了宝亲王弘历随侍，口中决断，手中批折，又密密嘱咐了许多。弘历知道父亲在交代后事，在教导他如何作一个皇帝。虽心下难过，也知道该是学着担起天下重任的时候了，遂一一心中记下。

雍正帝面色发黑日渐虚弱之时，宫里太医禀告了宝亲王弘历，那云南红背竹竿草迟迟未至，现今之计，只有试试放血一法，说是血中有毒遍于肺腑，若放去一些，或可以缓解。弘历拭泪，知是没有办法的办法，遂禀告了母亲陈妃，得其同意，便命太医行放血之法。太医院掌院亲自到皇帝榻前，卷起皇帝衣袖，将一条条水蛭放在皇帝左手臂之上，不料那水蛭死活不肯吸吮，强按上去，不多时水蛭通体呈黑色，蜷缩了掉下来。弘历知父皇体内毒素郁积，已非药石能治，即使解药红背竹竿草此刻到来，也估计救不得了。

那太医院掌院早已跪在地下请罪。弘历温言请起，道不是太医的过错。次日弘历请了皇贵妃懿旨，派人前往西陵查看父皇陵寝，秘密做了准备。

皇帝知道自己在世之日已然不多。他白日黑夜俱是疲乏欲睡，但又入不得深眠。一日傍晚强撑着批了几个折子，支持不住，靠了炕上茶几昏昏睡去。忽见元春在前，那婀娜的身姿再不会弄错。皇帝百般呼喊，那簪着火红石榴花的女子始终不回头。心急之下，皇帝上前几步把元春的衣袖拉了，那人儿回头，看看是元春，又转而像了秦可卿。正在诧异之时，只见那美丽女子全转过身来，头微微摇了一摇，头上的流苏微微颤动。皇帝顿时惊醒，一头大汗醒来，看看窗外，正是紫禁城夕阳。

他记得那梦中人摇头的样子，那是元春在他下令射杀她之前，给他留下的最后表情。她入得他的梦，但她，终究对了他摇头，哪怕已入了幽冥之乡。她的脸最后变成了秦可卿的脸,是那秦可卿借了元春入自己的梦,前来索命吗?

皇帝心下知道,是时候了。他命了外边的戴权来扶自己榻上躺了,又令传军机大臣见驾,皇贵妃陈氏率各宫妃嫔前来。此前皇帝厌见众人,因此一律不让近前,今日他担心自家挨不过了。

众人听命急急赶来乾清宫,乌压压跪了一地,虽然皇帝垂危,嫔妃与大臣之间还是隔了屏风。见众人来齐,皇帝自怀中掏出一直带在身边的圣旨,又令了戴权立即去取出"正大光明"匾额后的另一份,交给张廷玉。一时戴权取来,皇帝眯着的眼强行睁开,将手中密诏也交到张廷玉手中。

张廷玉知是遗诏,流泪从皇帝枯瘦的手中跪接了,两道圣旨俱封得密实,一一打开,招了殿内军机大臣们同看。遗诏内容一模一样,以满汉文字写成:宝亲王皇四子弘历,(康熙)圣祖于诸孙之中最为钟爱……其后仍封亲王者,盖令备位藩封谙习政事……俾皇太子弘历成一代之令主……与和亲王弘昼同气至亲实为一体……大学士张廷玉器量纯全,抒诚供职,其纂修《圣祖仁皇帝实录》宣力独多;大学士鄂尔泰志秉忠贞,才优经济,……此二人者,朕可保其始终不渝。揭开密封遗诏后,皇四子弘历登基,为乾隆皇帝。

张廷玉、鄂尔泰当即磕头,皇帝旨意两道核了无疑,今上晏驾后,即由宝亲王爱新觉罗·弘历继承大统。

当晚,乾隆帝在父亲灵前即位。雍正十三年(1735)农历八月二十三日,蒙古尊称为"纳伊拉尔图托布汗",西藏称呼为"文殊皇帝"的爱新觉罗·胤禛在紫禁城乾清宫驾崩,终年58岁。雍正帝终究死在了他二哥废太子后人手里。

乾隆帝继位次日,下旨为父亲雍正举行国葬,给母亲皇贵妃上太后尊号。从紫禁城到整个京城,从满洲到江南,按着新即位皇帝的旨意,户户挂孝,民间一年之内不准婚娶,阖朝文武大臣每日入宫伴灵。守丧仪毕,送入西陵与皇后合葬。

为着皇帝春秋正盛,木兰秋狝不到一个月便返还,行程如此匆忙,死得如此蹊跷,又独葬西陵,而不是皇家陵园东陵,自蒙古草原到中原大地,小道消息便纷纷暗传。那贡献了红背竹竿草的镖师,那到京不久即被下狱随即处死的医官,皇帝的侍卫队长和全部侍卫从禁旅八旗突然调防至驻防八旗,被分别派去了宁古塔藏边天南海北边陲……种种情形传言,还有铁网山地道中唯一活着的见证人王短腿市井之语,人心里的猜测和着流言汇聚,有如洪流,雍正被刺一说遂喧嚣尘上。

那王短腿自木兰围场逃得性命，一路化名南下，早已金盆洗手。他常在无锡街市中摆个地摊卖大阿福，赚得几文钱讨生活。与客官买卖闲话时，他影影绰绰提到一个名叫吕四娘的女子，决心为父报仇，各种坚韧卓绝，然后就嘎然而止。众人听了这神龙不见首尾的话，遂将雍正帝之暴毙与江南吕留良一家被灭族一事联系起来，传言遂有了首尾，道吕留良被开棺戮尸，全族诛杀；其长子有一女因在安徽乳娘家中，幸免于难，逃得性命，年仅十余岁的吕四娘秉性刚强，得知其全家祖孙三代惨遭杀害，悲愤填膺，当即刺破手指，血书"不杀雍正，死不瞑目"八个大字。誓言立下后，只身北上京城，决心替全家报仇。途中巧逢高僧甘凤池，四娘拜之为师。甘凤池授吕四娘飞檐走壁及刀剑武艺。之后，吕四娘辗转进京，设计以宫女身份潜入乾清宫，刺杀雍正，削下头颅，提首级而去。民间所传越来越添枝加叶，又传雍正大葬时无头，乃是以金铸头代之，葬于河北易州泰陵地宫的雍正，其实并无首级云云。

因了此说，后世传"太后下嫁""顺治出家""雍正被刺"为清朝三大未解之谜。

乾隆帝比他的父亲有耐心，也比他的父亲想象地更成熟。他知道父皇自木兰回，其间经历的事件是瞒不了所有人的，此时接位之际，当以安抚宗室为首要。故即位第十二天，他下旨放出幽禁在宫多年的十四叔。当日威风凛凛的大将军王，如今已是虎风不再，鬓有微霜。当乾隆问着十四叔需要什么时，往日的十四爷说，只要一匹快马，他要飞奔在京城的大街小巷，看看这世界，变了什么模样。

乾隆帝又命撤回了忠顺王、北静王两府门前的禁军，两王至此方得自由。北静王知道，坐在皇位之上的人，无论他本来如何仁善，他的眼睛睡觉时都是睁开的，自己循规蹈矩也罢，如何也好，都不重要，重要的是上边的人认为你要干什么，又干了什么。遂也不避嫌疑，打马乘轿，带了他亲手写的太史公言书轴，到了忠顺王府拜见十六叔。入得书房，避了众人之后，忠顺王方把秦可卿或吕四娘也在行刺皇帝队伍之中一事告知了，北静王听了点头，心下为这个连皇室名姓都未得的妹妹如此刚勇而钦佩。皇帝自木兰回来不久就薨逝，太医院至今没有个说法出来，虽不知其中详情，想来与老铁云中君们在木兰围场以性命相搏，是分不开的。两王心下安慰，虽然另立新君的目标没有达到，继位皇帝也是雍正一脉，但毕竟这个暴君，是死了。

乾隆四年（1739）十二月，皇帝兴起大狱。乾隆帝以心怀异志等罪名，囚禁北静王于景山东菓园。乾隆帝谕曰："从前的阿其那允禩、塞思黑允禟干犯国法，然现在的水溶竟敢擅自仿国制设立会计掌仪等司，此三人皆是居心大逆且干犯国法的"。因此，命水溶和他的子孙，依阿其那允禩、塞思黑允禟例，皆被革去宗室。而水溶也被改名为：四十六。

乾隆帝审理弘晳的案件，从发案审理到定罪只花了三个多月时间。乾隆七年（1742）九月，弘晳卒死，年四十九岁，无谥。乾隆四十三年（1778）正月，乾隆帝令在玉牒内恢复八叔允禩、九叔允禟、堂兄水溶三人的原名，和三人的子孙一并收入皇室玉牒，复其宗室和原名，但三人原本的王爵永远皆不复原。至此北静王弘晳之名才得以传世。

同年，忠顺王因与胤礽长子北静王往来诡秘而受到牵连，停双俸，罢都统职。乾隆三十二年（1767）薨，享年73岁，谥曰恪，葬于磁家务。北静王原来题的字送给了忠顺王，那忠顺王一直挂在他的书房里。他有时想想，今上乾隆治他之罪，说是与北静王往来诡秘，是否也有这幅字的功劳，倒也不想知道了。

乾隆帝自父亲薨后，一直密查父亲中毒原因。那雍正帝还在之日，弘历也曾小心请问了父皇如何中的毒箭，但雍正只说是一名为父报仇的女子，其他再不肯说。父亲逝去，乾隆如何放下得了此事，便秘命粘杆处详查。彼时当日在场侍卫俱被发往边界巡边，已有不少人莫名死去，故查得甚慢。后终究查出一女子向雍正帝射连弩事。乾隆帝命着粘杆处，只往忠顺王、北静王周边查去。

后粘杆处探子访得，常与忠顺王来往的冯唐父子，曾在京郊松柏引庄子收留一女子吕四娘，此人常常习武，密练连弩时也被庄上农人在后山看到过。乾隆听了，若合符节。忠顺王乃亲叔叔，不动他自是为了宗室朝廷稳定，那女刺客既然父皇已下令埋葬了铁网山，也可不再追究；但窝藏她的人须是罪责难逃。遂以忠顺王一案，拿了冯唐父子，冯家父子硬气，始终不曾开口。乾隆遂褫夺冯唐世职，本想以大不敬罪名诛其全族，后考虑父皇在日只因杀戮甚多，引得罪人后代复仇，又考虑自己正位只得四年，朝廷也还谈不上稳若泰山，遂将拟定罪名减等，下旨抄没冯府家产，全家充军宁古塔，终身不得回京。

感叹那冯唐父子，为着心中道义，终究领了祸端。冯家松柏引庄子，终究因松柏引藤萝，反被藤萝绕，君子之行，止于至善。好在冯唐冯紫英父子终生不曾后悔，在那苦寒流放之地艰难生存，不坠志气。冯紫英后代两百年之后，在清廷摇摇欲坠之际入伍，随军调派驻守武昌，参加了1911年的武昌首义。

那孟统领遵了当日忠顺王至诚嘱咐，在皇帝出巡木兰后离开潭柘寺，一路潜行到神农架，在与父亲约定的山中村落找到了家人。因其通缉令未废止，不能公开露面，遂在附近武当山当了道士，平时习拳练艺，过一段时间又潜回家住村落，帮助种菜采药。他深知乱世须有傍身之术，又需忠贞之士，故观察人品，数年陆续收了几个徒弟，悉心教诲了，其子长大，也带到武当山学艺。孟统领师徒后人在武昌首义时，也在队伍之中。

可惜相隔年月太久，冯家后人与孟家后人同在军中，又都参加了推翻清室的起义，却皆不曾知晓，他们的祖上，曾经因着道义相聚，又与当年雍正帝的暴毙有着千丝万缕的关系。

乾隆帝早已从粘杆处探子口中听得民间流言。他处置完两王及冯家，想起父皇木兰出巡与其薨逝相隔时间甚短，难怪升斗小民们浮想联翩。为后世计，他找来史官，令其修父皇雍正帝史时，不录入木兰秋狝。史官唯唯退下。故《清史稿》中无雍正木兰秋狝事。

第五十八回

## 史海钩沉傅祥封笔
## 红楼梦醒辛酸谁知

宗人府傅祥，在雍正十三年的这一年，记录忙忙。皇帝、皇后晏驾，皇贵妃、贵妃、妃殁。这确实是非同寻常的一年。他知道，新皇帝即位次年才会使用新的年号。手中雍正朝的宗人府记录，随着雍正帝的薨逝，即将成为老皇历，成为古老朱漆大门内存档的一部分。

乾隆四年，他记录了忠顺王、北静王两王的变迁。傅祥任宗人府宗正多年，他的双眼看过太多皇族起伏甚至消亡。他知道，忠顺王只受罢职削薪之罚，而北静王却削去王爵，差别之中自有深意，二王被处置，亦非旨意上所言罪状。说到底，乾隆帝颁下的圣旨中，二人到底犯了何罪呢？心怀异志，往来诡秘，这都是诛心之论，简在帝心而已。

匹夫无罪，怀璧其罪，北静王，终究是被他的显赫出身害了。康熙帝嫡系子孙的存在，对于庶出一脉继位的皇帝，终究是一个潜在的威胁。只要嫡系血脉在，那其他宗系就远不能称为正统。

傅祥想起前明崇祯皇帝亲手用剑砍杀自己女儿时说的那句话：愿世世勿生帝王家。此语因沉痛惨烈，早已传遍世间。看尽世态的宗正，觉得此句还不足以概括自家感受。生于帝王之家，离九五至尊之位皆只有一步之遥；但帝王只得一个，故幸与不幸，无非成王败寇而已。对皇位威胁越大，则非正常死亡的几率越大。废太子就是如此。傅祥绝不相信明明殁于雍正二年的废太子，于雍正十三年才告之天下，其中没有不可告人的秘密。废太子长子北静王是宗室之中难得众人称颂的贤王，但他的品德他的出身并不能让他免于灾殃，相反，他定不能得永年。

乾隆七年，傅祥记录完四十六，即前北静王水溶之死之后，合上了册页。三年前的预言成真。但他并不曾为着自己的远见卓识而自喜，相反，他觉着无法承担的沉重。

此时，该是他告老退出的时候了。弘皙，水溶，四十六，这是一条什么样的路。当日康熙帝在日，那弘皙受着百般信任宠爱，但珍爱他的爷爷一走，他便变成了水溶；不但爷爷赐的名字留不下，连宗室的排行都保不住。待下一任皇帝上位，他又变成了一个数字，似乎连像样的名字都不配有。人于世间，出身品行智力才干，皆不能成为安身立命的绝对倚靠，由此可见。

论起来，今上与弘皙，本是康熙爷在世时最钟爱的两个孙子，但如今一人高高在上君临天下，一人悄无声闻死去。不知弘皙去了九泉之下，会不会抱了爷爷双足痛哭？康熙帝文治武功彪炳天下，但他的宠爱，也保护不了自己心爱的孙儿一世。因为帝位的后继者，会将前朝的宠儿看作本朝的眼中钉子，非拔之而后快。

傅祥老了，他将档案库房的钥匙从腰间解了下来，放在桌上，告老的折子已经递上去，也无必要等。他弓着的背，已经承载了太多岁月的记忆，已经无法直起。傅祥迈出暗红色镶着门钉的大门之时，风从四面八方吹来。他不禁回望在此值守了多年的皇室府衙。宗人府，作为皇族宗室的人事档案馆，这里终究是一个远离朝廷风浪的地方，自家还是幸运的。

宗室贵戚王侯将相，古往今来笑哭一场。傅祥抛开心头莫名而来的沉重，决定看戏班子捧角去。京城现在最受欢迎的，就是戏班子的名角儿。千古感慨，不若戏子一唱。任它刀光剑影，只管粉墨登场，也许这才是真正的通透淡定，又也许只是麻木不仁。天子脚下，既然余生无所事事，粉饰个太平，妆点下江山，也是应有之义。

宁荣街的贾家，却没有傅祥的幸运。那荣国府贾政自江西外放回来奔母丧，悲痛欲绝之余，终于知道自己一味高谈，终不具匡扶社稷之能。惭愧之下，愧对贾母，也愧对同僚。遂按着规制去吏部告了丁忧，心下决定，守丧期满后，也再不图起复。贾政听了王夫人讲述，贾母在生之日，亲口逐出赵姨娘母子，贾政孝道之下，也不敢违。想想如此逆子，如何克绍祖业，又还有何祖业可继？自己作为父亲，又是何等失职惭愧。遂狠狠心，罢接回之想。

乾隆四年，因北静王贴身小厮出言不慎，在外述说宝玉与北静王长相俊雅，可谓双璧，二人曾有来往之事，被一直监视北静王府的粘杆处探子听得，当即拿下审问。粘杆处童首领已在雍正帝薨逝前数日不慎滑倒，落水而亡。现任首领由乾隆帝继位后直接任命，故格外卖力，亲自来审。那小厮不能扛刑，知不说出点什么断无过关可能，便将雍正十三年新年期间，宝玉曾拜访北静王

榴
花
纪

事说了个影。北静王不久后即被乾隆圈禁，后被问罪，褫夺王爵。宝玉也因此牵涉进北静王一案，被刑部拿了，关在当年凤姐待过的狱神庙。

宝玉富贵乡中长大，哪曾受过如此荼毒，不几日形销骨立。因着被问及雍正十三年间与北静王交往之事，宝玉虽想起曾受琪官之托给北静王送扇子，但他不愿扯出琪官，故闭口不言，多番审理之下，宝玉想起幼时元春教导，心下自思不能堕了贾府声名，故咬牙沉默，也因此在狱神庙关得甚久。其间贾政王夫人也曾派人看视，贾芸小红也来探监，俱不得入。

还好刑部审讯之人，顾着这宝玉系前朝贵妃贾元春同父同母兄弟，贵妃虽逝，体面尚存，故不曾用刑，因无宝玉口供，也不好结案。此时北静王罪行已经御笔批下审结，刑部拿捏不准风向，存了个观看之心，遂将宝玉一直关押。两三年过去，那主事之人存了个悲悯之心，遂以宝玉当年未及弱冠不谙事理为由，放了出来。

那贾赦因了对皇帝不敬，早已在刑部大牢关了多年。初尚有傲气，百般不屑于审讯刑吏，一概不作答。因着当时贵妃尚在，又兼贾赦年老，故讯问之人倒不好动刑，审邢夫人时，见其一味说些琐细不相干的话，刑吏听得头大，书办也不记录，任由其牢内度日。后雍正帝自木兰围场回，朝廷气氛有些怪异；继而皇后、皇帝薨，贾妃殁，朝廷上下俱皆忙着国丧，又忙新皇登基，遂无人记得此桩旧案，贾赦邢夫人一直在牢里关着。

贾赦蹉跎日久，志气消磨。看看刑吏再不问案，自家难免老死狱中，便图了个立功之想，给自家减刑。一日便要求见刑部堂官，供出当年荣宁两府收留前朝废太子后人秦可卿之事。那雍正帝在世弥留之日，心下想着元春去世时口中说不出来的话，料着是为其父母家人计，故为着元春保其家族，发弩之人身份不说与儿子。叵料雍正帝一番苦心保住的秦可卿身世之谜，终于由贾府赦老爹自己说了出来。

他出口之时，已是乾隆五年。刑部看牵涉康熙朝废太子，非同小可，立即将口供呈奏上去。本是上辈恩怨，那乾隆却不曾饶得，几日后即下旨，为宁荣二府私藏宗室之女，隐匿不报事，顾念已事发多年，贾府又系前朝贵妃母家，为彰孝道，贵妃亲眷死罪免究，但王法不可姑息，着抄没宁荣二府财产，入库以充公用。

乾隆于供词中见录有冯知章冯唐父子于育婴堂收留秦可卿事，因冯知章过世多年，冯唐冯紫英又已流放宁古塔，故存了皇室秘闻不宜扩大之心，未再加罪责，在宁荣二府抄家的圣旨中也未写出秦可卿名字。至于秦可卿养父秦业、弟弟秦钟，因早已去世，故不问。

圣旨下达之日，宁荣街尽是刑部兵马。那贾珍及尤氏此前听了贾母嘱咐，卖了田庄南下，因不舍宁国府祖业，此处还留了管家守着，故当日宁国府被全盘查收，朝廷不久后便赏了给新贵居住。"敕造宁国府"牌匾抄家之日被取下，由衙役带回，后谁也不知扔到哪里去了。

荣国府自宝玉被拿，日日彷徨，计无可出。王夫人见袭人在府镇日哀戚，便劝了她出府嫁人。袭人百般不愿，但自己名不正言不顺，王夫人既已发话，不敢不依，故叩别王夫人，随同她哥哥花自芳去了。贾母当日留下银票，她去时留了给王夫人。

宁府被抄同日，荣府也被刑部奉旨查抄，众人获令当日迁出。贾政王夫人皆非理家之才，接旨之下，顿时手脚慌乱。尤其那王夫人自元春殁后，心神俱散，此时更是无从措手，四季衣衫都没随身带出几件，阖府珍稀俱皆入了抄家账册。那袭人苦心留下的银票王夫人也未带得，不知便宜了抄家衙役谁人。众人眼看无处可去，平儿说了西山尚有祭祀之田，也有几处房子，可以住得，王夫人遂只身边留了几个无家可归的仆妇，其余府中仆役皆遣散了。众人凄惶之下，相扶往西山而去。

这西山二三十田亩，系平儿此前劝了王夫人，变卖府里部分值钱摆设器物，得银后让贾琏在贾氏墓园旁买下的。平儿见事明白，预着将来不测，曾提出建几处屋子在兹，王夫人也听了。因祭祀田亩不入官，故抄家之时，此处得以保全。贾政夫妇、李纨与其子贾兰从此住到西山之下，守了贾氏墓园度日。贾政经此突变，数日之间，看着像是老了几岁，他弓了腰，日日去父亲代善公与母亲史老太君墓前跪了，请父母在天之灵，饶恕儿孙不肖之罪。

那平儿有此买地见识，还因得了当年凤姐儿对她提过此事之力。凤姐儿想到但未做到之事，在平儿手中办成，也算是嫁过来的王家主仆二人对贾府贡献。贾政王夫人等到此地步有甚可说，祖先余荫荡涤个干净，落拓至此，日日叹息，偶尔感叹平儿才干，得亏了她，众人遂还留了个落脚处。田亩雇了附近旗民栽种，一日三餐粗茶淡饭，堪堪能继。王夫人清醒时，想起元春托梦，心下悔着未听元春泣血言语，早将荣国府卖了，阖家南归，也不至于家财一日之间散得干净。

贾琏因着受父亲案牵连，身上捐的同知品级，早在父亲入狱后不久即被褫夺。还好乾隆帝看荣府祖上功劳，不愿冷了京城功勋贵族之心，又因父皇所封贵妃贾元春出于荣府，故降等处罚贾赦，留其一命，与邢夫人一起流放到夜郎，终身不得回京。荣府长房财产此前已抄没入官，故贾琏身无长物，不名一文。在京城南门送别父亲之后，想想自己一介白丁，身无财产，只得与平儿依附贾政一家过活。巧姐儿虽然年纪还小，贾琏平儿此前见家事不堪，故早已发嫁巧姐儿到刘姥姥庄上。因两下相距甚远，探望艰难，故贾琏也顾不了巧姐，心下强慰着自家，巧姐儿得其名字中的一个"巧"字，应能诸事逢凶化吉。

宝玉出狱之日，狱神庙门口并无家人接应。他一身褴褛，从京郊入城，徒步横穿这座他自小长大的城市，边走边问，把鞋底几乎磨破，方才回到宁荣街。抬头见府门口"敕造荣国府"的牌匾已被取下，门口交叉贴着刑部封条，顿时茫然无所适从。他心头挂记黛玉，想起贾芸曾说过他家住荣府后街，便又寻来打问。寻得贾芸，从他口中听得，黛玉已病故多时了，时间便是宝玉入狱后的第二年春天。听闻紫鹃雪雁扶灵，送了黛玉回扬州，别情不知。宝玉听得，低头默默，当即泪下如雨，口中吐血，直至血泪沾襟。贾芸见了大骇，本想拉他进屋先歇下，再找寻贾政王夫人，但那宝玉浑浑噩噩，推开贾芸，失魂落魄走出荣府后街，不知走向哪里去了。

宝玉信脚乱走，渴了，在人家井旁讨口凉水喝，累了，便道旁草堆随便一躺。有路人见他可怜，便塞一二枚铜钱在他手中，让他买个烧饼吃，如此数日。一日清晨，他于郊野路边见得一枝小草风中摇摇，叶梢含朱，顿有所悟。他双眼透过虚空，仿佛看到瑶池边那一株绛珠草，脉脉含情，欣慰他的出狱，又似谢他多年灌溉之恩。他知道了，黛玉是来还泪的，自己被拿，那黛玉能不日日以泪洗面，眼泪流尽之时，便是香消玉殒之日。

宝玉想及太虚幻境中警幻仙子劝他之语，父母年迈，又失长女，知道他身为人子，不能只顾了自己。遂振作起来，回到宁荣街后街四处探问，得知父母嫂子侄儿俱搬到贾氏墓园一带，便一路行了去。身无一文，其间多有乞讨之事。因心下清明，多日行走，倒比富贵尊养之时多了些健康气色。当找到父母之时，王夫人看了，几乎认不出来。贾政见儿子虽是衣不蔽体，但神情之间，已然长大，顿时老泪纵横。

因父母责之以传宗接代之任，宝玉奉母命娶了薛宝钗为妻。薛家虽也败落，还好未牵涉官事，故宝钗陪嫁还算丰足，莺儿也陪嫁了来。宝钗拿了体己，在田亩之间多盖了几间屋子。从此日常李纨课子，宝钗持家。贾琏平儿两口子帮了，闲时也收一些山货，带到京城里售卖，获利虽薄，也是个进项。

宝玉身虽得安定，但心中终不忘黛玉。宝钗腹中儿尚未出生，一日终敌不过内心伤痛，在贾母墓前祭拜之后，悬崖撒手，不知所踪。半年多后，宝钗生下遗腹子，按着辈分，取名贾桂。

宝钗在宝玉出走之后，在贾母墓前寻见祭奠香烛，又见王夫人出府带得的宝玉往日所系嵌玉腰带，挂于贾氏墓园四围槐树林，遂读懂了"玉带林中挂"，知宝玉此行不可挽回，便劝住贾政王夫人，不再寻找。此后终日布衣素裙，织布浣纱。待贾桂生下后，只问育子，不问其他，粗茶淡饭度日。还好荣府虽然家道中落，但子孙经此巨变，知道上进，那贾兰贾桂长大，两小子在母亲期盼目光中，参加府试乡试，俱得中。但往日贾府荣耀，再也不复。贾政王夫人待孙子贾兰贾桂高中时，已是墓有宿草了。

宝玉离家后不久，莺儿被宝钗嫁给一般实人家。宝钗自此没了帮手，独力拉扯大贾桂，见其乡试高中，知其有成，心下叹慰。但劳作日久，再也不堪辛苦，一日得病，也不请医诊治，拖了段时日，在一个大雪纷飞天气，也去了。贾桂奉了灵，葬于贾氏墓园。可叹停机德，终于金簪雪里埋。贾桂因母去世依礼守孝，不曾参加次年会试。

贾兰长了贾桂好几岁，运气亦佳，科场顺遂，会试殿试俱得中，点为翰林，散馆后被委任地方官。入得官场以来，也一路顺风顺水，连连晋升，年纪轻轻即已官居四品，人道前程远大。贾兰遂接出母亲到任所，又为李纨请了诰封。李纨一头乌发，此时已星星，见儿子成器成才，不负自己多年教诲，诰命服含笑穿戴了。贾兰念及母亲年轻守寡，辛苦教导自己成人，不由跪在母亲脚下，谢过母亲生养之德。母子抱头痛哭了整晚。李纨心中想，儿子长成，自己对早逝的丈夫贾珠可算有了个交代，心中自是百般喜慰。但李纨此时已是熬到灯尽油干，心力交瘁，还没享过几天福，不久竟一病逝去。贾兰哀痛奉灵，将母亲骨骸带回贾氏墓园，与父亲贾珠合葬了。

因贾氏墓园数年间添了好几座新坟，周围旗民见了，皆道此地风水不好，不堪住得，纷纷搬了远走。田亩若干，倒贱卖了给贾兰贾桂。此后西山碧云寺下一带田亩，好多属于贾氏。那贾桂守孝满，参得会试，也中了。有知道贾家来历的，便于贾兰贾桂前称颂"兰桂齐芳"。卖出田地的旗人们心下颇为后悔，原来此地风水后发，先前倒是自家眼皮子浅了。贾兰贾桂辗转听得此村话，知乃愚人之见，一笑了之。

贾宝玉一走之后，便无人见其踪迹。许多年后，此地山林邻贾氏墓园处，有一村落名黄叶村，来了一位名雪芹号芹圃的先生，在此赁房。每月领朝廷专为无业旗人发放的粥饭及月例一贯钱，靠此稀薄度日，也偶尔扎风筝拿出来卖，其余时间都在村子里写书。芹圃先生少有外出，偶尔有富察兄弟来与先生饮酒，作诗唱和。邻里隐隐听得那先生自称姓曹，又有好事者记得，曾有一女子不知自何处寻来，交了一叠琴谱词曲与这位先生。

这芹圃先生所著书，经十年完成。取书中曲名《红楼梦》为其书命名。此曲系套曲，其中总揽全曲的引子词曰：

> 开辟鸿蒙，谁为情种？都只为风月情浓。
> 趁着这奈何天、伤怀日、寂寥时，
> 试遣愚衷。因此上，演出这怀金悼玉的红楼梦。

此书成后，传扬天下，有一女子名琴儿的，书市上见到誊抄和卖的书稿，翻开看到此节，不觉潸然泪下。因为此曲是她早年所侍候的一位娘娘所作，还曾教她弹唱。芹圃先生就改了几个字，如今写了在书上。她出宫多时，早已非当年少女朱颜，经历世事若干，但一直记得那一个谱曲的女子，还躺在木兰山水之间。她为自己历尽艰辛，终于不负娘娘所托，将曲谱交到了她弟弟手上而深感欣慰。

那芹圃先生将其写书小屋自题"悼红轩"。不知何时，芹圃先生身旁多了一表妹，照料其起居之余，在隔壁屋里，日日帮其誊录书稿，时用红笔其上作批语。小小院子，两屋隔邻，一人校勘写作，另一人誊录点评。当地村民中有识字的，借阅书稿之时，见此二人琴瑟和鸣，无不称羡。芹圃见表妹所用砚台大有来历，石质细腻如脂，遂亲手题了"脂砚斋"三个大字，贴于表妹誊录小屋门楣。表妹见之甚喜，其后点评处俱落款脂砚斋。芹圃先生见表妹点评与自己文字放在一起，颇有珠联璧合之感，遂将《红楼梦》改名《脂砚斋重评石头记》。此书名后随着传阅抄录书稿之人日多而流传于世，通称脂评本。

雪芹边写边改，周围人借读甚多，摘抄之人不一而足，又不同时，故抄本略有差异，至于抄写错漏的也多有。至后来写成未改完之际，有人借阅，又复借于人，后四十回文字终不能回。雪芹一生心血俱在此书，身体早已每况愈下，闻书稿遗失，为之整日流泪，以至于眼中渗出血来。缠绵病榻终于不支，于乾隆二十八年（1763）除夕（2月12日），即俗称年三十的子夜时分去世。后四十回终不能传于世，只有脂砚斋之评夹杂在前八十回里，让人略知全书完整样貌。那脂砚斋不久后也随芹圃先生而去。

雪芹在日，另有不知本名为何的畸笏叟，在脂砚斋所评本里用墨笔写了自家评语。有人从批语中猜得，那自称畸笏叟的，应系芹圃先生族中长者，因其中有"命删去……"等语，像是长辈口吻。而其命删去之处，确有雪芹改动痕迹。

芹圃先生和脂砚斋不知谁人收葬，又埋于何处，后人多番寻问，终不得知。此为历代书迷们一大憾事。雪芹事，只有素日与他交好的富察兄弟诗中有记，故两兄弟虽然诗才平平，但其诗集大卖于市，皆因购书者欲从书中找寻雪芹黄叶村生涯之故。

芹圃先生去世不久，即有读者考证《石头记》作者究是何人，到芹圃先生长逝之所探访，不得确切。有猜测系当年出走的贾家二爷宝玉。但因其回来黄叶村之时，贾兰已经出外做官多年，故与芹圃先生未得碰面。村民说，贾桂管理附近田庄，曾于陇亩之间见过芹圃先生，后说与村人道此先生怪诞，不甚说话，只盯了他看，故其后来未再理会。后贾桂也外出做官，委人卖了贾家墓园周围田产。各种传言也再无证实之机。

芹圃逝去后，满城争读石头记。有书商程伟元见书不完整，便请了翰林院翰林高鹗整理芹圃先生流传于外的碎片文牍续写，用活字印刷，出版后称为程高本；书名重新用回芹圃先生旧名《红楼梦》，共一百二十回。封面题《绣像红楼梦》，扉页题《新镌全部绣像红楼梦》，下署"萃文书屋"，卷首有程伟元、高鹗序，苏州萃文书屋木活字排印。书册印刷精细，回首及书口均题《红楼梦》。一百二十回分二十四册印得，有总目，不分卷。双边，乌丝栏。每版共二十行，行二十四字。绣像并图二十四幅。于乾隆五十六年辛亥（1791）冬底发行。

《红楼梦》一百二十回刊刻完整出版之时，芹圃先生辞世已二十八年。

清末终了继而民国，始终有好事者，因此奇书探宁荣两府事。此时宁荣街因着宁荣两府俱没，早已改名；找寻者千方百计寻来，一直不绝，竟是前赴后继。原有论调重新被拾起，即猜那芹圃先生为那撒手离家宝玉，后回转守祖母坟墓。又有遍查江宁曹家宗谱，找寻黛玉原型的，理由是书中明明写得黛玉生于二月十二日花神节，该日期正是雪芹忌日；如此契合，冥冥之中定非无因。如查得黛玉原型，自也能从书中宝黛木石前盟深情，窥得雪芹平生遗憾。但遍寻之下，皆不能完全了然。后世因此在"红学"之外，又添了一门"曹学"，专门研究曹家谱系。

因无人识得贾宝玉，故黄叶村芹圃先生与宝玉是否同一人，或者二人有何关联，倒无人可以说定。至于陪着芹圃先生著述，又评得如临书中所录事的表妹，有人猜测是史湘云。但有人又否定，说脂砚评中分明写有卫若兰为湘云夫婿，如何又与宝玉一起。两相不洽，遂争执不休。

那送琴谱词曲之人，有宗室之中消息灵通者，道其人系宝玉姐姐贾元春当日宫中丫鬟琴儿，由宫中放出之后，遵循元春在日言语，不知费了多少心力才找到贾宝玉，交给词曲琴谱，故雪芹将此曲书于《红楼梦》中。此论一出，芹圃先生系贾宝玉之说遂占上风，足以令旁论退后。

也有传言，抄本《石头记》传入深宫，乾隆帝甚爱之，又看得书中各种影射前朝之事，尤以后文为最。心下不豫，遂令人烧毁了后四十回。故各方《石头记》爱好者，多年各方搜寻，皆不得此稿。

满城争阅《红楼梦》之时，贾氏墓园已荒芜。后经迭代，逝去之人早已只居黄土一抔，坟茔渐平，四围皆沦为平地山野了。

那群芳嬉笑如同世外桃源的大观园，在贾府被抄家之后，终于柳消香碎。栊翠庵的妙玉被贼人所携，流落去了金陵。

后南京秦淮河畔碧桃苑，有苏州客商在此借地宴客，见一名烟花女子，颇像当年苏州城外尼庵中见过的戴发修行妙玉，心下诧异。因其美貌，故印象深刻。此客商多年前闻听妙玉被师父带了去北京，后被请去荣国府，又如何会来到这里？苏州时闻听妙玉此人品性最是高洁，怎会到此做了烟花卖笑女子？隔座送钩之际，眼中看得，心下揣摩，越看越像。这客商遂找来老板，问其来历，这姓令的老板见说到京城荣国府，脸上忽现尴尬之色。客商知局，明白各人自有为难之处，乃不问。他本厚道之人，心下想，如这烟花女子真是妙玉，应不愿家乡人知晓其沦落至此，便当了面也不询问提起。

那客商送走客人，出得碧桃苑，灯下回头，看其门首对联有趣，觉大有深意存焉，遂朗声读来：

假作真来真亦假，无为有处有还无。

那令老板看客商对此对联兴趣殊深，忙上来殷勤告知，此联乃金陵城里有名古董商人冷子兴冷老爷，一日与朋友来此，酒后兴起，寻了笔墨题的。

那客商肚里有些学问，此时听了，打量眼前这令老板，见其人虽粗，又开着妓院，但眼神灼灼，像是个有经历有见识之人，令老板能挂得此联，足见内里深奥。他口中所说冷子兴，也应是大有来历之人。因合了自家向往云山雾罩意思，客商回后，也把此联书了刻来，挂在自家书房门首。后捧茶细想，此联玄妙，不仅与书房相谐，与那碧桃苑也未尝不配。

那冷子兴自是当年因一双绣花鞋远离京城，从此不再踏足帝都的琉璃厂原荣宝斋掌柜。乾隆四年岁末，他依着旧例派人到冯紫英府上送红利，那受命前去之人去得，见冯府早已换了人家；周围打听得冯家父子获罪事，回来禀报。冷子兴听了默然无语。思及旧事，想起梦中得了一癞头和尚赠语，故在碧桃苑时借了酒兴写了。他题时倒非为着警醒世人，只是一时有感而发。所料不及的是，此联经了令老板刻来，在花柳温柔乡中悬挂，倒确让不少人碌碌红尘中醒觉。那热衷利禄不择手段之人，有悟性的见了，头脑遂得清醒一二，行事时警醒自家，心下预留半分田地予人，无需将事做绝。冷子兴题此联，倒成多人造化。

此联渐渐传开，有好红楼姓胡之人，见其中满眼的"假"，便与《石头记》中贾府沉浮兴亡一事联想起来，专门寻上碧桃苑，打听得冷子兴其人；又到其古董行当面请教，问冷子兴，此联是否言当年京中贾府事？那冷子兴听了大笑，对了访客说：你道是贾，何其不甄？真真假假，存个分别心，有甚意思！

来人听了默默而退。后此人后裔中出了一位红学大家，江南江北有名。有逢迎者当面盛赞其著作等身，才气直追李杜云云。此位贤达果有大家风范，为人又极谦逊，连连拱手称不敢，道自家文字，全是胡说，当不得真耳。